성난
군중으로부터
멀리

성난 군중으로부터 멀리

1판 1쇄 인쇄 2021년 3월 2일
1판 1쇄 발행 2021년 3월 8일

지은이   토머스 하디
옮긴이   정선우
발행인   조은희
발행처   아토북

등록   2015년 7월 31일(제2015-000158호)
주소   (10261)경기도 고양시 일산동구 성현로659번길 143 103-101
전화   070-7537-6433
팩스   0504-190-4837
이메일   attobook@naver.com

• 값은 뒤표지에 있습니다.
• 잘못 만들어진 책은 구입하신 서점에서 바꾸어 드립니다.

ISBN 979-11-90194-03-7(03840)

성난 군중으로부터 멀리

토머스 하디 지음

Atto Book

차례

1
농부 오크의 외모 - 사건

농부 오크는 미소 지을 때 입꼬리가 귀에 닿을 듯 길게 늘어졌다. 눈은 작은 틈처럼 가늘어졌으며, 그 주위에는 여러 갈래로 주름이 생겼다. 그 주름은 얼굴 전체로 뻗어 나가 마치 어린아이가 그린 아침 햇살 같았다.

오크의 세례명은 가브리엘이다. 그는 건전한 판단력과 농사일에 적절한 복장을 갖추었으며, 간단한 동작만으로도 일을 해내는 전반적으로 성격이 좋은 젊은이였다. 하지만 일요일만 되면 흐리멍덩해져 할 일을 미루었으며, 가장 좋은 옷을 입고 우산을 들고 다녀 움직임이 자유롭지 못했다. 오크는 자신을 교구의 신자들과 늘 술에 취해 있는 사람들의 중간인, 도덕적으로 중립인 사람이라고 생각했다. 니케아 신조를 암송할 때면 몰래 하품을 했고, 설교 시간에는 마음속으로 저녁에 무엇을 먹을까 고민했다. 사람들은 오크의 성격을 저마다 다르게 품평했다. 기분이 언짢으면 나쁜 사람이라고 했고, 기분이 좋으면 괜찮은 사람이라고 했다. 일반적으로는 후추와 소금을 섞은 양념처럼 두 개의 도덕적 색을 지녔다고 평가했다.

일요일을 제외한 다른 요일에는 일을 했기에 작업복 입은 모습이 그를 규정하는 특징이 되어, 이웃들은 오크를 생각할 때면 그 모습을 떠올렸다. 그는 크라운*이 낮은 펠트 모자가 바람에 날아가지 않도록 단단히 눌러썼고, 존슨 박사**나 입을 법한 코트를 입고 다녔으며, 가죽 각반으로 다리를 감쌌다. 부츠는 공간이 남을 정도로 매우 컸는데, 누가 신든 온종일 강물 속에 서 있더라도 젖지 않도록 만들어졌다. 부츠 제작자는 자신의 부족한 재단 실력을 넉넉한 크기와 견고함으로 보완한 양심적인 사람이었다.

오크는 모양이나 크기 면에서 괘종시계라고 불릴 법한 은색 회중시계를 들고 다녔다. 그의 할아버지보다 몇 살 더 먹은 이 시계는 너무 빨리 가거나 멈추곤 했다. 분침은 멀쩡해 몇 분인지는 정확히 알 수 있었으나, 가끔 시침이 중심축에서 벗어나 빙글빙글 도는 탓에 몇 시인지는 알 수 없었다. 오크는 시계가 멈추면 툭툭 치거나 흔들어 고쳤는데, 이 두 가지 결함 때문에 낭패 보는 일이 없도록 해와 별의 위치를 계속 관찰하여 시계가

---

* 모자 위쪽의 움푹 들어간 부분.
** 새뮤얼 존슨(1709-1784). 영국의 시인 겸 평론가로, 영국 최초의 국어사전 편찬자다.

가리키는 시간과 비교하거나, 몇 시인지 알아낼 때까지 이웃집 창문에 얼굴을 가까이 대고 쳐다보았다. 그의 시계 주머니는 조끼에서 멀리 떨어진 허리 밴드 위쪽에 있어서 시계를 꺼내려면 몸을 한쪽으로 완전히 기울여야 했는데, 그럴 때면 얼굴과 입이 붉어졌다. 오크가 시계를 꺼내는 모습은 마치 우물에서 물을 긷는 것 같았다.

유난히 맑고 포근한 어느 12월 아침, 사색을 즐기던 몇몇 사람은 가브리엘 오크가 자신의 땅을 가로질러 가는 모습에서 그의 다른 면모를 보았을지도 모른다. 그는 성인이지만 얼굴에 아직 소년 같은 혈색과 둥글둥글함이 남아 있었고, 군데군데 어린 시절의 흔적이 있었다. 그의 키와 체격은 자세에만 신경 쓴다면, 인상적으로 보이기에 충분했다. 그러나 자세는 근육보다는 심리 상태에 영향을 받기 때문에, 체격이 작아 보이게도 한다. 시골이든 도시든 세상에는 그와 같은 사람들이 존재했다. 또한 너무 겸손하여 세상에 자신의 자리가 없다는 사실을 끊임없이 되뇌는 것 같았고, 자세히 봐야 알 수 있을 정도로 몸을 살짝 굽힌 채 겸손하게 걸어 다녔으나, 어깨가 굽은 사람과는 확연히 달랐다. 그의 외형만 놓고 보면 결함이었으나, 옷을 알맞게 입고 다녀 잘 드러나지 않았다. 그는 이제 막 '어린'이라는 수식어보다 '남자'라는 호칭이 어울리는 나이에 이르렀다. 지성과 감성이 명확하게 분리되어 남성의 삶에서 가장 빛나는 시기를 보내고 있었다. 젊은 혈기 때문에 지성과 감성이 무차별적으로 섞이는 충동적인 시기는 지났고, 아내와 가족 때문에 지성과 감성이 다시

섞여 편협해지는 시기는 아직 아니었다. 한마디로 그는 스물여덟 살 총각이었다.

오늘 아침 그는 가파른 노콤 언덕 산마루에 있었다. 툭 튀어나온 부분을 깎아 만든 이 도로는 엠민스터와 칠크 뉴턴 사이에 자리했다. 오크는 무심코 울타리 너머를 흘낏 보다, 말 두 마리가 무늬가 화려하고 요란한 장식을 단 노란색 짐마차를 끌고 오는 것을 보았다. 그 옆에는 마부가 채찍을 세우고 따라왔다. 마차에는 가재도구와 실내용 화초가 가득 실려 있었고 꼭대기에는 젊고 매력적인 여성이 앉아 있었다. 오크가 그 광경을 인지한 지 1분도 채 지나지 않았을 때, 마차가 그의 눈앞에 멈춰 섰다.

"마차의 후미 판이 사라졌어요, 아가씨." 마부가 말했다.

"제가 들은 소리가 후미 판이 떨어지는 소리였군요." 그녀는 부드러우면서도 그리 낮지 않은 목소리로 대답했다. "언덕을 올라올 때 알 수 없는 소리를 들었거든요."

"제가 다녀올게요."

"그러세요." 그녀가 대답했다.

똑똑한 말들은 움직이지 않았고, 마부의 발걸음 옮기는 소리는 점점 희미해졌다. 짐 꼭대기에 앉아 있던 여성은 꼼짝도 하지 않았다. 그녀 주위에는 다리가 위로 향한 의자와 책상, 참나무로 만든 긴 의자가 있었고, 앞쪽에는 제라늄과 도금양, 선인장 화분이 장식처럼 놓였다. 새장 속에는 카나리아가 있었는데 방금 막 비워진 집의 창가에 있던 것들을 마차에 실은 듯 보였다. 반쯤 열린 버드나무 바구니에는 고양이가 있었는데, 실눈을 뜨고 밖을 내다보며 다정한 표정으로 주위의 작은 새들을 관찰하는 듯 보였다.

아름다운 그녀는 자리에서 얼마간 한가롭게 기다렸고, 새장 안의 횃대를 오르락내리락하는 카나리아 소리만 들렸다. 그녀는 조심스레 아래를 내려다보았다. 카나리아나 고양이를 보는 게 아니었다. 그 사이에 놓인 종이로 묶인 직사각형 꾸러미를 응시하고 있었다. 그녀는 고개를 돌려 마부가 오고 있는지 확인하였다. 마부는 아직 보이지 않았다. 그녀는 다시 꾸러미로 눈길은 돌렸는데, 안에 무엇이 들어 있는지 궁금해하는 것 같았다. 마침내 그녀는 무릎에 꾸러미를 올려놓고 종이를 풀었다. 작은 회전식 거울이었다. 그녀는 거울로 얼굴을 꼼꼼히 확인하였다. 그러고선 입술을 떼고 미소 지었다.

화창한 아침이었다. 햇살은 그녀가 입은 진홍빛 상의를 더욱더 붉게 물들이고 밝은 얼굴과 짙은 색 머리카락에 부드러운 윤기를 더했다. 그녀 주위의 도금양과 제라늄, 선인장은 싱싱하고 푸르렀으며, 말과 마차, 가구, 그녀를 비롯한 주위의 모든 사물에 잎이 없는 이 계절에 어울리지 않는 봄기운을 불어넣었다. 그녀가 무엇 때문에 참새와 대륙검은지빠귀와 그녀의 눈에 띄지 않는 농부가 지켜보는 가운데 미소를 지었는지는 알 수 없었다. 시험 삼아 일부러 미소 지었을 수도 있지만, 진짜 미소였다. 그녀는 얼굴을 붉혔고, 거울에 비친 자신의 모습에 더욱 얼굴을 붉혔다.

침실에서 옷 갈아입을 때가 아니라 집 밖에서 여행하는 상황이라는 것만으로도, 이 행위는 참신하고 우아해 보였다. 여성 특유의 허약함이 햇살 아래에서는 독특하고 신선하게 느껴졌다. 가브리엘 오크는 기꺼이 아량을 베푸는 사람이었지만 방금 그 장면을 보고 냉소적인 생각을 그만둘 수 없었다. 그녀가 거울을 들여다볼 이유는 전혀 없었다. 모자를 고쳐 쓴 것도 아니었고, 머리를 정리한 것도 아니었고, 보조개를 만들려고 한 것도 아니었다. 그녀는 단지 자연의 산물인 자신의 어여쁜 얼굴을 살펴본 것뿐이며, 개연성 있는 승리가 존재하는, 남자들이 주역인 연극 속으로 빠져드는 것처럼 보였다. 다양한 미소는 연극 속의 승패를 드러내는 것 같았다. 그러나 이건 추측일 뿐이었고, 그녀의 행동은 너무 한가로운 때에 행해졌기 때문에 어떤 의도가 있다고 판단하기 어려웠다.

그녀는 마부가 되돌아오는 발걸음 소리가 들리자 거울을 종이에 넣고 원래 있던 곳에 두었다.

마차가 지나가자 가브리엘은 길로 내려와서 마차를 따라 언덕 끝자락에 있는 요금소까지 갔다. 마차는 그곳에서 통행료를 지불하려고 서 있었다. 그가 요금소에서 스무 걸음 정도 떨어진 곳에 다다랐을 때 말다툼 소리가 들려왔다. 2펜스를 더 내느냐 마느냐로 실랑이 중이었다.

"마님의 조카 따님이 제일 위에 앉아 계시는데, 그 정도면 충분하다고 했어, 이 욕심쟁이야. 아가씨는 한 푼도 더 못 낸대." 마부가 말했다.

"그렇다면 마님의 조카 따님은 여길 지나갈 수 없어." 요금소 직원이 문을 막으며 말했다. 오크는 실랑이하는 두 사람을 번갈아 보면서 공상에 잠겼다. 2펜스라는 말에는 하찮은 느낌이 들어 있다. 3펜스는 하루 임금에 가까울 정도로 가치가 크기에 말싸움을 할 만했다. 하지만 2펜스는……. 가브리엘은 요금소 직원에게 다가가 2펜스를 주며 말했다.

"여기 이 돈을 받고 그녀를 통과시켜 주세요." 그러고는 그녀를 올려다보았다. 그녀도 그를 내려다보았다. 가브리엘은 자신이 다니는 교회 창문에 있는 아름다운 요한과 추한 유다의 정확히 중간쯤 되는 외모로, 잘생겼다거나 못생겼다고 할 만한 이목구비가 아니었다. 진홍색 상의를 입고 짙은 머리색을 한 그녀도 그렇게 생각했는지, 마부에게 계속 가자고 했다. 그녀는 눈빛으로 그에게 감사를 표했을지 몰라도 말로는 표현하지 않았다. 어쩌면 전혀 감사해하지 않았을 수도 있다. 그녀는 오크가 나서는 바람에 자신의 의견을 말할 수 없게 되었다. 여성들이 그런 호의를 어떻게 받아들일지는 뻔했다.

멀어져 가는 마차를 보며 요금소 사람이 말했다. "괜찮은 여자네요."

"하지만 결점이 있군요." 오크가 대답했다.

"그렇긴 해요, 농부 양반."

"그중 가장 큰 결점은…… 음, 항상 보이는 거죠."

"사람들을 주눅 들게 하는 거죠? 맞죠?"

"그건 전혀 아니에요."

"그럼 뭐요?"

가브리엘은 어여쁜 여행자의 무관심에 약간 불쾌한 듯, 울타리 너머로 그녀가 미소 짓는 광경을 보았던 장소를 힐끗 돌아보며 말했다. "허영심."

2
밤 - 양 떼 - 어느 집의 내부 - 또 다른 집의 내부

일 년 중 낮이 가장 짧은 성 토마스 축일* 전날의 자정 즈음이었다. 며칠 전 오크가 햇볕 속에서 노란 마차와 그곳에 탄 사람을 지켜보았던 언덕 너머로 황량한 바람이 불어왔다.

톨러 다운에서 멀지 않은 노콤 언덕은 그곳을 지나가는 사람이라면 누구나 지구상의 어느 것과 비교하더라도 파괴될 수 없는 지형임을 알아차릴 수 있는 장소였다. 그 특색 없는 볼록한 지형은 백악과 흙이 쌓여 완만한 능선을 이루었으며, 웅장한 산과 매우 가파른 화강암 벼랑이 무너지는 대혼란이 일어나도 멀쩡할, 지구 돌출부의 전형적인 표본이었다.

언덕의 북쪽은 오래되어 썩어 가는 너도밤나무 숲으로 뒤덮

_____

* 성인 토마스 사도를 기리는 날로, 현재는 7월에 성 토마스 축일을 지내지만, 원래는 1년 중 낮이 가장 짧은 12월 21일이었다.

여 있었고, 숲 위쪽의 가장자리는 하늘과 맞닿아 활 모양의 곡선을 그리는 산마루를 따라 갈기 모양의 선을 이루었다. 오늘밤, 이 숲은 매우 강한 바람으로부터 남쪽의 비탈을 보호했는데, 바람은 우르릉거리는 소리와 함께 나무를 강타하거나, 수그러드는 듯한 소리를 내다 나무의 맨 윗가지를 타고 솟구쳐 올랐다. 그 바람에 배수로의 마른 잎사귀들이 소용돌이쳤고, 이따금 배수로에서 나온 낙엽 몇 장이 풀밭을 굴러다녔다. 잎이 앙상히 남은 나뭇가지에 한겨울까지 붙어 있던 말라비틀어진 나뭇잎 한두 장이 떨어지면서 나무 몸통에 부딪혀 툭툭 소리를 냈다.

반은 숲으로 뒤덮여 있고 반은 비어 있는 이 언덕과 그 정상에서 희미하게 보이는 고요한 지평선 사이에는 깊이를 알 수 없는 신비한 그늘이 있었다. 그곳에서 들려오는 소리만이 이곳과 비슷하지만 크기가 더 작은 형체의 존재를 알려 주었다. 언덕을 듬성듬성 덮고 있는 얇은 풀은 풀잎을 비벼 대는 바람, 날카로운 바람, 부드러운 빗자루로 비질하듯 부는 바람처럼 세기와 성격이 다른 바람을 맞았다. 이런 상황에서 인간은 본능적으로 서서, 오른쪽과 왼쪽에 있는 나무가 어떤 소리를 내는지, 대성당 성가대가 서로 번갈아 부르는 교송처럼 주거니 받거니 노래를 부르는지, 바람이 부는 쪽으로 향한 울타리와 다른 물건들이 바람을 막아 소리를 약화하는지, 급격히 몰아치는 돌풍이 남쪽으로 불어 더는 소리를 내지 않는지 알아내려고 한다.

매우 맑게 갠 하늘엔 한 사람의 맥박에 맞추어 반짝이기로 약속이나 한 듯, 모든 별이 한꺼번에 빛을 발했다. 북극성은 바람의 중심에 있었고, 곰자리는 저녁부터 북극성 바깥쪽을 돌아 동쪽으로 향해 지금은 자오선과 직각을 이루었다. 영국에서는 별마다 색이 다르다는 것을 직접 목격하기보다 책을 읽어 아는 경우가 많았는데, 이곳에서는 직접 볼 수 있었다. 시리우스의 강렬함은 강철과 같은 광휘가 눈을 찌르는 것 같았으며, 카펠라로 불리는 별은 노란색, 알데바란과 베텔게우스는 타는 듯한 붉은 색으로 빛났다.

이 움직임은 매우 맑은 날 밤, 언덕 위에 홀로 서 있는 사람에게 세상이 동쪽으로 움직이고 있다는 사실을 지각하게 할 정도였다. 잠깐의 고요함 속에서 느낄 수 있는 이 감각은 지구를 지나쳐 가는 별들이나, 우주를 전망하기에 탁월한 장소를 제공하는 언덕에 의해 생겨났다. 바람이나 고독에 의해 일어났거나. 어떤 이유든 별을 따라 흘러가는 듯한 느낌은 매우 생동적이고 오래도록 남았다. 천체의 움직임은 시에서 자주 쓰는 문구지만, 이 좋은 문구를 서사적으로 즐기려면 한밤중의 언덕 위에 잠깐 서 있어야 한다. 그러면 이 시간에 잠에 빠져 현재 일어나는 일들을 모르는 문명인들과 달리 감각이 확장되고, 별을 지나 위엄 있게 앞으로 나아가는 자신을 오랫동안 고요하게 관찰할 수 있다. 한밤중의 관찰 뒤에는 현실을 자각하기 어렵고, 엄청난 속도의 의식이 작은 인간의 생각에서 비롯된다는 것이 믿기 힘들어진다.

하늘을 배경으로 둔 이 언덕에 갑자기 예기치 못한 소리가 연속적으로 들려왔다. 그 소리는 어떠한 바람에서도 들을 수 없는 맑고 밝은 소리였고, 자연의 어느 곳에서도 찾을 수 없는 연속성이 있었다. 농부 오크의 플루트 소리였다.

그 선율은 무언가에 방해받고 있는 듯했는데, 아주 작게 연주해 음이 너무 높아지거나 멀리 퍼져 나가는 것을 방지하려는 것 같았다. 이 소리는 농장 울타리 밑의 작고 어두운 공간에서 들려왔는데, 그 공간은 농장에 관한 지식이 없는 사람은 용도나 의미를 알 수 없을 법한 양치기의 오두막이었다. 전체적인 모습은 작은 아라라트산에 놓인 작은 노아의 방주를 연상케 했다. 아주 어린 시절 방주의 존재를 알게 된 사람들의 의식 속에 확고하게 자리 잡은, 장난감 제작자들이 만든 장난감 방주 같은 모습이었기 때문이다. 오두막은 작은 바퀴 위에 세워졌는데, 땅에서 30센티미터 정도 떨어져 있었다. 이 오두막은 밤새 양들을 돌봐야 하는 양들의 출산 시기에 끌고 다닐 수 있었다.

사람들은 최근에야 가브리엘을 '농부' 오크라고 부르기 시작했다. 지금에 이르기까지 1년 동안 오크는 근면함과 몸에 익은 선한 마음가짐으로 노콤 언덕에 있는 조그만 양 목장을 임차하고, 그곳에 양 200마리를 채워 넣었다. 이전에는 토지 관리인으로 잠깐 일했으며, 그 이전에는 어렸을 때부터 아버지를 도와 대지주의 양을 돌보는 목동일 뿐이었다.

가브리엘 오크의 인생에서 일꾼이 아니라 주인으로서 아무런 도움 없이 홀로 아직 값을 다 지불하지도 않은 양 떼를 기르는 것은 중요한 기점이자 모험이었다. 오크 자신도 분명히 자신의 처지를 알고 있었다. 그는 새 출발을 하며 암양의 분만을 스스로 해결했다. 어렸을 때부터 양 기르는 일이 장기였기 때문에, 현명하게 출산기에는 초짜나 돈만 주면 뭐든지 하는 일꾼에게 양들을 맡기지 않았다.

바람이 오두막 모퉁이를 계속 때렸지만, 플루트 연주는 중단되었다. 오두막 측면에 직사각형으로 빛이 새 나오더니 오크가 모습을 드러냈다. 그는 등불을 들고, 문을 닫고 나와 거의 20분 동안 들판의 구석진 곳을 바삐 돌아다녔다. 등불은 여기저기서 나타났다가 사라졌고, 그도 모습을 드러냈다 사라졌다.

오크는 조용한 활기가 있었지만 느렸고, 신중해서 그의 일과 잘 어울렸다. 일에 대한 적합성이 미의 근본이라고 할 때, 그가 양 주위를 왔다 갔다 하는 모습에서 일종의 우아함이 느껴진다는 사실은 누구도 부인하기 힘들었다. 물론 필요하다면 도시인처럼 활달하고 빠르게 일하거나 생각할 수 있겠지만, 그의 도덕성과 체격과 정신은 정적이었다. 어떤 경우든 빨리 움직이는 일이 드물었다.

희미한 별빛 속에서 근처의 땅을 살펴보면 오크가 이번 겨울에 자신의 커다란 목적을 이루기 위해, 무심코 거친 비탈이라고 불릴 만한 땅 일부를 얼마나 적절하게 사용했는지 알 수 있었다. 밀짚 지붕으로 이루어진 오두막들이 여기저기 흩어져 있었고, 그 아래로 오크의 순한 암양들이 희끄무레하게 움직이거나 바스락거렸다. 양 목에 걸린 종은 그가 없을 땐 조용했다. 종소리는 털이 많이 자란 탓에 또렷하기보단 부드러웠고, 그가 양 떼에게서 멀어질 때까지 계속 울렸다.

그는 갓 태어난 새끼 양을 안고 오두막으로 돌아왔다. 새끼 양은 다 자란 양만큼 다리가 길었는데, 다리의 절반 정도를 차지하는 피막만이 새끼 양이라는 것을 드러냈다. 오크는 우유 캔이 끓고 있는 작은 난로 앞의 건초 더미 위에 새끼 양을 내려 두었다. 그러고는 입으로 바람을 불어 등불을 끄고 엄지와 검지로 다시 초의 심지를 확실하게 껐다. 꼬인 전선에 매달린 양초가 간이침대를 밝히고 있었다. 옥수수자루를 아무렇게나 엮어 만든 이 침대는 오두막의 반이나 차지했다. 오크는 몸을 쭉 뻗고 누워 모직 목도리를 풀고 눈을 감았다. 육체노동에 익숙하지 않은 사람이 어느 쪽으로 누워야 할지 고민할 시간에 오크는 이미 잠이 들었다.

오두막 내부는 방금 보았듯 아늑하고 신비롭고 매혹적이었다. 양초의 다홍색 불빛은 닿을 수 있는 거리에 존재하는 모든 사물을 다정한 색으로 물들였고, 식기와 가재도구에까지 빛을 내뿜어 즐거운 연상을 불러일으켰다. 구석에는 양치기용 지팡이가 세워져 있었고, 한쪽 선반에는 양의 약이나 수술할 때 사용하는 도구들이 줄지어 늘어서 있었다. 알코올, 테레빈유, 타르, 산화마그네슘, 생강, 피마자유 등이었다. 반대편의 삼각형 선반에는 빵, 베이컨, 치즈, 큰 병에 담긴 맥주나 사과주를 따라 마실 컵이 있었다. 이 식량들 옆에는 목자의 지루한 시간을 달래 줄 플루트가 있었다. 오두막은 선실 창문처럼 나무판이 달린 두 개의 둥근 구멍을 통해 환기를 했다.

온기 덕분에 회복된 새끼 양이 울기 시작했고, 이 소리를 예상하고 있던 가브리엘의 귀와 뇌로 들어가 즉각적인 의미를 띠었다. 오크에게 깊이 잠들었다 정신이 멀쩡한 상태로 깨어나는 일은 잠자리에 드는 것만큼 쉬웠다. 시계를 본 그는 시침이 다시 중심축을 이탈한 것을 보곤 모자를 쓴 뒤 새끼 양을 품에 안고 어둠 속으로 걸어갔다. 그는 새끼 양을 어미 곁에 두고는 현재 몇 시인지 확인하기 위해 일어서서 별들의 고도를 주의 깊게 살펴보았다.

시리우스와 알데바란은 끊임없이 움직이는 묘성을 가리키며 남쪽 하늘에 반쯤 떠 있었고, 그 사이로는 지금까지 단 한 번도 오늘처럼 생생하게 빛난 적이 없는 아름다운 오리온자리가 빛나고 있었다. 차분한 광채를 띤 카스토르와 폴룩스는 거의 자오선 위에 있었다. 황량하고 어둑어둑한 페가수스자리는 북서쪽으로 향했다. 저 멀리 숲 사이로 보이는 직녀성은 잎이 없는 나무에 매달린 등불처럼 반짝였고, 카시오페이아자리는 가장 높은 나뭇가지 위에 우아하게 떠 있었다.

"1시군."

그는 삶이 매력적이지 않다고 생각하는 사람이 아니었기에 유용한 도구이자 매우 아름다운 하늘을 응시했다. 한동안 그는 하늘에서 느껴지는 외로움에 취한 듯 보였다. 주변 사람들의 광경과 소리라는 완벽한 추상화에 감명받은 듯 보이기도 했다. 인간의 형체, 방해물, 문제, 기쁨은 없는 듯 보였고 어두운 지구의 반구에 자신 외에 어떤 지적인 생명체도 존재하지 않는 것 같았다. 그는 이 모든 것이 밝은 지구의 다른 반구로 옮겨 갔다고 생각했다.

오크는 먼 하늘을 보며 이러한 생각에 잠겨 있다, 별이라고
여겼던 숲의 변두리에 낮게 떠 있던 빛이 별이 아니라는 사실을
서서히 깨달았다. 그것은 매우 가까운 거리에 있는 인공적인 빛
이었다.

누군가와 같이 있고 싶다는 생각이 드는 한밤중에 혼자 있다
는 사실을 깨닫고는 두려움을 느끼는 사람들이 있다. 그러나 그
보다 더 두려울 때는 논리학자가 사용하는 직감, 감각, 기억, 유
추, 증거, 확률 같은 예시들이 하나로 합쳐져 현재 완벽하게 혼
자 있다는 생각을 확신하지만, 근처에서 알 수 없는 누군가가
존재한다는 사실을 느낄 때다.

오크는 숲에 낮게 드리워진 나뭇가지를 헤치며 바람이 부는
쪽으로 갔다. 비탈길 아래의 흐릿한 덩어리가 이곳에 헛간이 있
음을 상기시켰다. 언덕 비탈의 움푹 파인 곳이라 헛간의 뒤쪽
지붕이 지면과 거의 같은 높이였다. 앞쪽 기둥에는 판자가 박혀
있었고, 방부제 역할을 하는 타르가 덮여 있었다. 지붕과 옆면의
틈새로 빛이 퍼져 나왔는데, 그 빛이 그를 이곳으로 이끌었다.
오크가 한걸음 물러나서 지붕에 기대고는 틈에 눈을 갖다 대자,
내부가 선명히 보였다.

그곳에는 두 명의 여성과 두 마리의 소가 있었다. 소 옆에 있
는 양동이에서 김이 모락모락 났는데, 삶은 겨로 만든 소여물이
들어 있었다. 한 명은 중년을 넘긴 나이였고, 다른 한 명은 젊고
우아했다. 그의 눈 바로 밑에 젊은 여성이 있었기 때문에 공중

에서 내려다보는 것 같았는데, 마치 실낙원의 악마가 처음으로
에덴동산을 본 것처럼 그녀의 외모에 대해 명확히 판단할 수 없
었다. 그녀는 보닛이나 모자를 쓰지 않고, 몸을 감싼 망토로 머
리를 대충 감싸고 있었다.

"자, 이제 집으로 돌아가자." 나이 든 여성이 손마디를 엉덩이
에 얹고는 눈앞에서 벌어지고 있는 상황을 전체적으로 바라보
며 말했다. "데이지가 괜찮아져야 할 텐데. 살면서 이번만큼 두
려웠던 적은 없지만, 이 소가 괜찮아진다면 휴식 시간을 빼앗기
는 건 상관없어."

젊은 여성은 주변이 조금만 조용해져도 감길 듯 눈꺼풀이 무
거워 보였고, 불편할 정도로 입술을 조금 벌려 하품을 했다. 가
브리엘도 그녀에게 옮아 살짝 하품을 했다. "이런 일을 대신해
줄 사람을 고용할 만큼 부자였으면 좋겠어요." 그녀가 말했다.

"그렇지 못하니 우리가 해야지." 나이 든 여성이 말했다. "여기
서 머물고 싶다면 나를 도와줘야 해."

"음…… 그런데 제 모자가 없어졌어요." 젊은 여성이 말을 이
었다. "울타리로 넘어간 것 같아요. 그렇게 약한 바람에 모자가
날아갈 줄 몰랐어요."

똑바로 서 있는 소는 데본 품종으로 마치 염료통에 담갔다 뺀
듯이 눈에서부터 꼬리까지 완벽하게 균일한 인디언 피부처럼
선명한 붉은색으로 촘촘하고 포근하게 덮여 있었고, 긴 등은 정
확하게 수평이었다. 다른 소는 회색과 흰색이 섞인 얼룩소였다.
오크는 그제야 그녀의 옆에 있던 태어난 지 하루 정도밖에 안

돼 보이는 작은 송아지를 보았다. 송아지는 아직 시력이라는 현상에 익숙해지지 않은 듯 멍하니 두 여자를 쳐다보거나 랜턴이 달이라도 되는 양 바라보았다. 유전된 본능을 경험으로 바로잡을 만큼 충분한 시간이 없었기 때문일 것이다. 최근 들어 출산의 신 루키나는 노콤 언덕의 양들과 소들 사이에서 바쁜 나날을 보내는 모양이었다.

나이 든 여자가 말했다. "귀리 가루를 조금 가져오라고 해야겠구나. 겨가 다 떨어졌어."

"알았어요, 숙모. 날이 밝는 대로 제가 가져올게요."

"하지만 곁안장*이 없잖니."

"다른 방식으로 타면 돼요, 걱정하지 마세요."

이 말을 들은 오크는 그녀의 생김새가 더욱 궁금했지만, 그의 위치와 그녀가 두른 망토 때문에 자세히 볼 수 없었다. 그래서 상상력을 동원하여 그녀의 외모를 떠올려 보았다. 사람은 정면에서 또렷하게 대상을 보더라도 그것과 상관없이 내면의 요구에 따라 색을 입히고 형체를 만든다. 만약 가브리엘이 처음부터 그녀의 얼굴을 또렷이 볼 수 있었다면, 그녀를 매우 당당하고 아름다운 사람이거나 그쯤 되는 사람으로 생각했을 것이다. 그 순간 그의 영혼은 성스러움을 요구했거나 받아들일 준비가 되어 있었기 때문이다. 상상하기에 적당한 위치에 자리 잡고 있던

---

* 말을 탈 때 두 다리를 한쪽으로 모을 수 있게 해주는 안장으로, 주로 치마를 입은 여성이 사용한다.

그는 내면에서 점점 더 커지는 공백을 어떻게 해야 만족스럽게 채울 수 있을지 생각하다가, 그녀를 아름답게 그려 넣기로 했다.

어머니가 끊임없는 노동 속에서 자식을 미소 짓게 하려고 잠시 시간을 내듯, 신통한 일이 일어났다. 그녀가 망토를 벗고 빨간 재킷 위로 검은 머리카락을 늘어뜨렸다. 오크는 그녀가 자신에게 2펜스를 빚진, 도금양과 거울이 실려 있던 노란 마차의 주인이라는 사실을 즉시 알아차렸다. 그들은 송아지를 어미 옆에 다시 눕힌 뒤 랜턴을 들고 밖으로 나갔다. 언덕을 내려가는 불빛은 더 이상 별처럼 보이지 않았다. 가브리엘 오크는 자신의 양 떼에게 돌아갔다.

3
말을 탄 여인 - 대화

천천히 날이 밝아 왔다. 태양의 위치가 새로운 관심사 중 하나였기에, 오크는 어젯밤 벌어진 일을 제외하면 특별할 게 없는 숲으로 다시 들어갔다. 오크는 그곳에 멈춰 서서 골똘히 생각하다 언덕 기슭에서 말발굽 소리가 들려오는 것을 알아챘고, 곧 적갈색 조랑말을 탄 여성이 외양간 옆길을 따라 올라가는 것을 보았다. 어제 본 젊은 여자였다. 가브리엘은 순간 그녀가 어제 바람에 모자를 잃어버렸다고 말하던 장면이 떠올랐다. 아마도 모자를 찾으러 온 모양이었다. 그는 급히 도랑을 훑으며 9미터 정도 걸어가다, 낙엽 속에서 모자를 찾았다. 가브리엘은 모자를 손에 들고 오두막으로 돌아왔다. 그는 편하게 앉아 작은 창문을 통해 말을 탄 여성이 지나갈 길을 쳐다보았다.

그녀는 주위를 살피더니 울타리 맞은편을 향해 갔다. 자리에서 일어나 모자를 잡으려던 가브리엘은 예상치 못한 그녀의 행동에 잠시 멈추었다. 외양간 뒤편의 길은 숲을 둘로 나누었다. 말이 지나갈 만한 길이 아니었다. 사람만 간신히 지나갈 수 있었는데, 지면에서 2미터 정도 되는 높이에 나뭇가지가 수평으로 자라나서 말에 곧게 앉아 그 아래를 지나가는 것은 불가능했다. 여성용 승마복을 입지 않은 그녀는 주변에 사람이 없는 게 확실한지 주위를 살핀 뒤 능숙하게 조랑말 등에 누웠다. 그녀는 머리를 조랑말의 엉덩이에, 다리는 어깨에 기대어 놓고 눈은 하늘에 두었다. 그녀는 물총새처럼 빠르게 누웠고 매처럼 소리 없이 움직였다. 오크는 그녀의 움직임을 쫓기 힘들었다. 키 크고 여윈 조랑말은 마치 이러한 행동이 익숙한 듯, 그녀를 개의치 않고 느긋하게 걸어갔다. 그렇게 그녀는 나뭇가지 아래를 지나갔다.

그녀는 조랑말 위라면 어느 곳에 있든 편안해 보였고, 숲을 지나서 이상한 방식으로 조랑말을 탈 이유가 사라지자 처음보다 편안한 자세로 바꾸어 앉았다. 그녀는 곁안장 없이 부드러운 가죽만 깔았기에 옆으로 앉아 말을 타는 게 불가능해 보였다. 평상시처럼 수직으로 곧게 앉은 그녀는 아무도 자신을 보지 못했다는 사실에 만족감을 느끼며, 여자에게는 기대하기 어려운 자세로 튜넬 방앗간 쪽으로 갔다.

오크는 그 광경이 흥미로웠다. 어쩌면 조금 놀랐을지도 모른다. 그는 모자를 다시 걸어 놓고는 암양에게 돌아갔다. 한 시간후 그녀는 제대로 된 자세로 겨 자루를 싣고 왔다. 외양간에 다다를 때쯤, 그녀는 들통을 들고 있는 한 소년을 만났다. 그 소년은 그녀가 조랑말에서 내리는 동안 고삐를 잡아 주었다. 소년은 그녀에게 들통을 맡기고 조랑말을 끌고 갔다.

잠시 후 무언가 뿜어져 나오는 부드럽고 거친 소리가 번갈아가면서 들렸다. 누가 들어도 소젖을 짜는 소리였다. 가브리엘은 그녀가 잃어버린 모자를 손에 들고 그녀가 언덕을 떠나며 지나갈 길옆에서 기다렸다.

그녀는 한 손으로 들통을 무릎까지 들어 올린 채 걸어왔다. 균형을 잡기 위해 왼팔을 뻗고 있었는데, 오크는 지금이 여름이면 좋겠다고 생각했다. 그랬다면 팔 전체가 드러났을 것이다. 그녀 주위에는 밝은 분위기가 감돌았는데, 자신이 매력적인 존재라는 사실을 누구도 의심할 수 없다고 암시하는 것 같았다. 이런 주제넘은 짐작은 바라보는 사람이 진짜로 그렇게 느꼈기 때문에 모욕적이라고 볼 수는 없었다. 천재가 이례적으로 강한 어조로 말하듯 평범한 사람을 우스꽝스럽게 만드는 방법은 이미 인정받은 장점을 강조하는 것이다. 그녀는 울타리 뒤에서 달처럼 떠오른 가브리엘의 얼굴을 보자 다소 놀란 눈치였다.

눈앞에 보이는 그녀의 실제 모습은 오크가 어렴풋이 상상한 모습과는 살짝 달랐다. 이러한 판단의 시작점은 그녀의 키였다. 그녀는 키가 큰 것처럼 보였지만, 너무 작은 들통과 울타리에 의한 착시 효과를 고려한다면 여자의 평균 키를 넘지 않을 수도 있었다. 전체 이목구비는 평범하고 균형 잡혀 있었다. 여러 주를 돌아다니면서 심미안을 갖춘 사람이라면 고전적인 얼굴과 몸매를 동시에 갖춘 영국 여성을 찾기 힘들다는 사실을 알 것이다. 이목구비가 아름답더라도 신체의 다른 부분에 비해 크기가 큰 경우가 많기 때문이다. 그에 반해 균형 잡힌 우아한 몸매의 팔등신은 보통 얼굴 윤곽이 제멋대로다. 소젖을 짜고 온 여자를 요정 님프의 베일을 씌우지 않은 채 바라보자, 그녀에 대한 비평이 저절로 사라졌다. 그는 그녀의 균형 잡힌 모습을 오래도록 기쁘게 바라보았다. 그녀의 상체 윤곽을 보아하니, 매우 아름다운 목선과 어깨를 가졌지만, 유아기 이후로 그러한 그녀의 모습을 본 사람은 아무도 없는 것 같았다. 그녀는 만약 목이 깊게 파인 드레스를 입고 있었다면 덤불로 도망가 몸을 숨긴 뒤 머리만 내밀었을 것이다. 그렇다고 결코 수줍음이 많은 사람은 아니었다. 노출할 부분과 그렇지 않을 부분을 도시 사람보다 까다롭게 정하는 것은 단지 그녀의 본능이었다.

오크가 같은 곳을 보고 있음을 알자마자 그녀의 속마음이 확실하고 자연스럽게 표정과 몸짓에 나타났다. 이런 자의식은 조금만 더 드러나면 허영심으로, 조금 덜 드러나면 위엄으로 보였을 것이다. 광선 같은 남성의 눈빛이 시골 처녀의 얼굴을 간질이는 것 같았다. 그녀는 마치 가브리엘이 직접 자신의 분홍빛 피부를 만지기라도 한 듯이 얼굴을 쓸어내렸다. 동시에 그녀가 가지고 있던 자유로운 분위기가 저절로 수그러들었다. 그러나 얼굴을 붉힌 것은 여자 쪽이 아니라 남자 쪽이었다.

"제가 모자를 하나 찾았는데요." 오크가 말했다.

"제 거예요." 그녀는 크게 웃고 싶은 마음을 억누른 채 옅은 미소를 띠며 말했다. "어젯밤에 날아갔어요."

"오늘 새벽 1시였죠?"

"맞아요." 그녀는 깜짝 놀라며 말했다. "어떻게 아셨어요?"

"여기 있었거든요."

"당신이 농장주 오크군요. 그렇죠?"

"그렇다고 해두죠. 최근에야 이 농장을 소유했으니까요."

그녀는 "큰 농장인가요?"라고 물으며 주위로 시선을 옮겼고, 그림자에 가려져 검은색이 된 머리를 쓸어 넘겼다. 그러나 해가 뜬지 한 시간이 지났기에 곱슬거리는 부분은 햇빛의 손길을 받아 햇빛과 같은 색을 띠었다.

"아뇨, 별로 크지 않아요. 백 정도 됩니다."(농민들은 농장의 크기에 관해 이야기할 때 '에이커'를 생략하고 말했는데, '뿔이 10개 달린 5년 이상 된 수소'를 가리키는 표현과 같은 맥락이다)

"오늘 아침에 모자가 필요했어요." 그녀가 말을 이어 나갔다. "튜넬 방앗간까지 가야 했거든요."

"네, 알고 있습니다."

"어떻게 아셨죠?"

"가는 걸 보았거든요."

"어디서요?" 그녀는 불안함에 얼굴과 몸이 일제히 굳었다.

"여기서요. 숲을 지나 언덕을 내려가시더군요." 오크는 자신이 말한 지점을 쳐다보며 어떤 문제에 대해 지나치게 잘 알고 있다는 듯이 대답하고는 다시 그녀와 눈을 맞췄다.

그러다 그는 무언가를 깨닫고는 마치 도둑질하다 걸린 사람처럼 갑자기 그녀의 눈을 피했다. 낮은 나무 사이를 통과하던 만족스러웠지만 이상하고 터무니없는 행동이 떠오르자 그녀는 심장 박동이 빨라졌고 얼굴이 붉어졌다. 붉어질 일 없던 얼굴이 달아오르는 순간이었다. 그녀의 얼굴은 온통 진한 장미색으로 물들었다. 들통을 든 그녀의 얼굴에 프로방스부터 토스카나에 이르는 다양한 진홍색이 떠올랐고, 표정이 급격하게 변하였다. 오크는 그녀를 배려하는 마음으로 고개를 돌렸다.

동정심이 많은 오크는 여전히 다른 곳을 바라보며, 언제쯤 그녀가 냉정함을 찾아 다시 바라볼 수 있게 될지 생각했다. 그는 산들바람에 낙엽이 흩날리는 듯한 소리에 다시 그녀를 바라보았다. 그녀는 그 자리에 없었다.

비극과 희극 사이의 기분 속에서 가브리엘은 다시 일을 하러 돌아갔다.

다섯 번의 아침과 저녁이 지났다. 젊은 여성은 정기적으로 건강한 소젖을 짜러 오거나 병든 소를 돌보기 위해 외양간에 왔지만, 오크 쪽으로 시선을 돌리는 일은 없었다. 그가 어쩔 수 없이 보았다는 사실보다, 보았다는 것을 그녀에게 알린 눈치 없는 행동이 그녀를 불쾌하게 만들었다. 법이 없으면 죄가 없듯이 눈이 없으면 상스러움도 없을 것이다. 그녀는 가브리엘이 자신을 목격함으로써 상스러운 여자가 되었다고 생각하는 것 같았다. 이 사건은 오크에게 커다란 후회를 남겼다. 동시에 이 사소한 다툼으로 그녀에 대한 열정이 구체화되었다.

그 주의 마지막 날, 어떤 사건이 없었다면 그 둘은 서로를 서서히 잊고 지냈을지도 모른다. 어느 날 오후 날이 추워지더니 저녁이 되면서 서리가 거세졌고, 마치 족쇄가 살며시 조여들듯이 추위가 계속되었다. 작은 집에서 잠든 사람들의 숨결이 이불을 얼게 만드는 시기였다. 두꺼운 벽으로 이루어진 저택 응접실의 난롯가에 앉은 사람들의 얼굴은 환하게 빛나더라도 등은 서늘한 때였다. 그날 밤은 저녁도 먹지 못하고 앙상한 나뭇가지에서 잠든 작은 새들이 많았다.

젖을 짜는 시간이 가까워지자 오크는 평상시처럼 외양간을 바라보았다. 그는 추위에 떨면서도 한 살이 된 암양의 잠자리에 짚을 더 깔아 주었고, 오두막으로 들어가 난로에 연료를 더 넣었다. 문틈으로 바람이 들어오자, 바람을 막기 위해 문 아래쪽에 자루를 둔 뒤, 오두막을 남쪽으로 조금 더 돌렸다. 그러자 오두막의 양쪽에 하나씩 달린 환풍구에 바람이 들어오기 시작했다.

가브리엘은 문을 닫고 난로를 켤 때면 환풍구 두 개 중 하나를 열어야 한다는 사실을 늘 상기했고, 주로 바람이 불어오지 않는 쪽 환풍구를 열어 두었다. 그는 바람이 불어오는 쪽 환풍구를 닫고 다른 쪽을 열려다, 온도가 약간 올라갈 때까지 1~2분 정도 양쪽을 다 닫아 두자는 생각이 들어 다시 자리에 앉았다.

평소와 달리 오크는 머리가 아팠다. 전날 밤 제대로 휴식을 취하지 못했다는 사실이 떠오르자, 환풍구를 열고 푹 자야겠다고 생각했다. 그는 잠들기 전에 반드시 해야 할 일을 하지 않은 채 잠자리에 들었다.

가브리엘은 자신이 얼마 동안 의식을 잃었는지 알 수 없었다. 그는 의식을 되찾으면서 이상한 일이 벌어지고 있음을 인식했다. 그의 개가 울부짖고 있었고, 머리가 매우 아팠다. 누군가 그를 끌어당기며 목도리를 풀었다.

오크는 눈을 뜨며 저녁이 예상치 못한 이상한 과정을 거치며 깊어졌음을 깨달았다. 눈에 띄게 예쁜 입술과 하얀 이를 가진 여성이 오크 옆에 있었다. 더 놀라운 일은 그의 머리가 그녀의 무릎 위에 놓였고 얼굴과 목은 기분 나쁠 정도로 젖었으며, 그녀의 손가락이 오크의 목깃 단추를 풀고 있다는 사실이었다.

"무슨 일입니까?" 오크가 멍하니 물었다.

그녀는 즐거워하는 것 같았지만, 환희에 차지는 않았다.

"이젠 괜찮아요, 죽지 않았으니까요. 이런 오두막에서 질식하지 않은 게 놀랍네요." 그녀가 대답했다.

"아, 이 오두막이요!" 가브리엘이 중얼거렸다. "10파운드를 주고 샀어요. 하지만 팔아 버리고 옛날처럼 울타리에 짚으로 지붕을 얹고 그 밑으로 들어가 자야겠어요. 며칠 전에도 이 오두막에서 비슷한 일을 당할 뻔했거든요!" 가브리엘은 자신의 말을 강조하고자 바닥을 주먹으로 내리쳤다.

"오두막 때문만이 아니에요." 그녀는 다른 여성과 달리 생각을 끝마치고 말하는 사람이었다. "환풍구를 닫고 잠을 자는 어리석은 짓은 하지 말았어야 해요."

"네, 그래야 했어요." 오크가 멍하니 대답했다. 그는 이 사건이 과거의 일 중 하나가 되기 전에 그녀의 드레스 위에 머리를 얹고 그녀와 함께 있는 감각을 인식하고 감사하려고 애썼다. 그는 자신의 감정을 그녀가 알았으면 좋겠다고 생각했다. 그러나 조잡한 언어의 그물로 자신의 막연하고 알 수 없는 감정을 전달하는 것은 악취 나는 것을 그물에 담는 일과 같다고 여겨졌다. 그래서 아무 말도 하지 않았다.

그녀는 오크를 일으켜 앉혔고, 그는 삼손처럼 얼굴을 닦고 몸을 털기 시작했다. "제가 어떻게 감사를 전할 수 있을까요?" 그는 고마워하며 말했다. 그의 적갈색 안색이 조금씩 돌아왔다.

"신경 쓰지 마세요." 그녀가 미소를 지으며 말했다. 그 미소는 오크가 다음에 할 어떤 말도 귀 기울여 줄 것 같은 미소였다.

"절 어떻게 찾으셨어요?"

"젖을 짜러 왔는데 댁의 개가 오두막 문을 긁으면서 울부짖는 소리를 들었어요. 정말 운이 좋았어요. 데이지의 젖을 짜는 시기가 거의 끝나서 이번 주나 다음 주부터는 여기에 올 일이 없거든요. 개가 저를 보더니, 달려와선 치맛자락을 잡아당겼어요. 오두막에 도착해서 제일 먼저 환풍구가 닫혔는지 확인했어요. 제 숙부도 이런 오두막을 가지고 있는데, 양치기에게 환풍구를 닫아 놓고 자지 말라고 당부하는 걸 들은 적이 있거든요. 문을 열었더니 죽은 사람처럼 누워 있더군요. 물이 없어서 우유를 끼얹었는데 우유가 뜨끈하다는 걸 잊었지 뭐예요. 그래도 아무 소용이 없더군요."

"그렇게 죽을 수도 있었겠군." 가브리엘의 나지막한 읊조림은 그녀에게 한 말이라기보단 혼잣말에 가까웠다.

"아니요." 그녀는 덜 비극적인 상황을 선호하는 것 같았다. 죽음에서 사람을 구하면 그에 걸맞은 존엄 있는 말을 하기 마련인데 그녀는 그러지 않았다.

"당신이 제 목숨을 구해 주신 거예요. 댁의 숙모님 성함은 아는데, 당신의 이름은 모르는군요."

"지금은 별로 말하고 싶지 않네요. 별로 그러고 싶지 않아요. 저랑 아무런 상관없는 당신에게 굳이 이름을 알려 줄 이유도 없는 것 같고요."

"하지만 여전히 알고 싶군요."

"제 숙모님에게 물어보세요. 알려 주실 거예요."

"제 이름은 가브리엘 오크예요."

"하지만 제 이름은 아니죠. 그렇게 단호히 말씀하시는 걸 보니 본인 이름을 좋아하나 보군요."

"제가 살면서 불릴 유일한 이름인데 최대한 활용해야지요."

"전 항상 제 이름이 이상하고 불쾌하게 들린다고 생각해요."

"곧 새로운 이름으로 바꾸시겠군요."

"이럴 수가! 남의 일에 잘도 참견하는군요, 가브리엘 오크 씨."

"음, 일단 아가씨라고 부르는 것을 양해해 주세요. 전 아가씨가 제 의견을 좋아할 거라고 생각했어요. 하지만 제 마음을 아가씨만큼 말로 잘 전하지 못하겠군요. 전 결코 똑똑하지 않으니까요. 어쨌든 감사합니다. 제게 손을 주세요!" 그녀는 가벼운 대화가 이런 진지한 구식 결말에 도달한 것에 당황하여 망설였다.

"좋아요."라고 말하며 그녀는 손을 내밀고 아무런 감정 없이 입술을 차분히 오므렸다. 그는 그녀의 손을 잡았지만, 자신의 감정이 드러날까 봐 즉시 생각을 바꾸어 소심한 사람이 하듯이 손가락만 가볍게 건드렸다.

그러고는 바로 말했다. "미안해요."

"뭐가요?"

"아가씨의 손을 재빠르게 놓아 버린 거요."

"원한다면 다시 손을 드릴게요, 여기요." 그녀는 다시 그에게 손을 내밀었다.

오크는 의문스러울 정도로 오랫동안 손을 잡고 있었다. "매우 부드럽군요. 겨울인데도 전혀 트거나 거칠지 않네요!"

"이 정도면 충분하지 않나요?"라고 말했지만, 그녀도 손을 빼지 않았다. "제 손에 입을 맞추고 싶다고 생각하셨죠? 원하신다면 그래도 좋아요."

"아뇨, 전혀 그런 생각을 하지 않았어요. 하지만 그럴……." 가브리엘은 간단히 말했다.

"그러지 않으셨군요!" 그녀는 잽싸게 손을 뺐다. 가브리엘은 또다시 재치 없이 행동한 것을 책망했다.

"이제 제 이름을 알아내 보세요." 그녀는 놀리듯이 말하고는 자리를 떠났다.

4
가브리엘의 결심 - 방문 - 착각

남성이 견딜 수 있는 유일한 여성의 우월함은 대체로 무의식
에서 기인한다. 이 우월함은 여성이 자신을 종속시킨 남성에게
자신을 소유할 수 있다는 가능성을 암시하고, 그것을 남성이 스
스로 알아차리면 기쁨을 가져다주기도 한다.

빼어나게 아름다운 여성은 곧 젊은 농부 오크의 감정 체계 상
당 부분을 차지했다.

사랑은 매우 까다로운 고리대금업자가 되는 것이다. 하층 사
회에서 육체나 물질을 교환하여 과도한 이득을 얻는 것처럼, 순
수한 열정을 갖고 마음을 교환하여 정신적으로 과도한 이득을
얻기 때문이다. 매일 아침 오크의 감정은 금융 시장에서 기회를
계산하는 것처럼 민감했다. 오크는 먹이를 기다리는 자신의 개
처럼 그녀를 기다렸는데, 자신과 개가 닮았다는 사실을 깨닫고
는 상당히 충격받았으며, 침울해져서 개를 보지 않았다. 그러나

그는 정기적으로 오는 그녀를 울타리 너머로 계속 지켜보았고, 그녀에 대한 감정은 그녀에게 아무런 영향을 미치지 못한 채 깊어만 갔다. 오크는 아직 아무것도 해내지 못했고, 어떤 말도 할 준비가 되지 않았으며, 시작과 끝이 같은 사랑의 언어조차 만들어 낼 수 없었다. 이를테면,

'소리와 분노로 가득 차 있지만
결국엔 아무 의미도 없도다.'
—셰익스피어의 『맥베스』 5막 5장 중

같은 열정적인 이야기를. 그렇기에 아무 말도 하지 않았다.

그는 그녀의 숙모에게 물어 밧세바 에버딘이라는 그녀의 이름을 알아냈고, 약 7일 후부터는 소젖을 짜지 않을 거라는 사실도 알게 되었다. 그는 여덟 번째 날이 두려웠다.

마침내 여덟 번째 날이 왔다. 젖소는 더 이상 젖을 만들지 않았고, 밧세바 에버딘은 더 이상 언덕에 나타나지 않았다. 가브리엘은 일찍이 단 한 번도 상상할 수 없었던 감정의 최고조를 경험했다. 휘파람을 부는 대신 '밧세바'라고 읊조리기를 즐겼고, 어렸을 때부터 갈색 머리를 좋아했지만, 검은색 머리로 취향을 바꾸었으며, 사람들을 거의 만나지 않으며 자신을 고립시켰다. 사랑은 실제로 약한 존재에게 힘을 줄 수 있다. 결혼은 불안을 안정으로 바꾸는데, 이것을 바꾸는 힘은 불안과 비례한다. 오크는 결혼에서 빛을 보기 시작했고, 스스로 되뇌었다. "그녀를 아

내로 삼지 못하면, 내 영혼에 맹세하건대 난 쓸모없는 존재가
될 거야." 그는 이러한 생각을 하는 동안에도 꾸준히 밧세바의
숙모 댁에 방문할 만한 구실을 찾고 있었다.

그러다 기회가 찾아왔다. 새끼 양의 어미가 죽은 것이다. 여름
같이 화창하던 겨울날, 쾌활한 사람들이 더 오래 지속되기를 원
할 만큼 하늘이 적당히 푸르고, 가끔 은빛 햇살이 비치는 어느
1월의 아침, 오크는 새끼 양을 보기 좋은 바구니에 넣은 뒤 들판
을 가로질러 그녀의 숙모인 허스트 부인이 사는 곳으로 향하였
다. 뒤따라오던 개 조지는 커다란 변화가 일어나고 있는 목자의
일상에 우려의 표정을 지어 보였다.

가브리엘은 이상한 생각에 잠겨 굴뚝에서 피어오르는 연기를
보았다. 지난 저녁 그는 상상 속에서 굴뚝을 따라 내려가 난로
옆에 외출복을 입고 서 있는 밧세바의 모습을 보았다. 상상 속
의 그녀가 입은 외출복은 그녀를 언덕에서 보았을 때 입고 있던
옷으로, 그녀의 존재와 마찬가지로 그의 마음속에 남아 있었다.
이제 막 사랑에 빠진 그에게 이 옷은 밧세바 에버딘이라는 달콤
한 혼합물의 필수 성분이었다.

그는 깔끔한 차림새와 대충 꾸민 차림새의 중간 정도 되는 옷
차림을 했는데, 화창한 장날과 비 오는 일요일에 입는 옷의 중
간 정도 되는 정중한 복장이었다. 그는 호분으로 은색 시곗줄을
꼼꼼히 닦고, 장화에 새로운 끈을 묶고 놋쇠로 된 끈 구멍을 손
질하였으며, 깊은 숲에 들어가 새 지팡이를 구해, 돌아오는 길에
열심히 다듬었다. 옷상자의 아래쪽에서 새 손수건을 꺼내고, 장

미와 백합의 아름다움을 합친 것 같은 우아한 꽃가지 패턴이 수 놓인 가벼운 조끼를 입었다. 평소 푹석하고 곱슬곱슬하던 금발 이 조분석과 로만 시멘트의 중간쯤 되는 화려한 색으로 깊어질 때까지 머릿기름을 발라, 육두구를 감싼 껍질이나 썰물 이후 바 위에 들러붙은 젖은 해초처럼 머리카락을 고정했다.

처마에 앉아 지저귀는 참새 소리를 제외하면 오두막은 고요 했다. 지붕 위의 이 조그만 무리에게도 지붕 아래 사는 사람들 처럼 추문과 소문이 주된 화젯거리인 듯했다. 이는 오크의 첫 도전이 불길하다는 것을 예견하는 징조 같았다. 정원 앞에 도착 한 오크는 문 너머에 있는 고양이를 보았다. 그 고양이는 조지 를 보자마자 경기를 일으키듯 난리를 폈다. 조지는 불필요하게 짖어 숨을 낭비하는 것을 냉소적으로 피하는 나이에 이르렀기 에 고양이를 전혀 신경 쓰지 않았다. 사실 그는 명령받지 않는 이상 양들에게도 짖지 않았고, 양들에게 위협을 가하기 위해 짖 을 때도 평범한 표정이었다. 한번씩 겁을 주기 위해 짖는 울음 이 공격적이긴 했지만, 이는 양들의 안전을 위해서였다.

고양이가 달려간 월계수 덤불 뒤에서 목소리가 들려왔다.

"가엾어라! 저 고약한 개가 너를 물어 죽이려고 했구나, 그랬 구나, 가여운 것!"

오크가 그 목소리의 주인에게 말했다. "죄송하지만, 조지는 부 드러운 우유처럼 온화하게 제 뒤를 따라오기만 했습니다."

오크는 말을 끝마치기도 전에 자신의 대답을 듣고 있는 게 누 구인지 궁금해졌다. 사람은 나타나지 않고, 덤불 사이로 도망가는 소리만 들렸기 때문이다.

　오크는 생각에 잠겼다. 너무나 깊이 빠져 이마에 작은 주름이 생겼다. 대화 내용이 상황을 더 악화시키거나 호전시킬 가능성이 존재하는 경우, 기대와 달라지면 통렬한 실패감이 느껴진다. 오크는 약간 겸연쩍어하며 문에 다가갔다. 그가 머릿속으로 한 리허설과 현실은 시작부터 조금도 공통점이 없었다.

　집 안에는 밧세바의 숙모가 있었다. "에버딘 양에게 누군가 대화를 나누려고 찾아왔다고 전해 주시겠습니까?" 오크가 말했다. (농촌에서는 자신의 이름을 밝히는 대신 누군가라고 칭하는 것을 못 배운 행동이라고 여기지 않는다. 세련된 겸손에서 비롯된 행동이지만, 명함을 가지고 다니는 도시인들은 이해하지 못할 것이다)

　밧세바는 집에 없었다. 방금 그 소리는 확실히 그녀의 목소리였다.

　"들어오세요, 오크 씨."

　"감사합니다." 가브리엘은 그녀를 따라 벽난로 쪽으로 갔다. "에버딘 양을 위해 어린 양 한 마리를 가져왔습니다. 대부분의 여자들처럼 그녀도 좋아할 것 같아서요."

　"그럴지도 모르지요." 허스트 부인이 생각에 잠겨 말했다. "하지만 그 아이는 여기 잠시 머물 뿐이에요. 여기서 조금만 기다리면 밧세바가 올 거예요."

　"네, 기다리겠습니다." 가브리엘이 자리에 앉으며 말했다. "사실 새끼 양 때문에 이곳에 온 게 아닙니다, 허스트 부인, 간단히 말씀드리자면 그녀에게 결혼 생각이 있는지 물어보러 왔습니다.”

“정말인가요?”

“네. 만약 그런 생각이 있다면, 그녀와 결혼했으면 좋겠군요. 혹시 그녀 주위에 얼씬거리는 다른 젊은이가 있나요?”

“생각해 보지요…….” 허스트 부인이 필요 이상으로 불을 쑤셔 대며 말했다. “네, 정말 많은 젊은이가 있어요. 아시다시피 예쁘고, 똑똑하잖아요. 가정교사가 되려고도 했지만 음, 너무 무모했어요. 젊은이들이 여길 찾아왔다는 건 아니지만, 여자들이 그렇듯 여러 명이 있을 거예요.”

“안타깝군요.” 오크가 슬픔에 잠겨 갈라진 돌바닥을 응시하며 말했다. “전 그저 평범한 사람이라 처음으로 청혼하는 것이 제 유일한 기회였는데…… 제 방문 목적이 사라져 버렸으니 더 기다릴 필요가 없군요. 이만 집에 돌아가 보겠습니다, 허스트 부인.”

가브리엘이 언덕을 180미터 정도 내려갔을 때, 뒤에서 “이봐요, 이봐요!” 하고 그를 부르는 소리가 들려왔다. 일반적으로 들판을 가로질러 부를 때 나는 소리보다 세 배 정도 높은 목소리였다. 주위를 둘러보던 그는 자신에게 하얀 손수건을 흔들며 달려오는 여성을 보았다.

오크는 멈춰 섰고, 여성은 점점 더 가까워졌다. 밧세바 에버딘이었다. 가브리엘은 얼굴이 붉게 물들었다. 그녀도 얼굴에 이미 홍조가 어렸는데 감정에 의한 것이 아니라 달려왔기 때문이었다.

"오크 씨, 전……." 밧세바는 그의 앞에서 비스듬하게 얼굴을 기울이고 손을 허리에 얹으며 말하다 숨이 가쁜지 멈추었다.

"방금 전에 당신을 만나러 갔었습니다." 그녀의 말이 이어지기를 기다리면서 가브리엘이 말했다.

"네, 저도 알아요." 울새처럼 숨을 헐떡이며 말하는 그녀의 붉고 촉촉한 얼굴은 마치 태양이 이슬을 말려 버리기 전의 모란 꽃잎 같았다. "당신이 저를 만나러 온 줄 몰랐어요. 알았다면 정원에서 바로 집으로 들어갔을 거예요. 제가 농장주님을 쫓아온 건 숙모가 제게 구혼하러 온 분을 돌려보내는 실수를 했기 때문이에요."

가브리엘이 말을 이어 나갔다. "이렇게 달려오게 만들어서 죄송합니다, 아가씨." 그는 자신을 위해 달려온 그녀의 호의에 감사하며 말했다. "숨 좀 돌리세요."

"(후) 제가 이미 사귀는 젊은이가 있다고 말한 건 (후) 숙모의 큰 착각이에요." 밧세바가 말을 이어 나갔다. "저는 지금도 애인이 없고 (후) 전에도 없었어요. 저도 나이가 있다 보니, 제가 사귀는 사람이 여러 명 있다고 생각하며 떠난 당신이 너무나 안타깝다고 생각했어요."

"그 말을 들으니 진심으로 기쁘군요!" 오크는 기쁨으로 얼굴을 붉히며 오랫동안 특유의 미소를 지었다. 그는 손을 뻗어 급하게 뛰는 심장을 진정시키기 위해 허리에서 가슴으로 옮겨 간 그녀의 손을 잡았다. 그가 손을 잡자마자 밧세바는 손가락을 빼기 위해 장어처럼 손을 뒤집었다.

"제겐 작지만 예쁘고 아늑한 농장이 있어요." 가브리엘은 그녀의 손을 잡았을 때보다 자신감이 절반 정도 줄었다.

"네, 알고 있어요."

"한 사람에게 돈을 빌렸지만, 곧 다 갚을 거예요. 전 평범하지만 어렸을 때부터 조금씩 돈을 모았어요." 가브리엘은 '굉장히 많은'을 겸손의 의미로 돌려 말하고 있다는 사실을 그녀에게 알려 주는 듯한 어조로 '조금씩'을 발음했다. 그는 계속해서 말했다. "우리가 결혼하면, 저는 지금보다 두 배로 열심히 일할 거라고 확신합니다."

오크는 그녀에게 다가가 다시 한번 팔을 뻗었다. 밧세바는 그를 지나쳐 붉은 열매가 잔뜩 맺힌 낮은 호랑가시나무 덤불 옆에 섰다. 그가 자신을 압박하지는 않더라도 끌어안을 기세로 오는 것을 보고, 덤불 가장자리를 돌아 몸을 피했다.

"왜 그러시죠? 전 당신과 결혼하겠다고 말한 건 아니에요." 눈이 동그래진 그녀가 말했다.

"말도 안 돼요! 누군가를 뒤쫓아 와서는 결혼하고 싶지 않다니요!" 오크는 실망스럽다는 듯이 말했다.

"제가 말하려던 건 오직 하나뿐이에요." 그녀는 열을 내며 말하면서도, 자신이 만든 모순을 어느 정도 의식하고 있었다. "여러 명의 남자와 만나고 있다는 숙모의 말과 달리, 그 누구도 저를 애인으로 삼지 않았다는 거요. 저는 저를 소유물로 생각하는 남자들의 방식이 싫어요. 비록 언젠간 그렇게 되겠지만요. 제가 당신을 원했다면 이렇게 쫓아오지 않았을 거예요. 매우 스스럼

없는 행동이잖아요! 하지만 농장주님에게 잘못 전해진 사실을 바로잡기 위해서라면 서둘러 달려와도 해가 없겠다고 생각했어요."

"그럼요. 전혀 해가 될 일은 없지요."

그러나 세상은 충동적인 표현을 지나친 관대함이라고 여겼다. 오크는 이 모든 상황을 곱씹은 뒤 말했다. "전혀 해가 되지 않을지는 확신하지 못하겠군요."

"사실, 당신과 결혼하고 싶은지 아닌지 달려오기 전에 생각할 시간이 없었어요. 이미 언덕을 넘어가셨으니까요."

"이쪽으로 와서 1, 2분 정도 다시 생각해 보세요. 그동안 기다리고 있을게요, 에버딘 양. 저와 결혼해 주실래요? 결혼해 주세요, 밧세바. 흔한 사랑과 비교할 수 없을 만큼 훨씬 더 사랑합니다." 가브리엘이 다시 기운을 차리며 말했다.

"생각해 볼게요." 그녀는 오히려 겁먹은 듯이 대답했다. "제가 밖에서도 생각할 수 있다면. 밖에서는 마음이 산만해서요. 그러니……."

"하지만 상상해 볼 수는 있잖아요."

"그럼 시간을 좀 주세요." 밧세바는 가브리엘이 서 있는 곳에서 시선을 돌려 생각에 잠긴 채 먼 곳을 응시했다.

"당신을 행복하게 해 드릴 수 있습니다." 오크는 덤불 건너편에 있는 밧세바의 뒷모습에 대고 말했다.

"1~2년 안에 피아노를 사 드릴게요. 요즘 농부 아내들은 피아노를 갖기 시작했다고 하더군요. 저녁에 당신과 함께 연주할 수 있도록 플루트도 연습할게요."

"그랬으면 좋겠네요."

"그리고 시장에 갈 때 쓸 10파운드짜리 이륜마차와 아름다운 꽃, 새를 사 드릴게요. 쓸모 있는 수탉과 암탉 말입니다." 가브리엘은 시적 표현과 실용성의 균형을 맞추어 가며 말했다.

"그럼 정말 좋을 것 같네요."

"오이를 가꿀 비닐하우스도 갖춥시다. 신사와 숙녀처럼."

"좋아요."

"결혼식이 끝나면 신문의 결혼 소식란에 우리 결혼 소식도 실읍시다."

"정말 좋은 생각이군요!"

"그리고 모두가 그러듯 아이를 가집시다! 당신이 벽난로 옆에서 고개를 들면 제가 있을 것이고, 제가 고개를 들면 당신이 있을 겁니다."

"잠깐, 잠시만요, 그런 말도 안 되는 말은 하지 마세요." 그녀는 안색이 나빠졌고 한동안 말이 없었다. 그는 계속해서 붉은 열매를 쳐다보았다. 오크는 그 호랑가시나무 덤불이 앞으로 남은 인생에서 마치 청혼을 의미하는 암호라도 되는 듯 계속해서 응시했다. 밧세바가 단호하게 몸을 돌렸다.

"아뇨, 이런 건 아무 의미도 없어요." 그녀가 말했다. "전 당신과 결혼하고 싶지 않아요."

"다시 생각해 보세요."

"생각하면서 계속 마음을 바꾸려고 노력해 보았어요. 결혼은 어떤 의미에서는 매우 좋은 일이니까요. 사람들이 저에 관해 이야기할 때 제가 사랑을 쟁취했고, 매우 환희에 찼다고 생각하겠지요. 하지만 남편이…… 당신이 말한 것처럼 언제나 제 곁에 있겠지요. 제가 위를 올려다볼 때도 그곳에 있을 거고요."

"물론 그렇겠죠, 그 사람이 저고요."

"전 신부가 되는 건 상관없어요. 남편 없는 결혼식의 신부가 될 수 있다면요. 하지만 여자는 그런 식으로 자신을 뽐낼 수 없기 때문에, 적어도 지금은 결혼하지 않을 거예요."

"정말 답답한 이야기군요."

자신의 이야기가 이런 비판을 듣자, 밧세바는 그에게서 약간 멀어짐으로써 품위를 지켰다.

"제 심장과 영혼에 맹세하건대, 처녀가 하기에 그보다 더 멍청한 말은 없을 겁니다." 오크는 누그러진 목소리로 말을 이었다. "하지만 그대여, 그렇게 생각하지 마세요." 그는 깊은 한숨을 쉬었다. 그 한숨은 소나무 숲에서 부는 바람 소리처럼 확실히 들려 분위기를 깨뜨렸다.

"어째서 절 받아 주지 않는 겁니까?" 그는 호소하듯이 말하면서 그녀에게 다가가기 위해 덤불을 살며시 돌아갔다.

"받아들일 수 없어요." 그녀가 물러서며 말했다.

"어째서요?" 오크는 결코 닿을 수 없다는 절망감에 빠진 채, 가만히 멈추어 서서 덤불 너머의 그녀를 바라보았다.

"당신을 사랑하지 않으니까요."

"알아요, 하지만……."

그녀는 예의에 어긋나지 않을 정도로 작게 하품을 하였다. "전 당신을 사랑하지 않아요."

"하지만 제가 당신을 사랑합니다. 그리고 전 사랑받는 것을 좋아합니다."

"아, 오크 씨. 정말 좋은 일이군요! 하지만 당신은 절 경멸하게 될 거예요."

"절대 그렇지 않을 거예요." 오크가 너무나 간곡해서, 그가 뱉은 말이 힘을 지녀 덤불을 지나 그녀의 품속으로 들어오는 것 같았다.

"제가 이 삶에서 할 단 한 가지 확실한 일은 당신을 사랑하고, 당신을 그리워하고, 죽을 때까지 당신을 갈망하는 것입니다." 그의 목소리에는 진심 어린 애처로움이 담겨 있었고, 커다란 갈색 손은 눈에 띄게 떨렸다.

"절 그렇게까지 생각해 주시는데도 청혼을 거절하니 매우 끔찍한 잘못을 한 것 같군요." 그녀는 약간 괴로워하며 말했다. 자신이 처한 도덕적 딜레마에서 벗어날 수 있는 수단을 찾아 절망적으로 주위를 둘러보았다. "농장주님을 쫓아오지 않았더라면!" 그러나 밧세바는 이 분위기를 재빨리 쾌활하게 되돌릴 방법이라도 있는지 교활한 표정을 지었다. "잘 안 될 거예요, 오크 씨. 누군가 절 길들여 주면 좋겠어요. 전 너무 자립심이 강해요. 농장주님은 절대로 절 길들일 수 없다는 것을 전 알아요."

오크는 대화를 해봤자 의미가 없다는 것을 알았다는 듯 들판을 보았다.

그녀가 명쾌하고 상식적인 어조로 말했다. "오크 씨, 당신은 저보다 돈이 많은 사람이에요. 전 한 푼도 없어요. 생계를 유지하려고 숙모와 함께 지내는 형편이지요. 전 당신보다 교육을 많이 받았어요. 그리고 당신을 조금도 사랑하지 않아요. 제 사정은 이래요. 이제 당신의 사정을 보죠. 당신은 이제 갓 농장주가 되었어요. 그렇기 때문에 신중해야지요. 결혼은(물론 당장은 그럴 생각조차 안 하겠지만) 당신이 지금 가지고 있는 농장보다 훨씬 큰 농장에 양들을 채워 줄 돈 많은 여자와 해야지요."

가브리엘은 놀라움과 감탄 어린 표정으로 그녀를 바라보았다. "그것이 바로 제가 생각하던 겁니다!" 그가 순진하게 말했다. 오크는 밧세바에게 한 청혼에 성공하기에는 기독교인으로서의 덕목을 1.5배 더 가지고 있었다. 그는 겸손한 데다 과할 정도로 정직했다. 밧세바는 매우 당황했다.

"그럼 어째서 저를 찾아와 혼란을 주시나요?" 그녀는 화가 난 듯 양 볼의 홍조가 점점 진해졌다.

"전 제가 생각한 대로 행동할 수 없어요…… 그것은…….""

"옳은 행동이요?"

"아뇨, 현명한 행동이에요."

"이제서야 인정하시는군요. 오크 씨." 그녀는 아까보다 거만하게 말했고, 경멸스럽다는 듯이 머리를 흔들었다. "그 말을 듣고도 제가 당신과 결혼할 것 같아요? 제가 알게 된 이상 그럴 수 없어요."

오크는 열을 내며 밧세바의 말을 끊었다. "하지만 절 그런 식으로 오해하지 마세요! 전 저와 같은 수준의 남자들이 생각한 것들을 털어놓은 정도로 솔직한 사람입니다. 그런데도 얼굴을 붉히면서 제게 화를 내는군요. 당신이 제게 충분하지 않다는 건 말도 안 됩니다. 당신이 귀부인처럼 말하는 건 교구민들 전부가 안다고요. 게다가 듣기로는 숙부께서 웨더버리에 제가 앞으로 소유할 농장보다 훨씬 큰 농장을 소유하고 있다더군요. 저녁에 찾아와도 될까요? 아니면 일요일에 같이 산책할래요? 당신이 당장 마음을 정하길 바라지는 않습니다."

"아뇨, 아뇨, 안 돼요. 저를 더는 압박하지 마세요. 전 당신을 사랑하지 않아요. 그러니 그건 말도 안 되는 소리예요." 그녀가 웃으며 말했다.

변덕스러운 감정은 그 누구도 좋아하지 않는다. 오크는 자신의 여생을 전도서에 바치려는 사람처럼 단호하게 말했다.

"좋습니다. 더 이상 묻지 않겠습니다."

5

밧세바와의 이별 - 오크의 비극

어느 날 가브리엘에게 들려온 밧세바 에버딘이 마을을 떠났다는 소식은, 단번에 포기할수록 확실하게 포기하기 어렵다는 사실을 한 번도 생각해 본 적 없는 사람에게 깜짝 놀랄 만한 영향을 끼쳤다.

사랑에 빠지는 길처럼 사랑에서 빠져나올 때도 평범한 길이 없다는 사실을 알아챘을 것이다. 결혼을 사랑의 지름길로 여기는 사람도 있지만, 그런 사랑은 실패로 알려져 있다. 이별은 밧세바가 사라지면서 운명이 가브리엘 오크에게 부여한 기회로, 특정한 기질을 가진 사람들에게는 효과적이지만, 어떤 사람에게는 멀어진 대상을 이상화하는 계기로 작용한다. 특히 차분하고 규칙적이며 깊고 오래가는 애정을 가진 사람들이 그렇다. 오크는 침착한 사람이었기에, 밧세바가 사라지자 그녀에게 녹아든 은밀한 마음이 더 커다랗게 불타올랐다. 그뿐이었다.

이제 막 알게 된 허스트 부인과의 관계는 청혼이 실패하며 더 이어지지 않았고, 밧세바가 떠났다는 소식도 다른 사람에게 전해 들었다. 그녀는 32킬로미터 이상 떨어진 웨더베리로 갔는데, 잠시 방문하러 간 것인지 그곳에 정착하러 간 것인지는 알 수 없었다.

가브리엘에게는 개 두 마리가 있다. 나이가 많은 조지는 코끝이 좁은 분홍색 살로 둘러싸인 흑단색이며 흰색과 푸른빛을 띠는 회색 반점이 찍힌 털을 가졌다. 그러나 수년의 시간이 흘러 회색 털은 타거나 색이 바래, 회색에서 푸른 성분이 희미해지기라도 한 듯, 마치 터너의 그림 속 짙은 푸른빛으로 바뀌었다. 원래는 그냥 털이었지만, 양과 오랜 시간 접촉한 탓에 품질이 좋지 못한 양털로 변한 듯 보였다.

이 개는 원래 도덕성이 결여되고 성질이 고약한 목자의 개였다. 그래서 모든 종류의 악담과 욕이 나타내는 비난 수위를 인근에 사는 가장 사악한 노인보다 더 자세히 알았다. 오랜 경험을 통해 "돌아와!"와 "이 새끼야 돌아와!"의 차이를 정확히 인지했고, 각 외침에 따라 어떤 속도로 돌아와야 비틀거리는 목자의 지팡이를 피할 수 있을지 알았다. 비록 늙었지만, 여전히 영리하고 믿음직했다.

어린 개는 조지의 새끼였으나 아비와 닮은 점이 별로 없는 것으로 보아 어미를 닮은 듯했다. 조지가 죽었을 때를 대비하여 양 떼를 따라다니면서 양치지 개가 되는 법을 배우고 있지만, 초보적인 수준에 머물러 있었다. 그 어린 개는 여전히 충분히 일을 잘하는 것과 지나치게 일하는 것을 구별하는 데서 극복할 수 없는 어려움을 겪고 있었다. 이 어린 개는 매우 진지했지만, 판단력이 떨어져서(딱히 이름이 없었는데, 어떤 종류의 말에도 반응했다) 양 떼를 쫓으라고 보내면 너무 철저하게 일을 하여 소리를 질러 부르거나 늙은 조지가 본보기를 보여 주지 않는 이상 양을 몰고 주(州) 전체를 신나게 돌아다닐 것이다.

개들에 대한 설명은 이 정도면 충분할 것이다. 노콤 언덕 구석에는 백악 채석장이 있는데, 인근 농장에 깔 백악을 몇 세대에 걸쳐 채취한 장소다. 채석장 위쪽에는 두 개의 울타리가 V자 모양으로 기울여져 있었지만 서로 닿지는 않았다. 채석장 꼭대기에는 조그만 구멍이 있었는데 철책으로 대충 막혀 있었다.

어느 날 밤, 오크는 더는 양 떼를 돌볼 필요가 없다고 생각하여 집으로 돌아가기 전, 다음 날 아침까지 별채에 개들을 가두어 두려고 평상시처럼 불러 모았다. 그 부름에 오로지 늙은 조지만 응했다. 다른 개는 집에도 길에도 마당에도 없었다. 그때 오크는 죽은 양을 먹고 있던 개들을 언덕에 두고 왔다는 사실을 기억해 냈다(개들의 먹이가 모자랄 때를 제외하고는 보통 먹지 못하게 한다). 그는 어린 개가 아직 식사를 끝마치지 못했다고 결론 짓고, 실내로 들어와 최근 들어 일요에만 즐기던, 침대에서 자는 호사로움을 만끽하기로 했다.

고요하고 촉촉한 밤이었다. 동이 트기 전 그는 귀에 익은 소리가 비정상적으로 울려 퍼지는 것을 듣고 잠에서 깼다. 양치기에게 양의 종소리는 일반 사람들에게 시계가 똑딱거리는 소리

같이 만성적인 것으로, 계속 울려야 모든 것이 정상이라는 뜻이다. 동이 트려는 아침의 엄숙한 고요함 속에서 가브리엘은 예사롭지 않은 격하고 빠른 소리를 들었다. 이 예외적인 울림에는 두 가지 이유가 있다. 종을 단 양들이 새로운 목초지에 들어가 빠르게 풀을 뜯거나, 양들이 달리기 시작할 때인데 이 경우 소리가 규칙적이다. 경험이 많은 오크는 지금 들리는 소리는 양떼가 매우 빠른 속도로 달려야 나는 것임을 알고 있었다.

그는 침대에서 뛰어나와 옷을 입고 안개가 자욱한 새벽 공기를 가르며 길을 달려 내려간 다음, 언덕을 올라갔다. 이미 새끼를 낳은 암양들은 아직 새끼를 낳지 못한 양 200마리와 분리해 놓았었다. 그런데 그 양 200마리가 언덕에서 완전히 사라진 것 같았다. 따로 분리해 놓은 양 50마리는 그가 해놓은 대로 반대편에 갇혀 있었지만, 양 떼의 대부분을 차지하는 나머지는 어디에도 없었다. 가브리엘은 양을 몰 때 내는 소리를 목청껏 외쳤다.

"오베, 오베, 오베!"

양 울음소리가 조금도 들리지 않았다. 오크는 울타리 쪽으로 갔다. 울타리 사이에 구멍이 나 있고 그 밑으로 양 발자국이 보였다. 이런 계절에 양들이 울타리를 부숴 다소 놀랐지만, 이내 양들이 겨울 숲속에서 상당히 많이 자라는 담쟁이덩굴을 매우 좋아한다는 사실이 떠올라 울타리를 지나 발자국을 따라갔다. 양들은 숲에도 없었다. 그는 다시 양들을 불렀다. 그의 목소리는 미시아 섬 해변에서 사라진 힐라스를 부르는 선원들의 목소리처럼 골짜기와 멀리 떨어진 언덕까지 울렸다. 그러나 양들은 보이지 않았다. 그는 나무들을 지나 능선을 따라 언덕을 올라갔다. 앞서 언급한 양쪽 끝부분이 V자 모양으로 기울어진 울타리, 즉 채석장 위쪽에 도달하면 끊기는 울타리가 있는 언덕의 꼭대기에 선 그는, 어린 개가 하늘을 등지고 서 있는 것을 보았다. 개는 세인트헬레나 섬의 나폴레옹처럼 어두웠고 미동조차 하지 않았다.

오크에게 끔찍한 생각이 꽂혔다. 그는 현기증을 느끼며 울타리 쪽으로 다가갔다. 철책이 부서져 있었고, 그의 양 떼 발자국이 찍혀 있었다. 어린 개는 그에게 다가와 신호에 따라 행동한 자신에게 큰 보상을 해 달라는 듯이 손을 핥았다. 오크는 낭떠러지를 내려다보았다. 양들이 낭떠러지 아래에 죽어 있었다. 심하게 훼손된 모습이었는데, 적어도 200마리는 넘어 보였다.

오크는 매우 인정 넘치는 사람이었다. 이런 인간적인 성격은 전략에 가까운 그의 신중한 의도를 무산시키는 일이 종종 있었으며 중력처럼 그를 이끌었다. 그가 가장 두려워하던 것은 자신의 양 떼가 양고기로 삶을 마감하는 것이었다. 그날이 찾아왔고, 목자는 무방비 상태의 양들을 이렇게 만든 순수한 반역자를 찾았다. 지금 그가 느낀 감정은 일찍 죽어 버린 온순한 암양들과 아직 태어나지 못한 새끼 양들에 대한 연민이었다.

문제가 되는 건 그다음이었다. 이 양들은 보험에 가입하지 않았다. 검소하게 살면서 저축한 돈이 단 한 순간에 없어져 버렸다. 자작농이 되겠다는 그의 희망은 실현 가능성이 옅어졌다. 아마 영원히 불가능할 것이다. 가브리엘은 열여덟 살부터 스물여덟 살까지 에너지, 인내심, 근면성을 너무 많이 쏟아부어 아무것도 남지 않은 듯 보였다. 그는 철책에 기대어 두 손으로 얼굴을 감쌌다.

그러나 혼미한 상태는 영원히 지속되지 않는 법이다. 오크는 곧 정신을 차렸다. 그가 내뱉은 감사함이 담긴 한 문장은 놀라운 동시에 그의 성격을 잘 나타내 주었다.

"내가 결혼을 하지 않은 게 천만다행이군. 지금 내게 일어난 가난을 아내도 겪는다면 어떨지!"

오크는 고개를 들어 지금 할 수 있는 일을 무기력하게 생각해 보았다. 채석장 바깥쪽 끝에는 타원형의 연못이 있었고, 그 위로 며칠밖에 남지 않은 해골처럼 야윈 샛노란 달이 떠 있었다. 샛별은 달 왼쪽에서 빛났다. 연못은 죽은 사람의 눈처럼 반짝거렸고, 날이 밝아 옴에 따라 산들바람이 불어왔다. 그 바람은 연못에 비친 달을 길게 늘어뜨렸다. 별은 인광처럼 늘어났다. 오크는 이 모든 것을 보고 기억했다.

오크가 보기에 그 가여운 어린 개는 여전히 훈련받은 기억에 사로잡혀 열심히 달릴수록 일을 더 잘해 내는 것이라고 생각한 듯 보였다. 죽은 양고기를 먹고 에너지와 활기를 얻어 모든 양을 구석으로 몰아넣고, 겁 많은 양들이 울타리를 뚫고 위쪽 들판을 가로지르게 했다. 겁먹은 양들이 녹슨 철책을 부술 정도로 가속도가 붙게 했으며 그렇게 그들을 낭떠러지 끝으로 밀어붙였을 것이다.

조지의 새끼는 살아 있기엔 일을 너무 철저하게 했다. 그 개는 그날 12시에 총에 맞아 비극적인 죽음을 맞이하였다. 꼬리에 꼬리를 무는 추론을 좇은 끝에, 논리적인 결론에 이르렀는데, 대부분 타협으로 이루어진 세상에서 완벽하게 일관된 행동을 하려는 개와 철학자에게 자주 일어날 만한 운명의 예였다.

가브리엘의 농장에 있는 가축은 그의 믿음직한 모습과 성격으로 인해 선수금을 전부 갚을 때까지 수익의 일정 부분을 나눈다는 조건으로 상인에게 공급받은 것이었다. 오크는 소유하고 있는 가축, 우리, 도구들의 가치가 빚을 갚기에 충분하지만, 자신은 입고 있는 옷 이외에는 아무것도 없는 무일푼 신세가 되리라는 것을 깨달았다.

6
채용 박람회 · 여행 · 화재

　두 달이 지났다. 캐스터브리지의 소도시에서 일 년에 한 번씩 일자리를 알선하는 채용 박람회가 열리는 2월이었다.

　길의 한쪽 끝에는 200~300명의 쾌활하고 혈기 왕성한 노동자들이 고용을 기다리며 서 있었다. 노동자 계층에게 노동은 자연의 섭리와 싸우는 것이고, 쾌락은 그 싸움을 포기하는 것과 다름없었다. 이 사람들 중에서 짐 마차꾼과 마부는 모자에 능직을 꼬아 올려 다른 이들과 구별되었다. 이엉장이는 꼰 밀짚 조각을 썼고, 목자는 양치기용 지팡이를 들고 있었다. 그렇기에 고용주들은 찾고자 하는 일꾼을 한눈에 알아볼 수 있었다.

　군중들 속에는 다른 사람보다 몸집이 좋고 외모가 뛰어난 젊은이가 있었다. 그의 용모는 주변 소작농들에게 질문을 받기에 충분했고, 그들은 그에게 존칭으로 질문을 하였다. 그의 대답은 항상 같았다.

"저도 일자리를 찾고 있습니다. 토지 관리인 자리요. 토지 관리인이 필요한 분을 알고 계시나요?"

가브리엘은 예전보다 더 창백했다. 그는 눈이 사색적이었고, 표정은 더 슬퍼 보였다. 그는 끔찍한 시련을 겪었지만, 잃은 것보다 얻은 것이 더 많았다.

오크는 많던 재산을 거의 잃었다. 그러나 그에게는 전에 없던 위엄이 생겼고, 운명에 대한 무관심이 가끔 사람을 악당으로 만들기도 했지만 그렇지 않을 경우 숭고함의 초석이 되는 침착함이 생겼다. 이런 식으로 지위의 실추는 승격되었고, 손실은 이득이 되었다.

기병 연대가 마을을 떠난 아침, 하사 한 명과 일행이 사거리에서 신병을 모집하고 있었다. 날이 저물어 갔지만 아직 일자리를 찾지 못한 그는 군대에 입대해 조국을 섬기고 싶다는 생각까지 했다. 오크는 시장에 서 있는 것이 싫증 났다. 할 수 있는 일이라면 무엇이든 꺼리지 않기에 토지 관리인이 아니더라도 할 수 있는 일을 찾기로 했다.

농부들 모두가 목자를 원하는 것 같았다. 양을 돌보는 일은 가브리엘의 특기였다. 한적한 거리를 따라 더 한적한 길에 들어선 그는 대장간에 들어갔다.

"목자용 지팡이를 만드는 데 얼마나 걸립니까?"

"20분이요."

"얼마죠?"

"2실링입니다."

오크는 벤치에 앉아 지팡이가 만들어지기를 기다렸고, 덤으로 손잡이까지 받았다.

그러고 나서 그는 기성복 가게로 갔는데, 그 가게 주인은 인맥이 넓었다. 지팡이를 만드는데 대부분의 돈을 쓴 가브리엘은 입고 있던 긴 코트와 목자용 작업복을 교환했다.

그는 거래를 끝내고 서둘러 중심지로 돌아가 지팡이를 든 채 보도 가장자리에 목자처럼 섰다.

오크가 옷을 갈아입고 목자로 서 있으니, 이번에는 토지 관리인의 수요가 가장 많은 듯 보였다. 그러나 두세 명의 농부들이 그에게 다가왔고, 대화가 이어졌다.

"어디서 왔소?"

"노콤입니다."

"꽤 멀리서도 오셨군."

"32킬로미터 정도 됩니다."

"마지막으로 누구의 농장에서 일했소?"

"제 농장이요."

이 답변은 콜레라가 돈다는 소문처럼 비슷한 반응을 이끌어냈다. 질문했던 농부는 그에게 살짝 떨어져 의심스럽다는 듯이 고개를 저었다. 가브리엘은 그의 개와 마찬가지로 너무 진솔해서 신뢰감을 주지 못했고, 마지막 대답 이후로 이야기는 진전되지 않았다.

좋은 계획을 세우고 그것을 사용할 기회를 기다리는 것보다 다가온 기회를 잡아 그에 맞는 절차를 즉석에서 만드는 것이 더 이득이다. 가브리엘은 목자 차림으로 옷을 갈아입지 않았으면 좋았을 뻔했다고 생각했다. 하지만 이 박람회에서 요구하는 직업이라면 어떤 분야든 시도해 보려 했다. 땅거미가 졌다. 몇몇 쾌활한 남자들이 곡물 거래소 옆에서 휘파람을 불며 노래를 불렀다. 한동안 작업복 주머니에서 빈둥거리던 가브리엘의 손이 그곳에 들어 있던 플루트를 만졌다. 그가 값비싸게 얻은 지혜를 실행으로 옮길 기회였다.

그는 플루트를 꺼내 '장터로 가는 마부'를 연주했다. 한순간도 슬픔을 모르고 살아온 남자 같았다. 오크는 아르카디아 풍의 감미로움을 담아 플루트를 불었고, 잘 알려진 그 노랫가락은 자신뿐만 아니라 주변을 배회하는 사람들의 흥을 돋우었다. 그는 진심을 담아 연주하였고, 30분 만에 소량의 동전을 벌었다.

그는 수소문 끝에 내일 쇼츠포드에서도 채용 박람회가 열린다는 사실을 알아냈다.

"쇼츠포드는 어느 정도 떨어진 곳인가요?"

"웨더베리 반대편으로 16킬로미터 정도 떨어져 있소."

웨더베리! 그곳은 두 달 전에 밧세바가 가 버린 곳이다. 이 정보는 마치 깜깜하기만 하던 그의 앞길을 대낮처럼 밝혀 주는 것 같았다.

"웨더베리는 얼마나 떨어져 있나요?"

"8~9킬로미터 정도요."

아마도 밧세바는 한참 전에 웨더베리를 떠났겠지만, 그곳은 오크가 일자리를 구할 다음 장소로 쇼츠포드 박람회를 선택할 만큼 흥미를 유발했다. 왜냐하면 그곳은 웨더베리에 속해 있기 때문이다. 게다가 웨더베리 사람들은 본질에 별로 관심이 없었다. 사람들의 말이 사실이라면 그들도 여느 마을 사람들과 마찬가지로 강인하고, 명랑하고, 변화했으며 사악했다. 오크는 그날 밤 쇼츠포드로 가는 길에 웨더베리에서 잠을 청하기로 하고, 의문에 싸인 그 마을로 가는 지름길이라고 소개받은 주요 도로를 걷기 시작했다. 길은 작은 개울들이 가로질러 흐르고 있는 강가 목초지를 따라 나 있었다. 작은 개울들의 떨리는 표면은 중심을 따라 꼬아져 있었고 양옆은 주름처럼 접혀 있었다. 물살이 좀 더 빠른 곳에는 방해받지 않고 평온하게 떠다니는 하얀 거품들이 있었다. 높은 위치에 자리한 길에는 말라 죽은 낙엽 더미가 바람을 타고 나선형으로 움직이며 바닥을 두드리고 있었다. 울타리 속의 작은 새들은 오크가 걸어 다니면 깃털을 바스락거리며 밤을 편히 보내려고 몸을 웅크리고 자리를 지켰지만, 그가 새들을 보기 위해 멈추면 날아가 버렸다. 그는 엽조가 둥지를 향해 날아오를 때 얄베리 숲을 지나고 있었으며 장끼가 '커억, 컥' 하고 우는 소리와 까투리가 쌕쌕대는 소리를 들었다. 그가 4~5킬로미터 정도를 걸었을 때쯤에는 주위 풍경 속 모든 것들이 검게 물들었다. 얄베리 언덕을 내려온 그는 길가에 나뭇가지를 드리운 채 큰 나무 밑에 서 있는 짐마차 한 대를 보았다.

그는 가까이 다가갔고, 마차에 말이 없는 것을 발견했다. 주변에 사람도 없는 듯 보였다. 마차는 밤새 이곳에 세워져 있을 것 같았는데, 주위에는 바닥에 놓인 건초 반 묶음 외에는 아무것도 없었다. 가브리엘은 마차의 끄트머리에 앉아 자신이 얼마큼 왔는지 생각해 보았다. 꽤 많이 걸었으리라 짐작했다. 날이 밝을 때부터 걸었기에, 웨더베리 마을로 계속 걸어가 숙박비를 지불하느니, 마차 속 건초에 누워야겠다고 생각했다.

마지막 남은 빵 조각과 햄을 먹고, 목이 마를 것에 대비해 가져온 사과주를 마신 뒤 외로운 마차 안으로 들어갔다. 그는 어둠 속에서 건초를 펼쳐 절반은 침대로 쓰고, 나머지 절반을 이불 삼아 몸을 덮었다. 그 어느 때보다도 몸이 편안했다. 이웃들보다 내성적인 오크 같은 사람은 과거의 일을 곱씹으며 내면의 우울함을 떨쳐 내지 못한다. 그는 자신이 겪은 사랑과 목자 일에 관한 불행을 생각하며 잠들었다. 목자는 뱃사람과 마찬가지로 잠을 기다리기보단 잠을 부를 수 있는 특권이 있다.

얼마인지 알 수 없는 시간 동안 잠들었던 오크는 마차가 움직이고 있다는 것을 깨달으며 깼다. 그를 실은 마차는 스프링이 없는 마차치고는 상당한 속도를 내며 길을 달렸고, 그의 머리는 마차 안의 건초 침대 위에서 마음대로 움직이지 못한 채 케틀드럼 채처럼 위아래로 흔들렸다. 잠시 후 그는 마차의 앞쪽에서 들려오는 대화를 들었다. 이 문제에 대한 걱정은(성인 남성이라면 불안했을 것이다. 그러나 불행은 개인적인 공포를 진정시킬 좋은 진정제다) 건초 더미 위에 있는 그를 조심스럽게 관찰하게 했고, 하늘에 떠 있는 별들이 보였다. 가브리엘은 큰곰자리가 북극성과 직각을 이루려 하니 지금이 9시쯤이라는 결론을 내렸다. 즉, 거의 두 시간을 잔 것이다. 이 사소한 천문학적 계산은 별다른 노력

없이 가능했고, 계산하는 동안 자신이 어떤 사람에게 맡겨졌는지 알아보기 위해 은밀히 몸을 돌렸다.

희미하게 보이는 앞쪽의 두 사람은 마차 밖으로 다리를 내놓은 채 앉아 있었는데, 그중 한 명은 마차를 몰고 있었다. 가브리엘은 곧 그 사람이 마부임을 깨달았고, 그들도 자신과 마찬가지로 캐스터브리지 채용 박람회에서 돌아오는 길 같았다.

오가던 대화는 이렇게 이어졌다.

"확실히 말하자면 연약한 외모는 아니지. 당당하게 아름다워. 하지만 그건 여자의 외면일 뿐이야. 그리고 이 훌륭한 소들을 마음속으로 매우 자랑스러워할 거야."

"맞아, 그럴 것 같아요. 빌리 스몰베리. 그런 것 같아요." 그들의 대화는 원래부터 불안정했지만, 마차가 흔들리며 말하는 사람의 후두까지 영향을 받아 더욱 불안정했다. 고삐를 쥔 사람이 말했다.

"허영심이 매우 강한 사람이야. 여기저기서 말이 들리더라고."

"만약 그렇다면, 그녀의 얼굴을 똑바로 쳐다보지도 못하겠군요. 절대 못 하지. 하하하! 난 정말 수줍음 많은 사람이라니깐!"

"맞아, 허영심이 강한 여자야. 자기 전에 취침용 모자를 제대로 썼는지 거울을 보고 확인한다더군."

"결혼한 여자도 아닌데, 이럴 수가!"

"피아노도 칠 줄 안대. 재주가 좋은지 찬송가를 연주해도 쾌활한 노래처럼 들린다더군."

"더 말해 뭐합니까! 우리만 좋으면 됐지. 돈은 어떻게 지급할 거라던가요?"

"그건 나도 모르겠어, 푸어그래스."

이런저런 이야기를 듣다 보니 그들이 밧세바에 대해 말하고 있을지도 모른다는 생각이 스쳐 지나갔다. 그러나 마차가 웨더베리 쪽으로 향하고 있다고 하더라도, 그 이상 갈 수도 있고, 대화 속의 여성은 재산을 좀 가지고 있는 여주인 같았기에 추측을 고집할 이유는 없었다. 마차가 웨더베리에 가까워졌다. 가브리엘은 대화 중인 두 사람을 쓸데없이 놀라게 하지 않으려고 마차에서 보이지 않게 슬며시 내렸다.

그는 울타리에 난 구멍이 대문이란 사실을 깨닫고는 돌아서 올라간 뒤, 그곳에 앉아 값싼 숙소를 찾아볼지, 돈이 들지 않는 건초나 옥수수 더미 밑에서 잘지 고민했다. 달가닥거리는 마차 소리가 사라졌다. 일어서서 막 걸어가려는데 왼편으로 800미터 정도 떨어진 곳에서 보이는 예사롭지 않은 빛을 알아챘다. 오크는 그 빛을 지켜보았다. 불빛은 더욱더 강렬해졌다. 무언가 불에 타고 있었다.

그는 다시 대문을 올라간 뒤 쟁기질이 되어 있는 듯한 땅으로 뛰어 내려와, 들판을 가로질러 정확히 화재가 일어난 방향으로 갔다. 그가 도착했을 때, 거대한 불길은 두 배로 커졌고 옆쪽에 있는 건초 가리의 윤곽을 뚜렷하게 비췄다. 마당에 쌓아 놓은 건초가 화재의 원인이었다. 그의 지친 얼굴은 선명한 주황빛으로 물들기 시작했고, 작업복과 각반을 비롯한 앞쪽으로는 춤을 추는 듯한 가시나무 그림자가 드리워졌다. 빛은 잎이 없는 울타리를 통과해 그에게 닿았다. 금속으로 된 지팡이의 휘어진 부분도 그 빛을 받아 은빛으로 빛났다. 그는 경계를 이루는 울타리에 이르러 숨을 가다듬으려고 멈추었다. 그곳엔 생명체가 하나도 없는 것 같았다.

불길은 너무 많이 타 버려 더 이상 손쓸 수 없는 긴 짚 더미에서 발화했다. 건초 가리가 타는 모습은 짚과 다르다. 바람이 안쪽으로 불면, 불이 붙은 부분은 녹은 설탕처럼 사라져 버리고, 윤곽이 보이지 않는다. 그러나 건초나 밀짚 더미가 잘 쌓여 있을 때 불이 바깥쪽에서 붙은 경우에는 번지기까지 상당히 오래 걸린다.

가브리엘의 눈앞에 있는 더미는 느슨하게 쌓여 있었고, 불길이 번개같이 내부로 번지고 있었다. 바람이 불어오는 쪽의 더미가 불타고 있었고, 시가의 끄트머리처럼 불길이 밝아졌다 어두워졌다 했다. 그러다 위쪽에서 가리 한 묶음이 떨어졌고, 화염이 길게 늘어나면서 조용히 울부짖었지만, 탁탁 소리가 나진 않았다. 연기는 마치 흘러가는 구름처럼 뒤편에서 수평으로 뿜어져 나왔고, 그 뒤에 숨어 있던 장작더미는 화염이 타오르면서 움직이는 거대하고 반투명한 연기를 한결같은 광채를 띤 노란색으로 빛나게 하였다. 앞마당에 있는 각각의 밀짚 더미들은 붉은 벌레가 기어 다니듯 살랑살랑 움직이는 불에 휩싸였다. 그 위로는 혀를 내민 입술과 번뜩이는 눈을 가진 상상 속에서나 나올 법한 불의 얼굴이 빛나고 있었고, 그 외 작은 악마 같은 불길에서는 둥지를 날아오르는 새들처럼 주기적으로 불꽃이 튀었다.

화재가 처음 짐작보다 더 심각해지자 오크는 더 이상 방관할 수 없었다. 한줄기의 연기가 옆으로 비켜 가자 불타고 있는 밀 가리와 놀라울 정도로 붙어 있는 또 다른 가리가 보였다. 그 뒤에는 농장에서 수확한 주요 곡물들이 있었다. 그가 상대적으로 고립되어 있을 거라고 짐작한 짚 더미는 다른 더미들과 제법 가까웠다.

　울타리를 뛰어넘은 가브리엘은 자신이 혼자가 아님을 알았다. 그가 처음으로 만난 남자는 마음이 몸보다 몇 미터 앞선 듯이 매우 급해 보였는데, 그의 몸은 생각만큼 빨리 움직이지 못했다. "아이고, 불이야, 불! 좋은 주인, 나쁜 일꾼들, 불이라고 불! 마크 클라크 빨리 와! 빌리 스몰베리 너도, 메리앤 머니, 잰 코건도 오고, 거기 매슈 너도 서둘러!" 소리를 지르는 남자 뒤로 다른 사람들이 나타났고, 가브리엘은 주위에 사람이 많음을 발견하였다. 그들의 그림자는 주인의 움직임이 아니라 흔들리는 불길에 맞추어 위아래로 움직이고 있었다. 생각을 감정으로 바꾸고, 감정을 소란으로 표현하는 계층의 사람들은 놀랄 만큼 혼동을 일으키며 불을 끄기 시작했다.

　가브리엘은 그와 가장 가까운 사람들에게 소리쳤다. "밀 가리 밑으로 부는 외풍을 막으세요!" 곡식은 돌로 만든 받침대 위에 쌓여 있었고, 타고 있는 짚에서 나오는 노란 빛깔의 혓바닥은 그 사이에서 곡식들을 핥으며 희롱하듯이 여기저기 쏘다녔다. 만약 불이 더미 아래쪽으로 들어간다면, 모든 것을 잃을 것이다.

　"빨리 방수포를 가져와요!" 가브리엘이 말했다.

사람들은 방수포를 가져와 수로에 커튼처럼 늘어뜨렸다. 곡식 더미 밑으로 번지던 불길이 멈추더니, 수직으로 솟아올랐다.

"물통을 들고 여기 서서 방수포를 계속 적시세요." 가브리엘이 다시 말했다. 위로 치솟는 불길은 밀 더미를 덮고 있는 거대한 지붕의 모퉁이를 공격했다.

"사다리!" 가브리엘이 소리쳤다.

"사다리는 밀 가리 옆에 세워 두었는데 다 타서 재가 되었어요." 연기에 가려 유령처럼 보이는 사람이 말했다.

오크는 갈대를 잇는 작업이라도 하듯이 더미의 잘린 끝부분을 잡고 발을 밀어 넣었으며, 가끔씩 지팡이를 찔러 가며 인상을 쓰고 위로 올라갔다. 그는 지붕 꼭대기에 다리를 벌리고 앉아 지팡이로 불길을 쳐서 끄기 시작했고 다른 사람들에게 큰 나뭇가지와 사다리, 물을 가져오라고 소리쳤다.

마차에 있던 사람 중 한 명인 빌리 스몰베리는 사다리를 찾아 오크의 옆쪽 지붕에 두었고, 마크 클라크는 사다리를 타고 올라갔다. 오크가 있는 구석에 연기가 숨이 막힐 정도로 올라왔고, 재빠른 클라크는 물통을 건네받아 주기적으로 오크에게 물을 뿌려 주었다. 그러는 동안 가브리엘은 한 손엔 기다란 너도밤나무 가지를, 다른 손에는 자신의 지팡이를 들고 계속해서 더미를 쓸면서 불씨를 껐다.

지상에 있는 마을 주민들은 여전히 큰 불길을 잡기 위한 모든 조치를 취했지만 별로 도움이 되진 않았다. 온통 주황색으로 물든 그들의 뒤로 다양한 무늬의 그림자가 드리워졌다. 가장 큰 더미의 모퉁이를 돌자 여자를 등에 태운 조랑말이 타오르는 불길을 피해 서 있었다. 그녀 옆에는 또 다른 여자가 있었다. 이 두 사람은 조랑말이 난동을 부릴까 봐 불에서 멀리 떨어져 있는 것 같았다.

서 있는 여자가 말했다. "저 사람은 목자네요. 확실해요. 가리를 칠 때마다 빛나는 지팡이 좀 보세요. 게다가 작업복은 불에 타서 구멍이 두 개 정도 생겼군요! 잘생기고 젊은 목자네요, 아가씨."

"어느 농장에서 일하는 목자일까?" 말을 타고 있는 여성이 맑은 목소리로 말했다.

"모르겠어요."

"아는 사람이 있지 않을까?"

"아무도 없어요, 제가 물어봤어요. 낯선 사람이래요."

조랑말을 탄 젊은 여자는 그늘에서 나와 걱정스럽게 주위를 둘러보았다.

"헛간은 무사할까?" 그녀가 말했다.

"헛간은 무사한 것 같나요, 잰 코건?" 서 있던 여자가 가장 가까이에 있는 사내에게 물었다.

"지금은 안전해. 적어도 난 그렇게 생각해. 만약 이 커다란 더미가 불에 탔다면 헛간도 똑같은 꼴을 당했을 거야. 저 위에 있는 대담한 목자가 대부분을 소화했어. 그는 가리 꼭대기에 앉아 풍차처럼 거대하고 긴 팔을 휘저으며 불을 껐지."

"확실히 열심히 하는 것 같아." 조랑말에 탄 젊은 여자가 두꺼운 모직 베일 너머로 가브리엘을 올려다보며 말했다. "우리 농장에서 일하면 좋겠는데. 저 사람 이름을 아는 사람 없나요?"

"살면서 한 번도 저 사람 이름을 들어 보거나 본 적이 없습니다." 불이 꺼지기 시작했고, 가브리엘은 더 이상 높은 위치에 있어야 할 이유가 없어 내려오려고 했다.

말을 탄 여성이 말했다. "메리앤, 저 사람이 내려오면 가서 불을 끄는데 크게 힘써 줘 농장 주인이 감사를 표하고 싶다고 전해."

메리앤은 가리 쪽으로 걸어가서 사다리 발치에 있는 오크를 만나 주인의 말을 전했다.

"당신 주인 나리는 어디에 계긴가요?" 가브리엘은 이곳에서 일자리를 구할 수도 있겠다고 생각하며 물었다.

"나리가 아니라 아가씨예요, 목자님."

"여자 농장주라고요?"

"그래, 게다가 부자야!" 한 구경꾼이 말했다.

"최근에 멀리 떨어진 곳에서 이곳으로 왔어. 갑자기 죽은 숙부의 농장을 물려받았지. 아가씨의 숙부는 반 파인트짜리 컵으로 돈을 계산했어. 그런데 아가씨는 캐스터브리지의 모든 은행과 거래를 한다다군. 게다가 당신과 내가 반 페니로 하는 동전 따먹기를 1파운드 금화로 하는 것 같더군. 전혀 대수롭지 않은 거지, 목자 양반."

"저기 뒤쪽에서 조랑말을 타고 계신 분이에요. 구멍이 뚫린 검은 천을 쓰고 계신 분이요." 메리앤이 말했다.

오크의 이목구비는 연기와 열기로 얼룩졌고 그을음으로 더러워져 알아보기 힘들었고, 그의 작업복은 구멍이 뚫린 채로 물이 뚝뚝 떨어지고 있었으며 지팡이는 6인치나 줄어들었다. 가혹한 역경에 시달린 그는 겸손하게, 안장에 타 있는 가냘픈 여성에게 다가갔다. 그는 존경의 표시로 공손하게 모자를 들었다. 안장에서부터 늘어진 그녀의 발치에 다가가며 주저하는 목소리로 말했다.

"혹시 목자를 구하고 계신가요, 아가씨?"

모직 베일을 들어 올린 그녀는 매우 놀란 표정이었다. 가브리엘과 무정한 그의 사랑 밧세바 에버딘이 서로 얼굴을 마주 본 순간이었다.

밧세바는 아무 말도 하지 않았고, 오크는 당황하고 슬픈 목소리로 같은 말을 기계처럼 반복했다.

"혹시 목자를 구하고 계신가요, 아가씨?"

7
평가 - 소심한 처녀

밧세바는 그늘로 물러났다. 그녀는 만남이라는 놀라운 사건을 즐거워해야 할지 어색함을 걱정해야 할지 모르는 것 같았다. 약간의 연민도, 아주 작은 기쁨도 느낄 수 있었다. 연민은 그에 관한 것이고 기쁨은 자신에 관한 것이었다. 그러나 그녀는 그런 감정이 없는 자신이 당황스러웠고, 거의 잊고 있었던, 가브리엘이 노콤 언덕에서 자신에게 고백한 사실을 기억해 냈다.

"네." 그녀는 위엄 있는 분위기로 중얼거렸다. 그러고는 볼을 조금 붉히며 그를 보았다. "전 목자가 필요해요. 하지만……."

"저 남자가 딱 맞아요." 마을 사람 중 한 명이 조용히 말했다.

확신은 또 다른 확신을 낳는다. "그래, 저 사람이 알맞겠군." 또 다른 사람이 단언했다.

"정말 저 남자야!" 세 번째 사람이 성심성의껏 말했다.

"완전히 적합해!" 네 번째 사람이 열정적으로 소리쳤다.

"그렇다면 토지 관리인에게 말해 보라고 전해 줄래요?" 밧세바가 말했다.

이제 모든 것이 다시 현실로 돌아왔다. 여름 저녁에 느낀 외로움은, 만남으로 깊어진 로맨스를 위해 필요했을 것이다. 가브리엘은 아스다롯이라고 알려진 이상한 존재가 자신이 알고 있는 비너스 여신이라는 것을 알고선 가슴속의 고동을 참고 고용에 필요한 조건들을 논하기 위해 부름을 받고 온 토지 관리인과 함께 그 자리를 떠났다.

그들 앞에 있던 불길은 모두 진화되었다. 밧세바가 말했다. "여러분, 원래 근무 시간보다 길게 일하셨는데, 우리 집에서 가벼운 식사라도 하시겠어요?"

"아가씨, 워런의 맥아 제조소로 식사를 보내 주시면 저희가 훨씬 편하게 먹고 마실 수 있을 겁니다." 누군가 대표로 말했다.

곧 밧세바는 조랑말을 타고 어둠 속으로 사라졌고, 사람들은 삼삼오오 모여 마을로 걸어갔다. 오크와 토지 관리인은 가리와 함께 남겨졌다.

마침내 토지 관리인이 말했다. "자, 이제 당신이 이곳에서 일하기로 정해진 것 같으니 난 집으로 돌아가겠소. 좋은 밤 보내시오."

"저 좀 재워 주실 수 있나요?" 가브리엘이 물었다.

"그건 불가능하오." 토지 관리인은 헌금할 의도가 없어 헌금 접시를 그냥 지나치는 사람처럼 말했다. "이 길을 따라가다 보면 음식을 먹으러 간 사내들이 있는 워런의 제조소가 있소. 그곳에 가면 사람들이 어디서 자야 할지 이야기해 줄 거요. 안녕히 주무시오, 목자 양반."

토지 관리인은 네 이웃을 네 몸처럼 사랑하라는 말에 신경질적인 두려움을 드러내고서는 언덕을 올라갔고, 오크는 여전히 밧세바와 만난 놀라움을 안고 마을로 향했다. 그녀와 가까워진 것은 기뻤지만 경험이 없는 노콤의 처녀가 이렇게 빠른 속도로 감독이자 멋진 여성이 된 것이 당혹스러웠다. 그러나 몇몇 여성들은 위급한 상황이 닥쳐야 그 자리에 걸맞은 사람이 된다.

생각을 그만두고 길을 찾기로 한 그는 교회 묘지에 도착했고, 여러 고목이 자란 벽 주위를 지나갔다. 이곳을 따라 넓은 풀밭이 펼쳐졌고, 가브리엘의 발걸음 소리는 땅이 딱딱해지는 시기임에도 부드러운 풀밭 덕에 잦아들었다. 오래된 나무 중에서도 가장 나이가 많아 보이는 나무 옆을 지나갈 때 그는 뒤에 사람이 서 있다는 것을 알아챘다. 가브리엘은 걸음을 멈추지 않았고, 잠시 후 실수로 돌을 차 버렸다. 그 소음은 가만히 있던 낯선 사람을 놀라게 했고, 다소 우스운 자세를 취하게 만들었다.

소녀는 얇은 옷을 입고 있었고, 날씬했다. "안녕하세요." 가브리엘이 기운차게 말했다.

"안녕하세요." 그녀도 가브리엘에게 인사했다.

그녀는 의외로 목소리가 매력적이었다. 소설에는 흔하지만, 현실에선 드문 로맨스를 연상시킬 정도로 낮고 감미로웠다.

"제가 워런의 맥아 제조소 방향으로 가고 있는지 알려 주실 수 있나요?" 가브리엘은 일차적으로는 정보를 얻기 위해, 부차적으로는 그녀의 목소릴 듣기 위해 대화를 이어 나갔다.

"맞아요. 이 언덕 아래에 있어요. 혹시……." 그녀는 망설이다 다시 말을 이었다. "벅스 헤드 여관이 언제까지 여는지 아시나요?" 가브리엘이 그녀의 목소리가 맘에 들었듯이, 그녀는 그의 활기찬 기운이 마음에 든 듯하였다.

"전 벅스 헤드가 어디 있는지 모릅니다. 오늘 밤 거기에 갈 생각인가요?"

"네." 소녀가 다시 말을 멈추었다. 말을 계속할 필요가 없었고, 그녀가 말을 덧붙인 것은 그렇게 함으로써 무관심하다는 것을 표현하려는 무의식적인 바람에서 나온 것 같았다. 순진한 사람들은 무언가를 숨기려고 할 때 확연히 드러난다.

그녀는 소심하게 말했다. "당신은 웨더베리 사람이 아니군요?"

"네. 전 이곳에 온 지 얼마 안 된 목자입니다."

"그저 목자일 뿐이라니…… 농장주처럼 보이는군요."

"그저 목자일 뿐입니다." 가브리엘은 최후의 말을 전하듯이 무덤덤하게 말했다. 그의 생각은 과거로 향했고, 눈은 소녀의 발에 멈추었다. 그제야 그는 발치에 놓인 꾸러미를 보았다. 그녀도 그의 시선을 알아차린 듯 보였다. 그녀가 구슬프게 말했다.

"여기서 저를 보았다는 것을 교구의 누구에게도 말하지 말아주세요. 적어도 하루 이틀 정도는요."

"그러지 않기를 바라신다면 그럴게요." 오크가 말했다.

"정말 감사해요. 전 다소 가난하고, 사람들이 저에 대해 그 어떤 것도 몰랐으면 해요." 그러더니 입을 다물고 몸을 떨었다.

"이렇게 추운 밤에는 외투를 걸쳐야 해요." 오크가 지적했다. "실내로 들어가셔야 합니다."

"아뇨! 말씀은 감사하지만, 가던 길 마저 가시고 저 좀 내버려 둘래요?"

"알겠습니다." 그는 머뭇거리다 덧붙였다. "사정이 좋지 않으시다니 얼마 안 되지만 이것을 받아 주세요. 1실링뿐이지만 제가 가진 전부입니다."

"네, 받을게요." 그녀는 고마워하며 말했다.

서로 손을 뻗었다. 어둠 속에서 돈을 건네주려고 서로의 손을 더듬는 도중 많은 것을 알려 주는 미세한 사건이 일어났다. 가브리엘의 손가락이 젊은 여자의 손목에 닿았다. 그녀의 맥박은 비극적이고 강렬하게 뛰고 있었다. 그는 전속력으로 달려온 양들의 대퇴부 동맥에서 이처럼 빠르고 거센 맥박을 자주 느꼈다. 그녀의 몸매와 체격으로 판단하건대 원래부터 얼마 없던 그녀의 체력이 엄청나게 소비되었다는 것을 알 수 있었다.

"무언가 문제라도 있나요?"

"아뇨."

"하지만 문제가 있죠?"

"아뇨, 아니에요! 저를 보았다는 것을 비밀로 해주세요."

"알겠습니다. 다시 말하지만, 안녕히 계세요."

"안녕히 가세요."

소녀는 나무 옆에서 꼼짝도 하지 않았고, 가브리엘은 웨더베

리의 마을, 로어 롱퍼들이라고도 불리는 곳으로 내려왔다. 그는
가녀리고 부서질 듯한 그녀에게 닿았을 때 매우 깊은 슬픔이 자
신에게도 느껴졌다고 생각했다. 그러나 지혜는 인상에 불과한
것을 누그러뜨리기 위해 존재하고, 가브리엘은 그 일을 대수롭
지 않게 여기려고 노력했다.

8

맥아 제조소 - 담소 - 뉴스

워런의 맥아 제조소의 오래된 벽은 담쟁이덩굴로 뒤덮여 있었는데, 외관 대부분이 잘 보이지 않는 시간이었지만, 하늘 높이 솟은 윤곽만으로도 건물의 특징과 용도가 또렷이 드러났다. 벽에서 돌출된 초가지붕이 중앙의 한 지점을 향해 경사졌고, 그 위에는 미늘 판자를 끼운 작은 목재 등이 사방에 있었다. 판자의 틈새로는 밤하늘로 빠져나가는 안개가 흐릿하게 보였다. 앞쪽에 창문은 없었지만, 문에 판유리가 끼워진 사각형 구멍이 있었고, 그 구멍에서 나오는 붉고 안락한 빛이 건물 앞쪽의 담쟁이덩굴로 뒤덮인 벽을 비추었다. 안쪽에서 목소리가 새 나왔다.

오크는 마술사 엘루마처럼 손가락을 펴서 문을 훑다가 찾은 가죽끈을 잡아당겼다. 그러자 나무로 된 걸쇠가 들리더니 문이 획 열렸다.

내부를 밝히는 조명은 가마에서 나오는 붉은빛뿐이었다. 그

빛은 석양처럼 수평으로 바닥 전체를 비추었고, 주위에 있는 여러 사람의 얼굴에 그림자를 드리웠다. 문간에서 가마로 이어지는 판석 바닥은 심한 굴곡이 생길 정도로 닳아 있었다. 참나무로 만든 길고 휘어진 의자가 대패질도 되지 않은 채 한쪽에 있었고, 구석진 모퉁이에는 제조소 주인이 자주 쓰는 침대와 침대틀이 놓여 있었다.

불 맞은편에는 노인이 앉아 있었다. 그의 쭈글쭈글한 피부에는 서리가 덮인 듯 하얀 머리와 수염이 마치 잎이 없는 사과나무 위에 자란 이끼처럼 지나치게 자라 있었다. 노인은 반바지를 입고, 편상화라고 불리는 끈이 달린 신발을 신은 채 불에서 눈을 떼지 않았다.

가브리엘의 코에 새로 만든 맥아의 달콤한 향이 들어왔다. 대화는 즉시 중단되었고(대화 주제는 발화점인 것 같았다) 그가 너무 강한 불빛이라도 되는 양 사람들은 이맛살을 찌푸리면서 눈을 가늘게 뜨고 그를 쳐다보았다. 몇몇은 생각났다는 듯이 외쳤다.

"오, 새로운 목자 양반이군."

"우리는 낙엽이 바람에 날리는 소리인 줄 알았는데, 문손잡이를 잡으려는 소리였군요." 다른 남자가 말했다. "들어와요, 목자 양반. 당신 이름은 모르지만 잘 오셨소."

"제 이름은 가브리엘 오크입니다."

가운데 앉아 있던 맥아 제조소의 늙은 주인은 녹슨 크레인이 돌아가듯 고개를 돌렸다.

"노콤에 사는 게이블 오크의 손자는 절대 아니겠지, 절대로!"

노인은 상투적인 말로 놀라움을 표현했는데, 누구도 곧이곧대로 받아들이지 않았다.

"아버지와 할아버지도 가브리엘이라는 이름이었습니다." 오크가 차분히 말했다.

"가리에 올라가 있는 자네를 보고 익숙한 얼굴이라고 생각했어! 정말이라고! 지금은 어디서 양을 치고 있소, 목자 양반?"

"여기에 머무를까 합니다."

"자네 할아버지와 오랫동안 알고 지냈어!" 노인은 앞서 붙은 추진력만으로 충분하다는 듯이 말을 이어 나갔다.

"아 그러셨군요!"

"네 할머니도 알아."

"할머니도요!"

"자네 아버지의 어린 시절도 알고 있어. 저기 있는 내 아들 제이컵은 네 아버지와 의형제처럼 지냈어. 확실해. 그렇지, 제이컵?"

"당연하죠." 여든다섯 살 정도 돼 보이는 그의 아들이 대답했다. 그는 머리가 반쯤 벗겨졌으며, 왼쪽 중앙에 하나 남은 윗니는 제방의 이정표처럼 튀어나와 있었다. "하지만 주로 조가 그 사람이랑 친하게 지냈어요. 윌리엄이 저보다 먼저 그 사람을 알았을 걸요. 그렇지 빌리? 네가 노콤을 떠나기 전에 말이야."

"아뇨, 그건 앤드루였어요." 제이컵의 아들 빌리가 말했다. 그의 몸은 우울해 보였으나 쾌활한 영혼을 소유했으며, 40대 정도로 보였고, 여기저기에 친칠라의 가죽 같은 구레나룻을 기르고 있었다.

"앤드루 아저씨는 기억나요." 오크가 말했다. "제가 매우 어렸을 때 그 동네에 살던 분이죠."

"그래요. 얼마 전 나와 막내딸 리디가 손자의 세례식에 참석했지요." 빌리가 말을 이었다. "우리는 그날 그 가족에 관해 이야기했어요. 지난 성촉절이었네요. 당신도 알다시피 두 번째로 가난한 사람에게 돈을 주는 날이죠. 내가 그날을 기억하는 이유는 앤드루 가족이 모두 제의실에 걸어가야 했기 때문이에요."

"이리 와서 한잔하자고. 같이 식사하세, 별거 아니지만 먹으라고." 맥아 제조소 주인은 불길에서 고개를 돌리며 말했다. 그의 눈은 오랜 세월 불을 쳐다보아서인지 희미한 주황색이었다. "제이컵, '주여 저를 용서하소서'를 들어. 따듯해졌는지도 봐."

제이컵은 '주여 저를 용서하소서'를 향해 몸을 굽혔다. 재 속에 넣어 둔 손잡이가 두 개인 긴 잔은 열 때문에 갈라지고 그을려 있었다. 손잡이 쪽은 어떤 물질에 덮여 있었다. 그 물질 때문에 아마 몇 년 동안 컵 내부는 햇빛을 보지 못한 것 같았다. 이 물질은 열기에 단단해진 사과주였다. 그러나 진정한 술꾼이라면 컵 안쪽과 테두리가 의심할 여지 없이 깨끗한 잔을 마다할 이유가 없었다. 이러한 이유 때문에 웨더베리와 주변 지역에서 이런 잔을 '주여 저를 용서하소서'라고 불렀다. 어떤 술고래라도 이 잔의 바닥이 보일 때까지 술을 마시면 죄책감을 느낄 만한 컵의 크기가 그 이름이 붙은 이유일지도 모른다.

제이컵은 술이 충분히 따듯한지 확인해 보라는 말을 듣고, 차분하게 자신의 집게손가락을 컵에 넣더니 적당하게 데워졌다고 말했다. 그러고는 잔을 들어 낯선 사람인 오크를 위해 정중히 밑바닥에 묻은 재를 자신의 작업복으로 털어 내려고 했다.

"깨끗한 잔에 드려라." 늙은 맥아 제조소 주인이 위엄 있게 말했다.

"아뇨, 상관없어요." 가브리엘이 배려하는 마음을 나무라듯 말했다. "자연스럽게 쌓인 먼지인걸요. 어떤 종류인지 알면 별로 상관없어요." 그는 잔을 받아서 3센티미터 정도 마신 뒤 적당한 때에 다음 사람에게 건네주었다. "이미 세상에는 해야 할 일이 너무 많은데, 그런 일로 주변 사람들에게 수고를 끼치고 싶지는 않습니다." 오크는 술을 크게 한 모금 마신 후 가빠진 숨을 고르며 촉촉한 목소리로 말했다.

"분별력 있는 사람이군." 제이컵이 말했다.

"정말 그러네요. 반대할 수가 없어요!" 활달한 젊은이 마크는 상냥하고 유쾌한 신사로, 그를 안다는 것은 불행히도 그와 어디에서 만나든 함께 마신 술값을 지불해야 한다는 의미였다.

"여기 아가씨가 보낸 빵이랑 베이컨도 한번 먹어 봐요. 사과 주는 음식과 함께 먹어야 좀 더 잘 내려가요. 너무 꼭꼭 씹지는 마세요. 제가 오는 길에 실수로 바닥에 떨어뜨려서 모래가 묻었을지도 몰라요. 그래도 깨끗한 모래죠. 댁이 말했듯이 우리 모두 이 먼지가 어떤 먼지인지 아니까요. 별로 까다로운 분은 아닌 듯하군요."

"그럼요. 전혀 까다롭지 않아요." 오크가 친근히 말했다.

"이를 꽉 다물지 않으면 모래가 전혀 씹히지 않을 거예요. 아! 머리를 짜내서 무언가를 할 수 있다는 것은 놀라운 일이에요."

"저도 그렇게 생각해요."

"아, 역시 그 할아버지에 그 손자군! 그의 할아비도 까다롭지 않고 좋은 사람이었어!" 늙은 주인이 말했다.

"마셔, 헨리 프레이. 마시자고." 잰 코건은 술을 똑같이 공유해야 한다는 생시몽주의 가치관을 가졌고, 술잔이 자신에게 가까워질 조짐이 보이자 그러한 가치관을 드러내며 관대하게 말했다.

지금까지 애석한 눈빛으로 허공을 바라보던 헨리는 거절하지 않았다. 중년이 지난 그는 눈썹이 이마의 윗부분에 나 있었다. 그는 세상의 법이 나쁘다고 단언하였고, 오랜 시간 동안 고통받은 듯한 표정으로 자신의 이야기를 듣는 사람들을 바라보았는데, 사실 상상 속에 나타난 세상을 보는 것이었다. 그는 언제나 '헤네리(Henery)'라고 서명했는데, 강경하게 자신의 방식을 주장했다. 만약 지나가던 교사가 그에게 두 번째 'e'는 더 이상 필요치 않은 구식 방법이라고 말하면, 그는 'H-e-n-e-r-y'가 자신의 세례명이며 죽을 때까지 사용할 이름이라고 반박하였다. 그는 철자의 차이가 인격과 크게 관련된 사안이라고 생각한다는 어조로 말했다.

헤네리에게 잔을 건네준 잰 코건은 불그스레한 사람으로 넓적한 얼굴과 은밀하게 반짝이는 눈을 가졌다. 지난 20년간 웨더베리와 인근 교구의 혼인 신고서에는 신랑 측 들러리와 주요 증인으로 그의 이름이 올라왔다. 또한 미묘하게 쾌활한 세례식에서 대부의 자리를 차지하는 일이 매우 잦았다.

"자, 마크 클라크. 어서 마셔. 술통에 아직도 술이 잔뜩 있다고." 잰이 말했다.

"당연하죠, 술은 제 유일한 의사인걸요." 잰 코건보다 스무 살 어린 클라크는 코건과 생각이 같았다. 클라크는 인기 있는 파티에서 언제나 즐거운 기운을 발산했다.

"조지프 푸어그래스, 자넨 한 방울도 못 마셨구먼!" 잰 코건은 남의 시선을 의식하고 있는 사람에게 술잔을 들이밀며 말했다.

"매우 겸손한 사람이군." 제이컵 스몰베리가 말했다. "듣기로는 주인 아가씨를 쳐다볼 힘도 없다면서, 조지프?"

모두가 동정하면서도 비난 어린 표정으로 그를 바라보았다.

"네, 거의 쳐다보지도 않아요." 조지프가 억지로 웃으며 대답했다. 누가 봐도 지나치게 두드러지는 온순함 때문에 말을 하며 몸을 움츠렸다. "게다가 아가씨를 볼 때마다 얼굴이 붉어진다고요!"

"불쌍한 자식." 클라크가 말했다.

"남자라기엔 천성이 특이하군." 잰 코건이 말했다.

"네." 조지프가 대답했다. 결함처럼 느껴져 고통을 안겨 준 그의 수줍음이 흥미로운 대화 주제가 되자 가벼운 만족감이 들었다. "아가씨가 제게 말을 걸 때, 매 순간순간 얼굴이 붉어졌어요."

"그렇겠지, 조지프. 네가 수줍음 많은 사람이란 걸 우리 모두 알지." 제조소의 늙은 주인이 말했다. "남자에게는 참 곤란한 성격이야, 불쌍한 자식. 오랫동안 그 성격으로 고통받은 걸 내 알지."

"맞아요, 제가 어렸을 때부터 줄곧 이랬어요. 어머니가 진심으로 걱정하셨어요. 하지만 아무런 문제도 없었어요."

"여기저기 돌아다니면서 고치려고 노력은 해봤어, 조지프?"

"그럼요, 이것저것 다 해봤어요. 사람들이 저를 그린힐 장에 데려가서 매우 즐거워 보이는 서커스를 구경하게 했는데, 기다란 셔츠 외에는 아무것도 걸치지 않은 여성들이 말 위에 올라선 채, 여기저기를 돌아다니더군요. 그래도 전혀 고쳐지지 않았어요. 그러고 나서 캐스터브리지의 테일러스 암스 술집 뒤편에 있는 여성 구주희* 경기장의 심부름꾼으로 일했어요. 매우 끔찍하고 죄책감이 드는 곳이었어요. 선량한 남자라도 무척 호기심을 가질만한 장소였지요. 아침부터 밤까지 몸매가 좋은 여성들을 쳐다봐야만 했어요. 하지만 그것도 도움이 안 됐죠. 전과 다름이 없었어요. 얼굴이 붉어지는 건 집안 내력이에요. 그저 더 악화시키지 않은 신의 뜻에 행복할 뿐입니다."

"맞아." 제이컵이 진지하게 생각을 말했다. "더 악화할 수도 있었다는 생각엔 동의하네. 하지만 그렇다 하더라도 이건 자네에게 매우 큰 고통이야. 들어 보세요 목자님. 여자에게는 아주 좋은 현상이지만, 젠장, 조지프 같은 불쌍한 놈에게는 여간 불편하

---

* 9개의 핀을 세워 놓고 공으로 쓰러뜨리는 게임.

지 않겠습니까?"

가브리엘이 명상에서 깨어나 말했다. "그렇죠, 남자에게는 매우 불편한 일이죠."

"게다가 매우 소심하잖소." 잰 코건이 말했다. "한번은 얄베리 바텀에서 늦게까지 일하다가 술 한 모금을 마시고, 얄베리 숲을 통해 집으로 가다가 길을 잃었다지. 그치 조지프?"

"아뇨, 그 정도는 아니에요!" 겸손한 사내는 반대하며 자신의 걱정을 감추기 위해 억지로 웃었다.

"그는 완전히 길을 잃었지." 코건은 무표정한 얼굴로, 실제로 있었던 이야기를 묘사할 땐 시간과 조수처럼 아무런 방해 없이 쭉 이어져야 한다는 듯 말을 이었다. "조지프는 한밤중에 숲속을 빠져나갈 길을 찾지 못하고 두려움에 떨며 소리쳤지. '남자가 길을 잃었다! 남자가 길을 잃었다!' 나무에 앉아 있던 올빼미도 '우-우-우' 하고 울었어. 목자 양반도 알다시피 올빼미들이 그렇게 울잖아.(가브리엘은 고개를 끄덕였다) 그러자 조지프는 몸을 떨며 '웨더베리의 조지프 푸어그래스 입니다, 나리!'라고 소리쳤고."

"아뇨, 그 정도는 아니었어요!" 소심한 남자가 갑자기 뻔뻔한 용기의 사나이가 되어 말했다. "전 '나리'라고는 하지 않았어요. '웨더베리의 조지프 푸어그래스 입니다, 나리.'라고 하지 않았다고 맹세할 수 있습니다. 절대로 그렇게 말하지 않았어요. 말은 바로 해야죠. 계급이 높은 신사분은 그 늦은 밤중에 소리를 지르지 않는다는 걸 잘 아는데, 새에게 '나리'라고 절대로 말하지

않았어요. '웨더베리의 조지프 푸어그래스' 이게 제가 한 말 전
부예요. 키퍼 데이스의 벌꿀주만 아니었어도 그렇게 말하지 않
았을 거예요……. 어쨌든, 그렇게 끝났으니 다행이라고 생각해
요."

사람들은 어떤 이야기가 사실인지 따지기를 암묵적으로 포기
했고, 잰은 골똘히 생각하며 말했다.

"아무튼 조지프는 가장 겁 많은 사람이야. 그렇지 조지프? 램
빙다운 통행문에서 길을 잃은 적도 있지?"

"그랬죠." 푸어그래스는 아무리 겸손한 사람이라도 떠올리기
어려운 심각한 상황이 있기라도 한 듯이 대답했다.

"그래, 그때도 한밤중이었어. 아무리 시도해도 통행문이 열리
지 않자, 악마의 손이 깃든 거라고 생각해서 무릎을 꿇었지."

"네." 조지프는 따뜻한 불빛과 사과주에 자신감을 얻어 자신
의 경험을 서술할 수 있다는 듯이 대답했다. "심장이 멈추는 줄
알았어요. 하지만 무릎을 꿇고 주기도를 외웠고, 그다음은 신조,
그다음에는 십계명을 간곡히 읊조렸어요. 그래도 문은 열리지
않았죠. 그래서 '나의 사랑하고 사모하는 형제들'을 외기 시작했
어요. 제가 외울 수 있는 성경은 이 네 가지밖에 없었기 때문에
이렇게 해도 아무 일이 일어나지 않는다면 그 어느 방법도 통하
지 않을 것이고, 전 영원히 길을 잃을 거라고 생각했죠. 제가 '내
말을 따라'를 외우려고 일어섰을 때 통행문이 언제나 그랬다는
듯 열렸어요."

모두가 분명한 결론을 찾기 위해 생각에 빠졌고 그러는 동안

재 구멍을 바라보았는데, 그곳은 수직으로 태양이 내리쬐는 열대지방의 사막처럼 빛났다. 그곳의 불빛 때문인지 대화 주제의 깊이 때문인지 모두 눈을 길고 가늘게 떴다.

가브리엘이 침묵을 깼다. "여기서 살 만한가요? 밑에서 일하기에 아가씨는 어떤가요?" 마음 가장 깊은 곳에 있는 주제를 꺼내면서 가브리엘은 가슴이 조금 떨려 왔다.

"아가씨에 대해 아는 게 거의 없어. 불과 며칠 전에 왔으니까. 나리의 상태가 악화되어서 의술 실력을 갖춘 세계적인 의사를 불렀지만, 의사는 나리를 살리지 못했어. 내가 듣기로는 앞으로 아가씨가 이 농장을 관리한다더군."

"그게 전부야, 내 생각에는." 잰 코건이 말했다. "맞아, 매우 좋은 가문이야. 여기저기 돌아다니면서 일하느니 여기서 일하면 좋을걸세. 나리는 매우 공정한 사람이었지. 나리에 대해 아는 거라도 있나, 목자 양반? 독신이었는데."

"전혀요."

"난 첫 번째 아내 샬럿이 그분의 소젖 짜는 일을 했기 때문에 연애 중에 종종 나리 댁에 가곤 했지. 에버딘 나리는 마음씨가 참 좋았어. 나도 점잖은 젊은이였기 때문에 샬럿을 보러 마음껏 방문하고 얼마든지 에일을 마셔도 된다고 하셨지. 하지만 정신은 반드시 차리라고 하셨어. 옷을 벗지 말라는 뜻이었지."

"맞아, 잰 코건, 당신이 뭘 말하는지 우린 알아요."

"자네들도 알다시피 매우 훌륭한 에일이었어. 난 그분의 친절함에 최선을 다해 보답하고 싶었지. 그래서 조금만 마시는 무례를 범하지 않았어. 그건 그분의 너그러움을 모욕하는 짓이었네."

"맞아요, 코건. 그랬을 겁니다." 마크가 그의 말을 뒷받침해 주었다.

"그래서 그분 댁에 가기 전에 소금에 절인 생선을 먹곤 했지. 집에 도착할 때쯤에는 석회 바구니처럼 입이 바짝 말라 있더군. 어찌나 바짝 말랐는지 에일이 절로 내려갈 정도였어. 매우 달콤했지! 행복한 시간이었어! 천국이 따로 없었지! 정말 사랑스러운 술이었어! 기억나 제이컵? 나랑 가끔 가서 마셨잖아."

제이컵이 말했다. "기억나지. 그것도 기억나. 눈이 온 월요일에 벅스 헤드에서 마셨던 술도 맛있었어."

"그래. 하지만 높은 가문의 술은 아무리 마셔도 마시지 않은 것처럼 난리를 피우지 않지. 에버딘 나리의 주방에는 그런 사람이 절대 없었어. 단 한 놈도. 아무리 빈민이라도 그러지 않았지. 비록 여기저기서 친근한 욕이 튀어나와 즐거운 영혼을 편안하게 해주었지만, 모두가 술에 취해 눈에 뵈는 게 없을 정도로 신난 순간에도 난리를 피우지 않았지."

"맞아." 제조소 주인이 말했다. "자연은 주기적으로 사람들이 욕을 하게 만들지. 그렇지 않으면 그건 자연이 아니야. 경건하지 않은 감탄사도 삶에 꼭 필요해."

"하지만 샬럿……." 코건이 말을 이었다. "샬럿은 그런 말을 단 한마디도 허락하지 않았고, 작은 물건이라도 헛되이 쓰는 일이 없었지……. 아, 가엾은 샬럿. 그녀가 죽었을 때 천국에 갈 정도로 좋은 운이 따랐을까! 살면서 운이 좋지 못했던 샬럿은 아마

지옥에 갔을 거야, 불쌍한 영혼."

"그럼 에버딘 양의 아버지나 어머니를 아시는 분은 없나요?" 자신이 원하는 방향으로 대화를 이끌어 가는 데 어려움을 느낀 오크가 물었다.

"난 조금 알고 있어." 제이컵 스몰베리가 말했다. "하지만 그들은 도시 사람이었고 여기 살지 않았어. 돌아가신 지 꽤 됐어. 아버지, 아가씨의 부모님은 어떤 사람이었죠?" 제조소의 오랜 주인이 말했다.

"음, 아버지는 별로 볼 것이 없었어. 하지만 어머니는 사랑스러운 여인이었지. 그는 아내를 연인처럼 좋아했네."

"아내와 수백 번 키스했다고 하더군." 코건이 말했다.

"듣기론 결혼할 때, 아내를 매우 자랑스러워했대." 맥아 제조소 주인이 말했다.

"맞아." 코건이 대답했다. "그는 아내를 너무 사랑해서 하룻밤에 세 번이나 촛불을 켜고 아내를 보았대."

"끝없는 사랑, 이 우주에 그런 사랑이 있다니, 상상할 수 없어요!" 습관적으로 거창하게 도덕적인 성찰을 하는 조지프가 중얼거렸다.

"그렇군요." 가브리엘이 말했다.

"사실이야. 난 그 남자와 여자를 잘 알아. 남자의 이름은 분명 리바이 에버딘일 거야. 서둘러 말하느라 '남자'라고 했지만, 그것보단 높은 계층이었어. 그는 비싼 신사복을 만드는 재단사였어. 그리고 두세 번 정도 파산해 매우 유명해지기도 했지."

"전 그냥 평범한 사람인 줄 알았는데." 조지프가 말했다.

"아니야! 그분은 돈이 많았지만, 실패한 거야. 수백 개의 금과 은을 가지고 있었지." 제조소의 늙은 주인이 숨 가빠하자, 코건은 재 속으로 떨어지는 석탄을 멍하니 쳐다보다가 눈을 은밀하게 반짝이며 말을 이어 나갔다.

"믿기 힘들겠지만, 그 사람, 우리 에버딘 아가씨의 아버지는 세상에서 가장 변덕이 심했을 거야. 그러지 않으려고 하는 듯 보였지만 어쩔 수 없는 것 같더라고. 그 불쌍한 사람은 자신의 바람대로 아내에게 충실하고 진실했지만 무슨 일을 하든 마음을 다잡지 못했어. 한번은 너무 괴로워하다 나에게 털어놓은 적도 있지. '코건, 난 내 아내보다 더 예쁜 여자를 원할 순 없지만, 그녀가 법적으로 내 아내가 되었다는 사실 때문에 방황하는 사악한 내 마음을 어찌해야 할지 모르겠어.' 하지만 결국에는 가게 문을 닫은 후 둘이 같이 앉아 있을 때 아내에게 결혼반지를 빼라고 하고 그녀를 결혼하기 전 이름으로 부르며 마음을 고쳐 먹은 것 같더군. 그렇게 해서 그녀와 결혼한 것이 아니라 연인일 뿐이라고 상상한 거지. 그는 자신이 잘못된 일을 하고 있고 일곱 번째 계명(간음하지 말라 - 옮긴이)을 어기고 있다는 상상에 완전히 빠지자 그 어느 때보다 그녀를 사랑하게 되었어. 완벽한 사랑의 표본이 된 거야."

조지프가 중얼거렸다. "정말 경건하지 않은 치료법이군요. 하지만 신의 섭리에 따라 더 나쁜 일이 일어나지 않았다는 것에 마음속 깊이 기뻐해야 해요. 아시다시피, 그는 나쁜 길로 빠져

완전히 부도덕한 사람이 될 수도 있었어요. 매우 역겨운 행위 말이에요."

"그는 옳은 일을 하려고 했지만, 마음이 따라 주지 못한 것뿐이야." 빌리 스몰베리가 말했다.

"그 뒤로는 점점 더 좋아져서 말로에는 꽤 독실한 사람이 되었어요. 그렇죠, 잰?" 조지프가 말했다. "그는 경건하고 진지한 방식으로 견진성사를 받았고, 서기만큼 큰 소리로 '아멘'이라고 외쳤어요. 묘비에 새겨진 문구를 베껴 쓰는 것도 좋아했죠. '너의 빛이 밝게 비추길'에서 헌금 쟁반을 직접 들고 있었고, 가여운 사생아들의 대부가 되기도 했어요. 게다가 자신의 식탁에 선교 상자를 올려놓고 사람들이 찾아오면 정신 차릴 새도 없이 돈을 내게 했어요. 교회에서 소년들이 시끄럽게 웃으면 똑바로 서 있기 힘들 정도로 귀퉁이를 때렸어요. 성자가 할 만한 다른 경건한 행동도 했고요."

"그래, 그 당시 그는 고귀한 것들만 생각했어." 빌리가 덧붙였다. "어느 날 교구의 목사 서들리가 그를 만나 '좋은 아침입니다, 에버딘 씨. 정말 좋은 날이네요!'라고 말했어. 에버딘 씨는 '아멘'이라고 대답했지. 목사를 보았을 때 그는 멍하니 신앙에 대해서만 생각한 거지. 매우 신앙심 깊은 남자였어."

헤네리 프레이가 말했다. "그들의 딸은 그때만 해도 예쁜 아이가 아니었어. 지금처럼 예쁘게 자랄지 생각지도 못했어."

"그녀가 얼굴만큼 성격도 좋기를 바라야지."

"맞아. 하지만 우리와 가장 관련된 사람은 토지 관리인 베일리야." 헤네리는 재 구멍을 응시하며 비꼬듯이 미소 지었다.

"이상한 기독교인이지. '마치 악마가 올빼미에게 말하듯'이라는 격언 같은 사람이야." 마크 클라크가 말했다. "그 남자는……." 헤네리는 이 풍자가 언젠간 끝나야 한다는 뜻을 내비치며 말했다. "우리끼리 남자 대 남자로 하는 말인데, 그 사람은 곧 일요일에도 평일처럼 거짓말을 하고 다닐 거야. 난 그렇게 생각해."

"좋게 생각하세요!" 가브리엘이 말했다.

"그래." 헤네리가 평범한 사람이 감당할 수 있는 수준보다 더 예리하게, 삶의 고통을 인식한 사람이 짓는 자조적인 웃음으로 사람들을 둘러보며 말했다. "아아, 세상엔 이런 사람도 있고 저런 사람도 있지만, 그 남잔…… 저들의 영혼을 축복하소서!"

가브리엘은 화제를 바꾸기에 적합한 말을 했다. "어르신은 이렇게 온화하고 나이 많은 아들이 있는 걸 보니 나이가 매우 많으시겠어요."

"아버지는 자기 연세를 신경 쓰지 않을 정도로 오래 사셨어. 그렇죠, 아버지?" 제이컵이 끼어들었다. "게다가 최근 들어 등이 심하게 굽으셨지." 자신보다 훨씬 더 굽은 아버지의 모습을 보며 제이컵이 말을 이어 나갔다. "정말로 남들이 나보다 아버지가 세 배는 더 굽었다고 말할 거야."

"굽은 사람들이 오래 사는 거야." 맥아 제조소의 늙은 주인은 언짢다는 듯이 단호하게 말했다.

"목자 양반이 아버지의 인생사를 듣고 싶어 해요. 그렇죠, 목자 양반?"

"맞아요." 가브리엘이 몇 달 동안 그 말을 듣고 싶어 애타게 기다리던 사람처럼 말했다. "연세가 어떻게 되시나요?"

늙은 주인은 강조하기 위해 과장하여 목청을 가다듬고 가늘게 뜬 눈을 재 구멍의 가장 먼 쪽에 두었다. 그러더니 누구나 중요하다고 여길 주제여서 어떤 버릇이라도 용인될 수 있다는 듯 느린 말투로 말했다. "내가 태어난 해는 기억나지 않지만 내가 살았던 곳들로 나이를 헤아릴 수 있을 거야. 난 저 건너편(북쪽으로 고갯짓하며) 어퍼 롱퍼들에서 열한 살까지 살았어. (고개를 동쪽으로 옮기며) 킹스비어에서는 7년 동안 살았지. 그곳에서 맥아 제조를 시작했어. 그 뒤론 노콤에 가서 22년 동안 맥아를 제조하고 22년 동안 순무를 길러 수확했지. 자네가 태어나기 전부터 노콤을 알고 있었어. (오크는 그 사실을 진심으로 믿고 미소를 지었다.) 그러고선 던오버에서 4년 동안 맥아 제조를 하고 4년 동안 순무를 길렀어. 밀폰드 세인트 주드에서는 11개월씩 14번을 보냈지. (고개를 북쪽 서쪽 북쪽으로 돌렸다.) 트윌스 노인이 한 번에 11개월 동안만 고용했거든. 내게 장애가 생기더라도 교구에 돈을 청구하지 못하도록 하기 위해서였지. 그러고선 멜스톡에서 3년 동안 있었고, 다가오는 성촉절이 되면 여기서 살기 시작한 지 31년째지. 전부 몇 해지?"

"117년이네요." 지금까지 구석에서 눈에 띄지 않게 머리로 계산하고 있던 또 다른 노신사가 껄껄 웃었다.

"그게 내 나이야." 늙은 주인이 단호하게 말했다.

"아니에요, 아버지!" 제이컵이 말했다. "여름에는 순무를 기르고 겨울에는 맥아 제조를 하신 거잖아요. 22년과 4년을 두 번 더하면 안 되죠."

"시끄러워! 난 여름 내내 열심히 살았어, 그렇지? 그게 내 질문이다. 이제는 내가 전혀 나이를 먹지 않았다고 할 거냐?"

"그러지 않을 겁니다." 가브리엘이 달래듯 말했다.

"어르신 나이가 매우 많으시네요." 코건도 타이르며 말했다.

"우리 모두 알아요. 그렇게 오래 사신 거 보니 훌륭한 체질이시군요. 다들 그렇게 생각하시죠?"

"맞아요, 훌륭한 체질이에요." 사람들이 만장일치로 말했다.

늙은 주인은 진정하였고, 그들이 마시고 있는 컵이 자신보다 세 살 많다고 살아온 세월을 자진해서 폄하할 정도로 관대해졌다. 술잔을 살펴보는 동안, 가브리엘 오크의 플루트가 작업복 위로 보였으며, 헤네리가 그것을 알아채고 말했다. "목자 양반, 당신이 이 시간쯤에 캐스터브리지에서 플루트를 엄청 잘 부는 걸 봤는데?"

"맞아요." 가브리엘이 희미하게 얼굴을 붉히며 말했다.

"전 매우 큰 곤경에 처했고, 그럴 수밖에 없었어요. 원래는 지금만큼 가난하지 않았어요."

"괜찮아, 신경 쓰지 마." 마크 클라크가 말했다. "신경 쓰지 않고 받아들이면 때가 올 거야. 피곤하지 않다면, 연주해 줄 수 있나?"

잰 코건이 말했다. "크리스마스 이후로 드럼이나 트럼펫 소리를 듣지 못했는데. 한 곡 뽑아 줘 오크 씨!"

"좋아요." 가브리엘이 플루트를 꺼내 조립하면서 말했다. "별 볼 일 없는 악기지만, 제가 할 수 있는 일이라면 기꺼이 환영하며 들려 드리죠." 오크는 '장터로 가는 마부'를 연주했고, 이 반짝이는 멜로디를 세 번 반복하였다. 세 번째 연주 때는 몸을 작게 움직이고 발을 굴러 가며 음을 강조하였는데, 가장 예술적이고 생동감 있었다.

"플루트를 매우 잘 부는군." 따로 언급할 정도로 개성 있는 남자는 아니지만 '수잔 톨의 남편'이라고 불리는 젊은 남자가 말했다. "내 생전에 저 정도로 플루트를 잘 불 일은 없을 거야."

"정말 영리한 사람이에요. 우리에게 저런 목자가 있다니, 정말 위안이 됩니다." 조지프가 부드러운 억양으로 중얼거렸다. "우리는 그가 구슬픈 노래가 아니라 이렇게 쾌활한 노래를 연주했다는 것에 감사해야 해요. 왜냐하면 하느님이 그를 저급한 남자, 굳이 말하자면 부당한 남자로 만드는 것은 쉬웠을 테니까요. 우리의 아내와 딸들을 위해서라도 진심으로 감사해야 해요."

"정말로, 진심으로 감사할 일이야!" 마크가 결론을 짓듯이 말했다. 조지프가 한 말의 4분의 3밖에 듣지 못하였기에 자신의 말에 따라올 결과는 생각하지도 않았다.

조지프가 성경에 나오는 사람처럼 말했다. "맞아요. 악은 이런 시기에도 번성하기 때문에, 깨끗하게 면도하고 가장 하얀 옷을 입은 사람이라도, 누더기를 걸친 부랑자에게 속기 쉬운 시대니까요. 굳이 말하자면."

"이제 목자 양반의 얼굴이 기억나는군." 두 번째 곡을 연주하기 시작한 오크를 침침한 눈으로 바라보던 헤네리가 말했다. "이제 보니 확실히 캐스터브리지에서 연주하던 남자구먼. 지금처럼 입을 오므리고 눈은 목이 졸린 사람처럼 튀어나온 걸 보니 말이야."

"플루트를 부는 사람이 허수아비처럼 보이는 건 참 유감스러운 일이야." 마크는 가브리엘의 외모를 지적했으나, 가브리엘은 악기를 연주할 때 나오는 무시무시하게 찡그린 얼굴로 '더든 부인'의 후렴구를 불렀다.

"몰과 베트, 돌과 케이트
그리고 도로시가 천천히 일을 했네."

"무례하게 자네의 외모를 지적하는 마크를 신경 쓰지 않았으면 하네." 조지프가 가브리엘에게 말했다.

"전혀요." 가브리엘이 말했다.

"자네는 태생적으로 아주 잘생긴 사람이니까." 조지프가 상냥하게 말했다.

"그래, 맞는 말이야." 사람들이 말했다.

"감사합니다." 오크는 겸손한 어조로 말했지만, 밧세바에게 절대로 플루트 부는 모습을 보여 주지 않겠다고 생각했다. 이러한 신중한 결심은 현명한 플루트 발명가인 미네르바 여신이 관장하는 덕목이었다.

"내가 아내와 노콤 교회에서 결혼할 때……." 늙은 주인은 자신이 대화 주제에서 빠져 있다는 것에 불쾌감을 느끼며 말했다. "동네에서 가장 보기 좋은 부부라고 불렸어."

"지금처럼 변하지 않았다면 말이지." 눈에 띄게 뻔한 말을 할 때 나오는 활기찬 어조의 목소리가 말했다. 그 말을 한 사람은 뒤쪽에 앉아 있던 노인이었는데, 무례하고 악의적인 대화 방식은 웃음으로 보상받지 못했다.

"아뇨." 가브리엘이 말했다.

"더 이상 연주하지 말아요." 이전에 한마디 했던, '수잔 톨의 남편'이라고 불리는 젊은 유부남이 말했다. "전 가야 하는데 노래가 연주되면 철삿줄에 매달린 기분이 들어요. 만약 내가 떠난 후에도 연주가 계속된다고 생각하면 무척 우울할 거예요."

코건이 물었다. "그렇게 빨리 가는 이유가 뭐야, 레이밴? 자네는 최대한 늦게까지 남아 있었잖아."

"아시다시피 최근에 한 여자와 결혼했어요. 그녀는 제 전부예요. 그리고……." 젊은이는 어정쩡하게 말을 멈췄다.

"새로운 주인이 생기면 새로운 법이 생기는 법이지, 속담처럼." 코건이 말했다.

"네, 맞아요. 하하!" 수잔 톨의 남편이 농담을 전혀 개의치 않고 습관처럼 응대하겠다는 어조로 말했다. 젊은이는 다른 사람들에게 저녁 인사를 하고 물러났다.

헤네리 프레이가 첫 번째로 그 뒤를 따랐다. 그 다음엔 오크가 숙소를 제공해 준 잰 코건과 함께 떠났다. 몇 분 후, 남은 사람들이 일어나서 떠나려고 할 때 프레이가 급히 돌아왔다. 그는 불안하게 손가락을 휘저으며 전할 뉴스가 잔뜩 있는 듯한 시선을 보냈는데 하필 그곳에 조지프가 있었다.

"무슨 일입니까, 헤네리?" 조지프가 뒤로 물러서며 말했다.

"웬 소란이야, 헤네리?" 제이컵과 마크가 물었다.

"베일리 페니웨이즈가…… 베일리 페니웨이즈가…… 내가 말했지. 그래, 내가 말했어!"

"뭐, 뭘 훔치다 걸렸어?"

"훔친 건 맞아. 에버딘 아가씨가 평소처럼 모든 게 아무 이상이 없는지 확인하려고 다시 밖으로 나왔는데, 돌아오는 길에 베일리 페니웨이즈가 보리 반 부셸을 들고 곡물 저장고 계단을 살금살금 내려오는 것을 발견하셨대. 아가씨는 고양이처럼 그에게 달려들었고. 원래는 그렇게 말괄량이 같은 분은 아닌데……. 내가 문을 닫고 이야기하는 건가?"

"그래, 닫았어. 헤네리."

"아가씨가 그에게 달려들었고, 결과만 이야기하자면 아가씨가 추궁하지 않겠다고 약속하자 전부 다섯 자루를 훔쳤다고 말했대. 알고 보니 깡그리 다 해 먹은 거지. 내가 궁금한 건, 이제 누가 토지를 관리할까?"

질문이 너무나 심오했기 때문에 헤네리는 큰 컵에 든 술을 바닥이 훤히 보일 때까지 마셨다. 그가 테이블 위에 술잔을 내려놓기 전, 젊은 수잔 톨의 남편이 한층 더 허둥대며 들어왔다.

"교구 전체에 퍼진 소문 들으셨어요?"

"베일리 페니웨이즈에 대한 거?"

"그것 말고는요?"

"아니, 전혀!" 그들은 마치 목 중간에 걸린 레이밴 톨의 말을 먼저 들을 수 있다는 듯이 그의 목 중앙을 바라보며 대답했다.

"이 얼마나 끔찍한 밤인가!" 조지프가 두 손을 경련하듯 흔들며 중얼거렸다. "내 왼쪽 귀에서 살인 사건을 들었을 때처럼 종소리가 울려. 혼자 있는 까마귀를 본 것 같아!"

"에버딘 아가씨의 가장 어린 하녀 패니 로빈이 사라졌대요. 그들은 패니 로빈을 위해 두 시간 동안 문을 잠그지 않았지만, 돌아오지 않았대요. 그녀가 밖에서 잘까 봐 잠자리에 드는 것을 두려워하며 방황하더라고요. 요 며칠 동안 패니가 그렇게 풀 죽어 있는 것을 눈치채지 못했다면 이렇게 걱정하지 않았을 거예요. 메리앤은 그 가엾은 소녀의 사인 조사가 시작될 거라고 생각해요."

"타 죽었어, 타 죽었다고!" 입술이 마른 조지프가 말했다.

"아냐, 익사했을 거야!" 톨이 말했다.

"아니면 아버지 면도칼로!" 빌리 스몰베리가 생생하고 구체적으로 말하였다.

"모두 잠들기 전에 에버딘 아가씨가 우리 중 한두 명과 이야기하고 싶어 해. 베일리 일에 하녀 문제까지. 분명 난리 나셨을 거야."

어떤 소식이나 불, 비, 천둥에도 꿈쩍하지 않는 제조소의 늙은 주인을 제외한 나머지는 언덕을 올라 농장으로 갔다. 다른 사람들의 발소리가 잦아들자 그는 다시 자리에 앉아 빨갛고 침침한 눈으로 평상시와 다름없이 아궁이를 계속 바라보았다.

사람들의 머리 위 침실 창문으로 신비로운 흰색 가운을 입은 밧세바의 머리와 어깨가 희미하게 보였다.

"이 중에 우리 집 일꾼이 있나요?" 그녀가 걱정스럽게 말했다.

"네, 아가씨. 몇 명 있습니다." 수잔 톨의 남편이 말했다.

"내일 아침 두세 명이 패니 로빈을 본 마을 사람이 있는지 탐문해 주면 좋겠어요. 다른 말은 하지 마세요. 아직 경보를 울릴 필요는 없어요. 패니는 분명히 화재가 일어났을 때 집을 나간 게 틀림없어요."

"죄송하지만, 혹시 교구에 그녀에게 얼쩡거리던 젊은이가 있나요, 아가씨?" 제이컵이 물었다.

"모르겠어요." 밧세바가 말했다.

"그런 소식은 들어 본 적이 없습니다, 아가씨." 두세 명이 대답했다.

"그럴 가능성은 거의 없어요." 밧세바가 말을 이었다. "패니에게 애인이 있었고, 그가 점잖은 젊은이였다면 집에 돌아왔을 거예요. 그녀의 부재와 관련된 불가사의한 문제 중, 가장 심각한 일은 그녀가 실내 작업복만 입고, 보닛도 쓰지 않은 채 집을 나갔다는 거예요. 메리앤이 보았다더군요."

"젊은 여자가 옷을 차려입지 않고 애인을 보러 나갔을 리가 없다는 말씀이시죠, 아가씨?" 제이컵이 마음의 눈으로 과거의 경험을 보면서 말했다.

"맞는 말씀입니다. 그럴 리가 없죠, 아가씨."

"자세히 보지는 못했지만, 꾸러미를 가지고 있었던 것 같아요." 다른 창문에서 메리앤인 듯한 여자의 목소리가 들렸다. "하지만 패니에게 이 근방에 사는 젊은 애인은 없어요. 그녀의 애인은 캐스터브리지에 살아요. 제가 알기론 군인이고요."

"그 사람의 이름을 알아?" 밧세바가 말했다.

"아뇨, 아가씨. 패니는 그 일에 관해 말하지 않았어요."

"캐스터브리지 막사에 가보면 알 수 있을지도 몰라요." 윌리엄 스몰베리가 말했다.

"좋아요. 만약 그녀가 내일 돌아오지 않는다면 그곳에 가서 남자의 이름을 알아내고 그와 만나 보세요. 그녀에게 살아 있는 지인이나 친척이 없으니 평소보다 더 책임감이 느껴져요. 그런 남자 때문에 그녀가 상처받지 않았기를…… 그리고 토지 관리인이 부끄러운 일을 했어요, 지금 말해 줄 순 없어요."

밧세바는 불안감을 주는 요소가 많아서 어떤 특정한 문제에 연연하는 것은 가치가 없다고 생각하는 것 같았다. "그럼 제가 말한 대로 해주세요." 그녀가 결론을 내리며 창문을 닫았다.

"알겠습니다, 아가씨." 사람들도 자리를 떠났다.

그날 밤 오크는 코건의 집에서 눈을 감은 채 상상을 하느라 분주했다. 그의 상상은 마치 얼음 아래로 빠르게 흐르는 강물처럼 움직임이 가득했다. 밤은 언제나 그가 밧세바를 가장 생생하게 보는 시간이었다. 그는 느리게 흘러가는 어두운 시간 동안 그녀의 모습을 다정히 보았다. 상상의 즐거움이 잠을 자지 못하는 고통을 보상해 주는 경우는 드물었지만, 오늘 밤 만큼은 벌충해 주었다. 그녀를 보았다는 기쁨만으로도 그녀를 보는 것과 소유하는 것의 큰 차이를 머릿속에서 지워 버릴 수 있었다. 또 그는 노콤에서 몇 가지 가재도구와 책을 가져와야겠다고 계획했다.『젊은이를 위한 최고의 동반자』,『수의사의 확실한 안내서』,『수의 외과학』,『실낙원』,『천로역정』,『로빈슨 크루소』, 애쉬의『사전』워킹엄의『산수』등이 그의 책장을 차지했으며, 많지는 않지만 부지런히 정독하였기에, 기회가 많은 남자들이 책으로 가득 차 있는 높은 선반에서 얻는 정보보다 더 제대로 된 지식을 얻을 수 있었다.

9

농장이 딸린 저택 - 손님 - 반만 지켜진 비밀

날이 밝자 오크의 새로운 주인 밧세바 에버딘의 저택이 고전 르네상스 초기 시대의 오래된 건축물이라는 사실이 드러났다. 규모로 보아하니 주변의 좁은 땅은 기념관이 들어서도 될 만했지만, 이제 그 땅은 몇몇 넓은 토지를 소유하였지만, 직접 머무르진 않는 주인의 광대한 구역에 편입된 흔한 케이스였다.

앞면은 단단한 돌에 세로로 홈이 새겨진 기둥들로 장식했고, 지붕 위는 굴뚝이 아치 모양으로 연결되어 있었다. 몇몇 박공과 피니얼 같은 구조물들은 고딕 양식 건축물의 흔적을 여전히 간직하고 있었다. 바랜 면벨벳처럼 부드러운 갈색 이끼가 돌기와 위에 쿠션을 형성했고, 주변의 낮은 건물 처마에는 돌나물과의 풀과 바위솔 다발이 자랐다. 문에서 도로로 이어지는 자갈길 측면에는 은녹색 이끼가 무성하게 뒤덮여 있었다. 이 이끼로 인하여 밤색 자갈길의 가운데 30~60센티미터 정도에만 자갈이 드러났다. 이러한 환경과 나른한 공기를 풍기는 이곳의 조망은 활기찬 맞은편과 대조적이었지만, 꽤 어우러져, 이 건물이 농업 목적에 맞게 개조되자마자 집의 핵심인 내부는 정반대로 꾸며졌을 거라는 상상을 불러일으켰다. 이런 식으로 정반대되는 건물, 해괴하게 변형된 건물, 기능을 엄청나게 마비시키는 건물들은 원래 기능보다 즐거움을 위해서만 건축된 커다란 건물을 개인 또는 거리와 마을의 집합체들이 거래함으로써 종종 나타난다.

오늘 아침 위층에서 생기 넘치는 목소리가 들렸다. 주 계단은 단단한 참나무로, 침대 기둥 같은 난간은 이 당시 유행한 진기한 방식으로 만들어졌다. 난간은 발코니 수준으로 튼튼했으며, 계단 자체는 자신의 어깨를 보려고 하는 사람처럼 둥글게 꼬여 있었다. 계단을 올라가면 보이는 위층 바닥은 표면이 매우 불규칙했는데 경사진 언덕과 계곡처럼 울퉁불퉁했다. 게다가 카펫이 깔려 있지 않아 해충이 파먹은 자국이 무수히 보였다. 모든 창문은 문이 열리고 닫힐 때 쨍그랑 소리를 냈고, 분주한 움직임이 있을 때마다 떨렸다. 사람이 어딜 가든 삐걱 소리가 유령처럼 따라다녔다.

대화가 진행되는 방에서는 밧세바와 그녀의 하녀이자 말동무인 리디 스몰베리가 바닥에 앉아 여러 종류의 서류, 책, 병, 쓰레기들을 분류하고 있었는데, 그것들은 고인이 된 전 주인이 보관해 둔 것들이었다. 리디는 제조소 늙은 주인의 증손녀로 밧세바와 나이가 비슷했고, 쾌활한 영국 시골 소녀를 상징하는 외모였다. 이목구비에서 부족한 부분은 완벽한 안색이 보완했다. 이 겨울철 그녀의 둥근 볼은 테르보르흐나 헤릿 도우의 그림처럼 부드럽고 불그스름했다. 그런 위대한 화가들의 그림 속 인물처럼 아름답고 이상적이며 얼굴에 자연스러운 균형미가 있었다. 선천적으로 융통성이 있었지만, 밧세바만큼 대담하지는 않았으며, 가끔 진지했다. 그 진지함은 반은 진심으로, 반은 의무감 때문에 꾸며 낸 예의였다.

반쯤 열린 문을 통해 들리는 바닥을 비질하는 소리는 청소부인 메리앤이 내는 소리였다. 둥그런 얼굴의 주름은 나이가 들어서라기보다 멀리 있는 물건을 오랫동안 주시해서 생긴 것이었다. 메리앤을 떠올리면 기분이 좋아졌고, 그녀에 관해 이야기하면 말린 노르망디의 피핀종 사과가 떠올랐다.

"잠깐 비질을 멈춰 봐." 밧세바가 문 사이로 말했다. "뭔가 들려."

메리앤은 비질을 멈추었다.

건물 앞쪽으로 다가오는 말발굽 소리가 분명했다. 말발굽은 점점 느려지더니 삼주문에서 방향을 트는 듯했다. 소리의 주인공은 특이하게 이끼 낀 길을 통해 문으로 다가오더니 지팡이나 승마용 채찍으로 문을 두드리는 것 같았다.

리디가 낮은 목소리로 말했다. "정말 무례하군요! 말을 보도까지 타고 오다니! 어째서 대문 앞에서 멈추지 않았을까요? 이럴 수가! 신사예요! 모자 윗부분이 보여요."

"조용히 해!" 밧세바가 말했다. 리디는 말 대신 표정으로 궁금증을 드러냈다.

"어째서 코건 부인이 문으로 나가지 않는 거야?" 밧세바가 말했다.

랏-탓-탓-탓. 밧세바의 참나무 바닥이 더욱 울려 댔다.

"메리앤, 네가 가봐!" 밧세바는 낭만적인 일이 일어날 수도 있다는 생각에 몸을 떨며 말했다.

"아가씨, 전 보다시피 꼴이 엉망이에요!" 메리앤을 보자 더 이상 논쟁할 필요가 없었다.

"리디, 네가 가야 돼" 밧세바가 말했다.

리디는 먼지와 쓰레기로 뒤덮인 팔을 들며 애원하듯 밧세바를 쳐다보았다. "코건 부인이 나간다!" 안도한 밧세바가 1, 2분 정도 참고 있던 숨을 내쉬며 말했다.

문이 열리자, 굵고 낮은 목소리가 들렸다.

"에버딘 양 계시오?"

"확인해 보겠습니다, 나리." 대답이 들리고 잠시 후 코건 부인이 방에 나타났다.

"도대체 무슨 일이 일어난 거예요?" 코건 부인이 말했다. (코건 부인은 감정에 따라 목소리 톤이 바뀌는 건강해 보이는 여성이다. 팬케이크를 뒤집거나 대걸레질을 할 때는 수학적인 정밀함으로 일하였고, 지금 이 순간에는 팔에 밀가루와 반죽 조각을 잔뜩 묻힌 채 나타났다) "전 푸딩을 만들 때 절대로 한눈팔지 않아요. 하지만 항상 다른 일이 벌어져요. 코가 너무 가려워서 긁지 않고는 버틸 수 없다든가, 누군가 찾아와 문을 두드리지요. 볼드우드 씨가 아가씨를 만나고 싶어 합니다."

여성의 옷차림은 용모의 일부로, 단정치 못한 옷차림은 얼굴에 기형이나 상처가 있는 것과 같다. 밧세바가 바로 말했다.

"이 상태로는 그를 볼 수 없어요. 어떻게 해야 할까요?" 웨더베리 농가에서 집에 없다는 핑계는 자연스럽지 못하므로 리디는 이렇게 제안했다. "먼지를 뒤집어써서, 만날 수 없다고 하세요."

"정말 좋은 생각이구나." 코건 부인이 비난하듯 말했다.

"그냥 볼 수 없다고 하세요. 그거면 충분해요." 코건 부인은 아래층으로 내려가서 밧세바가 부탁한 대로 답하였고, 거기다 말을 덧붙였다. "아가씨는 지금 병의 먼지를 털고 있어요, 나리. 그래서 만나실 수 없답니다."

"잘 알겠소." 그가 냉담하게 대답했다. "제가 물어보려고 했던 건, 패니 로빈에 관한 소식입니다. 무슨 소식 있었나요?"

"아니요, 하지만 밤이 되면 알 수 있을 겁니다. 윌리엄 스몰베리가 그녀의 애인이 살고 있는 캐스터브리지로 떠났어요. 다른 사람들은 마을로 탐문하러 갔고요."

곧 돌아가는 말발굽 소리가 들렸고, 문이 닫혔다.

"볼드우드 씨가 누구지?" 밧세바가 말했다.

"리틀 웨더베리에 사는 신사 농장주요."

"결혼했어?"

"아뇨."

"몇 살이야?"

"마흔 살일 거예요. 매우 잘생겼고 근엄하시죠, 부자고."

"먼지 터는 일은 왜 이리 귀찮을까! 항상 운이 나빠서 곤경에 처하고." 밧세바가 불평하듯 말했다. "어째서 그가 패니에 관해 물어봤을까?"

"아, 패니가 어렸을 때 친구가 없었는데 그분이 패니를 데려가 학교에 보내 주었고, 아가씨 숙부님 밑에서 일하게 해주었어요. 매우 친절한 분이지만, 신이시여!"

"왜?"

"여자에 관해서 그렇게 일이 잘 안 되는 분은 없을 거예요! 6~7명 정도 되는 여자들이 그의 관심을 끌려고 했어요. 이 근방의 여자들은 신분에 상관없이 그와 결혼하려고 했죠. 제인 퍼킨스는 두 달 동안 그를 위해 노예처럼 행동했고, 테일러 자매는 둘 다 일 년간 노력했어요. 농장주 이브의 딸은 며칠 밤을 눈물로 보냈고, 20파운드짜리 옷을 구매했어요. 하지만 그 20파운드를 창문 밖으로 던져 버린 거나 다름없었죠."

그때 어린 소년이 다가와 그들을 올려다보았다. 코건 부부의 아들 중 한 명이었다. 영국에 에이번과 더웬트라는 이름의 강이 흔한 것처럼 웨더베리에 코건이라는 성은 흔했다. 그는 언제나 친구들에게 보여 줄 흔들리는 치아와 베인 손가락이 있었고, 이것은 고통 없는 흔한 사람보다 고귀한 존재라는 분위기를 풍겼다. 사람들은 '가엾구나!'라고 대견함과 연민을 담아 말했다.

"나 1페니 생겼어!" 소년이 주위를 둘러보며 말했다.

"누가 돈을 줬니, 테디?" 리디가 말했다.

"볼드우드 씨가! 내가 대문을 열어 줬거든."

"그분이 뭐라고 했어?"

"'꼬마야 어디 가니?'라고 묻길래 '에버딘 아가씨 댁이요.'라고 대답했어. 그랬더니 '무척 고리타분한 사람이겠지, 그렇지 않니?'라고 물어보길래 그렇다고 대답했어."

"이 개구쟁이 녀석! 왜 그렇게 말했어?"

"나한테 페니를 주셨으니깐."

"눈살 찌푸릴 일만 가득하구나!" 아이가 가버리자 밧세바가 불만스럽다는 듯이 말했다.

"이제 그만 가 메리앤, 가서 비질을 하든 다른 일을 하든 해! 결혼도 안 하고, 여기서 내 속만 썩이고!"

"네, 아가씨. 하지만 전 제가 원치 않는 가난한 남자와 절 원하지 않는 부자들 사이에서 차라리 야생의 펠리컨이 되겠어요!"

"아가씨에게 결혼하자고 한 사람이 있나요?" 리디는 둘만 남자, 용기 내 물었다. "감히 말하자면 매우 많으셨죠?"

밧세바는 대답을 거부하려는 듯 잠시 말을 멈췄지만, 그렇다고 대답하고 싶었다. "어떤 사람이 한 번 청혼한 적 있어." 그녀는 매우 경험 많은 어조로, 가브리엘 오크의 모습을 떠올리며 말했다.

"얼마나 멋진 광경이었을까요!" 리디가 머릿속 상상을 표정으로 드러내며 말했다.

"하지만 거절하신 거죠?"

"내겐 어울리지 않는 남자였어."

"우리 같은 사람은 '고마워요!'라고 할 텐데, 거절할 수 있다니 얼마나 멋진 일일까요. 왠지 이렇게 말씀하셨을 것 같아요. '아뇨, 난 당신보다 나아요.'라든가 '말도 안 되는 소리 하지 마세요. 제 얼굴은 중요한 사람의 입술을 위한 거예요.'라고. 그를 사랑하긴 했어요, 아가씨?"

"아니. 하지만 어느 정도 좋아하기는 했지."

"지금도요?"

"당연히 아니지. …… 지금 들리는 발소리는 뭐야?" 리디는 뒤에 있는 창문으로 뒤뜰을 내다보았는데, 해 질 녘이어서 어둑어둑했다. 사내들이 삐뚤어진 열을 지어 뒷문으로 다가오고 있었다. 그들은 의도적으로 완벽하게 균형을 맞춘 듯 걸어서 마치 살파라고 알려진 생명체를 연상시켰다. 살파는 각각의 개인으로 이루어진 군집이지만 전체적으로는 공통된 목적을 가지고 있다. 몇몇은 평상시같이 러시아 오리나 눈처럼 하얀 작업복을, 일부는 손목, 가슴, 등, 소매에 벌집 문양이 그려진 바랜 갈색 즈크복을 입고 있었다. 나막신을 신은 여성 두세 명이 그 뒤를 따랐다.

"블레셋인들이 들이닥치고 있어요." 리디가 코가 하얗게 될 정도로 유리창에 바짝 기대어 말했다.

"잘됐군. 메리앤, 내려가서 내가 옷을 입을 때까지 그들을 부엌에 머물게 해. 내가 도착하면 넓은 방으로 안내해 주고."

10
여주인과 일꾼들

30분 후, 옷을 갖춰 입은 밧세바가 리디를 거느리고 위층의 오래된 넓은 방에 도착해, 길게 줄지어 앉은 일꾼들을 보았다. 그녀는 탁자에 앉아 노동 기록부를 열었다. 손에는 펜을 들었고, 옆에는 캔버스로 된 돈 자루가 있었다. 밧세바는 이 주머니에서 동전을 쏟았고, 동전은 작은 더미를 이루었다. 리디는 그녀의 팔꿈치 쪽에 자리 잡고 바느질을 시작했으며, 가끔 바느질을 멈추고 주위를 둘러보거나 특권층의 분위기를 풍기며 앞에 놓인 10실링짜리 금화를 들어 예술품인 듯 보았다. 리디는 그 돈을 소유하고픈 마음이 드러나지 않도록 엄격하게 표정을 관리했다.

밧세바가 말했다. "시작하기 전에 여러분에게 할 말이 두 가지 있어요. 첫 번째는 토지 관리인을 도둑질한 죄목으로 해고했고, 앞으로는 토지 관리인을 고용하지 않고 제 머리와 손으로 직접 운영할 겁니다."

일꾼들은 다 들릴 정도로 놀라움의 숨소리를 내었다.

"두 번째는, 패니에 대해 들은 분이 있나요?"

"아무것도요, 아가씨."

"뭐라도 해보았나요?"

"볼드우드 씨를 만났습니다." 제이컵 스몰베리가 말했다. "그 분의 일꾼 두 명과 뉴밀 연못에 가서 찾아보았지만, 아무것도 없었어요."

"그리고 새로운 목자가 알베리에 있는 벅스 헤드에 갔다 왔어 요. 패니가 그곳에 갔을 거라고 생각했대요. 하지만 패니를 본 사람은 아무도 없었죠." 레이밴 톨이 말했다.

"윌리엄 스몰베리가 캐스터브리지에 다녀온다고 하지 않았나 요?"

"네, 맞습니다, 아가씨. 하지만 아직 돌아오지 않았어요. 6시까 지 돌아오겠다고 약속했습니다."

"지금 6시가 되기 15분 전이에요." 밧세바가 시계를 보며 말했 다. "곧바로 이쪽으로 오라고 하세요. 자 이제……." 그녀는 기록 부를 들여다보았다. "조지프 푸어그래스 있나요?"

"네, 나리…… 아, 아가씨." 조지프가 말했다. "제가 푸어그래 스입니다."

"뭐하는 사람이에요?"

"제가 보기엔 전 아무 사람도 아닙니다. 다른 사람들 눈에 는…… 말하지 않겠습니다. 다른 사람이 말할지라도."

"농장에선 무슨 일을 하나요?"

"1년 내내 마차를 몹니다. 파종 시기에는 까마귀와 참새를 사냥하고 돼지를 도살하는 일도 돕고 있습니다, 나리."

"얼마를 드리면 되나요?"

"9실링 9펜스에 궂은일 한 값 반 페니를 더 주시면 됩니다, 나리…… 아니 아가씨."

"꽤 정확하시군요. 10실링을 드리죠. 제가 새로운 주인이 된 선물입니다."

밧세바는 자신이 대중 앞에서 관대하게 굴고 있다는 느낌에 살짝 얼굴을 붉혔고, 헤네리 프레이는 그녀 쪽으로 의자를 당기더니, 눈썹과 손가락을 들어 작게 놀라움을 표현했다.

"구석에 있는 분, 당신에겐 얼마를 드리면 되죠? 이름이 어떻게 되나요?" 밧세바가 말을 이었다.

"매슈 문입니다, 아가씨." 옷 안에 뼈대밖에 없어 보이는 사내가 발가락을 앞으로 향하게 하고 걷는 것이 아니라 안쪽과 바깥쪽으로 이리저리 틀며 다가왔다.

"매슈 마크라고요? 크게 말해 주세요. 해치지 않아요." 밧세바가 말했다.

"매슈 문입니다, 아가씨." 그녀의 의자 뒤쪽에 있던 헤네리 프레이가 정정했다.

"매슈 문." 밧세바가 눈을 기록부로 돌리며 중얼거렸다. "10실링 2펜스 반 페니를 드리면 되죠?"

"맞습니다, 아가씨." 매슈가 낙엽 사이를 바스락거리며 지나가는 바람처럼 말했다.

"여기 10실링이요. 다음…… 앤드루 랜들, 새로 오신 분이라고 들었어요. 마지막으로 일했던 농장을 떠나신 건가요?"

"제-제-제-제-제-제-발, 아가씨."

"저 사람은 말을 더듬어요, 아가씨." 헤네리가 작은 목소리로 말했다. "먼저 일하던 농장에서 쫓겨난 이유는, 그가 딱 한 번 멀쩡하게 말했는데, 자기의 영혼은 자신의 것이지만 자신의 죄는 주인의 것이라고 했기 때문입니다. 저 남자는 욕할 땐 아가씨나 저만큼 말을 잘하지만, 자기 인생을 구할 수 있는 평범한 말은 못 합니다."

"앤드루 랜들, 여기 당신 월급입니다. 감사하단 말은 나중에 하세요. 템퍼런스 밀러, 한 분 더 있군요, 소버니스. 둘 다 여성이죠?"

"그렇습니다, 아가씨. 여기 있습니다." 둘은 새된 목소리로 동시에 대답했다.

"지금까지 어떤 일을 하셨나요?"

"탈곡기를 관리하고 건초 끈에 구멍을 내고, 닭들이 땅에 뿌려 놓은 씨앗들을 먹으려고 할 때 '휘이!' 소리를 내면서 쫓아내고, 구멍을 파는 연장으로 감자를 심었습니다."

"그렇군요. 고용할 만한가요?" 그녀가 조용히 헤네리 프레이에게 물었다.

"오, 아가씨, 제게 묻지 마세요! 순종적이냐고요? 문란한 한 쌍입니다!" 헤네리가 신음하며 말했다.

"앉으세요."

"누구요, 아가씨?"

"앉으라니까요." 뒤쪽에 있던 조지프 푸어그래스는 밧세바의 즉결에 헤네리가 구석으로 슬그머니 움직이자 끔찍한 결과를 두려워하며 움찔거렸고, 입술은 바짝 말라 갔다.

"이제 다음으로 넘어가죠. 레이밴 톨, 계속 제 밑에서 일하실 건가요?"

"아가씨든 누구든 임금을 많이 주는 사람 아래서요." 결혼한 젊은 남성 레이밴이 말했다.

"맞아, 먹고살아야지!" 달그락거리는 나막신을 신고 방금 막 들어온 여성이 뒤쪽에서 말했다.

"저 여잔 누군가요?" 밧세바가 물었다.

"전 그의 법적 아내입니다!" 그녀는 태도와 목소리가 더욱 두드러지게 말을 이어 나갔다. 이 여성은 자신이 스물다섯 살이라고 했으나, 서른 살처럼 보였으며, 서른다섯 살처럼 보일 때도 있었고, 실제로는 마흔 살이었다. 그녀는 신혼부부들처럼 공공 장소에서 부부간의 다정함을 절대로 드러내지 않았는데, 어쩌면 보여 줄 게 없었기 때문일지도 모른다. 밧세바가 말했다. "그렇군요. 레이밴, 여기 남을 건가요?"

"네, 남을 겁니다, 아가씨!" 레이밴의 법적 아내가 다시 한번 새된 목소리로 대답했다.

"직접 답할 수 있을 텐데요."

"안 돼요, 아가씨. 저이는 도구 같은 사람입니다. 그저 멍청한 인간이에요."

"하-하-하!" 그녀의 남편이 공감하려는 듯이 큰 노력을 들여 웃었다. 그는 선거 운동을 다니는 의원 후보처럼 기분 나쁜 모욕의 말을 들어도 쾌활함을 억누를 수 없었다.

아직 이름이 불리지 않은 남은 사람들도 같은 방식으로 호명되었다.

"이제 여러분과 할 일이 없군요." 밧세바가 기록부를 닫고 땋은 머리를 흔들어 뒤로 넘기며 말했다. "윌리엄 스몰베리는 돌아왔나요?"

"아뇨."

"새로 온 목자에게 일꾼이 필요할 겁니다." 헤네리 프레이가 자신이 높은 위치라는 것을 암시하기 위해 다시 밧세바의 의자 옆으로 다가가면서 말했다.

"그렇군요. 누가 적합한가요?"

"어린 카인 볼이 아주 적합할 겁니다." 헤네리가 말했다. "목자 양반, 카인이 젊은 건 상관없죠?" 헤네리는 방금 막 도착해서 팔짱을 낀 채로 문설주에 기댄 채 서 있는 오크에게 미안해하는 미소를 지으며 물었다.

"네. 상관없습니다." 오크가 말했다.

"카인은 어쩌다 그 이름을 갖게 된 건가요?"

"그 아이의 불쌍한 엄마가 성경을 읽지 않은 사람이라 아벨이 카인을 죽인 줄 알고 그의 세례식에서 카인이라고 불렀죠. 되돌리기엔 너무 늦었고 교구에선 그 이름이 없어지지 않을 겁니다.

아이에게는 매우 불운한 일이죠."

"정말 그렇네요."

"네. 그래서 가능한 한 의미를 없애 주려고 카이니라고 부르고 있습니다. 아, 불쌍한 과부! 그녀는 그 일 때문에 가슴이 미어지도록 울었죠. 그녀의 부모님은 이교도적인 사람이라 그녀를 학교나 교회에 보내지 않았어요. 부모의 죄가 자식에게 어떻게 전해지는지 보여 주는 예죠, 아가씨."

프레이는 자신의 가족이 아닌 사람의 불행을 말할 때 적당히 우울한 표정을 지어 보였다. "알겠어요. 카이니 볼을 목자의 조수로 삼겠어요. 자신이 해야 할 일이 무엇인지 알고 있죠? 당신, 아니 가브리엘 오크?"

"아주 잘 압니다. 고맙습니다, 에버딘 양." 오크가 문설주 쪽에서 말했다. "모르는 일이 생기면 물어보죠." 가브리엘은 눈에 띌 정도로 냉정한 그녀의 태도에 상당히 충격을 받았다. 확실히 사전 정보가 없는 사람이라면 아무도 오크와 인물 좋은 아가씨가 낯선 사이가 아니라는 것을 꿈에도 생각하지 못할 것이다. 이러한 태도는 아마도 조그만 시골집에 살다 저택과 농장을 소유한 사람으로 신분이 상승한 그녀에게는 불가피한 결과였다. 이것은 높은 계층에선 전례 없는 일이 아니다. 제우스와 그의 가족이 좁은 올림푸스 산꼭대기에 살다가 넓은 하늘로 영역을 옮기자 그에 비례하여 한층 거만하고 고고한 말을 썼다고 후대 시인의 작품에 나와 있다.

통로에서 발소리가 들려왔다. 속도를 희생한 대신 무게감과 보폭이 두드러지는 발소리였다.

(모두가 소리쳤다) "빌리 스몰베리가 캐스터브리지에서 돌아왔어요."

"무슨 소식 있나요?" 복도 한가운데로 걸어온 뒤, 모자에서 손수건을 꺼내 이마 한가운데부터 가장자리까지 닦고 있는 윌리엄에게 밧세바가 물었다.

그가 말했다. "날씨만 좋았다면 더 빨리 왔을 겁니다, 아가씨." 그는 신발이 눈으로 뒤덮인 것을 보고 바닥에 발을 굴러 눈을 털어 냈다.

"드디어 돌아왔구나?" 헤네리가 말했다.

"패니에 대한 소식은요?" 밧세바가 말했다.

"듣기로는 패니가 군인들과 떠났다고 합니다." 윌리엄이 말했다.

"말도 안 돼. 패니처럼 착실한 처녀가 그럴 리가!"

"자세히 말씀드리겠습니다. 제가 캐스터브리지의 막사에 도착했을 때, 사람들이 '제11근위 용기병 연대가 떠나고, 새로운 부대가 왔다.'고 했습니다. 제11연대는 지난주 멜체스터로 떠났대요. 정부에서 행군 명령이 한밤중의 도둑처럼 내려왔고, 제11연대는 자신들이 깨닫기도 전에 행군을 시작했다는군요. 그들은 이 근처를 지나갔어요."

가브리엘이 흥미를 느끼고 귀를 기울였다. "저도 그들이 지나가는 것을 보았어요." 그가 말했다.

"네." 윌리엄이 말을 이었다. "그들은 '내가 두고 온 소녀'를 개

가처럼 부르면서 거리를 위풍당당하게 지나갔어요. 모든 구경
꾼은 큰 북소리에 장기가 흔들리는 것 같았고, 마을 술집에 있
던 사람들과 이름 모를 여자들의 눈물이 마르지 않았다고 하더
군요!"

"하지만 전쟁에 나간 건 아니잖아요?"

"네. 하지만 아주 가까운 곳에 주둔하려고 떠나는 거죠. 그래
서 저는 패니가 그 연대에 소속된 젊은 애인을 따라 떠났다고
생각했어요. 이게 이번 일의 진실입니다."

"그의 이름을 알아냈나요?"

"아뇨, 아무도 모르더군요. 계급은 이등병보다 높을 겁니다."

가브리엘은 여전히 생각에 잠겨 아무 말도 하지 않았다. 그는
의문을 품고 있었다.

"어쨌든 우리는 오늘 밤 이 이상은 알아낼 수 없을 것 같군
요." 밧세바가 말했다. "하지만 이 중 한 명이 볼드우드 씨의 집
에 가서 알려 주는 게 좋겠어요."

밧세바는 자리에서 일어났다. 하지만 자리를 떠나기 전 사람
들에게 매우 위엄 있는 분위기로 말했다. 진지함을 찾아볼 수
없는 말이었지만, 그녀의 평상복이 진지함을 더해 주었다.

"이제 명심하세요. 여러분들은 남자 주인이 아니라 여자 주인
을 모시고 있어요. 제가 아직 농장 일에 능력이나 재능이 있는
지 모르지만, 최선을 다할 것이고, 저를 잘 도와준다면, 저도 여
러분을 도울 거예요. 여러분 중에 정직하지 못한 사람이(없기를
바라지만, 혹시 그런 사람이 있다면) 제가 여자라서 좋은 일과 나쁜

일을 구별하지 못할 거라고 가정하지 마세요."

(모두) "네, 아가씨!"

(리디) "정말 멋진 말씀이에요."

"전 여러분들보다 먼저 일어나고, 여러분들이 일어나기 전에 밭에 나가며, 여러분들이 밭에 나가기 전에 아침 식사를 마칠 거예요. 한마디로 여러분 모두를 놀라게 할 겁니다."

(모두) "알겠습니다, 아가씨."

"그럼 안녕히 주무세요."

(모두) "안녕히 주무세요, 아가씨."

그러고선 이 어린 입법관은 탁자에서 물러나 서둘러 큰 방을 나갔다. 그녀의 검은색 비단 치마에 밀짚 몇 가닥이 붙어 쓸리면서 바닥을 긁는 소리가 났다. 상황에 맞게 감정을 고양시킨 리디는 모방으로부터 완전히 자유롭지 못한 가벼운 위엄으로 밧세바의 뒤를 따라갔고, 문이 닫혔다.

11

병영 밖 - 눈 - 만남

황량함을 따지자면 눈이 오는 저녁, 웨더베리 북쪽에서 수 마일 떨어진 특정 마을의 변두리와 군사 기지에서 바라보는 전경을 능가할 곳은 없다. 어둠밖에 없는 황량함을 전경이라고 할 수 있다면 말이다.

슬픔이 어떠한 이유도 없이 가장 크게 느껴지는 밤이었다. 감수성이 풍부하다면 사랑이 걱정으로, 희망이 불안감으로, 확신이 소망으로 바뀌는 밤이었다. 야망을 펼칠 기회를 흘려보낸 데 후회가 들지 않고, 기대는 실행으로 이어지지 않는 밤이었다.

왼편에는 강이 흐르고 그 뒤로는 높은 담이 있는 공공 도로였다. 오른편에는 광활한 땅이 목초지와 황야를 이루었고, 외진 끝자락은 넓고 굴곡진 고지대까지 이어졌다.

이런 지역은 계절의 변화가 삼림 지대보다 두드러지지 않는다. 그래도 가까이서 관찰하는 사람이라면 그 변화를 인지할 수 있다. 꽃봉오리가 터지거나 잎이 떨어지는 것같이 잘 알려진 변화보다 덜 진부하고 익숙하지 않을 뿐이다. 보통 황야나 불모지는 조용하고 서서히 변화가 일어나리라 생각하지만, 그렇지 않다. 겨울은 뚜렷한 조짐을 보인 뒤에 이 지역에 찾아오는데, 연속으로 이러한 일들이 관찰된다. 뱀의 동면, 양치류의 변형, 충만해지는 웅덩이, 피어오르는 안개, 서리에 의해 어두워지는 이파리, 곰팡이의 소멸 그리고 눈에 의한 소멸.

이러한 일련의 변화는 오늘 밤 앞서 언급한 황무지에서 정점에 다다랐고, 이 계절 들어 처음으로 사물이 뚜렷한 특징이 없는 불규칙한 형태가 되었다. 사물은 하늘에 펼쳐진 눈에 덮여 어떤 것인지 암시만 할 뿐 정체를 알려 주지 않았으며, 특징이 확연히 드러나지 않았다. 황야와 불모지는 하늘 가득히 흩날리는 이 혼잡한 눈발이 한층 쌓여서 더 헐벗은 듯 보였다. 넓은 아치형 구름은 이상할 정도로 낮게 떠 있었고, 커다랗고 어두운 동굴의 지붕처럼 형성되어 점점 내려오고 있었다. 하늘을 채운 눈과 지상을 덮은 눈이 공기층에 끼어들지 못하게 덩어리로 결합하리라는 생각이 본능적으로 드는 광경이었다.

왼편 풍경의 특징을 보자. 강은 평평했고 그 뒤에는 수직으로 뻗은 벽이 있었으며 둘 다 어둠에 휩싸였다. 이 특징 때문에 이것들은 덩어리로 보였다. 하늘보다 어두운 것이 있다면 그것은 벽이었고, 벽보다 더 어둑어둑한 것이 있다면 밑으로 흐르는 강이었다. 정면의 윗부분은 흐릿하게 보였는데 군데군데 굴뚝에 의해 움푹 패고 갈라졌고, 그 앞쪽에는 길쭉한 형태의 창문이

윗부분만 보였다. 아래쪽, 강의 가장자리에 이르기까지 구멍이나 그림자 하나 없이 평평한 상태가 유지되었다.

막연하고 둔탁한 소리가 눈 때문에 포근한 분위기를 힘겹게 뚫고 연달아 들려왔다. 인근의 시계탑이 10시를 가리키는 소리였다. 실외에 있는 그 종은 몇 인치나 되는 눈에 뒤덮여 한동안 원래 소리를 잃었다. 이 시간쯤 눈이 잦아들었다. 스무 개의 눈송이가 열 개로 줄어들었고, 마침내 한 개로 줄었다. 얼마 지나지 않아 강가에서 어떤 형체가 움직이기 시작했다. 무색 배경에 드러난 윤곽을 가까이에서 본 사람이라면 그것이 작다는 것을 알았을지도 모른다. 인간처럼 보였지만 확실한 것은 작다는 사실뿐이었다.

눈이 갑작스럽게 내리긴 했지만 5센티미터를 넘지 않을 정도로 쌓였기 때문에 그 형체는 별다른 노력 없이 천천히 움직였다. 이때 몇몇 단어들이 큰소리로 들려왔다.

"하나. 둘. 셋. 넷. 다섯."

그 조그만 형체는 각 단어 사이에 6미터 정도 움직였다. 건물 벽 높은 곳에 난 창문을 세고 있는 것이 분명했다. '다섯'이라는 단어는 벽 끝에서부터 다섯 번째에 난 창문을 의미했다.

조그만 형체는 이 지점에서 멈추더니, 점점 작아졌다. 몸을 숙인 것이다. 그때 조그맣게 뭉쳐진 눈덩이가 강을 가로질러 다섯 번째 창문을 향해 날아갔다. 눈덩이는 창문에서 몇 미터 떨어진 벽에 부딪혔다. 남자의 생각을 여자가 실행한 것이다. 어린 시절에 새, 토끼, 다람쥐를 본 적이 있는 사람이라면 그 누구도 방금처럼 형편없이 던지지 않았을 것이다.

다시, 다시. 눈덩이로 벽이 더러워질 때까지 그 시도는 계속되었다. 마침내 눈덩이 하나가 다섯 번째 창에 부딪혔다.

낮이었다면 깊고 천천히 흐르는 강이 보였을 것이다. 강의 중심과 가장자리가 정확히 같은 속도로 흘렀고, 속도가 불규칙해지면 즉시 작은 소용돌이가 일어 속도를 동일하게 조정하였다. 이 보이지 않는 소용돌이 소리는 신호에 응답하는 소리 같지는 않았지만, 슬픈 사람은 한숨 소리로, 행복한 사람은 웃음소리로 여길 만했는데, 강물이 시냇물 줄기의 다른 부분에 있는 사소한 물체에 부딪혀서 나는 소리였다.

창문은 다시 한번 같은 방법으로 눈덩이를 맞았다.

그때 소음이 들렸는데, 분명 창문이 열리는 소리 같았다. 이어 같은 곳에서 사람 목소리가 들렸다.

"거기 누구요?"

남성의 목소리였고, 놀란 음색은 아니었다. 그 높은 벽은 병영 건물이었는데, 결혼은 군대에서 탐탁지 않게 여겨졌기 때문에 오늘 밤 이전에도 밀회와 연락은 강 건너편에서 이루어졌을 것이다.

"트로이 하사님인가요?" 눈 속의 희미한 형체가 떨리는 목소리로 말했다.

이 사람은 땅 위에 드리운 단순한 그늘에 가까웠고, 다른 사람은 건물의 일부로 보였기 때문에, 모르는 사람이 보았다면 벽과 눈이 대화한다고 생각했을 것이다.

"네." 그림자가 미심쩍어하며 대답했다. "아가씨는 누구요?"

"아, 프랭크, 절 모르시겠어요?" 희미한 형체가 말했다. "당신의 아내, 패니 로빈이에요."

"패니!" 벽에서 몹시 놀란 목소리가 들렸다.

"네." 여자가 감정을 반쯤 억누른 채 숨을 몰아쉬며 말했다. 여자의 말투는 아내답지 않았고, 남자도 남편의 말투답지 않았다. 대화는 계속되었다.

"여기에 어떻게 온 거야?"

"당신 방이 몇 번째 창문인지 물어봤어요. 용서해 주세요!"

"오늘 밤에 당신을 보리라고 예상하지 못했어. 사실, 당신이 이곳에 올 거라고 생각지도 못했지. 내가 여기 있는 걸 알아내다니 놀랍군. 난 내일 당직이야."

"당신이 오라고 했잖아요."

"와도 될지도 모른다고 했지."

"그래요, 저도 그런 의미로 말한 거예요. 절 보니 반가운가요, 프랭크?"

"당연하지."

"제게…… 와주실 수 있나요?"

"내 사랑 패니, 그럴 수 없소! 나팔이 울렸고, 막사 문이 닫힌데다, 휴가도 남아 있지 않아. 우리 모두 내일 아침까지 막사 감옥에 갇힌 셈이야."

"그럼 그때까지 만나지 못하는군요!" 실망한 기색이 역력한 말투였다.

126

"어떻게 웨더베리에서 여기까지 왔어?"

"걸어서 오다가 남은 길은 마차를 탔어요."

"놀랐어."

"네, 저도 그래요. 프랭크, 언제쯤일까요?"

"뭐가?"

"당신이 약속한 거요."

"기억에 없는데."

"기억하잖아요! 그런 식으로 말하지 마세요. 절 땅속으로 짓누르는 것 같아요. 그렇기 때문에 당신이 먼저 꺼내야 할 말을 제가 하는 거예요."

"알았어, 말해 봐."

"제가 말해야 하나요? 그렇군요. 우리 언제 결혼해요, 프랭크?"

"아, 그거. 음, 당신이 제대로 된 옷부터 구해야지."

"제게 돈이 있어요. 밴으로 할까요, 라이선스로 할까요?*"

"밴으로 해야 할 것 같아."

"하지만 우리는 서로 교구가 다르잖아요."

"그런가? 그럼 어떻게 해야 하는데?"

---

* 밴은 교구에서 사람들이 반대할 수 있도록 공식적으로 결혼 소식을 공표하는 것으로, 교회법이나 시민법에 기반하여 불가능한 결혼을 막기 위한 제도였다. 불가능한 결혼에는 독신주의, 공식적으로 이혼하지 않은 사람, 동의 부족이나 친족 간 결혼 등이 있다. 라이선스는 사람들 모르게 비밀로 서둘러 결혼을 신청하는 제도였다.

"제 거주지는 성 메리 교구예요. 그러니 양쪽 교구에 신청해야 해요."

"그게 법이야?"

"네. 오 프랭크, 당신은 제가 너무 미래만 본다고 생각하시겠죠. 걱정돼요! 그러지 마세요, 프랭크, 제발요. 전 당신을 사랑하니까요. 당신이 저와 결혼하겠다고 수도 없이 말했어요, 그런데 전…… 전……."

"지금 울지 마! 매우 어리석은 짓이야. 내가 그랬다면, 당연히 그렇게 하겠지."

"그럼 저는 제 교구에 신청하고, 당신은 당신 교구에 신청할까요?"

"그래."

"내일요?"

"내일 말고. 며칠 뒤에 하자."

"장교들에게 허락은 받았나요?"

"아니, 아직."

"어째서요? 캐스터브리지를 떠나기 전에 거의 허락 받았다고 했잖아요."

"사실은 물어보는 걸 잊어버렸어. 당신이 이렇게 갑자기 찾아올 걸 예상치 못했어."

"네, 맞아요. 당신을 걱정시킨 제 잘못이에요. 이제 그만 가볼게요. 내일 노스 거리의 트월 부인 댁으로 저를 만나러 와주시겠어요? 막사로 찾아오고 싶지 않아요. 주위에 질 나쁜 여자들이 어슬렁거려서 저도 그중 하나라고 여길 거예요."

"그렇겠지. 내일 내가 찾아갈게, 내 사랑. 잘 가."

"잘 있어요, 프랭크. 잘 있어요!"

창문 닫는 소리가 다시 들렸고, 희미한 형체는 멀어져 갔다. 그녀가 모퉁이를 돌아가자 벽 안에서 감탄사가 들렸다.

"하하. 하사…… 하하!" 충고하는 소리가 이어졌으나 분명하지 않았다. 말소리는 작은 웃음소리로 바뀌었다. 그 웃음소리는 밖에서 들리는 작은 소용돌이의 쏴 하고 흘러가는 소리와 구별할 수 없었다.

12
농장주들 - 규칙 - 예외

더 이상 관리인을 쓰지 않고 스스로 농사를 짓기로 한 밧세바의 결정은 그녀가 다음 날 캐스터브리지 곡물 시장에 모습을 드러내며 확실해졌다.

나중에 곡물 거래소라는 이름으로 위엄을 떨친, 낮지만 넓은 홀은 보와 기둥이 떠받치고 있었고, 두셋씩 모여 대화를 나누는 건장한 사내들로 붐볐다. 말을 하는 사람은 듣는 사람의 얼굴을 곁눈질하고, 말하는 동안 한쪽 눈꺼풀을 찡그리면서 자신의 발언에 집중시켰다. 대부분의 사람은 물푸레나무 묘목을 들고 있었는데, 돼지와 양을 찌를 때, 등 돌리고 있는 이웃을 부를 때 사용하기도 했지만 대부분은 장거리 여행으로 인한 휴식용 도구로 썼다. 대화를 진행하는 동안 사람들은 자신의 묘목을 다양한 용도로 이용하였다. 등에 대고 구부리거나, 양손으로 아치 모양을 만들거나, 반원에 가까워질 때까지 땅에 대고 눌렀다. 또는 표본 주머니에서 곡물을 손바닥에 한 움큼 쏟을 때면 황급히 겨드랑이에 끼웠고, 평가가 끝난 뒤에는 바닥에 던졌다. 평상시처럼 눈에 안 띄게 건물에 들어온 예리한 여섯 마리의 가금류는 마을에서 기르는 것으로, 이러한 일들을 잘 알고 있었다. 가금류들은 이 잘 알려진 일들이 실행될 때까지 목을 길게 빼고 게슴츠레한 눈으로 기다렸다.

많은 자작농 사이로 한 여성이 지나갔다. 이 넓은 방에 있는 유일한 여성이었다. 그녀는 예뻤고 심지어 옷도 우아했다. 그녀는 수레 사이에서 마차처럼 움직였고, 목소리는 설교 후의 로맨스처럼 들렸으며 용광로에 부는 미풍 같았다. 이곳에 자리를 잡기 위해서는 그녀가 처음 생각했던 것보다 더 많은 결단력이 필요했다. 그녀가 처음 들어왔을 때 느릿느릿 이어지던 대화가 중단되었고, 거의 모든 시선이 그녀에게 향했으며, 이미 그녀를 보고 있던 사람들의 시선도 그녀에게서 떠나지 않았다.

농부 두세 명 정도만이 밧세바를 알고 있었다. 그녀는 그들에게 다가갔다. 그러나 자신이 의도했던 실용적인 여성이 되려면, 소개가 되어 있든 안 되어 있든 사업을 진행해야 했다. 그녀는 단지 소문으로만 알고 있던 남자들에게 대담하게 말하고 대답할 수 있을 만큼 자신감을 얻었다. 밧세바 역시 표본 주머니를 가지고 있었고, 검사를 위해 작은 손바닥에 곡식을 들고 있어야 하는 전문적인 캐스터브리지의 방식을 어느 정도 익혔다. 부러진 곳 없이 정확히 아치형을 이룬 위쪽 치열과 말할 때면 끝이 뾰족해지는 붉은 입, 키 큰 남성과 대화할 때 나오는 도전적인 얼굴은 나긋하지만 잠재력이 충분하고 그것을 실행에 옮길 정도의 대담함을 드러냈다. 그러나 그녀의 눈은 변함없이 부드러웠기에, 짙은 색이 아니었다면 흐릿하게 보였을 것이다. 어두운 눈동자가 날카로워 보이는 인상을 단순히 또렷한 인상으로 순화해 주었다.

그녀는 항상 상대방이 말을 마칠 때까지 기다렸다가 말을 시작했다. 혈기 왕성하다는 말이 어울리지 않을 정도였다. 가격에 대해 논쟁할 때 남성은 판매자로서 당연하다는 듯 자신의 가격을 고수했고 여성은 불가피하다는 듯 지속적으로 낮추었다. 그러나 그녀의 단호함은 완고함과 달리 융통성이 있었으며, 가격을 깎아 비열해 보일 수 있었지만 순진함이 이를 없애 주었다.

그녀와 거래하지 않은(지금까지는 대부분인) 농부들은 끊임없이 "저 여자는 누구지?"라고 물었다. 답변은 주로 "농장주 에버딘의 조카야. 웨더베리 어퍼 농장을 물려받았지. 베일리를 해고하고 스스로 모든 것을 하겠다고 선언했어."였다.

그러자 상대방은 고개를 절레절레 젓곤 했다.

처음으로 물어본 사람이 답했다. "고집이 세다니 유감이야. 하지만 우린 여기서 그녀를 자랑스러워해야 해, 그녀가 이 오래된 장소를 밝혔잖아. 워낙 인물이 좋으니 곧 애인이 생기겠군."

이런 직업에 종사하는 참신함이, 밧세바의 아름다운 외모와 동작처럼 사람들을 끌어당겼다고 한다면 그건 실례다. 그러나 사람들은 대부분 그녀에게 관심을 가졌다. 이번 토요일 이곳에 나온 밧세바는 농장주로서 무엇을 사고팔아 어떤 결과를 얻든

간에 의심할 여지 없는 승리자였다. 실로 이 광경은 너무나 명백히 그녀에게 유리하여, 그녀의 본능은 두세 번 정도 유휴지의 신들 사이를 걸어 다니는 여왕 같았고, 마치 어린 제우스의 여동생과 같이 종가(終價)를 아예 무시하는 것 같았다.

그녀의 사람을 끄는 흡인력에 관한 수많은 증거는 한 가지 예외에 의해 더 크게 두드러졌다. 여자들은 이런 일에 대해선 눈이 리본에 달린 것 같았다. 밧세바는 그 사람을 직접 보지 않고도 하얀 양들 사이의 검은 양을 알아차렸다.

처음에 이것은 그녀를 당황케했다. 어느 쪽이든 그 수가 어느 정도만 됐더라도 매우 자연스럽게 느껴졌을 것이다. 만약 그녀를 아무도 신경 쓰지 않았다면, 그녀는 무심하게 이 일을 넘겼을 것이다. 만약 이 남자를 포함한 모두가 그녀를 보았다면 당연한 일로 받아들였을 것이다. 전에도 이런 적이 있었다. 그러나 예외인 사람이 있다는 것은 호기심을 불러일으켰다.

그녀는 곧 그 사람의 얼굴을 볼 수 있었다. 그는 신사 같았는데, 로마인처럼 윤곽이 뚜렷하고, 햇빛을 받아 청동처럼 빛났다. 그는 자세가 곧고 행실이 차분했다. 한 가지 특징이 그를 더욱 두드러지게 했다. 품위였다.

그는 얼마 전에야 남자의 외모가 십여 년 동안 자연적으로 변화하지 않는 중년의 문턱에 도달한 것이 분명했다. 여성 역시 인위적인 수단으로 비슷한 결과를 얻을 수 있다. 서른다섯 살, 혹은 쉰 살, 아니면 그사이처럼 보였다.

마흔 살의 유부남들은 보통 길에 예쁜 사람이 지나가면 눈길을 던질 만큼 준비되어 있고 관대하다고 말할 수 있다. 재미를 위해 휘스트 게임을 하는 사람들과 마찬가지로, 돈을 지불해야 한다는 최악의 상황에서 면제받을 수 있으면, 사람들은 지나치게 투기적이 된다. 밧세바는 이 냉정한 사람이 유부남이 아니라고 확신했다.

장사가 끝나자, 그녀는 마을까지 몰고 온 노란색 마차 옆에서 기다리고 있던 리디에게 서둘러 달려갔다. 말을 마차에 맨 그들은 빠른 속도로 달렸다. 마차는 뒤쪽의 색깔, 모양, 일반적인 윤곽으로 이 물건들이 젊은 여주인의 소유물임을 나타내었는데, 식료품과 직물이 아닌 듯 보이는 설탕, 차, 직물 꾸러미가 실려 있었다.

"리디, 이 일을 끝냈어. 그곳에서 모든 사람들이 나를 보는 것에 익숙해졌으니 다시는 꺼리지 않을 거야. 하지만 오늘 아침은 결혼하는 것만큼 바빴어. 모두가 날 쳐다봤거든!"

리디가 말했다. "그럴 줄 알았어요. 남자들은 여자의 몸만 바라보는 끔찍한 계층이라니까요."

"하지만 나를 보느라 시간을 낭비하지 않은 분별력 있는 사람이 한 명 있었어." 그 정보는 이런 형태로 전달되었기 때문에 리디는 아가씨가 불쾌했다는 사실을 눈치채지 못했다. "아주 잘생긴 남자였어. 마흔 살쯤 됐을 거야. 누군지 알겠어?"

리디는 생각해 내지 못했다.

"전혀 모르겠어?" 밧세바가 약간 실망한 듯이 말했다.

"전혀 모르겠어요. 게다가, 그가 다른 사람들보다 아가씨를 덜 신경 썼으니, 다른 사람들이랑 별 차이 없어요. 그 사람이 더 많이 신경 썼다면 누군지 중요했겠죠."

밧세바는 정반대의 감정에 시달렸고, 그들은 조용히 말을 몰았다. 그때 더할 나위 없이 완벽한 품종의 말이 모는 낮은 마차가 빠르게 달려와 그들을 따라잡더니, 추월해 갔다.

"저 사람이야!" 밧세바가 말했다.

리디가 쳐다보았다. "저 사람이요! 저분은 볼드우드 씨예요. 저번에 아가씨를 뵈러 왔지만 아가씨가 만나지 않았던 분이요."

"볼드우드 씨라." 밧세바는 자신을 앞질러 가는 그를 보며 중얼거렸다. 그는 단 한 번도 고개를 돌리지 않고 길의 가장 먼 지점에 시선을 고정한 채, 밧세바와 그녀의 매력이 희미한 공기라도 되듯이 무심히 지나갔다.

"꽤 흥미로운 남자야. 그렇지 않니?" 밧세바가 말했다.

"그럼요. 누구나 그래요." 리디가 말했다.

"어째서 저렇게 폐쇄적이고 무관심한지, 그리고 주위의 모든 것과 멀리 떨어져 있어 보이는지 궁금해."

"확실하진 않지만, 그분은 젊었을 때 쓰라린 실망을 겪었대요. 한 여자에게 버림받았다고 하더군요."

"사람들은 항상 그렇게 말하지. 그리고 우린 여자들이 남자들을 버리는 일이 거의 없다는 걸 알아. 그 사람들이 우리를 버린 거지. 내 생각엔 그가 천성적으로 내성적인 사람인 것 같아."

"그저 천성이라…… 저도 그런 것 같네요, 아가씨. 다른 이유가 아니라."

"하지만 그가 잔인한 취급을 받았다고 생각하는 게 더 낭만적이야, 가엾게도! 어쩌면, 정말 그랬을지도 모르지!"

"그가 겪은 일에 따라 다르겠죠. 아, 맞다, 아가씨, 버림받았어요! 반드시 그랬을 거예요."

"하지만 우리는 사람을 너무 쉽게 극단적으로 생각해. 그저 두 가지 다 조금씩 해당한다고 여겨야겠지. 지독하게 이용당했고, 내성적이라고."

"그럴 리가요, 아가씨. 그런 중간은 상상도 못 하겠어요!"

"그럴 가능성이 가장 커."

"음, 그렇군요. 그게 가장 가능성 있네요. 제 말을 믿어도 좋아요, 아가씨. 그게 바로 볼드우드 씨의 문제일 거예요."

13

성경으로 보는 점 - 밸런타인데이

2월 13일 일요일 오후의 농가. 점심 정찬이 끝난 후, 더 나은 말동무를 찾지 못한 밧세바는 리디에게 옆에 앉으라고 말했다. 낡은 집은 겨울이면 촛불을 켜야 했고 덧문을 닫기 전까지는 음울한 기운을 풍겼다. 이곳의 분위기는 벽만큼 오래된 것 같았다. 가구 뒤의 공간은 온도가 저마다 달랐는데, 이른 시간에는 이 방의 불을 피우지 않기 때문이다. 밧세바의 새로운 피아노는 다른 연대에 만들어진 것이었는데, 바닥이 비뚤어져 밤에 그림자가 모서리를 뒤덮기 전까지는 특히나 더 기울어져 보인다. 리디는 항상 잔물결을 일으키는 얕고 작은 시냇물 같았다. 그녀의 존재감은 생각만큼 무겁지는 않았지만, 눈에 띌 정도였다.

탁자 위에는 가죽으로 묶인 오래된 4절판 성경이 있었다. 리디는 그것을 보며 말했다.

"아가씨는 성경점과 열쇠점으로 결혼 상대를 알아보신 적이 있나요?"

"바보 같은 소리 하지 마, 리디. 그런 게 들어맞겠어?"

"그래도 꽤 나쁘지 않은걸요."

"말도 안 돼."

"그래도 점을 칠 때면 심장이 두근거리잖아요. 믿는 사람도 있고 안 믿는 사람도 있지만, 전 믿어요."

"좋아, 해보지." 밧세바는 자신이 한 말을 무시하겠다는 듯이 의자에서 일어나 점에 빠져들었다. "현관 열쇠를 가져와."

"오늘이 일요일이 아니었으면 좋겠어요. 어쩌면 옳은 일이 아닐지도 몰라요." 리디가 열쇠를 가지고 돌아오면서 말했다.

"주중에 옳은 일은 주일에도 옳아." 밧세바는 자신의 말이 곧 증거라는 듯이 말했다.

성경을 펼쳤다. 책장은 세월에 의해 칙칙한 황갈색으로 변했고, 많이 읽힌 구절은 상당이 닳아 없어졌는데, 읽는 것에 익숙하지 않은 사람들이 검지로 밑줄을 그어 가며 읽은 결과였다. 밧세바는 룻기에 나오는 특별한 구절을 찾았고, 숭고한 단어들이 그녀의 눈에 들어왔다. 그 단어들은 그녀를 살짝 전율케 했으며, 당황하게 만들었다. 추상적인 지혜가 현실의 어리석은 인간을 바라보는 것 같았다. 어리석은 인간은 얼굴을 붉히고, 의도대로 성경에 열쇠를 올려놓았다. 그 구절 위에는 쇠로 된 물질의 압력 때문에 생긴 녹이 남아 있었다. 이 오래된 성경이 지금과 같은 용도로 사용된 것이 처음이 아니라는 뜻이었다.

"이제 가만히, 아무 말도 하지 마." 밧세바가 말했다.

그 구절이 반복되고, 성경이 돌아갔다. 밧세바는 죄라도 지은 듯 얼굴을 붉혔다. "누구로 하셨어요?" 리다가 궁금해했다.

"말해 주지 않을 거야."

"오늘 아침 볼드우드 씨가 교회에서 하신 행동을 보셨나요, 아가씨?" 리디는 자신의 생각이 어떤 경로를 거쳤는지 막연히 나타내며 말했다.

"아니, 못 봤어." 밧세바가 무관심하게 말했다.

"그분 좌석은 아가씨 바로 맞은편이었어요."

"나도 알아."

"근데 그분이 뭘 하는지 못 보셨다고요!"

"확실히 못 봤어. 말했잖아." 리디는 얼굴을 찌푸리고 입을 단호히 닫았다. 이는 예상치 못한 행동이었고, 밧세바를 당황하게 했다. "그 사람이 뭘 했는데?" 밧세바가 부득이하게 물어보았다.

"예배 시간에 한 번도 아가씨를 보지 않았어요."

"어째서?" 밧세바가 짜증 난 표정으로 물었다. "난 그런 걸 부탁한 적이 없는데."

"그렇겠죠. 하지만 다른 사람들은 모두 아가씨를 보려고 고개를 돌렸는데, 이상하게도 그분은 그러지 않았어요. 그분답죠. 부자에 신사인데 신경 쓸 게 뭐가 있겠어요?"

밧세바는 할 말이 없다기보다는, 리디가 이해하기에는 너무 난해한 내용이라는 의견을 표현할 의도로 침묵에 잠겼다.

"내 정신 좀 봐. 어제 산 밸런타인데이 카드를 깜빡했어."

"밸런타인데이! 누구를 위해서요, 아가씨?" 리디가 말했다.

"농장주 볼드우드 씨요?" 수많은 잘못된 예 중에 그 이름만이 지금 상황에 밧세바가 말하기에 적합한 이름이었다.

"아니, 테디 코건한테 줄 거야. 그 아이에게 무언가를 준다고 약속했는데, 이 정도면 깜짝 선물이 될 거야. 리디, 책상을 가져 와 줘, 지금 당장 쓰게."

밧세바는 책상에서 색이 화려하고 양각 무늬가 새겨진 8절판 을 꺼냈다. 지난번 장날에 캐스터브리지의 사무용품점에서 구 입한 것이었다. 카드 중앙에는 작은 타원형의 빈 공간이 있었다. 제작자가 일반적인 인사말을 넣지 않아, 보내는 사람이 알맞게 다정한 글을 써넣을 수 있도록 만들어진 공간이었다.

밧세바가 말했다. "여기에 글을 쓰면 돼. 뭐라고 쓸까?"

리디가 즉시 답했다. "이런 내용이면 될 것 같아요."

"장미는 붉고

제비꽃은 푸르고

카네이션이 달콤하듯

당신도 달콤해요."

"그래, 바로 그거야. 테디처럼 볼이 통통한 아이와 잘 어울리 는구나." 밧세바가 말했다. 그녀는 작지만 읽기 쉬운 친필로 내 용을 썼고 종이를 봉투에 넣고 주소를 쓰기 위해 펜을 적셨다.

"이 편지를 멍청하고 늙은 볼드우드에게 보내면 얼마나 재미 있을까요. 그가 얼마나 의문스러워하겠어요!" 하고 싶은 말을 참지 못하는 리디가 눈썹을 치켜올리며 말했고, 볼드우드의 도덕적, 사회적 지위에 두려움을 느끼며 웃었다.

밧세바는 그 의견을 충분히 고려하기 위해 잠시 말을 멈추었다. 볼드우드는 골치 아픈 이미지로 자리 잡기 시작했다. 밧세바의 왕국에서 볼드우드는 그의 이성과 상식이 아무런 비용도 들지 않는 감탄의 눈길을 보내는 행동이 좋다고 말함에도 불구하고 동쪽을 향해 무릎을 꿇은 다니엘 같은 존재였다. 그녀는 볼드우드가 다른 사람처럼 행동하지 않는 것에는 크게 신경 쓰지 않았다. 그렇지만 교구에서 가장 위엄 있고 지체 높은 남자가 시선을 주지 않고 리디 같은 여자가 그것에 관해 말하는 것이 살짝 우울했다. 그래서 리디의 생각은 괴로웠다.

"아니, 그런 행동은 하지 않을 거야. 그는 이 문장에서 어떤 유머도 못 느낄 거야."

"아마 죽을 만큼 신경 쓸 거예요." 고집스러운 리디가 말했다.

"사실, 테디에게도 별로 보내고 싶진 않아." 밧세바가 말했다. "가끔 버르장머리 없는 행동을 하는 애야."

"네, 그렇죠."

"남자들처럼 뭘 던져 보자." 밧세바가 한가하게 말했다. "앞면이 나오면 볼드우드, 뒷면이 나오면 테디로. 일요일에는 동전을 던지지 않을 거야, 그렇게 하면 악마를 불러들이게 될 거야."

"이 찬송가 책을 던져요. 그럼 죄 될 게 없어요, 아가씨."

"아주 좋아. 책이 펼쳐지면 볼드우드, 닫히면 테디야. 아냐, 책이 펼쳐질 가능성이 더 크지. 펼쳐지면 테디. 닫히면 볼드우드."

책이 공중에서 펄럭이다 닫힌 채로 바닥에 떨어졌다. 밧세바는 입가에 하품을 머금은 채 펜을 들어 무뚝뚝하고, 침착하게 볼드우드의 주소를 썼다.

"이제 촛불을 켜, 리디. 어떤 인장을 써야 할까? 여기 유니콘 머리가 있어. 아무것도 쓰여 있지 않아. 이건 뭐야? 비둘기 두 마리, 안 돼. 매우 특이해야 하니까. 그렇지, 리디? 여기 좌우명이 쓰인 게 있다. 재미있는 내용이었던 것 같은데, 읽을 수가 없네. 이걸로 해보자, 만약 잘 안 되면 다른 거로 하지 뭐."

커다랗고 붉은 인장이 제자리에 찍혔다. 밧세바는 뭐라고 적혀 있는지 보기 위해 밀랍을 자세히 보았다.

"자본이라니!" 그녀가 장난스럽게 편지를 던지며 외쳤다. "근엄한 목사도 화낼 만해." 리디가 인장의 글을 읽었다.

나와 결혼해 줘요.

그날 저녁 편지가 발송되었고, 밤에 캐스터브리지 우체국에서 적절히 분류되어 아침에 웨더버리로 전달되었다. 이 일은 매우 쓸모없고 생각 없이 진행되었다. 밧세바는 사랑을 구경거리로써는 잘 알고 있었지만, 주관적으로는 아무것도 알지 못했다.

14

편지의 효과 - 일출

밸런타인데이 당일, 땅거미가 질 무렵에 볼드우드는 평상시처럼 활활 타오르는 통나무 옆에 앉아 저녁 식사를 했다. 그의 앞에 놓인 벽난로 선반에는 날개를 펼친 독수리 장식품을 얹은 시계가 있었고, 독수리의 날개 위에는 밧세바가 보낸 편지가 놓여 있었다. 독신남의 시선은 붉고 커다란 인장이 눈의 망막에 핏방울처럼 맺힐 때까지 편지에서 떠날 줄 몰랐다. 먹고 마시는 동안에도 공상하며, 그의 시력으로 읽기에는 편지가 너무 멀리 있음에도 계속 글을 읽었다.

　　나와 결혼해 줘요.

이 당돌한 명령문은 크리스털 같아서 그 자체로는 색이 없고, 그 주위의 색을 띠었다. 이곳 볼드우드의 조용한 응접실에서는 편지와 관련 없는 것은 중요하지 않았다. 편지와 그 내용은 일주일 내내 청교도 신자의 일요일 같은 분위기 속에서 사려 깊지 못한 감정을 깊은 엄숙함으로 바꾸었고, 장식품에 스며들었다.

볼드우드는 아침에 편지를 받은 후부터 균형 잡힌 자신의 삶이 조금씩 이상적인 열정을 향해 일그러지고 있다고 느꼈다. 이것은 콜럼버스가 떠다니는 해초를 처음 발견했을 때와 같은 동요였다. 하찮을 정도로 조그만 것이 무한한 가능성을 내포하는 법이다.

이 편지에는 틀림없이 보낸 사람과 동기가 있을 것이다. 물론 볼드우드는 편지에서 동기가 가장 적은 부분을 차지한다는 것을 알지 못했다. 애당초 이러한 가능성이 있으리라는 생각조차 들지 않았다. 마음이 혼란스러워지면 혼란스럽게 만든 원인이 일시적이든, 은밀하든 같은 결과로 이어진다는 것을 잘 깨닫지 못한다. 사건을 일으키는 것과 일어난 사건을 특정한 방향으로 이끄는 것은 어마어마한 차이가 있으나, 그 사건 때문에 혼란스러워하는 사람은 이것을 깨닫기 힘들다.

볼드우드는 잠자리에 들 때 거울 구석에 밸런타인데이 편지를 끼워 놓았다. 그는 등 돌린 상태에서도 그 편지를 의식했다. 볼드우드의 인생에서 이런 일은 처음이었다. 그 행위에 의도적인 동기가 있다고 생각하여 이를 무례로 간주하지 않았다. 그는 다시 편지를 바라보았다. 밤의 신비로움이 편지를 쓴 미지의 인물을 알려 주는 듯했다. 누군가의, 어떤 여자의 손이 그의 이름이 적힌 종이 위를 부드럽게 움직였고, 감춰진 그녀의 눈은 스스로 그려 낸 곡선을 보았다. 그녀의 뇌는 그러는 동안 상상 속의 그를 보았을 것이다. 어째서 그녀는 그를 상상했을까? 그녀의 입술은 붉을까 창백할까, 도톰할까, 주름져 있을까? 펜이 움직이는 순간 그 입술은 특정한 표현을 위해 휘었을 것이다. 입가는 자연스러운 떨림과 함께 움직였을 것이다. 어떤 표정이었을까?

여자가 글을 쓰는 모습은 그녀의 글과 마찬가지로 아무런 개성도 없었다. 그녀는 안개에 싸여 있었다. 상상 속 그녀는 하늘아래 모든 사랑과 편지를 망각하고 잠을 자고 있었으니 그럴지도 모른다. 볼드우드가 졸 때마다 그녀는 환상이 아닌 형태로나타났다. 그가 깨어났을 때 그 꿈을 꾸게 만든 편지가 있었다.

그날 밤 달은 빛났고, 그 빛은 일반적이지 않았다. 볼드우드의창에는 반사된 빛만 들어왔다. 창백한 광선은 눈에 반사되어 반대 방향으로 향했으며, 위로 올라가 천장을 부자연스럽게 밝히고, 낯선 곳에 그림자를 드리우더니 그림자가 있던 곳을 밝혔다.

편지 내용이 그를 사로잡긴 했지만, 편지가 도착했다는 사실과 비교하면 그리 중요하지 않았다. 그는 갑자기 편지를 꺼낸봉투에서 또 다른 정보를 얻을 수 있지 않을까 하고 생각했다.그는 기이한 불빛을 받으며 침대에서 벌떡 일어나 편지를 들어얇은 종이 한 장을 꺼낸 뒤, 봉투를 흔들었다. 아무것도 나오지않았다. 볼드우드는 전날 백번은 쳐다보았던 것처럼 붉은 인장을 바라보며 큰 소리로 말했다. "나와 결혼해 줘요."

엄숙하고 내성적인 자작농은 다시 편지를 접고, 유리 틀에 꽂았다. 그러는 도중 거울에 비친 자신의 얼굴을 보았다. 창백하고 공허해 보였다. 그는 자신이 얼마나 입을 꽉 다물고 있는지, 풀린 눈이 얼마나 텅 비어 보이는지 확인했다. 자신의 과민한 신경과 감수성에 스스로 불안과 불만을 느끼고 다시 침대로 돌아왔다.

잠시 후 새벽이 다가왔다. 맑은 하늘의 힘은 볼드우드가 일어나 옷을 입고 있는 정오의 흐린 하늘의 힘에 견주지 못하였다. 그는 계단을 내려가 동쪽 들판으로 난 문을 향해 걸었고, 잠시 멈춰 문에 기대고는 주위를 둘러보았다. 연중 이 시기에 흔히 경험할 수 있는 해가 늦게 뜨는 날이었다. 하늘의 한가운데는 순수한 보랏빛이었지만, 북쪽은 납빛이었고, 동쪽은 어두웠다. 아직 빛이 없는 태양의 반쪽은 동쪽의 눈 덮인 장소나 웨더베리 어퍼 농장의 암양 방목지 위에서 명백히 휴식을 취하고 있었는데, 하얀 노석 위의 불꽃 없이 빛나는 붉은빛 같았다. 전체적으로는 유년기를 지나 나이가 드는 것처럼 일몰과 비슷한 효과였다.

다른 방향은 눈 때문에 들판과 하늘이 한 가지 색으로 물들어, 지평선이 어디인지 분간하기 힘들었다. 대체로 이곳도 앞서 언급한 곳처럼 빛과 그림자의 초자연적인 역전이 일어나 하늘에서 흔히 볼 수 있는 화려한 빛이 땅을 덮었고, 땅에서 볼 수 있는 그림자가 하늘을 덮었다. 서쪽 하늘에는 저물어 가는 달이 퇴색된 놋쇠처럼 칙칙한 녹황색을 띤 채 걸려 있었다.

볼드우드는 서리가 눈 표면에 굳은 채, 동쪽의 붉은빛을 받아 대리석처럼 윤기 있게 반짝이는 모습과 시들어 구부러진 경사지의 풀들이 고드름에 갇혀 매끄럽고 힘없는 땅 위에 옛 베네치아의 유리처럼 꼬이고 휜 채 서 있는 모습을, 눈이 양털처럼 부드러울 때 그 위를 뛰어다닌 새들의 발자국이 얼어서 아직도 남아 있는 광경을 무관심하게 보았다. 반쯤 소리를 낮춘 듯한 가벼운 바퀴 소리가 그를 방해했다. 볼드우드는 도로 쪽으로 몸을 돌렸다. 우편 마차였다. 미친 듯이 달리는 이륜마차는 불어오는 바람에 간신히 견딜 수 있을 만큼 가벼워 보였다. 마부가 편지를 건네주었다. 볼드우드는 그것을 열며 이번에도 익명의 사람이 보낸 것이기를 기대했다. 확률에 대한 사람들의 견해는 단지 선례가 반복될 것이라는 단순한 감각일 때가 많다.

마부가 볼드우드의 행동을 보고 말했다. "그 편지는 나리 것이 아닌 것 같습니다. 이름이 쓰여 있지 않지만 나리 댁의 목자에게 온 것 같습니다."

볼드우드가 그 말을 듣고 주소를 읽었다.

새로운 목자에게,
웨더베리 목장,
캐스터브리지 인근.

"이런, 잘못 왔군! 이 편지는 나한테 온 게 아니야. 우리 집 목자한테 온 것도 아니고. 이 편지는 에버딘 양네 목자에게 온 편지야. 가브리엘 오크에게 가져다주면서 내가 실수로 열었다고 전해 주게."

이 순간 활활 타오르는 하늘을 배경으로 촛불 한가운데 있는 심지 같은 것이 구릉에 보였다. 그리고 그 형체는 햇빛에 의해 구멍이 숭숭 뚫린 네모난 뼈대를 잔뜩 나르며 이곳저곳을 바삐 움직이고 있었다. 네발로 선 작은 형체가 그 뒤를 따랐다. 키가 큰 형체는 오크였고, 작은 형체는 조지였다. 옮기고 있는 물건은 울타리였다.

"잠깐." 볼드우드가 말했다. "저기 언덕에 있는 사람이 오크야. 내가 직접 편지를 전해 주지."

볼드우드는 단순히 다른 남자에게 편지를 전달하러 간 것이 아니었다. 그것은 기회였다. 그는 의도를 담은 얼굴로 눈 덮인 들판에 들어섰다. 그 순간 가브리엘은 오른쪽으로 언덕을 내려오고 있었다. 지금 이 방향으로 빛나는 햇빛이 뻗어 나가 목자가 명백히 향하고 있는, 멀리 보이는 워런의 맥아 제조소의 지붕을 살짝 비추고 있었다. 볼드우드는 멀리서 그를 따라갔다.

15
아침의 만남 - 또 다시 편지

맥아 제조소 밖을 비추는 진홍색과 주황색 햇빛은 실내까지 뚫고 들어오지 못했다. 실내는 평상시처럼 햇빛과 비슷한 벽난로 불빛으로 밝아졌다.

맥아 제조소 주인은 옷을 입고 몇 시간 동안 누워 있다가, 지금은 세 다리 탁자 옆에 앉아 아침으로 빵과 베이컨을 먹고 있었다. 식사는 접시 없이 진행되었다. 탁자에 놓인 빵 위에 베이컨을 얹고 겨자를 바른 다음 소금을 조금 뿌리고 커다란 주머니 칼로 탁자에 닿을 때까지 빵을 수직으로 자른다. 그 뒤 칼 위에 적절히 올려서 입으로 가져간다.

맥아 제조소 주인은 이가 모자랐지만, 저작 능력은 크게 줄어든 것 같지 않았다. 그는 오랜 시간 동안 이 없이 살아왔기 때문에 그것을 결함이 아니라 딱딱한 잇몸을 얻은 것으로 여겼다. 그는 쌍곡선이 X축에 다가가듯 무덤에 다가가고 있는 것 같았다. 가까이 갈수록 똑바로 가는 것 같지 않았기에 무덤에 도달하긴 할지 의문이었다.

재 구멍에는 감자 한 무더기가 구워지고 있었고, 옹기 냄비에는 '커피'라고 불리는 검은 빵이 끓고 있었는데, 이곳을 방문하는 사람들을 위한 것이었다. 워런의 맥아 제조소는 사교의 장으로, 일종의 여관이었다.

"오늘은 날이 좋으니 밤에 도미가 잡히겠군." 문이 열리더니 맥아 제조소 내부에 갑자기 말소리가 퍼졌다. 헤네리 프레이는 불 쪽으로 다가가다가 중간쯤에 멈추어 서더니 발을 굴러 부츠에 붙은 눈을 털었다. 늙은 주인에게는 말을 하면서 들어오는 그가 갑작스럽지 않은 듯했다. 이 동네에서는 인사말이나 그런 행동을 생략하는 것이 흔했기 때문이다. 늙은 주인도 같은 자유를 가지고 있었기에, 서둘러 대답하지 않았다. 그는 푸줏간 주인이 꼬챙이로 고기를 들듯이 치즈 한 조각을 칼에 꽂아 들었다.

헤네리는 단추를 채운 작업복 위에 칙칙한 캐시미어 외투를 입고 있었는데, 코트 밑으로 작업복의 하얀 옷자락이 30센티미터 정도 나와 있었다. 이런 스타일에 익숙해지면 매우 자연스러워 보이고 장식적인 느낌도 들었다. 무엇보다도 확실히 편했다.

매슈 문, 조지프 푸어그래스와 짐마차꾼, 마부들이 커다란 랜턴을 손에 대롱대롱 들고 뒤따라 들어왔다. 랜턴은 그들이 일 전용 말이 있는 마구간에서 왔다는 것을 나타냈는데, 그들은 아침 4시부터 바쁘게 일하고 온 참이었다.

"그녀는 베일리 없이 어떻게 농장을 돌보고 있어?" 늙은 주인이 물었다.

헤네리가 고개를 떨구고, 쓴웃음을 지었다. 이맛살을 중간으로 모두 모아 미간에 깊은 주름이 생겼다.

"아가씨는 반드시 후회할 거예요, 반드시!" 헤네리가 말했다. "베일리 페니웨이는 진실한 사나이도, 정직한 사람도 아니었어요. 가롯 유다 같은 대단한 배신자죠. 하지만 혼자 운영할 수 있다고 생각하다니!" 그는 잠자코 머리를 서너 번 옆으로 가로저었다. "절대 안 될 겁니다. 절대로!"

다른 이들은 그가 머리를 흔들면서 떠올린 속마음을 우울한 말로 표현한 것이라고 생각했다. 그러는 동안에도 헤네리의 표정은 절망적이었는데, 다음에 할 말도 침울하리라는 것을 암시했다.

"모든 것이 망하고, 우리도 망할 거야, 신사들이 먹을 고기가 없어지거나!" 마크가 말했다.

"고집이 센 처녀가 있다면, 그게 바로 아가씨일 거야. 어떤 충고도 들으려고 하지 않아. 자존심과 허영심이 수많은 서투른 사람을 망쳤어. 신이시여, 이런 것들을 생각하면 출장을 나가는 사람처럼 슬퍼져!"

"그래요, 헤네리, 당신은 그럴 거예요." 조지프 푸어그래스가 고통스러운 미소를 지으며 그의 말을 증명하듯이 말했다.

"망치 쓰는 사람이 그 여자 같은 성격이라면 해가 될 일은 없겠군." 방금 들어온 빌리 스몰베리가 한쪽 이를 드러내면서 말했다. "그녀는 제대로 된 문장을 구사하고, 센스 있을 거야. 뭔

말인지 알겠어?"

"알아. 하지만 베일리 자리를 없애다니. 나는 그 자리에 앉을 자격이 있어." 헤네리가 빌리 스몰베리의 작업복을 멍하니 바라보며 울부짖었다. 빌리의 작업복에서 고귀한 운명의 환영이 보이는 듯했다. "아마 정해져 있을 거야. 너의 운명은 이미 결정되었고, 성경은 아무것도 아니야. 네가 좋은 일을 해도 그에 합당한 보상을 받지 못하고, 비열한 방식으로 사기당해 보상을 얻지 못하지."

"아뇨, 난 동의하지 않아요." 마크가 말했다. "하느님은 그런 부분에 있어 완벽하신 분이에요."

"좋은 일을 하면 합당한 보수를 받는다, 보통 이런 식으로 말하지." 조지프가 말했다.

잠시 침묵이 뒤따랐고, 막간을 이용해 헤네리가 몸을 돌려 랜턴을 껐다. 햇빛이 제법 들어오자 유리창이 하나밖에 없는 맥아 제조소도 불을 밝힐 필요가 없어졌다.

"그 여자가 하프시코드인지 덜시머인지 피아노인지 무엇이 됐든 간에, 이런 악기들로 뭘 하려는 거지?" 늙은 주인이 말했다. "리디 말로는 그녀가 새로운 악기를 샀다고 하더군."

"피아노를 샀다고요?"

"그래. 숙부의 물건만으로는 충분치 않았나 봐. 그녀는 죄다 새것을 샀대. 튼튼한 사람들을 위한 무거운 의자, 날씬한 사람을 위한 철사로 만든 약한 의자. 벽난로 위에는 매우 큰 시계를 놓았다더군."

"그림들은 대부분 멋진 액자에 끼워져 있어."

"술 취한 사람들을 위한 긴 말총 의자도 있대요. 양 끝에는 말총 베개가 놓였고요." 클라크가 말했다. "미인을 위한 거울과 못된 사람들을 위한 책도 여러 권 있지."

문밖에서 단단하고 큰 발소리가 들렸다. 문이 15센티미터 정도 열리더니, 밖에 서 있는 사람이 외쳤다.

"여러분, 새로 태어난 양 몇 마리를 데리고 들어가도 될까요?"

"물론이지, 목자 양반." 일동이 외쳤다.

문이 뒤로 젖히면서 벽에 부딪혔고, 맨 위부터 맨 아래까지 흔들렸다. 오크의 얼굴은 땀에 젖어 있었고, 발목에는 눈이 들어오는 것을 막으려고 건초 각반을 두르고, 작업복 바깥으로는 가죽 허리띠를 차고 있었다. 그는 세상에서 가장 건강하고 활력 넘치는 사람처럼 보였다. 그의 어깨 위에는 새끼 양 네 마리가 갖가지 이상한 자세로 얹혀 있었다. 가브리엘이 노콤에서 용케 데려온 강아지 조지가 근엄하게 뒤따라 들어왔다.

"목자 오크로군, 올해는 양들의 출산이 어떤가?" 조지프가 물어보았다.

"끔찍할 정도로 힘들어요." 오크가 말했다. "지난 보름 동안 눈이 오든 비가 오든 하루에 두 번씩이나 젖어 가며 양을 받았어요. 간밤에도 카이니와 전 거의 못 잤어요."

"쌍둥이도 꽤 있다던데?"

"반만 잡아도 너무 많죠. 올해는 분만이 매우 기묘해요. 성모 영보 대축일*까지 끝내지도 못하겠어요."

"작년에는 모든 일이 섹사게시마** 전에 다 끝났어." 조지프가 말했다.

"나머지도 데리고 들어와, 카인." 가브리엘이 말했다. "그리고 다시 암양들에게 돌아가. 나도 금방 갈게."

카이니 볼은 쾌활한 표정과 작고 동그란 입을 가진 젊은이였다. 그는 들어와서 양 두 마리를 놓더니, 작별 인사를 하곤 사라졌다. 오크는 어정쩡하게 걸쳤던 양들을 내린 뒤 건초에 싸서 불 주위에 두었다.

"이곳엔 노콤과 달리 양치기용 오두막이 없군요." 가브리엘이 말했다. "새끼 양들을 집으로 데려오는 건 정말 힘들어요. 이곳이 아니었다면, 도대체 어떻게 했을지! 이 혹독한 날씨에. 요즘은 어떻게 지내시나요, 어르신?"

"아프지도 애석하지도 않아. 하지만 쌩쌩하지도 않지."

"그러시군요."

"와서 앉게, 목자 오크." 늙은 맥아 제조소 주인이 말했다. "개를 찾으러 갔을 때 노콤에 있던 옛집은 어땠는가? 나도 낯익고 친숙한 장소에 가보고 싶구먼. 하지만 그곳엔 내가 아는 사람이 한 명도 없겠지."

"그러실 겁니다. 아주 많이 변했어요."

---

* 대천사 가브리엘이 성모 마리아에게 예수를 잉태하였음을 알린 날을 기념하여 여는 축제로, 3월 25일이다.

** 부활절 전의 40일을 가리키는 사순절 전 제2주일.

"나무로 만든 디키 힐의 사과주 제조소가 철거되었다는 게 사실인가?"

"네, 몇 년 전에요. 디키가 그곳에 오두막을 세웠어요."

"사실이었군!"

"네. 그리고 사과주 두 통 분량을 생산하던 톰킨스의 오래된 사과나무도 뿌리째 뽑혔어요."

"뿌리째로? 말도 안 돼! 아! 변화의 시대에 살고 있군, 변화의 시대야."

"마을 한가운데 있던 오래된 우물 기억하시나요? 그 우물은 단단한 쇠 펌프로 바뀌었어요. 커다란 돌벽도 있지요."

"이럴 수가, 노콤이 그렇게 변하다니, 지금까지 살아서 무엇을 보게 될지! 그래, 여기도 마찬가지야. 지금도 사람들이 아가씨의 이상한 행동만을 이야기하고 있어."

"무슨 이야기요?" 오크가 날카롭게 나머지 사람들을 돌아보았다. 그러나 이내 그의 표정은 부드러워졌다.

"여기 중년들은 아가씨의 자만심과 허영심을 비난하고 있었어." 마크가 말했다. "하지만 난 제멋대로 굴도록 나둬야 한다고 생각해. 아가씨의 얼굴에 축복을. 내가 하고 싶지만, 그녀의 앵두 같은 입술에도!" 용감한 마크 클라크는 특유의 소리를 내며 말했다.

"마크." 가브리엘이 단호하게 말했다. "기억해 둬요! 에버딘 양을 희롱하거나 장난스러운 말투를 삼가세요. 제가 가만히 있지 않을 겁니다. 아시겠어요?"

"진심으로 그러겠소." 마크가 진심으로 대답했다.

"당신도 아가씨를 험담하고 있었죠?" 오크가 엄숙한 표정으로 고개를 돌리며 조지프에게 말했다.

"아니, 아니. 단 한마디도. 아가씨가 더 나쁜 사람이 아니라 정말 다행이라고 말했어. 그게 다야." 조지프가 공포에 질려 떨면서 얼굴을 붉혔다. "매슈가 방금……."

"매슈 문, 당신은 무슨 말을 하고 있었나요?" 오크가 물었다.

"나? 내가 지렁이 한 마리도 해치지 못하는 걸 알잖아, 지렁이조차." 매슈가 불안한 표정으로 답했다.

"음, 누군가는 험담했겠죠. 여기를 보세요." 가브리엘은 지구상에서 가장 조용하고 온화한 사람 중 한 명이었지만, 가끔은 군인 같은 쾌활함과 활기를 띤 채 주먹을 들었다. "이게 제 주먹입니다." 그는 일반적인 빵 덩어리보다 조금 작은 주먹을 제조소의 탁자 정중앙에 올려놓은 뒤, 말을 잇기 전에 사람들의 눈에 주먹의 힘을 각인시키려는 듯이 한두 번 정도 탁자를 내리쳤다. "자, 교구에서 아가씨에 대해 악담을 하다가 처음으로 걸린 사람은(이때 그의 주먹은 토르가 자신의 해머를 시험해 보듯이 위로 올라갔다가 아래로 내려왔다) 제 주먹맛을 톡톡히 볼 겁니다. 그렇게 하지 않는다면 전 네덜란드 사람이 되겠습니다."

이 말이 진실한 표현이라는 것을 알기에 사람들은 네덜란드를 떠올리지는 않았지만, 모두의 표정에서 말을 한 사람이 보이는 변화에 개탄하고 있음이 드러났다. 마크가 외쳤다. "알았어, 알았어." 개 조지는 비록 영어를 완벽하게 이해하지 못했지만,

주인의 위협이 끝나자 고개를 들어 으르렁거리기 시작했다.

"자, 자, 그러지 말고, 와서 앉아요, 목자 양반!" 헤네리가 기독교인다운 평온함으로 타이르며 말했다.

"우리는 자네가 보기 드물게 선량하고 영리한 사람이라고 들었어, 목자 양반." 뒤쪽에 놓인 늙은 주인의 침대 뒤로 피해 있던 조지프가 상당히 불안한 말투로 말했다. "영리하다는 것은 매우 대단한 일이야." 그는 몸보단 마음을 대변하는 듯한 움직임을 보이며 말했다. "우리도 영리했으면 좋겠어, 그렇지 않나요, 여러분?"

"그래, 그랬으면 좋겠어." 매슈 문이 자신도 매우 우호적인 사람이라는 것을 보여 주려는 듯이 오크를 향해 염려하는 미소를 보이며 말했다.

"제가 영리하다고 누가 그랬습니까?" 오크가 말했다.

"웬만한 사람들은 다 알아." 매슈가 말했다. "우리가 해와 달의 위치로 시간을 알 수 있듯이 별만 보고 시간을 알아맞힌다고 들었어."

"네, 그쪽은 좀 압니다." 가브리엘이 그 주제에 중간 정도의 관심을 가진 사람으로서 말했다.

"해시계도 만들 줄 안다고 들었어. 그리고 마차의 명판을 구리판처럼 만든다며. 멋진 장식에 긴 꼬리까지 붙여서. 현명한 사람이라니 정말 좋은 일이야, 목자 양반. 자네가 오기 전까지 조지프 푸어그래스가 제임스 에버딘 나리의 마차에 이름을 새겼지. 그런데 제임스의 J와 E를 어떤 방향으로 돌려야 하는지 기억하지 못했어. 그렇지, 조지프?"

조지프는 결코 불가능했음을 표현하고자 고개를 내저었다. "그래서 이렇게 엉뚱한 방향으로 돌렸어. 그렇지 조지프?" 매슈가 채찍 손잡이로 먼지 덮인 바닥에 표시했다.

ƎMAⵏ

"자기 이름이 뒤집힌 걸 보고 제임스 나리가 너한테 꽤 욕을 했고. 바보라고 하지 않았나, 조지프?" 매슈 문이 감정적으로 말했다.

"맞아, 그랬어." 조지프가 온순하게 대답했다. "하지만 알다시피 그 정도로 비난받을 일은 아니었어요. 개 같은 J랑 E는 앞으로 향하게 해야 하는지 뒤로 향하게 해야 하는지 기억하기 어렵거든요. 게다가 전 항상 그런 건망증이 있었으니까요."

"자네에겐 엄청난 고통이었어. 다른 일로도 재앙이 끊이질 않았으니 말이야."

"그래요. 하지만 신의 섭리로 더욱 나빠지지 않고, 전 그것에 감사함을 느낍니다. 목자 양반, 아가씨가 자네를 관리인으로 삼을 거라고 확신해. 그 일에 가장 잘 맞는 사람이야."

"기대했다는 걸 부정하지는 않겠습니다." 오크가 솔직하게 말했다. "사실, 전 그 자리를 원했어요. 동시에 에버딘 양은 자신이 원한다면 관리인이 될 권리가 있어요. 지금처럼 절 평범한 목자로만 둘 수도 있고요." 오크는 천천히 숨을 쉬면서 밝게 타는 재

158

구멍을 슬픈 표정으로 쳐다보았다. 희망찬 생각에 잠긴 것 같지는 않았다.

따뜻한 불기운이 근처에 있던 새끼 양들을 자극했고, 양들은 건초 더미 위에서 소리를 내며 사지를 움직였다. 새끼 양들은 자신들이 태어났다는 사실을 처음으로 깨달은 것이다. 그들의 우는 소리는 점점 커져 합창이 되었고, 오크는 불 앞에 두었던 우유 통을 끌어당겨 작업복 주머니에서 꺼낸 작은 찻주전자에 우유를 채워 넣고, 어미에게 돌려보내지 않을 이 무력한 생명들에게 우유 빨아 먹는 법을 가르쳤다. 놀랍게도 새끼 양들은 이 재간을 쉽게 익혔다.

"아가씨가 죽은 양들의 가죽도 못 가져가게 한다면서?" 오크의 행동을 보다가 필연적으로 우울해진 조지프가 말했다.

"안 가져갑니다." 가브리엘이 말했다.

"자네는 아주 심하게 이용당하는 거야." 오크를 함께 한탄할 동지로 삼으려는 마음에 조지프가 제안했다. "내 생각엔 아가씨가 자네를 마음에 들어 하지 않는 것 같아."

"아, 아뇨. 그렇지 않아요." 가브리엘이 성급하게 대답하며 한숨을 내쉬었다. 양가죽을 빼앗겨서 한숨을 쉬는 건 아니었다.

말이 계속 이어지기 전 그림자가 문에 드리우더니 볼드우드가 맥아 제조소로 들어왔고, 한 사람 한 사람에게 고개를 끄덕였다. 친절함과 겸손함이 배어 나오는 인사였다.

그가 말했다. "아! 오크, 여기 있을 줄 알았네. 10분 전에 우편 마차를 만나 편지를 받았는데 주소도 확인하지 않고 읽어 버렸어. 자네에게 온 편지 같아. 내 실수를 용서해 주게.”

“당연하지요. 조금도 신경 쓰지 않습니다, 볼드우드 씨.” 가브리엘이 흔쾌히 말했다. 이 세상에서 오크에게 편지를 보낼 사람은 단 한 명도 없을 뿐더러, 전 교구민이 꺼릴 만한 내용이 담긴 편지가 그에게 올 리도 없었다. 오크는 옆으로 비켜서서 미지의 손이 작성한 글을 읽었다.

친애하는 벗님에게

전 당신의 이름을 모르지만, 이 몇 줄의 글이 제가 누구인지를 기억나게 해주리라 믿습니다. 제가 무모하게 웨더베리를 떠난 날 밤, 저에게 베풀어 준 호의에 감사를 전하려고 쓰는 편지입니다. 또 당신에게 받은 돈을 돌려 드릴 테니, 이 돈을 선물로 간직하지 않은 것을 용서해 주세요. 모든 일이 잘되었고, 얼마 전 제게 고백한 젊은이와 결혼하기로 했다는 기쁜 소식을 전합니다. 그는 하사 트로이로, 제11근위 용기병 연대 소속이며 현재 이 마을에 주둔하고 있습니다. 제가 알기론 매우 훌륭하고 명예를 중요하게 여기는 사람으로, 대출이 아닌 이상 제가 남에게 무언가를 받는 것을 반대할 사람입니다. 정말로 뼛속까지 상류층이지요. 이 편지의 내용을 당분간 비밀로 해주신다면 대단히 감사하겠습니다, 친애하는 벗님. 거의 모르는 사람에게 말하기엔 부끄럽지만, 우리는 곧 남편과 아내의 관계가 되어 웨더버리로 돌아가 모두를 놀라게 할 겁니다. 트로이 하사는 웨더버리에서 자랐습니다. 당신의 친절에 다시 한번 감사드리며.

당신의 안녕을 기원하면서
패니 로빈

"편지 내용을 읽어 보셨나요, 볼드우드 씨?" 가브리엘이 말했다. "그렇지 않으시다면 한번 읽어 보시는 게 좋을 겁니다. 패니 로빈의 일에 관심이 있으시다고 알고 있습니다."

볼드우드는 편지를 읽고 슬퍼하는 표정을 지었다. "패니, 가엾은 패니! 그녀가 그토록 확신하던 목적을 아직 이루지 못했다는 것을 기억해야 할 텐데. 그리고 절대 이루지 못하리라는 것을. 주소를 적지 않았군."

"트로이 하사는 어떤 부류인가요?" 가브리엘이 물었다.

"흠…… 이런 말 하기 좀 그렇지만 희망을 걸 만한 상대가 아니네." 볼드우드가 중얼거렸다. "모든 일을 영리하게 처리하는 친구이긴 하지. 약간 로맨틱한 면도 있고. 그의 어머니는 프랑스어를 가르치는 가정교사였는데, 고인이 된 서번 경과 은밀한 애착이 있었던 것 같네. 그녀는 가난한 의사와 결혼했고, 곧 아기가 태어났지. 돈이 많을 때는 모든 게 잘 지나갔네. 불행히도 트로이의 가장 친한 친구가 죽었고, 그는 캐스터브리지의 변호사 사무실의 두 번째 서기로 일하게 됐지. 한동안 그곳에서 일했고. 입대라는 이상한 생각에 빠지지만 않았다면 꽤 위엄 있는 자리까지 갔을지도 모르네. 패니가 언급한 것처럼 우리를 놀라게 할지 매우 의심스럽군……. 어리석은 여자! 어리석은 여자!"

문이 다시 한번 벌컥 열리더니 카인 볼이 숨을 헐떡이며 들어왔다. 그의 빨간 입에서는 마치 싸구려 트럼펫처럼 요란한 기침이 나왔다. 그럴 때마다 그의 얼굴이 팽창했다. 오크가 단호하게 말했다. "자, 카인 볼, 왜 이렇게 급하게 달려와서 숨을 헐떡이는 거야? 항상 그러지 말라고 이야기해 줬잖아."

"아-제가-숨이-엉뚱한-길로-나와서, 오크 씨, 그래서 기침이 나와요. 콜록-콜록!"

"그래서, 무슨 용건이야?"

"이 말을 해주려고 달려왔어요." 후배 양치기는 문설주에 지친 젊은 몸을 기대며 말했다.

"바로 오셔야 해요. 다른 암양 두 마리도 쌍둥이를 낳았어요. 이게 제가 하려던 말이에요."

"그렇구나." 오크가 일어났다. 그 순간만큼은 가엾은 패니에 대한 생각을 잊었다. "내게 달려와서 말해 주다니, 정말 착하구나 카인. 내가 언젠가 상으로 커다란 자두 푸딩을 먹게 해주마. 하지만 가기 전에 타르 양동이를 가져오렴. 이 새끼 양들에게 표시를 하고. 그래야 일이 끝나."

오크는 끝을 알 수 없을 정도로 매우 깊은 주머니에서 표시용 쇠붙이를 꺼내더니 타르 양동이에 담갔고, 새끼 양의 엉덩이에 자신을 기쁘게 해주는 뮤즈의 이니셜을 적었다. 'B.E'. 이것은 이 순간부터 이 양들이 그 누구도 아닌 농부 밧세바 에버딘에게 속한다는 것을 근방 모든 지역에 알리기 위함이었다.

"자, 카이니, 두 마리를 어깨에 메고 가라. 안녕히 계십시오, 볼드우드 씨." 오크는 자신이 가져온 열여섯 개의 큰 다리와 네 개의 작은 몸통을 들어 올리고 양이 있는 장소로 사라졌다. 새끼 양들의 몸은 매끈하고 희망적인 상태가 되었다. 30분 전 죽어 가던 상황과는 대조적이었다.

볼드우드는 그를 따라 들판을 조금 올라가서 머뭇거리다 돌아섰다. 마지막 결심을 한 그는 다시 몸을 돌렸다. 양 우리에 가까워지자 농장주는 수첩을 꺼내 열더니 손바닥에 무언가를 펼쳐 놓았다. 밧세바가 보낸 편지였다.

"뭘 좀 물어보려고 하네, 오크." 그가 무심한 척 말했다. "혹시 이 편지가 누구의 글인지 아는가?"

오크는 수첩을 힐끗 들여다보고는 상기된 얼굴로 즉시 말했다. "에버딘 양이요."

오크의 얼굴은 단순히 그녀의 이름을 말하는 것만으로도 붉어졌다. 그러나 지금은 새로운 생각 탓에 이상하게도 고통스럽고 꺼림칙했다. 물론 그 편지는 익명일 것이다. 그렇지 않았다면 질문할 필요도 없었을 테니.

볼드우드는 오크가 혼동을 느끼는 것을 잘못 이해했다. 민감한 사람들은 객관적인 추론을 하기 전에 '괜히 말했나!'라고 말할 때가 있다고 생각한 것이다.

"완전히 온당한 질문이었군." 볼드우드가 말했다. 밸런타인데이 편지에 관한 대화에서 그가 보이는 진지한 진심은 어딘가 부자연스러웠다. "알다시피 비밀로 해야 하는 질문이 있지. 그런 질문은 재미있어." 만약 '재미'라는 단어가 '고통'이라는 단어였더라도, 볼드우드 만큼 부자연스럽고 초조해하는 표정을 지을 수 없을 것이다.

곧 가브리엘과 헤어진 외롭고 소심한 남자는 아침 식사를 위해 집으로 돌아왔다. 그런 질문을 낯선 사람에게 함으로써 자신의 기분을 드러낸 것에 수치심과 후회를 느꼈다. 그는 다시 편지를 벽난로 위에 놓고 자리에 앉아 가브리엘이 제공한 정보를 기반으로 앞으로 있을 일을 생각했다.

16
올 세인츠 교회와 올 소울즈 교회

어느 평일 아침, 주로 아낙네와 소녀로 이루어진 몇 안 되는 신도들이 앞서 언급한 병영 지역에 있는 올 세인츠 교회의 곰팡이 핀 신도석에서 무릎을 꿇고 있다가 설교 없는 예배를 마치고 일어났다. 그들이 흩어지려 할 때 현관을 지나 중앙 통로로 걸어오는 사람의 소리가 들리자 모두 그곳을 바라보았다. 그 발걸음은 교회에서 흔히 들을 수 없는 울림을 냈다. 박차가 짤랑거리는 소리였다. 모두가 쳐다보았다. 소매에 하사를 나타내는 갈매기형 수장 세 개가 달린 붉은색 제복 차림의 젊은 기병이 통로를 성큼성큼 걸어왔다. 그의 쑥스러운 표정은 강렬한 발걸음 소리와 아무런 감정도 드러내지 않으려는 결의 때문에 한층 돋보였다. 그는 여자들 사이를 지나가면서 뺨이 약간 붉어졌다. 그러나 그는 아치형 성가대석을 지나 제단의 난간에 도착할 때까지 멈추지 않았다. 그는 그곳에서 잠시 혼자 서 있었다.

예배를 마치고 아직 중백의도 벗지 못한 부제가 방금 들어온 사람을 감지하고 그의 뒤를 따라 제대 쪽으로 갔다. 그는 하사에게 속삭이더니 손짓으로 서기를 불렀다. 그러자 서기가 자기 아내인 듯한 나이 많은 여성과 소곤거리더니 계단을 올라 성가대석 쪽으로 갔다.

"결혼식이야!" 몇몇 여자가 밝은 표정으로 중얼거렸다. "기다려 보죠!"

대부분의 사람들이 다시 앉았다.

뒤쪽에서 삐걱거리는 기계 소리가 났고, 어린 여성 몇몇이 고개를 돌렸다. 탑의 서쪽 벽 내부에는 15분마다 종을 치는 인형과 작은 종이 달린 차양이 있었는데, 이 종에는 탑에 있는 큰 종과 같은 자동 장치가 들어 있었다. 탑과 교회 사이에는 칸막이가 있었는데, 예배 시간에는 닫혀 있어서 기괴한 시계가 보이지 않았다. 그러나 지금은 칸막이 문이 열려 있어 인형이 튀어나와 종을 치고 다시 안으로 들어가는 광경이 많은 이의 눈에 띄었고, 그 종소리는 교회 여기저기에 퍼졌다.

인형은 11시 30분을 가리켰다.

"여자는 어디 있을까?" 몇몇 사람들이 쑥덕거렸다.

젊은 하사는 주위에 있는 낡은 기둥처럼 경직된 모습으로 서 있어서 매우 부자연스러워 보였다. 그는 남동쪽을 바라보았고, 여전히 침묵을 지키고 있었다. 시간이 지날수록 침묵이 짙어졌다. 아무도 나타나지 않았고, 아무도 일어서지 않았다. 덜커덕거리는 인형이 다시 나와 45분을 알리고 호들갑을 떨며 급작스럽게 사라졌기에 많은 사람이 눈에 띌 정도로 움찔했다.

"도대체 여자는 어디 있는지 궁금하군!" 어떤 목소리가 다시 속삭였다.

교회에는 이제 불안함과 긴장감에 발을 구르고 인위적으로 기침하는 소리가 울렸다. 이윽고 킥킥거리는 웃음소리가 들려왔다. 그럼에도 하사는 절대 움직이지 않았다. 한 손에 모자를 들고 동남쪽을 바라보며 기둥처럼 꼿꼿이 서 있었다.

시간은 계속 흘렀다. 초조해하던 여자들의 웃음소리가 더 많이 들려왔다. 그러다 죽은 듯한 정적이 찾아왔다. 모두가 결말을 기다리고 있었다. 어떤 사람들은 15분마다 들리는 종소리에 시간이 빨리 흐르는 것처럼 느꼈을지도 모른다. 인형이 다시 한번 울리자 저 인형이 잘못 울린 게 아니라는 사실을 믿기 힘들어졌다. 흉측하게 생긴 인형의 얼굴에 악의적인 시선과 비웃음이 들어 있다고 확신할 수 있을 것 같았다. 탑 위쪽에서는 열두 번의 육중하고도 멀쩍한 종소리가 둔탁하게 울려 퍼졌다. 여자들은 놀랐는지, 아무도 웃지 않았다.

성직자가 제의실로 들어갔다. 서기도 사라졌다. 하사는 여전히 움직이지 않았다. 모든 여자들은 그의 얼굴을 보고 싶어 했고, 그도 그 사실을 아는 듯 보였다. 마침내 그가 몸을 돌리더니 입을 꽉 다물고 단호히 제단을 내려왔다. 허리가 굽고 이가 없는 두 가난한 노인은 서로 바라보며 웃었다. 천진난만한 웃음이었으나 이 장소에서는 이상하게 들렸다.

교회 맞은편에는 돌로 포장된 광장이 있었는데, 그 주변에는 오래된 목조 건물 몇 개가 돌출되어 그림 같은 그늘이 드리워졌다. 문을 나선 젊은이는 광장을 가로질러 가다가 중간 지점에서 작은 여자를 만났다. 매우 초조해하던 그녀의 표정은 그를 보자 겁에 질린 표정으로 변했다.

"음." 그는 분노를 억누른 채 그녀를 뚫어지게 바라보았다.

"오, 프랭크, 제가 실수했어요! 저는 첨탑이 있는 교회가 올 세인츠인 줄 알았어요. 전 당신이 말한 대로 11시 29분에 그곳 입구에서 기다렸어요. 12시 15분까지 기다렸는데 그제야 제가 올 소울즈 교회에 있다는 것을 알았어요. 하지만 저는 별로 두렵지 않았어요. 내일 결혼식을 올려도 된다고 생각했거든요."

"이 멍청한 여자가 날 바보로 만들어 놓고는! 더 이상 듣고 싶지 않아."

"내일도 있잖아요, 프랭크?" 그녀가 멍하니 물었다.

"내일!" 그가 쉰 듯한 목소리로 웃음을 터뜨렸다. "당분간 내가 이딴 경험을 다시 겪는 일은 없을 거야, 장담컨대!"

"하지만 어쨌든," 그녀가 떨리는 목소리로 말했다. "그렇게 끔찍한 실수는 아니었잖아요! 사랑하는 프랭크, 언제 식을 올릴까요?"

"아, 언제냐고? 신만이 알겠지!" 그는 가볍게 비꼬더니 그녀에게 등을 돌리고 황급히 걸어가 버렸다.

17
장터에서

토요일, 볼드우드가 평소처럼 캐스터브리지의 시장 건물에 있는데, 누군가 나타나 그의 꿈을 방해했다. 그가 잠에서 깨어났을 때 앞에는 이브가 서 있었다. 볼드우드는 용기를 내어서 처음으로 그녀를 똑바로 바라보았다.

물질적인 원인과 감정은 결코 비례하는 등식이 아니다. 정신적 본질의 움직임이 나타나는데 사용된 자본의 결과는 원인 자체가 터무니없이 극미한 것에 비해 엄청날 때가 있다. 여자가 변덕을 부릴 때, 그들의 평소 직감은 부주의 때문이든 선천적인 결함 때문이든 이 사실을 깨닫지 못하게 한다. 그리하여 밧세바는 오늘 깜짝 놀랄 운명이었다.

볼드우드는 그녀를 자신과 이질적인 존재로 여기면서도 어렴풋이 이해는 했다. 그는 그녀를 음흉하거나 비판적으로 또는 이해심을 가지고 바라본 것이 아니라, 밭에서 곡물을 수확하는 사람이 지나가는 기차를 보듯 무표정하게 보았다. 볼드우드에게 여성은 자신을 보완해 주는 필수 요소라기보다 외딴 현상이었다. 움직임, 내구성이 불확실한 혜성 같았으며, 그 궤도가 기하학적인지, 불변하는지, 독자적인지 아니면 표면적으로 나타난 것처럼 완전히 불규칙한지를 고려하는 게 자신의 의무라고 생각하지 않았다.

그는 그녀의 검은 머리칼, 정확한 얼굴선과 옆모습, 그리고 둥근 턱과 목을 보았다. 그 후 옆에서 눈꺼풀, 눈, 눈썹, 귀 모양을, 다음으로 그녀의 몸매와 구두 밑창을 응시했다.

볼드우드는 그녀를 아름답다고 생각하면서도 이 로맨스가 현실이 되는 것은 불가능해 보였기에 자신의 생각이 옳은지 궁금했다. 만약 그가 상상한 것처럼 달콤하다면 남자들 사이에서 기쁨의 소동을 일으키지 않고서는 오래 지속될 수 없었고, 밧세바가 한 것보다 더 많은 의문을 불러일으킬 수 있었기 때문이다. 그의 판단으로는 자연도 예술도 이 불완전한 많은 것들 중 하나를 완벽한 것으로 개선할 수 없었다. 그의 심장이 뛰기 시작했다. 볼드우드에 관해 반드시 기억해 둬야 할 사실은, 비록 마흔 살이지만 단 한번도 시선의 초점을 한 여자에 맞춰 강렬하게 쳐다본 적이 없다는 것이다. 여자들은 그의 모든 감각을 흐릿하게 자극했다.

그녀는 정말 아름다운가? 그는 지금도 자신의 의견을 확신할 수 없었다. 그는 가까이 있는 사람에게 은밀히 물었다. "에버딘 양이 아름답다고 생각하십니까?"

"당연하죠. 기억하실지 모르지만, 그녀가 처음 왔을 때 크게 주목을 받았죠. 정말 아름다운 사람이에요."

남자는 상대방의 말을 반쯤 또는 완전히 사랑하는 여자의 아름다움에 대해 호의적인 의견을 들었을 때처럼 그대로 받아들이는 경우는 없다. 이 점에 대해서는 어린애의 말 한마디도 영국 왕립 미술원 회원의 말과 비중이 같다. 볼드우드는 그제야 만족감을 느꼈다.

이 매력적인 여성이 그에게 "나와 결혼해 줘요"라고 했다. 그녀가 이처럼 이상한 짓을 한 이유는 무엇일까? 볼드우드는 일시적인 기분으로 행한 일과 내밀한 감정으로 행한 일이 다르다는 것을 알지 못했다. 이는 밧세바가 자신이 시작한 사소한 일이 큰 문제가 될 수 있음을 깨닫지 못했던 것과 비슷했다.

그녀는 이 순간 냉랭하게 젊은 농부와 거래하면서 그의 얼굴이 원장(元帳)이라도 되는 듯이 무심히 셈을 맞춰 보았다. 그 농부 같은 사람은 밧세바 같은 취향의 여자에게 매력을 발휘하지 못함이 분명했다. 하지만 볼드우드는 막 시작된 질투심으로 손끝까지 뜨거워짐을 느꼈다.

그는 처음으로 '상처받은 연인의 지옥'의 문턱을 밟았다. 그는 처음으로 그들 사이에 끼어들고 싶은 충동을 느꼈다. 그녀에게 곡물 샘플을 보여 달라고 하면 실현 가능했지만 볼드우드는 그 생각을 포기했다. 그는 그 요청을 할 수 없었다. 거래를 위해 견본을 보여 달라고 하는 것은 사랑하는 마음의 가치를 떨어뜨릴 뿐 아니라 그녀에 대한 그의 신념과 상충하는 일이었다.

그러는 동안 밧세바는 마침내 위엄 있는 성채에 침입했다는 것을 의식하고 있었다. 그의 눈이 자신을 사방으로 따라다니고 있음을 알아챘다. 이것은 승리였다. 자연스러운 승리였다면 시간이 걸렸기 때문에 더욱 달콤했을 테지만, 적절하지 못한 장난에서 비롯되었기 때문에 그녀는 이 승리를 조화나 밀랍 과일처럼 낮은 가치로 평가했다.

밧세바는 자신의 감정이 깊게 관여하지 않은 주제에 대해 어느 정도 분별력 있게 판단하는 여자로서, 리디와 자신이 공동으로 벌인 그 장난질 때문에 평온한 남자의 마음을 혼란스럽게 했다는 데 진심으로 죄책감을 느꼈다. 그녀는 그를 매우 존경했기에 일부러 그런 것은 아니었다.

그날 밧세바는 다음에 그와 만나게 되면 용서를 빌어야겠다고 생각했다. 이 경우 최악의 결과가 나타날 수 있었다. 그녀가 그를 조롱했다고 받아들이면 사과를 불신하고 모욕감을 느낄 터였다. 그리고 만약 볼드우드가 자신이 그의 구애를 받고 싶어 하는 것이라고 오해한다면 그녀의 무모함이 재차 입증될 것이다.

18
볼드우드의 사색 - 후회

볼드우드는 리틀 웨더베리 농장이라고 불리는 곳의 임차인이었으며, 교구의 먼 지역 사람들까지 자랑스러워할 정도로 귀족에 가까운 인물이었다. 자신들의 마을을 신이라고 여기는 상류층 이방인들이 우연히 이 구석진 곳에 하루 정도 머물렀을 때, 그들은 가벼운 마차 소리를 듣고선 대지주 또는 귀족을 만나게 되리라 기대했지만, 그 소리는 그저 볼드우드가 마차를 타고 외출하는 소리였다. 그들은 다시 바퀴 소리를 들었고, 기대감에 또 한번 활기를 띠었다. 그러나 그 소리는 볼드우드가 집으로 돌아가는 소리였다.

볼드우드의 집은 길가에서 움푹 들어간 곳에 있었고, 마구간은 벽난로처럼 뒤편에 있었다. 그 밑부분은 월계수 관목에 가려 보이지 않았다. 반 정도 아래로 열려 있는 푸른 문에서는 안쪽에 있는 따뜻하고 충만한 말 여섯 마리의 등과 꼬리가 보였다.

각각의 말들은 각자 우리에 서 있었으며, 꼬리 중앙에 줄무늬가 있었기에 무어족의 아치 같은 모양으로 얼룩덜룩한 색과 암갈색이 번갈아 나타났다. 이것들 너머, 바깥쪽에서는 빛이 밝아 보이지 않았지만, 말들이 앞서 언급된 따뜻함과 포동포동함을 유지하기 위해 귀리와 건초를 먹고 있었다. 마구간 끝에는 가만히 있지 못하는 그늘진 망아지가 돌아다녔다. 그러는 동안 모든 말들이 꾸준히 먹이를 씹는 소리, 가끔 밧줄이나 말발굽이 달가닥하는 소리 등 다양한 소리가 들려왔다.

동물들 뒤쪽에서 위아래로 왔다 갔다 하는 사람은 볼드우드였다. 이 장소는 그에게 구호소이자 수도원이었다. 여기서 자신에게 의존하는 네발짐승이 먹이 먹는 모습을 지켜본 후 독신주의자는 거미줄로 덮인 창문 사이로 달빛이 흘러 들어오거나 완전한 어둠이 그 장소를 뒤덮을 때까지 걸어 다니며 명상하곤 했다.

그의 각진 생김새는 군중이 북적거리는 시장보다 이곳에서 더 두드러졌다. 명상을 하면서 걸을 때 발뒤꿈치부터 발가락까지 동시에 바닥에 닿았다. 그가 곱고 붉은 기가 도는 얼굴을 아래쪽으로 숙이자, 정적인 입과 다소 눈에 띄는 두드러진 넓은 턱이 가려졌다. 몇 개의 선명한 실 같은 주름만이 그의 커다란 이마를 매끄럽지 못하게 하였다.

볼드우드의 생애는 충분히 평범했지만, 그의 본성은 그렇지 않았다. 그의 성격과 습관은 무심코 관찰하는 사람들을 놀라게 하고, 너무나 정확해 공허해 보였던 그 고요함은 어쩌면 긍정과

부정이라는 거대한 힘의 완벽한 균형을 이루었는지도 모른다. 그는 평정심이 깨지면 기분이 극단적으로 변했다. 어떤 감정에 사로잡히면 그 감정의 지배를 받았다. 그를 지배하지 않은 감정은 완전히 잠복하였다. 잠복하는 감정은 고여 있거나, 매우 빨랐고 절대 느리지 않았다.

그는 항상 치명상을 입거나 빗맞았다. 그는 선이든 악이든 가볍고 무책임한 행동은 하지 못하는 체질이었다. 행동은 엄격했지만, 세세히 보면 온화했고, 전체적으로는 진지했다. 그는 어리석은 삶에 부조리한 면이 없다고 보았으며, 따라서 명랑한 사람들과 비웃는 사람들, 인생을 농담이라고 생각하는 사람들에게는 다정해 보이지 않았지만, 진지하고 슬픔을 아는 사람들에겐 사귈 만한 친구였다. 인생의 모든 극적인 사건을 진지하게 보는 사람이며, 만약 희극적인 상황을 따라가지 못한다 해도 경솔하게 행동하는 법은 없었기에 비극적으로 끝나는 상황이라도 비난을 받는 일은 없었다.

밧세바는 무심코 씨앗을 뿌린 어둡고 조용한 땅이 열대지방과 같은 강렬한 온상이라고는 꿈에도 생각하지 못했다. 만약 그녀가 볼드우드를 알았다면 스스로를 끔찍하게 비난했을 것이며, 마음에 묻은 얼룩은 지워지지 않았을 것이다. 더욱이 좋든 나쁘든 자신이 현재 이 남자에게 끼칠 수 있는 영향력을 알고 있었다면 책임감으로 몸을 떨었을 것이다. 그녀가 볼드우드의 기분을 이해하지 못한 것은 현재로선 좋은 일이었지만, 미래를 생각한다면 좋지 않았다. 아무도 완전히 알지 못했다. 희미하게 보이는 홍수의 흔적을 통해 그의 사나운 모습을 추측할 수 있었지만, 홍수를 일으킨 만조가 드리웠을 때 그를 목격한 사람은 아무도 없었다.

농장주 볼드우드는 마구간 문으로 가서 앞에 펼쳐진 평평한 들판을 보았다. 자신의 땅을 표시해 주는 첫 번째 밭 너머로 울타리가 있었고, 그 맞은편에는 밧세바의 농장에 속한 목초지가 있었다.

이른 봄이었다. 풀을 베기 전 양 떼를 몰고 목초지로 가서 첫 먹이를 먹일 때였다. 몇 주 동안 동쪽으로 불던 바람은 남쪽으로 방향을 틀었으며, 봄이 시작되는가 싶더니 어느새 중순으로 접어들었다. 봄 중에서도 나무 요정 드라이어드가 깨어날 것 같은 시기였다. 정원은 서리의 속박이 풀려 모든 것이 무력하고 고요한 듯 보여 쓸쓸했고, 인적 없는 숲이 북적대고 서로를 밀치거나 끌어당길 때까지 식물들이 자라났으며, 수액들이 나왔다. 시끄러운 도시의 기중기와 도르래의 강력한 힘은 미미할 뿐이었다.

먼 목초지를 보던 볼드우드는 세 사람을 보았다. 에버딘 양, 목자 오크, 카이니 볼이었다.

밧세바가 농장주의 눈에 비치자 달이 큰 탑을 환하게 밝히듯 그도 빛났다. 남자의 몸은 내성적이든 순진하든, 넘쳐흐르든 자신을 담아 두는 껍데기나 정제(錠劑)이다. 무관심해 보이던 볼드우드의 외관에 변화가 나타났다. 그의 얼굴은 처음으로 방어막에서 나와 노출되었다는 두려움에 생기를 띠었다. 이것은 강한 성격을 타고난 사람들이 사랑할 때 흔히 겪는 일이다.

마침내 그는 결론에 도달하였다. 그녀 쪽으로 건너가서 대담하게 질문을 하겠다고.

감정을 전혀 분출하지 않고 오랜 세월을 마음에 담아 두었던 탓에 이런 결과에 도달한 것이다. 사랑의 원인이 주로 주관적이라는 것이 여러 번 드러났고, 볼드우드는 그 명제가 진실임을 나타내는 살아 있는 증거였다. 그에게는 헌신을 받아 줄 어머니도 없었고, 다정함을 받아 줄 누이도, 감정을 요구하는 나태한 관계도 없었다. 그는 이것들의 혼합물인 진실한 연인의 사랑에 짓눌리게 되었다.

그는 목초지의 문으로 다가갔다. 그 너머 땅에서는 잔물결이, 하늘에서는 종달새가 듣기 좋은 음악을 만들었다. 낮은 양떼 소리가 이 두 소리와 어우러졌다. 여주인과 목자는 양들에게 '주는' 작업을 하고 있었는데, 암양들이 새끼를 잃을 때마다 다른 암양이 낳은 쌍둥이 중 하나를 대용으로 주는 작업이었다. 가브리엘은 관습적으로 죽은 새끼 양의 가죽을 벗겨 살아 있는 새끼 양에게 묶었고, 밧세바는 네 개의 울타리로 된 작은 우리를 잡고 있었는데, 그 우리 안에는 새끼를 잃은 암양과 대용으로 들어온 새끼 양이 있었다. 어미 양이 새끼 양에게 애착을 가질 때까지 그 둘은 그곳에 머무를 것이다.

밧세바는 계획한 일이 끝나자 시선을 들어 출입문 옆에 있는 농장주를 보았다. 버드나무가 그의 위에 활짝 피었다. 그녀의 얼굴을 4월의 불확실한 어느 날처럼 예측할 수 없는 아름다움으로 여겼던 가브리엘은 그녀의 희미한 표정 변화도 주의 깊게 보았으며, 그녀의 얼굴을 붉힌 외부 요소를 즉시 알아차렸다. 그것은 예민하게 남의 시선을 의식할 때 나타나는 홍조였다. 그도 고개를 돌려 볼드우드를 보았다. 그는 볼드우드가 자신에게 보여 준 편지와 현재 상황을 즉시 연결시켰고, 밧세바가 일종의 교태를 부리는 행위를 시작했으며, 그 이후로도 그가 알지 못하는 방식으로 일이 진행되고 있다는 의심을 품었다.

볼드우드는 그들의 움직임을 보고 그들이 자신을 인지하고 있다는 사실을 간파했고, 그 인식은 새로이 느낀 감정을 잦아들게 했다. 그는 여전히 길에 있었고, 자신이 원래 들판에 들어가려고 했던 것을 둘 다 인식하지 못했기를 바라면서 계속 걸어갔다. 그는 압도적인 무지함과 수줍음, 의심에 둘러싸여 길을 걸어갔다. 어쩌면 밧세바의 태도에는 그를 보고 싶어 하는 기색이 있었을지도 모른다. 그렇지 않았을 수도 있지만. 그는 여자의 마음을 읽지 못했다. 에로틱한 히브리 신비 철학은 미묘하고 오해를 불러일으키는 의미들로 구성된 것처럼 보였다. 시선, 단어, 억양에는 원래 의미와 전혀 다른 수수께끼가 담겼고, 그는 이 중 하나도 생각해 본 적이 없었다.

밧세바는 볼드우드의 볼일이나 하릴없이 그곳을 지나치는 듯한 행동에 속지 않았다. 그녀는 그 행동의 개연성을 따져 보았고, 볼드우드가 그곳에 있던 이유는 자신의 책임이라는 결론을 내렸다. 작은 불이 커다란 불길을 일으킬 수 있다는 사실이 그녀를 몹시 괴롭혔다. 밧세바는 결혼을 꾸미는 책략가도 아니었고, 고의로 남성의 애정을 가지고 노는 사람도 아니었으며, 검열관이 그녀를 관찰한 뒤 실제 바람둥이를 보았다면 바람둥이와는 전혀 다르면서도, 바람둥이가 할 만한 행동을 한 것에 놀랐을 것이다.

그녀는 시선으로든 신호로든 다시는 한결같이 흐르는 이 남자의 삶을 혼란스럽게 하지 않으리라 다짐했다. 하지만 악을 피하려는 결심은 악을 피할 수 없을 정도로 발전하기 전까지는 좀처럼 확고해지지 않는다.

19

양 떼 목욕 - 제안

볼드우드는 결국 그녀에게 방문했다. 그녀는 집에 없었다. "그러시겠지." 그가 중얼거렸다. 밧세바를 여자로 생각하게 되면서 그녀도 그와 마찬가지로 농업에 종사한다는 사실을 잊어버린 것이다. 즉 자신처럼 농장주이자 광활한 땅을 소유했기에 이 시기에 야외에 있으리라는 것을 까먹었다. 이 사실과 볼드우드가 간과한 몇 가지 실수는 그의 기분을 고려한다면 당연한 일이었으며, 상황을 고려하면 한층 더 당연했다. 볼드우드에게 사랑의 이상화를 북돋는 요소들이 나타나기 시작했다. 멀리서 그녀를 관찰하지만, 사회적 관계는 없다 보니 시각적으론 친숙했지만, 직접 말하는 건 낯설었다. 인간적인 세세한 요소들은 눈에 띄지 않게 되었다. 사랑하는 이와 사랑받는 이가 서로 만나지 않는 탓에 세속적인 삶과 행실에서 많은 부분을 차지하는 사소한 일들은 드러나지 않았다. 볼드우드는 그녀에게 딱한 가정사가 있다거나 다른 사람들처럼 가장 꾸밈이 없을 때 가장 아름답다는 생각을 좀처럼 하지 않았다. 그리하여 그의 상상 속에서 가벼운 신격화가 일어났고, 밧세바가 그의 지평선 안에서 살아 숨 쉬고 있으며 자신처럼 고통받는 생명체라고 여겼다.

농장주가 더 이상 사소한 일에 거부당하거나 긴장감으로 산만해지지 않으리라 결심한 것은 5월 말이었다. 그는 사랑에 익숙해졌고, 열정이 그에게 더 심한 고통을 준다 해도 덜 놀라웠으며, 이 상황이 적합하다고 느꼈다. 그녀의 집에 문의한 결과 그녀는 양 떼를 목욕시키는 곳에 있었다. 볼드우드는 그녀를 찾아 그곳으로 향했다.

양을 씻기는 웅덩이는 완벽하게 둥근 대야 형태로 목초지 위에 벽돌로 만들어졌으며, 매우 맑은 물이 가득 차 있었다. 날아다니는 새들에게는 맑은 하늘을 반사하는 유리 같은 수면이 몇 킬로미터 밖에서도 반짝이는 초록색 얼굴의 키클롭스 눈처럼 보였을 것이다. 이 계절의 가장자리에 난 풀은 사소하긴 해도 오래도록 기억할 만한 광경이었다. 비옥하고 축축한 땅에서 수분을 빨아들이는 활동을 눈으로 관찰할 수 있을 정도였다. 이 평평한 강가의 목초지는 끝으로 갈수록 둥글고 움푹 팬 풀밭으로 변했다. 미나리아재비나 데이지가 피어 있었고, 강물은 그림자처럼 소리 없이 흘렀다. 부풀어 오른 갈대와 사초는 축축한 가장자리에 유연한 울타리를 형성했다. 목초지 북쪽에는 나무들이 있었는데, 잎들은 새롭고 부드럽고 축축했으며, 아직 여름 햇살과 가뭄으로 인해 빳빳해지거나 검게 변하지 않아서 초록 바탕에 노란색이거나 노랑 바탕에 초록색이었다. 나뭇잎이 엉킨 곳에서는 뻐꾸기 세 마리가 큰 소리를 내며 조용한 대기를 울렸다.

볼드우드는 미나리아재비의 노란색 꽃가루 때문에 예술적인 명암이 들어가 청동빛이 도는 신발을 쳐다보며 생각에 잠긴 채 언덕을 내려갔다. 큰 개천의 지류 하나가 반대편에 있는 입구와 출구를 통해 대야 형태의 웅덩이로 흘러 들어갔다. 목자 오크, 잰 코건, 문, 푸어그래스, 카인 볼, 그리고 그 밖의 여러 사람이 머리 뿌리까지 젖은 채 이곳에 모여 있었다. 밧세바는 새로운 승마복을 입고 말의 고삐를 팔에 묶은 채 서 있었는데 그녀가 지금까지 입었던 옷 중 가장 우아했다. 풀밭에는 사과주가 담겨 있는 큰 병들이 여기저기 굴러다녔다. 아래쪽 수문 옆에서 허리까지 몸을 담근 채 서 있던 코건과 매슈가 온순한 양 떼를 웅덩이 안으로 밀어 넣었다. 그러자 가장자리에 서 있던 가브리엘이 목발 같은 도구로 헤엄치고 있는 양들을 물밑으로 밀었다. 그 도구는 이뿐만 아니라 양들의 털이 흠뻑 젖어 가라앉기 시작할 때 도움을 주기 위해 만든 것이었다. 그들은 양들을 물에서 꺼냈고, 온갖 불순물은 위에 있는 통로를 통해 하류 쪽으로 흘러갔다. 카인 볼과 조지프가 이 마지막 작업을 하고 있어 다른 사람들보다 더 많이 젖은 상태였다. 그들은 물을 내뿜는 돌고래 같았고, 그들이 입은 옷의 모든 돌출부와 각진 부분에서 물이 흘러내려 실개천을 이루었다.

볼드우드는 그녀에게 다가가서 아침 인사를 했는데, 얼마나 어색하던지 밧세바는 그가 이곳에 자신을 만나러 오지 않기를 바라며 그저 양을 씻으러 왔다고 생각하려 했다. 더욱이 그녀는 그의 이마가 엄격하고 눈은 경멸 어린 빛을 띠고 있다고 생각했다. 밧세바는 즉시 그 자리에서 벗어나기 위해 돌을 던지면 닿을 거리가 될 때까지 강가로 미끄러지듯 다가갔다. 그녀는 잔디를 스치는 발소리를 들었고, 사랑이 자신을 향수처럼 감싸고 있다고 의식했다. 밧세바는 뒤를 돌아보거나 기다리는 대신 사초들 사이로 더욱 깊숙이 들어갔고, 볼드우드는 마음을 정한 듯 강굽이를 완전히 지나칠 때까지 따라 들어갔다. 여기서 그들은 다른 사람들에게는 보이지 않았지만, 양을 씻기는 사람들의 첨벙거리는 소리와 말소리는 들을 수 있었다.

"에버딘 양!" 볼드우드가 말했다.

그녀는 몸을 떨며 뒤를 돌아 말했다. "안녕하세요." 그의 목소리는 처음부터 그녀가 생각하던 것과는 거리가 멀었다. 낮고 조용한 억양이었다. 강렬하고 깊은 의미가 겉으로 거의 드러나지 않았다. 침묵은 때때로 육신을 떠난 영혼이 드러나는 놀라운 힘을 가지고 있으며, 그렇기에 말보다 깊은 인상을 남긴다. 이와 마찬가지로 말을 적게 하는 것은 가끔 말을 많이 하는 것보다 더 많은 것을 전달한다. 볼드우드는 그 한마디로 모든 것을 말했다.

의식이 확장되어 바퀴가 구르는 소리라고 생각되던 것이 천둥이 울려 퍼지는 소리임을 깨닫듯이 밧세바의 의식 역시 직관적인 확신에 따라 확대되었다.

"전 생각하는 것보다 너무 많은 감정을 느낍니다." 그가 엄숙하고 간결한 어조로 말했다. "전 서문 없이 당신에게 말하러 왔습니다. 제 인생은 당신을 선명히 본 이후로 제 것이 아닙니다, 에버딘 양. 전 당신에게 청혼하려고 왔습니다."

밧세바는 절대적으로 중립적인 표정을 유지하려고 노력했고, 그녀가 취한 동작이라고는 조금 전까지 약간 벌어져 있던 입술을 닫은 것뿐이었다.

그가 계속했다. "전 지금 마흔 살입니다. 사람들이 제가 결혼할 생각이 없다고 말했을지도 모릅니다. 확실히 전 결혼할 생각이 없었습니다. 젊었을 때부터 누군가의 남편이 된다고 생각해 본 적이 없었고, 나이를 먹어서도 계획을 세워 본 적이 없습니다. 하지만 사람들은 모두 변하고 저도 당신을 본 후 변했습니다. 최근 들어 제 삶의 방식이 모든 면에서 좋지 못하다는 것을 점점 더 느끼고 있습니다. 무엇보다도 전 당신이 제 아내였으면 좋겠습니다."

"전 비록 볼드우드 씨를 많이 존경하지만, 당신의 제안을 받아들이는 것은 제가 할 수 있는 일이 아닌 것 같아요." 그녀가 더듬거렸다.

이처럼 품위에 품위로 대답하자 볼드우드는 이때까지 닫혀 있던 감정의 문이 열리는 것을 느꼈다.

"당신이 없는 제 삶은 짐일 뿐이오." 그가 낮은 목소리로 외쳤다. "내가…… 내가 당신을 사랑한다고 몇 번이고 말할 수 있게 허락해 주길 바라오!"

밧세바는 아무런 대답도 하지 않았고, 팔에 묶여 있던 말은 너무나 감동한 듯 풀을 뜯지도 않고 위를 올려다보았다.

"난 당신이 내 말을 들어줄 정도로 나에게 관심이 있다고 생각하고, 그렇기를 바라오!" 이 말을 듣고 충격을 받은 밧세바는 그에게 왜 그런 생각을 했는지 묻고 싶었다. 그러다 볼드우드가 자만심으로 내린 결정이 아니라 자신이 보낸 기만적인 편지를 기반으로 진지하게 결론 내린 자연적인 결과라는 것을 기억해 냈다.

"당신에게 정중히 듣기 좋은 말을 할 수 있었으면 하오." 볼드우드는 한결 편안해진 어조로 말했다. "그리고 이 투박한 감정을 우아한 말로 표현하고 싶소. 하지만 난 그런 것을 배울 힘도 인내심도 없소. 당신이 내 아내가 되기를 너무 원해서 다른 어떤 감정도 내 마음을 사로잡을 수 없소. 하지만 희망을 품을 이유가 없었다면 이 말을 하지도 않았을 것이오."

"그 밸런타인데이 편지였군! 아, 그 밸런타인데이 편지였어!" 그녀는 그에게 한마디도 하지 않고 혼잣말처럼 말했다.

"날 사랑한다고 말할 수 있다면 그렇게 말해 주시오, 에버딘 양. 그렇지 않다고 해도 아니라고 말하지 마시오!"

"볼드우드 씨, 제가 놀랐다고 말하는 것은 고통스러운 일이군요. 그래도 전 예의와 존경을 담아 어떻게 대답해야 할지 모르겠어요. 다만 제 감정을 말씀드릴 수 있을 겁니다. 감정이 아니라 의미를요. 전 볼드우드 씨를 매우 존경하지만, 결혼할 순 없어요. 농장주님은 저와 어울리기에는 너무 위엄 있는 분이세요."

"하지만, 에버딘 양!"

"전, 보내지…… 밸런타인데이 때 편지를 보내는 것을 꿈도 꾸지 말았어야 했어요. 용서해 주세요. 조금이라도 자존심이 있는 여자라면 하지 말았어야 할 고의적인 행동이었습니다. 저의 생각 없는 행동을 용서해 주신다면 약속드릴게요, 다시는……."

"아닙니다, 아니에요, 아뇨, 생각이 없었다는 말은 하지 마시오! 그 편지가 그 이상의 것이었다고 생각하게 해주시오. 일종의 예언적인 직감으로 썼다고, 절 좋아하게 될 감정의 시작이었다고. 당신은 생각 없는 행동이라고 말함으로써 절 고통스럽게 하였소. 그런 관점으로 생각해 본 적이 없고, 참을 수도 없소. 아! 당신을 얻을 방법을 알 수 있다면! 하지만 그 방법을 알지 못하오. 그저 내가 이미 그대의 마음을 얻었는지 물어볼 뿐. 만약 내가 당신에게 그랬듯, 당신이 자신도 모르게 내게 다가온 것이 사실이 아니라면 난 더는 할 말이 없소."

"전 당신을 사랑한 적이 없어요, 볼드우드 씨. 이 말은 확실히 해야겠습니다." 그녀는 그 말을 하면서 심각한 얼굴에 처음으로 아주 작은 미소를 지었고, 앞서 말한 것처럼 하얀 위쪽 치열과 또렷하게 굴곡진 입술이 무정함을 드러냈지만, 상냥한 눈빛은 즉시 이것들과 대조되었다.

"하지만 친절하고 겸손한 마음으로 생각해 보시오, 남편으로서 나를 견딜 수 없을지! 당신보다 나이가 너무 많아서 걱정되지만, 당신 연령대의 남자들보다 그대를 잘 살펴 줄 것이오. 내 온 힘을 다해 그대를 보호하고 소중히 여길 것이오. 정말로! 아무엇도 신경 쓰지 않아도 되오. 집안일로 걱정하지 않고 편안하게 살도록 해주겠소, 에버딘 양. 낙농업 감독은 일꾼을 시키면 되오. 그 정도는 충분히 할 수 있소. 건초를 만드는 시기에 문밖을 신경 쓴다거나 수확기에 날씨를 걱정하는 일도 없을 거요. 차라리 돌아가신 내 부모님이 타던 마차를 신경 쓰시오. 물론 당신 마음에 들지 않는다면 팔아서 망아지가 모는 전용 마차를 사주겠소. 난 그대가 이 세상의 그 어떤 사상이나 사물보다도 얼마나 우월해 보이는지 말로 다 할 수 없소. 아무도 모를 것이오. 하느님만 아실 거요, 그대가 내게 얼마나 중요한 존재인지를!"

젊은 밧세바의 마음은 이렇게까지 말하는 마음 깊은 남자에 대한 동정심으로 부풀어 올랐다.

"말하지 마세요! 하지 마세요! 그렇게 많은 걸 느끼시는데, 전 아무것도 느낄 수 없다니, 견딜 수 없어요. 게다가 사람들이 우리를 알아차릴까 봐 두려워요, 볼드우드 씨. 지금은 이 문제를 접어 두시겠어요? 차분하게 생각할 수가 없어요. 제게 이런 말씀을 하실지 몰랐어요. 그렇게 고통받게 만들다니, 제가 너무 사악했어요!" 그녀는 그의 열의에 동요했을 뿐만 아니라 겁에 질렸다.

"그렇다면 말하시오, 그대가 완전히 거절한 것이 아니라는 것을. 아주 거절한 것은 아니지 않소?"

"전 아무것도 할 수 없어요. 대답도 할 수 없고."

"이 일에 관해 다시 이야기를 나눌 수 있겠소?"

"네."

"그대를 생각해도 되겠소?"

"네, 그러셔도 된다고 생각해요."

"그대를 얻을 수 있다고 바라도 되겠소?"

"아니요, 바라지 마세요! 이제 그만 가세요."

"내일 다시 방문하겠소."

"아뇨, 그러지 마세요. 시간을 좀 주세요."

"그러지요. 얼마든지 드리겠소." 그는 진지하게 감사하며 말했다. "이제 좀 행복해졌소."

"그러지 마세요, 부탁할게요! 제가 동의한다는 것에서 오는 행복이라면 행복하지 마세요. 감정을 자제하세요, 볼드우드 씨! 전 생각을 해봐야 해요."

"기다리겠소." 그가 말했다. 그녀는 몸을 돌렸다. 볼드우드는 시선을 땅에 떨어뜨리고, 자신이 어디 있는지 모르는 사람처럼 오랫동안 서 있었다. 그러다 흥분 상태에서는 느껴지지 않던 상처가 흥분이 가라앉으면 아프듯이 현실감각이 되돌아오자 그 역시 자리를 떴다.

20
당혹감 - 가위 갈이 - 말다툼

"내가 원하는 모든 것을 제공해 주겠다니, 정말 청렴하고 친절한 사람이야." 밧세바가 사색에 잠긴 채 혼잣말을 했다.

그러나 천성적으로 친절하든 그렇지 않든 그 상황에서 볼드우드가 보여 준 것은 친절이 아니었다. 극히 드물게 순수한 사랑을 제안하는 일은 방종일 뿐이며 전혀 관대하지 못하다.

그를 조금도 사랑하지 않는 밧세바는 결국 그의 청혼을 침착하게 생각할 수 있었다. 그 제안은 자신과 계급이 같거나 더 높은 여성들이라면 덥석 받아들이고 자랑스럽게 발표할 만했다. 현명함에서 열정에 이르기까지 어떤 관점으로 보든 고독한 그녀는 이렇게 진실하고 유복하며 존경받는 남자와 결혼하는 편이 바람직했다. 그는 그녀 가까이에 있었다. 지위도 충분했다. 그의 자질은 차고 넘칠 정도로 우수했다. 밧세바는 자신의 변덕을 없애기 위해 감정에 자주 호소하는 여성이기 때문에 결혼에 대해 추상적으로라도 생각하고 있었다면, 그의 제안을 거절할 수 없었을 것이다. 하지만 밧세바는 실제로는 그러지 않았다. 결혼 상대로서 볼드우드는 흠잡을 데가 없었다. 그녀는 그를 존경하고 좋아했지만, 원하지는 않았다. 남자들이 아내를 얻는 이유는 결혼 이외에는 소유할 방법이 없기 때문인 것 같다. 또한 여자들이 남편을 받아 주는 이유는 남자가 없으면 결혼할 수 없기 때문인 듯하다. 서로의 목적은 완전히 다르지만, 방법은 양쪽 모두 같다. 하지만 여자에게는 상대방을 원하는 마음이 있어야 한다. 게다가 밧세바는 농장과 집을 혼자 소유한 여주인으로서, 참신한 존재였고 그 참신함은 그때까지도 사라질 기미가 보이지 않았다.

그녀는 자신의 신용도에 대한 불안감이 있었음에도 결정하는 데 거의 고려하지 않았다. 그녀 자신도 거절 이유를 이해하기 힘들었다. 그녀는 게임을 시작한 사람으로서 그 결과를 정직하게 받아들여야 할 의무가 있다고 생각했다. 그럼에도 꺼림칙한 기분을 떨쳐 버릴 수 없었다. 그녀는 한편으로는 볼드우드와 결혼하지 않는 것은 비열하다고 했다가, 다른 한편으로는 자신의 삶을 구하기 위해 그와 결혼할 수는 없다고 말을 바꿨다. 밧세바는 심사숙고하는 듯했으나 충동적인 성격이 깔려 있었다. 엘리자베스의 뇌와 메리 스튜어트의 영혼을 지녔기 때문에 지나치게 무모한 행동을 할 땐 극도로 신중했다. 그녀의 생각들은 대부분 완벽한 삼단논법이었다. 불행히도 이 생각들은 항상 생각으로만 남았다. 비합리적인 추측은 얼마 없었는데, 불행히도 이러한 추측은 대부분 행동으로 옮겨졌다.

청혼이 있었던 다음 날 그녀는 정원 아래쪽에서 가브리엘 오크가 양털을 깎기 위해 가위를 갈고 있는 것을 보았다. 주변의 모든 오두막에서도 거의 비슷한 장면들이 펼쳐졌다. 마을 곳곳에 울려 퍼지는 가위 가는 소리는 군사 작전 전의 무기고를 연상시켰다. 평화와 전쟁은 준비 시기에 서로 입을 맞춘다. 낫, 큰낫, 가위, 가지치는 낫과 어깨를 겨누는 검, 총검, 랜스는 뾰족하고 날카로워야 한다는 공통점이 있기 때문이다. 카이니 볼은 가브리엘의 숫돌을 돌리고 있었는데, 숫돌이 돌아갈 때마다 시소처럼 머리가 위아래로 움직였다. 오크는 화살을 날카롭게 갈고 있는 에로스상처럼 서 있었다. 몸을 약간 구부린 그는 가위에 체중을 싣고 있었으며, 머리는 균형을 잡기 위해 옆으로 두고 입술을 꽉 다문 채 눈을 찌푸리며 자세를 잡았다.

그들의 주인이 다가와서 1~2분 동안 말없이 그들을 바라보다가 말했다.

"카인 목초지 아래쪽으로 가서 암갈색 암말을 한 마리 데려오렴. 내가 숫돌을 돌릴 테니. 하고 싶은 말이 있어요, 가브리엘."

카인이 떠나자 밧세바가 손잡이를 잡았다. 가브리엘은 몹시 놀라 고개를 들었다가 표정을 누그러뜨리더니 다시 고개를 떨구었다. 밧세바는 손잡이를 돌리고 가브리엘은 가위를 갖다 대었다. 숫돌을 돌리는 특유의 동작은 놀랍게도 생각을 마비시킨다. 익시온이 받은 형벌을 약화시킨 작업이며 무거운 역사의 음울한 장을 차지한다. 몸의 무게중심이 머리와 눈썹 사이의 어딘가에 있는 납덩어리로 바뀌는 것 같았다. 밧세바는 이삼십 차례 숫돌을 돌리고 나서 불쾌한 증상을 느꼈다.

"가브리엘 당신이 돌리고, 제가 가위를 잡아도 될까요?" 그녀가 말했다. "어지러워서 말을 할 수 없어요."

가브리엘이 손잡이를 돌리기 시작했다. 숫돌질은 아주 세심하게 해야 하다 보니 그녀는 다소 어색하게 이야기를 하다 가끔 가위에 집중했다.

"어제 볼드우드 씨와 함께 사초 뒤로 들어가는 것을 일꾼들이 보았는지 물어보고 싶어요."

"네, 봤습니다." 가브리엘이 말했다. "가위를 제대로 잡지 못하는군요, 아가씨. 잡는 방법을 모를 줄 알았어요. 이렇게 잡으세요." 그는 손잡이를 놓고 그녀의 두 손을 자신의 손으로 완전히 감싸고(어린아이의 손을 잡고 글쓰기를 가르칠 때와 비슷하게) 그녀와 함께 가위를 쥐었다. "날을 이렇게 기울여 보세요." 그가 말했다.

손과 가위는 말에 따라 기울어졌고, 그는 지시하면서 유난히 오랫동안 손을 잡고 있었다.

"이 정도면 됐어요." 밧세바가 외쳤다. "내 손을 놓으세요. 이제 잡아 줄 필요 없어요! 다시 숫돌이나 돌리세요."

가브리엘은 그녀의 손을 살며시 놓더니 다시 손잡이를 잡았고, 숫돌질을 계속했다.

"일꾼들이 이상하게 여겼나요?" 그녀가 다시 물었다.

"이상하다는 생각은 없었습니다, 아가씨."

"뭐라고 하던가요?"

"볼드우드 씨의 이름과 아가씨의 이름이 올해가 가기 전에 설교단에 펼쳐질 것 같다고 했어요."

"사람들 표정을 보고 그런 줄 알았어요! 아무 일도 없었어요. 이렇게 어리석은 소리는 처음 듣는군요. 당신이 반박해 주었으면 해요! 그 이야기를 하러 왔어요."

가브리엘은 믿기지 않고 슬퍼 보였지만, 불신 속엔 안심이 깃들어 있었다.

"우리 대화를 들은 게 분명해요." 밧세바가 말을 이었다.

"그럼, 밧세바!" 오크가 손잡이를 멈추고 놀란 눈으로 그녀의 얼굴을 쳐다보며 말했다.

"에버딘 양이겠죠." 그녀가 위엄 있게 말했다.

"제가 하려던 말은, 볼드우드 씨가 정말 청혼했다면, 전 당신이 기뻐할 만한 이야기는 하지 않겠어요. 전 이미 저 자신을 위해 당신을 기쁘게 해주려고 노력했습니다!"

밧세바는 눈을 동그랗게 뜨고 당혹해하며 그를 바라보았다. 그의 어조가 애매모호했기에, 그녀는 자신에게 실연당한 그를 동정해야 할지 그가 그것을 극복한 것에 화내야 할지 몰랐다.

"그와 결혼한다는 것이 사실이 아니라고 말해 줬으면 좋겠어요." 그녀가 확신이 조금 떨어지는 것을 느끼면서 중얼거렸다.

"에버딘 양이 원하신다면 그들에게 그렇게 말할 수 있습니다. 그리고 마찬가지로 저도 당신이 한 일에 대해 의견을 말할 수 있습니다."

"그렇겠죠. 하지만 당신의 의견은 원치 않아요."

"그러시겠죠." 가브리엘은 씁쓸히 말한 뒤 다시 숫돌을 돌리기 시작했다. 그가 숫돌 손잡이를 잡고 몸을 구부렸다 펼 때마다 그의 어조는 높아졌다 낮아지기를 반복했다. 그의 자세가 땅과 수직을 이루느냐 정원과 평행을 이루느냐에 따라 어조가 결정됐다. 그는 눈을 땅에 있는 나뭇잎에 고정했다.

밧세바가 서둘러 한 행동은 경솔했다. 항상 그렇지는 않았지만, 시간을 들이면 신중해졌다. 그러나 덧붙여 말하면 그녀는 좀처럼 시간을 두고 행동하지 않았다. 현재 밧세바가 이 교구 내에서 자신의 행동에 대해 중요하다고 여길 만한 의견은 자신의 의견이 아닌 가브리엘 오크의 의견이었다. 그는 어떤 주제든지 거침없이 정직하게 말하는 성격이라 다른 남자와의 사랑이나 결혼 같은 주제에 관해 사심 없이 말할 거라고 생각했다. 자신의 사랑이 이루어지는 것은 불가능함을 확신한 오크는 다른 사람의 사랑에 해를 끼치면 안 된다는 고결한 결의로 자신의 속마음을 억눌렀다. 이는 연인의 극기 미덕으로, 이것이 부족하면 경죄다. 그녀는 그가 진실하게 대답할 것을 알았기에, 주제가 고통스러우리라는 것도 짐작했다. 일부 매력적인 여성의 이기심이 그렇다. 어쩌면 그녀 주위에 판단력이 뛰어난 사람이 없다는 점이 그녀가 정직한 사람을 괴롭히는 이유에 대한 핑계일지도 모른다.

"그렇다면, 내 행동에 대한 당신의 의견은 무엇인가요?" 그녀가 조용히 말했다.

"사려 깊고 온순하며 어여쁜 여성에게는 어울리지 않는 하찮은 행동이었습니다." 순식간에 밧세바의 얼굴은 댄비의 저녁노을 그림처럼 성난 진홍색으로 물들었다. 하지만 그녀는 이 감정을 말하고 싶은 것을 참았고, 침묵은 표정을 더욱 두드러지게 했다.

가브리엘이 이다음으로 한 말은 실수였다.

"어쩌면 당신을 질책한 제 무례함이 마음에 들지 않을지도 모르겠군요. 저도 무례하다는 것을 알고 있습니다. 하지만 제 말이 도움이 되리라 생각했습니다."

그녀는 즉시 비꼬듯이 대답했다. "반대예요. 전 당신을 매우 낮게 평가해서 당신의 비난은 안목 있는 사람들의 칭찬이라고 생각해요!"

"신경 쓰시지 않는다니 매우 다행입니다. 전 진심을 담아서 매우 진지하게 답한 거니까요."

"그렇군요. 하지만 당신은 농담조로 말하지 않으려고 노력할 때가 재미있어요. 진지하게 보이지 않으려고 할 때 분별력 있는 말을 하고요." 밧세바가 화를 참지 못하고 심한 말을 한 것은 분명했다. 오크는 평생 지금처럼 화를 잘 참은 적이 없었다. 그는 아무 말도 하지 않았다. 그러자 그녀가 외쳤다.

"물어보고 싶은 것이 있어요. 제 어디가 하찮은 거죠? 당신과 결혼하지 않아서인가요?"

"전혀 아닙니다." 오크가 침착하게 말했다. "그 일에 관한 것은 생각하는 것을 포기한 지 오래되었습니다."

"바라지도 않겠죠." 그녀가 말했다. 밧세바는 그가 이 가정에 대해 주저하지 않고 부인할 것을 기대하는 것이 분명했다.

가브리엘은 무엇을 느꼈든, 냉정하게 그녀의 말을 되풀이했다. "바라지 않습니다." 여자는 쓰지만 달콤하게, 무례하지만 모욕적이지 않게 대하는 것이 좋다. 밧세바는 가브리엘이 자신을 사랑한다고 반박했다면 그 경박함에 대한 응징을 받았을 것이다. 짝사랑으로 인한 성급한 격정은 따끔하고 비난받더라도 견딜 만하다. 굴욕감 속에 승리가 있고, 불화 속에 애정이 존재하기 때문이다. 이것이 그녀가 기대했던 것이고, 얻지 못한 것이었다. 설교하는 사람이 그녀를 깨져버린 환상의 차가운 아침 빛 속에서 보았기 때문에 설교를 듣는 것이 정말 짜증 났다. 그는 말을 끝마친 상태도 아니었다. 그는 더욱 동요하는 목소리로 말을 이었다.

"제 의견은(물어보셨으니 말하는데) 볼드우드 씨 같은 남자에게 단지 심심풀이로 장난을 친 일은 크게 비난받아야 한다는 것입니다. 좋아하지도 않는 남자를 유혹하는 것은 칭찬할 만한 행동이 아닙니다. 그리고 만약 에버딘 양이 진지하게 그 사람에게 마음이 있었다고 해도, 밸런타인데이에 편지를 보낼 것이 아니라 진실하고 다정한 방법으로 그것을 알려야 했습니다." 밧세바가 가위를 내려놓았다.

그녀가 소리쳤다. "전 그 어떤 남자도 제 개인적인 행동을 비난하도록 놔둘 수 없어요! 단 한 순간도 말이에요. 그러니 이번 주말에 농장을 떠나 주세요!"

밧세바가 세속적인 감정으로 동요할 때 그녀의 아랫입술이 떨리는 것은 별난 특징일 수도 있다. 어쨌든 그것은 사실이다. 고상한 감정으로 흔들릴 때면 윗입술 또는 하늘로 향한 입술이 떨렸다. 지금은 그녀의 아랫입술이 떨리고 있었다.

"좋습니다. 그러지요." 가브리엘이 침착하게 말했다. 그는 부술 수 없는 쇠사슬이 아니라 끊으면 매우 고통스러울 아름다운 실로 그녀에게 묶여 있었다. "전 지금 당장 떠날 수 있다면 더 기쁠 것입니다." 그가 덧붙였다.

"그럼 지금 당장 떠나세요, 제발!" 그녀가 번뜩이는 눈으로 그를 바라보며 말했지만, 그들은 눈을 마주치지 않았다.

"다시는 당신의 얼굴을 보지 않게 해주세요."

"알겠습니다, 에버딘 양. 그럴 겁니다." 그는 가위를 들고 모세가 파라오를 떠나듯이 차분하고 위엄 있게 그녀를 떠났다.

21

양 우리 안의 문제 - 전갈

가브리엘 오크가 웨더베리의 양 떼에게 먹이 주는 것을 중단한 지 24시간이 흐른 일요일 오후, 조지프 푸어그래스, 매슈 문, 프레이 외에 나이 지긋한 대여섯 명이 어퍼 농장 여주인의 집으로 달려왔다.

"도대체 무슨 일이죠, 여러분?" 마침 교회에 가는 중이었던 밧세바는 문 앞에서 그들을 만났다. 그녀는 꽉 끼는 장갑을 잡아당기느라 다물었던 붉은 입술을 떼면서 말했다.

"육십 마리!" 조셉이 소리쳤다.

"칠십!" 문이 정정했다.

"쉰아홉이에요!" 수잔 톨의 남편이 말했다.

"양 떼가 울타리를 부쉈어요." 프레이가 설명했다.

"그리고 어린 클로버 들판에 들어갔어요."

"어린 클로버요!" 문이 말했다.

"클로버말입니다!" 조지프도 따라 외쳤다.

"양들이 모두 죽을 거예요." 헤네리도 거들었다.

"맞아요." 조지프도 맞장구쳤다.

"당장 끌어내서 치료하지 않는다면 모두 죽어 버릴 거예요!" 톨이 말했다.

조지프의 얼굴이 걱정으로 일그러져 잔주름이 잡혔다. 프레이의 이마는 내리닫이 쇠창살 문처럼 수직과 십자형으로 주름이 생겨 그가 이중으로 고민하고 있다는 것을 알 수 있었다. 레이밴 톨의 입술은 가늘어지고, 얼굴은 경직되었다. 매슈의 턱은 가라앉았고, 눈은 어디로든 가장 힘센 근육이 잡아당기는 방향으로 돌아갔다.

"맞아요." 조지프가 말했다. "전 집에 앉아서 에베소서를 찾으며 '이 빌어먹을 성서에는 고린도서랑 데살로니가서밖에 없군.'이라고 혼잣말을 하고 있었는데, 헤네리가 들어와서 '조지프, 양들이 스스로를 죽이고 있어.'라고 하더군요."

밧세바에게는 생각이 말로 나오고 말이 비명으로 바뀌는 순간이었다. 더욱이 그녀는 오크의 지적으로 고통받았던 소란 이후 평정을 되찾지 못한 터였다. "그만하면 됐어요. 그만! 아, 이 한심한 사람들!" 그녀는 울부짖으며 양산과 기도서를 통로에 던지고, 클로버밭을 향해 뛰어갔다. "가서 곧바로 양을 꺼냈어야죠, 저한테 올 게 아니라! 아, 이 멍청한 사람들!"

밧세바의 눈이 어두워졌다가 다시 밝아졌다. 밧세바의 아름다움은 천사보단 악마에 더 가까워서 화났을 때만큼 보기 좋을 때가 없었고, 특히 그 효과는 거울 앞에서 근사한 벨벳 드레스를 입었을 때 정점에 달했다. 모든 나이 든 남자들이 무질서한 군중처럼 그녀를 따라갔고, 반쯤 왔을 때 조지프는 점점 더 견디기 어려운 세상에서 시들어 가는 사람처럼 털썩 주저앉았다. 다른 사람들은 항상 그랬듯이 그녀에게 자극을 받아 의지를 얻고 양들 사이를 돌아다녔다. 대부분의 양이 쓰러진 채 움직이지 못했다. 이런 양들은 힘껏 들어 올렸고, 나머지는 인접한 들판으로 내몰았다. 이후로 몇 분이 지나자 몇 마리가 더 쓰러지더니 무기력하게 누워서 다른 양들처럼 시퍼렇게 변해 갔다.

밧세바는 슬프고 터질 듯한 가슴으로 자신이 소유한 우량 양떼 중에서도 최상급 양들이 뒹구는 모습을 보았다.

"부풀어 오른 그들의 속은 바람과 고약한 냄새가 나는 증기로 가득하였다."*

양 떼 대부분이 입가에 거품을 문 채 빠르고 짧게 숨을 쉬었으며, 몸이 두려울 정도로 팽창했다.

"아, 내가 할 수 있는 일이 뭐가 있을까, 뭘 할 수 있을까!" 밧세바가 무력하게 말했다. "양은 정말 불행한 동물이야! 양들에게는 항상 무슨 일이 일어나! 어떤 식으로든 문제가 생기지 않고 1년을 넘기는 양을 본 적이 없어."

"양을 구하는 방법은 단 하나뿐입니다." 톨이 말했다.

---

* 존 밀턴의 시 「리시다스」의 한 구절. 전염병에 걸려 죽어 가는 양의 모습을 묘사한 행이다.

"그게 뭐죠? 빨리 말해 봐요!"

"도구로 양들의 옆구리를 뚫어야 합니다."

"그 일 하실 수 있나요? 제가 할 수 있나요?"

"아뇨, 아가씨. 우리는 못 합니다. 아가씨도요. 특정 부위를 뚫어야 합니다. 그 부위에서 오른쪽이든 왼쪽이든 조금만 벗어나도 양이 죽습니다. 대부분의 목자도 못 하죠."

"그럼 죽게 둘 수밖에 없군요." 그녀가 체념한 어조로 말했다.

"이 동네에서 단 한 사람만이 그 방법을 알고 있습니다." 방금막 도착한 조지프가 말했다.

"그가 여기 있다면 모든 양을 치료할 수 있었을 텐데."

"누구죠? 그 사람을 데려와요!"

"목자 오크입니다." 매슈가 말했다.

"그는 똑똑하고 재주가 많은 사람이에요!"

"아, 그렇고말고!" 레이밴 톨이 말했다.

"어떻게 감히 내 앞에서 그 남자의 이름을 댈 수 있죠!" 그녀가 흥분해서 말했다. "그 사람에 대해서 절대로 언급하지 말라고 했잖아요, 내 농장에서 계속 일하고 싶다면요. 아!" 그녀의 표정이 밝아지면서 덧붙였다. "농장주 볼드우드 씨는 알고 있을 거예요!"

"아니요, 아가씨." 매슈가 말했다. "며칠 전 그분의 암양이 살갈퀴 풀을 좀 먹었을 때도 이랬는데, 나리는 가능한 한 빨리, 가브리엘을 데려오라고 말 탄 사람을 보냈죠. 가브리엘이 가서 그 양들을 구했습니다. 그분이 이 일에 사용하는 도구를 가지고 계실 거예요. 속이 빈 관이에요. 그 안에는 날카로운 침이 들어 있고요. 그렇지, 조지프?"

"맞아 속이 빈 관이야." 조지프가 똑같이 말했다.

"바로 그거야."

"그래, 바로 그 기구야." 헤네리 프레이가 반사적으로 말했다. 그는 시간이 흘러가는 것에 큰 관심이 없어 보였다.

"그럼," 밧세바가 소리쳤다.

"거기 서서 '네'라든가 '맞아요' 같은 소리만 하지 말고, 가서 양을 치료할 수 있는 사람을 즉시 데려와요!"

그러자 사람들은 경악하며 누군가를 데려오려고 움직였지만, 누구를 데려와야 할지 몰랐다. 얼마 지나지 않아 그들은 출입문을 통해 사라졌고, 그녀는 죽어 가는 양 떼들과 서 있었다.

"난 절대 그를 데려오라고 사람을 보내지 않을 거야!" 그녀가 단호하게 되뇌었다. 암양 한 마리가 무시무시하게 근육을 수축하더니, 다시 몸을 쭉 피면서 허공으로 솟구쳤다. 그 도약은 정말 믿기 힘들었다. 암양은 바닥에 세게 떨어지더니 움직이지 않았다. 밧세바가 그쪽으로 다가갔다. 양은 죽어 있었다.

"아, 어떡하지, 뭘 해야 하지!" 그녀는 손을 부들부들 떨면서 다시 한번 외쳤다. "그 사람을 부르지 않을 거야. 절대로!" 결의를 격렬하게 표현해도 결의 자체가 항상 굳건한 건 아니다. 표현은 종종 사그라지는 신념을 지지하기 위한 버팀목으로 내뱉어질 때가 많은데, 강한 확신이 든다면 증명하기 위해 굳이 입밖으로 표현할 필요가 없다. '절대로 안 불러'라는 표현은 사실상 '불러야 할 것 같아'라는 뜻이었다.

그녀는 일꾼들을 따라 출입문을 지나쳤고, 그들 중 한 명에게 손을 들었다. 레이밴이 그녀의 신호에 답했다.

"오크가 어디에 머물고 있죠?"

"계곡 너머 네스트 오두막이요!"

"암갈색 암말을 타고 가서 그에게 즉시 돌아오라고 하세요. 내가 그렇게 말했다고요."

톨은 허둥지둥 들판으로 뛰어가더니 2분 만에 고삐를 대신하여 굴레만 쓰고 있던 안장 없는 말 폴리에 올라탔다. 그는 경사로를 내려갔다. 밧세바는 그 모습을 지켜보았다. 나머지 사람들도 모두 쳐다보았다. 톨은 말이 다니는 길을 통해 식스틴 에이커스, 쉽랜드, 미들 필드, 더 플랫, 캐플즈 피스를 지났고 거의 점처럼 보일 정도로 멀어졌다. 그는 다리를 건너 골짜기를 올라갔고 스프링미드와 화이트피츠를 지나 맞은편으로 향했다. 가브리엘이 이 지역을 떠나기 전 마지막으로 머물던 오두막이 파란 전나무를 뒤로한 채 맞은편 언덕에서 하얀 점처럼 보였다. 밧세바는 왔다 갔다 했다. 남자들은 들판으로 들어가 마비된 양들의 괴로움을 덜어 주고자 몸을 문질러 주었다. 아무 소용이 없었다.

밧세바는 계속해서 왔다 갔다 했다. 말이 골짜기를 내려오는 것이 보였고, 지루한 여정은 역순으로 반복되었다. 화이트피츠, 스프링미드, 캐플즈 피스, 더 플랫, 미들 필드, 쉽랜드, 식스틴 에이커스. 그녀는 톨이 암말을 가브리엘에게 주고 자신은 걸어

올 정도로 정신이 제대로 박힌 사람이길 바랐다. 기수가 가까이 다가왔다. 톨이었다.

"저런, 어리석은!" 밧세바가 말했다. 가브리엘은 어디에도 보이지 않았다.

"어쩌면 벌써 마을을 떠났나!" 그녀가 말했다.

톨은 울타리 안으로 들어온 뒤 말에서 뛰어내렸다. 그의 얼굴은 슈루즈베리 전투 후의 모튼*처럼 비극적이었다.

"어떻게 됐죠?" 밧세바는 자신의 명령이 통하지 않았다는 것이 믿기지 않는다는 듯이 말했다.

"그가 '궁한 사람이 찬밥 더운밥 가릴 처지는 아닐 텐데'라고 말하더군요."

"뭐라고!" 젊은 농장주가 눈을 크게 뜨고 울화통을 터뜨리려고 숨을 들이쉬었다. 조지프가 울타리 뒤로 몇 걸음 물러났다.

"아가씨가 선처를 바라는 태도로 가서 정중하고 예의 바르게 부탁하지 않는 이상 오지 않는다고 했어요."

"하, 그게 그의 대답이로군! 그 사람은 어디서 그런 태도를 배웠대요? 내가 누군데 그런 취급을 하는 거죠? 나한테 빌었던 사람에게 내가 빌라고?" 또 다른 양 떼가 공중으로 튀어 오르더니, 죽어 버렸다. 일꾼들은 하고 싶은 말을 억누르듯 심각한 표정이었다.

밧세바는 눈에 눈물이 가득 고인 채로 고개를 돌렸다. 교만하

---

* 셰익스피어의 희곡 『헨리 4세』에 등장하는 전령.

고 심술궂은 성격으론 자신이 처한 곤경을 더 이상 숨길 수 없었다. 그녀는 비통해하며 눈물을 터뜨렸다. 모두가 그 모습을 보았다. 그녀는 더 이상 숨기려고 하지 않았다.

"저라면 이런 일로 울지는 않을 겁니다, 아가씨." 윌리엄 스몰베리가 측은하게 말했다. "어째서 그에게 더 부드럽게 물어보지 않으셨나요? 그랬으면 틀림없이 왔을 텐데. 가브리엘은 그런 면에서는 틀림없는 사람이니까요."

밧세바는 슬픔을 억누르고 눈물을 닦았다. "오, 내게는 너무나도 잔인한 일이네요. 정말로!" 그녀가 중얼거렸다. "그리고 그는 내가 원치 않는 일을 하도록 나를 몰아붙이고 있어요. 정말로! 톨, 안으로 들어와요."

농장의 우두머리로서의 위엄이 무너진 후, 밧세바는 집으로 들어갔고, 톨은 그녀를 따라 들어갔다. 자리에 앉은 그녀는 떨면서 눈물을 흘리며 급히 쪽지를 휘갈겨 썼다. 폭풍 후에 여파가 오듯이 울고 난 뒤 가라앉을 때 경련처럼 나타나는 떨림이었다. 쪽지는 급하게 쓴 것치고는 정중했다. 그녀는 쪽지를 접으려다가 맨 아래에 다음과 같은 말을 덧붙였다.

'날 버리지 마요, 가브리엘!'

그녀는 쪽지를 다시 접으면서 얼굴을 좀 더 붉혔고 입술을 닫았다. 그렇게 함으로써 그러한 전략이 정당한지 검토하는 데서 양심적인 행동을 최대한 뒤로 미루려는 듯 보였다. 쪽지는 구두

전갈과 같은 방법으로 전해졌고, 밧세바는 실내에서 결과를 기다렸다.

전령이 출발한 때부터 밖에서 다시 말발굽 소리가 들리기까지 15분이 초조하게 지나갔다. 그녀는 차마 지켜보지 못하겠는지, 희망과 두려움을 모두 몰아내려는 듯 쪽지를 썼던 책상에 누워 눈을 감았다. 그러나 이번에는 조짐이 좋았다. 가브리엘은 화를 내지 않았다. 그녀의 첫 번째 명령이 매우 거만했음에도 불구하고 그는 단지 중립적이었다. 그녀보다 조금 덜 예쁜 여자가 그 정도로 오만했다면 욕을 먹었을 것이고, 다른 한편으로는 그 정도 미녀라도 조금 덜 오만했으면 용서받았을 것이다.

그녀는 말 소리가 들리자 밖으로 나가 올려다보았다. 말 탄 사람이 그녀와 하늘 사이를 지나치더니 양이 있는 들판으로 향하였고, 점점 더 멀어졌다. 그 순간 기수가 고개를 돌렸다. 가브리엘이었다. 여성의 눈과 혀는 서로 다른 이야기를 한다는 사실을 명백하게 보여 주는 순간이었다. 밧세바는 고마움에 가득 찬 표정으로 이렇게 말했다.

"아, 가브리엘, 어떻게 날 그렇게 불친절하게 대할 수 있어요!" 자신이 처음에 시간을 끈 데 대한 그녀의 책망이 다정했기 때문에 그는 자신의 준비성을 칭찬하지 않은 것을 용서해 주었다.

가브리엘은 분명치 않은 대답을 중얼거리더니, 서둘러 말을 몰고 나아갔다. 그녀는 쪽지의 어떤 문장이 그의 마음을 돌렸는지 그의 표정에서 알 수 있었다. 밧세바도 그를 따라 들판으로 갔다.

가브리엘은 이미 부풀어 올라 엎드려 있는 양 떼 사이에 있었다. 그는 외투를 벗어 던지고, 셔츠 소매를 걷어 올린 뒤 주머니에서 구원의 도구를 꺼냈다. 그것은 안에 침이 들어 있는 투관이었는데 가브리엘은 외과 의사를 방불케 하는 재주로 그 도구를 사용했다. 양의 왼쪽 옆구리에 손을 얹어 적당한 지점을 고르더니 피부와 위에 침으로 구멍을 뚫었다. 그러고선 바로 침을 뽑아 관만 그 자리에 남겨 두었다. 관을 통해 촛대 구멍에 고정된 촛불도 꺼뜨릴 만큼 세찬 바람이 나왔다.

고통 후의 편안함은 한동안의 즐거움이라는 말이 있다. 이 불쌍한 짐승들의 얼굴에 지금 그 기쁨이 나타났다. 마흔아홉 번의 시술이 성공적으로 이루어졌다. 가브리엘은 양 떼 중 일부의 상태가 너무 안 좋아서 몹시 서두르는 바람에 한 번으로는 목적을 이루지 못하였다. 단 한 번 위치를 잘못 잡아 고통스러워하는 암양에게 치명상을 입혔다. 네 마리가 죽었고, 세 마리가 시술 없이 회복했다. 우리를 벗어나 다쳤던 양의 수는 모두 쉰일곱 마리였다.

사랑에 끌린 남자가 시술을 마치자 밧세바가 다가와 그의 얼굴을 보았다.

"가브리엘, 제 농장에 있어 줄래요?" 그녀는 애교 있게 웃으면서도 다음 미소를 짓기 위해 입술을 닫지 않았다.

"그럴게요." 가브리엘이 말했다.

그녀는 다시 그에게 미소 지었다.

22

큰 헛간과 양털 깎는 사람들

인간의 선한 영혼은 최대한 활용하지 않으면 무의미해지거나 잊힐 수 있다. 선한 영혼이 없어서는 안 될 상황에서 모자란 경우도 마찬가지다. 최근 불운으로 피로해진 가브리엘은 처음으로 자주적으로 생각했고 눈에 띌 정도로 활발해졌다. 기회도 힘도 없는 사람은 힘은 없지만 기회가 있는 사람과 마찬가지로 결실이 없다. 그러므로 유리한 기회가 생긴다면 확실히 올라갈 수 있다. 하지만 밧세바 에버딘의 주위를 어슬렁거리는 이 불치병은 그의 시간을 매우 많이 허비하게 했다. 그는 대조(大潮) 때도 떠오르지 못했기에 소조 때도 그럴 것이 분명했다.

그날은 6월의 첫날로 양털 깎기가 정점에 이른 시기였으며, 심지어 풀이 가장 적었던 목초지도 무성하고 푸르렀다. 모든 풀이 이제 막 자라기 시작했으며 모든 숨구멍이 열렸다. 모든 줄기는 질주하는 수액으로 부풀어 올랐다. 신은 분명히 이곳에 있었고, 악마는 도시로 떠났다. 풀솜 같은 꼬리꽃, 주교의 주교장 같이 생긴 양치류의 새순, 정사각형처럼 핀 연복초, (마치 공작석의 움푹 들어간 틈에서 크게 화를 내기 직전인 성자처럼) 이상한 유럽 아룸, 눈처럼 새하얀 황새냉이, 사람 피부와 비슷하게 생긴 개종용, 털이슬, 꽃잎이 검은 종상화같이 나중에 피는 꽃들은 특이한 매력을 가진 식물들로 이 시기에 웨더베리에서는 거의 볼 수 없었다. 동물의 경우 양털 깎기의 우두머리 잰 코건, 부름에 여러 곳으로 출장을 나가는 이름을 표시할 필요 없는 두 번째와 세 번째 일꾼, 네 번째 위치인 헤네리 프레이, 다섯 번째 위치인 수잔 톨의 남편, 여섯 번째인 조지프 푸어그래스, 보조 카인 볼, 총감독 가브리엘 오크의 모습이 달라졌다. 이들 중 따로 언급할 만한 가치가 있는 옷을 입은 사람은 아무도 없었으며, 카스트 제도의 상위 계층과 하위 계층의 중간 정도로 보이는 차림을 하고 있었다. 얼굴의 각도와 표정이 고정된 것으로 볼 때 그날 일정에 진지한 작업이 있음을 알 수 있었다.

그들은 임시로 양털 깎기 헛간이라고 이름 붙인 커다란 헛간에서 양털을 깎았다. 1층은 교회의 수랑을 닮은 곳이었다. 인근 교구의 교회 형태를 모방했을 뿐만 아니라, 교회와 맞먹을 정도로 오래된 곳이었다. 그 헛간이 수녀원 건물의 일부였던 적이 있는지 아는 사람은 아무도 없는 것 같았다. 주위에 그런 흔적이 전혀 남아 있지 않았다. 옆쪽의 넓은 현관은 곡물 더미를 최대로 쌓아 올린 짐마차를 댈 수 있을 정도로 높았으며 육중하고 뾰족한 돌로 만든 아치로 이어졌다. 넓게 대충 깎은 아치는 단순하여 장식이 많은 건물에서 찾아보기 어려운 장엄함이 엿보였다. 어스름하고 얇은 막이 덮인 밤나무 지붕은 거대한 연결보가 곡선 및 대각선으로 결합해 디자인 면에서 훨씬 웅장했는데, 요즘 만들어진 대부분의 교회보다 자재가 더 많이 사용되었기 때문이다. 각 측면 벽을 따라 지지대가 일렬로 버티고 서 있어 그 사이 공간에 깊은 그림자가 드리워졌는데, 지지대는 세모날 모양으로 뚫린 구멍 덕분에 아름다웠고 환기에도 용이했다.

이 헛간은 건축 당시의 용도와 현재 용도가 같다는 점에서 연대와 양식이 유사한 교회나 성과는 달랐다. 오래된 헛간은 시간의 손길에 훼손당하지 않았다는 점에서 교회와 성이라는 중세의 시대정신을 간직한 전형적인 두 건물과 다를 뿐 아니라 더 우월했다. 적어도 이곳에서만큼은 고대 건축가들의 정신이 현재 헛간을 바라보는 사람들과 하나가 되었다. 마모된 이 더미 앞에 선 사람은 눈으로는 현재의 용도를, 마음으로는 과거의 역사를 생각하며 지금까지 그 기능이 지속되어 온 것에 만족감을 느꼈다. 그 기분은 건물을 쌓아 올릴 때의 발상이 영구히 이어진다는 데에 대한 고마움과 자긍심에 가까웠다. 지난 4세기 동안 실수로 건설된 것이 아님이 증명되었을 뿐 아니라 건물의 목적에 대한 증오나 철거하자는 등의 반응이 없었다는 사실은, 옛 정신이 담긴 이 단순한 회색 건물에 웅장함과 평온함을 주었다. 비슷한 시대에 지어진 교회와 성은 지나친 호기심 탓에 평온함이 덜했다. 한때는 중세와 현대의 공통적인 관점이 있었다. 창끝 모양의 유리창, 세월의 풍파를 겪은 박석과 모서리, 중심축의 방향, 흐릿한 밤나무 서까래를 볼 때 요새화나 진부한 종교적 교리와 상관이 없음을 알 수 있었다. 매일 먹는 빵으로 육체를 보호하고 구원받는 것은 여전히 학문이고 종교이며 갈망의 대상이다.

오늘은 양털 깎는 작업을 할 지점에 빛이 충분히 들어오도록 커다란 옆문이 태양 쪽으로 열려 있었다. 작업장 한가운데는 나무로 된 타작마당이 있었는데, 이 튼튼한 참나무 바닥은 세월로 검어지고 여러 세대에 걸쳐 도리깨질을 해 윤이 났다. 엘리자베스 여왕 저택의 접견실에 있는 바닥처럼 미끄럽고 빛깔도 짙었다. 여기서 무릎을 꿇고 양털을 깎는 사람들의 빛바랜 셔츠와 햇볕에 탄 팔, 그들이 손질한 반짝이는 가위 위로 햇살이 비스듬히 쏟아졌고, 이 햇살은 눈이 약한 사람이라면 눈이 멀 수 있을 정도로 강했다. 그들 아래에는 잡힌 양이 헐떡거리며 누워 있었는데, 불안감이 공포와 합쳐지자 숨이 더욱 가빠지더니 무서운 바깥 풍경처럼 몸을 떨었다.

400년 전의 오늘이 그려진 액자는 옛날과 현대 간의 대조를 보여 줄 법도 한데, 그렇지 못하고 오늘과 똑같은 모습이었다. 도시와 비교하여 웨더버리는 변하지 않았다. 도시인의 '그때'는 시골 사람의 '지금'과 같다. 런던에서는 20년, 30년 전은 옛날이다. 파리에서는 10년에서 5년 전이 옛날이다. 웨더베리에서는 60년과 80년 전은 현재에 포함되었고, 한 세기 미만의 시간은 이곳의 얼굴이나 분위기에 흔적을 남기지 못했다. 50년이란 시간도 각반과 작업복의 자수를 바꾸지는 못했다. 열 세대 동안 한마디 말도 뜻이 바뀌지 않았다. 이곳 웨섹스 지방은 바쁜 외부인이 고대라고 여기는 시간이 옛날이었고, 옛날이라고 느끼는 시간이 현재였으며, 그가 현재라고 믿는 지금은 미래였다.

그래서 헛간은 양털을 깎는 자들에게는 자연스러웠고, 그들은 헛간과 조화를 이루었다.

널찍한 건물의 끝은 교회의 신도석과 성단 맨 끝에 해당했으며 이동식 울타리가 쳐져 있었다. 양들은 울타리를 친 두 구역에 무리 지어 있었다. 한 구역에서는 양을 깎는 사람들이 시간을 낭비하지 않도록 3~4마리의 양들이 계속해서 대기했다. 황갈색 부드러운 그늘이 내려앉은 배경에는 세 명의 여성이 서 있었는데, 메리앤 머니, 템퍼런스, 소버니스 밀러였다. 그들은 양털을 모은 뒤 송곳으로 매듭을 지어 꼬인 줄을 만들었다. 이들의 옆에는 실력이 썩 좋지 못한 조수, 맥아 제조소의 늙은 주인이 있었는데, 맥아 제조 기간인 10월부터 4월이 지나면 그는 농가 어느 곳이든 가서 일손을 도왔다.

이 모든 것의 뒤에는 밧세바가 있었는데 부주의하여 양이 베이거나 다치지는 않는지, 털이 바짝 깎이지는 않는지 지켜보는 중이었다. 그녀의 생기 넘치는 시선 아래에서 나방처럼 빠르게 이동하던 가브리엘은 계속 털을 깎지 않고, 다른 사람들을 관리하고 그들을 위해 양들을 골라 주는 일을 했다. 현재는 구석에 놓인 통에 든 약한 술을 돌리며 빵과 치즈 조각들을 자르고 있었다.

밧세바는 이곳저곳을 보면서 주의를 주었고 털 깎기가 끝난 양에게 자신의 이니셜을 새기지 않고 그냥 무리로 돌려보낸 젊은 작업자를 꾸짖었다. 그러고는 다시 가브리엘에게 돌아갔는데, 그는 점심을 내려놓고 겁에 질린 암양을 자신의 작업 장소로 데려가서 능숙하게 팔을 돌려 눕혔다. 그는 여주인이 지켜보는 가운데 긴 머리털과 목 부분의 털을 깎았다.

"양이 모욕감에 빨개졌군요." 가위질로 인해 맨살을 드러낸 암양의 목과 어깨 부분에 분홍빛 홍조가 번지는 것을 보고 밧세바가 중얼거렸다. 홍조는 섬세한 색조 덕분에 여러 여왕들에게 선망의 대상이 되었으며 그 신속함은 세상 어느 여자라도 훌륭하다고 할 것이다.

가엾은 가브리엘의 영혼은 그녀가 근처에 와서 자신의 능숙한 가위질을 보는 것에 만족감을 느꼈다. 가위질을 할 때마다 살도 같이 자르는 것처럼 보였지만 단 한 번도 그러지 않았다. 오크는 자신이 길든스턴*처럼 지나치게 행복하지 않다는 점에서 행복했다. 그는 그녀와 대화하고 싶은 마음이 전혀 없었다. 눈부신 그녀와 자신이 세상의 어느 누구도 포함되지 않은 무리를 이루고 있다는 것만으로 충분했다.

따라서 이야기를 하는 것은 그녀의 몫이었다. 의미 없는 대화는 주로 밧세바의 것이었고, 의미가 가득 담긴 침묵은 가브리엘의 것이었다. 희미하고 온화한 행복으로 가득 찬 그는 계속해서 암양을 뒤집고는 머리를 무릎으로 감싸더니 목 밑 주위를 결에

---

* 셰익스피어의 『햄릿』에 나오는 햄릿의 어린 시절 친구.

따라 가위질했고, 그런 다음 옆구리와 등 주위를 거쳐 마지막으로 꼬리 위를 깎았다.

"잘했어요, 엄청 빠르시네요!" 밧세바가 마지막 가위질 소리가 들리자 시계를 보면서 말했다.

"얼마나 걸렸습니까, 아가씨?" 가브리엘이 이마를 닦으며 말했다.

"처음 양 이마의 털을 잡은 후로 23분이 걸렸어요. 30분이 채 안 되는 시간 동안 양털을 다 깎은 사람은 처음 봐요."

깨끗하게 매끈해진 양은 자신의 양털 사이에서 일어났는데, 거품에서 일어나는 아프로디테가 현실에 나타났다면 완벽하게 같은 모습이었을 것이다. 양은 옷이 사라져 놀라고 수줍은 듯 보였다. 털들은 부드러운 구름처럼 바닥에 뭉쳐져 있었는데, 한 번도 보인 적 없는 안쪽 털 표면은 눈처럼 새하얬고 미세한 결함이나 흠이 없었다.

"카인 볼!"

"네, 오크 씨. 지금 가요!"

카이니는 타르가 든 단지를 들고 뛰어왔다. 갓 손질이 끝난 양의 피부에는 'B.E.'라고 찍혔다. 양은 숨을 헐떡이며 울타리를 뛰어넘더니 털이 없어진 양의 무리에 뛰어들었다. 그때 메리앤이 다가와서 느슨한 타래를 양털 한가운데에 던지더니 말아 올려 뒷마당으로 가지고 나갔다. 그들은 1.5킬로그램이나 되는, 아무것도 섞이지 않은 이 최상급 아늑함은 경험하지 못할 터였다. 그러나 멀리 떨어져 있는 사람들에게는 지금 이곳에 존재하는 새롭고 순수한 상태의 양털이 겨울철 즐거움이 될 것이다. 지금처럼 살아 있는 상태에서 나오는 기름을 말리고 굳혀 씻어 내기 전의 양털은 크림이 우유나 물보다 더 우월하듯이, 그 어떤 모직보다 뛰어나다.

하지만 무감정한 상황도 오늘 아침 가브리엘이 느낀 행복감을 완전히 누그러뜨리지 못했다. 숫양과 늙은 암양, 다시 한번 털을 깎은 암양이 제시간에 털을 깎는 과정을 겪고, 일꾼들이 한 번이라도 털을 깎은 적이 있는 양들과 한 번도 털을 깎아 본 적 없는 새끼 양들을 작업할 때 그녀가 오크 옆에 기분 좋게 서서 다시 한번 작업 시간을 잴 것이라는 그의 믿음은 볼드우드가 헛간 맨 끝 구석에 나타남으로써 고통스럽게 깨져버렸다. 아무도 그가 들어온 것을 알아차리지 못한 것 같았지만, 그는 분명히 거기에 있었다. 볼드우드는 항상 자신만의 분위기를 풍기고 다녔는데, 그의 근처에 있는 사람이라면 분명히 느낄 수 있었다. 밧세바가 근처에 있어서 말을 아끼던 사람들의 대화는 아예 중단되었다.

볼드우드는 헛간을 가로질러 밧세바에게 갔고, 그녀는 몸을 돌려 매우 편한 태도로 그를 맞이했다. 그가 낮은 톤으로 말을 걸자 그녀도 본능적으로 톤을 낮추었고, 결국 그의 억양까지 따라 하게 되었다. 그녀는 그와 비밀스럽게 연관되어 있다는 인상을 전혀 주고 싶지 않았지만, 쉽게 외부의 영향을 받는 나이의 여성은 일상 속 어휘뿐만 아니라 어조와 유머까지 자신보다 더 큰 사람 쪽으로 기울기 마련이다.

가브리엘에게는 그들의 대화가 들리지 않았다. 그가 가까이 가기에는 아무런 관련이 없었기에 차마 다가가지 못했지만, 대화 내용이 너무나 궁금했다. 대화는 정중한 농장주가 그녀의 손을 잡고 펼쳐진 널빤지를 건너 6월의 밝은 햇살이 비치는 밖으로 나가는 것으로 이어졌다. 이미 손질이 끝난 양들 옆에서 그들은 대화를 이어 나갔다. 양 떼에 관한 걸까? 아니겠지. 가브리엘은 사람들이 조용히 대화할 때 주제에 관련된 물체가 시야에 들어오면 보통 그곳에 시선을 고정한다는 것을 증거 없이 이론화했다. 밧세바가 땅바닥의 하찮은 밀짚을 얌전히 바라보는 것으로 보아 양에 관련된 이야기보단 여성이 부끄러움을 느낄 만한 주제인 것 같았다. 그녀의 볼은 다소 붉어졌는데, 예민한 부분으로 피가 요동치며 계속 들어왔기 때문이다. 가브리엘은 애석해하며 손질을 이어 갔다.

그녀가 곁을 떠나자 볼드우드는 거의 15분 동안 혼자 왔다 갔다 했다. 잠시 후 그녀가 과일 껍질처럼 허리에 딱 맞는 암녹색 새 승마복을 입고 다시 나타났다. 젊은 봅 코건이 그녀의 암말을 끌고 왔고, 볼드우드는 나무 밑에 묶여 있던 자신의 말을 끌어냈다. 오크는 그들에게서 시선을 뗄 수 없었다. 그는 볼드우드의 태도를 지켜보면서 양털을 깎으려고 노력하다가 양의 사타구니를 베었다. 양은 땅으로 곤두박질쳤다. 밧세바는 즉시 양 쪽으로 시선을 돌렸고, 피를 보았다.

"아, 가브리엘!" 그녀가 매섭게 불평했다. "다른 사람들에겐 그렇게 엄격하면서, 지금 자신이 뭘 했는지 봐요!"

외부인이 듣기에 이 지적은 별로 불평할 것이 없었다. 하지만 오크는 밧세바가 불쌍한 암양을 상처 입게 만든 원인이 본인이라는 것을 인지하고 있다고 생각했다. 왜냐하면 그녀는 양을 깎는 사람의 더 중요한 부분에 상처를 주었고, 그녀와 볼드우드에 대한 열등감으로 인한 이 찔린 듯이 아픈 상처는 아물지 않을 것이다. 하지만 그녀가 자신을 더 이상 이성으로 보지 않는다는 사실을 과감하게 인정하려는 남자다운 결심이 감정을 숨기는 것을 도와주었다.

"병!" 그가 평상시같이 태연하게 외쳤다. 카이니 볼이 달려와서 상처에 약을 부었고, 양털 깎기는 계속되었다. 볼드우드는 밧세바를 부드럽게 안장에 올려 주었고, 그들이 떠나기 전 그녀는 좀 전같이 지배적이면서도 감질나는 정중함을 갖춰 오크에게 소리쳤다.

"전 볼드우드 씨의 레스터 양을 보러 갈 거예요. 헛간에서 제가 하던 일을 맡으세요, 가브리엘. 일꾼들이 계속 조심해서 작업하도록요."

그들은 말 머리의 방향을 바꾸고 빠르게 달려갔다.

볼드우드의 깊은 애착은 그의 주변 사람들 사이에서 큰 관심거리였다. 그러나 오랫동안 독신남의 완벽한 표본으로 알려진 그의 일탈은, 폐결핵이 치명적인 병이 아님을 증명하려다가 죽은 세인트 존 롱의 비극적인 결말과 어느 정도 비슷했다.

"저건 분명 결혼이야기가 오가니 나오는 행동이야." 템퍼런스 밀러가 시야에서 멀어지는 그들을 보며 말했다.

"나도 그런 것 같아." 보지도 않고 일하던 코건이 말했다.

"멀리 있는 황야 지대보다 똥 더미에서 결혼 상대를 구하는 게 더 좋다잖아."* 레이밴 톨이 양을 돌리며 말했다.

동시에 헤네리 프레이가 가엾은 눈빛으로 말했다. "스스로 전투를 치를 정도로 대담하고 가정을 원하지 않는다면 굳이 남편을 얻어야 할 이유를 모르겠어. 다른 여자를 몰아내는 행위잖아. 하지만 어쩔 수 없지. 그와 그녀 두 가문을 곤란하게 하는 건 딱한 일이니까."

단호한 사람들이 그렇듯 밧세바는 항상 헤네리 프레이 같은 사람의 비난을 불러일으켰다. 그녀의 분명한 결점은 반박하는 일에서는 확연히 드러나는 반면 좋아하는 일에는 충분히 드러나지 않았다. 물체가 흡수하는 빛이 아니라 반사하는 빛 때문에 색을 띤다는 사실은 잘 알려져 있다. 같은 방식으로 사람들도 혐오와 적대감은 극대화되는 반면 선의는 결코 영향을 끼치지 못한다.

헤네리가 좀 더 공손하게 말을 이었다. "난 언제가 그녀에게 몇 가지 일에 대해 내 마음을 표현했는데, 마치 초라한 몸이 감히 고집 센 물건에게 그렇게 했던 거야. 여러분도 내가 어떤 사람인지 알 거야. 자존심이 멸시로 가득 차면 매우 심한 욕을 한다는걸."

---

* 멀리 사는 낯선 사람보다 가까이에 있는 사람과 결혼하는 게 더 좋다는 뜻의 속담.

"알죠, 알죠. 헤네리."

"그래서 내가 말했어. '에버딘 아가씨, 빈자리들이 있고, 유능한 재능을 가지고 일하려는 사람들이 있습니다. 하지만 악의가……' 아냐, 악의는 아냐. 악의라고 하지는 않았어. '하지만 반대편의 악행은(반대편은 여자를 의미해) 저지르지 마세요' 너무 심한 말은 아니었지?"

"꽤 잘 말한 것 같아요."

"그래. 이 말을 해야 했어, 죽음과 구원이 날 데려간다 해도. 마음만 먹으면 이런 말도 할 수 있다니까."

"상남자네, 루시퍼처럼 거만하고."

"교묘하게 보여? 사실 베일리의 자리를 얻으려고 했던 말이지. 그런데 내 말이 명확하지 않았는지 이해하지 못하더라고. 더 강하게 말할 수도 있었는데. 난 속 깊은 사람이잖아! 어쨌든, 결혼하게 내버려 둬. 지금이 딱 적기야. 내 생각엔 양을 씻기던 날 나무 덤불 뒤에서 볼드우드가 그녀에게 입을 맞췄어, 확실해."

"어떻게 그런 거짓말을!" 가브리엘이 말했다.

"오크, 그걸 어떻게 알아?" 헤네리가 조심스레 말했다.

"왜냐면 그때 일을 제게 말해 주었으니까요." 오크는 이 문제에 관해 바리새파처럼 다른 일꾼들과는 다르다는 식으로 대답했다.

"자네는 그 말을 믿을 권리가 있어." 헤네리가 불쾌해하며 말했다. "정말 참다운 권리가. 하지만 난 객관적으로 보지! 베일리 자리를 맡는 데에는 선견지명은 얼마 필요하지 않아. 조금이면 되지. 하지만 난 내 인생을 냉정하게 바라봐. 내 말 듣고 있어? 난 가능한 한 쉽게 말해. 그렇지만 누군가에게는 상당히 심오하지."

"그럼요, 헤네리. 잘 듣고 있어요."

"오래된 괴짜지, 친구들. 난 마치 내가 아무것도 아닌 것처럼 여기저기를 돌아다녔어. 조금 비뚤어진 적도 있지. 하지만 난 깊이 있는 사람이야. 하, 대단히 깊이 있다고! 몇몇 목자는 두뇌로 겨루면 이길 수도 있어. 하지만, 안 돼. 안 된다고!"

"오래된 괴짜라고 했나!" 맥아 제조소 주인이 짜증 내며 끼어들었다. "동시에 넌 노인이라고 이름 붙일 정도로 늙지 않았어. 전혀 늙지 않았지. 이가 절반도 빠지지 않았잖아. 이가 다 빠지지도 않았는데 늙은이라고 하며 서 있는 거야? 네가 품에 안겨 있을 때 나는 이미 결혼 생활을 오래 한 사람이잖아? 예순 살은 별거 없어. 여든 살이 넘은 사람 앞에선. 물처럼 약한 허풍이야."

웨더베리에서는 맥아 제조소 주인을 진정시켜야 할 때 사소한 말다툼을 끝내는 것이 변함없는 관습이었다.

"물처럼 약한 허풍! 맞아요." 잰 코건이 말했다.

"어르신, 우리는 어르신이 훌륭한 전문가라고 생각하고, 그건 아무도 부정할 수 없어요."

"아무도요." 조지프 푸어그래스가 말했다. "무척 보기 드문 분이고, 그 재능에 감탄합니다."

"그래, 젊어서 감각이 한창일 때는 나를 알고 있는 사람들에게 많은 호감을 샀지." 맥아 제조소 주인이 말했다.

"분명 그러셨을 거예요. 의심하지 않아요."

등이 굽고 하얗게 센 남자는 만족했고, 헤네리 프레이도 그랬을 것이다. 쾌활한 메리앤이 아까 이야기를 계속하자고 말했다. 그녀는 갈색 피부에 해진 면모 교직물로 된 작업복을 입었는데, 유화 물감으로 그린 옛날 스케치, 니콜라 푸생의 그림처럼 그윽한 색을 띠었다.

"등이 굽은 사람이라든가 다리를 저는 사람, 이혼한 사람이라도 좋으니 저를 데려갈 만한 남자를 아는 사람 누구 없나요?" 메리앤이 말했다. "완벽한 사람은 기대하지도 않아요. 그런 사람이 있다고 듣기만이라도 하면 토스트나 에일보다 저에게 도움이 될 거라고요."

코컨이 적절한 대답을 했다. 오크는 양털을 깎으며 아무 말도 하지 않았다. 짜증이 몰려왔고, 고요하던 마음이 어지러워졌다. 밧세바는 농장에 필요한 토지 관리인을 그로 지정하면서 동료 일꾼보다 높은 자리에 두겠다는 뜻을 암시한 적이 있다. 그는 토지 관리인 자리를 탐내지 않았다. 그는 사랑하는, 다른 사람과 결혼하지 않은 그녀와 관련된 자리를 탐냈다. 그녀의 마음을 읽는 것은 무미건조하고 불확실해 보였다. 그가 그녀에게 한 충고는 터무니없는 실수 중 하나라는 생각이 들었다. 볼드우드에게 교태를 부리는 것을 떠나, 남자를 하찮게 여길 구실을 만들어 오크를 하찮게 여겼기 때문이다. 그는 느긋하고 교육을 받지 못한 동료들의 예상대로 볼드우드가 에버딘 양의 남편이 되리라는 것을 마음속으로 확신했다. 가브리엘은 여태까지 다른 기독교도 소년들처럼 성경을 읽는 것을 본능적으로 싫어했으나, 지금은 꽤 자주 숙독하며 마음속으로 외쳤다. '마음은 올무와 그물 같고 손은 포승 같은 여인은 사망보다 더 쓰다는 사실을 내가 알아내었도다!'*

이것은 감탄에 불과했다. 폭풍의 거품이었다. 그는 밧세바를 변함없이 사랑했다.

"우리 일꾼들은 오늘 밤 귀족이 즐길 만한 연회를 할 거예요." 카이니 볼이 새로운 방향의 대화 주제를 던졌다.

"오늘 아침 사람들이 우유 들통으로 커다란 푸딩을 만드는 것을 보았거든요. 지방 덩어리들이 오크 씨의 엄지손가락만큼 컸어요! 전 살면서 그렇게 큰 지방 덩어리를 본 적이 없어요. 잠두콩보다 큰 건 한 번도 보지 못했죠. 그리고 다리가 삐져나온 삼발이 위에 커다란 검은색 오지항아리가 있었어요. 뭐가 들어 있는지는 모르겠지만."

"사과파이를 위한 조리용 사과도 두 부셸 있었어요." 메리앤도 거들었다.

"그렇다면 그전까지는 내 일이 전부 끝났으면 좋겠군." 조지프가 유쾌하게 음식을 씹는 척하면서 기대에 차 말했다. "맞아요. 음식과 술은 기분을 북돋아 줘요. 게다가 힘없는 사람들에게 힘을 불어넣어 주고요. 이런 말을 해도 될지 모르겠지만, 말하자면 육체의 복음이죠, 음식과 술이 없으면 우린 죽으니까요."

---

* 전도서 7장 26절.

23
초저녁 - 두 번째 선언

양털 깎기가 끝난 날, 긴 식탁이 저택 옆 잔디밭에 놓였다. 식탁 한쪽 끝은 응접실의 넓은 창틀을 넘어 방 안으로 60센티미터 정도 들어가 있었다. 에버딘 양은 창문 안쪽에 앉아 식탁을 내려다보았다. 일꾼들과 어울리지 않고 상석에 앉은 것이다.

그날 저녁 밧세바는 유난히 들떴는데, 그녀의 붉은 볼과 입술은 윤기가 흐르는 구불구불한 어두운 머리카락과 대비를 이루었다. 그녀는 도움을 기대하는 것 같았고, 식탁의 맨 끝 의자는 그녀의 요청에 따라 식사가 시작된 후에도 비워 두었다. 그녀는 가브리엘에게 그 자리에 앉으라고 했고, 그 자리에 걸맞게 행동하라고 했다. 가브리엘은 즉시 그 지시를 따랐다.

이때 볼드우드가 대문으로 들어와 풀밭을 가로질러 밧세바가 있는 창가로 갔다. 그는 지각한 것을 사과했다. 미리 약속된 방문임이 분명했다.

그녀가 말했다. "가브리엘, 다시 자리를 옮겨서 볼드우드 씨가 이곳에 앉게 해주겠어요?"

오크는 조용히 원래 자리로 돌아갔다.

신사 농장주는 유쾌해 보이는 새로운 코트와 흰 조끼를 입었는데, 평상시에 입던 회색 정장과 상당히 대조적이었다. 그는 내면도 쾌활했고, 그 결과 유난히 수다스러웠다. 그가 오자 밧세바도 그랬다. 그러나 절도로 해고된 불청객 토지 관리인이 나타나자 그녀의 평정이 잠시 흐트러졌다.

저녁 식사가 끝난 후, 코건은 청취자들을 개의치 않고 자신의 개인적인 이야기를 노래로 부르기 시작했다.

난 사랑을 잃었지만, 신경 안 써.
난 사랑을 잃었지만, 신경 안 써.
곧 다른 사람이 생길 테니까.
전보다 더 좋은 사람이겠지.
난 사랑을 잃었지만, 신경 안 써.

노래가 끝났을 때 식탁 쪽에서 조용히 감탄하는 시선을 받았는데, 신문 비평과는 관계없는 저명한 기자가 글을 쓴 것처럼 즐겁기로 소문난 노래라 박수가 필요 없다는 것을 암시하는 시선이었다.

"푸어그래스, 자네도 한 곡 하지 그래!" 코건이 말했다.

"술에 취하기도 했고, 제게 그런 재능은 없어요."

"말도 안 돼. 그렇게 배은망덕한 사람이 아니잖아, 조지프. 절대로!" 코건은 기분이 상했다는 것을 표현하면서 말했다.

"아가씨가 자네를 뚫어져라 쳐다보고 있어, '조지프, 빨리 노래해요'라고 말하는 것 같잖아."

"이럴 수가, 정말 그러시네요. 그럼 할 수밖에 없죠! 제 얼굴을 보세요. 제 피가 지금 과열되었다고 말해 주지 않나요, 여러분?"

"아냐, 자네가 얼굴을 붉히는 건 당연해." 코건이 말했다.

"전 항상 미녀가 바라볼 때 얼굴을 붉히지 않으려고 애쓰죠." 조지프가 덧붙였다. "하지만 만약 붉어지면, 그런가 보죠."

"조지프, 노래를 불러 주세요." 창가에서 밧세바가 말했다.

"음, 아가씨." 그가 고분고분하게 말했다. "뭐라고 말해야 할지 모르겠네요. 제가 직접 작곡한 평범한 발라드입니다."

"들려줘, 들려줘!" 사람들이 외쳤다.

푸어그래스는 자신감을 얻어, 꺼질 듯 떨리는 목소리지만 칭찬받을 만한 감상적인 노래를 불렀다. 선율은 으뜸음과 다른 음으로 구성되었고, 다른 음이 노래의 주를 이루었다. 노래가 매우 성공적이어서, 성급하게 같은 호흡으로 다음 소절을 부르려고 했기 때문에 몇 번 실수를 했고, 이후에 노래를 다시 시작했다.

　난 뿌렸, 그

　난 뿌렸,

　난 사랑의…… 씨앗을 뿌렸네.

　그…… 그땐 항상…… 봄이었지.

그, 그땐 사……월, 오……월

그리고…… 화……창한 유월

작……은 새들이 노래를 부르던 때.

코건이 마지막 가사 때 말했다. "정말 좋군. '노래를 부르던 때'는 매우 매력적인 소절이었어."

"맞아. 그리고 '사랑의 씨앗'의 위치가 아주 좋았고. 제대로 불렀어. 비록 '사랑'이란 말은 남자의 목소리가 감정을 억제할 수 없을 때 매우 높아지긴 하지만. 다음 가사, 푸어그래스."

하지만 다음 연주가 진행되는 동안 봅 코건이 이상한 짓을 했는데, 유독 진지한 분위기에서 어린아이들만 할 법한 행동이었다. 그는 웃음을 참으려고 식탁보를 가능한 만큼 최대로 당겨서 자신의 목에 집어넣었다. 잠깐 봉해 두었던 웃음이 코로 뿜어져 나왔다. 조지프는 그 광경을 보고 분노로 뺨이 빨개져 노래를 즉시 중단하였다. 코건은 즉시 봅의 귀퉁이를 때렸다.

"계속해, 조지프. 이런 장난꾸러기는 무시해." 코건이 말했다. "아주 매력적인 발라드야. 자 그럼 다시 다음 소절로. 숨이 가쁘다면 내가 자네를 도와 높은음을 불러 줄 테니."

오 버드나무는 휘고

그리고 버드나무는 휘감기겠지.

하지만 노래를 부르던 사람은 다시 부르지 못했다. 봅 코건은 버르장머리 없는 행동으로 인해 집으로 쫓겨났고 제이컵 스몰베리에 의해 평정이 회복되었다. 그는 자진해서 여러 가지 내용이 들어간 끝도 없이 이어지는 발라드를 불렀다. 그 행동은 이와 비슷한 상황에서 술고래 실레노스 노인이 사랑에 빠진 크로미스와 므나실로스를 비롯한 쾌활한 사람들에게 불러주었던 노래를 연상시켰다.

아직도 햇살이 반짝이는 초저녁이었지만 밤이 은밀히 바닥에 깔렸고, 서쪽 지평선에 걸린 빛은 조금도 땅에 내려앉거나 평지를 밝히지 않은 채 땅을 훑었다. 태양이 죽기 전 마지막 노력으로 살금살금 나무를 타고 올라갔다 가라앉기 시작하자 양을 깎는 사람들의 하체가 갈색으로 물든 황혼으로 바뀌었고, 그들의 머리와 어깨는 획득했다기보단 내재된 듯한 자생적인 빛으로 여전히 낮을 즐겼다.

해는 황토색 안개 속으로 사라져 갔으나, 그들은 자리에 남아 계속 잡담을 했고 호메로스의 천국에 있는 신들처럼 즐거워하였다. 밧세바는 여전히 창문 안쪽 자리에 앉아서 뜨개질을 하고 있었는데, 가끔 희미해져 가는 광경을 보기 위해 고개를 들었다. 그들이 자리를 옮기려는 기미를 보이기 전에 느릿느릿한 황혼이 확대되어 사람들을 완전히 감쌌다.

가브리엘은 식탁 맨 끝에 앉아 있던 볼드우드가 갑자기 사라진 사실을 알아챘다. 그가 자리를 떠난 지 얼마나 되었는지는 알 수 없었지만 포위해 오는 땅거미 속으로 사라진 것은 분명했다. 이런 생각을 하는 동안 리디가 양털을 깎는 사람들이 전부 보이는 방 뒤편으로 양초를 가지고 왔고, 생동감 넘치는 새 불꽃은 식탁과 남자들을 비추더니 뒤편의 초록색 그림자 사이로 흩어졌다. 여전히 자기 자리에 앉아 있던 밧세바는 불빛 때문에 다시 또렷해졌고, 그 불빛은 볼드우드가 다시 방으로 들어와 그녀 옆에 앉았다는 사실을 알려 주었다.

문득 저녁에 대한 의문이 들었다. 에버딘 양이 항상 매력적으로 부르던 '엘런 강의 제방'을 그들이 돌아가기 전에 들려줄 것인가?

잠시 고민하던 밧세바가 동의하고 가브리엘에게 손짓하자, 그는 급히 자신이 원했던 밧세바 옆으로 갔다.

"플루트 가져오셨나요?" 그녀가 속삭였다.

"네, 아가씨."

"그럼 제 노래에 맞추어 연주해 주세요."

그녀는 일꾼들은 바라본 채 열린 창가에 섰고 가브리엘은 창문틀 바로 바깥쪽에서 그녀의 오른편에 섰다. 볼드우드는 방 안에서 그녀의 왼편으로 다가갔다. 그녀의 노랫소리는 처음에는 작고 떨렸지만, 이내 커지더니 또렷해졌다. 이후의 사건들은 이곳에 모인 사람들에게 이 노래의 한 소절을 수개월, 심지어 수년 동안 기억하게 했다.

군인이 자신의 신붓감으로 그녀를 찾았네.
사람의 마음을 사로잡는 그의 입은 말했네.
엘런 강의 제방에서

그녀만큼 기쁜 사람은 없었네.

가브리엘의 감미로운 플루트 소리 외에도 볼드우드가 낮은 목소리로 베이스를 넣었지만, 그의 음은 너무 낮아 노래에 전적으로 참여하지 않은 것 같았고 평범한 이중창 같지 않았다. 그의 음은 풍부하고 신비로운 그늘을 만들어 내 그녀의 음색을 돋보이게 했다. 일꾼들이 고대의 저녁 식사처럼 서로 비스듬하게 기대어 조용히 음악에 빠져들어 소절이 바뀔 때마다 그녀의 숨소리가 들리는 것 같았다. 노래 끝부분이 이루 말할 수 없는 음색으로 서서히 마무리되자 기쁨의 소리가 쏟아졌다. 그 소리는 박수갈채였다.

가브리엘이 그날 밤 노래를 불러 준 사람에 대한 볼드우드의 태도에 주목할 수밖에 없었다는 것은 두말할 필요도 없었다. 그러나 노래를 부를 때를 제외하곤 그의 행동은 특별하지 않았다. 볼드우드는 사람들이 다른 곳을 볼 때 그녀를 보았다. 다른 사람이 그녀를 볼 때는 다른 곳을 쳐다보았다. 남들이 그녀에게 고마워하거나 칭찬할 때는 침묵을 지켰고, 그들이 신경을 쓰지 않을 때는 고맙다고 중얼거렸다. 다른 사람과 행동이 다르다는 것에는 의미가 있었지만, 행동 자체에는 아무 의미도 없었다. 사랑에 빠진 사람이라면 불가피하게 느낄 수밖에 없는 질투심은 오크가 그런 신호들을 과소평가하도록 두지 않았다.

밧세바는 사람들에게 저녁 인사를 하더니 창문에서 멀어지며 방 뒷부분으로 물러났고, 볼드우드는 창문과 덧문을 닫은 뒤에 그녀와 함께 방 안에 남았다. 오크는 조용하고 향기로운 나무 밑을 거닐었다. 밧세바의 목소리가 만든 부드러운 분위기에서 깨어나 정신을 차린 일꾼들은 떠나기 위해 일어섰고, 코건은 일어나기 위해 의자를 뒤로 빼면서 페니웨이즈 쪽으로 고개를 돌렸다.

"난 칭찬할 만한 것이 있을 때만 칭찬하는데, 넌 칭찬받을 만해." 그는 마치 세계적인 예술가의 걸작을 보듯이 그 훌륭한 도둑을 보며 말했다.

"우리가 그 이야기를 증명할 것이 아니었다면 믿지 말아야 했어요." 조지프가 딸꾹질을 하며 말했다. "모든 컵과 최고급 나이프와 포크, 빈 병조차 처음과 똑같이 제자리에 있었고, 도둑맞은 건 하나도 없었죠."

"단언컨대 전 여러분이 제게 하는 칭찬의 반도 받을 자격이 없어요." 도덕적인 도둑이 진지하게 말했다.

"그래도 페니웨이즈에게 이 말은 해야겠어." 코건이 덧붙였다. "착한 행동을 하기 위해 정말로 숭고한 마음을 먹으면 그 결심을 실행할 수 있는 남자야. 오늘 밤 그가 자리에 앉기 전에 그의 얼굴을 보고 알았어. 그래, 난 자신 있게 말할 수 있어. 여러분, 이 사람은 아무것도 훔치지 않았어요."

"정말 정직한 행동이었어요, 페니웨이즈. 우린 그런 행동해 감사해요." 조지프가 말했다. 나머지 사람들도 그의 의견에 전부 동의했다.

사람들이 떠난 시각, 덧문 틈 사이로 가늘게 새 나오는 빛을 제외하면 응접실 내부는 보이지 않았으나 그곳에서는 격정적인 장면이 펼쳐지고 있었다. 에버딘 양과 볼드우드 단둘뿐이었다. 그녀의 뺨은 진지한 현재 상황 때문에 건강한 혈색을 대부분 잃었지만, 그녀의 눈은 승리를 확신하여 밝아졌다. 다만 원했던 승리라기보다 예상했던 승리였다.

그녀는 방금 막 일어서서 낮은 안락의자 뒤편에 서 있었고, 볼드우드는 의자 위에서 무릎을 꿇고 있었다. 그는 뒤에 서 있는 밧세바 쪽으로 기울인 채 두 손으로 그녀의 손을 잡았다. 그는 쉴 새 없이 움직였다. 키츠가 우아하게 말했듯이 그녀가 행복한 것이 너무 행복했기 때문이었다.* 사랑으로 인해 그의 가장 큰 요소인 위엄이 빠져나가 평소와 달리 행동하자, 그녀는 자신이 우상화되었다는 데서 느끼던 기쁨의 상당 부분이 사그라지는 고통을 맛보았다.

"볼드우드 씨를 사랑할 수 있도록 노력해 볼게요." 그녀는 평소 자신감 넘치는 목소리와는 전혀 달리 떨리는 목소리로 말했다. "그리고 만약 제가 어떻게 해서든 좋은 아내가 될 수 있겠다는 생각이 들면, 정말로 당신과 결혼할게요. 하지만 볼드우드 씨, 이렇게 중요한 사항을 망설이는 것은 어떤 여성에게나 명예로운 일이며, 오늘 밤은 엄숙한 약속을 하고 싶지 않아요. 제가 상황을 더 제대로 볼 수 있을 때까지 몇 주만 기다려 달라고 부탁하고 싶습니다."

---

* 존 키츠(1795 –1821)의 시 「나이팅게일에게」 인용.

"하지만 그때가 된다고 해도 그렇게 믿을 만한 충분한 이유가……."

"지금부터 수확기까지 5, 6주 정도, 그러니까 집을 떠나 계신다고 한 기간이 지나면 볼드우드 씨의 아내가 될 것을 약속할 만한 이유는 충분히 있어요." 그녀가 단호하게 말했다. "하지만 이것을 똑똑히 기억하세요. 전 아직 약속하지 않았어요."

"그 정도면 충분합니다, 더는 묻지 않을게요. 그 다정한 말들을 생각하며 기다릴 수 있어요. 그럼, 에버딘 양. 잘 자요!"

"안녕히 가세요." 그녀가 상냥하게, 거의 다정하게 대답했고 볼드우드는 잔잔한 미소를 지으며 돌아갔다. 밧세바는 이제 그를 더 많이 알게 되었다. 그는 자신의 마음을 완전히 그녀에게 드러냈으며, 깃털 때문에 웅장해 보이던 새가 그 깃털을 잃어 불쌍하게 보이듯 안타까워 보였다. 그녀는 과거에 자신이 일으킨 만용에 두려움을 느꼈고, 그 죄가 자신을 견책하고 있는 이 벌을 받을 만한지에 대해 생각하지 않고 보상받기 위해 애쓰고 있었다. 이 모든 상황을 자신의 귀로 들었다는 것은 끔찍했지만, 잠시 후 상황이 두려웠지만 즐겁지 않다고는 할 수 없었다. 매우 소심한 여자라도 무시무시한 일에 조금의 승리감이 섞이면 때로는 즐거움을 얻는다는 사실은 매우 놀랍다.

24

그날 밤 - 전나무 숲

밧세바가 토지 관리인을 해고하고 자진해서 맡은 여러 일들 중 하나는 잠자리에 들기 전에 농장을 둘러보고 모든 게 제대로 되어 있는지, 밤새 안전할지 확인하는 것이었다. 가브리엘은 매일 저녁 그녀보다 한발 앞서 농장을 확인하였고, 감시를 위해 특별히 임명된 장교처럼 꼼꼼히 살펴보았다. 그러나 이 애정 어린 헌신은 대부분 주인에게 알려지지 않았고, 알려진다 해도 고마움 없이 받아들여졌다. 여자는 남자의 변덕스러운 사랑을 비통해하는데 지치지 않았지만, 지조는 무시하는 것 같았다.

순찰은 눈에 띄지 않게 하는 것이 좋기 때문에 그녀는 대개 어두운 랜턴을 들고 다녔고, 이따금 불을 켜서 대도시 경찰처럼 차분하게 구석구석을 살폈다. 이 차분함은 예상되는 위험을 무서워하지 않았다기보다 위험이 있다고 생각하지 않은 데서 비롯되었을지도 모른다. 그녀가 예상할 수 있는 최악의 사태는 말이 잘 자지 못하는 것, 닭들이 모두 들어와 있지 않거나 문이 닫혀 있지 않은 것이었다.

그늘 밤, 그녀는 평상시와 다름없이 건물을 둘러본 후 농장의 작은 방목장으로 향하였다. 이곳의 정적을 깨뜨리는 것은 많은 입이 끊임없이 우적우적 씹는 소리, 보이지 않는 코에서 뿜어져 나오는 우렁찬 숨소리, 풀무에 바람을 넣을 때 나는 코 고는 소리와 가쁜 숨소리뿐이었다. 씹는 일이 다시 시작되면, 생생한 상상력은 동굴 같은 모양을 한, 연분홍색을 띠고, 표면이 축축하고 습한 코를 눈으로 식별하는 것을 도와줄 것이다. 그 코는 익숙해지기 전까지는 만지기 꺼려진다. 그 밑에 있는 입은 밧세바의 옷이 그들의 혀가 닿는 범위 내에 들어오면 느슨한 옷 끝을 물어 당기는 것을 꽤 좋아했다. 예리한 눈을 가졌다면 그 입 위로 갈색 이마와 친근하지 않은 눈으로 노려보고 있는 눈을 감지할 수 있을 것이다. 그 위로는 희끄무레한 초승달 모양의 뿔 한 쌍이 새로운 달처럼 솟아 있었다. 의심의 그림자 뒤로는 가끔 '음매!' 하는 둔감한 소리가 들렸는데, 이 소리는 데이지와 화이트풋, 보니래스, 졸리오, 스폿, 트윙클아이 등의 얼굴과 몸에서 나는 소리였다. 앞서 언급한 밧세바의 훌륭한 데번 품종 소들이었다.

그녀는 귀가할 때 어린 전나무 숲을 통과했다. 끝이 뾰족한 이 나무들은 몇 년 전에 북풍으로부터 농장을 보호하기 위해 심었다. 머리 위로 촘촘하게 얽힌 나뭇잎 때문에 이곳은 구름이 없는 정오에도 저녁의 황혼처럼 어두웠고, 황혼 때는 자정처럼 어두웠으며, 자정에는 이집트에 내려진 아홉 번째 재앙처럼 완전히 어두웠다. 이곳을 묘사하자면 광활하고, 낮고, 자연적으로 형성된 홀 같았는데, 이 홀의 깃털 모양 천장은 살아 있는 가느다란 나무 기둥이 지탱했고, 바닥은 죽은 이삭과 흰곰팡이가 핀 전나무 방울과 여기저기 난 풀잎으로 이루어진 부드러운 회갈색 카펫으로 덮여 있었다. 이 길은 야간 산책의 핵심이었지만, 동반자를 데려갈 정도로 위험에 대한 불안감이 강렬하지 않은 곳이었다. 시간처럼 은밀히 이곳을 지나가면서, 밧세바는 반대편 끝에서 이 길로 들어오는 발소리를 들었다고 생각했다. 확실히 바스락거리는 소리였다. 그녀의 발소리는 즉시 눈송이처럼 부드러워졌다. 그녀는 이 길이 공용이라는 사실을 떠올리면서 안심했고, 그 발소리는 집으로 돌아가는 마을 사람이라고 추측했다. 동시에 바로 집 앞이기는 하지만 길의 가장 어두운 지점에서 누군가를 만나야 한다는 것이 유감스러웠다. 발소리는 점점 가까워졌고, 분명히 어떤 인물이 그녀 옆을 지나갈 즈음 무언가가 그녀의 치마를 잡아당겨 강제로 땅에 고정시켰다. 순간적인 방해에 밧세바는 거의 균형을 잃을 뻔했다. 그녀는 균형을 되찾으면서 따뜻한 옷과 단추에 부딪혔다.

"내 영혼에 기묘한 일이라도 시작됐나 보군!" 그녀의 머리 위에서 남성적인 목소리가 들렸다.

"내가 그쪽을 다치게 했나, 친구?"

"아뇨." 밧세바가 몸을 피하면서 말했다.

"내가 봤을 때 어떻게 된 건진 모르겠지만 둘 다 걸린 것 같군.”

“네.”

“당신 여자인가?”

“네.”

“숙녀분이라고 해야 했는데.”

“상관없어요.”

“난 남자일세.”

“어머!” 밧세바는 옷을 부드럽게 잡아당겼지만 소용없었다.

“들고 있는 건 각등인가? 그런 것 같은데.” 남자가 말했다.

“네.”

“허락해 준다면 그 등을 열어서 자유롭게 해 드리겠소.”

손 하나가 각등을 잡고 입구를 열자 빛이 뿜어져 나왔고, 밧세바는 자신의 상황을 보고 깜짝 놀랐다. 남자는 황동과 진홍색으로 빛나고 있었다. 그는 군인이었으며, 침묵 속에서 나팔 소리가 들리듯 어둠 속에서 갑자기 등장했다. 지금까지 이 장소에 머물던 어둠은 완전히 사라졌는데, 등불 때문이 아니라 등불이 비추는 대상 때문이었다. 모습을 드러낸 사람은 칙칙한 옷을 입은 사악한 사람일 거라는 그녀의 예상과는 대조되는 사람으로 그녀에게 동화 속 변신 같은 효과를 주었다.

군인의 박차가 그녀가 입은 드레스 밑부분의 장식끈과 얽혔다는 사실이 밝혀졌다. 그는 그녀의 얼굴을 보았다.

“제가 곧 풀어 드리죠, 아가씨.” 그의 말투가 정중해졌다.

“아니에요, 내가 할 수 있어요. 고마워요.” 그녀가 급히 대답하더니 끝을 풀기 위해 허리를 굽혔다.

　푸는 작업은 간단하지 않았다. 박차에 달린 톱니가 그 짧은 순간에 단단히 걸려서 빼내는 데 시간이 좀 걸릴 듯 보였다. 그도 허리를 굽혔고, 두 사람 사이에 서 있던 각등이 열린 틈을 통해 바늘 같은 전나무와 기다랗고 축축한 풀잎 사이로 빛을 내뿜어 커다란 반딧불이 같은 효과를 냈다. 그 불빛이 그들의 얼굴 위로 향하자 남자와 여자의 거대한 그림자가 숲 절반을 차지했다. 그림자의 희미한 형체는 나뭇가지 위에 드리워졌는데, 형체를 알아볼 수 없을 정도로 일그러지고 훼손되었다.

　밧세바가 고개를 들자 그는 그녀의 눈을 뚫어지게 쳐다보았다. 밧세바는 다시 눈을 내리깔았다. 그의 시선이 너무 강렬해서 정면으로 눈을 마주칠 수 없었기 때문이다. 그러나 그녀는 그가 젊고 날씬하며, 소매에 V형 견장을 3개 달고 있는 것을 보았다.

　밧세바가 다시 옷을 당겼다.

　"아가씨는 제 포로입니다. 부정해도 소용없어요." 군인이 재치 있게 말했다. "급하시다면 드레스를 잘라야겠어요."

　"그렇게 해주세요!" 그녀가 어쩔 수 없이 외쳤다.

　"잠시 기다릴 수 있으시다면 그럴 필요는 없을 겁니다." 그는 작은 바퀴에서 끈을 풀었다. 그녀는 손을 빼내면서 우연이든 계획적이든 그의 손을 스쳤다. 밧세바는 화가 났다. 그녀는 그 이유를 알지 못했다.

　그는 계속 끈을 풀었지만, 그럼에도 불구하고 끝날 기미가 보이지 않았다. 그녀는 그를 다시 쳐다보았다.

"그렇게 아름다운 얼굴을 보여 주셔서 감사합니다!" 젊은 하사가 격식도 차리지 않고 말했다.

그녀는 당황스러움에 얼굴이 빨개졌다. "제 의지로 보인 건 아니에요." 그녀가 딱딱하고 가능한 한 위엄 있는 말투로 말했지만, 포로 상태였기 때문에 별로 효과는 없었다.

"그 무례함 때문에 아가씨가 더 좋아지는군요." 그가 말했다.

"전 당신이 나타나지 않았어야…… 당신이 이 길에 침범해서 제 앞에 나타나지 않았기를 바라요!" 그녀가 다시 옷을 당기자 옷 주름이 극도로 작은 머스킷 총처럼 풀리기 시작했다.

"전 아가씨의 책망을 들을 만합니다. 하지만 어째서 아가씨처럼 예쁘고 예의 바른 처녀가 아버지의 성별을 혐오하는 건가요?"

"가던 길이나 가세요, 제발."

"이런, 미녀 아가씨, 그러면 절 따라오게 될 텐데요? 보세요. 이렇게 엉킨 건 본 적이 없어요!"

"부끄러운 줄 아세요. 댁은 절 여기 붙잡아 두려고 일부러 상황을 더 악화시켰어요!"

"전 그렇게 생각하지 않는데요." 하사가 즐거움에 눈을 반짝이며 말했다.

"단언컨대 댁은 그랬어요!" 그녀가 성난 목소리로 외쳤다. "제가 풀겠어요. 내놓으세요!"

"알겠습니다, 아가씨. 전 강철 같은 사람이 아닙니다." 그는 본성을 잃지 않고 최대한 능글맞게 한숨을 쉬었다.

"전 아름다움에 감사합니다. 개한테 던져지는 뼈처럼 던져진다 해도 말이죠. 이런 순간들은 너무 빨리 끝날 거예요!"

그녀는 침묵을 결심한 듯 입술을 닫았다. 치맛자락을 포기할 위험을 무릅쓰고 대담하고 필사적으로 옷을 잡아당겨 이 상황에서 벗어날까 하는 생각이 밧세바의 마음속에 빙빙 떠돌았다. 그 생각은 너무 끔찍했다. 이 드레스는 만찬에서 위풍당당하게 보이기 위해 입은 것으로, 옷장에서 제일 앞자리를 차지했다. 이처럼 그녀에게 잘 어울리는 옷은 없었다. 밧세바와 신분이 같고, 태어날 때부터 소심하지 않으며 부르기만 하면 사람들이 달려올 위치에 있는 여자 중에 어느 누가 이만한 비싼 대가를 치르고 멋진 군인에게 도망치려 할까?

"모든 게 좋은 시간이에요. 곧 끝날 겁니다. 감이 와요." 상대방이 침착하게 말했다.

"이 하찮은 것이 절 화나게 하고…… 게다가……."

"너무 잔인한 말씀이시군요!"

"나를 모욕하는군요!"

"이 사건은 제가 매력적인 여성에게 사과하는 기쁨을 주기 위해 일어난 거예요. 즉시 가장 겸손하게 사과하겠습니다, 부인." 그가 고개를 숙이며 말했다.

밧세바는 정말 무슨 말을 해야 할지 알 수 없었다.

"전 살면서 많은 여자들을 보았습니다." 젊은이가 중얼거렸다. 이전보다 생각이 깊은 말투였다. 그러고서는 고개 숙인 그녀를 자세히 보았다. "하지만 당신만큼 아름다운 사람을 본 적이 없어요. 제 말을 믿든 말든, 불쾌해하든 좋아하든 상관없어요."

"그럼 당신은 누군데 남의 의견을 이렇게 업신여기는 거죠?"

"이곳에 처음 온 사람은 아닙니다. 하사 트로이입니다. 이 지역에 머무르고 있어요. 아! 마침내 다 풀렸군요. 아가씨의 가벼운 손가락이 저보다 더 간절했군요. 꼬일 때로 꼬인 매듭이어서 풀리지 않았으면 좋았을 텐데요!"

상황은 점점 악화되었다. 그녀는 일어났고 그도 따라 일어섰다. 어떻게 하면 그에게서 확실하게 벗어날 수 있을까. 그것이 그녀의 고민이었다. 그녀는 등을 손에 들고 그의 붉은 코트가 보이지 않을 때까지 조금씩 옆으로 걸었다.

"아, 아름다운 분, 잘 가세요!" 그가 말했다. 그녀는 대답하지 않았고, 20에서 30미터 정도 멀리 떨어졌을 때 몸을 돌려 집 안으로 뛰어 들어갔다.

리디는 이제 막 방에서 휴식을 취하고 있던 참이었다. 밧세바는 자신의 방으로 올라가다 리디의 방문을 살짝 열고 숨을 헐떡이며 말했다.

"리디, 지금 마을에 머물고 있는 군인이 있어? 무슨 하사라고 했는데 하사치곤 신사답고 잘생겼어. 빨간 코트에 파란 가두리 장식을 달고 있던데?"

"아뇨, 아가씨. 하지만 휴가차 마을에 돌아온 트로이 하사일 수도 있겠네요. 비록 그를 본 적은 없지만. 그의 연대가 캐스터브리지에 있을 때 이곳에 한 번 온 적이 있어요."

"맞아, 그런 이름이었어. 콧수염이 있었니? 구레나룻이나 턱수염 말고."

"맞아요."

"어떤 사람이니?"

"아! 아가씨. 이름을 말하기만 해도 얼굴이 붉어져요. 매우 쾌활한 남자예요! 하지만 대지주처럼 큰 재산을 만들 수 있을 정도로 굉장히 빠르고 말끔한 사람이라고 알고 있어요. 정말 영리하고 멋진 사람이에요! 어느 의사에게 이름을 물려받았고, 백작의 아들이래요!"

"그게 더 대단하네. 멋져! 사실이야?"

"네. 게다가 아주 잘 자라서 캐스터브리지 그래머 스쿨에 몇 년간 다녔어요. 학교에 다니면서 여러 언어를 배웠대요. 들리는 바로는 중국어를 속기할 수 있을 정도래요. 하지만 저도 들은 소문이라 확실하지는 않아요. 하지만 그는 자신의 재능을 낭비했고, 군대에 입대했어요. 그곳에서조차 노력 없이 하사까지 올랐고요. 아! 혈통이 높다는 것은 축복이에요. 귀족 혈통이면 군인들 사이에서도 빛을 발할 거예요. 정말로 이곳에 온 거예요, 아가씨?"

"그런 것 같아. 잘 자, 리디."

이것이 사실이라면 어떤 쾌활한 여자가 그 남자 때문에 지속해서 기분이 나쁠 수 있겠는가? 밧세바 같은 처녀들은 인습에 어긋나는 행동을 지나치게 잘 참을 때가 있다. 칭찬을 받고 싶을 때 종종 그렇고, 정복당하고 싶을 때 가끔 그런다. 하지만 터무니없는 생각을 원치 않을 땐 좀처럼 그러지 않는다. 밧세바는

241

지금 첫 번째 감정이 우월했으며 두 번째 감정도 조금 있었다. 게다가 우연이든 장난이든 출신이 좋고 잘생긴 이방인이 흥미로웠다.

그래서 그녀는 그가 자신을 모욕한 건지 아닌지에 대한 의견을 명확히 결정할 수 없었다.

"이렇게 이상한 일이 있나!" 그녀가 자신의 방에서 홀로 외쳤다. "게다가 그저 예의 바르고 친절한 남자에게 화를 내다니, 정말 쩨쩨한 짓이었어!" 확실히 지금 그녀는 그 남자가 자신에게 한 뻔뻔한 찬사를 모욕으로 생각하지 않았다. 그녀에게 한 번도 아름답다고 말하지 않은 것은 볼드우드의 치명적인 실수였다.

25
새로 알게 된 남자에 관한 묘사

트로이 하사는 특이한 성격과 인생의 굴곡으로 인해 특출난 사람으로 알려졌다. 그에게 추억은 짐이었고, 기대는 사치였다. 그저 자기 눈앞에 있는 것만 느끼고, 생각하고, 관심을 가졌으며 현재에만 영향을 받았다. 그에게 시간은 예전이나 지금이나 그저 목전에서 일시적이고 빠르게 지나가는 것이었다. 지나간 날들과 앞으로 올 날에 의식을 투영함으로써 과거를 애처로워하고 미래를 경계하는 것은 트로이에게 낯선 일이었다. 그에게 과거는 어제였다. 미래는 내일이었고, 결코 그다음 날은 없었다.

이러한 점 때문에 트로이는 어떤 관점에서 보면 그의 계층에서 가장 운이 좋은 사람이라고 할 수 있었다. 추억은 재산이라기보다 질병이며, 유일하게 편안한 형태의 기대, 즉 기대에 절대적인 믿음을 갖는 것은 실질적으로 불가능하다고 상당히 그럴듯하게 주장할 수 있기 때문이다. 반면에 희망이나 인내, 조바심, 결단력, 호기심 같은 이차적 감정이 혼합된 기대는 기쁨과 고통 사이를 끊임없이 넘나드는 존재라고 할 수 있다.

트로이 하사는 전혀 기대하지 않았기에 실망하는 일도 없었다. 이러한 부정적인 이점을 위해 고상한 취향과 감각을 제한함으로써 긍정적 손실이 수반되었을지도 모른다. 그러나 패배자들은 제한의 한계를 패배라고 결코 인정하지 않는다. 이런 면에서 도덕성 또는 심미적 결핍은 물질적인 궁핍과 대조를 이룬다. 왜냐하면 도덕성이나 심미안이 결핍된 사람들은 그것을 개의치 않고, 그것을 신경 쓰는 사람은 금세 그 상태에서 벗어날 수 있기 때문이다. 항상 결핍되어 있다는 것은 어떤 것을 거부당하는 것이 아니었으므로, 트로이는 즐기지 못한 것을 아쉬워하지 않았다. 하지만 그가 즐긴 것을 진지한 사람들은 경험하지 못했다는 사실을 의식하고 있었으므로 실제로 그의 능력은 별거 없었지만, 그들보다 더 대단해 보였다.

그는 남성들에게는 적당히 진실했지만, 여성들에게는 크레타인처럼 거짓말을 했다. 그는 어떤 사회 집단에 들어가면 인기를 얻으려 하는 윤리 체계를 지녔다. 그렇게 얻은 호의가 일시적이었던 적은 아직 없었다.

그는 깔끔한 악행과 추악함을 구분하는 선을 단 한 번도 넘어본 적이 없었다. 따라서 그의 도덕성은 거의 칭찬받지 못했지만, 부도덕한 행위는 대개 미소 때문에 그다지 나쁘게 보이지 않았다. 이러한 처사 때문에 다른 남자들의 관심을 차단하고 여성들의 관심을 독차지하는 사람이 되었다. 이는 자신의 말을 들어 주는 사람들의 도덕적 이익 때문이라기보다 코린토스 시민처럼 자신의 입지를 확대하기 위해서였다.

그의 이성과 경향은 상호 동의하에 오래전에 이별하였기 때문에 영향을 주고받는 일이 거의 없었다. 그 이후로 그의 의도가 매우 고결하더라고 어떤 특정한 행위가 어두운 배경을 형성하는 탓에 가끔 의도가 자세히 드러나는 경우가 있었다. 하사의 악랄한 면모는 충동의 결과였고, 고결한 면모는 침착한 명상의 결과였는데, 후자는 겸손한 면모를 지녀 직접 보이기보다 들려올 때가 더 많았다.

트로이는 활동적이었지만, 그의 활동은 식물이 자라는 것처럼 자연스러운 활력이라기보다, 기관차처럼 무의식에 가까운 활력이었다. 출발점이나 방향을 정하지 않았기 때문에 가는 길에 우연히 어떤 목적이 보이면 그 목적을 따라갔다. 이처럼 즉흥적이었기에 말을 훌륭하게 했지만, 막 시작된 노력을 이끌 능력이 없어서 행동이 평균 이하로 떨어질 때도 있었다. 그는 이해가 빠르고 책임감이 상당했지만, 그 둘을 결합할 능력이 없어서 이해력은 의지가 이끌어 주길 기다리다가 사소한 일에 사로잡혀 버리고, 책임감은 이해력에 주의를 기울이지 않음으로써 쓸데없는 습관에 낭비되고 말았다.

그는 중산층치고는 꽤 교양 있는 사람이었고, 보통 병사치고는 유달리 교육을 잘 받은 사람이었다. 그는 말이 유창하고 끊임이 없었다. 그는 이런 면에서 말하는 바와 보이는 모습이 달랐다. 예를 들어 그는 사랑에 관해 이야기하면서 저녁에 대해 생각할 수 있었고, 아내를 보기 위해 남편을 부르는 사람이었다. 돈을 빚질 의도가 있으면서도 자신이 돈을 내겠다고 열을 올리기도 했다.

여성을 찔러볼 때 많은 사람들이 아첨이 발휘하는 경이로운 힘을 지각했는데, 속담을 읊거나 기독교인이라고 말하는 것처럼 그 명제에서 비롯되는 거대한 필연적인 결과를 생각하지 않고 기계적으로 내뱉는 사람이 많다. 게다가 이러한 견해는 앞서 언급한 존재에 유리하게 작용하지 않는다. 대다수가 그러한 견해를 재앙이 일어나야 엄청난 의미를 완전히 전달할 수 있는 온갖 진부한 경구와 함께 보류한다. 어느 정도 성찰적으로 표현하면 이러한 견해는 아첨이 타당해야 효과적이라는 믿음과 같아 보인다. 실험으로 이 문제를 밝히려고 한 남자는 거의 없었고, 또한 남자로서는 다행스럽게도 그 문제가 우연히 해결된 적도 없었다. 그럼에도 불구하고 근거 없는 허구로 여성을 교묘하게 매혹하는 위선적인 남성들이 극단적인 파멸을 가져올 정도로 힘을 가지고 있다는 사실을, 많은 이가 원하지 않던 고통스러운 사건에 의해 깨닫는다. 어떤 사람은 앞에서 말한 것과 같은 실험을 통해 같은 지식을 얻었다고 말하고, 끔찍한 효과로 그 실험을 계속한다고 뽐낸다. 트로이 하사도 그런 사람이었다.

그는 무심코 여자를 대할 때 아첨의 유일한 대안은 악담과 욕뿐이라는 말을 했다고 알려졌다. 그에게 제3의 방법은 없었다. "여자를 정직하게 대하면, 넌 실패한 거야." 그는 이렇게 말하곤 했다.

이 철학자는 웨더베리에 도착한 직후 바로 사람들 앞에 모습을 드러냈다. 양털 깎기가 끝난 지 1~2주일 후, 밧세바는 볼드우드의 부재에 이름 모를 영혼의 안도감을 느끼며, 목초지로 가 울타리 너머로 건초 일꾼들을 보았다. 우락부락한 일꾼과 유연한 일꾼이 거의 같은 비율이었는데, 전자는 남자였고 후자는 여자였다. 여자들은 난징 목면으로 덮인 기울어진 보닛을 썼는데 목면은 그들의 어깨에 커튼처럼 걸려 있었다. 코건과 마크는 좁은 목초지에서 풀을 베고 있었다. 클라크가 낫질에 맞춰 노래를 흥얼거렸으나, 잰은 그와 장단을 맞추려 하지 않았다. 첫 번째 목초지에서는 이미 건초를 싣고 있었는데, 여자들이 건초 더미를 위로 쌓아 놓으면 남자들이 마차 위로 던졌다.

마차 뒤에서 밝은 진홍색 점이 나타나더니 나머지 사람과 함께 무관심하게 건초 싣는 작업을 했다. 그는 재미를 위해 건초를 만들러 온 용맹한 하사였다. 그가 이 바쁜 시기에 자발적으로 노동을 함으로써 여주인에게 진정한 기사다운 봉사를 제공한 것을 아무도 부인할 수 없었다. 그녀가 목초지에 들어서자 그녀를 본 트로이는 자신의 쇠스랑을 땅에 꽂고, 작물인지 지팡이인지 둘 중 하나를 집어 들고 앞으로 다가왔다. 밧세바는 화나고 당황하여 얼굴을 붉혔고 발은 물론 눈도 자신이 걷는 길에 일직선으로 두었다.

26
건초지 가장자리에서 일어난 일

"아, 에버딘 양!" 하사가 작은 모자를 만지며 말했다. "며칠 전
밤에 대화를 나누었던 상대가 그대라고는 생각도 못 했습니다.
그러나 곰곰이 생각해 보니 '곡물 거래소의 여왕(낮이든 밤이든
몇 시가 되었든 그렇게 불린다고 어제 캐스터브리지에서 들었습니다. 명
백한 사실입니다)'이 다른 여성일 리가 없죠. 전 이방인 주제에 감
정에 이끌려 너무 강하게 감정을 표현한 것에 전적으로 사죄하
고자 이쪽으로 건너왔습니다. 확실히 말하지만 전 이방인이 아
닙니다. 전 저번에 말씀드린 대로 트로이 하사입니다. 제가 어렸
을 때 이 들판에서 아가씨의 숙부를 여러 번 도와드렸죠. 오늘
은 아가씨를 위해 일하고 있습니다."

"그렇다면 감사하단 말을 해야겠군요. 트로이 하사." 곡물 거
래소의 여왕이 냉담한 목소리로 고마움을 표했다.

하사는 상처받고 슬퍼 보였다. "정말로 그러실 필요 없습니

다, 에버딘 양." 그가 말했다. "어째서 그래야 한다고 생각하십니까?"

"그럴 필요 없다니 기쁘군요."

"왜죠? 실례가 안 된다면 물어봐도 될까요?"

"그 어떤 일에도 당신에게 고마워하고 싶지 않거든요."

"제 혀가 마음으로 치유할 수 없는 구멍을 낸 것 같군요. 아, 이 견딜 수 없는 순간이라니. 여성에게 아름답다고 정직하게 말한 남자에게는 불운이 따릅니다! 이게 제가 할 말의 전부입니다. 인정하셔야 해요. 저도 제가 최소한으로 말했다는 것을 인정합니다."

"제가 돈 이야기보다 더 쉽게 할 수 있는 대화가 있어요."

"그렇군요. 그 발언은 지금 대화 주제와 어울리지 않는 것 같은데요."

"당신과 있을 바엔 혼자 있고 싶다는 뜻이에요."

"전 다른 여자에게 키스받는 것보다 당신에게 악담을 듣는 편이 더 좋습니다. 그러니 여기 머무를 거예요."

밧세바는 완전히 할 말을 잃었다. 그러나 그가 일을 도와주고 있기에 냉혹하게 거절할 수는 없다고 느꼈다.

트로이가 말을 이었다. "무례한 칭찬도 있다고 생각합니다. 바로 제가 한 칭찬이죠. 동시에 부당한 대접이 있는데, 아가씨가 저를 대하는 방식이 그렇군요. 숨기는 법을 배우지 못한 솔직하고 직설적인 남자는 정확하게 의도 없이 자기 마음을 말합니다. 그래서 죄의 자식처럼 버려지곤 하죠."

"우리 사이에 그런 일은 없어요." 그녀가 돌아서며 말했다. "전 낯선 사람이 대담하고 무례하게 구는 것을 용납하지 않아요. 나를 칭찬하는 말이라도."

"아, 사실이 아니라 방식이 아가씨를 불쾌하게 했군요." 그가 경솔하게 말했다. "하지만 전 제 말이 기분을 좋게 했든 불쾌하게 했든 틀림없이 진실이라는 것에 슬픈 만족감을 느낍니다. 제가 당신을 보고 지인에게 평범한 여자라고 말하면, 그들이 당신에게 가까이 와도 쳐다보지 않을 테니 민망하지 않겠죠? 전 그렇지 않습니다. 전 영국에 단 한 명 있는 결혼하지 않은 과도하게 겸손한 여성을 북돋아 주기 위해 말도 안 되는 거짓말을 할 수 없어요."

"당신이 하는 말은 전부 가식투성이에요!" 하사의 교활한 수법에 자신도 모르게 웃음을 터뜨리며 밧세바가 소리쳤다. "참 특이한 사람이에요, 트로이 하사. 어째서 그날 밤 아무 말 없이 저를 지나쳐 가지 않았나요? 제가 댁을 비난하는 이유는 이게 전부예요."

"왜냐하면 그럴 생각이 없었기 때문입니다. 감정이 주는 기쁨의 반은 그 감정이 드는 순간 표현할 때 느낄 수 있어요. 그래서 난 내 감정을 표현한 겁니다. 당신이 정반대로 못생기고 늙은 사람이었어도 똑같이 행동했을 겁니다. 똑같은 방식으로 외쳤을 거예요."

"그렇다면 그렇게 솔직한 감정에 시달린 지 얼마나 되셨나요?"

"내가 추함과 사랑스러움을 알만큼 컸을 때부터요."

"당신이 말하는 감정의 차이가 얼굴에 국한되지 않고 도덕적으로 확장되기를 바랄 뿐이에요."

"난 도덕적이나 종교적인 것에 관해선 말하지 않을 겁니다. 내 이야기든 남의 이야기든. 당신 같은 예쁜 여자들이 날 우상 숭배자로 만들지 않았다면 아마도 난 훌륭한 기독교인이 됐을 겁니다."

밧세바는 유쾌함 때문에 억누를 수 없는 보조개를 숨기고자 걷기 시작했다. 트로이는 들고 있는 작물을 흔들며 그녀를 따라 갔다.

"하지만 에버딘 양, 절 용서해 주시겠습니까?"

"아뇨."

"어째서죠?"

"그런 말을 하시니까요."

"전 당신에게 아름답다고 말했을 뿐입니다. 앞으로도 그렇게 말할 거예요. 왜냐하면 당신은 아름다우니까! 하느님께 맹세컨대 제가 본 사람 중에 가장 미인입니다. 그렇지 않다면 전 즉시 쓰러져 죽을 겁니다! 제 영혼을 걸……."

"그만…… 그만! 더 이상 듣지 않을 거예요. 당신은 너무 불경스러워요!" 그녀가 말했다. 밧세바의 마음에서는 그 말을 듣는 고통과 더 듣고 싶은 욕구가 쉴 새 없이 오갔다.

"다시 한번 말하지만 당신은 가장 매혹적인 여자예요. 내가 이렇게 말하는 것에 놀랄 이유가 없지 않나요? 이건 충분히 명백한 사실이라고 확신하오. 에버딘 양, 당신을 기쁘게 해주기 위해 내 의견을 너무 강하게 말했을지도 모릅니다. 그렇기에 당신을 납득시키기에는 하찮을 수도 있지만, 확실히 이 말은 진실입니다. 어째서 절 용서해 줄 수 없는 건가요?"

"왜냐하면 그 말은…… 그 말은 옳지 않기 때문이에요." 그녀가 여성스럽게 중얼거렸다.

"저런, 저런! 십계명 중 세 번째를 어긴 제가 아홉 번째를 어긴 당신보다 나쁠까요?"*

"글쎄, 제가 매력적이란 말은 별로 사실처럼 느껴지지 않네요." 밧세바가 얼버무리며 대답했다.

"그렇지 않아요. 이 말을 듣고 기분이 상할 수도 있지만, 그건 겸손함 때문이에요, 에버딘 양. 하지만 사람들이 당신을 어떻게 보는지 분명히 들었을 텐데요? 당신은 그들의 말을 믿어야 해요."

"정확히 그렇게 말하지는 않아요."

"아뇨, 반드시 그랬을 겁니다!"

"당신처럼 내 면전에서 그러진 않았어요." 그녀는 엄격하게 말을 하지 않으려고 했던 의도와 달리 점점 대화에 끌려가며 말을 이어 갔다.

"하지만 사람들이 그렇게 생각한다는 건 알죠?"

"아뇨……. 사람들이 그랬다는 얘기를 리디한테서 들은 적은

---

* 세 번째 십계명은 '하느님의 이름을 망령되이 부르지 말라'이며, 아홉 번째 십계명은 '거짓 증언을 하지 말라'이다.

있어요……." 그녀가 말을 멈추었다. 항복. 이 단어는 간단한 대답의 요점이었다. 그녀 자신은 의식하지 못한 항복이었다. 끝이 허술한 문장이야말로 완벽히 의미를 전달한다. 경솔한 하사는 속으로 웃었고 악마도 그 순간 도벳*에 난 구멍으로 웃었을 것이다. 그 순간이 전환점이었기 때문이다. 그녀의 어조와 표정은 지반을 들어 올릴 씨앗이 이미 그 틈새에 뿌리를 내렸다는 것을 나타냈다. 실수가 아니었다. 나머지는 시간과 자연적인 변화의 문제였다.

"진실을 밝히셨군요!" 군인이 대답했다. "젊은 숙녀가 감탄의 웅성거림 속에 살면서 그걸 알지 못한다고 하지 마세요. 제 직설적인 말투를 용서해 주시오. 아, 에버딘 양 당신은…… 당신은 우리 인류에게 치유가 아니라 상처를 줍니다."

"정말인가요?" 그녀가 눈을 크게 뜨면서 말했다.

"진실이고말고요. 전 차라리 교수형을 당해야 한다면 새끼 양이 아니라 다 자란 양을 훔치겠어요.** 그러므로 당신의 기쁨과 상관없이, 또한 당신에게 용서를 구하거나 얻으려는 의도 없이 제가 하고 싶은 말을 할 겁니다. 에버딘 양 당신의 아름다운 외모가 세상에 득이 아니라 실이 된다는 얘기는 이런 뜻입니다." 하사는 멍하니 목초지를 내려다보았다. "평범한 남자는 평균적

---

* 구약성서에 나오는 사당으로, 이교도들이 우상에게 자식을 재물로 바치던 곳이다.
** 더 심한 범죄를 저질러도 범죄에 대한 대가가 같은 경우, 더 심한 범죄를 저지르지 않을 이유가 없다는 오래된 시골 속담이다.

으로 평범한 여자와 사랑에 빠질 겁니다. 그 여자는 남자와 결혼해 주겠지요. 그럼 그는 만족할 것이고 유익한 삶을 살 겁니다. 당신 같은 여성은 항상 백 명의 남자들이 탐내지요. 당신의 눈은 많은 남자들에게 마법을 걸어 성공하지도 못할 상상을 품게 할 겁니다. 당신은 그런 남자들 중 한 사람과 결혼할 수 있어요. 이 중 스무 명은 사랑의 쓴맛을 술로 달래려고 애쓸 것이고, 스무 명은 이 세상에 흔적을 남기겠다는 소망이나 시도 없이 침울하게 살 것입니다. 당신에 대한 애착 말고는 야심이 없기 때문이죠. 다른 스무 명은(저같이 민감한 사람들은) 항상 당신을 따라다니며 그저 당신을 보기 위해 필사적으로 어디든 갈 것입니다. 남자는 변함없는 바보니까요! 나머지는 자신들의 열정을 극복하고 어느 정도 성공하겠지요. 하지만 이 모든 남자가 슬픔에 빠질 겁니다. 99명의 남자들만 슬퍼하는 것이 아니라 그들과 결혼한 99명의 여자들도 슬퍼할 것입니다. 이것이 제가 하고 싶은 말입니다. 그렇기에 에버딘 양처럼 매력적인 여자는 인류에게 축복이라고 할 수 없지요."

그가 말하는 동안 잘생긴 용모는 화려한 젊은 여왕에게 설교하는 녹스*처럼 엄격하고 신중했다.

그녀가 아무 대답도 하지 않자, 트로이가 말했다. "프랑스어를 읽을 줄 아세요?"

---

* 존 녹스(1513-1572). 스코틀랜드의 장로회를 창시한 종교 개혁가.

"아뇨. 막 시작해서 동사를 배울 때 아버지가 돌아가셨어요."
그녀가 간결하게 대답했다.

"전 할 줄 압니다. 기회가 있을 때마다 하지요, 최근 들어서는 자주 못 했지만.(제 어머니가 프랑스인이라서) 프랑스엔 '자신이 진정 사랑하는 사람은 잘 꾸짖어야 한다'라는 속담이 있어요. 무슨 뜻인지 아시겠소?"

"아!" 그녀가 대답했다. 평소에는 차분하던 그녀의 목소리에 약간의 떨림이 있었다.

"당신이 말하는 것만큼 싸움을 잘한다면, 총검으로 절반만 싸워도 상처를 입힐 수 있을 거예요!" 가여운 밧세바는 그 말을 하자마자 자백이란 실수를 저질렀음을 즉시 깨닫고, 황급히 말을 철회하려고 하다가 상황을 더 악화시켰다. "하지만 제가 당신이 한 말에서 즐거움을 느꼈다고 생각하지 마세요."

"당신이 그렇지 않다는 것을 알고 있습니다. 완벽히 알고 있지요." 트로이가 강한 확신을 표정에 드러내며 말했다. 그러더니 침울해졌다. "열 명 정도의 남자들이 당신에게 상냥하게 말할 준비가 되었고, 당신의 바람과 달리 경고를 덧붙이지 않은 채 마땅히 보내야 할 찬사를 한다면 제 보잘것없는 거친 찬사와 비난은 큰 기쁨을 주지 못할 겁니다. 전 바보일지는 몰라도 추정할 정도로 자만하지 않습니다!"

"난 당신이…… 자만한다고 생각해요." 밧세바가 한 손으로 계속 잡아당기던 갈대를 곁눈질하며 말했다. 체계적인 절차를 밟는 하사 때문에 그녀는 초조해졌다. 그의 아첨을 인식하지 못해서가 아니라 그 힘이 압도적이었기 때문이다.

"전 그것을 다른 누구에게도 인정하지 않을 겁니다. 당신에게도요. 하지만 며칠 전 밤 내 어리석은 상상에 자만심이 어느 정도 포함되었을 수도 있습니다. 제가 감탄하며 한 말이 매우 자주 들은 말이라서 당신에게 즐거움을 주지 못할 수도 있다는 걸 알고 있었습니다. 하지만 틀림없이 당신이 타고난 친절 때문에 억제하지 못한 말을 가혹하게 판단하지 않을 거라고 생각했어요. 그런데 당신은 그렇게 하더군요. 오늘 아침 당신의 건초를 모으기 위해 열심히 일하던 절 나쁘게 생각하고 상처 입혔습니다."

"앞으로 그런 생각은 더 이상 할 필요가 없을 겁니다. 제게 무례하게 굴려고 당신의 속마음을 말한 건 아니겠지요. 저도 그렇지 않다고 생각해요." 상황 판단이 빠른 여자가 고통스러울 정도로 순진하고 진지하게 말했다. "그리고 이곳 일을 도와줘서 고마워요. 하지만…… 제게 다시는 그런 방식으로, 또 다른 어떤 방식으로도 말을 걸지 마세요. 제가 당신에게 말을 걸지 않는 한."

"아, 밧세바 양! 그건 너무합니다!"

"그렇지 않아요. 왜 그렇게 생각하죠?"

"제게 영원히 말 걸지 않으실 거잖아요. 전 여기 오래 머무를 수 없어요. 전 곧 비참하고 단조로운 훈련을 하러 돌아갈 겁니다. 그리고 아마도 우리 연대는 머지않아 이동 명령을 받겠죠. 그럼에도 불구하고 당신은 제 따분한 인생에서 유일한 기쁨의 새끼 암양을 빼앗아 가는군요. 그래요, 너그러움은 여자의 가장 뚜렷한 특징이 아니지요."

"여기서 언제 떠나죠?" 그녀가 약간 관심을 보이며 물었다.

"한 달 후요."

"하지만 제게 말을 건다고 어떻게 기쁨을 얻죠?"

"에버딘 양, 무엇이 절 화나게 하는지 물어봐 줄 수 있습니까?"

"당신이 그런 어리석고 사소한 일에 신경을 쓴다면 주저하지 않고 물어봐 드리지요." 그녀가 불확실하고 의심스럽게 대답했다. "하지만 제가 하는 단어 한마디에도 관심이 없잖아요? 단지 그렇게 말하기만 할 뿐. 전 당신이 말만 그렇게 한다고 생각해요."

"그건 부당합니다. 하지만 같은 말을 반복하지 않을 거예요. 어떤 대가를 치르더라도 당신에게 우정의 표시를 얻는다면 매우 만족할 것이기 때문에 말투에 트집을 잡지 않겠습니다. 에버딘 양, 전 정말로 관심이 있습니다. 당신은 아침 인사처럼 단순한 말 한마디라도 애걸하는 남자를 어리석다고 생각하겠지요. 어쩌면 그럴 수도 있어요, 잘 모르겠습니다. 하지만 당신은 여자를 바라보는 남자가 되어 본 적이 없잖습니까, 당신은 여자니깐."

"글쎄요."

"그렇다면 당신은 그런 경험이 어떤 것인지 전혀 알지 못합니다. 하늘이 금하기 때문에 절대로 알 수 없어요!"

"말도 안 돼, 아첨꾼! 어떤 느낌인데요? 알고 싶네요."

"짧게 말해 불쾌함과 고통 없이는 생각할 수도, 들을 수도, 어떤 방향이든 볼 수도 없게 됩니다."

"아, 하사님, 그래 봤자예요. 당신은 연기를 하고 있어요!" 그녀가 고개를 저으며 말했다.

"당신의 말은 사실이라기에는 너무 근사해요."

"그렇지 않아요. 군인의 명예를 걸고 말할 수 있습니다."

"하지만 어째서죠? 물론 그저 재미 삼아 물어보는 거예요."

"당신이 절 산란하게 하니까요. 전 너무나 산만해졌어요."

"그런 것 같네요."

"정말로 그렇습니다."

"댁은 며칠 전에 절 처음 봤잖아요."

"그건 아무런 차이도 만들지 못합니다. 번개는 순간적입니다. 전 그 순간 바로 당신을 사랑하게 되었습니다. 지금과 마찬가지로."

밧세바는 호기심에 발끝부터 그녀가 바라볼 수 있는 높이까지 그를 관찰하였지만 그의 눈에는 이르지는 못했다.

"당신은 그럴 수도 없고 그러지도 않아요." 그녀가 점잖게 말했다. "사람에게 갑자기 생기는 감정은 없어요. 더 이상 댁의 말을 듣지 않을래요. 지금이 몇 시인지 궁금하네요. 전 갈게요, 여기서 너무 많은 시간을 낭비했어요!"

하사는 시계를 보며 그녀에게 물었다. "아니, 시계도 없으세요, 아가씨?"

"지금만 없는 거예요. 하나 사려고 했어요."

"아뇨, 그러지 마세요. 제가 드리지요. 정말입니다. 선물로요, 에버딘 양. 선물 말입니다."

젊은이의 속셈을 알기도 전에 그녀의 손에는 무거운 금시계가 들려 있었다.

"저 같은 사람이 소유하기에는 너무 좋은 시계입니다." 그가 조용히 말했다. "그 시계에는 사연이 있어요. 스프링을 눌러서 뒤쪽을 열어 보세요."

그녀가 그렇게 했다.

"뭐가 보이시나요?"

"문장(紋章)과 좌우명이요."

"다섯 개의 점과 작은 관 그리고 그 밑에 적혀 있는 글 '사랑은 상황을 따른다', 세번 백작의 좌우명입니다. 그 시계는 마지막 영주의 시계로, 제 어머니의 남편인 의사가 상속받아 사용하시던 시계입니다. 이 시계는 제가 물려받은 전부입니다. 그 시계는 한때 황실의 시간을 통제했어요. 위엄 있는 의식이라든가 기품 있는 밀회, 거만한 여행, 호화로운 수면들을. 이제 당신의 것입니다."

"트로이 하사님, 전 이것을 받을 수 없어요. 못 받아요!" 그녀가 눈을 동그랗게 뜨고 놀란 채 외쳤다. "금시계라니! 뭐하시는 거예요? 위선자처럼 굴지 마세요!"

하사는 그녀가 끈질기게 자신에게 내미는 선물을 다시 받지 않으려고 뒤로 물러섰다. 밧세바는 그를 따라갔다.

"가지고 있어요, 에버딘 양. 가지라고요!" 그가 아이처럼 충동적이고 변덕스럽게 외쳤다.

"당신이 그것을 소유하고 있다는 사실만으로 제게는 열 배 더 가치 있어요. 좀 더 일반적인 시계도 제게 꼭 들어맞을 것이고요. 제 옛 시계가 누구의 마음에서 째깍거리는지를 아는 기쁨은…… 이건 말하지 않겠습니다. 그 시계는 이제 그 어느 때보다 가치 있는 사람이 소유하게 되었어요."

"하지만 정말로 전 이 시계를 받을 수 없어요!" 그녀가 완전한 괴로움으로 들끓어 말했다. "당신이 한 말이 사실이라면, 어떻게 이런 일을 할 수 있어요! 돌아가신 아버지의 시계를, 이렇게 값진 시계를! 이렇게 무모하면 안 돼요, 트로이 하사님!"

"난 아버지를 사랑했습니다. 하지만 당신을 더 사랑해요. 그렇기에 이런 짓을 할 수 있는 겁니다." 하사는 자신의 본성에 매우 충실한 억양으로 말했는데, 연기가 아닌 것은 확실했다. 그가 장난으로 칭찬했을 때는 잠잠하던 그녀의 외모가 그의 진심으로 인해 활기차졌고, 그의 진지함은 그녀가 생각했던 것에는 미치지 못했지만 그가 스스로 생각한 것보다 컸다.

밧세바는 불안함과 당황스러움으로 가득 찼고, 반신반의하는 억양으로 말했다. "그걸 리가! 절 신경 쓰면서 어떻게 갑자기 이럴 수 있어요! 저에 대해 잘 알지도 못하면서. 전 아닐 수도…… 당신이 생각하는 것처럼 좋은 사람이 아닐 수도 있어요. 제발, 받으세요. 제발! 전 받지 않을 거예요. 받을 수도 없고요. 제 말을 믿으세요. 당신은 너무 관대해요. 전 당신에게 단 한 번도 친절을 베푼 적이 없는데, 당신은 저에게 왜 이리 친절하신가요?"

꾸며낸 답이 그의 입술에 맴돌았으나 다시 보류되었고, 그는 사로잡힌 눈으로 그녀를 바라보았다. 진실은, 흥분해서 몹시 화를 내고, 순수하게 서 있는 그녀의 매혹적인 아름다움이 그가 여태껏 그녀를 묘사한 형용사를 너무나 완벽하게 반영하여, 아까 거짓으로 칭찬한 자신의 무모함에 매우 놀랐다는 것이다. 그는 기계적으로 "아, 왜냐고요?"라고 말하며 계속해서 그녀를 바라보았다.

"일꾼들이 내가 들판에서 당신을 따라다니는 것을 보고 의아해하고 있어요. 아, 정말 끔찍한 일이군요!" 그녀는 스스로 초래한 변화를 의식하지 못한 채 말을 이었다.

"처음엔 당신이 그것을 받아들이기를 원한 것은 아니었습니다. 그 시계는 제가 유일하게 가지고 있는 귀족적 특징이니까요." 그가 퉁명스럽게 말했다. "하지만 지금은 내 영혼에 맹세코 받길 바라요. 거짓 없이 말합니다, 자요! 당신이 그 시계를 참으로써 제가 느낄 행복을 없애지 말아 주겠어요? 하지만 당신은 너무 사랑스러워서 다른 사람들처럼 친절하게 행동하려고 하지도 않겠죠."

"아뇨, 그렇게 말하지 마세요! 전 설명할 수 없는 이유가 있어요."

"알겠어요." 그가 마침내 시계를 돌려받으며 말했다. "이제 그만 가봐야겠어요. 제가 앞으로 여기 머무는 몇 주 동안 제게 말을 걸어 주시겠어요?"

"그럴게요. 하지만 정말 그럴지는 모르겠군요! 왜 저를 찾아 와서 이렇게 심란하게 만드나요!"

"어쩌면 덫을 치러 왔다가 제가 걸려든 것 같습니다. 이런 일 이 일어나기도 하거든요. 여기서 일하도록 허락해 주겠어요?" 하사가 구슬리듯 말했다.

"그러세요. 그게 즐거우시다면."

"에버딘 양, 고마워요."

"아니에요."

"안녕히 계세요."

트로이는 손을 머리에 비스듬히 걸쳐진 모자로 가져가더니 경례를 한 다음 먼 곳에 있는 건초 일꾼들에게 돌아갔다. 밧세 바는 건초 일꾼들을 볼 수 없었다. 그녀의 심장은 당혹감과 흥분, 열기로 인해 여기저기로 불규칙하게 뛰었고, 거의 우는 듯이 중얼거리며 집을 향해 움직였다. "아, 내가 무슨 짓을 한 거야! 그 말은 무슨 의미지! 그 말이 얼마큼 진심이었는지 알 수 있었 으면!"

27

벌통에 벌 집어넣기

그해 웨더베리의 벌들은 무리를 늦게 지었다. 6월 하순 밧세바가 트로이와 건초지에서 대화를 나눈 다음 날, 밧세바는 정원에 서서 날아가는 벌 떼를 보며 어디에 벌집을 지을지 궁금해하고 있었다. 올해 벌들은 늦게 무리 지었을 뿐만 아니라 제멋대로였다. 때때로 벌들은 한 해 동안 까치밥나무나 벽에 붙여 놓은 틀을 타고 납작하게 붙어 자라는 사과나무 같은 곳의 가장 낮은 가지에 벌집을 만들다가, 다음 해가 되면 키 크고 수척한 사과나무 맨 꼭대기에 일제히 자리를 잡아 사다리와 장대로 무장하지 않은 채 자신들을 잡으러 온 침입자들을 무시했다.

지금이 그런 경우였다. 밧세바는 한 손을 눈 위에 올려 그늘을 만들고 벌 떼가 드넓은 미지의 하늘을 날아오르다 마침내 아까 언급한 다루기 힘든 사과나무에 내려앉는 것을 보았다. 아주 오래전 우주의 형성이라고 알려진 것과 다소 유사한 과정이 관찰되었다. 부산한 벌 떼는 흩어졌다 뭉쳤다 하면서 안개처럼 하늘을 휩쓸더니 지금은 흐릿했던 중심부가 뚜렷해졌다. 벌 떼는 검은 점이 될 때까지 나뭇가지 위에 빽빽이 모여들었다.

남녀 모두가 건초를 모으기 위해 분주히 움직였다. 심지어 리디도 도와줄 요량으로 집에서 나왔다. 밧세바는 가능하면 직접 벌들을 벌통에 넣겠다고 결심했다. 그녀는 벌통에 허브와 꿀을 바른 뒤 사다리와 솔, 갈고리를 가져왔으며 가죽 장갑, 밀짚모자, 그리고 한때 초록색이었으나 지금은 코담배 색으로 바랜 큰 거즈 베일로 완전무장한 채 사다리를 열 걸음 정도 올라갔다. 동시에 10미터도 안 되는 거리에서 그녀의 마음을 뒤흔드는 이상한 힘을 가진 목소리가 들려오기 시작했다.

"에버딘 양, 제가 도와드릴게요. 혼자서 이런 일을 하면 안 됩니다."

트로이가 막 정원의 출입문을 열었다.

밧세바는 솔, 갈고리, 빈 벌통을 내팽개치고는 허둥지둥 치마를 당겨 발목에 단단히 휘감고는 사다리에서 미끄러지듯 내려왔다. 그녀가 땅에 다다랐을 때 트로이도 그곳에 있었다. 그는 벌통을 주우려고 몸을 굽혔다.

"이 순간에 들르다니 얼마나 다행인가!" 하사가 외쳤다.

그녀는 잠시 뒤 말했다. "뭐라고요! 저를 대신해서 벌들을 흔들어 주실래요?" 대담한 소녀라고 하기엔 더듬거렸고, 소심한 처녀라고 하기엔 충분히 용기 있어 보였다.

"내가!" 트로이가 말했다. "당연히 내가 해야죠. 오늘 정말 화사하시군요!" 트로이는 지팡이를 내던지고 사다리에 오르기 위해 발을 올려놓았다.

"베일과 장갑을 껴야죠, 그렇지 않으면 끔찍할 정도로 쏘일걸요!"

"아, 그럼요. 장갑이랑 베일을 껴야죠. 제대로 고정하는 법을 보여 주시겠습니까?"

"챙이 넓은 모자도 쓰셔야 해요. 하사님 모자는 챙이 없어서 베일을 늘어뜨리지 못할 거예요. 그랬다가는 벌이 얼굴로 날아올걸요."

"챙이 넓은 모자도 써야죠."

그렇게 변덕스러운 운명은 밧세바의(베일이 전부 붙어 있는) 모자를 벗겨 트로이의 머리에 올려 주었고, 트로이는 자신의 모자를 구스베리 덤불에 던져 놓았다. 그러고 나서 베일을 옷깃의 아래쪽 가장자리를 따라 묶고 장갑을 착용했다. 그렇게 차려입은 그의 모습은 매우 기이해 그녀는 당황하면서도 터져 나오는 웃음을 참을 수 없었다. 그를 가로막았던 차가운 태도에서 또 다른 말뚝이 뽑힌 격이었다.

밧세바는 그가 한 손으로 분주히 나무에 있는 벌들을 쓸어 내고 흔들어 떨어트리면서 반대쪽 손으론 벌통을 아래에서 받쳐 떨어진 벌들이 들어가도록 유도하는 모습을 땅에서 지켜보았다. 그녀는 그가 작업에 열중하여, 자신을 바라보지 않는 시간 동안 차림을 가다듬었다. 그는 구름 같은 벌 떼를 뒤로하고 팔을 뻗은 채 벌통을 들고 내려왔다.

트로이가 베일을 쓴 채 말했다. "맹세컨대, 벌통을 들고 있는 건 일주일 동안 검술 훈련을 받은 것보다 팔이 더 아프군요." 사다리를 다 내려오자 그는 그녀에게 다가갔다. "이 베일 좀 풀어서 절 자유롭게 해주시겠습니까? 비단 우리 안에서 질식하기 직전이에요."

그녀는 그의 목에 걸린 끈을 풀어 주다 당황스러움을 감추기 위해 이렇게 말했다.

"전 댁이 말한 것을 한 번도 본 적이 없어요."

"무엇을 말하는 거죠?"

"검술 훈련이요."

"아! 보고 싶나요?" 트로이가 말했다.

밧세바는 주저했다. 그녀는 이따금 캐스터브리지의 막사 근처에서 체류하다가 낯설고 영광스러운 검술 훈련을 본 웨더베리 주민들에게 그 훈련의 경이로움에 대해 들은 적이 있었다. 어른과 소년들은 담벼락 틈새로 보거나 담벼락에 올라가 연병장을 엿보고는 검술 훈련이야말로 인간이 상상할 수 있는 가장 눈부신 일이라고 말했다. 장비들과 무기들이 이곳저곳에서 별처럼 반짝이면서도 규칙을 벗어나지 않는다고 했다. 그녀는 강하게 원했지만 부드럽게 돌려말했다.

"네, 정말로 보고 싶군요."

"그렇다면 보게 될 것입니다. 내가 검술하는 것을요."

"좋아요! 어떻게요?"

"생각해 봅시다."

"지팡이로는 안 돼요. 그런 건 보고 싶지 않아요. 반드시 진짜 검이어야 돼요."

"나도 알아요. 그리고 저에게는 지금 검이 없어요. 하지만 저녁때쯤 한 자루를 구할 수 있을 것 같아요. 그러면 되겠습니까?"

밧세바가 얼굴을 붉히며 말했다. "그건 안 돼요! 정말 감사하지만, 어떤 일이 있어도 그렇게 할 수 없어요."

"정말인가요? 아무도 모를 겁니다." 그녀는 고개를 저었지만, 부정의 강도가 약해졌다. 그녀가 말했다. "그렇게 하려면, 리디를 반드시 데려가야 해요. 그러면 안 될까요?"

트로이는 먼 곳을 바라보았다. "어째서 그녀를 데려오려고 하는지 모르겠군요." 그가 차갑게 말했다.

밧세바의 눈에 무의식적으로 떠오른 찬성의 표정만 봐도, 그녀 자신이 그가 제안한 장소에 리디가 있으면 거추장스러우리라 생각하게 된 것이 그의 차가운 태도 때문만은 아님을 알 수 있었다. 그녀는 다음 제안을 하는 동안에도 그렇게 느꼈다.

"음, 리디를 데려가지 않을게요. 저만 가겠습니다. 하지만 아주 짧은 시간 동안만이에요." 그녀가 덧붙였다. "아주 잠깐 동안만이에요."

"5분도 걸리지 않을 겁니다." 트로이가 말했다.

28
속이 빈 고사리 덤불 한가운데서

밧세바의 주거지 맞은편에 있는 언덕은 1킬로미터 떨어진 미개간지까지 뻗어 있었는데, 이 시기에 그곳을 뒤덮은 기다란 덤불 속 고사리는 최근 성장하여 통통했고, 다른 색이 섞이지 않아 맑은 초록색으로 빛났다.

한여름 저녁 8시, 서쪽에 떠 있는 뾰족한 황금색 태양이 길고 풍부한 빛으로 고사리 끝을 훑는 동안 그 사이로 옷깃이 부드럽게 스치는 소리가 들렸을지도 모른다. 밧세바가 그 가운데 나타났는데, 부드럽고 깃털 같은 잎이 그녀의 어깨를 스쳤다. 그녀는 잠시 멈추었다가 뒤를 돌아 구릉에 올랐고 다시 대문 쪽으로 돌아갔는데, 그곳에서 그녀는 자신이 방금 떠나온 지점에 작별의 눈길을 던지고, 그 장소 근처에서 다시는 서성거리지 않겠다고 결심했다.

그녀는 언덕의 어깨 부분에서 인공적인 적색의 희미한 점이 움직이는 것을 보았다. 그 점은 반대편으로 사라졌다. 그녀가 약속을 지키지 않아 실망하는 트로이를 떠올리며 1~2분 정도 기다리다가 다시 들판을 달려 언덕을 오른 뒤 원래 가야 했던 방향을 따라갔다. 그녀는 이처럼 잘못된 약속을 한 자신의 무모함에 말 그대로 몸이 떨리고 숨이 가빠졌다. 눈은 좀처럼 드문 빛으로 반짝이고 있었다. 하지만 그녀는 가야만 했다. 그녀는 고사리 덤불 한가운데 있는 구덩이의 가장자리에 도달했다. 트로이는 그 아래에서 그녀를 올려다보았다. "당신이 보이기 전에 고사리 사이로 바스락거리는 소리를 들었습니다." 그는 다가와서 그녀가 경사면을 내려오도록 도와주며 말했다.

구덩이는 오목한 접시 모양으로, 자연적으로 만들어진 것이었다. 입구의 지름이 1미터 정도 되며, 햇빛이 그들의 머리에 미칠 정도로 얕았다. 중앙에 서 있으면 머리 위 하늘이 고사리 덤불이 이룬 둥그런 지평선과 만났다. 이 고사리는 구덩이 비탈의 거의 바닥까지 자라다가 갑자기 멈추었다. 푸른 초원의 중간에는 이끼와 풀이 뒤섞인 두껍고 푹신한 카펫이 깔려 있어서 그안에 디딘 발이 반쯤 묻혔다.

"자." 트로이가 검을 꺼내 햇빛 속으로 들어 올리자 마치 일종의 살아 있는 물건이 인사라도 하듯 반짝였다. "처음엔 오른쪽으로 네 번 왼쪽으로 네 번 베는 연습을 하고, 오른쪽으로 네 번 왼쪽으로 네 번 찌르는 연습을 해요. 내 생각엔 보병이 베고 방어하는 모습이 우리보다 더 흥미로워요. 하지만 우리만큼 화려하진 않죠. 그들은 일곱 번 베고 세 번 찔러요. 예비 동작치곤 좀 과하죠. 자, 다음, 우리가 검으로 베는 동작은 마치 농부가 곡식 씨앗을 뿌리는 모습과 비슷해요." 밧세바는 공중에서 거꾸로 뒤집힌 무지개를 보았으나 트로이의 팔은 제자리였다. "울타리를 만들 듯 두 번 베요, 이렇게. 세 번은 마치 수확하듯이, 이렇게. 네 번은 마치 타작하듯이, 이렇게. 그러고선 같은 동작을 왼쪽으로 반복하지요. 찌르는 동작은 이래요. 오른쪽으로 하나, 둘, 셋, 넷, 왼쪽으로 하나, 둘, 셋, 넷." 그가 반복했다. "다시 보실래요?" 그가 말했다. "하나, 둘⋯⋯."

그녀가 다급히 가로막았다. "그만 보고 싶어요. 두 번째와 네 번째는 괜찮지만, 첫 번째와 세 번째는 형편없군요."

"알겠어요. 첫 번째와 세 번째는 하지 않을게요. 그다음엔 베고 찌르고 방어하는 것을 연달아 하죠." 트로이가 적절히 시범을 보였다. "그러고 나서 이렇게 연습하는 거예요." 그가 아까와 같은 동작을 하였다. "이게 정형화된 자세예요. 보병들은 악마같이 위로 두 번 베는데 우리는 인간적이라 그런 동작은 하지 않아요. 이렇게, 셋, 넷."

"정말 살인적이고 잔인하군요!"

"치명적이지요. 이제 좀 더 흥미로운 동작을 보여드리지요. 일단 천천히 하겠습니다. 보병과 기병의 베고 찌르는 동작은 번개보다 빠르고 무차별적이니까요. 본능을 규제하지만 구속하진 않을 정도지요. 당신을 내 적이라고 생각하고, 실제 전쟁과는 다르게 한두 번 정도 아슬아슬하게 빗겨 나가도록 공격하겠습니다. 무슨 일이 있어도 움찔거리지 마세요."

"그러지 않을게요."그녀가 완강하게 말했다. 그는 앞으로 1미터 정도 떨어진 곳을 가리켰다.

밧세바의 모험 정신은 굉장히 새로운 이 행위에 약간의 즐거움을 느꼈다. 그녀는 지시받은 곳으로 가서 트로이를 마주 보고섰다.

"이제 내가 원하는 동작을 보여 줄 만큼 당신이 용기 있는지 알아보기 위해 예비 동작을 하겠습니다."그는 두 번째 동작을 보여 주기 위해 검을 과시하듯 휘둘렀고, 다음 순간 그녀는 검 끝과 날이 번쩍이면서 왼쪽 허리로 날아오는 것을 인식했다. 그뒤 검은 오른쪽 갈비뼈 사이에서 보였는데 분명히 그녀의 몸통을 뚫고 지나갔다. 세 번째로 인식한 것은 피 한 방울 묻지 않은 채 트로이의 손에 수직으로 들린 검이었다.(기술적으로 '검 원위치'라고 부르는 자세였다) 이 모든 동작이 전광석화 같았다.

"아!"그녀가 겁에 질려 옆구리를 누르며 외쳤다."절 관통한 건가요? 아니죠! 대체 어떻게 한 거죠!"

"전 당신을 건드리지 않았어요."트로이가 침착하게 말했다. "그저 단순한 속임수였어요. 검은 당신의 뒤쪽을 통과했어요. 이제 두렵지 않죠? 만약 두렵다면 보여 줄 수 없어요. 제 검이 당신을 해치지 않을 뿐더러, 단 한 번도 건드리지 않을 것을 맹세합니다."

"두려운 것 같지 않아요. 절 해치지 않을 거라고 확신하나요?"

"확신합니다."

"검이 매우 날카롭나요?"

"아뇨, 그저 동상처럼 무디죠. 자!"

밧세바 눈앞의 분위기가 순식간에 바뀌었다. 낮게 떠 있는 햇빛을 머금은 빛줄기가 그녀 주위에서 빛을 내며 땅과 하늘을 가렸다. 이 모든 빛은 트로이의 검이 빠른 속도로 진격하면서 반사된 것인데, 어느 곳이든 존재하는 것 같았지만 아무 곳에도 없는 듯 느껴졌다. 이 빙글빙글 도는 섬광은 휘파람처럼 예리하고 빠른 소리를 냈는데, 그 소리도 사방에서 동시에 들렸다. 간단히 말해 그녀는 가까운 곳에 있는 유성들로 가득 찬 하늘 같은 빛과 날카로운 소리에 갇혔다.

브로드 소드가 국가의 무기가 된 이래로 트로이 하사의 손에서만큼 재능 있게 움직인 적이 없었고, 저녁 햇살을 받으며 고사리 덤불 한가운데 서 있는 밧세바가 지켜볼 때만큼 훌륭하게 시연된 적도 없었다. 그의 검이 얼마나 가까웠는지에 대해 말하자면 검 끝이 허공을 가를 때마다 영구적인 물질을 남길 수 있다면, 닿지 않은 공간은 밧세바의 형체를 딴 모습이었을 거라고 주장해도 무방했다.

그녀는 이 군대식 오로라 빛줄기와 검술 동작으로 가득한 공간에 트로이의 검을 든 손이 마치 하프 줄을 튕기듯 진홍색 안개처럼 퍼져 나가는 것을 볼 수 있었다. 그리고 그 뒤로는 그녀를 응시하는 트로이밖에 보이지 않았다. 가끔 뒤로 베기를 보여주기 위해 몸을 반쯤 돌렸지만, 그의 눈은 항상 예리하게 그녀의 폭과 윤곽을 재고 있었으며 그의 입술은 노력하느라 굳게 닫혔다. 그다음 동작은 점차 느려졌고, 그녀는 동작 하나하나를 볼

272

수 있었다. 쐭쐭 하는 검 소리가 멈췄고, 그도 완전히 정지했다.

"느슨하게 삐져나온 머리카락을 정리해야겠어요." 그녀가 말하거나 움직이기도 전에 그가 말했다. "기다려요, 내가 해줄게요."

둥근 모양의 은색 빛줄기가 그녀의 오른쪽에 비쳤다. 검이 내려온 것이다. 삐져나와 있던 머리카락들이 땅에 떨어졌다.

"용감하게 버텼군!" 트로이가 말했다. "당신은 조금도 움직이지 않았어요. 대단한 여성이군요!"

"예상하지도 못한 일이었거든요. 아, 당신이 제 머리를 망쳐 놨군요!"

"한 번만 더."

"아뇨, 정말 무서워요, 정말로!" 그녀가 외쳤다.

"절대로 건드리지 않겠어요, 머리카락조차도. 그저 당신에게 붙어 있는 애벌레를 죽이려던 것뿐입니다. 자, 가만히!"

고사리에서 나타난 애벌레가 그녀의 상의 앞쪽에서 휴식을 취하기로 정한 듯 보였다. 그녀는 자신의 가슴을 뚫고 들어올 것같이 빛나는 검 끝을 보았다. 마침내 살해당할 것이라는 생각에 그녀는 눈을 감았다. 그러나 평소와 다름없자 슬며시 눈을 떴다.

"자, 이것 보세요." 하사가 그녀의 눈앞에 검을 들이대며 말했다. 애벌레는 검 끝에 꿰여 있었다.

"이건 마술 같아요!" 밧세바가 놀라서 말했다.

"아뇨, 재주예요. 전 단지 애벌레가 붙어 있는 당신의 가슴에 칼끝만 댔을 뿐입니다. 당신의 몸을 뚫지 않고 천 분의 일 센티미터 떨어진 곳에서 검을 멈췄어요."

"하지만 어떻게 날이 서지 않은 검으로 제 곱슬거리는 머리카락을 자른 거죠?"

"날이 서지 않다뇨! 이 검으로 면도도 할 수 있어요. 보세요." 그는 손바닥으로 칼날을 만졌고, 손을 들어 손바닥에 매달려 흔들리는 얇은 피부를 보여 줬다.

"하지만 시작하기 전에 칼이 무뎌서 나를 벨 수 없다고 했잖아요!"

"그건 당신의 안전을 위해 당신을 움직이지 않게 하려던 것이었습니다. 당신이 움직이면 부상당할 위험이 너무 컸기 때문에 사소한 거짓말을 할 수밖에 없었어요."

그녀는 몸서리쳤다. "2센티미터 앞에 죽음이 있었는데 그것을 몰랐다니!"

"정확히 말하자면 당신은 295번 2센티미터 간격으로 죽음에서 벗어난 겁니다."

"너무해요, 어떻게 그렇게 잔인하시죠!"

"그럼에도 불구하고 완벽하게 안전했어요. 내 검은 절대 실수하지 않아요." 트로이가 칼집에 검을 넣었다.

밧세바는 그 상황에서 비롯된 무수한 격정에 휩싸여 멍하니 헤더 밭에 앉았다.

"이제 그만 가 봐야 해요." 트로이가 부드럽게 말했다. "그리고 감히 이것들을 가져가 당신을 기억할 겁니다."

그녀는 그가 풀밭으로 가서 몸을 구부려 여러 갈래에서 잘라
낸 곱슬곱슬한 머리카락을 주워 손가락에 휘감은 다음 윗도리
가슴팍에 있는 단추를 풀어 조심스럽게 안으로 집어넣는 것을
보았다. 그녀는 그를 저지할 힘이 없었다. 트로이는 전체적으로
그녀에게 벅찬 인물이었다. 밧세바는 매우 강한 바람을 맞아 숨
을 쉴 수 없는 것처럼 보였다. 그가 다가와 말했다. "이제 당신
에게서 떠나야 합니다." 그러더니 좀 더 가까이 다가섰다. 1분
후 그녀는 그의 진홍색 형태가 빠르게 움직이는 검처럼 고사리
덤불 속으로 사라지는 것을 보았다.

그 1분 동안 그녀의 얼굴에 피가 몰리고, 발바닥 움푹한 곳은
불타는 것처럼 따끔거렸고, 감정은 생각을 에워쌌다. 그 사건은
그녀에게 커다란 효과를 일으켰다. 모세가 호렙산에 가한 일격
으로 물줄기가 나오듯이 눈물이 흘렀다. 그녀는 자신이 큰 죄를
지은 사람처럼 느껴졌다.

트로이의 입이 그녀의 입에 살짝 닿은 것이었다. 그는 그녀에
게 키스했다.

29

황혼의 산책길에서 벌어진 일들

우리는 이제 어리석음이라는 요소가 밧세바 에버딘의 성격을 구성하는 다양한 세부 사항들과 분명하게 섞인 사실을 알 수 있다. 어리석음은 그녀의 본성과 거리가 멀었다. 에로스의 화살에 물든 맑은 물처럼 그녀에게 들어온 어리석음은 결국 그녀의 성격에 스며들었다. 밧세바는 자신의 여성스러움에 지배당하기에는 지나치게 이해력이 뛰어났지만, 그 이해력을 최대한 유리하게 이용하기에는 너무나 여성스러웠다. 진실이라고 알고 있는데도 자신에 대한 비난을 완전히 회의적으로 생각하는 것을 제외하면, 아첨이 거짓임을 알면서도 믿는 이상한 힘만큼 배우자를 놀라게 하는 일도 없다.

밧세바는 자립심 강한 여성이 자립심을 버려야 가능한 방식으로 트로이를 사랑했다. 강인한 여성이 무모하게 그 힘을 버려버리면 한 번도 강인해 본 적 없는 나약한 여성보다 속수무책이 된다. 그녀의 문제는 새로운 상황에 있다. 그녀는 이러한 상황을 최대한 활용하는 연습을 해본 적이 없다. 나약함은 새로운 상황에서는 두 배로 약해지는 법이다.

밧세바는 이런 상황에서 교활하게 행동할 줄 몰랐다. 비록 어떤 의미에선 세상에 익숙한 여성이었지만, 햇살과 초록색 양탄자가 펼쳐진 그 세상은 소들만이 지나가는 군중이었으며 바쁜 바람만이 소음이었다. 조용한 집토끼나 산토끼 가족은 경계벽 건너편에 살았고, 이웃들은 모두 장원에 거주했으며, 계산은 장날에만 필요했다. 그녀는 상류사회의 조작된 취향에 대해서는 잘 몰랐고, 하류층의 방종에 대해서도 깜깜했다. 이러한 측면에 대해 그녀가 자신의 중요한 생각을 뚜렷이 표현했다면(결코 그러진 않았지만), 신중함보단 충동을 지침으로 삼아야겠다고 했을 것이다. 그녀의 사랑은 전적으로 어린아이의 사랑이라서 여름처럼 따뜻했고, 봄처럼 풋풋했다. 그녀의 잘못은 결과에 대한 미묘하고 세심한 질문을 하지 않음으로써 감정을 조절하려고 시도하지 않는 데 있었다. 그녀는 다른 사람들에게 급격하고 곤란한 태도를 보여 줄 수 있었지만, '자신의 충고'를 믿었다.

게다가 트로이의 결점은 여성이 알아챌 수 없도록 깊숙이 숨어 있었고, 그의 매력적인 요소는 표면에 드러났다. 따라서 눈이 먼 사람들도 볼 수 있을 정도로 결점이 명백하고 미덕이 광산의 광물 같은 오크와는 대조적이었다.

사랑과 존경의 차이는 그녀의 행동에서 두드러졌다. 밧세바는 리디에게 볼드우드에 대한 관심을 꽤 자유롭게 말했으나 트로이에 대해서는 자신의 마음만을 대화 상대로 삼았다.

가브리엘도 이 열병을 알았고, 그로 인해 날마다 들판에 나간 순간부터 돌아오는 순간까지, 그리고 많은 밤 잠들기 전까지 괴로워했다. 자신이 사랑받지 못한다는 것은 지금까지 그의 큰 슬픔이었다. 밧세바가 자신과 같은 고통에 빠졌다는 사실은 자신의 슬픔보다 더 큰 슬픔이었고, 잘 알려지지 않은 일이었다. 그것은 육체적 고통에 관해 자주 인용되는 히포크라테스의 관찰과 유사한 결과였다.

숭고하지만 가망 없는 사랑이었다. 사랑하는 사람의 가슴속에 혐오감이 생길까 두려워하면서도 그 사람이 실수하는 것을 막을 수 없는 절망적인 사랑이었다. 오크는 그의 여주인에게 말하기로 했다. 그는 현재 집을 비운 볼드우드에 대한 그녀의 부당한 대우를 근거로 삼아 말할 것이다.

어느 날 저녁 그녀가 인접한 밀밭 길을 잠깐 산책할 때 기회가 생겼다. 오크가 멀리 나가지 않은 날이었고, 깊은 사색에 잠겨 돌아오는 그녀와 길에서 마주쳤을 때는 황혼이었다.

밀은 이제 많이 자라났고, 길은 좁았다. 따라서 그 길은 양쪽에 활처럼 구부러진 덤불들로 인해 꽤 움푹 파여 있었다. 두 사람이 농작물을 손상시키지 않고는 나란히 걸을 수 없었고, 오크는 그녀가 지나갈 수 있도록 비켜섰다.

"오, 가브리엘이죠?" 그녀가 말했다. "당신도 산책하고 있었군요, 잘 가요."

"꽤 늦게 오시길래 모시러 갈까 생각했습니다." 오크는 다소 빠르게 자신을 스쳐 지나가는 그녀 쪽으로 몸을 돌리며 말했다.

"정말 고마워요. 하지만 별로 무섭지 않아요."

"네. 하지만 이 근방에 나쁜 놈들이 돌아다닙니다."

"만나 본 적이 없어요."

지금 오크는 기막힌 창의성으로 그 용감한 하사가 '나쁜 사람'이라는 말로 대화를 시작하려고 했다. 그러나 그 계략이 일순간에 무너지면서 갑자기 이 방법은 오히려 서투르며, 뻔뻔한 생각 같았다. 그는 또 다른 서두를 꺼냈다.

"아가씨를 당연히 데리러 가야 할 볼드우드 씨도 집에 없잖습니까. 그래서 저라도 갈까 생각했습니다." 그가 말했다.

"아, 맞아요." 그녀는 뒤를 돌아보지 않고 계속 걸어갔고, 여러 걸음 동안 아무 말도 하지 않았기에 그녀의 드레스가 밀 이삭에 쓸려 바스락거리는 소리밖에 들리지 않았다. 그녀는 상당히 예리하게 말했다.

"볼드우드 씨가 당연히 저를 데리러 와야 한다는 말이 무슨 뜻인지 잘 모르겠네요."

"사람들이 당신과 그분의 결혼식이 열릴 것 같다고 해서 한 말입니다. 노골적으로 말한 저를 용서하세요."

"그 사람들은 사실이 아닌 것을 말하는군요." 그녀가 곧바로 대답했다. "그분과 제가 결혼식을 할 일은 없을 겁니다."

가브리엘은 이때다 싶어서 자신의 의견을 뚜렷하게 전했다. "에버딘 양, 그 사람들이 하는 말을 제쳐 두고, 만약 그가 당신과 결혼을 전제로 만나는 것이 아니라면 전 살면서 그런 사이를

279

한 번도 본 적이 없습니다."

밧세바는 거기서 그 주제를 완전히 금지하여 대화를 끝낼 수도 있었다. 그러나 그녀는 자기 위치의 나약함을 의식하여 말을 얼버무리고 그와 논쟁하여 그 의견을 개선하기로 했다.

"이 주제가 언급되었으니 하는 말인데요." 그녀가 강조하며 말했다. "매우 도발적이고 흔한 이 실수를 만회할 기회가 와서 기쁘네요. 전 볼드우드 씨에게 확실히 어떤 약속도 하지 않았어요. 전 결코 그를 신경 쓴 적이 없습니다. 전 그분을 존경하고, 그 사람은 제게 결혼하자고 했지만요. 그러나 전 뚜렷한 대답을 하지 않았어요. 볼드우드 씨가 돌아오자마자 말할 거예요. 결혼할 수 없다고요."

"보아하니, 사람들이 착각했나 보군요."

"맞아요."

"요전 날 사람들은 아가씨가 그를 하찮게 여긴다고 말했는데, 에버딘 양이 그렇지 않다는 것을 거의 증명했어요. 최근엔 사람들도 그렇게 말하고 있고, 아가씨에게 보이기 시작한……."

"당신은 내가 그렇다는 거군요."

"음, 그들의 말이 사실이길 바랄 뿐입니다."

"사실이긴 한데, 잘못 짚었어요. 전 그를 하찮게 본 적이 없어요. 그렇게 생각하면 난 그분과 아무런 관계가 없어요."

유감스럽게도 오크는 볼드우드의 경쟁자에 대해 부적절한 어조로 말하게 되었다. "전 아가씨가 그 젊은 트로이 하사를 만나지 않았더라면 좋았을 거라고 생각해요." 그는 한숨을 쉬었다.

밧세바의 발걸음이 살짝 흐트러졌다. "왜죠?" 그녀가 물었다.

"아가씨에겐 모자란 사람이에요."

"내게 이런 이야기를 하라고 누군가 시키던가요?"

"아무도요."

"그렇다면 우리가 여기서 트로이 하사에 관해 이야기할 필요는 없을 것 같군요." 그녀가 완고히 말했다. "하지만 트로이 하사는 교육받은 사람이고 어떤 여자에게도 어울리는 남자라는 말을 해둬야겠어요. 태생도 훌륭하고요."

"그가 교육을 받았고 태생이 좋다는 것은 그가 다른 군인들에 비해 가치 있다는 증거가 되지 못합니다. 그의 인생이 내리막길이라는 점을 보여 줄 뿐이죠."

"우리가 왜 이 주제로 대화해야 하는지 모르겠군요. 트로이 씨의 인생은 결코 내리막길이 아니고, 그의 우월함은 그가 가치 있다는 증거 자체에요!"

"전 그가 양심이라고는 전혀 없는 사람이라고 생각합니다. 그래서 이렇게 청하지 않을 수가 없었습니다, 아가씨. 그와 인연을 맺지 마십시오. 제 말을 단 한 번만이라도 들어주세요, 지금 딱 한 번만! 그자가 제 추측처럼 나쁜 사람이라고 말하진 않겠습니다. 그가 그런 사람이 아니길 신께 기도합니다. 하지만 그가 어떤 사람인지 정확히 알지 못하기 때문에 아가씨의 안전을 위해서라도 그가 나쁜 사람이라고 가정하면 안 될까요? 그를 믿지 마세요, 아가씨. 그를 그렇게 신뢰하지 않기를 부탁드립니다."

"기도라고요?"

"전 군인을 좋아하지만, 그자는 아닙니다." 그가 완강하게 말했다.

"그의 총명함이 그를 잘못된 길로 유혹했을 겁니다. 이웃에게 웃음거리가 되는 것은 여성에게는 파멸입니다. 그가 아가씨에게 다시 말을 걸면 짧게 '안녕하세요'라고만 대답하시는 게 어떠신가요. 그리고 그가 아가씨에게 다가오면 다른 쪽으로 발길을 돌리세요. 그가 유머를 던지면 요점을 알아듣지 못했다는 듯 웃지 마세요. 아가씨의 말을 소문내고 다닐 사람들하고 말할 때 그를 '이상한 사람' 또는 '그 하사, 이름이 뭐였더라', '신분이 추락한 사람'이라고 지칭하세요. 그에게 예의 없이 행동하지는 마세요. 악의 없는 정도로 정중하게 행동하여 그를 따돌리세요."

창문에 끼인 울새도 지금 밧세바만큼 흥분하진 않았을 것이다. "다시…… 다시 한번 말하지만 그에 대해 이야기한다고 당신이 되진 않아요. 왜 그가 언급되어야 하는지 전 잘 모르겠어요!" 그녀가 필사적으로 소리쳤다. "이것만큼은 알아요. 그…… 그…… 그가 완전히 양심적인 사람이란 것을요. 무례할 정도로 직설적일 때가 있지만, 항상 속마음을 솔직하게 말해요!"

"맙소사."

"그는 이 교구 사람들만큼 좋은 사람이에요! 교회에 가는 것을 매우 중요하게 여기고요. 그런 사람이에요!"

"죄송하지만 아무도 교회에서 그자를 본 적이 없습니다. 저도요. 확실합니다."

그녀가 열정적으로 말했다. "그 이유는 그 사람이 예배가 시작되면 낡은 탑의 출입구로 조용히 들어와 신도석 뒤편에 앉아서 그래요. 저한테 그렇게 말했어요."

트로이의 선량함을 최대한으로 보여 주는 이 예시는 가브리엘의 귀에 마치 고장 난 시계가 열세 번 울리는 소리처럼 들렸다. 그 자체로도 완전히 신빙성 없는 소리였을 뿐만 아니라 그전에 밧세바가 확신하며 한 이야기마저 의심스럽게 만들었다.

오크는 밧세바가 트로이를 얼마나 전적으로 신뢰하는지 알고는 슬퍼졌다. 그는 깊은 슬픔을 느끼면서도 감정을 유지하려고 엄청나게 노력하며 차분한 목소리로 말했다.

"아가씨도 아시겠지만, 저는 아가씨를 사랑하고, 앞으로도 항상 사랑할 겁니다. 이 이야기를 하는 이유는 오로지 아가씨에게 어떤 식으로든 해를 끼치고 싶지 않다는 걸 기억해 달라는 뜻입니다. 그 외의 것은 제쳐 두었어요. 전 돈과 좋은 물건을 얻는 경주에서 졌습니다. 그리고 가난해진 지금 그렇지 않은 것처럼 가장할 만큼 바보가 아닙니다. 당신은 모든 면에서 저보다 우위에 있습니다. 하지만 밧세바, 사랑하는 아가씨, 이 점을 고려하시길 간청합니다. 일꾼들에게서 계속 존경받기 위해 그리고 저뿐만 아니라 당신을 사랑하는 고결한 사람에 대한 관대함으로 이 군인에 대한 태도를 좀 더 신중히 하세요."

"그만, 그만, 그만!" 그녀가 목멘 소리로 외쳤다.

"당신은 제 일이나 인생보다 더 중요한 사람이에요!" 오크가 말했다. "그러니, 제 말을 들으세요! 전 당신보다 여덟 살 많습니다. 볼드우드 씨는 저보다 열 살 많고요. 그러니 고려해 보세요. 너무 늦기 전에 고려해 보시길 간청합니다. 볼드우드 씨와 맺어진다면 얼마나 안전한 삶이 될지!"

오크가 자신의 사랑을 그녀에게 암시한 것은, 그의 간섭에 대한 그녀의 분노를 어느 정도 줄게 하였다. 그러나 그녀는 그를 완전히 용서할 수 없었다. 그녀와 결혼하고 싶은 마음이 그녀가 잘되었으면 하는 마음에 가려져서도 아니었고, 트로이를 깔보는 태도 때문도 아니었다.

"전 댁이 어딘가로 가버렸으면 좋겠어요." 그녀가 명령했다. 보이지는 않았지만 떨리는 목소리에서 창백한 안색을 추측할 수 있었다. "더 이상 이 농장에 머무르지 마세요. 댁을 원치 않아요. 부탁이니 떠나요!"

"그건 말도 안 되는 소리입니다." 오크가 침착하게 말했다. "당신이 절 해고하는 척하는 것도 이번이 두 번째인데, 무슨 소용이 있겠습니까?"

"하는 척이라! 가세요, 목자님. 목자님의 잔소리는 더 이상 들을 수 없어요! 전 이곳의 주인이라고요."

"정말 가라고요…… 다음은 어떤 바보 같은 말을 할 겁니까? 얼마 전까지만 해도 내 위치가 당신만큼 좋았다는 것을 알면서도 절 흔한 사람으로 취급하다니! 맹세하건대 밧세바, 당신은 매우 뻔뻔하군요. 언제가 될지는 모르지만 빠져나오지 못할 해협에 갇힐 당신을 두고 떠날 수 없다는 것을 당신도 알잖아요. 당신이 토지 관리인이나 경영인 같은 이해심 높은 사람을 들이겠다고 약속하지 않는다면 말이죠. 당신이 이 약속을 하면 지금 즉시 떠나죠."

"전 관리인을 두지 않을 거예요. 내가 계속 경영할 겁니다." 그녀가 단호하게 말했다.

"아주 잘 알겠습니다. 그러면 제가 여기 머무는 것을 고마워해야 해요. 농장을 신경 쓰는 사람이 여성 말고 아무도 없다면 어떻게 굴러가겠습니까? 하지만 이건 기억해 두세요. 제게 빚진 게 있다고 느끼지 않았으면 합니다. 저도 마찬가지로 생각할 테고요. 제가 해야 할 일이기에 하는 겁니다. 가끔은 이곳을 떠나면 새처럼 기쁠 것이라고 말합니다. 보잘것없는 사람으로 만족하지 않기 때문이죠. 전 지금보다 더 나은 일을 하기 위해 태어났습니다. 하지만 당신 때문에 농장이 망해 가는 걸 보고 싶지 않아요. 반드시 망할 겁니다, 그 마음이 계속 남아 있다면……. 난 내 기준을 매우 평범하게 잡는 게 싫지만, 당신의 도발 방식은 다른 때라면 꿈도 꾸지 못할 말을 하게 만듭니다! 제가 다소 간섭하는 것은 인정합니다. 하지만 당신은 제가 누구를 매우 좋아하는지, 그녀를 너무 사랑해서 이렇게 바보같이 그녀를 정중하게 대하지 못하는 것을 알 겁니다!"

그녀가 그의 말보다 어조에서 드러나는 진지한 충성심 때문에 은밀하고 무의식적으로 그를 조금 존경한다는 점은 확실했다. 어쨌든 그녀는 그가 원한다면 머물러도 된다는 식의 말을 중얼거리다 좀 더 뚜렷하게 말했다. "이제 절 좀 내버려 두시겠어요? 주인으로서 명령하는 것이 아니라 여자로서 부탁입니다. 당신이 거절할 정도로 무례한 사람은 아니길 바라요."

"물론 그럴 겁니다, 에버딘 양." 가브리엘이 부드럽게 말했다. 그는 말다툼이 끝난 이 순간에 그런 부탁을 하는 것에 의아함을 느꼈다. 그들은 인간의 거주지와 거리가 먼 가장 황량한 구릉 위에 있었고, 밤은 점점 깊어 갔다. 그는 가만히 서서 그녀가 자신을 한참 앞서가 하늘을 배경으로 형체만 보일 때까지 기다렸다. 아까 그 시점에서 그녀가 그를 따돌리지 못해 초조해한 이유가 드러났다. 어떤 형체가 분명히 그녀 옆에서 솟아났다. 의심할 여지없이 트로이였다. 오크는 그들의 말을 들을 수 있더라도 듣지 않았을 것이다. 그는 곧바로 몸을 돌려 자신이 사랑하는 사람과 그의 거리가 200미터 정도 떨어진 곳까지 걸었다.

가브리엘은 교회 경내를 지나 집으로 갔다. 탑을 지날 때 그는 그녀가 이야기한 예배 초반에 눈에 띄지 않게 교회에 들어온다는 하사의 고결한 습관을 떠올렸다. 아까 언급된 신도석의 조그만 문이 사용되지 않았음을 확신하면서 외부 계단을 통해 꼭대기까지 올라가 그 문을 살펴보았다. 여전히 북서쪽 하늘엔 창백한 빛이 걸려 있었다. 벽을 타고 자란 여름의 담쟁이덩굴이 30센티미터가 넘는 폭으로 문을 가로지르며 자랐고, 널판자와 석조 문설주는 정교하게 묶여 있었다. 그것은 적어도 트로이가 웨더베리로 돌아온 이래 그 문이 열리지 않았다는 결정적인 증거였다.

30

뜨거운 볼과 눈물이 가득 찬 눈

30분 후 밧세바는 자기 집에 들어왔다. 그녀의 머리 위에서 타고 있던 촛불은 그녀의 홍조와 흥분이 그리 오래되지 않았음을 보여 주었다. 문 앞까지 데려다준 트로이의 작별 인사가 여전히 그녀의 귓가에 맴돌았다. 그는 배스에 있는 친구들을 만나기 위해 이틀 동안 이별을 고했다. 또한 그녀에게 두 번째 키스를 했다.

이 대목에서 앞으로 오랫동안 밝혀지지 않을 작은 사실을 설명하고 넘어가는 것이 밧세바에게 타당할 것이다. 그날 저녁 트로이가 길가에 그렇게 적절한 시기에 나온 것은 사전에 정해진 약속이 아니었다. 그는 그러겠다고 암시했고, 그녀는 거부하였다. 그리고 오크가 그 순간에 트로이와 만나는 자신을 보는 것이 두려워 오크를 보내려고 할 때 트로이가 다가온 것도 그저 우연이었다.

지금 밧세바는 이 모든 새롭고도 들뜬 일련의 일들로 몹시 혼란스럽고 흥분하여 의자에 주저앉았다. 그녀는 일필휘지로 3분 만에 캐스터브리지 너머에 있는 볼드우드에게 편지를 작성하였다. 친절하게 그녀에게 준 시간 동안 상냥하고 확고하게 그의 모든 제안을 잘 고려했으나, 그녀의 결론은 그와 결혼할 수 없다는 내용이었다. 그녀는 오크에게 볼드우드가 집에 돌아올 때까지 기다렸다가 최종적인 답을 전달하겠다는 의사를 밝힌 적이 있다. 하지만 밧세바는 자신이 기다릴 수 없다는 것을 알았다.

이 편지를 다음 날까지 보내는 것은 불가능했다. 그럼에도 불구하고 편지를 자신의 손에서 떠나가게 함으로써 불안감을 진정시키고자, 즉시 자리에서 일어나 부엌에 있을지도 모르는 여자들 중 누군가에게 편지를 맡기려 했다.

그녀는 통로에서 잠시 멈추었다. 부엌에서 밧세바와 트로이에 관한 대화가 이어지고 있었다.

"만약 그가 아가씨와 결혼하면 아가씨는 농장 일을 접을 거야."

"용감한 삶이 되겠지만, 웃음 사이에 골칫거리가 생기겠지. 그럴 거야."

"글쎄, 그런 남자 반만 되는 남편이라도 있으면 좋겠네."

밧세바는 하녀들이 자신에 관해 말하는 것을 심각하게 생각하지 않을 정도로 분별력이 있었다. 하지만 자신도 여자였기에 그 무의미한 말들이 스스로 없어질 때까지 기다리지 않았다.

그녀가 끼어들었다. "누구에 대해 노닥거리는 거죠?"

누군가 대답하기 전에 잠깐의 침묵이 이어졌다. 마침내 리디가 솔직하게 말했다. "아가씨에 대한 이야기였어요."

"그럴 줄 알았어! 메리앤, 리디, 템퍼런스. 이제 그런 추측을 금지하겠어요. 내가 트로이 씨를 조금도 신경 쓰지 않는 걸 알잖아요. 난 아니야. 내가 그를 얼마나 싫어하는지 알잖아요." 고집 센 젊은 사람이 반복해서 말했다. "싫어한다고!"

"저희도 그렇다는 것을 압니다." 리디가 말했다.

"저희도 모두 아가씨와 같고요."

"나도 그가 싫어." 메리앤이 말했다.

"메리앤, 이 거짓말쟁이! 어떻게 그렇게 못된 말을 할 수 있어!" 밧세바가 흥분하여 말했다. "오늘 아침 그를 가슴으로부터 존경한다고 했잖아. 메리앤, 너도 기억하잖아!"

"네, 아가씨, 하지만 아가씨도 마찬가지였잖아요. 그는 말썽꾼이에요, 아가씨가 싫어하실 만해요."

"그는 말썽꾼이 아니야! 어떻게 감히 내 앞에서! 난 그를 싫어할 자격이 없어. 너도, 그 누구도. 하지만 난 어리석은 여자야! 그가 어떤 사람이든 나와 무슨 상관이겠어? 너도 알다시피 아무 상관도 없지. 난 그를 신경 쓰지 않아. 그의 명성을 옹호하려는 건 아니야. 명심해, 만약 너희 중 누구라도 그를 험담한다면 즉시 해고할 거야!" 그녀는 터질 듯한 심장과 눈물이 가득한 눈으로 편지를 내팽개치고 다시 응접실로 돌아갔고, 리디가 그 뒤를 따랐다.

"아가씨!" 유순한 리디가 밧세바의 얼굴을 측은하게 바라보았다. "저희가 오해해서 죄송해요! 전 아가씨가 그를 사랑한다고 생각했어요. 하지만 이제 그렇지 않다는 것을 알았어요."

"문 닫아, 리디." 리디가 문을 닫고 말을 이어 나갔다. "사람들은 늘 그런 어리석은 말을 해요, 아가씨. 지금부터는 이렇게 대답할게요. '당연히 에버딘 양 같은 사람이 그를 사랑할 리 없죠'라고. 언제 어디서든 이렇게 말할게요."

밧세바가 소리 질렀다. "오 리디, 그렇게 어리석은 사람이었니? 내가 의도한 바를 모르겠니? 모르겠어? 너도 여자니?"

리디의 맑은 눈이 놀라움으로 동그래졌다.

"그래, 리디. 넌 눈먼 사람이었어!" 그녀가 포기와 슬픔을 담아 무모하게 외쳤다. "아, 난 그를 심란하고 비참하고 고통스러운 방법으로 사랑해! 내 모습에 놀라지 말아 줘. 비록 순진한 여자라면 날 보고 놀라겠지만. 이리 와, 좀 더 가까이." 그녀가 리디의 목에 팔을 둘렀다. "누군가에겐 말해야겠어, 날 지치게 해! 넌 아직도 비참하게 부인하는 내 마음을 충분히 알지 못하겠니? 아 맙소사, 그런 거짓말을 하다니! 하느님 그리고 내 사랑, 절 용서해 주세요. 사랑에 빠진 여자가 자신의 사랑에 유리하다면 아무렇지 않게 거짓말한다는 걸 모르겠니? 이제, 나가렴. 혼자 있고 싶어."

리디가 문으로 향했다. "리디, 이리 와. 그가 나쁜 사람이 아니라고 내게 진지하게 맹세해 줘. 사람들이 그에 관해 이야기하는 게 전부 거짓말이라고!"

"하지만, 아가씨, 제가 어떻게 그가 그렇지 않다고 맹세할 수 있겠어요. 만약……."

"이 예의 없는 계집애! 다른 사람이 한 말을 그대로 읊으려고 하다니, 어떻게 그렇게 잔인하니? 넌 감정이 없구나……. 난 너나 마을 사람들, 소도시에 사는 어느 누구라도 감히 어떤 소리를 하는지 두고 볼 거야." 그녀는 문과 벽난로 사이를 왔다 갔다 하며 말했다.

"아뇨, 아가씨. 전 모르겠…… 전 사실이 아니란 걸 알아요!" 리디가 평소와 다른 밧세바의 맹렬한 기세에 놀라서 대답했다.

"내 비위를 맞추려고 말로만 맞장구치는 것 같구나. 하지만 리디, 그는 사람들이 말하는 것처럼 나쁜 사람일 수 없어. 무슨 말인지 알겠니?"

"네, 아가씨. 그럼요."

"넌 그 사람이 나쁜 사람이라고 믿지?"

"뭐라고 말해야 할지 모르겠어요, 아가씨." 리디가 울며 말했다. "제가 아니라고 하면 절 믿지 않으실 거고, 맞다고 하면 제게 화내실 거잖아요!"

"안 믿는다고 말해. 아니라고 말해!"

"전 그가 사람들이 말하는 것처럼 나쁜 사람이라고 믿지 않아요."

"그는 전혀 나쁘지 않아……. 내 불쌍한 삶과 마음, 얼마나 나약한가!" 그녀는 리디의 존재를 아랑곳하지 않은 채 힘을 빼고 종잡을 수 없이 신음했다. "아, 그 사람을 만나지 않았더라면!

사랑은 언제나 여자를 비참하게 해. 나를 여자로 만든 신을 용서치 않을 거야. 예쁜 얼굴로 태어난 영광의 대가를 치르기 시작했어." 밧세바는 생기를 되찾더니 갑자기 리디에게 몸을 돌렸다. "명심해, 리디아 스몰베리, 이 닫힌 방 안에서 내가 너에게 한 말을 다른 사람에게 한마디라도 꺼냈다간, 널 결코 신뢰하지도, 사랑하지도, 옆에 두지도 않을 거야, 단 한 순간도!"

"전 어떤 말도 하지 않을 거예요." 리디가 작은 여자치곤 위엄 있게 말했다. "하지만 전 더 이상 이곳에서 머무르고 싶지 않아요. 허락해 주신다면 이번 추수가 끝나고 떠날게요. 아니면 이번 주나, 오늘이라도……. 아무 짓도 하지 않았는데 이렇게 혼나는 이유를 모르겠어요!" 작은 여자가 큰 소리로 결론을 내렸다.

"안돼, 안돼, 리디. 넌 남아야 해!" 밧세바가 변덕스럽고 오만한 태도를 버리고 애원하며 말했다. "내가 동요하고 있는 상태란 걸 눈치채지 못했구나. 넌 내 하녀가 아니야. 넌 나의 친구야. 이런, 이런, 이 비참한 마음의 고통이 날 짓누르고 지치게 한 뒤로 내가 뭘 하고 있는지 모르겠어! 내가 어떻게 될지! 점점 더 곤경에 빠지겠지. 난 가끔 내가 결혼으로 인해 죽을 운명인지 궁금해. 내가 친구가 없다는 걸 오로지 신만이 알겠지!"

"전 아무것도 눈치채지 않을 거고, 아가씨를 떠나지도 않을게요!" 리디는 충동적으로 밧세바의 입술에 자신의 입술을 갖다대고 입을 맞추며 흐느꼈다.

그러자 밧세바도 리디에게 입을 맞췄고, 모든 것이 다시 잔잔해졌다.

292

"난 자주 울지 않아, 그렇지 리디? 하지만 네가 날 울렸어." 그 녀가 눈물 속에서 미소를 반짝이며 말했다. "그가 좋은 사람이 라고 생각해 봐, 그렇게 노력해 줄래, 리디?"

"그럴게요, 아가씨."

"그는 무모해 보이지만 한결같은 사람이야. 너도 알다시피 무 모하지만 한결같은 사람보단 낫지. 유감스럽게도 내가 그런 사 람이야. 그리고 내 비밀을 지키겠다고 약속해, 리디! 내가 그 사 람 때문에 울었다는 것을 아무도 모르게 해줘. 그건 내게 끔찍 한 일이고, 그에게도 좋지 않을 거야. 가여운 사람!"

"제가 그러겠다고 결심하면 죽음이 와도 제게서 비밀을 알아 가지 못할 거예요. 그리고 전 언제나 아가씨의 친구일 거예요." 리디가 좀 더 눈물을 흘리며 단호하게 말했다. 특별히 필요해 서 그런 것은 아니고 이 상황의 일부로 남아 있고 싶은 예술적 감각에서 그런 것인데, 흔히 이런 상황에서 그런 감정에 영향을 받는 것 같다. "신께서 우리가 좋은 친구가 되길 바라시는 것 같 아요, 그렇지 않나요?"

"정말로 그런 것 같구나."

"그리고 아가씨, 저를 괴롭히고 호통치지 않으실 거죠? 그럴 때 아가씨는 사자처럼 변하셔서 너무 무서워요! 그렇게 화내실 때면 어느 남자하고 싸워도 이길 것 같다고요."

"절대 아냐! 그렇게 생각해?" 밧세바가 자신이 남자 못지않은 사람으로 묘사된 것에 어느 정도 진심으로 놀랐지만 살며시 웃 으며 말했다. "난 내가 대담해 보이는 선머슴은 아니었으면 좋겠는데?"

"아뇨, 선머슴 같은 게 아니라, 너무 전능한 여자라서 가끔 그렇게 보인다는 거죠. 아! 아가씨." 리디가 슬프게 숨을 들이쉬곤, 애처롭게 내뱉으며 말했다. "저한테 아가씨의 그런 점이 반이라도 있으면 좋겠네요. 요즘 세상엔 그런 점은 불쌍한 처녀에게 커다란 보호막이니까요!"

31
비난 - 분노

밧세바는 다음 날 저녁 볼드우드가 돌아와 그녀의 편지에 직접 답하는 상황을 피하고자, 몇 시간 전 리디와 약속한 대로 행동에 나섰다. 밧세바의 친구는 화해의 표시로 일주일간 휴가를 얻어 그녀의 언니를 만나러 가기로 했다. 리디의 언니는 얄베리에서 멀지 않은 곳에 사는데, 유쾌한 미로 같은 개암나무 잡목림에서 울타리와 소 여물통을 만들어 파는 꽤 성공한 남자와 결혼했다. 에버딘은 하루나 이틀 그곳에 방문해 숲의 남자가 자기 제품에 사용한 기발한 장치를 살펴보기로 했다.

그녀는 가브리엘과 메리앤에게 밤에 문단속을 꼼꼼히 하라고 주의를 준 뒤 뇌우가 그쳐 갈 때쯤 집을 나섰다. 비가 공기를 정화하고 땅을 축축이 적셨으나 땅속은 여느 때처럼 건조했다. 대지가 첫 숨을 쉬듯이 다양한 형태의 제방과 구덩이에서 신선한 바람이 불어왔다. 기쁨에 젖은 새들은 노래를 했다. 구름 사이에는 짐승 굴 모양의 빛이 가려진 태양 주위와 대조를 이루며 밧세바 앞에 떠 있었다. 해는 멀리 북서쪽 끝에 머물렀는데, 한여름이라 가능한 일이었다.

그녀는 거의 3킬로미터를 걸어가면서 날이 어떻게 저무는지 보았고, 행동의 시간이 생각의 시간으로 녹아들어 기도와 수면의 시간에 자리를 양보하는 과정을 생각했다. 그녀가 얄베리 언덕을 지나고 있을 때 피하고 싶었던 남자와 마주쳤다. 볼드우드는 평소처럼 차분하고 힘을 절제한 걸음걸이가 아니었다. 그는 항상 그렇게 걸으면서 생각의 균형을 잡는 것 같았다. 지금 그의 걸음걸이는 큰 충격을 받은 듯 느릿느릿했다.

볼드우드는 타인에게 상처를 주더라도 핑계를 대고 빠져나가는 여성들의 특권을 처음으로 알게 되었다. 밧세바가 다른 여자들에 비해 확고하고 긍정적이며 더 논리적이라는 사실만이 그가 가진 희망의 생명 줄이었다. 이러한 그녀의 자질들 때문에 그녀가 그에게 무비판적인 무지갯빛 사랑을 잔뜩 주지는 않아도, 일관된 태도로 똑바른 길을 고수해 그를 받아들이리라고 생각했다. 하지만 그 믿음은 깨진 거울에서 나오는 비참한 빛이 되어 돌아왔다. 이러한 발견은 놀라움이라기보단 재앙이었다.

그는 땅을 바라보면서 걸어왔기에 많이 가까워질 때까지 밧세바를 보지 못하였다. 그는 그녀의 걸음 소리에 위를 올려다보았다. 볼드우드의 달라진 모습은 그녀의 편지로 인해 마비된 감정의 깊이와 강도를 충분히 보여 주었다.

"오, 볼드우드 씨인가요." 그녀가 죄의식 때문에 얼굴을 붉히며 말을 더듬었다.

침묵으로 비난하는 능력을 갖춘 사람은 말보다 침묵이 훨씬 효과적인 수단이라고 여길지 모른다. 눈에는 입에 없는 억양이 있고, 창백한 입에서는 귀에 들어갈 수 있는 양보다 훨씬 많은 말이 나온다. 두 경우 모두 말이라는 통로를 비껴갔다는 점에서 위엄 있고 고통스럽다. 볼드우드는 할 말을 잃은 듯한 표정이었다.

그녀가 조금 옆으로 돌아선 것을 보고 그가 물었다. "내가 두렵습니까?"

"왜 그런 말씀을 하세요?" 밧세바가 말했다.

"제겐 그렇게 보이거든요." 그가 대답했다. "당신을 향한 나의 감정과 대조적이라 더 이상하군요."

그녀는 냉정함을 되찾았다. 그러더니 침착하게 시선을 고정한 뒤 기다렸다.

"그 감정이 뭔지 아시잖아요." 볼드우드가 일부러 말을 이었다. "죽을 만큼 강한 것. 성급하게 보낸 편지는 아무런 영향도 주지 못해요."

"저에 대한 감정이 그렇게 강하지 않으셨으면 좋겠어요." 그녀가 중얼거렸다. "당신은 제게 과분할 정도로 관대하세요. 하지만 아무 말도 듣지 않을 거예요."

"듣는다고? 내가 뭐라고 할 것 같소? 난 당신과 결혼하지 않을 거요. 이 말뿐이오. 당신 편지는 아주 간단명료했소. 당신이 아무 말도 듣지 않기를 바라오. 나도 그렇고."

밧세바는 이 끔찍하게 어색한 상황에서 벗어나기 위해 마음을 어느 방향으로 다잡아야 할지 알 수 없었다. 그녀는 혼란스러운 마음으로 "안녕히 계세요."라고 말하고 걸어가기 시작했다. 볼드우드가 무겁고 느린 발걸음으로 그녀에게 다가갔다.

"밧세바, 그대여, 정녕 마지막이오?"

"정말이에요."

"아, 밧세바 날 불쌍하게 여기시오!" 볼드우드가 외쳤다. "젠장, 난 여자에게 동정을 구할 정도로 낮아졌어! 그럼에도 불구하고 당신만이 내 사람이오, 당신만이."

밧세바는 자제심을 발휘했다. 하지만 본능적으로 생각한 말을 똑바로 전하기 힘들었다. "그 말씀에는 여자에 대한 존중이 전혀 없군요." 그저 속삭임이었을 뿐인데, 남자가 바람개비처럼 완전히 격정에 휘둘리더니 괴롭다 못해 형언할 수 없는 애절한 기분이 들어 자세히 말할 수 없을 정도로 무기력해졌다.

"난 이 사건 때문에 내가 아닌 것 같소. 죽을 지경이오." 그가 말했다. "여기서 애원하고 있을 만큼 극기심이 강하지 않소. 하지만 당신에게 애원하고 있구려. 내가 당신에게 얼마나 몰두하는지 당신이 알았으면 좋겠소. 하지만 그건 불가능하군. 쓸쓸한 남자에 대한 인간적인 자비를 베풀어 지금 날 버리지 마시오!"

"전 당신을 버릴 수 없어요. 어떻게 그러겠어요? 당신을 소유한 적이 없는데." 밧세바는 자신이 그를 사랑하지 않았다는 것을 정오의 또렷함처럼 감지했고, 2월의 그날 자신의 생각 없는 행동을 잊었다.

"하지만 그대는 내가 그대를 생각하기 전에 내게 관심을 품은 적이 있었소! 난 그대를 비난하지 않소. 지금도 그대가 밸런타인이라고 부르는 그 편지로 내 마음을 끌지 않았다면 아직도 내 안에 살고 있을 내 무지하고 차가운 어둠이 더 끔찍하오. 비록 이런 비참함을 가져다주었지만. 내가 그대에 대해 전혀 알지 못하고 신경 쓰지도 않을 때 그대가 내게 다가왔소. 그대가 나를 부추긴 적이 없다고 말하면 난 반박할 수밖에 없소."

"당신이 부추김이라고 말하는 것은 한가한 시간을 보내기 위한 유치한 게임이었어요. 전 그 일에 대해 몹시 뉘우치고 있어요, 눈물을 흘릴 정도로 몹시요. 그런데도 계속 제게 그 일을 상기시킬 건가요?"

"난 당신을 비난하지 않소, 그저 한탄할 뿐. 그대가 장난이었다고 주장하는 것을 진심으로 받아들이겠소. 그리고 그대가 하는 말이 장난이길 바라는 것이 내 끔찍하고 비참한 진심이오. 우리의 감정은 엉뚱한 곳에서 만난 듯하군요. 그대의 감정이 나와 같으면 좋겠소. 아니, 내 기분이 그대의 감정과 조금 더 비슷했으면 좋겠소! 그 하찮은 장난이 나를 고통으로 이끌 것을 예견할 수 있었다면 당신을 얼마나 저주했을지. 하지만 그럴 수 있었더라도 당신을 너무 사랑하기에 저주할 수는 없소! 하지만 계속 이러는 것은 나약하고, 나태하며 쓸모없겠지…… 밧세바 그대는 내가 사랑하려고 바라본 첫 번째 여자요. 그리고 당신을 내 여자로 맞이할 날이 얼마 남지 않았다고 여겼기 때문에 그대의 거절이 이렇게 견디기 힘든 겁니다. 얼마나 가까워 보이는

약속이었는지! 하지만 내 고통으로 당신의 마음을 움직이려고
도, 슬프게도 하지 않겠소. 그건 아무 소용없는 짓이니. 그저 견
뎌야지, 내 고통이 당신을 고통스럽게 함으로써 줄어드는 건 아
니니까."

"하지만 전 당신에게 연민을 느껴요, 마음속 깊이, 너무도 깊
이!" 그녀가 진지하게 말했다.

"그런 짓은 하지 마요, 하지 말아요, 밧세바. 당신의 사랑은 연
민에 비해 너무 큰 것이라 당신이 연민을 느끼거나 사랑을 잃는
다고 해도 내 슬픔에 큰 보탬이 되지 못하오. 그대의 연민을 얻
는다고 하여도 슬픔이 줄어드는 것도 아니오. 아, 내 사랑, 양들
을 씻기는 곳 뒤편의 풀밭에서, 양털을 깎고 있던 헛간에서, 얼
마나 내게 다정하게 말하던지. 지난 저녁 그대의 집에서 가장
사랑스러웠지! 나를 즐겁게 해주던 말들은 다 어디로 갔소? 나
를 사랑할 수 있게 되기를 바라던 그대의 간절한 희망은? 나를
매우 사랑하게 될 거라던 그대의 확고한 신념은 어디로 갔소?
정녕 잊은 것이오? 진심으로?"

그녀는 감정을 자제하고 그의 얼굴을 조용히 바라보면서, 낮
고 단호한 목소리로 말했다. "볼드우드 씨, 전 아무것도 약속하
지 않았어요. 남자가 여자에게 할 수 있는 최고의 찬사를 전하
셨을 때, 전 당신에게 진흙으로 만든 여자였나요? 그 여자에게
사랑한다고 말한 건가요? 제가 품위 없고 성질이 더러운 여자가
아니고서야 제 감정을 드러낼 수밖에 없었을 거예요. 그러나 그
즐거운 말들 하나하나는 단지 그날만을 위한 것이었고, 그날은

단지 즐거움을 위한 하루였어요. 다른 남자들에겐 유희인 것이 당신에겐 죽음일지, 제가 어떻게 알았겠어요? 이성을 찾으시고, 저를 더 친절한 사람이라고 생각해 주세요!"

"내가 한 말은 신경 쓰지 마시오. 한 가지는 확실하오, 그대는 내 전부였고, 지금은 당신이 멀어지고 있소. 모든 것이 변했지. 밧세바, 이것을 기억하시오. 그대는 한때 내게 아무것도 아니었고, 난 그것에 만족했소. 이제 나에게 당신은 다시 아무것도 아니오. 그런데 지금은 예전과 너무 다르오! 그대가 내 마음을 일으켜 세우지 않았더라면! 그저 나를 쓰러뜨리기 위한 수작이었다니!"

밧세바는 패기 넘치는 성격임에도 불구하고 스스로가 본질적으로 더 약한 그릇이라는 명백한 징후를 느끼기 시작했다. 그녀는 자신이 의도하지 않은 감정을 점점 더 강하게 불러일으키는 여성성에 비참하게 반대했다. 그녀는 볼드우드의 비난이 쏟아지는 동안 나무와 하늘과 눈앞에 보이는 사소한 사물에 마음을 고정함으로써 동요하지 않으려고 애썼지만, 그 재간은 그녀에게 아무 도움도 되지 못했다.

"전 당신의 마음을 일으켜 세운 적이 없어요, 확실히 그러지 않았어요!" 그녀는 할 수 있는 한 당당하게 말했다. "그러니 제가 이런 기분을 느끼게 하지 마세요. 제게 부드럽게 말씀해 주신다면 잘못했다고 하셔도 견딜 수 있어요! 오, 농장주님 절 친절하게 용서해 주시고, 그 일을 기분 좋게 받아들이실 수 없나요?"

"기분 좋게! 속아서 가슴이 완전히 타 버린 남자가 기분 좋을 수 있겠소? 내가 실패했는데, 어떻게 성공한 사람처럼 느끼겠소? 당신은 매우 무정하군! 그 달콤함이 이렇게 쓴 줄 알았더라면, 그대를 피하고 보지 않고 듣지도 않았더라면. 이 모든 것이 무슨 상관있겠소! 당신은 관심이 없는데."

그녀는 그의 비난에 침묵과 나약한 부인으로 답하였고, 그녀의 귀에 인생의 절정기를 보내고 있는, 청동색 피부와 로마인의 얼굴과 훌륭한 체구를 갖추고 몸을 떨고 있는 남자의 입술에서 나오는 말이 퍼부어지자 그 말들을 밀쳐 내려는 듯 필사적으로 고개를 저었다.

"내 사랑, 내 사랑, 난 지금도 그대를 거리낌 없이 포기할지, 그대를 얻기 위해 초라하게 노력할지, 두 감정 사이에서 흔들리고 있소. 그대가 아니라고 한 말은 잊고 원래 상태로 둡시다! 밧세바, 날 거부하는 편지는 재미 삼아 쓴 거라고 하시오. 자, 말해 보시오!"

"그것은 사실이 아니고, 우리 둘에게 고통스러울 뿐이에요. 당신은 사랑에 대한 제 능력을 과대평가하고 있어요. 전 천성적으로 당신이 생각하는 따스함의 절반도 가지지 못했어요. 냉혹한 세상에서 보호받지 못한 어린 시절은 제게서 상냥함을 앗아갔어요."

그는 더욱 분개하여 즉시 말했다. "그것이 어느 정도 사실일 수는 있겠지. 하지만 에버딘 양, 그것만으론 이유가 되지 않소! 그대는 차가운 여자가 아니오. 절대로! 당신에게 감정이 없어서

날 사랑하지 않은 게 아니오. 나처럼 타오르는 심장을 가지고 있어서 그것을 숨기기 위해 내가 당신을 차가운 여자라고 생각하게 만들고 있소. 그대에게는 사랑하는 마음이 충분하지만, 그 것은 새로운 대상에게 돌아섰소. 난 그 대상이 누군지 압니다."

그녀의 빠르게 뛰던 심장 소리는 이제 왁자지껄할 정도로 커졌고 미친 듯이 고동치기 시작했다. 그가 트로이를 언급하려 했다. 그렇다면 그는 무슨 일이 일어났는지 알고 있다! 곧이어 그 이름이 볼드우드의 입술에서 튀어나왔다.

"어째서 트로이는 내 보물을 내버려 두지 않았을까?" 그가 사납게 물었다. "난 그를 해치려는 마음이 없는데 어째서 그는 온 힘을 다해 그대의 주의를 끌었을까! 그놈이 그대를 성가시게 하기 전까지 그대는 나를 받아들이려 했소. 내가 그 이후로 그대를 만나러 갔다면 그대는 결혼하자고 답했을 것이오. 이 말을 부인할 수 있겠소?"

그녀는 머뭇거렸지만, 곧 정직하게 속삭였다. "할 수 없어요."

"못할 줄 알았소. 하지만 그는 내가 없는 틈에 몰래 들어와 훔쳐 갔소. 어째서 그는 진작에, 누구도 슬퍼하지 않아도 될 때 그 대를 꾀지 않은 거지? 아무도 소문내지 않았을 텐데 말이오. 이 제 사람들은 날 비웃소. 이 구릉과 하늘이 내 어리석음을 수치 심에 얼굴이 달아오를 때까지 비웃는 것 같소. 난 사람들의 존경심, 명성, 지위를 잃었소. 다시는 이것들을 얻지 못할 것이오. 가서 그대의 남자와 결혼하시오. 가던 길 가시오!"

"오, 농장주님…… 볼드우드 씨."

"그러는 게 좋을 거요. 난 더 이상 그대에게 이의를 제기하지 않을 것이오. 나는 혼자 어딘가로 떠나 숨어서 기도할 것이오. 난 한때 한 여성을 사랑했소. 이제는 부끄럽소. 내가 죽으면 사람들은 상사병에 걸린 비참한 남자라고 하겠지. 신이시여, 신이시여, 내가 만약 남모르게 차였다면 그 불명예가 알려지지 않고, 내 지위도 유지되었을 텐데! 하지만 어찌 되었든 평판은 사라졌고, 여자는 얻지 못했소. 부끄러운 줄 알아야 해, 망신이야!"

그의 지나친 분노는 그녀를 무섭게 만들었다. 밧세바는 뻔하지 않게 그에게 다가가며 말했다. "저는 단지 어린 처녀일 뿐이에요. 제게 그렇게 말하지 마세요!"

"그대는 항상 알고 있었어. 매우 잘 알았지. 그대의 새로운 관심이 나의 불행이라는 사실을. 황동 장식과 진홍색에 현혹되었어. 아, 밧세바 이건 정말 여인의 어리석음이오!"

그녀는 즉시 격분했다. "당신은 지금 지나칠 정도로 절 비난하고 있어요!" 그녀가 격렬하게 말했다. "모든 사람이 다 날 탓하죠. 모든 사람이. 여자를 공격하는 건 남자답지 못한 일이에요! 이 세상에 절 대신해서 싸워 줄 사람이 아무도 없어요. 그럼에도 불구하고 아무런 자비도 없군요. 그러나 댁 같은 사람 천 명이 저를 비웃고 험담해도 전 결코 주저앉지 않을 거예요!"

"그대는 틀림없이 그놈에게 나에 관해 이야기했겠지. 그놈에게 말해요. '볼드우드는 나를 위해 목숨을 바쳤을 거야'라고. 그대는 그놈이 당신을 위하는 사람이 아니라는 것을 알았기 때문에 그놈에게 무너진 거요. 그자가 그대에게 키스한 것은 자기 여자라고 주장하는 것이오. 들었소? 그놈이 그대에게 키스했소.
부정하시오!"

가장 비극적인 여자라도 비극적인 남자에게 주눅 들기 마련
이다. 비록 볼드우드가 격노하고 상기된 탓에 거의 그녀 자신이
오히려 남자처럼 느껴졌으나 밧세바의 볼은 떨리고 있었다. 그
녀는 숨을 헐떡였다. "절 내버려 두세요, 농장주님! 전 당신에게
아무것도 아닙니다. 가던 길을 가게 해주세요!"

"그가 키스했다는 것을 부인하시오!"

"그러지 않을 거예요."

"하, 그렇다면 키스한 게로군!" 농장주의 입에서 쉰 소리가 나
왔다. "그렇다면 그를 저주하고, 저주할 것이오!" 볼드우드가 낮
은 소리로 분노를 터뜨리며 말했다. "내가 당신의 손을 잡으려
고 내 모든 것을 바칠 동안 당신은 그럴 권리도 격식도 없는 난
봉꾼을 끌어들여 키스하도록 놔뒀어! 신이시여, 키스라니! 아,
앞으로 그가 후회할 날이 올 거요. 그리고 다른 남자에게 가한
고통을 지독하게 생각할 거요. 그러면 그자도 고통받고 저주하
고 갈망하겠지. 지금의 나처럼!"

"그러지 마세요, 제발. 그에게 나쁜 일이 일어나길 기도하지
마세요!" 밧세바가 가련하게 애원하며 울부짖었다. "다른 건 몰
라도 그것만은, 그것만은. 오, 그 사람을 좋게 생각해 주세요, 농
장주님. 제가 그를 진심으로 사랑하니까!"

볼드우드는 사고의 틀과 일관성이 완전히 사라지는 융해점에
도달했다. 임박한 어둠이 그의 눈에 집중되는 것 같았다. 그는

지금 그녀의 말을 전혀 듣지 않았다. "나는 그를 벌할 것이오. 내 영혼을 걸고 그럴 것이오! 군인이든 아니든 난 그를 만나 나의 유일한 기쁨을 멋대로 훔친 죄의 대가로 아직 때가 아닌 그 애송이를 말채찍으로 내려칠 거요. 그가 백 명이라도 난 채찍질할 거요." 그가 갑자기 부자연스럽게 목소리를 낮추었다. "밧세바, 내 사랑, 내가 잃어버린, 장난삼아 연애하는 그대여, 나를 용서해 주오! 가장 큰 죄인은 그놈인데 당신을 비난하고 위협하고 막돼먹은 놈처럼 대했소. 그는 심중을 알 수 없는 거짓말로 당신의 소중한 마음을 빼앗았소! 그가 연대로 돌아간 것은 자신에게 다행스러운 일이지. 시골로 가버려 여기에 없으니! 그가 다시 돌아오지 않기를 바라오. 내 눈에 띄지 않기를 신에게 기도할 뿐이오. 그랬다가는 자제력을 잃을지도 모르니. 오, 밧세바, 그를 못 오게 하시오, 내게서 떨어뜨려 놓아요!"

볼드우드는 열정적인 말과 함께 영혼이 완전히 빠져나간 듯 잠시 무기력하게 서 있었다. 그는 얼굴을 돌려 물러났고, 그의 발소리는 잎이 무성한 나무가 나지막이 내는 소리와 뒤섞였고, 곧 그의 형체는 땅거미에 휩싸였다.

대화 후반 내내 모형처럼 꼼짝도 하지 않고 서 있던 밧세바는 얼굴에 손을 갖다 댄 채 방금 지나간 광경에 대해 곰곰이 생각해 보려고 했다. 볼드우드처럼 정적인 남자에게서 그렇게 믿기 어려울 정도로 격렬한 감정의 샘이 솟구친다는 것을 이해할 수 없었고, 끔찍했다. 그는 그녀의 생각과 달리 감정을 억압하도록 단련된 남자가 아니었다.

볼드우드의 협박은 현재 그녀만 아는 사실 때문에 힘을 발휘했다. 그녀의 애인이 다음 날이나 다다음 날에 웨더베리로 돌아온다는 사실 때문에. 트로이는 볼드우드와 마을 사람들이 알고 있는 것처럼 멀리 떨어진 막사로 복귀하지 않았고, 그저 배스에 있는 지인 몇 명을 만나러 간 것뿐이며, 그의 휴가는 아직 일주일 이상 남았다.

밧세바는 트로이가 이 틈에 자신을 다시 찾아와 볼드우드와 만나게 된다면 험악한 다툼이 있으리라는 끔찍한 확신이 들었다. 트로이가 다칠 수도 있다는 걱정에 가슴이 두근거렸다. 아주 조그만 불꽃이라도 볼드우드의 분노와 질투심을 곧바로 타오르게 할 것이다. 그는 오늘 저녁처럼 자제력을 상실할 것이다. 트로이의 무관심함은 공격적으로 변하여 조롱이 될 수도 있고, 볼드우드의 분노는 복수의 방향을 택할 수도 있다.

지나치게 감정적으로 보이는 것을 병적으로 두려워하는 이 정직한 소녀는, 따뜻한 깊이를 지닌 강한 감정을 무관심한 태도로 완벽하게 감춰 왔다. 그러나 지금은 감출 수 없었다. 정신이 산만해져 앞으로 더 나아가지 못하고 왔다 갔다 하면서 손가락으로 허공을 두드리고 미간을 누르며 흐느끼다 돌무더기에 앉아 생각을 가다듬었다. 그곳에 오래도록 머물렀다. 어둠이 구릿빛 구름에 싸여 서쪽의 투명하고 푸르르며 광활한 하늘과 경계를 이루고 있는 갯벌과 곶을 가렸다. 자줏빛이 그 위를 비추었고, 끊임없이 계속되는 세상은 서쪽과 대조적인, 희미하게 떨리는 별들이 빛나는 동쪽으로 그녀의 걸음을 돌려놓았다. 그녀는 우주의 그늘 사이로 조용히 움직이는 별들을 보았지만 그 어떤 별도 알아보지 못했다. 그녀의 불안한 마음은 멀리 떨어져 있는 트로이에게 가 있었다.

32
밤 - 말발굽 소리

웨더버리 마을 한복판은 묘지처럼 조용했다. 주거지도 죽은 듯이 한산했다. 교회 시계가 11시를 알렸다. 마을은 공기마저 너무나 고요해 시계 소리가 또렷하게 들리기 직전 시계가 움직이는 소리와 그 이후에 찰칵하는 소리까지 들렸다. 그 소리는 여느 때같이 무생물처럼 맹목적이고 무디게 날아왔는데, 벽을 살짝 쳤다가 튕겨 오르더니 흩어진 구름에 부딪혀 파장을 이루었고, 구름 틈새를 통과해 미개척된 우주를 향해 수 마일을 퍼져 나갔다.

밧세바의 갈라지고 곰팡내 나는 케케묵은 저택은 메리앤이 혼자 독차지하고 있었는데, 리디는 앞서 언급한 대로 언니네 집에 있었고, 밧세바는 그곳을 방문하러 갔기 때문이다. 11시를 알리는 소리가 나고 몇 분 뒤, 메리앤은 잠결에 불안한 기분이 들어 뒤척였다. 그녀는 수면을 방해한 존재의 성격을 전혀 의식하지 못했다. 그 기분은 꿈으로 이어졌고, 그 꿈은 무슨 일이 일어났다는 불안한 느낌으로 인해 각성하며 끝이 났다. 그녀는 침대에서 일어나 창밖을 내다보았다. 방목장은 건물 끝에 인접해 있었는데, 그녀는 그 방목장에서 풀을 뜯어 먹고 있는 말 쪽으로 희미한 회색 형체가 다가가는 것을 어렴풋이 보았다. 그 형체는 말의 갈기를 잡고 방목장 모퉁이로 이끌었다. 그곳에는 상황상 마차일 수밖에 없는 물체가 있었다. 분명히 마구를 채우는 데 소비된 몇 분 뒤, 그녀는 길을 따라 내려가는 말발굽 소리와 가벼운 바퀴 소리를 들었다.

오직 두 부류의 인간만이 정체를 알 수 없는 모습으로 유령처럼 방목장에 몰래 들어올 수 있었다. 여자와 남자 집시였다. 여자는 이 시각에 그런 일을 할 수 없었다. 그렇기에 그 사람은 도둑이 확실했다. 오늘 밤 이 집의 약점을 알고 대담한 시도를 한 건지도 모른다. 게다가 웨더베리 바텀에 집시가 있다는 사실 때문에 그 의심은 확신으로 굳어졌다.

메리앤은 도둑이 있을 때는 소리 지르지 못할 정도로 무서웠지만 그가 떠나는 것을 보자 두려움이 없어졌다. 그녀는 급히 옷을 갈아입고 나서 삐걱거리는 어긋난 계단을 쿵쿵 내려와 가장 가까운 코건의 집으로 달려가 경종을 울렸다. 코건은 이곳에 처음 왔을 때처럼 다시 자신의 집에서 하숙하고 있는 가브리엘을 불러 함께 방목장으로 갔다. 의심의 여지 없이 말은 사라졌다.

"잘 들어 보세요!"

그들은 귀를 기울였다. 침체된 공기 속에서 웨더베리 바텀의 집시 야영지 뒤로 롱퍼들 레인을 지나가는 빠른 말발굽 소리가 뚜렷이 들려왔다.

"저건 우리 데인티야. 발굽 소리를 들어 보니 확실해." 코건이 말했다.

"맙소사! 아가씨가 돌아오시면 호통을 치면서 우릴 바보라고 하겠어요!" 메리앤이 찡얼거렸다. "아가씨기 집에 있을 때 이 일이 일어났다면 좋았을 텐데, 그럼 우리 중 누구도 책임질 필요가 없었을 거야!"

"말을 타고 쫓아가야 해요." 가브리엘이 단호히 말했다

"우리가 하는 일에 대한 책임은 제가 질게요. 자, 쫓아갑시다."

"정말로, 어떻게 따라가야 할지 모르겠어." 코건이 말했다. "작은 포핏을 제외하면 우리 말들은 너무 무거워서 쫓는데 적합하지 않아. 우리 둘이 포핏을 탈 수 없잖아? 만약 울타리 너머에 있는 그 두 마리라면 어떻게 해볼 수 있을 텐데."

"두 마리라뇨?"

"볼드우드 씨의 티이디랑 몰."

"그럼 제가 다시 올 때까지 여기서 기다리세요." 가브리엘이 말했다. 그는 언덕을 내려가 볼드우드의 집을 향해 달려갔다.

"농장주님은 집에 계시지 않아요." 메리앤이 말했다.

"그러니 더 좋지." 코건이 말했다. "난 그 사람이 왜 집을 비웠는지 알아."

5분도 안 돼서 오크가 다시 나타났는데, 아까와 같은 속도로 뛰어오는 그의 손에는 고삐 두 개가 대롱거리고 있었다.

"어디서 찾았어?" 코건이 묻더니 대답을 기다리지도 않고 몸을 돌려 울타리를 뛰어넘었다.

"처마 밑에서요. 말을 어디에 두는지 알거든요." 가브리엘이 코건을 따라가며 말했다. "코건 씨, 맨 등에 탈 수 있어요? 안장을 찾을 시간이 없었거든요."

"마치 영웅처럼!" 코건이 말했다.

"메리앤, 이제 그만 가서 자요." 가브리엘이 울타리를 넘으며 소리쳤다.

볼드우드의 목초지로 뛰어든 그들은 각자 말들이 보지 못하게 고삐를 주머니에 숨겼다. 그들이 빈손인 걸 확인한 말들은 유순히 갈기를 내주었고, 그 순간 고삐를 솜씨 좋게 씌웠다. 오크와 코건은 재갈과 굴레가 없었지만 줄을 말의 입에 넣고 반대쪽으로 고리를 만들어 즉흥적으로 재갈을 만들었다. 오크는 두 다리를 벌리고 말에 올라탔으며 코건은 제방의 도움을 받아 말에 올라탔다. 그들은 대문까지 올라가 밧세바의 말과 도둑이 도망간 방향을 향해 전속력으로 말을 몰았다. 말을 누구의 마차에 맸는지는 확실하지 않았다.

웨더베리 바텀에는 3~4분 만에 도착했다. 그들은 길가의 그늘진 풀밭을 살펴보았다. 집시들은 떠나고 없었다.

"아 악당들!" 가브리엘이 말했다. "어느 방향으로 갔을까요?"

"똑바로 갔을 거야. 확신할 수 있어." 잰이 말했다.

"좋아요. 우리가 더 좋은 말을 타고 있어요. 반드시 따라잡아야 해요." 오크가 말했다. "지금부터는 전속력으로요!"

마차를 끌고 가는 말발굽 소리가 전혀 들리지 않았다. 웨더베리가 점점 멀어질수록 포장도로가 점점 부드러워지더니 흙길로 변했고, 최근에 내린 비로 표면이 축축했으나 진창은 아니었다. 그들은 교차로에 이르렀다. 코건이 갑자기 몰을 세우더니 미끄러져 내려왔다.

"무슨 일이에요?" 가브리엘이 물었다.

"그놈들 소리가 들리지 않으니 추적하며 가야 해." 잰이 주머니를 더듬으며 말했다. 그는 성냥으로 불을 켜더니 바닥을 비쳤다. 이곳은 비가 많이 왔기에 폭우 전에 생긴 모든 사람과 말들의 발자국은 없어지거나 희미해졌고, 빗방울에 의해 여기저기에 작은 물웅덩이가 생겼다. 그 웅덩이들은 사람의 눈처럼 불빛을 반사했다. 이 흔적 중 하나는 방금 생긴 것으로, 물이 고여 있지 않았다. 한 쌍의 바큇자국도 물이 고여 있지 않아서 다른 자국처럼 작은 수로가 되지 않았다. 최근 생긴 듯한 이 발자국은 말들의 속도를 짐작게 해주었다. 자국들은 약 1미터 간격으로 짝을 이루었고, 각 쌍의 오른발과 왼발은 서로 정확히 나란했다.

"똑바로 갔어!" 잰이 외쳤다. "이 흔적은 전력 질주를 의미하지. 우리가 소리를 듣지 못하는 것도 당연해. 그리고 말은 마구가 채워져 있어. 바큇자국을 봐. 우리 암말이 틀림없어!"

"어떻게 아시나요?"

"지난주에 지미 해리스 어르신이 이 암말에 편자를 씌웠거든. 맹세컨대 난 수만 개의 편자가 있더라도 그 어르신이 만든 편자는 구별할 수 있어."

"다른 집시들은 먼저 떠났거나 다른 방향으로 갔나 보군요." 오크가 말했다. "보다시피 다른 흔적이 없잖아요?"

"맞아." 두 사람은 기나긴 시간 동안 아무 말 없이 말을 타고 갔다. 코건은 가족 중 재능 있는 사람으로부터 물려받은 오래된 시계를 가지고 있었는데, 그 시계가 1시를 가리켰다. 그는 또 다른 성냥에 불을 붙이고, 다시 땅을 살폈다.

"여기서부턴 구보로 달렸어." 그가 성냥을 던지며 말했다. "마차치곤 불규칙한 속도로 달렸군. 출발할 때 말을 지나치게 빠르게 몰았단 증거야. 곧 그놈들을 잡을 수 있을 거야."

그들은 서둘러 블랙모어 베일에 도착했다. 코건의 시계가 2시를 알렸다. 그들은 다시 흔적을 살폈다. 발굽 자국은 거리를 따라 서 있는 등처럼 지그재그 형태였다.

"속보군요." 가브리엘이 말했다.

"이제 속보뿐이군." 코건도 신나서 맞장구쳤다. "곧 그놈들을 따라잡을 거야."

그들은 3~4킬로미터를 빠르게 치고 나갔다. "아! 잠깐만." 잰이 말했다. "말을 어떻게 구릉 위로 몰았는지 보자고. 도움이 될 거야." 그는 이전처럼 각반에 성냥을 긁었고, 빛이 일자 땅을 살펴보았다.

"만세!" 코건이 외쳤다. "말이 이곳을 올라갔어. 당연히 그랬겠지. 3킬로미터 내로 잡을 수 있을 거야."

그들을 약 5킬로미터를 더 달린 뒤 귀를 기울였다. 물방아용 연못이 수문을 통해 졸졸 흐르는 소리가 귀에 거슬릴 정도로 들렸는데, 그 속에 빠졌다가는 익사할 것 같은 비관적인 분위기를 풍겼다. 갈림길에 이르자 가브리엘이 말에서 내렸다. 흔적은 그들에게 길을 안내하는 단 하나뿐인 절대적 길잡이였기에, 최근에 찍힌 다른 흔적들과 혼동하지 않기 위해 매우 주의할 필요가 있었다.

"이게 뭘 의미하는 걸까요? 짐작은 되지만요." 가브리엘은 갈림길 바닥에 성냥불을 비추며 움직이는 코건에게 말했다. 이제는 헐떡이는 말들 못지않게 지친 기색이었지만 수수께끼 같은 흔적을 세심히 살펴보았다. 이번에는 세 개만이 일반적인 편자 자국이었다. 네 번째 자국은 하나같이 점으로 찍혀 있었다.

그는 얼굴을 찡그리더니 길게 "휴!" 하는 소리를 냈다. "다리를 저는군요." 오크가 말했다.

"그래. 데인티는 대체로 앞다리를 절지." 코건이 발자국을 가만히 응시하며 천천히 말했다.

"계속 가야겠군요." 가브리엘이 땀에 젖은 말에 다시 올라탔다.

비록 시골의 유료도로만큼 상태가 좋은 길이었지만 명목상 샛길에 지나지 않았다. "이제 그놈을 잡게 될 거야!" 코건이 외쳤다.

"어디서요?"

"셔턴 요금소. 그곳 문지기 댄 랜들과는 그가 캐스터브리지의 문지기를 할 때부터 몇 년 동안 알고 지냈어. 여기서 런던까지

통틀어 가장 잠이 많은 사람이야. 다리 저는 말에 그 요금소라니, 이미 끝난 일이라고 봐도 되겠군."

그들은 이제 극도로 조심하면서 전진했다. 나뭇잎이 만들어 내는 그늘을 배경으로 조금 떨어진 앞쪽 길을 가로막고 있는 다섯 개의 하얀 차단 시설이 보일 때까지 아무 말도 하지 않았다.

"쉿, 거의 다 왔어요!" 가브리엘이 말했다.

"천천히 풀밭으로." 코건이 속삭였다.

두 사람 앞에 있는 하얀 차단 시설은 가운데가 어두운 형체로 가려져 있었다. 인적이 드문 이 시간의 정적은 그 형체가 내는 소리에 의해 깨졌다.

"어이, 어이! 문!" 두 사람이 눈치채기 전부터 외침이 있었던 것 같았고, 그들이 가까이 다가가자 요금소의 문이 열리며 문지기가 옷을 대충 입은 채 손에 양초를 들고 나타났다. 그 불빛은 그곳에 있는 모든 사람을 비추었다.

"문을 닫아요!" 가브리엘이 소리쳤다. "그놈이 우리 말을 훔쳤어요."

"누가요?" 문지기가 말했다.

가브리엘은 마차를 모는 사람을 보았다. 여자였다. 바로 그의 주인 밧세바였다.

그의 목소리를 듣자 그녀는 불빛을 피해 얼굴을 돌렸다. 코건은 그 순간 그녀를 보았다.

"아가씨잖아, 틀림없어!" 그가 놀라며 말했다.

확실히 밧세바였다. 그리고 그녀는 이제까지 사랑을 제외한

위기를 겪을 때마다 잘 사용한 속임수, 즉 냉정함으로 놀라움을 감추었다.

그녀가 조용히 물었다. "가브리엘, 어딜 가시나요?"

"사실……." 가브리엘이 입을 열었다.

"전 배스에 가는 중이에요." 그녀는 가브리엘에게 부족한 확신을 담아 말했다. "중요한 일이 생겨서 리디에게 방문하려던 것을 포기하고 곧바로 떠나야 했어요. 설마 저를 따라오던 건가요?"

"저흰 말을 도난당했다고 생각했습니다."

"정말 어이없군요! 내가 마차와 말을 몰고 나온 것을 모르다니, 매우 어리석어요. 10분 동안 창틀을 두들겼지만 메리앤이 깨지 않아 집으로 들어갈 수 없었어요. 운 좋게도 마차 두는 곳의 열쇠를 구할 수 있어서 누구도 깨우지 않을 수 있었죠. 나일 거라는 생각은 안 해봤어요?"

"저희가 어떻게요, 아가씨!"

"그렇군요. 그 말 절대로 볼드우드 씨의 것은 아니겠죠! 무슨 짓을 한 거예요! 이런 식으로 저를 난처하게 만드는 건가요? 뭐요! 여자는 도둑처럼 쫓기지 않고는 자기 집 문밖으로 조금도 못 나가나요?"

"하지만 아가씨가 아무 말도 남기지 않으셨는데 저희가 어떻게 알겠습니까?" 코건이 이의를 제기했다. "게다가 숙녀들은 이 시간에 마차를 몰지 않습니다. 그게 사회 통념이죠."

"메시지를 남겼어요. 아침이었다면 볼 수 있었을 거예요. 말과 마차가 필요해 그것들을 몰고 간다고 마차를 두는 곳 문에 분필로 써두었어요. 아무도 깨울 수 없었고, 곧 돌아오겠다고."

"하지만 아가씨, 날이 밝기 전까지 그걸 볼 수 없으리라는 점을 생각하셨어야죠."

"그렇네요." 그녀가 말했다. 처음에는 화가 났지만, 그녀는 분별력 있는 사람이었기에, 보기 드문 헌신을 보여 준 그들을 오랫동안 진지하게 비난할 수는 없었다. 그녀는 아주 상냥하게 덧붙였다. "이 일을 진지하게 생각해 준 것은 정말로 고마워요. 하지만 볼드우드 씨 말고 다른 사람한테 말을 빌렸다면 좋았을 텐데."

"데인티는 다리를 접니다, 아가씨." 코건이 말했다. "계속 가실 수 있겠습니까?"

"편자에 돌이 박혔을 뿐이에요. 100미터 전에 마차에서 내려서 제거했어요. 아무 문제 없이 갈 수 있어요. 고마워요. 해가 뜰 때쯤이면 배스에 도착할 거예요. 이제 그만 돌아가 주겠어요?"

밧세바가 고개를 돌렸다. 그녀가 고개를 돌릴 때 그녀의 선명한 눈에 비치던 문지기의 촛불이 요금소 안으로 사라졌고, 곧 신비로운 여름 나뭇가지의 그림자가 드리웠다. 코건과 가브리엘은 말을 돌린 뒤 7월의 부드러운 공기를 쐬며 왔던 길을 되돌아갔다.

"정말 이상하고 변덕스러운 행동이야. 그렇지 않아, 오크?" 코건이 의아한 듯 물었다.

"네." 가브리엘이 짧게 대답하였다.

"내일 저녁까지도 배스에 도착하지 못할 거야."

"코건 씨, 되도록 오늘 밤 일은 꺼내지 않는 게 좋겠어요."

"나도 같은 마음이야."

"좋아요. 마을에 도착하면 3시쯤일 테니 양처럼 조용히 교구로 들어갑시다."

밧세바는 길가에서 불안한 마음을 안고 생각한 끝에, 지금의 절박한 상황을 해결할 방법은 두 가지밖에 없다는 결론에 이르렀다. 첫 번째는 단지 볼드우드의 분노가 식을 때까지 트로이를 웨더베리에 못 오게 하는 것이고, 두 번째는 오크의 간청과 볼드우드의 맹렬한 비난을 받아들여 트로이를 포기하는 것이었다.

아아! 그녀가 이 새로운 사랑을 포기할 수 있을까? 그녀가 그를 좋아하지 않는다고 말함으로써 그가 그녀를 포기하도록 유도할 수 있을까? 더 이상 그와 말하지 않고 그녀를 위해 배스에서 휴가를 끝내고, 웨더베리에 더 이상 나타나지 말라고 할 수 있을까?

비참함으로 가득한 상황이었지만, 밧세바는 잠시 그 상황을 확고히 고려했는데, 그러는 동안에도 트로이가 볼드우드였다면 행복한 삶을 즐겼으리라는 소녀다운 상상에 빠지기도 하며 사랑의 길을 택할지 의무의 길을 택할지 고민했다. 트로이가 그녀를 잊은 뒤 다른 여자의 연인이 되는 공상을 하면서 스스로를 고통스럽게 하기도 했다. 그녀는 트로이의 성향을 꽤 정확하게 파악할 정도로 그의 본성을 꿰뚫어 보았다. 하지만 불행히도 그가 그녀를 사랑하지 않을지도 모른다는 생각이 들자 다시 그를 평상시만큼 사랑하게 되었다. 아니, 그것보다 더 많이 사랑하였다.

밧세바는 벌떡 일어섰다. 그녀는 당장이라도 그를 만나고 싶었다. 그리고 그에게 이 딜레마를 해결해 달라고 애원할 것이다. 그에게 돌아오지 말라고 편지를 보내면 그가 그럴 마음이 있더라도 제때 도착하지 않을 수 있었다.

밧세바는 연인으로서 그를 지지해 주는 것이 그를 포기하겠다는 결심을 굳히는 최고의 방법이 아니라는 당연한 사실을 전혀 몰랐던 걸까? 아니면 그를 포기하는 방식을 택함으로써 그와 어떻게든 한 번 더 만나는 짜릿한 기쁨을 즐기며 합리적인 궤변을 늘어놓는 것인가?

이제 어두워졌고 10시 가까이 되었을 것이다. 그녀가 목적을 달성할 수 있는 유일한 방법은 얄베리에 있는 리디에게 방문하려던 생각을 포기하고 웨더베리 농장으로 돌아가 말을 마차에 연결한 다음 즉시 배스로 떠나는 것밖에 없었다. 이 계획은 처음에는 불가능해 보였다. 힘센 말에게도 고된 여정일 것이다. 게다가 그녀는 그 거리를 훨씬 짧게 생각했다. 한밤중에 여자 혼자 하기엔 매우 대담한 행동이었다.

하지만 리디 언니네로 가서 상황이 저절로 흘러가도록 내버려 둘 수 있을까? 아니다. 그 일만큼은 일어나서는 안 된다. 밧세바는 자극적인 격동으로 가득 차 경고의 목소리를 듣지 못했다.

그녀는 마을 쪽으로 발걸음을 돌렸다. 마을 사람들이 모두 잠자리에 들 때까지, 특히 볼드우드가 잠드는 것을 확신할 수 있을 때까지 웨더베리에 도착하고 싶지 않았기에 그녀는 천천히 걸었다. 그녀의 계획은 밤중에 배스까지 마차를 몰고 가서 아침에 트로이 하사가 그녀를 만나러 가기 전에 그를 만나 작별을 고하고 헤어지는 것이었다. 그런 다음 하루 동안 말을 쉬게 하고(그동안 그녀는 울 계획이었다) 다음 날 아침 일찍 돌아올 예정이었다. 이대로라면 그녀는 온종일 데인티를 살살 몰아 저녁쯤에 리디가 있는 얄베리에 도착할 것이고, 그들이 원할 때 웨더베리로 돌아와 아무도 그녀가 배스로 향했다는 것을 모르게 할 수 있었다. 이것이 밧세바의 생각이었다. 그러나 그녀는 이곳에 온 지 얼마 안 돼 지형적 거리감에 무지했으므로, 여정을 실제 거리의 반 정도로 오판하였다.

이 계획이 얼마만큼 성공했는지는 우리가 이미 살펴본 대로였지만, 그녀의 계획은 계속되었다.

33
햇볕 속에서 - 조짐

일주일이 흘렀지만, 밧세바에 대한 소식도, 그녀가 몰고 간 마차에 대한 소식도 없었다.

그때 메리앤에게 주인의 편지가 왔는데, 배스에서의 용무 때문에 아직도 그곳에 발이 묶여 있다는 내용이었다. 그러나 다음 주 중에는 돌아가길 바라고 있다고도 쓰여 있었다.

또 일주일이 지났다. 귀리 수확이 시작되었고, 래머스 데이* 특유의 단색적인 하늘 아래로 떨리는 대기와 정오의 짧은 그림자 속에 모든 남성이 밭에 있었다. 실내에는 금파리들이 윙윙거리며 날아다니는 소리 말고는 아무것도 들리지 않았다. 실외에서는 낫을 가는 소리와 낫을 휘두를 때마다 땅에 떨어지는 노란 호박색 귀리 이삭들이 서로 부딪히면서 나는 쓱쓱 소리가 들렸

---

* 8월 1일에 열리던 영국의 추수제.

다. 땅으로 떨어지는 물은 물병과 사과주가 담긴 큰 병에서 떨어지는 것을 제외하면 일꾼들의 이마와 뺨에서 쏟아지는 땀이었다. 그 외의 수분은 모두 말라 있었다.

일꾼들이 울타리 근처에 있는 나무의 자비로운 그늘 속으로 잠시 쉬러 갈 때, 코건은 황동 단추가 달린 푸른 상의를 입은 사람이 밭을 가로질러 그들에게 달려오는 모습을 보았다. "저건 누구지?" 그가 말했다.

"아가씨에게 나쁜 일이 일어난 건 아니었으면 좋겠네요." 다른 여성들과 함께 귀리를 묶고 있던 메리앤이 말했다.(이 농장에서는 귀리를 항상 다발로 묶었다) "하지만 오늘 아침, 집 안에서 불길한 징조가 있었어요. 문을 열러 가다가 열쇠를 떨어뜨렸는데, 열쇠가 돌바닥에 떨어져서 두 동강이 났어요. 열쇠가 부러지는 건 불길한 징조예요. 아가씨가 집에 오셨으면 좋겠어요."

"카인 볼이네요." 가브리엘이 자신의 낫을 갈며 말했다. 오크가 밭일을 도와줄 의무는 없었다. 그러나 추수절은 농부들에게 불안한 시기였고, 밧세바의 곡물들이었기 때문에 도움을 주기로 하였다.

"가장 좋은 옷을 차려입었군." 매슈 문이 말했다. "손에 염증이 생겨서 며칠 동안 집을 떠나 있었거든. '일할 수 없으니 쉬어야겠어요'라더군."

"쉬기 좋을 때지. 완벽한 때네." 조지프 푸어그래스가 등을 피며 말했다. 그는 다른 사람들과 마찬가지로 매우 더운 날 사소한 이유로 잠시 휴식을 취하는 버릇이 있었다. 카인 볼이 평일에 좋은 옷을 입고 나타난 건 사소한 이유가 아니긴 했다. "나도 다리 상태가 안 좋을 때 『천로역정』을 읽을 수 있었어. 마크 클라크는 염증이 생겼을 때 카드 게임 하는 법을 배웠지."

"우리 아버지는 연애할 시간을 얻기 위해 팔을 탈골시켰지. 잰 코건이 소매로 얼굴을 닦고는 모자를 목덜미까지 눌러 쓰며 기진맥진한 목소리로 말했다.

그때쯤 카이니가 일꾼들 근처로 왔는데 한 손에는 한입 가득 베어 문 커다란 빵과 햄을 들고, 다른 한 손은 붕대를 감은 채 달려왔다. 그는 가까이 오면서 입을 종 모양으로 하고 심하게 기침을 했다.

"카이니!" 가브리엘이 단호하게 말했다. "먹을 때 그렇게 빨리 뛰지 말라고 몇 번이나 더 말해야겠니? 그러다 언젠가 질식할 거라고. 그게 네게 일어날 일이야, 카인 볼."

"컥컥!" 카인이 대답했다. "음식 부스러기가 엉뚱한 곳으로 넘어갔어요, 컥컥! 그게 다예요, 오크 씨! 엄지손가락에 염증이 생겨서 배스에 갔었어요. 그리고 거기서 컥컥, 봤어요!"

카인이 배스를 언급하자 일꾼들은 낫과 갈퀴를 내려놓고 주위로 모여들었다. 불행히도 그 불규칙한 부스러기는 그의 서술력을 향상하지 못했고 재채기를 유발하여 그의 주머니에서 상당히 큰 시계가 빠져나오게 했는데, 그 시계는 소년의 앞에서 추처럼 좌우로 흔들렸다.

"그래요." 그는 배스에 대한 생각에 집중하면서 그쪽을 보며 말했다. "마침내 세상을 보고 왔어요. 그리고 우리 아가씨를 보왔어요, 켁-켁-켁!"

"성가신 녀석이군!" 가브리엘이 말했다. "항상 무언가를 잘못된 방향으로 넘겨 꼭 해야 할 말을 못 한단 말이지."

"켁! 저기! 오크 씨, 모기가 방금 제 배 속으로 날아 들어와서 또 기침이 나왔어요!"

"그래, 그렇겠지. 네 입은 항상 열려 있으니깐, 이 악동아!"

"모기가 목 안으로 날아드는 건 끔찍할 일이지, 불쌍한 녀석!" 매슈 문이 말했다.

"그래서, 배스에서 네가 본……." 가브리엘이 재촉했다.

"아가씨를 봤어요." 목자 조수가 말했다. "군인과 걸어가고 있었어요. 두 사람은 점점 더 가까워지더니, 마치 결혼할 상대인 것처럼 팔짱을 끼고 다녔어요, 켁 켁! 마치 결혼할 상대인 것처럼요! 켁 결혼할, 켁!" 그는 이 시점에서 숨이 모자라 말의 가닥을 까먹은 듯했고, 밭을 위아래로 훑어보며 할 말을 생각해 내려는 것이 분명했다.

"아가씨와 군인을 봤, 하아, 하악!"

"빌어먹을 녀석!" 가브리엘이 말했다.

"제 버릇일 뿐인걸요, 오크 씨. 용서해 주세요." 카인 볼이 눈물이 고인 눈으로 오크를 원망스럽게 바라보았다.

"여기, 카이니에게 사과주 좀 주자고, 목 상태가 나아질 거야." 잰 코건은 큰 사과주병을 들어 마개를 열면서 카이니의 입에 가져다 대었다. 그러는 동안 조지프 푸어그래스는 기침으로 인해 카이니가 질식하여, 배스 여행에서 있던 일과 함께 사라질까 봐 걱정하기 시작했다.

"난 항상 가엾은 나 자신을 위해 말을 시작하기 전에 '신이시여 제발'이라고 읊조리지." 조지프가 겸손한 어조로 말했다. "너도 그렇게 해야 해, 카인 볼. 너를 안전하게 지켜 줄 거야. 언젠간 질식해서 죽지 않도록 구해 줄지도 몰라."

코건은 고통스러워하는 카인의 동그란 입에 사과주를 아낌없이 들이부었다. 그 절반은 병을 타고 흘러내렸다. 입으로 들어간 나머지 반은 목구멍으로 흘렀는데, 그중 또 다른 절반은 엉뚱한 방향으로 넘어가 기침과 재채기로 뿜어져 나와 사과주 안개를 형성하며 주위 일꾼들은 감쌌다. 그 안개는 잠시 동안 작은 수증기처럼 햇살 속에 떠 있었다.

"정말 꼴사나운 재채기군! 어째서 좀 더 예의 바르게 행동하지 못하는 거야, 이 녀석아!" 코건이 큰 병을 치우며 말했다.

"사과주가 코로 들어갔어요!" 카이니가 다시 말할 수 있게 되자 울먹이며 말했다. "이젠 제 목을 타고 내려와 엄지손가락 염증에 들어가고 반짝이는 단추와 제일 좋은 옷을 다 적셨어요!"

"불쌍한 저 녀석의 기침은 끔찍할 정도로 불행한 일이야." 매슈 문이 말했다. "저 녀석 손도 그렇지. 등 좀 두들겨 줘요, 목자 양반."

"제 천성이에요." 카인이 슬퍼했다. "엄마가 그러셨는데 전 항상 감정이 어느 정도 치밀어 오르면 굉장히 쉽게 흥분하는 사람이래요."

"그건 그래, 맞는 말이야." 조지프가 말했다. "볼네 가족들은 언제나 매우 쉽게 흥분했어요. 저 녀석 할아버지를 알았는데, 정말로 신경이 과민하고 겸손한 사람이었어요. 상류사회 사람처럼 세련됐어요. 저만큼 잘 상기되셨어요. 제 경우는 결함이 아니지만요!"

"전혀 아니지, 푸어그래스." 코건이 말했다. "자네에게는 매우 고귀한 자질이야."

"헤헤헤! 아무 말도 하지 말걸." 푸어그래스가 소심하게 중얼거렸다. "하지만 우리 모두 고귀하게 태어났어요, 정말로. 그래도 사소한 것들은 드러내지 않는 편을 더 선호해요. 그저 약간 고귀할 뿐이죠. 제가 태어났을 때 조물주는 제게 무엇이든 줄 수 있었어요. 그런데 그것을 꺼리셨는지 아무것도 받지 못했어요……. 하지만 숨겨야지, 조지프! 숨겨야 한다고! 여러분, 이 이상한 욕구 말입니다, 숨기고 싶은 욕구요. 그리고 마땅히 칭찬받아야 할 것을 받지 못하는 것이요. 하지만 산상수훈의 첫 부분에는 축복받은 사람들의 명단이 있는데, 거기엔 온순한 사람들도 몇 명 있어요."

"카이니 할아버지는 매우 똑똑한 사람이었어요." 매슈 문이 말했다. "사과 품종 하나가 그의 머릿속에서 나온 발명품이에요. 얼리 볼이라고 불리는 사과인데, 아시나요 잰? 톰 퍼트에 퀘렌든을 접목했고, 그 꼭대기에 다시 래더라이프를 접목했죠. 그가 하릴없이 술집에서 여자와 있던 건 사실이지만, 그런 면에서는 똑똑한 사람이었어요."

"자, 이제." 가브리엘이 조바심을 내며 말했다. "무엇을 봤니,

카인?"

"아가씨가 군인이랑 팔짱을 끼고 의자와 꽃, 관목이 있는 공원 같은 곳으로 가는 걸 봤어요." 카이니는 확실히 말하면서 자신의 말이 가브리엘의 감정에 매우 큰 영향을 끼치고 있다는 것을 어렴풋이 깨달았다. "그 군인은 트로이 하사였던 것 같아요. 그 둘은 30분 넘게 앉아서 무언가 애석한 이야기를 나누었고, 아가씨가 한 번은 죽을 것처럼 울었어요. 그 둘이 밖으로 나왔을 때 아가씨의 눈은 빛나고 있었고, 얼굴은 백합처럼 희었어요. 그러더니 친구 이상의 존재인 듯 서로의 얼굴을 쳐다보았어요."

가브리엘의 몸집이 홀쭉해진 것처럼 보였다. "그리고, 그 이외에는 뭘 봤어?"

"온갖 것을요."

"백합처럼 하얬다고? 확실히 아가씨였니?"

"네."

"그리고 또?"

"가게들의 커다란 창, 비를 잔뜩 머금은 하늘의 커다란 구름들, 그 주위 시골의 오래된 나무들이요."

"이 멍청한 녀석! 다음엔 무슨 말을 하려고?" 코건이 말했다.

"내버려 둬요." 조지프 푸어그래스가 끼어들었다. "저 아이는 배스 왕국의 하늘과 땅이 여기 있는 우리 마을과 완전히 다르지 않다는 이야기를 하는 겁니다. 낯선 도시에 관한 지식을 얻는 건 도움이 되죠. 아이가 말하게 내버려 둬요, 굳이 말한다면 말이죠."

"그리고 배스 사람들은……." 카인이 말을 이었다. "사치를 부릴 때를 제외하곤 불을 붙일 필요가 없어요. 물이 땅에서 데워진 상태로 나와서 바로 사용할 수 있거든요."

"확실한 진실이죠." 매슈 문이 증언했다. "주로 도로를 건설하는 인부가 그 말을 한 적이 있어요."

"그들은 물 말고 다른 음료는 마시지 않아요." 카인이 말했다. "그리고 그걸 매우 즐기는 것 같아 보였어요."

"음료 말고 음식은 솟아오르지 않았니?" 코건이 눈을 돌리며 물었다.

"아뇨, 그게 배스의 오점이라고 생각해요. 정말로 오점이죠. 신은 그들에게 물처럼 음식을 제공하지 않았어요. 제가 이해할 수 없는 결점이었죠."

"음, 정말 흥미로운 장소구나, 그것 말곤 할 말이 없네." 문이 말했다. "그리고 그곳에 사는 사람들도 매우 흥미롭구나."

"에버딘 양이 군인이랑 같이 걸어 다녔다고?" 가브리엘이 일꾼들에게 시선을 돌리며 물었다. "네. 그리고 아가씨는 검은 레이스로 장식된 아름다운 금색 실크 드레스를 입고 있었는데, 필요하다면 다리가 없어도 설 수 있을 만큼 뻣뻣한 드레스였어요. 아주 매력적이었죠. 머리카락도 멋지게 손질했고요. 햇빛이 그 화려한 드레스와 그의 빨간 옷을 비췄을 때……. 세상에! 어찌나 보기 좋던지. 멀리서도 그 둘이 보일 정도였어요."

"그러고 나선?" 가브리엘이 중얼거렸다.

"그 후 전 그리핀의 구두 가게에 가서 신발 끝부분 작업을 받고, 리그의 가게에 가서 가장 싸고 신선하지 않은 빵을 달라고 했어요. 대부분은 파랗게 곰팡이가 피어 있었지만 몇 개는 그렇지 않았죠. 케이크를 씹으면서 계속 걷다가 빵 굽는 원판만큼 큰 시계를 보았고……."

"그건 아가씨랑 아무런 관련이 없잖아."

"절 내버려 두시면 곧 말할게요, 오크 씨!" 카이니가 항의했다. "저를 흥분시키면 기침이 나올 거고, 그럼 아무 말도 할 수 없을 거예요."

"맞아, 아이만의 방식대로 말하게 내버려 둬." 코건이 말했다. 가브리엘은 자포자기하여 참을성 있는 태도가 되었고, 카이니는 말을 이어 나갔다.

"아주 큰 집들이 있었고, 성령 강림 축일에 웨더베리에서 열리는 클럽 워킹 날에 본 사람들보다 많은 사람들을 일주일 내내 봤어요. 그리고 커다란 교회랑 성당에도 갔어요. 목사님이 기도하는 모습이 얼마나 멋있던지! 무릎을 꿇고 두 손을 모았는데, 손가락의 성스러운 금반지가 사람들의 눈에 비쳐 반짝거렸어요. 그렇게 멋있게 기도해서 얻었나 봐요! 아, 저도 그곳에 살았으면 좋겠어요."

"우리의 불쌍한 서들리 목사님은 그런 반지를 살 만큼 돈을 벌지 못하지." 매슈가 생각에 잠긴 표정으로 말했다. "그래도 이 세상에서 존재하는 사람 중에 그보다 더 선한 분은 없어요. 전 가난한 서들리 목사님은 반지가 하나도 없다고 믿어요. 주석이랑 구리로 만든 반지조차요. 그런 반지라도 끼고 지루한 오후에 양초 불빛을 받으며 설교단에 서면 대단한 장식이 될 텐데! 하지만 그건 불가능한 일이죠. 가엾은 사람. 아, 세상은 얼마나 불공평한지."

"어쩌면 그는 끼거나 입는 것이 아닌 다른 무언가로 이루어진 분일 수도 있죠." 가브리엘이 암울하게 말했다. "자, 이 이야기는 이 정도면 됐고. 카이니 계속 말해 봐, 빨리."

"아, 그리고 목사님들이 새로운 스타일을 하고 계셨어요. 콧수염이랑 턱수염을 길게 기르더라고요." 여행자가 말했다. "그래서 모세나 아론 같아 보였기 때문에 신자들인 우리는 유대인이 된 것 같았어요."

"아주 올바른 생각이지, 매우." 조지프가 말했다.

"그리고 지금 국내에는 두 개의 종교가 성행하고 있어요. 고교회파랑 성당파요. 그래서 공평하게 행동하기로 했죠. 아침에는 고교회파에 가고 저녁에는 성당파에 갔어요."

"올바른 아이야." 조지프가 말했다.

"고교회파는 노래하면서 기도하고 모든 것들을 숭배해요. 예배에 설교가 있지만, 재미없고 면죄시켜 주려고만 해요. 그리고 그 뒤론 에버딘 아가씨를 한 번도 보지 못했어요."

"왜 진작 그걸 말하지 않은 거야?" 오크가 크게 실망하며 소리쳤다.

"아." 매슈 문이 말했다.

"그와 그렇게 가까이 지내면 결혼하기 싫어질 텐데."

"아가씨는 하사 양반이랑 그렇게 친하지 않습니다." 가브리엘이 분개하여 말했다.

"아가씨가 더 잘 아실 거야." 코건이 말했다. "우리 아가씨는 검은 곱슬머리 속에 분별력이 있어서 그런 미친 짓은 하지 않으실 거야."

"그는 거칠고 무식한 사람이 아닙니다. 꽤 잘 자란 사람이거든요." 매슈가 미심쩍은 듯이 말했다. "그가 군인이 된 건 무모했기 때문이에요. 그리고 처녀들은 그런 죄를 가지고 있는 남자를 좋아하죠."

"자, 카인 볼." 가브리엘이 안절부절못하며 말했다. "네가 본 여자가 에버딘 양이라고 확실하게 맹세할 수 있니?"

"카인 볼, 넌 더 이상 젖먹이도 아기도 아니야." 조지프가 그 상황에 맞게 음침한 목소리로 말했다. "그리고 넌 맹세한다는 것이 무슨 의미인지 알 거다. 무시무시한 증언이란 걸 알아야 해. 네가 한 말을 혈서에 봉인해야 해. 선지자 마태는 그 맹세를 지키지 않은 사람을 가루로 만들어 버린다고 했어. 자, 여기 모인 모든 일꾼들 앞에서 목자 양반이 요청한대로 네 말이 사실임을 맹세할 수 있니?"

"제발 그러지 마세요, 오크 씨!" 카이니는 자신이 종교적으로 중대한 상황에 처했다는 불안함에, 한 사람, 한 사람을 쳐다보면서 말했다. "제 얘기가 진실이라고 말하는 것은 개의치 않지만, 여러분들이 말하는 끔찍한 맹세를 하면서까지 진실이라고 말하고 싶지 않아요."

"카인, 카인, 어떻게 그럴 수가 있어!" 조지프가 단호하게 말했다. "넌 성스러운 방법으로 맹세하라는 요청을 받았어. 게라의 아들인 사악한 시므이처럼 욕하는구나. 이 녀석아!"

"아뇨, 그렇지 않아요! 불쌍한 어린 소년의 영혼이 낭비되길 원하시는 거죠, 조지프 푸어그래스 씨, 바로 그거예요!" 카인이 울며 말했다. "제가 에버딘 아가씨와 트로이 하사를 보았다는 건 사실이지만, 그 진실에 끔찍한 맹세를 하게 함으로써 다른 사람이었기를 바라는 거잖아요!"

"진실을 더 알아낼 순 없겠군요." 가브리엘이 일을 하러 돌아가며 말했다.

"카인 볼, 빵이나 먹어라!" 조지프가 짜증 내며 말했다. 그 후 일꾼들은 다시 낫을 휘두르기 시작했고, 낯익은 소리가 계속되었다. 가브리엘은 활기차게 행동하진 않았지만, 특별히 무기력한 티를 내지도 않았다. 그러나 코건은 분위기를 거의 파악하였고, 그와 단둘이 구석진 곳에 이르렀을 때 말했다.

"너무 심각하게 받아들이지 마, 가브리엘. 네 여자가 될 수도 없는데 누군가의 여자가 된다 한들 무슨 차이가 있겠어?"

"그게 바로 제가 저 자신에게 하던 말이었습니다." 가브리엘이 말했다.

34
귀가 · 사기꾼

같은 날 저녁 해 질 무렵, 가브리엘은 잠을 자기 전에 코건의 집 정원 문에 기대어 여기저기를 살펴보고 있었다.

마차 한 대가 풀로 덮인 길 가장자리를 천천히 달리고 있었다. 그 마차에서 두 여자의 대화 소리가 들렸다. 감정이 억제되지 않은 자연스러운 목소리였다. 오크는 즉시 밧세바와 리디라는 것을 깨달았다.

마차는 맞은편에서 달려와 지나갔다. 에버딘의 이륜마차였고 리디와 그녀의 주인이 타고 있었다. 리디는 배스와 관련한 질문을 했고, 그녀의 친구는 무기력하고 무관심하게 대답했다. 밧세바와 말 모두 지친 듯했다.

오크는 그녀가 안전하게 돌아왔다는 것을 알게 되자 안도감을 느꼈고, 모든 수심이 사라졌다. 오크는 그 사실을 즐기기만 하면 됐다. 모든 심상치 않은 소문들도 잊었다. 그는 동쪽과 서쪽의 넓은 하늘이 차이가 없어지고, 겁 많은 산토끼들이 어둑어둑한 언덕을 대담하게 뛰어다니기 시작할 때까지 계속 서성거렸다. 가브리엘은 30분 정도 그곳에 더 있었는지도 모른다. 어두운 형체가 천천히 걸어와 그를 지나쳤다. "잘 자요, 가브리엘." 행인이 말했다.

볼드우드였다. "안녕히 주무십시오, 볼드우드 씨." 가브리엘도 인사했다.

볼드우드도 마찬가지로 길을 따라 사라졌고, 얼마 지나지 않아 오크도 실내로 들어와 잠자리에 들었다. 볼드우드는 에버딘의 집을 향해 걸어가고 있었다. 집 앞에 도착해 현관으로 다가가던 그는 응접실의 불빛을 보았다. 겉창은 닫혀 있지 않았고, 밧세바는 서류인지 편지인지 모를 것을 훑어보고 있었다. 볼드우드는 그녀의 등을 바라보고 있었다. 그는 문으로 가서 노크한 뒤, 근육이 긴장하고 이마가 욱신거리는 채로 기다렸다.

볼드우드는 얄베리로 향하는 길목에서 밧세바와 만난 이후로 자기 집 정원 밖으로 나오지 않았다. 그는 아무 말 없이 자신이 가까이서 지켜보았던 단 한 명이 우연히 벌인 일을 여성 전체의 본질로 간주하면서 여성들의 태도에 대한 침울한 묵상에 잠겨 지냈다. 조금씩 자비로운 생각이 그에게 스며들었고, 오늘 밤 이렇게 기습한 것도 그 때문이었다. 그는 자신의 난폭한 발언에 일종의 수치심을 느꼈고, 밧세바에게 사과하고 용서를 빌러 온 것이다. 그녀가 돌아왔다는 사실을 지금 막 알았다. 그는 그녀가 단지 리디에게 방문하고 온 줄 알았으며, 배스로의 여정은 전혀 몰랐다.

그는 에버딘을 불러 달라고 요청하였다. 리디의 태도가 이상했지만 눈치채지 못했다. 그를 그곳에 내버려 두고 리디가 밧세바를 부르기 위해 집으로 들어가자 밧세바가 있던 방의 겉창이 닫혔다. 볼드우드는 그 조짐을 불길하게 받아들였다. 리디가 나왔다.

"지금은 아가씨를 만나실 수 없습니다." 그녀가 말했다.

볼드우드는 즉시 정원 문을 빠져나왔다. 그는 용서받지 못했다. 그것이 모든 일의 문제였다. 그는 초여름만 해도 특권을 가진 손님 자격으로 그녀와 함께했던 방을 보았다. 지금 자신의 즐거움이자 고통인 그녀는 자신이 그곳에 출입하는 것을 거부했다.

볼드우드는 집으로 향하는 걸음을 재촉하지 않았다. 웨더베리의 아래쪽 지역으로 의도적으로 걸어 다니다가 마을로 들어가는 짐마차 소리를 들었을 때는 적어도 10시였다. 짐마차는 마을의 북쪽으로 향하였는데, 웨더베리 주민이 직접 소유하고 모는 마차였으며, 지금 그 사람 집 앞에 세워졌다. 마차에서 누군가 내렸다. 마차 덮개 앞부분에 고정되어 있던 등이 그의 선홍색과 금색으로 이루어진 형체를 비추었다.

"아!" 볼드우드가 혼잣말을 했다. "그녀를 다시 보러 왔군."

트로이는 지난번 방문 때 숙소로 삼았던 마부의 집으로 들어갔다. 볼드우드는 갑작스럽게 결심을 하고 움직였다. 그는 서둘러 집으로 돌아갔다가 마부 집에 있는 트로이를 보기 위해 10분

만에 다시 돌아왔다. 그러나 그가 집에 다가가자 어떤 사람이 문을 열고 나왔다. 그 사람은 안에 있는 사람들에게 "잘 자요." 라고 말했다. 트로이였다. 도착하자마자 이렇게 빨리 외출하는 것이 이상했다. 어쨌든 볼드우드는 서둘러 그에게 다가갔다. 트로이는 여행용 가방을 손에 들고 있는 듯 보였는데, 그가 이곳에 올 때 가져온 것이었다. 오늘 밤 다시 떠나려는 듯 보였다.

트로이는 언덕을 향해 가더니 걸음을 재촉했다. 볼드우드가 앞으로 나섰다. "트로이 하사?"

"네, 제가 트로이 하사입니다."

"방금 막 도착하셨군요?"

"배스에서 방금 도착했습니다."

"전 윌리엄 볼드우드입니다."

"그러시군요."

볼드우드의 요점을 끌어내고 싶다는 어조였다.

"당신과 이야기를 좀 나누고 싶소." 볼드우드가 말했다.

"무엇에 관해서요?"

"저 위에 사는 여자에 관한 일이오. 당신이 부당한 취급을 한 여인에 관해서."

"당신의 무례함이 놀랍군요." 트로이가 계속 걸어가며 말했다.

"자, 여기 보시오." 볼드우드가 그의 앞에 서서 말했다. "당신이 원하든 아니든, 나와 대화해야 할 것이오."

트로이는 볼드우드의 낮은 목소리에 담긴 결심을 읽었고, 그의 튼튼한 체격과 한 손에 든 두꺼운 곤봉을 보았다. 그는 10시가 넘은 것을 떠올렸다. 볼드우드를 예의 있게 대할 필요가 있어 보였다.

"좋소, 기꺼이 들어 보도록 하죠." 트로이가 가방을 땅에 내려놓으며 말했다. "하지만 목소리를 낮추시오. 저쪽 농가 사람들이나 누군가가 우리 대화를 엿들을 수도 있으니까."

"난 당신을 향한 패니 로빈의 애착에 대해 많은 것을 알고 있는 사람이오. 가브리엘 오크를 제외하면 이 마을에서 유일하게 그 사실을 알고 있지요. 당신은 그녀와 결혼해야 하오."

"그래야겠죠. 하지만 그러고 싶어도 안 됩니다."

"왜죠?"

트로이는 성급하게 말하려다가 자신을 억제했다. "제가 너무 가난하기 때문이죠." 그의 목소리가 바뀌었다. 이전에는 앞일을 걱정하지 않는 목소리였다면, 지금은 사기꾼의 목소리였다.

현재 볼드우드의 기분은 그 변화를 눈치챌 정도로 비판적이지 못했다. 볼드우드가 말했다. "명백하게 말하는 편이 좋겠지. 옳은지 그른지, 여인의 명예와 수치심에 대한 문제 또는 당신의 행동에 대한 어떤 의견도 말하고 싶지 않다는 점을 알아두시오. 난 당신과 거래하고 싶소."

"그렇군요." 트로이가 말했다. "여기 앉도록 하죠."

오래된 나무의 밑동이 바로 맞은편 울타리 아래에 있었고, 그들은 그곳에 앉았다.

"난 에버딘 양과 약혼했소." 볼드우드가 말했다. "하지만 당신이 나타나서……."

"약혼은 아니었죠." 트로이가 말했다.

"약혼과 다름없었소."

"제가 나타나지 않았다면 그녀가 당신과 약혼했을지도 모르죠."

"했을지도라니!"

"그럼, 약혼했을 거라고 해두죠."

"만약 당신이 나타나지 않았다면 틀림없이 밧세바에게 받아들여졌을 거요. 그래, 틀림없이. 당신은 만약 그녀를 만나지 않았더라면 패니와 결혼했겠지. 에버딘 양과 당신의 지위는 너무 차이 나기 때문에 장난삼아 하는 연애가 결혼으로 끝나면 당신에게 아무런 이득이 없을 것이오. 그러니 내가 당신에게 부탁하는 것은, 이 이상 그녀를 괴롭히지 말라는 것뿐이요. 패니와 결혼하시오. 당분간 가난에서 벗어나게 해줄 테니."

"어떻게요?"

"지금 돈을 넉넉하게 드리겠소. 패니를 위한 돈도 마련할 것이오. 앞으로 당신이 가난으로 고통받지 않게 해주겠소. 분명히 말하겠소. 밧세바는 그저 당신을 갖고 노는 거요. 당신은 내 말대로 너무 가난해서 그녀와 어울리지 않소. 그러니 이루어질 수 없는 커다란 결합에 그만 시간 낭비하고, 내일 당장 이룰 수 있는 적당하고 합당한 결합에 신경 쓰시오. 당신이 가방을 챙겨서 오늘 밤 당장 웨더베리를 떠난다면, 50파운드를 주겠소. 패니가 지금 어디 사는지 말해 주면 결혼 준비를 위해 50파운드를 보낼 것이고, 결혼식 날 그녀는 500파운드를 받을 것이오."

이 발언을 하며 볼드우드의 목소리는 자신의 위치와, 목적, 그리고 그의 방법의 허점을 매우 명백하게 드러냈다. 확고하고 위엄 있던 태도는 상당히 사라졌다. 그리고 그가 제안한 계획은 몇 달 전의 그라면 유치하고 어리석다고 비난했을 것이다. 우리는 연인이 없을 때 부족했던 크나큰 힘을 연인에게서 알아차린다. 하지만 혼자인 사람은 사랑에 빠진 사람에게서는 찾을 수 없는 넓은 시야가 있다. 마음에 편견이 있으면 편협해질 수밖에 없고, 사랑은 감정을 더해 주지만 능력은 감소시킨다. 볼드우드는 이것을 비정상적으로 증명했다. 그는 패니 로빈의 상황이나 행방을 전혀 알지 못했고, 트로이가 앞으로 어떻게 행동할지도 몰랐다.

"전 패니가 제일 좋습니다." 트로이가 말했다. "그리고 당신 말대로 에버딘 양이 내겐 어울리지 않는 사람이라면 당신의 돈을 받고 패니와 결혼하여 모든 것을 얻어야겠군요. 하지만 그녀는 하인일 뿐이잖아요."

"그런 건 신경 쓰지 마시오. 내 제안에 동의하시오?"

"네."

"아!" 볼드우드가 좀 더 탄력 있는 목소리로 말했다. "오, 트로이, 패니가 가장 좋다면 어째서 이곳으로 와 내 행복을 망친 것이오?"

"지금은 패니를 가장 좋아합니다." 트로이가 말했다. "하지만 밧세…… 에버딘 양이 절 꼬드겼고, 한동안 패니를 대신하였습니다. 이제 다 끝난 일이에요."

"왜 그렇게 빨리 끝난 것이오? 그렇다면 어째서 이곳에 다시 돌아왔소?"

"중대한 이유가 있었습니다. 50파운드를 즉시 주신다고 하셨죠!"

"그렇소." 볼드우드가 말했다. "여기 50파운드요." 그는 트로이에게 작은 꾸러미를 건넸다.

"모든 준비를 해놓으셨군요. 제가 받을 거라고 예상하셨나 보네요." 하사가 꾸러미를 받으며 말했다.

"그렇소." 볼드우드가 말했다.

"당신은 제게 그 약속을 지키겠다는 말만 들었습니다. 반면 전 50파운드를 받았고요."

"그 생각도 했소. 그리고 당신의 도의심에 호소할 수 없다면, 음, 당신의 약삭빠름에 호소하려고 했소. 500파운드를 놓치지 않을 것이라고 예상했을 뿐만 아니라, 극히 쓸모 있는 친구가 되려는 사람을 최악의 적으로 돌리지 않을 거라 여겼소."

"잠깐, 들어봐요!" 트로이가 조용히 말했다. 그들의 바로 위에 있는 길에서 가벼운 발소리가 들렸다.

"맙소사, 혹시 저 사람……." 그가 말을 이었다. "가서 반드시 그녀를 만나야 해요."

"그녀라니, 누구?"

"밧세바요."

"밧세바가 이 밤에 혼자 나와 있다고!" 볼드우드가 놀라움에 일어섰다. "어째서 반드시 만나려고 하는 것이오?"

"오늘 밤 저를 기다리고 있습니다. 그래서 반드시 그녀에게 말해야 합니다. 그리고 당신이 바란 작별 인사도 건네야 해요."

"군이 말해야 하는 이유를 모르겠소."

"해될 일은 없을 겁니다. 게다가 내가 말하지 않는다면 그녀는 절 찾아 헤매고 다닐 겁니다. 내가 그녀에게 할 말을 전부 들을 수 있을 거예요. 내가 떠난 다음 구혼하면 될 겁니다."

"날 조롱하려는 말투군."

"절대 아닙니다. 그리고 이것을 기억하세요. 만약 그녀가 제 사정을 모른다면, 단호하게 그녀를 단념하러 왔다고 말했을 때보다 저를 더 많이 생각할 겁니다."

"그것과 관련된 말만 할 거요? 댁이 하는 말을 내가 들어도 되겠소?"

"전부요. 여기 그대로 계세요. 그리고 제 가방을 대신 들고 제가 하는 말을 잘 들으세요."

가벼운 발걸음은 점점 가까워졌고, 걸어오던 사람은 마치 무슨 소리라도 들었다는 듯이 가끔 멈췄다. 트로이는 여덟 박자의 휘파람을 부드럽게 플루트 톤으로 불었다.

"이 정도까지 이르렀군!" 볼드우드가 불쾌하게 중얼거렸다.

"조용히 하기로 약속했잖아요." 트로이가 말했다.

"조용히 하겠소." 트로이가 앞으로 걸어 나갔다.

"프랭크, 내 사랑, 당신이에요?" 밧세바의 목소리였다.

"아, 맙소사!" 볼드우드가 중얼거렸다.

"그래요." 트로이가 그녀에게 말했다.

"왜 이렇게 늦었어요." 그녀가 상냥하게 투정을 부렸다. "마차를 타고 오신 건가요? 귀를 기울이고 있다가 마차가 마을로 들어오는 소리를 들었는데, 한참 전이었어요. 그래서 거의 포기하고 있었어요, 프랭크."

"내가 반드시 온다고 했잖소." 프랭크가 말했다. "내가 오리라는 것을 알았잖소?"

"오실 줄 알았어요." 그녀가 장난스럽게 대답했다. "그리고 프랭크, 정말 운이 좋군요! 오늘 우리 집에는 저 말고 아무도 없어요. 당신이 여자의 내실을 방문했다는 사실을 아무도 모르게 하려고 모두 내보냈어요. 리디가 휴가에 대해 말하기 위해 할아버지 댁에 간다기에 내일까지 머물다 오라고 했어요. 당신이 다시 떠날 때까지 말이에요."

"잘했어요!" 트로이가 말했다. "그런데, 이를 어쩌나, 가방을 가지러 돌아가야겠소. 거기에 슬리퍼와 칫솔, 빗이 들어 있거든. 내가 가방을 가져오는 동안 먼저 집으로 돌아가시오. 10분 안에 그대의 응접실에 가겠다고 약속하오."

"네." 그녀는 발길을 돌려 다시 언덕 위를 올라갔다. 대화가 진행되는 동안 볼드우드의 굳게 닫힌 입엔 신경질적인 경련이 일어났고, 그의 얼굴은 축축한 땀으로 흠뻑 젖었다. 그는 곧 트로이를 향해 나아가기 시작했다. 트로이는 그에게 몸을 돌려 가방을 받았다.

"그녀를 포기하러 왔고 그녀와 결혼할 수 없다고 말할까요?" 트로이가 조롱하듯이 소리쳤다.

"아니, 아니, 잠시만 기다리시오. 할 말이 더 있소, 더 있다고!" 볼드우드가 쉰 목소리고 나지막이 말했다.

"자," 트로이가 말했다. "내 딜레마를 아시겠죠. 전 아마도 나쁜 사람일 겁니다. 내 충동의 희생자가 내가 하지 말아야 할 일을 하도록 이끌었어요. 하지만 난 두 여자 중 누구와도 결혼할 수 없습니다. 그렇지만 패니와 결혼할 이유가 두 가지 있죠. 첫 번째는 패니를 가장 좋아하기 때문이고, 두 번째는 당신이 한동안 제 뒤를 봐줄 것이기 때문이죠."

그와 동시에 볼드우드가 달려들어 그의 목덜미를 잡았다. 트로이는 볼드우드의 손아귀가 천천히 조여지는 것을 느꼈다. 그 움직임은 전혀 예상하지 못한 것이었다.

"잠시만요," 그가 헐떡였다. "당신은 지금 사랑하는 여자를 상처 주고 있어요."

"그게 무슨 소리지?" 볼드우드가 물었다.

"숨 좀 쉽시다." 트로이가 말했다.

볼드우드는 손을 느슨하게 풀었다. "하늘에 맹세컨대 난 널 죽이기로 결심했어!"

"그러면 밧세바가 파멸하겠지."

"구원하는 거야."

"내가 그녀와 결혼하지 않는 이상 그녀가 어떻게 구원받을 수 있지?"

볼드우드가 신음을 냈다. 그는 마지못해 하사를 풀어 주곤 울타리에 던져 버렸다. "사악한 자식, 날 고문하는군!" 그가 말했다.

트로이는 공처럼 튀어 올라 볼드우드에게 돌진하려다가 멈추고는 가볍게 말했다. "맥이랑 힘겨루기 해봐야 의미가 없지. 말다툼을 해결하는 야만적인 방법이기도 하고. 나는 그 신념 때문에 곧 군대를 떠날 것이오. 밧세바의 마음이 드러난 지금 날 죽이는 것은 실수 아니겠소?"

"너를 죽이는 건 실수겠지." 볼드우드가 고개를 숙인 채 기계적으로 되뇌었다.

"자살하는 편이 낫죠."

"훨씬 낫지."

"당신이 그것을 알아차려서 다행입니다."

"트로이, 그녀를 아내로 삼으시오. 그리고 조금 전에 한 내 제안은 따르지 마시오. 이 대안은 끔찍하지만, 밧세바를 데려가시오. 내가 포기하겠소! 그녀는 영혼과 육체가 당신에게 진심으로 팔려 있어. 오. 가엾은 여자, 속은 여자, 그것이 바로 너야 밧세바!"

"그렇다면 패니는요?"

"밧세바는 유복한 여자요." 볼드우드가 불안한 염려 속에 말을 이어 나갔다. "그리고 트로이, 그 여자는 좋은 아내가 될 거요. 정말로 그녀와 결혼을 서두를 만한 가치가 있소!"

"그러나 밧세바에게는 의지가 있어요. 성질은 말할 것도 없고. 전 그녀의 노예에 지나지 않을 겁니다. 불쌍한 패니 로빈과 결혼하면 무엇이든 내 뜻대로 할 수 있을 텐데."

"트로이," 볼드우드가 애원했다. "내가 당신을 위해 무엇이든 해줄 테니, 그 여자를 버리지만 말아 주시오. 제발 그녀를 저버리지 말아 주시오, 트로이."

"어느 쪽을, 가련한 패니?"

"아니, 밧세바 에버딘. 최선을 다해 사랑하시오! 다정하게 사랑해 줘요! 그녀를 당장 잡아야 즉시 득이 된다는 점을 어떻게 해야 깨닫게 할 수 있을까?"

"전 새로운 방식으로는 그녀를 얻고 싶지 않습니다."

볼드우드의 팔이 돌발적으로 다시 트로이를 향해 움직였다. 그는 본능을 억눌렀다. 그의 몸은 고통으로 축 늘어졌다.

트로이가 말을 이었다.

"전 곧 제대할 겁니다. 그리고⋯⋯."

"하지만 난 당신이 이 결혼을 서둘러 주었으면 좋겠어! 그대들에게도 좋을 것이오. 서로 사랑하는 사이니. 내가 당신들의 결혼을 돕도록 해주시오."

"어떻게요?"

"바로 결혼할 수 있게 패니를 대신해서 밧세바에게 500파운드를 주겠소. 아니, 내가 주면 그녀는 받지 않을 것이오. 결혼식 날 당신에게 드리겠소."

트로이는 볼드우드의 지나친 열정에 놀라 잠시 말을 멈추었다. 그는 무심코 말했다.

"지금 더 받을 순 없을까요?"

"당연하오, 원한다면. 하지만 아까 준 돈을 제외하면 많이 가지고 있지는 않소. 이런 상황은 생각지도 못했으니. 하지만 지금 지닌 전부를 주겠소." 볼드우드는 몽유병 환자처럼 지갑을 휴대하고 다니는 커다란 캔버스 주머니를 꺼내더니 그 안을 뒤졌다.

"21파운드가 더 있소." 그가 말했다. "지폐 두 장과 금화 한 개요. 하지만 가기 전에 서류 한 장에 사인을……."

"돈부터 주십시오. 그러면 우리 둘이 바로 그녀의 응접실로 가서 당신의 뜻을 이룰 수 있도록 당신이 만족할 만한 조치를 취하죠. 하지만 그녀는 이 현금 거래에 대해 아무것도 몰라야 합니다."

"알아선 안 되지." 볼드우드가 성급히 말했다. "여기 돈이 있소, 내 집으로 가서 나머지 돈에 대한 계약서를 작성하지요, 조건도 넣어서."

"일단 밧세바를 먼저 만납시다."

"어째서지? 오늘 밤은 우리 집으로 갑시다. 내일은 대리인을 만나러 가고."

"하지만 밧세바와 상의해야 합니다. 어떤 방식으로든 알려 줘야지요."

"좋소. 갑시다." 그들은 언덕을 올라 밧세바의 집으로 갔다. 그들이 입구에 서 있을 때 트로이가 말했다. "여기서 잠시 기다리세요." 그는 문을 조금 열어 두고 안으로 들어갔다.

볼드우드는 기다렸다. 2분 만에 복도에 불빛이 보였다. 볼드우드는 문에 사슬이 걸린 것을 보았다. 트로이가 침실용 촛대를 들고 안쪽에서 나타났다.

"뭐, 내가 침입이라도 할 거라고 생각했소?" 볼드우드가 경멸하듯 말했다.

"아뇨, 그저 확실하게 하는 게 제 성미라서 그렇습니다. 잠시 이것 좀 읽어 보시겠습니까? 촛불로 비춰 드리죠."

트로이는 문과 문설주 사이의 틈으로 접힌 신문을 건네고 촛불을 가까이 댔다. "이 단락입니다." 그는 어떤 곳을 손가락으로 가리키면서 말했다.

볼드우드는 그것을 보고 읽었다.

결혼

이번 달 17일, 배스의 성 암브로즈 교회에서 문학사 G. 민싱 목사의 이름 하에 웨더베리의 의학 박사 고(故) 에드워드 트로이의 유일한 아들이자 근위 용기병대의 하사인 프란시스 트로이가 캐스터브리지의 고(故) 존 에버딘의 유일하게 살아 있는 외동딸 밧세바와 결혼

"칼의 날카로운 부분으로 뭉툭한 부분을 치는 것 같지 않습니까, 볼드우드 씨?" 트로이가 말했다. 나지막이 껄껄대며 조롱하는 웃음이 그 말 뒤로 이어졌다.

볼드우드의 손에서 신문이 떨어졌다. 트로이는 말을 이었다. "패니와 결혼하는 데 50파운드라니. 좋군. 패니와 결혼하지 않고 밧세바와 결혼하는데 21파운드. 아주 좋아. 마지막으로 난 이미 밧세바의 남편이야. 볼드우드, 당신은 항상 남편과 그 아내

사이를 따라다니며 참견할 웃긴 운명이야. 한마디만 더 하지. 당신은 나만큼 나쁜 사람이야. 난 한 여자의 결혼이나 불행을 강매하는 수준의 악당은 아니야. 패니는 오래전에 날 떠났어. 난 모든 곳을 찾아보았지만, 그녀가 어디 있는 지도 몰라. 마지막으로 한마디만 더 하지. 당신은 밧세바를 사랑한다고 말하지만, 별 것 아닌 명백한 증거를 보자마자 그녀를 불명예스러운 여자라고 했어. 하찮은 사랑이지! 한 가지 교훈을 가르쳐 주었으니, 돈은 도로 가져가."

"됐어, 필요 없어!" 볼드우드가 화난 어조로 낮게 말했다.

"뭐가 됐든 난 이 돈을 받지 않을 거야." 트로이가 거만하게 지폐로 동전을 말아서 길바닥으로 던졌다.

볼드우드는 꽉 쥔 주먹을 트로이에게 흔들었다. "이 악마 같은 사기꾼! 지옥의 개 같은 놈! 네놈을 벌할 것이야. 기억해 둬, 네놈을 벌할 것이야!"

다시 큰 웃음소리가 들렸다. 그러더니 트로이는 문을 닫고 잠갔다.

그날 밤 내내 볼드우드의 어두운 형체가 아케론강의 음침한 땅을 돌아다니는 불행한 망령처럼 웨더베리의 언덕과 저지대를 걸어 다니는 광경을 본 사람이 있었을지도 모른다.

35
위층 창가

다음 날 이른 아침, 해가 뜨고 이슬이 내리는 시간이었다. 수많은 새들의 혼란스러운 노래가 싱싱한 공기 중으로 퍼져 나갔고, 하늘은 거미줄처럼 얇고 형체가 없어서 해를 가려도 아무런 효과가 없는 구름으로 뒤덮였다. 풍경을 비추는 빛은 모두 노란색이었고 모든 그림자는 가느다란 형태였다. 오래된 장원 저택을 감싼 덩굴 식물이 무거운 물방울들로 인하여 고개를 숙이고 있었는데, 물방울은 현미경 렌즈처럼 뒤에 있는 물체를 크게 확대하는 효과가 있었다.

시계가 5시를 알리기 바로 전, 가브리엘 오크와 코건은 함께 마을 교차로를 지나 밭으로 갔다. 여주인의 집이 거의 보이지 않는 지점에 도착했을 때 오크는 위층의 여닫이창 한 개가 열려 있는 광경을 보았다고 생각했다. 두 남자는 검은색 열매 다발로 풍성해지기 시작한 오래된 관목에 부분적으로 가려졌고, 나무 그늘에서 나오기 전 잠시 멈추었다.

잘생긴 남자가 한가롭게 창살에 몸을 기댔다. 그는 아침에 첫 정찰을 나선 사람의 태도로 동쪽과 서쪽을 보았다. 트로이 하사였다. 그는 빨간 윗도리를 대충 걸치고 있었다. 단추는 채워져 있지 않았고, 휴식을 취하고 있는 군인처럼 여유로워 보였다.

코건은 조용히 창가를 보다가 처음으로 입을 열었다.

"아가씨가 저 사람과 결혼했군!"

이미 그 광경을 본 가브리엘은 등을 돌린 채 서서 아무 대꾸도 하지 않았다.

"오늘은 뭔가 알게 될 것 같은 생각이 들어." 코건이 말을 이었다. "어두워진 지 얼마 안 돼서 바퀴가 우리 집 앞을 지나가는 소리가 들렸어. 네가 어디론가 나갔을 때였어." 그가 가브리엘을 힐끗 보았다. "맙소사, 오크, 자네 얼굴이 매우 하얘. 마치 시체 같아!"

"제가요?" 오크가 희미한 미소로 말했다.

"문에 좀 기대게. 잠깐 기다려 줄게."

"전 괜찮아요." 그들은 한동안 문 옆에 서 있었고, 가브리엘은 무기력하게 바닥을 보았다. 그의 마음은 빠르게 미래로 향하였고, 한가로운 세월 동안 이렇게 급히 서두른 일에 뒤따르기 마련인 후회의 장면들이 일어나는 것을 보았다. 그는 그들이 결혼을 즉각적으로 결정했다고 생각했다. 왜 그리 은밀하게 진행했을까? 그녀가 거리를 잘못 계산하여 배스로 가는 것이 고된 여행이었다는 것이 알려졌다. 말이 지쳐서 움직이지 못했고, 그곳에 도착하는데 이틀이 넘게 걸렸다. 일을 은밀히 진행하는 것은 밧세바의 방식이 아니었다. 모든 결점에도 불구하고, 그녀는 솔직했다. 그녀가 함정에 빠진 걸까? 그 둘의 결합은 말할 수 없는 슬픔일 뿐만 아니라, 트로이와 그녀가 집에서 멀리 떨어진 곳에서 만났을지도 모른다는 의심으로 지난주를 보냈음에도 불구하고, 결혼 소식을 알게 되자 무척 놀랄 수밖에 없었다. 리디와 함께 조용히 돌아왔다는 사실이 그 걱정을 어느 정도 씻어 주었기 때문이다. 움직이지 않는 것처럼 보이는 미세한 움직임은 그 속성이 정지 자체와 영원히 분리되어 있는 것처럼, 절망과 구별할 수 없는 그의 희망은 진짜 절망과는 달랐다.

몇 분 후 그들은 다시 집을 향해 걸었다. 하사는 여전히 창가에서 밖을 내려다보고 있었다.

"좋은 아침, 동무들!" 그들이 올라오자 그는 명랑한 목소리로 외쳤다.

그 인사에 코건이 대답했다. "자네는 저 사람의 인사에 답하지 않을 건가?" 그가 가브리엘에게 말했다. "나라면 좋은 아침이라고 인사하겠어. 말에 반 푼어치의 의미를 부여하지 않아도 되지만 예의는 지키게."

가브리엘은 일이 이미 일어난 이상 가장 좋은 얼굴로 그를 대하는 것이 그가 사랑하는 그녀를 최대한 배려하는 일이라 생각하여 그러기로 결심했다.

"좋은 아침입니다, 트로이 하사." 오크가 섬뜩한 목소리로 인사했다.

"이 집은 정말 복잡하고 우울하군." 트로이가 웃으며 말했다.

"그들은 어쩌면 결혼하지 않았을 수도 있어!" 코건이 암시했다. "아마 아가씨는 집에 없는 것 같아."

가브리엘은 고개를 저었다. 하사는 동쪽을 향해 조금 돌아섰고, 햇살은 그의 빨간색 외투를 반짝이는 주황빛으로 물들였다.

"하지만 이 집은 멋지고 오래된 집입니다." 가브리엘이 대답했다.

"그래요. 나도 그렇게 생각해요. 하지만 오래된 병에 담긴 새로운 포도주가 된 기분이오. 전체적으로 내리닫이 창문이 있어야 하고, 이 오래된 징두리 벽이 조금 밝아야 한다고 생각하오. 아니면 참나무를 완전히 떼어 내고 벽지를 바르든가."

"제 생각엔 안타까울 것 같아요."

"아니, 그렇지 않아요. 한 철학자는 예술이 왕성하던 시절에 일하던 옛 건축가들이 이전 건축가들의 작업을 존중하지 않아서 철거하고 변형시켰다고 하더군요. 우리라고 못 할 것 있나요? 그는 '창조와 보존은 서로 어울리지 못하는 법'이라고 말했어요. 그리고 '골동품 수집가들은 새로운 스타일을 창조하지 못한다'라고도요. 정확히 제 생각과 일치해요. 전 우리가 할 수 있을 때 즐겁게 지낼 수 있도록 이 장소를 좀 더 현대적으로 만들고 싶어요."

군인은 몸을 돌려 방 내부를 둘러보았다. 그의 생각에 영감을 얻기 위함이었다. 가브리엘과 코건은 다시 걷기 시작했다.

"오, 코건." 트로이가 마치 기억에 영감이라도 받은 듯 말했다.

"볼드우드 씨의 가족에게 광기가 나타난 적이 있었나요?"

잰은 잠시 동안 생각했다. "그의 삼촌이 머리가 이상하다는 말을 한 번 들은 적이 있지만, 확실한 건 모릅니다." 그가 말했다.

"그런 건 중요하지 않아요." 트로이가 가볍게 말했다. "음, 이번 주 중에 여러분들과 밭에 내려갈 생각이에요. 하지만 우선 해야 할 일이 몇 가지 있어요. 그럼 이만, 좋은 날 보내세요. 물론 우리는 평소처럼 우호적인 관계를 유지합시다. 난 거만한 사람이 아닙니다. 아무도 트로이 하사가 그렇다고 말하지 않았어요. 하지만 현실은 현실이지. 여기 내 반 크라운*이 있소." 트로이는 가브리엘을 향해 솜씨 좋게 앞마당과 울타리 너머로 동전을 던졌다.

가브리엘은 동전을 피했고, 얼굴이 빨갛게 변했다. 코건은 눈알을 굴리며 조금씩 앞으로 가서 길에 맞고 튕겨 나오는 동전을 잡았다.

"정말 잘했어요. 그 동전 가지세요, 코건." 가브리엘이 멸시하듯이 말했다. "전 그 사람의 선물 없이도 잘살 겁니다!"

"너무 티 내지 마." 코건이 타이르듯이 말했다.

"그가 만약 아가씨와 결혼했다면, 내 말을 새겨듣게. 그는 제대한 뒤 우리 주인이 될 거야. 그러니 속으론 '방해꾼'이라고 생각하고 겉으로는 '친구'라고 말하는 편이 좋아."

"글쎄요, 어쩌면 아무 말도 하지 않는 것이 가장 좋겠지요. 하

---

* 당시 2.5실링, 지금의 12.5펜스에 해당하는 영국의 옛 주화.

지만 그 이상은 할 수 없습니다. 전 아첨을 못 하거든요. 만약 제 일자리가 그 사람의 비위를 맞추어야만 유지된다면 전 일자리를 잃을 게 분명합니다." 한동안 멀리 보였던 말 탄 사람이 이제는 옆으로 가까이 다가왔다.

"볼드우드 씨네요." 오크가 말했다. "아까 트로이가 한 질문의 의도가 뭔지 궁금하네요."

코건과 오크는 볼드우드에게 공손하게 고개를 끄덕이며, 자신들을 불러 세울 경우에 대비해 걸음을 늦췄다. 부르지 않을 것임을 알고서는 그가 지나가도록 비켜섰다.

볼드우드가 밤새도록 싸운 것으로도 모자라 지금까지 싸우고 있는 끔찍한 슬픔은 윤곽이 분명했던 안색이 희미해지고 이마와 관자놀이의 핏줄이 부풀어 오르고, 입의 주름이 선명해진 데서 흔적을 찾을 수 있었다. 말이 그를 싣고 가고 있었는데, 말의 걸음은 끈질기게 따라오는 절망을 의미하는 것 같았다. 가브리엘은 볼드우드의 슬픔을 보고 잠시나마 자신의 슬픔을 초월할 수 있었다. 오크는 말 위에 똑바로 앉아 어느 쪽으로도 고개를 돌리지 않고, 팔꿈치는 엉덩이 옆에 단단히 고정했으며, 모자의 챙을 수평으로 쓴 채 누구의 방해도 받지 않고 앞으로 나아가는 볼드우드의 모습이 언덕 너머로 서서히 사라져 갈 때까지 보았다. 그와 그의 이야기를 알고 있는 사람에게는 무너져 내리는 모습보다 이렇게 꼼짝 않는 모습에서 이상한 점을 더욱 잘 발견할 것이다. 이곳의 분위기와 상황 사이의 불협화음 같은 충돌은 가슴에 고통스럽게 스며들었다. 눈물보다 웃음에 더 끔찍한 면이 있듯이, 이 고뇌에 찬 남자의 흐트러짐 없는 태도에는 외침보다 더 깊은 감정이 담겨 있었다.

36
위기에 놓인 재산 - 왁자지껄한 축하

8월 말의 어느 날 밤, 밧세바가 유부녀로서의 경험이 아직도 새롭고 날씨가 여전히 건조하고 무더울 때, 한 남자가 웨더베리 어퍼 농장의 건초 더미를 쌓아 놓은 밭에서 꼼짝도 하지 않고 달과 하늘을 바라보고 서 있었다.

그날 밤은 불길했다. 남쪽에서 불어오는 뜨거운 바람이 높이 솟은 사물 꼭대기를 천천히 부채질했고, 구름이 또 다른 층의 구름 쪽으로 움직였는데, 그 어떤 구름도 아래쪽에 부는 미풍으로는 향하지 않았다. 앞서 언급된 구름들 사이로 보이는 달은 꺼림칙한 금속성 물체를 연상시켰다. 들판은 혼탁한 빛으로 물들었고, 모든 것이 스테인드글라스를 통해 보이는 것처럼 단색으로 물들었다. 그날 저녁 양들은 꼬리에 꼬리를 문 채 집으로 향하였고, 까마귀 떼는 혼란스럽게 행동했으며, 말들은 소심하고 조심스럽게 움직였다.

임박한 천둥을 포함하여, 몇 가지 부차적인 조짐을 고려했을 때, 이 계절의 건조한 날씨가 끝났음을 알리는 긴 비로 이어질 가능성이 컸다. 추수 분위기가 사라지기까지 12시간도 채 남지 않았다.

오크는 무방비 상태인 8개의 건초 가리를 불안한 마음으로 쳐다보고 있었다. 그해 수확량의 반이나 되는 풍부한 건초 가리는 거대하고 무거웠다. 그는 헛간으로 갔다.

이날은 아내의 방에서 모든 것을 지배하고 있는 트로이 하사가 추수 기념 만찬과 댄스파티를 열기로 했다. 오크가 건물 쪽으로 다가갈수록 바이올린과 탬버린 소리, 그리고 지그 춤을 추는 사람들의 발소리가 점점 더 뚜렷해졌다. 그는 많은 문들 중약간 열려 있는 커다란 문으로 가까이 다가가 안을 들여다보았다.

중앙은 한쪽 끝의 구석진 곳과 마찬가지로 모든 짐들이 치워져 있었다. 건물의 3분의 2나 되는 이 공간은 모두가 모이기에 적합한 장소였다. 다른 한쪽 끝에는 범포로 덮인 가리가 천장까지 쌓여 있었다. 풀 다발들과 화환들이 벽과 등, 임시로 매단 샹들리에를 장식했고, 오크 바로 맞은편에는 연단이 세워져 있었으며 그 방향으로 의자와 탁자가 놓여 있었다. 그곳에 바이올린 연주자 세 명이 앉아 있었고, 그 옆에는 머리칼을 곤두세운 채로 땀을 줄줄 흘리며 탬버린을 광적으로 흔드는 사람이 보였다.

춤이 끝났고, 검은 떡갈나무 바닥 가운데에 남녀가 새롭게 짝을 이루었다.

"자, 부인. 아, 부인이란 말을 기분 나쁘게 생각하지 마시고, 다음으로 어떤 춤을 추시겠습니까?" 바이올린 연주자 중 한 명이 말했다.

"정말로, 어떤 노래든 상관없어요." 건물 안쪽 끝에, 컵과 음식이 놓인 탁자 뒤에 서서 현장을 지켜보던 밧세바가 선명한 목소리로 말했다. 트로이는 그녀 옆에서 빈둥거리고 있었다.

"그렇다면." 바이올린 연주자가 말했다. "제가 감히 적절하다고 생각하는 곡은 '군인의 즐거움'입니다. 농장으로 장가온 용맹한 군인이 있으니, 안 그렇습니까, 여러분?"

"좋소! '군인의 즐거움'으로 합시다." 사람들이 외쳤다.

"칭찬 고맙소." 하사가 기분 좋게 말하곤, 밧세바의 손을 잡고 춤을 추는 장소로 안내하였다. "제가 비록 이곳에서 나를 기다리고 있는 새로운 임무에 참여하기 위해 위대한 여왕 폐하의 제11 근위 용기병 연대에서 제대를 구입하였지만* 살아 있는 한 군인 정신과 감정을 이어갈 겁니다."

그렇게 춤이 시작되었다. '군인의 즐거움'에 대해서는 두 가지 의견이 있을 수 없고, 지금까지 나뉜 적도 없었다. 웨더베리와 그 부근의 음악가들은 45분간 우레 같은 발소리를 이끌어 내는 이 곡의 끝부분은 다른 곡의 첫 부분보다 발뒤꿈치와 발가락을 자극하는 성향이 있다고 고찰했다. 또한 '군인의 즐거움'은 앞서 언급한 탬버린에 훌륭하게 녹아들 수 있다는 점에서 추가적인

---

* 군에 돈을 지불하고 퇴역한다는 의미로, 제대 구매 가격은 벌금형 수준이다.

매력을 가지고 있다. 탬버린은 적절한 경련, 발작, 소무도병 그리고 끔찍한 광기를 이해하는 연주자의 손에서는 완벽한 음색을 내기 때문에 결코 무시할 수 없는 악기다.

베이스 비올의 소리가 연속 포격처럼 울려 퍼지며 그 불멸의 곡조가 끝나자, 가브리엘은 더 이상 지체하지 않고 그곳으로 들어갔다. 그는 밧세바를 피해 트로이 하사가 앉아 있는 연단으로 최대한 다가갔다. 다른 사람들은 사과주와 에일을 마시고 있었지만 트로이 하사는 물에 탄 브랜디를 마시고 있었다. 가브리엘은 하사에게 말을 걸 수 있는 거리까지 쉽게 다가갈 수 없었기에 잠시 내려오라는 전갈을 보냈다. 하사는 응할 수 없다는 대답을 알려 왔다.

"그럼 댁이 전해 주겠소?" 가브리엘이 말했다. "곧 있으면 폭우가 내릴 것이 확실한데, 건초 가리를 보호하기 위해 무언가 조치를 취해야 한다는 말을 하러 왔을 뿐이라고."

"트로이 씨는 비가 오지 않을 거라는대요." 말을 전하러 간 사람이 되돌아왔다. "그리고 그런 사소한 것에 대해 당신과 이야기할 수 없다고 합니다."

트로이와 어깨를 나란히 놓고 보면 오크는 가스 불 옆의 촛불처럼 우울해 보이는 성향이었다. 마음이 편치 않은 그는 다시 밖으로 나와서 집으로 돌아가야겠다고 생각했다. 현재 헛간에서 일어나고 있는 광경에 관심이 없었기 때문이다. 그는 나가기 전에 잠시 문 앞에 멈추어 섰다. 트로이가 말했다. "여러분, 오늘 자축하는 것은 수확이 끝났기 때문만은 아닙니다. 결혼을 축하하는 자리이기도 합니다. 얼마 전 저는 여러분의 주인인 이 아가씨를 제단 앞으로 인도하는 행복을 누렸습니다. 지금까지 웨더베리에서 공개적으로 큰 행사를 열지 못했네요. 모든 것이 잘 진행되고, 모든 사람들이 행복하게 잠자리에 들 수 있도록 브랜디 몇 병과 뜨거운 물이 든 주전자를 가져오라고 지시했습니다. 3배나 강력한 술잔이 손님 한 사람 한 사람에게 돌아갈 겁니다."

밧세바는 손을 그의 팔에 올려놓고 창백해진 얼굴로 애원하듯 말했다. "아뇨, 그들에게 주지 마세요. 제발요 프랭크! 그들에게 해만 될 거예요. 그들은 이미 충분히 마셨어요."

"맞아요. 우린 더 이상 바라지 않아요. 그래도 고마워요." 한두 사람이 말했다.

"흥!" 하사가 거만하게 말하더니 마치 새로운 생각이 떠올랐다는 듯이 언성을 높였다. "여러분, 여자들을 집으로 보냅시다! 여자들이 잠자리에 들 시간이에요. 그리고 우리 수탉들끼리 즐겁게 술을 마시며 흥청거립시다! 남자들 중 겁쟁이가 있다면, 겨울엔 다른 농장 일을 찾아보세요."

밧세바는 분개하며 헛간을 떠났고, 그 뒤를 여자들과 아이들이 따랐다. 연주자들은 자신을 '일행'이라고 생각하지 않고 조용히 빠져나와 마차에 말을 연결했다. 그리하여 헛간엔 트로이와 남자 일꾼들만이 남았다. 쓸데없이 불쾌해 보이지 않도록 오크는 한동안 남아 있었다. 그러다 그 역시 자리에서 일어나 조용히 떠났는데, 2차 술자리에 남지 않은 그를 향한 하사의 장난스러운 욕설이 뒤따랐다.

가브리엘은 집을 향해 갔다. 문으로 다가가던 그는 발가락으로 권투 글러브 같기도 하고 부드럽고 넓적한 가죽 같기도 한 것을 찼다. 길을 건너던 초라하고 커다란 두꺼비였다. 오크는 고통을 덜어 주기 위해 죽이는 것이 더 나을지도 모른다고 생각하면서 두꺼비를 집었지만, 다치지 않은 것을 발견하고는 다시 풀밭 사이에 놓아주었다. 그는 대자연이 직접 보낸 이 메시지가 무엇을 의미하는지 알고 있었다. 곧 또 다른 두꺼비가 나타났다.

그는 집 안의 불을 켰을 때 탁자 위에 마치 니스가 묻은 붓이 살짝 가로질러 간 것처럼 보이는 반짝이는 얇은 선을 보았다. 오크의 시선은 구불구불한 광택을 따라 다른 곳으로 향하였고, 그곳엔 제 나름의 이유로 오늘 밤 집 안으로 들어온 커다란 갈색 민달팽이가 있었다. 이것은 악천후에 대비하라는 두 번째 자연의 계시였다.

오크는 거의 한 시간 동안 명상을 하며 앉아 있었다. 그 시간 동안 초가집에서 흔히 볼 수 있는 검은 거미 두 마리가 천장을 돌아다니다가 결국 바닥으로 떨어졌다. 그 모습을 본 그는 이 문제와 관련하여 자신이 가장 완벽하게 알고 있는 징후를 떠올렸다. 양들의 본능이었다. 그는 방을 나와 두세 개의 밭을 가로질러 양 떼를 향해 달려갔고, 울타리에 도착하여 양 떼를 훑어보았다.

양들은 반대편의 가시금작화 덤불 근처에 모여 있었다. 오크가 처음으로 눈치챈 특이점은 자신의 머리가 울타리 위로 갑자기 나타났는데도 양들이 놀라거나 도망가지 않았다는 것이다.

양들은 이제 인간보다 더 큰 공포에 시달리고 있었다. 하지만 이건 가장 주목할 만한 특징이 아니었다. 양들은 한 마리 예외도 없이 폭풍우가 몰려올 가능성이 있는 지평선 방향으로 꼬리를 들고 무리 지어 있었다. 일부는 옹기종기 모여 원을 이루었고 그 바깥쪽에는 나머지 양들이 중심에서 퍼져 나가는 것처럼 서 있었다. 양 떼가 만든 무늬는 반 다이크의 레이스 깃과 비슷했고, 가시금작화 덤불은 레이스 깃을 착용한 사람의 목에 둘러진 것 같았다.

이로써 그는 원래 생각을 다시 한번 확고히 하기에 충분했다. 오크는 이제 자신이 옳았고 트로이가 틀렸다는 것을 알았다. 모든 자연의 목소리가 이구동성으로 날씨의 변화를 암시했다. 이러한 말 없는 징후는 두 가지 뚜렷한 변화를 동반한다. 분명히 뇌우가 올 것이고, 그 후에는 계속해서 차가운 비가 내릴 것이다. 기어 다니는 생명들은 나중에 올 비에 대해 알고 있는 것 같았지만 뇌우에 대해서는 모르는 것 같았다. 반면에 양들은 뇌우에 대한 것은 전부 알고 있었지만, 이후의 비에 대해서는 전혀 알지 못했다.

이렇게 복잡한 날씨의 변화는 흔치 않았기에 더 두렵게 느껴졌다. 오크는 건초를 쌓아 둔 밭으로 돌아갔다. 그곳은 모든 것이 조용했고, 건초 가리의 원뿔형 꼭대기가 하늘을 향해 어둡게 솟아 있었다. 이곳엔 밀 가리 다섯 개와 보리 가리 세 개가 있었다. 밀은 타작하고 나면 가리마다 평균 약 30쿼터(약 3킬로그램)가, 보리는 적어도 40쿼터(약 5킬로그램)가 된다. 이 곡식이 밧세바든 누구든 소유한 사람에게 얼마만큼의 가치인지 오크는 다음의 간단한 계산을 통해 추정해 보았다.

밀 가리 5개 x 30쿼터 = 150쿼터 = 500파운드

보리 가리 3개 x 40쿼터 = 120쿼터 = 250파운드

합계 금액 = 750파운드

750파운드 값어치의 곡물이 돈이 취할 수 있는 가장 신성한 형태, 인간과 짐승에게 필요한 음식의 형태로 있었다. 한 여자의 심리적 불안정으로 인해 이 많은 곡물이 반값 이하로 떨어지는 위험을 감수해야 하는가? "내가 막을 수 있다면 절대로 그렇겐 안 되지!" 가브리엘이 말했다.

이것이 오크의 표면적인 주장이었다. 그러나 인간의 말속에는 원래의 글을 지우고 그 위에 다시 쓸 수 있는 양피지처럼 또 다른 의미가 담겨 있다. 그의 공리적인 말 안에는 '내 힘이 다하는 순간까지 내가 사랑하는 여자를 돕겠다'라는 황금 전설* 같은 속내가 숨어 있을 가능성이 존재한다.

그는 그날 밤 건초 가리 덮는 일을 도와줄 사람을 구하기 위해 헛간으로 돌아갔다. 내부가 매우 조용했기 때문에 그는 초록색을 띤 하얀 바깥 풍경과 대조를 이루며 사프란처럼 희미하고 노란 불빛이 접문의 옹이구멍으로 새어 나오지 않았다면 파티

---

* 13세기에 제노바의 대주교 야코부스 데 보라지네가 펴낸 성인전.

가 끝났다고 믿고 그냥 지나갔을 것이다.

가브리엘은 안을 들여다보았다. 흔치 않은 광경이 그의 눈에
들어왔다.

상록수들 사이에 걸어 놓은 초들은 받침대에 이르기까지 모
두 타 버렸고 어떤 것은 그 주위에 묶인 잎들까지 그을렸다. 빛
들은 대부분 완전히 꺼졌고, 불타는 초들은 악취를 내뿜으며 바
닥으로 촛농을 떨어뜨렸다. 탁자 아래에는 비참한 몰골의 일꾼
들이 수직 자세를 제외한 상상할 수 있는 모든 자세로 의자와
물체에 기대어 있었다. 그들의 머리카락은 바닥에 착 달라붙어
대걸레나 빗자루 같았다. 이 가운데서도 붉은빛을 발하며 의자
에 등을 기대고 있는 트로이 하사의 모습이 뚜렷이 드러났다.
코건은 입을 벌리고 누워 다른 사람들과 마찬가지로 코를 골고
있었다. 이 수평 집합체의 단결된 코 고는 소리는 런던처럼 먼
곳에서 들려오는 함성 같았다. 조지프 푸어그래스는 가능한 한
피부를 공기 중에 노출하지 않으려는 듯 고슴도치처럼 몸을 웅
크리고 있었다. 그 뒤로 윌리엄 스몰베리의 별로 중요하지 않은
신체 일부분이 보였다. 유리잔과 컵들은 아직도 탁자 위에 있었
는데, 물을 담은 주전자가 넘어져 물이 줄줄 흘러 긴 탁자의 중
앙으로 완벽하게 흐른 뒤 동굴의 종유석에서 떨어지는 물방울
처럼 꾸준하고 단조롭게 의식을 잃은 마크 클라크의 목으로 떨
어졌다.

가브리엘은 절망적으로 사람들을 힐끗 쳐다보았는데, 한두 명
을 제외하곤 몸이 건장한 사내들이었다. 그는 건초 가리를 그날

밤, 적어도 다음 날 아침까지라도 구하려면 반드시 자기 손으로 해야 한다는 것을 단번에 깨달았다.

코건의 조끼 밑에서 '팅, 팅'거리는 희미한 소리가 울렸다. 시계가 2시를 알리는 소리였다. 오크는 누워 있는 매슈 문을 흔들었다. 그는 평소 주택의 지붕을 이는 험한 작업을 하는 사람이었다. 흔들어도 소용이 없었다. 가브리엘은 그의 귀에 대고 소리쳤다. "지붕 이는 방망이와 건초 가리용 막대, 두꺼운 막대기 어디 있어?"

"토대 밑에." 문이 무의식중에도 기계같이 재빠르게 대답했다. 가브리엘이 그의 머리를 놓자, 그릇처럼 바닥에 떨어졌다. 그러고 나서 그는 수잔 톨의 남편에게 갔다.

"곡물 저장고 열쇠 어디 있어?"

답이 없었다. 반복해서 질문해 보았지만, 결과는 같았다. 매슈 문과 달리 수잔 톨의 남편에게는 밤중에 고함을 듣는 것이 그리 신기한 일이 아닌 듯했다. 확실하게 말하자면 저녁의 유흥이 이렇게 고통스럽고 혼란스럽게 끝난 것에 대해 일꾼들은 큰 잘못이 없었다. 트로이 하사가 유리잔을 손에 들고 술을 마시는 것은 화합하는 길이라고 격렬하게 주장했기 때문에 거절하려던 사람들도 그 상황에서 예의 없게 보이기 싫어 마셨을 뿐이다. 젊었을 때부터 사과주나 순한 에일보다 강한 술을 접하지 않았기 때문에, 한 시간 정도 지난 후에 모든 사람이 술에 굴복한 이 보기 드문 현상은 놀랄 일이 아니었다.

가브리엘은 매우 우울해졌다. 이 방탕함은 심지어 지금도 마음속으로 충실한 남자가 달콤함과 똑똑함과 절망의 구현물이라고 느끼는 고집스럽고 매력적인 여주인에게는 좋은 징조가 아니었다.

그는 헛간이 위험해지지 않도록 꺼져 가는 불들을 완전히 끄고 망각의 수면에 빠진 사람들을 남겨 둔 채 문을 닫고 다시 외로운 어둠으로 들어갔다. 마치 용이 지구를 삼키려고 입을 벌리고 숨을 쉬는 것처럼 뜨거운 바람이 남쪽에서 불어와 그를 부채질했고, 북쪽의 바로 맞은편에는 바람의 여파로 인해 비정상적인 모양의 구름이 올라왔다. 구름이 너무 부자연스러웠기 때문에 아래쪽의 기계들에서 나는 연기라고 생각이 들 정도였다. 그러는 동안 그 작은 구름 조각은 마치 새로 태어난 새끼가 어떤 괴물을 본 것처럼 큰 구름을 두려워하며 남동쪽 구석으로 날아갔다.

마을로 가면서 오크는 수잔이 창문을 열어 줄 것을 기대하며 레이밴 톨의 침실 창문에 작은 돌을 던졌지만, 아무도 나오지 않았다. 그는 레이밴을 위해 잠가 놓지 않은 뒷문을 통해 안으로 들어간 다음, 계단 맨 밑에 섰다. "톨 부인, 곡물 저장고 열쇠를 가지러 왔습니다." 오크가 우렁찬 목소리로 말했다.

"당신이야?" 수잔 톨이 반쯤 깨어나서 말했다.

"네." 가브리엘이 대답했다.

"침실로 와. 도둑처럼 들어와서 이런 식으로 날 깨우다니!"

"레이밴이 아닙니다. 전 가브리엘 오크입니다. 곡물 저장고의 열쇠가 필요합니다."

"가브리엘! 도대체 무슨 이유로 레이밴인 척했죠?"

"그런 적 없습니다. 전 부인의 말이……."

"그런 척했어요! 여긴 왜 왔어요?"

"곡물 저장고의 열쇠요."

"그럼 가져가세요. 못에 걸려 있어요. 한밤중에 여자를 방해하는 사람들은 반드시……."

가브리엘은 장황한 비난이 끝나길 기다리지 않고 열쇠를 챙겼다. 10분 후 커다란 방수포 네 개를 끌고 마당을 가로질러 가는 그의 외로운 모습이 보였고, 곧 커다란 보물인 곡물 더미 두 개가 꼭 맞게 감싸졌다. 방수포 두 개로 더미 하나를 감싼 것이다. 200파운드를 확보했다. 밀 가리 세 더미가 남았지만, 더 이상 방수포가 없었다. 오크는 토대 밑을 뒤져 갈퀴를 발견했다. 그는 세 번째 보물 더미로 올라가 더미 위쪽을 다른 더미에 비스듬히 쌓는 작업을 시작했다. 그리고 그 틈새에 아직 묶지 않은 곡물을 채워 넣었다.

지금까지는 모든 것이 순조로웠다. 서둘러 대안을 생각해 낸 덕분에 밧세바의 재산 가운데 밀은 바람이 많이 불지 않는다면 적어도 2~3주는 끄떡없을 것이다.

다음은 보리였다. 보리는 체계적으로 엮은 이엉으로만 보호할 수 있었다. 시간이 흐르고 달이 사라져 다시는 나타나지 않았다. 전쟁이 시작되기 전 떠나가는 대사(大使)의 작별이었다. 밤은 마치 병든 짐승처럼 초췌한 모습이었다. 그리고 마침내 숨을 내쉬듯 온 하늘에서 죽음과 같은 산들바람이 불어왔다. 이제 마당에

서는 방망이가 두꺼운 막대에 부딪히는 둔탁한 소리와 간간이
짚이 바스락대는 소리 외에는 아무것도 들리지 않았다.

37
폭풍우 - 함께하는 두 사람

하늘을 가로지르는 인광의 날개에서 반사된 듯한 빛이 눈앞에 펄럭이고 우르릉하는 소리가 대기를 가득 채웠다. 다가오는 폭풍의 첫 움직임이었다.

두 번째 천둥은 번개가 비교적 약했지만 소리는 매우 컸다. 밧세바의 침실에서 촛불이 비치더니 곧 그림자 하나가 겉창 뒤로 왔다 갔다 했다.

세 번째 섬광이 번쩍였다. 머리 위의 광활한 창공에서 기이한 움직임들이 있었다. 번개는 이제 은색이었으며 쇠사슬을 걸친 군대처럼 하늘에서 번쩍거렸다. 소리는 더 거칠었다. 가브리엘이 있는 높은 위치에서는 적어도 8킬로미터 앞의 풍경을 볼 수 있었다. 모든 울타리와 덤불 그리고 나무가 일렬로 선 판화처럼 선명했다. 같은 방향의 방목장에는 어린 암소 무리가 있었다. 이 순간 소들은 엉덩이와 꼬리를 허공으로 치켜들고 머리를 땅에

박은 채 거칠고 혼란스럽게 질주했다. 바로 앞에 있는 포플러 나무는 광을 낸 양철 위에 잉크로 선을 그은 것처럼 보였다. 곧 그 풍경은 사라졌고 어둠이 한층 짙어져 가브리엘은 손의 감각만으로 작업을 했다.

그는 건초 막대 또는 단검이라고 무심히 불리는 것들을 가리에 꽂았는데, 이것들은 손으로 광을 낸 긴 쇠창살이었다. 이 창살은 가정에서 '그룹'이라고 불리는 지지대 대신 곡식 다발들을 받치는 데 사용하곤 했다. 하늘에 푸른빛이 나타나더니 뭐라 표현할 수 없는 모습으로 막대기 끝 가까이서 번쩍였다. 규모가 더 큰 네 번째 섬광이었다. 잠시 후 잽싸고도 선명하면서 짧은 철썩 소리가 났다. 가브리엘은 자신의 위치가 안전하지 못하다고 느끼고는 내려가기로 결심했다.

아직 비가 한 방울도 내리지 않았다. 그는 이마를 닦고, 다시 보호받지 못하고 있는 검은 형체의 가리들을 쳐다보았다. 자신의 목숨이 그렇게 소중했던 것일까? 이러한 위험 없이 중요하고 긴급한 일을 할 수 없다면, 이렇게 위험한 일을 꺼리는 그의 미래는 어떠할까? 그는 더미에 매달려 있기로 했다. 하지만 예방 조치를 취하기로 했다. 토대 밑에는 길 잃은 말이 탈출하는 것을 막을 때 사용하는 긴 사슬이 있었다. 그는 그것을 들고 사다리를 타고 올라가 사슬의 한쪽 끝에 막대기를 꽂아 놓고, 다른쪽 끝은 땅에 끌리도록 했다. 그리고 쇠사슬 끝에 달린 못을 땅에 박았다. 이렇게 즉흥적으로 만든 피뢰침 그늘 밑에서 오크는 비교적 안전하다고 느꼈다.

오크가 연장에 다시 손을 대기 전에 다섯 번째 섬광이 뱀처럼 튀어나와 악마 같은 고함과 함께 번쩍였다. 번개는 에메랄드 같은 녹색이었고, 소리는 엄청났다. 이 번개가 그에게 무엇을 보여 주었을까? 가리 너머의 탁 트인 땅에는 어둡지만 분명히 여자의 형체가 있었다. 이 교구에서 유일하게 모험적인 여자, 밧세바일까? 그 형체가 한 걸음 움직였다. 다음 순간 그는 더 이상 볼 수 없었다.

"마님이신가요?" 가브리엘이 어둠을 향해 말했다.

"거기 누구예요?" 밧세바의 목소리였다.

"가브리엘입니다. 가리를 덮고 있습니다."

"아, 가브리엘! 당신이에요? 그것 때문에 나왔어요. 날씨 때문에 잠에서 깼는데 곡식들 생각이 났어요. 너무나 걱정이 되더군요. 어떻게 해서라도 이것들을 구할 수 있을까요? 남편을 찾을 수가 없네요. 당신하고 같이 있나요?"

"여기 안 계십니다."

"어디 있는지 아시나요?"

"헛간에서 자고 있습니다."

"그가 가리들을 확인하겠다고 약속했는데, 이렇게 방치해 두다니! 내가 도울 일이 있을까요? 리디는 나오기를 두려워해요. 이 시간에 당신을 여기서 보다니! 내가 할 수 있는 일이 있나요?"

"갈대 다발을 하나씩 가져다주세요, 마님. 어둠 속에서 사다리를 오르는 것이 무섭지 않으면 말입니다." 가브리엘이 말했다.

"지금은 매 순간이 중요하고, 그렇게 해준다면 시간을 상당히 절약할 수 있을 겁니다. 번개가 치면 그다지 어둡지 않습니다."

"뭐든 하겠어요!" 그녀가 결연히 말했다. 그녀는 즉시 갈대 다발을 주워 어깨에 올린 뒤 그의 발밑 가까이 올라와 막대기 뒤에 내려놓고 다음 것을 가지러 내려갔다. 그녀가 세 번째로 올라왔을 때 빛나는 마졸리카 도자기의 황동색 빛처럼 가리가 갑자기 환해졌다. 모든 밀짚의 매듭이 보였다. 앞쪽 경사면에 흑요석처럼 검은 두 사람의 형체가 나타났다. 가리는 광택을 잃었다. 형체도 사라졌다. 가브리엘은 고개를 돌렸다. 그것은 그의 동쪽 뒤편에서 온 여섯 번째 섬광이었고, 경사면 위 어두운 두 형체는 자신과 밧세바의 그림자였다.

천둥소리가 뒤를 이었다. 저런 천상의 빛이 악마 같은 소리의 근원이라는 것이 믿기지 않았다.

"너무 무서워요!" 밧세바가 그의 소매를 움켜잡으며 소리쳤다. 가브리엘은 몸을 돌려 공중에 앉아 있는 그녀의 팔을 잡고 안정시켰다. 그가 원래 자세로 돌아가려고 하는 동시에 또 다른 번개가 있었다. 그는 언덕 위의 키 큰 포플러 나무가 헛간 벽에 나타나는 것을 보았다. 서쪽의 두 번째 섬광에 의해 만들어진 나무 그림자였다.

다음 번개가 왔다. 밧세바는 땅에서 또 다른 갈대 다발을 어깨에 올리고 있었고, 천둥 번개 같은 것들에 움찔하지 않고 견디면서 짐과 함께 다시 사다리를 올라왔다. 그 후로 4~5분 정도 사방이 조용했고, 가브리엘이 급히 박아 넣은 막대기들에서 으

드득 소리가 다시 뚜렷이 들려왔다. 그는 폭풍의 위기가 지나갔다고 생각했다. 그러나 갑자기 번개가 쳤다.

"움직이지 말아요!" 가브리엘이 그녀의 어깨에서 다발을 건네받고는 다시 그녀의 팔을 잡으며 말했다.

그때 정말로 하늘이 열렸다. 말할 수 없을 정도로 본질이 위험한 그 섬광은 한번에 파악하기에는 너무 새로워서 그들은 그저 장엄한 아름다움만을 이해할 뿐이었다. 번개는 동서남북 사방에서 튀어나온 완벽한 죽음의 춤이었다. 푸른 불빛으로 뼈를 형성한 해골 형태가 허공에 나타나 춤을 추고, 뜀박질을 하고, 여기저기 달리면서 전대미문의 혼란 속에 뒤섞였다. 이것들과 함께 물결치는 녹색의 뱀들이 서로 얽혔고, 그 뒤쪽으로는 약한 빛의 무더기들이 넓게 퍼졌다. 동시에 요동치고 있는 모든 하늘에서 고함이 울려 퍼졌다. 그 소리는 결코 가까이서 들리지 않았지만 지상의 어떤 소리보다 뚜렷했다. 그러는 동안 소름 끼치는 형체가 가브리엘이 세운 막대기 끝에서 밝게 빛나더니 눈에 띄지 않게 막대기를 타고 내려가서 쇠사슬로 이어지다 땅속으로 사라졌다. 가브리엘은 눈이 머는 것 같았고, 밧세바의 따뜻한 팔이 자신의 손에서 떨리는 것을 느꼈다. 감동적이고도 오싹한 순간이었다. 사랑, 생명, 모든 인간은 극도로 화난 우주와 나란히 서 있으니 작고 하찮아 보였다.

오크는 이런 감정들을 한 가지 생각으로 모을 시간도, 번개 속에서 그녀가 쓰고 있는 모자의 빨간 깃털이 이상하리만큼 번쩍이는 걸 볼 시간도 없었다. 앞서 언급한 언덕 위의 키 큰 나무가 불타올라 하얀 열기로 변하는 것이 보였고, 소름 끼치는 소리들 사이로 새로운 소리가 마지막 여운과 섞이고 있었다. 그것은 사람을 멍하게 만드는 가혹하고 냉혹한 폭발음이었고, 그들의 귀에 매우 직접적으로 들렸다. 멀리서 들리는 뇌성을 북소리처럼 들리게 하는 그런 메아리도 없었다. 지구의 모든 곳과 넓은 하늘의 둥근 형태에서 반사되는 빛에 의해, 그는 나무가 세로로 쪼개지면서 곧은줄기와 커다란 껍질이 날아가는 것을 분명히 보았다. 나머지 부분은 꼿꼿이 서서 앞쪽으로 하얀 속을 드러냈다. 나무에 번개가 내리친 것이다. 유황 냄새가 공중을 가득 메웠다. 그러고 나서 모든 것이 조용해졌고, 흰놈에 있는 동굴처럼 어두워졌다.

"정말 아슬아슬했습니다!" 가브리엘이 다급하게 말했다. "내려가는 게 좋겠습니다."

밧세바는 아무 말도 하지 않았다. 그는 그녀의 규칙적인 헐떡거림과 그녀 옆에 있는 갈대 다발이 겁에 질린 숨결에 반응하여 반복적으로 부스럭거리는 소리를 확실히 들었다. 그녀는 사다리에서 내려왔고, 그도 따라 내려왔다. 이제는 가장 예리한 시선으로도 어둠을 꿰뚫어 볼 수 없었다. 두 사람은 바닥에 나란히 내려섰다. 밧세바는 오로지 날씨만 생각하는 것 같았다. 오크는 오로지 그녀만 생각했다. 마침내 그가 입을 열었다.

"폭풍은 지나간 것 같군요."

"나도 그렇게 생각해요." 밧세바가 말했다. "그래도 여전히 번개가 많이 치네요. 보세요." 하늘은 이제 끊임없는 번개로 가득 찼다. 빈번하게 반복되는 번개는 신호용 공을 연속적으로 강타할 때 나오는 소리처럼 완벽하게 녹아들었다.

"심각할 건 없어요." 그가 말했다. "왜 비가 내리지 않는지 이해되지 않는군요. 하지만 상황이 훨씬 나아졌으니 감사하네요. 전 다시 올라가겠습니다."

"가브리엘, 당신은 내게 과분할 정도로 친절해요! 여기 남아서 마저 도와드릴게요. 아, 어째서 다른 사람들은 여기 없는 건지!"

"할 수만 있다면 그 사람들도 여기 있었을 겁니다." 오크가 머뭇거리며 말했다.

그녀는 "오, 저도 알아요, 전부 다."라고 말한 뒤 천천히 덧붙였다. "그 사람들 모두 술에 취해서 헛간에서 자고 있겠죠. 제 남편도 거기 있고. 그렇죠? 내가 소심한 여자라서 그런 일들을 견디지 못한다고 생각하지 마세요."

"확신하진 못하겠군요." 가브리엘이 말했다. "가서 확인해 보죠."

그는 그곳에 그녀를 혼자 남겨 두고 헛간을 향했다. 그는 문틈으로 안을 들여다보았다. 모든 것이 그가 나올 때처럼 어둠 속에 잠겨 있었고, 여전히 코골이 소리가 들렸다.

그는 뺨에 미풍이 불어오는 것을 느끼고 뒤를 돌았다. 밧세바의 숨결이었다. 그녀는 그를 따라와서 같은 틈새를 들여다보고 있었다.

그는 두 사람이 동시에 생각하고 있는 고통스러운 주제를 없애기 위해 부드럽게 애쓰며 말했다. "만약 저와 같이 돌아가실 거면 아가씨, 아니 마님, 갈대 다발을 몇 개만 더 올려 주세요. 시간을 꽤 절약할 수 있을 겁니다."

오크는 다시 돌아가서 사다리를 타고 가리 꼭대기에 올라간 뒤 작업을 계속하였다. 뒤따라온 그녀는 갈대 다발을 들고 있지 않았다.

"가브리엘." 그녀가 이상하게 감동한 목소리로 말했다.

오크는 그녀를 보았다. 그녀는 그가 헛간을 떠나온 뒤로 한 마디도 하지 않았다. 사그라지는 번개의 은은하고 지속적인 반짝거림이 맞은편 검은 하늘을 등지고 있는 대리석 같은 얼굴을 드러나게 했다. 밧세바는 거의 가리 꼭대기에 앉아 있었고, 두 발은 모은 채 사다리 위에 올려놓았다.

"네, 마님." 그가 대답했다.

"내가 배스로 급하게 달려간 그날 밤, 당신은 내가 결혼을 위해 간다고 생각했죠?"

"결국에는 그렇게 생각했습니다. 처음엔 아니었지만요." 그가 대답했다. 그는 밧세바가 이 새로운 주제를 갑작스럽게 언급해 다소 놀랐다.

"그리고 다른 사람들도 그렇게 생각했겠지요?"

"네."

"그 일로 절 비난하나요?"

"네, 조금은요."

"그럴 줄 알았어요. 전 이제 당신의 바른 의견을 조금 신경 쓰고 있어요. 그리고 뭔가 설명하고 싶어요. 내가 집으로 돌아온 뒤에 설명하려 했는데, 당신이 너무 엄숙해 보였어요. 내가 죽는다면, 어쩌면 곧 죽을 수도 있죠. 당신이 계속 나를 오해할 텐데 그건 너무 끔찍할 거예요. 그러니 들어 보세요."

가브리엘은 바스락거리는 소리를 멈추었다.

"난 그날 밤 트로이 씨와 관계를 끊을 생각으로 배스에 갔어요. 우리가 결혼한 것은 내가 그곳에 도착한 후에 일어난 상황 때문이에요. 이제 그 일을 새로운 관점에서 볼 수 있겠어요?"

"예, 어느 정도는요."

"이야기를 시작했으니 더 말해야겠어요. 당신은 내가 당신을 사랑했다거나, 내가 말해 준 내용이 그 이상의 다른 뜻을 가지고 있다고 착각할 사람은 아니니까 문제 될 건 아마 없을 거예요. 난 낯선 도시에 혼자 있었고, 말은 다리를 절었어요. 그래서 어떻게 해야 할지 몰랐죠. 너무 늦은 시간에 그런 식으로 단둘이 만났다가는 불명예스러운 소문이 생길 수도 있다고 생각했어요. 그래서 떠나려고 하는데, 그가 갑자기 그날 나보다 더 아름다운 여자를 보았고, 내가 즉시 그의 사람이 되지 않는 한 자신의 지조를 확신할 수 없다고 했어요……. 전 너무 슬프고 괴로웠어요." 그녀는 목소리를 가다듬고 숨을 고르듯 잠시 말을 멈췄다. "그래서 질투와 혼란스러운 마음 사이에서 그와 결혼한 거예요!"

가브리엘은 아무 말도 하지 않았다.

"그가 비난받을 일은 아니에요. 그가 다른 사람을 만난 건 틀림없는 사실이니까요." 그녀는 급히 덧붙였다. "그리고 난 당신이 이 주제에 대해 한마디도 하지 않았으면 좋겠어요, 정말로. 내가 금합니다. 난 단지 당신이 내 과거를 전혀 알 수 없게 되는 때가 오기 전에 내가 오해받고 있다는 것을 알아주었으면 했을 뿐이에요……. 갈대가 더 필요한가요?"

그녀는 사다리를 내려갔고, 일은 계속 진행되었다. 가브리엘은 곧 사다리를 오르내리는 여주인의 움직임에서 피곤함을 감지하고 마치 어머니처럼 부드럽게 그녀에게 말했다.

"이제 집으로 돌아가는 게 좋겠습니다. 지쳤군요. 바람이 바뀌지 않는다면 비는 오지 않을 것 같습니다."

"내가 쓸모없다면 갈게요." 밧세바가 기운 없는 말투로 대답했다. "하지만 아, 당신이 목숨을 잃는다면!"

"쓸모없는 게 아닙니다. 그렇지만 전 마님을 더 지치게 하고 싶지 않아요. 잘 해내셨습니다."

"당신은 더 잘해 줬고요!" 그녀가 감사해하며 말했다.

"당신의 헌신에 천 번 감사드려요, 가브리엘! 잘 있어요, 당신이 날 위해 최선을 다하고 있다는 것을 알아요."

그녀는 어둠 속에서 작아지다가 사라졌고, 오크는 그녀가 들어간 문의 빗장이 잠기는 소리를 들었다. 그는 그녀가 결혼 전 자유롭게 말할 수 있을 때보다 오늘 밤 그에게 더 다정하게 말하도록 만든 여성적 마음의 모순에 대해 곰곰이 생각하면서 작업을 계속했다.

그의 명상은 마차 보관소에서 들려오는 귀에 거슬리는 소음 때문에 중단되었다. 그 소리는 지붕 위의 풍향계가 돌아가는 소리였고, 이 바람의 변화는 재난을 불러올 비의 전조였다.

38
비 - 혼자인 사람이 다른 사람을 만나다

지금은 5시였고, 생기 없고 칙칙한 하늘에 해가 떠오르고 있었다.

대기는 온도가 변하면서 좀 더 활기차게 움직였다. 시원한 바람이 오크의 얼굴에 투명한 회오리처럼 불었다. 바람은 이리저리 방향을 바꾸면서 더 강해졌다. 10분 뒤, 대기 중의 모든 바람이 크게 휘몰아치는 것 같았다. 밀 가리 위의 이엉들이 높이 뜬 채 빙빙 돌고 있었기 때문에 다시 덮고 근처에 있는 난간으로 눌러야 했다. 이 작업을 끝내고 오크는 보리 쪽으로 가서 다시 열심히 작업했다. 커다란 빗방울이 그의 얼굴을 때렸다. 바람은 사방에서 으르렁거렸고, 나무들은 뿌리 부분까지 흔들렸으며 가지들은 부딪혔다. 막대기를 가리 이곳저곳과 이엉 여러 군데에 촘촘히 박을수록, 살아 있는 듯한 이 500파운드짜리 더미가 더 안전해졌다. 비가 본격적으로 내리기 시작했고, 오크도 차

갑고 축축한 물이 등을 타고 흘러내리는 것을 느꼈다. 결국 그는 수프에 찍은 빵처럼 초라해졌다. 옷의 염료마저 흘러내려 사다리 발치에 웅덩이를 이루었다. 비는 시작점인 구름과 그의 몸 사이에서 끊이지 않고 이어졌고, 칙칙한 대기 속에서 비스듬히 뻗쳐 내렸다.

오크는 문득 8개월 전, 같은 장소에서, 그녀를 향한 헛된 사랑을 위해 지금 물과 싸우는 것만큼 필사적으로 불과 싸웠던 것을 떠올렸다. 그녀를 위해……. 그러나 오크는 관대하고 진실한 마음으로 그런 생각을 지워 버렸다.

가브리엘이 마지막 가리에서 내려와 감사한 마음으로 "끝났다!"라고 외친 때는 아침 7시였다. 여전히 하늘은 어둡고 탁했다. 그는 흠뻑 젖었고, 지쳤고, 슬펐지만, 좋은 의도로 한 일이 성공했다는 느낌 때문에 젖고 지친 것만큼 슬프지는 않았다.

헛간에서 희미하게 소리가 들렸다. 그곳을 바라보니 사람들이 한두 명씩 나오고 있었는데, 제일 처음으로 나온, 주머니에 손을 넣고 휘파람을 부는 빨간 재킷을 입은 사람을 제외하곤 모두 얼굴이 붉었고, 걸음걸이도 이상했다. 다른 사람들은 양심의 가책을 받는 듯한 기색으로 휘청였는데, 구혼자들이 헤르메스의 지휘 아래 지옥으로 비틀비틀 걸어가는 플랙스먼의 그림 같았다. 사람들은 마을로 돌아갔고 그들의 우두머리인 트로이는 집 안으로 들어갔다. 가리 쪽으로 고개를 돌리거나 그 상태를 신경 쓰는 사람은 단 한 명도 없었다. 머지않아 오크도 그들과 다른 길로 집에 돌아갔다. 비에 젖어 번들거리는 길에서 그는 우산을 든 채로 자신보다 더 천천히 걸어가는 누군가를 보았다. 고개를 돌린 남자는 분명히 놀란 것 같았다. 볼드우드였다.

"잘 지내셨습니까?" 오크가 말했다.

"비가 오는군. 아, 난 잘 지내, 아주 잘 지내지. 고맙소. 꽤 잘 지내고 있소."

"그 말을 들으니 기쁘군요."

볼드우드는 조금씩 지금 상황을 인지해 가는 것 같았다.

"피곤하고 아파 보이는군, 오크." 그가 오크에게 띄엄띄엄 말했다.

"네, 피곤합니다. 이상하게 변하신 것 같습니다, 나리."

"내가? 조금도 그렇지 않네. 난 충분히 잘 지내고 있어. 무엇 때문에 그런 생각을 했나?"

"예전만큼 훌륭해 보이지 않습니다. 그뿐입니다."

"그렇군. 그건 그대의 착각일세." 볼드우드가 짧게 말했다. "그 어느 것도 날 상처 입힐 순 없네. 내 신경은 철같이 단단하니 깐."

"전 가리들을 덮기 위해 지금까지 힘들게 일했습니다. 간신히 때를 맞춰 끝냈지요. 이토록 힘든 일은 처음이었습니다……. 나리의 것들은 물론 안전하겠지요."

"아, 그래." 볼드우드는 잠시 침묵하다가 이렇게 덧붙였다. "뭐라고 했나, 오크?"

"비가 오기 전에 나리의 가리들에 덮개를 씌우셨냐고 물었습니다."

"아니."

"돌로 된 토대 위의 큰 것들은요?"

"그것도 안 했네."

"울타리 밑의 것들도요?"

"그렇다네. 이엉 이는 사람에게 말한다는 것을 까먹었어."

"울타리에 낸 디딤대 옆에 있는 작은 것들도요?"

"디딤대 옆에 있는 작은 것들도. 올해는 가리들을 신경 쓰지 않았네."

"그렇다면 곡물의 10분에 1도 건지지 못하시겠군요."

"그렇겠지."

"신경 쓰지 않았다라." 가브리엘이 천천히 혼잣말을 되풀이했다. 그 말이 오크에게 끼친 강렬한 극적 효과를 말로는 설명하기 힘들었다. 그는 밤새도록 자기 혼자 일한 것이 비정상적이고 마을 사람들과는 떨어져 있다고 느꼈다. 이 근처에서 그런 일은 찾아보기 힘들었다. 하지만 바로 이 순간 같은 교구에서 불평할 것도 없이 방치하여 더 큰 낭비를 하는 사람이 있었다. 몇 달 전만 해도 볼드우드가 농사일을 잊는다는 것은 뱃사람이 배에 탄 사실을 잊는 것만큼 터무니없는 일이었다. 오크는 밧세바의 결혼으로 인해 자신도 고통받았지만, 볼드우드가 말을 쏟아냄으로써 자신감을 얻고 마음을 진정시키려는 듯한 목소리로 말했을 때, 자신보다 더 고통받은 사람이 있다는 것을 알아챘다.

"오크, 최근에 내 일들이 잘못됐다는 걸 자네도 나만큼 잘 알고 있을 걸세. 나도 인정하네. 난 좀 정착하고 싶었는데, 어떻게 된 건지 내 계획은 수포로 돌아갔어."

"전 제 주인이 나리와 결혼할 거라고 생각했습니다."

볼드우드가 말을 많이 하지 않았기에 가브리엘은 그의 사랑의 깊이를 충분히 알 수 없었고, 자신은 그렇게 말을 아낌으로써 이 상황을 회피하지 않기로 결심했다. "하지만 때로는 일이 그렇게 되기 마련입니다. 우리가 기대하는 대로 일이 진행되는 법은 없지요." 그는 불행에 기분이 가라앉기보다는 익숙해진 사람의 평온함으로 그렇게 덧붙였다.

"난 교구의 웃음거리겠지." 볼드우드는 억누를 수 없는 듯 말하면서도, 스스로 무관심하다는 것을 표현하려고 말했다.

"아뇨, 전 그렇게 생각하지 않습니다."

"하지만 이 문제의 참된 진실은 어떤 사람이 공상하듯, 그녀의 시점에서 보았을 때 그녀는 그 어떤 남자도 거절하지 않았다는 거지. 나와 에버딘 양 사이에 약혼은 없었어. 사람들은 있었다고 말하지만 그건 사실이 아니야. 그녀는 내게 결코 약속하지 않았어!" 볼드우드는 가만히 선 채로 거친 얼굴을 오크 쪽으로 돌렸다. "아, 가브리엘," 그가 말을 이었다. "난 나약하고 어리석은 사람이야. 뭐가 뭔지 모르겠네. 비참한 슬픔을 피하지 못하겠어! 난 그 여인을 잃기 전까지 신의 자비를 희미하게 믿고 있었지. 신은 내게 그늘이 되어 줄 박을 주었고, 난 선지자처럼 신에게 감사하고 기뻐했지. 하지만 다음 날 신은 해충을 뿌려 박을 시들게 하였어. 난 사는 것보다 죽는 게 더 낫다고 느낀다네."

침묵이 뒤를 이었다. 볼드우드는 자신에게 흘러들어온 순간적인 자신감에서 깨어나 다시 평상시의 말 없는 상태가 되었고, 계속 걸었다.

"아니네, 가브리엘." 그가 마치 해골의 웃음처럼 무심한 표정을 지어 보이며 다시 말했다. "우리가 아니라 다른 사람들에 의해 그렇게 만들어진 거겠지. 가끔 좀 후회되긴 하지만 그 어떤 여자도 오랫동안 나를 압도할 만한 힘이 없었지. 그러면 잘 가게. 난 자네가 여기서 우리 두 사람 사이에 오간 말을 다른 사람한테 하지 않으리라고 믿네."

39

귀향 - 울음

캐스터브리지와 웨더베리 사이, 그리고 웨더베리에서 대략 5킬로미터 정도 떨어진 유료도로에는 얄버리 힐이 있다. 얄버리 힐은 사우스 웨식스의 오르락내리락하는 지역의 유료도로를 가로지르는 가파르고 긴 오르막 중 하나다. 보통 시장에서 돌아오는 농부나 상류층 사람들은 이 오르막의 아래쪽에 내려서 걸어 올라간다.

10월의 어느 토요일 저녁, 밧세바의 마차는 이 오르막길을 적절한 속도로 올라가고 있었다. 그녀는 마차의 두 번째 자리에 무관심하게 앉아 있었고, 꼿꼿하고 잘생긴 젊은 남자가 유행하는 유별난 농부들의 거래용 복장을 하고 그녀 옆에서 걷고 있었다. 비록 그는 말을 타지 않았지만 말고삐와 채찍을 들고 있었는데 가끔 재미 삼아 채찍 끝으로 말의 귀를 가볍게 건드렸다. 이 남자는 그녀의 남편이자, 전 하사인 트로이였는데, 그는 밧세바의 돈으로 제대를 산 뒤 점차 활기 넘치고 매우 현대적인 농장주로 변신해 갔다. 쉽게 생각을 바꾸지 못하는 사람들은 그를 만났을 때 여전히 '하사'라고 불렀다. 그가 군인 시절의 잘생긴 콧수염을 여전히 기르고 있었고, 몸가짐과 태도가 군인스러웠기 때문이었다.

"그 끔찍한 비만 오지 않았더라면 200 정도는 쉽게 얻었을 텐데, 내 사랑." 그가 말했다. "그 비가 모든 기회를 바꾸어 버렸다는 걸 모르겠어? 내가 언젠가 읽은 책에서는 비 오는 날은 일상이고 맑은 날은 역사적 사건이라더군. 정말로 그렇지 않소?"

"하지만 날씨가 변할 시기도 있잖아요."

"음, 그렇지. 사실 이런 날의 가을 경마가 사람들에겐 파멸이라니까. 그날 같은 날씨를 결코 본 적이 없어! 버드머스 외곽의 황량한 공터였는데 칙칙한 바다가 마치 물기를 머금은 불행처럼 우리 쪽으로 밀려왔어. 바람과 비…… 장난 아니었지! 어두웠냐고? 마지막 경마가 시작되기 전에는 내 모자 색만큼이나 어둡더군. 5시였는데 경마가 거의 끝날 때까지 말들은 보이지 않고, 어둡기만 한 거야. 땅은 납덩이처럼 단단했고 경험자들의 예측은 전부 헛수고가 되었지. 말, 기수, 사람들은 모두 바다 위의 배처럼 바람에 휩쓸렸어. 부스 세 개가 바람에 날아가 버렸고 그 안에 있던 불쌍한 사람들은 네발로 기어 나왔지. 옆 경기장에선 한꺼번에 십여 개의 모자가 날아갔어. 핌퍼넬은 항상 그렇듯 50미터 정도 떨어져 꼼짝 못 했지. 그때 폴리시가 달려오는데, 그 광경이 갈비뼈 안쪽의 심장을 두들겼어. 정말이야, 여보!"

"그럼 프랭크 당신 말은," 밧세바가 슬프게 말했다. 그녀의 목소리는 지난여름의 풍부하고 활기찼던 목소리와 달리 고통스러울 정도로 낮았다. "그 끔찍한 경마에서 한 달에 100파운드 이상을 잃었단 말인가요? 오, 프랭크, 그건 너무 끔찍해요. 내 돈을 그런 식으로 날리다니, 어리석어요. 그러다간 우린 농장에서 쫓겨날 거예요. 그게 이 생활의 종착점이 될 거예요."

"난리도 아니군. 또 시작이야, 울려고 하는군. 아주 당신다워."

"버드머스에 다시는 가지 않겠다고 약속해 주실래요?" 그녀가 간청했다. 밧세바는 펑펑 울 것 같았지만, 눈은 말라 있었다.

"왜 그래야 하는지 모르겠는데? 사실, 날씨가 좋아지면 당신을 데려갈 생각이었어."

"아뇨, 전 절대로 안 가요! 그러기 전에 반대쪽으로 200미터는 도망가겠어요. 경마라는 단어 자체가 싫어요!"

"하지만 경마를 보러 가느냐, 집에 머무르느냐는 이 일과 별로 관계없어. 돈 거는 일은 경마가 시작되기 전에 충분히 안전하게 예약하니깐. 경마에서 이기든 지든 우리가 다음 월요일에 그곳에 가는 것과는 거의 상관이 없소."

"설마 이번 경기에도 돈을 걸었다고 말할 생각은 아니겠죠!" 그녀가 괴로운 표정으로 소리쳤다.

"자, 바보같이 굴지 좀 말아. 내가 말할 동안 기다리라고. 밧세바, 당신은 예전에 가지고 있던 용기와 건방진 성격을 잃었소. 당신의 대담함 아래의 소심함을 알았더라면 난 결코……. 내가 알기만 했더라면."

이 말을 듣고 난 후 단호히 앞을 내다보는 밧세바의 검은 눈동자에는 분노의 빛이 스쳤다. 그들은 더 이상 말하지 않고 계속 나아갔고, 이 지점의 도로를 덮고 있던 나무에서 일찍 시든 나뭇잎들이 때때로 그들이 가는 길에 빙글빙글 돌면서 떨어졌다.

한 여인이 언덕 꼭대기에 나타났다. 그곳은 가팔랐기에 그녀는 눈에 띄기도 전에 부부에게 아주 가까이 다가온 상태였다. 트로이가 마차에 다시 타기 위해 발판에 다리를 올려놓는 동안 여자가 그의 뒤를 지나쳐 갔다.

저녁이 가까워지면서 나무에 그늘이 드리워져 그들은 어둠에 잠겼지만, 밧세바는 그 여자의 의복에서 극도의 가난함을, 얼굴에선 슬픔을 분명히 알아볼 수 있었다.

"실례지만 나리, 캐스터브리지의 구빈원이 밤 몇 시에 문을 닫는지 아십니까?"

여성이 트로이에게 어깨너머로 물었다.

트로이는 그 목소리를 듣고는 눈에 보일 정도로 매우 놀랐다. 그는 돌아서서 그녀를 보고 싶은 충동을 억누르는 것 같았다. 그는 천천히 말했다.

"나도 모릅니다."

여인은 그 말을 듣자마자 재빠르게 위를 쳐다보았고, 그의 옆얼굴을 살펴보곤 자작농의 의복 아래 있는 군인을 알아보았다. 그녀의 얼굴에는 기쁨과 괴로움이 동시에 맴돌았다. 그녀는 발작적으로 한숨을 내뱉고는 쓰러졌다.

"아, 가엾어라!" 밧세바가 즉시 내릴 준비를 하며 말했다.

"움직이지 말고 말을 신경 쓰고 있어!" 트로이가 밧세바에게 고삐와 채찍을 던지며 단호하게 말했다. "말을 데리고 꼭대기까지 가 있어. 내가 여자를 살펴볼게."

"하지만, 난……."

"내 말 들었어? 이랴, 포핏!" 말과 마차, 밧세바는 앞으로 가기 시작했다.

"도대체 여긴 어떻게 온 거야? 난 네가 멀리 떠났거나 죽었다고 생각했어! 왜 나한테 편지하지 않았어?" 트로이가 그녀를 들어 올리면서 묘하게 부드러우면서도 다급한 목소리로 말했다.

"무서웠어요."

"돈은 가지고 있어?"

"한 푼도 없어요."

"맙소사, 네게 줄 돈이 더 있었다면! 여기, 얼마 안 돼. 내가 가진 전부야. 나는 아내가 주는 돈 외에는 없어. 지금 달라고 할 수도 없고."

여인은 아무 말도 하지 않았다.

"이제 시간이 얼마 없어." 트로이가 말을 이었다. "오늘 밤 어디서 머무를 거야? 캐스터브리지 구빈원?"

"네, 그리 갈까 생각 중이에요."

"거긴 안 돼. 잠깐, 기다려 봐. 그래, 어쩌면 오늘만이라면. 지금은 더 이상 해줄 수 있는 게 없어. 운이 없군! 오늘은 거기서 자고 내일까지 거기에 머무르고 있어. 월요일은 내가 처음으로 자유로운 날이야. 월요일 아침 정확히 10시에 마을 외곽에 있는 그레이 다리에서 만나자. 내가 마련할 수 있는 돈은 전부 가져올게. 절대 부족하지 않을 거야, 패니. 그리고 나서 내가 어딘가에 거처를 마련해 볼게. 그때까지 안녕."

언덕을 다 오른 밧세바는 고개를 돌렸다. 그 여성은 서 있었다. 밧세바는 그녀가 트로이에게 물러나 캐스터브리지의 세 번째 이정표까지 힘없이 내려가는 것을 보았다. 트로이는 그 후 언덕을 올라오더니 마차에 올라타 고삐를 받아 쥐고는 아무 말 없이 채찍질하여 말을 빠르게 몰았다. 그는 다소 불안해하고 있었다.

"저 여자 누군지 알아요?" 밧세바가 탐색하듯 그의 얼굴을 바라보며 말했다.

"응." 그가 대담하게 그녀를 돌아보며 말했다.

"그럴 줄 알았어요." 그녀가 화가 나서 거만한 태도로 그를 계속 보았다. "누구예요?"

그는 돌연 솔직함이 두 여자 모두에게 득이 되지 않는다고 판단한 듯했다.

"우리 두 사람과는 관련 없는 사람이야." 그가 말했다. "얼굴만 알아."

"이름이 뭔데요?"

"내가 그 여자 이름을 어떻게 알아?"

"알고 있는 것 같은데요."

"당신이 원한다면 그렇게 생각해. 그리고……." 트로이는 포핏의 옆구리를 채찍질하느라 말을 끝맺지 못했다. 포핏은 거친 속도로 앞으로 나아갔다. 더 이상 아무 말도 없었다.

40
캐스터브리지 공공 도로

그 여자는 한참 동안 계속 걸었다. 그녀의 발걸음은 더욱 느려졌고, 밤의 그림자로 인해 희미하게 보이는 헐벗은 도로 위를 멀리 바라보려고 눈을 부릅떴다. 오랜 시간 끝에 앞으로 걸어가던 걸음이 비틀거림으로 바뀌기 시작했고, 건초 더미가 놓인 창고 문을 열었다. 그녀는 건초 더미에 앉았고 곧 잠이 들었다.

잠에서 깨어난 여자는 달도 별도 없는 깊은 밤 속에 있는 자신을 발견했다. 빈틈 하나 없는 무거운 구름은 모든 하늘을 덮어 별들을 막았고, 캐스터브리지 마을 위에 걸려 있는 머나먼 후광은 어두운 하늘을 통해 보였는데, 그 빛은 주위를 둘러싸고 있는 어둠과 큰 대조를 이루며 더욱 밝게 보였다. 이 약하고 부드러운 빛을 향해 여자는 눈을 돌렸다.

"만약 저곳에 도착할 수만 있다면!" 그녀가 말했다. "모래에는 그를 만날 수 있을 텐데. 신이시여, 저를 도와주세요! 어쩌면 그

전에 무덤에 들어갈지도 몰라."

저 멀리 깊은 그늘에 있는 영주 저택의 시계가 작고 희미한 소리로 1시를 알렸다. 자정이 지나면 시계 소리는 길이는 물론 폭을 잃어버리고, 그 낭랑함은 가성으로 줄어드는 듯했다.

그 후 외진 그늘에서 두 개의 등불이 생기더니 점점 커졌다. 마차 한 대가 길을 따라 굴러가다가 문 앞을 지나쳤다. 마차에는 아마도 늦은 외식을 한 사람들이 탔을 것이다. 한 등불에서 나오는 빛이 웅크리고 있는 여성을 잠시 비추어 그녀의 얼굴에 강렬한 안도감을 주었다. 얼굴은 젊어 보였지만 전체적으론 늙어 보였다. 얼굴 윤곽이 대체로 유연하고 어린애 같았지만 섬세한 얼굴선은 날카롭고 얇아지기 시작했다.

여자는 분명히 새로운 결의에 의해 일어났고, 주위를 둘러보았다. 그녀에게 익숙한 길인 듯했다. 그녀는 길을 따라 천천히 걸어가면서 울타리를 꼼꼼히 살폈다. 곧 희미하게 하얀색 형체가 보였다. 또 다른 이정표였다. 그녀는 이정표의 내용을 확인하기 위해 표면을 더듬었다.

"2개만 더!" 그녀가 말했다. 그녀는 잠시 휴식을 취하기 위해 돌에 기대었다가 다시 기운을 내서 가야 할 길을 걸어갔다. 그녀는 용감하게 짧은 거리를 걸어갔으나 다시 전처럼 축 늘어졌다. 이곳은 잡나무가 옆에 서 있는 인적이 드문 길로, 잎이 잔뜩 떨어진 길 위로 대량의 하얀 조각들이 흩어져 있었다. 낮에 나무꾼들이 나무를 엮어 울타리를 만들다 만 것 같았다. 이제 그녀와 함께 있어 줄 바스락 소리도, 바람도, 잔가지가 부딪히는 소리도 없었다. 여자는 대문 너머를 쳐다보다가 문을 열고 안으로 들어갔다. 입구 근처에는 나무가 한 단씩 묶이거나 묶이지 않은 채로 온갖 크기의 말뚝들과 줄지어 서 있었다.

그녀는 몇 초 동안 긴장한 채 부동 상태로 서 있었는데, 이것은 이전의 움직임이 끝이 아니라 일시적인 정지임을 의미했다. 그녀의 태도는 외부 또는 상상 속의 소리를 듣는 사람 같았다. 자세히 보면 그녀가 후자에 집중하고 있다는 것을 증명하는 징후를 발견했을지도 모른다. 더구나 이다음 장면에서 보이듯이 그녀는 인간의 팔다리를 대신하는 오토마타의 설계자, 똑똑한 자케드로처럼 이상한 발명을 하고 있었다.

캐스터브리지에서 비추는 불빛의 도움과 두 손의 감각으로 그녀는 무더기에서 막대기를 두 개 골랐다. 이 막대기들은 거의 직선으로 90~120센티미터 정도 되는 높이였는데, 끝부분이 Y자 모양으로 갈라져 있었다. 그녀는 자리에 앉아 위쪽의 작은 가지들을 부러뜨리고 나머지 부분을 손에 든 채 길로 돌아갔다. 그녀는 이 막대기들을 목발처럼 양 겨드랑이에 시험 삼아 끼워 보곤 그 위에 조심스럽게 체중을 실었다. 그녀가 너무 가벼워서 그런지 몸을 앞으로 내던지는 것 같았다. 그녀는 스스로 보조 도구를 만든 것이다.

목발은 큰 도움이 됐다. 공공 도로에서 들려오는 발소리와 목발이 찍히는 소리는 전부 나그네에게서 나는 소리였다. 그녀는 아주 먼 거리에 있는 마지막 이정표를 지나 곧 나올 다음 이정표를 계산하듯 생각에 잠겨 제방을 바라보기 시작했다. 비록 목발은 매우 유용했지만, 힘은 한계가 있었다. 이 방법은 노동력을 도구로 옮겼을 뿐 완전히 대체할 수 없었으며, 원래의 노동량은 줄어들지 않았다. 여전히 두 팔과 몸으로 움직여야만 했다. 그녀는 지쳤고, 팔을 앞으로 움직이는 동작은 약해졌다. 마침내 그녀는 옆으로 넘어졌다.

그녀는 형체가 없는 더미처럼 그곳에서 10분 이상을 누워 있었다. 아침 바람이 평지 위로 천천히 불기 시작했고, 어제부터 조용히 누워 있던 낙엽들이 새롭게 움직였다. 여자는 필사적으로 무릎을 딛고 일어섰다. 목발 하나로 균형을 잡은 그녀는 한 걸음, 또 한 걸음, 세 번째 걸음까지 걸었다. 목발은 이제 지팡이로 사용될 뿐이었다. 그렇게 그녀는 멜스톡 언덕을 내려올 때까지 계속 전진했다. 또 하나의 이정표가 나타났다. 곧이어 철제 울타리의 시작 지점이 시야에 들어왔다. 그녀는 첫 번째 기둥으로 비틀거리며 건너가 그 기둥에 매달려 주위를 둘러보았다.

캐스터브리지의 불빛이 하나하나 보이기 시작했다. 아침이 다가오고 있었다. 당장 마차를 기대할 순 없지만 바랄 수는 있었다. 그녀는 귀를 기울였다. 최고조에 달한 모든 음울한 소리와 승화하는 장례식 종처럼 정확하게 1분 간격으로 세 차례 공허하게 들려오는 여우 울음소리 말고는 생명의 소리가 없었다.

"1킬로미터도 남지 않았어!" 여자가 중얼거렸다. "아니, 더 가야 해." 잠시 후 그녀가 덧붙였다. "관청까지가 1킬로미터고 내가 쉴 곳은 캐스터브리지의 다른 편에 있어. 1킬로미터보다 조금 더 가야 해, 그럼 그곳에 도착할 거야!" 잠시 후에 그녀가 다시 말했다. "1미터에 대여섯 걸음, 아마도 여섯 걸음 정도. 앞으로 1,500미터를 가야 해. 100 곱하기 6은 600걸음. 600 곱하기 15는 9,000걸음. 아, 신이시여 저를 불쌍히 여기소서."

그녀는 울타리를 잡고 손을 번갈아 내밀면서 몸을 기댄 채 다리를 질질 끌며 나아갔다. 이 여자는 혼잣말을 하는 버릇은 없지만, 극단적인 감정은 강자의 개성을 증가시키듯 약자의 개성을 약화시킨다. 그녀는 같은 어조로 다시 말했다. "앞으로 울타리 기둥 다섯 개만 지나가면 끝이야, 더는 없을 거야. 그러니 그때까지만 힘내자."

이는 반쯤 거짓된 믿음이 아예 없는 것보다 낫다는 원칙이 실제로 적용된 경우였다. 그녀는 다섯 번째 기둥을 지난 뒤 그 기둥을 잡고 섰다.

"내가 간절히 기다리던 장소가 기둥 다섯 개만 지나면 있다고 생각하자. 할 수 있어." 그녀는 다섯 개를 지나쳤다.

"앞으로 다섯 개만 더 가면 돼." 다시 다섯 개를 통과했다.

"다섯 개만 더." 그녀는 그것들을 지났다.

그녀는 다리가 시야에 들어오자 이렇게 말했다. "저 돌다리가 내 여정의 끝이야." 그녀는 그쪽으로 기어갔다. 애쓰며 가는 동안 그녀의 숨결은 다시 돌아오지 않을 것처럼 공중을 떠돌았다.

"이제 정말로⋯⋯." 그녀가 자리에 앉으며 말했다. "정말로, 800미터밖에 남지 않았어." 진실이 아님을 알면서도 스스로를 속여 온 그 거짓이, 힘이 없음에도 800미터를 걸을 수 있도록 도와주었다. 그녀의 이런 책략은 무지가 선견보다 더 힘 있게 작용할 수 있음을, 근시안적 사고는 멀리 내다보는 사고보다 더 효과적이란 역설적인 진실을, 즉 포괄적인 사고보다 제한적인 사고가 현재 상황에 맞서 싸우는 데 더 도움이 된다는 것을 그녀가 어떤 불가사의한 직감에 의해 파악하고 있음을 보여 주었다. 800미터는 병들고 지친 여인 앞에 저거넛*처럼 서 있었다. 저거넛은 그녀 세계의 냉정한 왕이었다. 이 길은 던오버 무어를 가로지르며, 양쪽은 광활하게 트여 있었다. 그녀는 광야와 가로등, 자신을 살펴보곤 한숨을 쉬고 돌로 만들어진 다리의 난간에 기대어 누웠다. 이 유랑자는 이번만큼 매우 현명하게 행동한 적이 없었다. 이 최후의 절박한 700미터는 모든 도움과 수단, 책략, 방법을 동원해도 눈에 띄지 않는 인간이 극복할 수 없다는 생각이 분주히 그녀의 머릿속에서 맴돌았다. 그녀는 지팡이와 바퀴, 기어가는 방법, 심지어 굴러가는 것까지 생각해 보았다. 그러나 마지막 두 가지 방법은 어느 쪽이든 꼿꼿하게 서서 걷는 것보다 더 많은 노력이 필요했다. 무언가를 생각해 내는 능력이 고갈되었다. 마침내 절망감이 찾아왔다.

"더는 못 가!" 그녀가 속삭인 뒤 눈을 감았다. 다리 맞은편에 있는 줄무늬 그림자의 일부가 스스로 떨어져 나와 희미한 하얀 도로 위를 독립적으로 움직이는 것 같았다. 그것은 누워 있는 여인에게 소리 없이 미끄러져 왔다.

---

* 무자비하고 파괴적이며 막을 수 없는 힘을 뜻하며, 힌두교의 신인 자가나타에서 유래했다.

그녀는 손에 무언가가 닿는 것을 의식했다. 부드럽고 따뜻했다. 그녀는 눈을 떴다. 무언가가 그녀의 얼굴에 닿았다. 개 한 마리가 그녀의 볼을 핥고 있었다. 그 수캐는 크고 무겁고 조용했으며, 낮은 지평선을 등지고 어둡게 서 있었다. 현재 그녀의 눈높이보다 적어도 60센티미터는 더 높았다. 뉴펀들랜드인지, 마스티프인지, 블러드하운드인지 그 외의 종류인지 말할 수 없었다. 개는 이 인기 있는 품종에 속하기에는 본질적으로 너무 낯설고 신비로워 보였다. 따라서 어떤 품종에도 속하진 않지만 크기가 이상적인, 모든 품종에 보편적으로 존재하는 일반적인 크기의 개였다. 밤은 은밀하고 잔인한 면과는 별개로 슬프고 엄숙하며 자애로운 측면을 이러한 형태로 구현하였다. 어둠은 작고 평범한 사람들에게도 시적 능력을 주는데, 이 고통받는 여인조차 자신의 생각을 말로 표현할 수 있게 해주었다.

그녀는 누워서 조금 전처럼 개를 올려다보았다. 일어나 앉은 뒤에는 개를 사람 보듯이 보았다. 그녀처럼 갈 곳이 없던 그 동물은 그녀가 움직이자 정중히 한두 걸음 물러섰고, 자신을 쫓아내지 않는 걸 보고선 다시 그녀의 손을 핥았다. 그녀의 머릿속에서 한 가지 생각이 번개처럼 번뜩였다. "어쩌면 이 개를 이용할 수 있을 거야. 그러면 도착할지도 몰라!"

그녀가 캐스터브리지 쪽을 가리켰다. 개는 이해하지 못한 것 같았다. 개가 달려갔다. 그러더니 그녀가 따라오지 않는 것을 발견하곤 다시 돌아와서 낑낑거렸다.

여성의 노력과 발상이라는 가장 슬프고 궁극적인 특이성이 나타나자, 그녀가 빠르게 숨을 쉬며 허리를 굽히고 일어나 작은 두 손을 개의 어깨에 올려놓으며 단단히 고정한 채 개를 자극하는 말을 했다. 마음은 슬펐지만 목소리는 쾌활했다. 강자가 약자의 격려를 필요로 하는 것보다 더 이상한 것은 그런 완전한 실의가 쾌활함을 잘 자극한 것이었다. 그녀의 동료는 천천히 앞으로 움직였고, 그녀는 자신의 체중의 절반을 개에 실은 채 그 옆에서 종종걸음으로 움직이며 앞으로 갔다. 그녀는 가끔 똑바로 걸을 때처럼, 목발을 짚고 걸을 때처럼, 울타리를 잡고 걸을 때처럼 쓰러졌다. 그녀의 욕구와 무능력함을 완전히 이해한 그 개는 그녀가 쓰러질 때마다 매우 괴로워하였고, 그녀의 옷을 잡아당기며 앞으로 달려 나가곤 했다. 그럴 때마다 그녀는 개를 불렀다. 이제 그녀가 사람 소리에 귀를 기울이는 것은 단지 사람을 피하기 위해서였다. 길에 쓸쓸히 남겨진 자신의 모습을 다른 사람에게 알리고 싶지 않음이 분명했다.

그들의 진행 속도는 필연적으로 느렸다. 그들은 마을 아래쪽에 도착했고, 캐스터브리지의 등은 마치 플레이아데스성단처럼 보였다. 그들이 왼쪽으로 돌자 밤나무가 있는 인적이 드문 길이 나왔고, 곧 자치구의 가장자리에 도착했다. 그렇게 그들은 마을을 지나갔고 목적지에 도착하였다. 마을 외곽, 간절히 바랐던 지점에는 그림 같은 건물이 우뚝 솟아 있었다. 원래 이 건물은 단순히 사람들을 수용하는 건물이었다. 그 건물은 외벽이 매우 얇고 추가 장식물이라곤 전혀 없었으며 숙박 시설과 매우 가까웠기 때문에, 수의 아래로 보이는 시체처럼 건물의 암울한 모습이

밑바닥부터 보였다.

그런데 자연이 기분이 상하기라도 한 듯 그 건물에 손길을 뻗쳤다. 수많은 담쟁이덩굴이 벽을 완벽히 덮어 수도원처럼 보였다. 그래도 캐스터브리지의 굴뚝들 위로 보이는 정면 모습은 이 근방에서 가장 웅장한 곳 중 하나로 알려졌다. 이웃의 한 백작이 그곳에 사는 사람들이 즐기는 그 광경을 혼자만 보기 위해 1년 동안 임차했다고 한다. 아마도 많은 사람들은 그의 1년을 위해 그 말을 따랐을 것이다.

이 돌로 된 건물의 중앙은 본관과 양옆의 분관으로 이루어졌는데, 그 분관에는 굴뚝 몇 개가 보초처럼 서서 느린 바람에 슬프게 콸콸 소리를 냈다. 벽에는 문이 있었고, 문 옆에는 철삿줄에 초인종 끈이 매달려 있었다. 여자는 무릎을 꿇은 채로 가능한 한 높게 서서 간신히 손잡이를 잡았다. 그녀는 그것을 당긴 뒤 얼굴을 가슴 쪽으로 늘어뜨리고 고개를 숙인 채 쓰러졌다.

6시가 가까워지고 있었고, 이 지친 영혼의 안식처가 될 수 있는 건물 안에서 움직임 소리가 들렸다. 큰 문 옆에 있는 작은 문이 열리면서 한 남자가 나타났다. 그는 헐떡거리는 옷 무더기를 보고 불을 가지러 갔다가 다시 돌아왔다. 그는 다시 한번 건물에 들어갔다가 두 명의 여자와 함께 왔다. 이들은 바닥에 엎드려 있는 그녀를 들어 올려 문 안으로 부축해 들어왔다. 남자가 문을 닫았다.

"여기까지 어떻게 왔을까?" 여자 중 한 명이 말했다.

"하느님만이 아시겠지." 다른 여자가 답했다.

"밖에 개가 있어요." 고난을 극복한 여행자가 중얼거렸다. "어디로 갔죠? 그 개가 절 도와줬어요."

"돌을 던져 쫓아 버렸어요." 남자가 말했다.

이후 작은 행렬이 앞으로 나아갔다. 불을 들고 있는 남자가 앞서 나가고 그 뒤로 두 명의 앙상한 여자들이 작고 축 쓰러져 있는 사람을 양옆에서 부축했다. 그렇게 그들은 집 안으로 들어가 사라졌다.

41
의심 - 패니를 보내다

밧세바는 시장에서 돌아온 그날 저녁 내내 남편에게 거의 말을 하지 않았고, 그도 그녀에게 말을 많이 할 마음이 없었다. 그는 가만히 있을 수 없는 상태와 침묵이 합쳐진 불쾌한 심기를 드러냈다. 다음 날인 일요일도 전날과 비슷한 태도로 서로 침묵하며 지냈고, 밧세바는 밤낮없이 교회에 갔다. 이날은 버드머스 경마 전날이었다. 그날 저녁 트로이가 갑자기 말했다.

"밧세바, 내게 20파운드만 주겠소?"

그녀의 얼굴이 즉시 굳어졌다. "20파운드?" 그녀가 말했다.

"실은 돈이 매우 필요해서." 트로이의 얼굴에 불안감이 매우 두드러졌다. 그것이야말로 종일 그가 품고 있던 기분의 정점이었다.

"아! 내일 있을 경마 때문에 필요한 거군요."

트로이는 잠깐 대답하지 않았다. 그녀의 착각은 지금처럼 의심받을까 봐 움츠러든 그에게 유리했다. "글쎄, 내가 경마 때문에 돈이 필요하다고 생각하나 보군?" 그가 마침내 말했다.

"오, 프랭크!" 밧세바가 간절히 애원하며 대답했다. "불과 몇 주 전까지만 해도 당신의 모든 즐거움을 더한 것보다 제가 더 사랑스럽다고 말했고, 절 위해 그 모든 것들을 포기한다고 했어요. 그런데 이제 와서 즐거움보다 걱정이 더 큰 그 일을 포기하지 않겠다고요? 포기하세요, 프랭크. 내가 할 수 있는 모든 것, 예쁜 말이랑 예쁜 외모, 그리고 내가 생각할 수 있는 전부를 동원해서라도 당신을 사로잡아 집에 머물게 하겠어요. 당신의 부인 말을 들으세요. 그렇게 하겠다고 말해요!"

밧세바의 본성에서 가장 다정하고 가장 부드러운 면들이 두드러지게 나타났다. 평소라면 매우 자주 드러났을 신중함이 담긴 가식적이고 방어적인 말을 전혀 하지 않고 그의 동의를 구하기 위해 충동적으로 말이 나왔다. 이러한 특별한 상황을 위해 형성된 듯한 예쁜 얼굴을 뒤로 살짝 비스듬하게 기울여, 말보다 더 많은 것을 표현하는 익숙한 자세로 재치 있으면서도 위엄 있게 하는 간청을 거부할 수 있는 남자는 거의 없을 것이다. 그녀가 그의 아내가 아니었다면 트로이는 즉각 굴복했을 것이다. 그는 더 이상 그녀를 속이지 않으리라고 생각했다.

"경마 빚 때문에 돈을 원하는 것은 절대 아니오." 그가 말했다.

"그럼 무엇 때문이죠?" 그녀가 물었다. "당신은 이런 분명치 않은 책임감으로 절 심히 걱정스럽게 해요, 프랭크."

트로이가 망설였다. 그는 이제 그녀의 방식대로 너무 멀리 이

끌려 갈 만큼 그녀를 사랑하지 않았다. 하지만 예의 바르게 행동할 필요가 있었다. "그런 의심하는 태도 때문에 날 오해하는 거요." 그가 말했다. "날 구속하는 것은 예전의 당신과 어울리지 않소."

"조금은 불평할 권리가 있다고 생각하는데요, 내가 돈을 내는 거라면." 그녀는 미소와 비웃음의 중간쯤 되는 표정으로 말했다.

"정확한 말이오. 그리고 전자인 불평이 행해졌으니, 후자인 돈을 주는 것이 진행된다고 가정하겠소. 밧세바, 장난은 좋지만 지나치지는 말아요. 그러다 후회할 일이 생길지 모르니까."

그녀의 얼굴이 붉어졌다. "이미 하고 있어요." 그녀가 다급히 말했다.

"무엇을 후회하지?"

"제 로맨스가 끝났다는 것을요."

"모든 로맨스는 결혼과 동시에 끝나지."

"당신이 그런 식으로 말하지 않았으면 좋겠어요. 당신은 제 돈 때문에 이렇게 살면서 제 영혼을 매우 슬프게 하고 있어요."

"당신은 나 때문에 아주 어리석어졌군. 난 당신이 날 싫어한다고 생각하오."

"당신을 싫어하는 게 아니에요, 당신의 잘못이 싫을 뿐. 난 당신의 잘못들이 싫어요."

"당신이 그 잘못들을 해결해 준다면 훨씬 좋아지겠지. 자, 20파운드로 이 문제를 해결하고 친구처럼 지냅시다."

그녀는 체념의 한숨을 내쉬었다. "가계 비용 때문에 그 정도는 가지고 있어요. 꼭 가져가야 한다면 그렇게 하세요."

"아주 좋소. 고맙소. 내일 아침 당신이 아침 식사를 하기 전에 난 떠나고 없을 거요."

"꼭 가야 하나요? 아! 프랭크, 내게서 당신을 떼어 놓으려는 사람들과 상당히 많은 약속을 했던 때가 있었어요. 그때 당신은 절 달링라고 부르곤 했죠. 하지만 이젠 내가 하루하루를 어떻게 보내는지 당신은 관심 없겠지요."

"당신의 그런 감정에도 불구하고 난 반드시 가야 하오." 트로이는 말하면서 시계를 보더니 무의식적으로 시계의 뒤쪽을 열었다. 그 안에는 작은 머리 타래가 아늑하게 들어 있었다.

그 순간 우연히 밧세바의 눈이 위로 향하였고, 그의 행동과 머리카락을 보았다. 그녀는 고통과 놀라움에 얼굴이 붉어졌고, 그것에 관해 말하는 것이 현명한지 아닌지를 생각해 볼 틈도 없이 입에서 몇 마디 말이 나왔다. "여자의 머리카락!" 그녀가 말했다. "아아, 프랭크, 그건 누구의 머리카락인가요?"

트로이는 즉시 시계를 닫았다. 그는 그 광경이 일으킨 어떤 감정을 숨기려는 사람처럼 자연스럽게 대답했다. "당연히 당신 거지. 누구 거겠어? 이걸 가지고 있었다는 사실을 까맣게 잊고 있었군."

"정말 끔찍한 거짓말이군요, 프랭크!"

"잊어버렸다고 했잖아!" 그가 큰소리로 말했다.

"제 말은 그게 아니에요. 그건 노란색 머리카락이었어요."

"말도 안 돼."

"그건 나를 모욕하는 말이에요. 분명히 노란색이었어요. 누구의 머리카락이에요? 알고 싶어요."

"좋소, 말해 줄 테니 더 이상 소란 피우지 말아요. 내가 당신을 알기 전에 결혼하려던 젊은 여성의 머리카락이오."

"그럼 이름을 말해 주세요."

"그럴 수 없소."

"그녀는 결혼했나요?"

"아니."

"살아 있나요?"

"그래."

"예쁜가요?"

"그래."

"가엾게도, 그녀가 이런 끔찍한 고통 속에서 어떻게 지냈는지 궁금하군요."

"고통? 무슨 고통?" 그가 급하게 물었다.

"그런 끔찍한 색의 머리카락을 가지고 있는 거요."

"아, 하, 난 그 색이 좋아!" 트로이가 정신을 차리며 말했다. "그녀가 머리를 풀고 다니기 시작한 뒤로 그것을 본 모든 사람들은 감탄했소. 길지도 않았지. 아름다운 머리카락이었소. 사람들은 그것을 보려고 고개를 돌리곤 했지, 가엾은 여자!"

"흥! 그건 아무것도 아니에요. 아무것도 아니라고요!" 밧세바가 처음으로 불쾌한 어조로 말했다. "만약 지금 내가 당신의 사랑을 옛날만큼 소중히 여겼다면 사람들이 내 머리카락을 보기 위해 고개를 돌렸다고 말했을 거예요."

"밧세바 그렇게 잠깐 하다 말 질투는 그만두시오. 결혼 생활
이 어떨지 알고 있었잖소. 이런 우발적인 일이 두려웠다면 결혼
을 하지 말았어야지."

트로이는 이때쯤 그녀를 비통하게 만들었다. 그녀는 매우 긴
장했고, 고통스러울 정도로 눈물이 가득 차올랐다. 감정을 드러
내기 부끄러웠지만 그녀는 마침내 폭발했다. "당신을 매우 사
랑해서 얻은 것이 고작 이것뿐이군요! 아! 내가 당신과 결혼했
을 때, 전 당신의 생명이 내 생명보다 더 소중했어요. 당신을 위
해 죽을 수도 있었어요. 당신을 위해 죽을 수도 있다고 진정으
로 말할 수 있었어요! 그런데 당신은 내가 당신과 결혼한 것을
비웃는군요. 아! 내 실수를 내 얼굴에 대고 말하는 게 내게 베푸
는 친절인가요? 당신이 내 지혜에 관해 어떤 의견을 가지고 있
든, 내게 그렇게 무자비하게 말해선 안 돼요. 내가 당신의 여자
인 이상."

"어쩔 수 없이 그런 말을 했어." 트로이가 말했다. "내가 정말
여자들 때문에 죽겠군."

"남의 머리카락을 가지고 있어서는 안 돼요. 태워 버릴 거죠,
프랭크?"

프랭크는 마치 그녀의 말을 듣지 못한 것처럼 말을 이었다.

"내가 당신을 고려하기 전에 먼저 고려해야 할 일들이 있소.
보상을 해야 해, 당신은 전혀 알지 못하는 관계에 대해서 말이
야. 당신이 결혼을 후회하고 있다면 나도 그렇소."

그녀는 몸을 떨면서 남편의 팔에 손을 올려놓고 불쾌함과 달래는 말이 섞인 어조로 말했다. "당신이 세상의 어떤 여자보다도 나를 더 사랑하지 않으면 후회한다는 거예요! 그렇지 않다면 후회하지 않아요, 프랭크. 당신은 이미 나보다 더 사랑하는 사람이 있기 때문에 후회하는 거 아니죠?"

"모르겠소. 어째서 그런 말을 하는 것이오?"

"그 머리카락을 태우지 않을 거잖아요. 당신은 그 예쁜 머리를 가진 여자를 좋아하는 거예요. 맞아요, 예뻐요. 내 비참한 검은 머리카락보다 훨씬 아름다워요! 그래 봐야 소용없겠죠. 전 못생겼고 어쩔 수 없으니까요. 그 여자가 더 좋다면, 그녀를 제일 좋아하세요!"

"내가 서랍에서 이 시계를 꺼낸 뒤로 오늘까지 몇 달 동안 그 머리카락을 본 적이 없어. 이것만큼은 내가 확실히 맹세할 수 있소."

"하지만 당신은 방금 전 '관계'라고 말했어요. 우리가 만난 그 여자죠?"

"그 만남이 내게 그 머리카락을 떠오르게 해주었어."

"그렇다면 그녀의 머리카락이군요?"

"그래. 이제 내게서 그 정보를 들었으니 만족했으면 좋겠군."

"어떤 관계인가요?"

"아! 그건 아무 의미 없었소. 그냥 농담한 거요."

"그냥 농담이라고요!" 밧세바는 슬픔에 잠긴 채 놀라서 말했다. "나는 비참할 정도로 진지한데 당신은 농담을 할 수 있어요?

솔직히 말해 보세요, 프랭크. 내가 비록 여자일지라도 바보가 아니에요. 여자로서의 자존심도 있고요. 자! 나를 공평하게 대해 줘요." 그녀가 그의 얼굴을 두려움 없이 정직하게 바라보며 말했다. "난 많은 걸 바라는 게 아니에요. 그저 공평하게……. 그게 다예요! 아! 한때는 내가 고른 남편에게 최고로 존경받는 것만으로도 만족할 수 있다고 생각했어요. 이젠 잔인함만 없으면 만족하겠어요. 그래요! 자립심과 기백이 넘치던 밧세바가 이 지경까지 이르렀어요!"

"제발 그렇게 절박하게 굴지 마시오!" 트로이가 늘 그렇듯 퉁명스럽게 일어나 방을 나갔다.

그가 떠나자마자 밧세바는 큰 소리로 흐느끼기 시작했다. 눈물 없이 흐느끼고 있었는데, 눈물을 흘렸더라도 아무런 도움이 되지 않았을 것이다. 하지만 그녀는 모든 감정의 증거들을 억누르기로 결심했다. 그녀는 패배했지만 그녀가 살아 있는 한 절대로 인정하지 않을 것이다. 자신보다 덜 순수한 본성의 소유자와 결혼함으로써 자신은 빼앗기기만 했다는 절망적인 사실을 알게 되자 그녀는 자존심이 매우 상했다. 밧세바는 우리에 갇힌 표범처럼 화를 내면서 반항적으로 왔다 갔다 했다. 그녀는 영혼을 단단히 무장했고 얼굴은 붉게 타올랐다. 밧세바는 트로이를 만나기 전, 여자로서의 자신의 위치를 자랑스러워했다. 그녀의 입술이 지구상의 어떤 남자와도 닿아 본 적이 없다는 사실과 그녀의 허리에 애인의 팔이 단 한 번도 둘러진 적이 없다는 것은 그녀에게 영광이었다. 그녀는 이제 자신이 싫어졌다. 예전에는 항상 여자들에게 경의를 표하는 잘생긴 젊은이들의 노예가 된 여자들을 은밀하게 경멸해 왔다. 그녀는 주위에서 본 대다수의 여자들이 그랬던 것처럼 결혼이라는 추상적인 개념을 달갑게 받아들인 적이 없었다. 사랑하는 사람에 대한 불안한 혼란 속에서 그녀는 그와 결혼하기로 동의했었다. 그러나 이 때문에 그녀는 가장 행복한 시간에도 지지나 존경이 아니라 자기가 희생했다는 생각이 들었다. 비록 그녀는 신의 이름을 거의 알지 못했지만, 다이애나는 밧세바가 본능적으로 숭배하던 여신이었다. 그 여신은 외모나 말, 몸짓으로 남자들이 다가오도록 부추긴 적이 결코 없으며 자신만으로도 충분하다고 느꼈다. 독립적인 그녀의 소녀 같은 마음에는, 순박한 처녀라는 존재를 포기하고 무관심하고 초라한 결혼 생활을 하는 반쪽짜리 사람이 되었다는, 일종의 좌천되었다는 생각이 일었다. 그리고 이러한 사실들에 씁쓸해졌다. 아, 그녀가 노콤 언덕 위에 서 있었던 것처럼 다시 설 수만 있다면 예전처럼 점잖게 이런 어리석은 일에는 굴하지 않았을 것이고, 트로이나 다른 어떤 남자들의 간섭이 감히 그녀의 머리털을 더럽힐 수 없었을 것이다! 다음 날 아침 그녀는 평소보다 좀 더 일찍 일어나 말에 안장을 채운 뒤 매번 다니는 길로 농장을 한 바퀴 돌았다. 평상시 아침 식사 시간인 8시 30분에 집으로 돌아왔을 때 그녀는 남편이 일어나서 아침을 먹고 이륜마차에 포핏을 묶고 캐스터브리지로 떠났다는 말을 들었다.

아침 식사 후 그녀는 냉정하고 침착해졌다. 그녀는 농장의 다른 구역을 살펴보기 위해 농장 문까지 걸어갔다. 그녀는 마치 자매끼리 진정한 우정을 나누듯 대하던 가브리엘 오크가 다른 일보다 먼저 생각났지만, 집안일을 하면서도 가능하면 농장을 지속해서 살펴보았다. 물론 그녀는 가끔 그를 옛 애인처럼 생각하고 남편으로 삼아 그와 함께한 삶이 어땠을지, 또한 같은 조건으로 볼드우드와의 삶은 어땠을지에 대해 순간적으로 상상하기도 했다. 그러나 밧세바는 이런 헛된 꿈을 자주 꾸지는 않았고, 이렇게 머릿속에만 맴도는 생각은 전적으로 트로이의 소홀함이 평소보다 분명해지는 때에만 떠올랐기 때문에 그리 길게 이어지지 않았다.

그녀는 볼드우드처럼 보이는 남자가 길을 따라 올라오는 것을 보았다. 진짜 볼드우드였다. 밧세바는 고통스럽게 얼굴을 붉힌 채 그를 보았다. 볼드우드는 아직 멀리 떨어진 곳에서 걸음을 멈추고 들판을 가로지르는 오솔길에 있는 가브리엘 오크를 향해 손을 들었다. 두 사람은 서로 다가서며 진지한 대화를 나누는 것 같았다. 그렇게 그들은 오랫동안 대화를 하였다. 그때 조지프 푸어그래스가 사과가 담긴 수레를 끌며 그들 근처를 지나 밧세바의 집을 향해 언덕을 오르고 있었다. 볼드우드와 가브리엘은 그를 불러 잠시 이야기를 나누었고, 세 사람이 모두 헤어지자 조지프는 곧바로 수레를 밀면서 언덕을 올라왔다.

조금 놀란 기색으로 이 광경을 지켜보던 밧세바는 볼드우드가 뒤돌아서자 크게 안도했다. "무슨 일이죠, 조지프?" 그녀가 말했다.

그는 수레를 내려놓고 숙녀와 대화할 때 필요한 예의 바른 자세를 취하면서 문 너머로 밧세바에게 말했다.

"패니 로빈을 더 이상 볼 수 없으실 겁니다. 하녀로 쓰지도 못할 거고요, 마님."

"왜죠?"

"그녀가 구빈원에서 죽었습니다."

"패니가 죽었다고요, 말도 안 돼!"

"정말입니다, 마님."

"사인이 무엇인가요?"

"정확히는 알지 못하겠습니다. 하지만 전 약한 체질 때문이었다고 생각하고 싶습니다. 말하자면 그녀는 힘든 일을 견디지 못하는 매우 연약한 가정부였어요. 제가 그녀를 알았을 때 그녀는 마치 양초 심지에 불을 켤 때 쓰는 짧은 초 같았어요. 그녀는 아침에 병이 나 몸이 상당히 쇠약하고 지친 상태였다가 저녁에 죽었습니다. 법적으로 우리 교구 사람이니 볼드우드 씨가 그녀를 이곳으로 데려와 묻어 주기 위해 오후 3시에 마차를 보낸다고 합니다."

"볼드우드 씨가 그런 일을 하도록 내버려 둘 수 없어요. 내가 할 거예요! 패니는 제 숙부의 하인이었고, 비록 그녀를 며칠밖에 알지 못했지만 내게 속한 사람이에요. 정말로 얼마나 슬픈 일인가! 패니가 구빈원에서 그렇게 되었다니." 밧세바는 고통이 무엇인지를 알기 시작했고 진실한 감정으로 말했다……. "볼드우드 씨에게 가서 트로이 부인이 가족의 옛 하녀를 데려오는 일을 맡겠다고 전하세요…… 그냥 마차로는 안 돼요. 영구차로 보내야 해요."

"마님, 그러면 시간이 거의 없겠군요?"

"그럴 거예요." 그녀가 생각에 잠겨 말했다. "우리가 몇 시까지 구빈원에 도착해야 한다고 했죠? 3시?"

"네, 오늘 오후 3시입니다."

"알겠어요, 그럼 당신이 함께 가요. 예쁜 마차가 못생긴 영구차보단 낫겠지요. 조지프, 파란 몸통에 빨간 바퀴가 달린 마차를 준비해 주세요. 아주 깨끗하게 닦아 놓고요. 그리고…… 조지프."

"네, 마님."

"그녀의 관에 넣을 상록수와 꽃도 가지고 가세요. 아주 많이 모아서요. 그녀가 그 속에 완전히 파묻힐 정도로. 상록관목의 가지랑 알록제비꽃이 담긴 상자, 주목, 개사철쭉도요. 그리고 국화 다발도 조금. 그리고 늙은 플레즌트가 그녀를 끌고 오도록 하세요. 그 애는 그 말이랑 친했으니까요."

"알겠습니다, 마님. 저희가 다니는 교회 정문에 도착하면 구빈원에서 나온 일꾼 네 명이 그녀를 내린 뒤 구빈원 위원회에서 정한 의례에 따라 묻힌다는 것을 미리 알려 드립니다."

"아아, 캐스터브리지의 구빈원이라. 패니가 그런 지경까지 이르렀다니." 밧세바가 생각에 잠겨 말했다. "더 빨리 알았으면 좋았을 텐데. 난 그 애가 멀리 있는 줄 알았어요. 거기서 산 지 얼마나 됐대요?"

"하루인가 이틀 정도였답니다."

"오! 그럼 그곳에서 오랫동안 머물지 않았단 말인가요?"

"네. 그녀는 처음에 웨섹스의 반대쪽 지역인 수비대 주둔 도 시에서 살다가 그 이후 몇 달 동안 멜체스터에서 품삯 바느질꾼 으로 일했다고 합니다. 그런 일을 맡아 하는 어느 점잖은 과부 댁에서요. 제가 듣기론 일요일 아침에 구빈원에 도착한 것 같습 니다. 멜체스터에서 이곳까지 터벅터벅 걸어왔다고 하더군요. 어째서 그 장소를 떠났는지는 저도 알지 못하게 때문에 말씀드 릴 수 없고요. 그게 거짓인지를 물으신다면 그것도 말하지 못하 겠군요. 어쨌든 이야기를 요약하면 이렇습니다, 부인."

"아아!"

길게 한숨을 내쉬며 그런 말을 듣는 동안 이 어린 아내의 얼 굴은 장밋빛에서 창백하게 변해 갔는데, 그 어떤 보석도 이렇게 빠르게 색이 변할 수 없을 것이다. "그녀가 혹시 유료도로를 따 라 걸었나요?" 그녀가 갑자기 안절부절못하면서 열렬한 목소리 로 말했다.

"그런 것 같습니다……. 부인, 리디를 부를까요? 분명히 몸이 안 좋으신 것 같군요. 백합처럼 창백하고 연약해 보이십니다!"

"아뇨, 부르지 마세요. 패니가 웨버데리를 지나간 건 언제였나 요?"

"지난 토요일 밤입니다."

"그만하면 알겠어요, 조지프. 이제 그만 가보세요."

"알겠습니다, 부인."

"조지프, 잠깐만 이리 와보세요. 패니 로빈의 머리카락이 무슨 색이었나요?"

"정말이지, 마님, 판사와 배심원들이 재판을 하듯이 질문하시니 도저히 기억해 내지 못하겠습니다. 정말이에요."

"신경 쓰지 말아요. 가서 시킨 일이나 하세요. 잠깐……. 아니에요, 가보세요."

그녀는 기분이 드러난 표정을 그가 더 이상 볼 수 없도록 돌아섰고, 이마에서 느껴지는 현기증과 고통스러운 마음을 안고 집 안으로 들어갔다. 약 한 시간 후, 그녀는 마차 소리를 듣고는 여전히 당황하고 불안한 모습으로 고통스러운 기분에 쌓여 밖으로 나갔다. 가장 좋은 옷을 차려입은 조지프가 출발하려고 마차에 말을 묶고 있었다. 관목과 꽃들은 그녀가 지시한 대로 모두 마차에 실린 채였다. 그러나 지금 밧세바는 그런 것들이 눈에 들어오지 않았다.

"누구의 연인이라고 했죠, 조지프?"

"잘 모르겠습니다, 마님."

"확실해요?"

"네, 확실합니다."

"뭘 확신하죠?"

"그녀가 아침에 도착해서 더 이상 아무 말 없이 저녁에 죽었다는 것이 제가 알고 있는 모든 것이라고 확신합니다. 오크와 볼드우드 씨가 제게 한 말은 이 몇 마디에 불과했습니다. '어린 패니 로빈이 죽었어요, 조지프' 가브리엘이 예전의 한결같은 모습으로 제 얼굴을 바라보며 말했죠. 전 매우 유감이라고 생각해서 '아! 무엇 때문에 죽었대?'라고 물었고, '글쎄요, 캐스터브리지 구빈원에서 죽었대요. 그녀가 어떻게 죽었는지는 중요하지 않아요. 이른 일요일 아침 구빈원에 도착해서 저녁에 죽었다는 것, 이 정도면 충분해요'라고 대답했죠. 그래서 제가 최근에 무엇을 했는지 물었습니다. 그러자 볼드우드 씨가 지팡이 끝으로 엉겅퀴 위의 침을 털면서 제게 몸을 돌렸습니다. 그는 제가 마님에게 말씀드린 것처럼 그녀가 멜체스터에서 품삯 바느질꾼으로 살아왔고, 지난 주말에 그곳에서부터 걸어와 토요일 밤 이 근처를 지나갔다고 말했습니다. 그러고 나서 그들은 그녀가 죽었다는 소식을 마님에게 말하는 게 좋겠다고 말하고 가버렸습니다. 그녀는 밤바람을 쐰 것 때문에 죽었을 수도 있습니다, 마님. 사람들이 곧 그녀가 죽을 것 같다고 종종 말하곤 했으니까요. 그녀는 겨울만 되면 기침을 많이 하곤 했어요. 하지만 이제 와서 이상할 건 하나도 없는 일입니다. 다 끝난 일이니까요."

"그것 말고 다른 이야기는 들은 게 없나요?" 그녀가 그의 눈을 너무 골똘히 쳐다보아서 조지프는 겁을 먹은 듯 보였다.

"장담하건대, 단 한마디도 듣지 못했습니다, 마님!" 그가 말했다. "교구에서 이 소식을 아는 사람은 거의 없습니다.

"어째서 가브리엘이 그 소식을 내게 직접 말해 주지 않았는지 궁금하군요. 그는 보통 아주 하찮은 일로 저를 만나러 오거든요." 이 말들은 그저 중얼거림에 지나지 않았다. 그녀는 땅바닥을 내려다보았다.

"아마 바빴을 겁니다." 조지프가 말했다. "그리고 그는 가끔 지금보다 더 잘살았을 때를 떠올리며 괴로워하는 듯합니다. 호기심이 많고 책을 통해 지식을 쌓아 매우 유식한 사람이거든요."

"이 일에 대해 말하는 동안 그가 마음속으로 무언가를 생각하고 있는 것 같던가요?"

"그렇다고 말할 수밖에 없습니다, 부인. 그는 풀이 죽어 있었습니다. 볼드우드 씨도 그랬고요."

"고마워요, 조지프. 그만하면 됐어요. 이제 그만 가보세요. 그러다 늦겠어요."

밧세바는 여전히 불행해하며 다시 집으로 들어왔다. 오후가 되어 가는 동안 그녀는 소식을 전해 들은 리디에게 말했다. "가엾은 패니 로빈의 머리카락이 무슨 색이었지? 알고 있니? 하루 이틀밖에 보지 못해서 난 기억이 나질 않아."

"밝은색이었어요, 마님. 하지만 그 애는 머리카락을 짧게 하고 모자 밑에 숨기고 다녔기 때문에 아마 거의 눈치채지 못하셨을 거예요. 그렇지만 전 그 애가 잠자리에 들 때 모자를 벗은 것을 본 적이 있는데, 정말 아름다웠어요. 완벽한 금발이었어요."

"그녀의 젊은 애인은 군인이었지?"

"네. 트로이 씨와 같은 연대 소속이었대요. 그분이 그 사람을 잘 안다고 했어요."

"잠깐, 트로이 씨가 그렇게 말했다고? 어쩌다 그런 말을 하게 됐는데?"

"어느 날 제가 그분에게 패니의 젊은 애인을 아냐고 물어보았어요. 그분은 '아 그럼, 그 젊은이를 나 자신만큼 잘 알았고, 연대에서 내가 제일 좋아하는 사람이야'라고 했어요."

"아! 그렇게 말했다고?"

"네. 그리고 그분과 그 젊은이는 서로 매우 닮아서 사람들이 가끔 헷갈려 했다고⋯⋯."

"리디, 제발 입 좀 다물어!" 밧세바가 우려하는 마음에서 신경질적으로 짜증을 내며 말했다.

42

조지프와 그의 집 - 벅스 헤드

벽이 끝부분을 제외하고는 캐스터브리지 구빈원 터와 경계를
이루고 있었다. 끝부분에는 눈에 띄게 높은 박공벽이 서 있었고
전면은 담쟁이덩굴로 뒤덮여 있었다. 이 박공벽에는 창문, 굴뚝,
장식은 물론이고, 어떤 돌출부도 없었다. 넓게 펼쳐진 암녹색 잎
들을 제외하면 그 벽에서 눈에 띄는 단 한 가지는 바로 작은 문
이었다.

문은 특이한 형태였다. 문턱이 지상보다 1미터 정도 높았는
데, 문 바로 밑에 있는 바퀴 자국들을 통해 이 문이 바깥의 마
차 높이에 맞춰져 있으며, 물품이나 사람들이 오가는 통로로만
사용된다는 것을 알아차리기 전까지는 이 문이 예외적으로 높
은 이유를 알 수 없었다. 전체적으로 이 문은 다른 의미로 해석
되어 설치된 반역자의 문이라고 광고하는 것 같았다. 문 근처의
벽에 방해받지 않고 무성하게 자란 풀들은 이곳으로 드나드는

일이 매우 드물었음을 나타냈다.

남쪽 거리에 있는 빈민 구호소 위의 시계가 3시 5분 전을 가리킬 때쯤 푸른색과 붉은색이 섞인 마차가 나뭇가지와 꽃을 싣고 길의 끝을 지나 건물 옆으로 향했다. 시간을 알리는 종소리가 아직 울려 퍼지고 있을 때 조지프가 초인종을 울렸고, 마차를 뒤로 돌려 높은 문턱이 있는 박공벽 아래 대라는 지시를 받았다. 곧 문이 열리면서 꾸미지 않은 느릅나무 관이 천천히 나왔고, 두꺼운 면으로 만든 옷을 입은 남자 두 명이 마차 중간에 관을 실었다.

그들 중 한 사람이 관 옆으로 올라서더니 주머니에서 분필을 꺼내 관 뚜껑에 이름과 몇 마디 말을 크게 휘갈겨 썼다.(지금은 이런 일들이 더 상냥하게 처리되고, 명판도 제공되리라 믿는다) 그는 너덜너덜하지만 품위 있어 보이는 검은 천으로 관을 덮었고, 마차의 후미 판도 제자리에 두었다. 그중 한 사람이 푸어그래스에게 사망신고와 관련된 증서를 건네주었다. 두 사람은 문 안으로 들어갔고 문이 닫혔다. 그들과 그녀의 인연은 짧았고, 영원히 끝났다.

조지프는 지시받은 대로 마차가 무엇을 싣고 있는지 알 수 없을 정도로 꽃들을 얹고 그 주위를 상록수로 둘렀다. 그가 채찍질을 하자 한층 밝아진 장례용 마차는 언덕을 내려가 웨더베리를 향해 느릿느릿 굴러갔다.

오후가 빠르게 지나갔다. 말 옆에서 걸으며 바다 쪽을 향해 오른쪽을 바라보던 푸어그래스는 이상하게 생긴 구름과 안개가 긴 능선을 따라 몰려오는 것을 보았다. 구름과 안개는 더 많이 몰려들더니, 중간의 골짜기를 느릿느릿 가로질러 헤더 잎이 얇게 시들어 버린 황야와 강의 끝부분에 머물렀다. 그때 축축한 스펀지 같은 것이 하늘을 뒤덮었다. 그것은 옆 바다에 뿌리를 내린 뒤 갑작스럽게 자라난 대기의 균류 같은 것으로, 말과 사람, 시신이 얄베리 숲에 들어설 무렵에는 이 조용히 움직이는 보이지 않는 손이 그들에게 닿았으며 그들을 완전히 감쌌다. 이것은 올해 처음 도착한 가을 안개였다.

주변은 갑자기 눈이라도 먼 듯 뿌앴다. 마차와 짐은 더 이상 보일락 말락 한 지평선 위를 굴러가는 것이 아니라 변함없이 창백하고 탄력적인 몸통을 통과해 가고 있었다. 움직임 하나 없었고, 양쪽으로 숲을 이루고 있는 너도밤나무, 자작나무, 전나무 잎에서 떨어지는 물방울조차 보이지 않았다. 나무들은 바람이 와서 그들을 흔들어 주기를 간절히 기다리는 듯한 태도로 서 있었다. 놀랄 만한 고요가 주위의 모든 사물에 걸쳐져 있었다. 너무나 완벽하게 고요해서 덜컹거리는 마차 바퀴 소리가 매우 크게 들렸고, 밤이 아니면 결코 들리지 않을 바스락거리는 작은 소리까지 분명하게 들렸다.

조지프 푸어그래스는 꽃이 핀 관목들 사이로 어렴풋이 보이는 자신의 처량한 짐을 쳐다보다가 양쪽에 있는 흐릿하고 그림자가 없으며 유령처럼 보이는, 회색빛 키 큰 나무들 사이의 헤아릴 수 없는 어둠 속을 보았다. 쾌활한 감정은 느껴지지 않았으며, 아이나 개라도 좋으니 동료가 있으면 좋겠다고 생각했다.

그는 말을 멈춘 뒤 귀를 기울였다. 주위 어느 곳에서도 발소리나 바퀴 소리가 들리지 않았고 나무에서 떨어지는 무거운 물방울이 상록수 관목을 뚫고 불쌍한 패니의 관을 톡톡 치는 소리만이 죽은 듯한 고요를 깨뜨렸다. 이 무렵 안개는 나무들을 흠뻑 적셨고 이로 인하여 수분이 가득 찬 나뭇잎은 처음으로 물방울을 떨어뜨렸다. 조지프는 떨어진 물방울의 공허한 반향으로 인해, 암울함은 모든 사람에게 공평하게 찾아온다는 사실을 고통스럽게 상기했다. 그 뒤로 물방울이 한 방울 더 떨어졌고, 그다음엔 두세 방울 더 떨어졌다. 머지않아 낙엽과 길, 그리고 여행자의 몸 위로 무거운 물방울들이 지속적으로 내려앉았다. 근처에 있던 나뭇가지에는 안개가 구슬처럼 맺혀 백발노인들 같았고, 너도밤나무의 붉게 물든 잎 위의 물방울들은 마치 적갈색 머리카락 위의 다이아몬드 같았다.

이 나무 너머에 있는 로이 타운이라고 불리는 아주 작은 마을의 길가에는 오래된 여관 벅스 헤드가 있다. 그곳은 웨더베리에서 약 2.5킬로미터 정도 떨어졌는데, 역마차 여행의 전성기 때는 말을 교체하는 곳이었다. 오래된 마구간은 모두 철거되었지만 사람이 머물 수 있는 여관은 남아 있었다. 여관은 도로에서 조금 떨어진 곳에 서서 길 맞은편의 느릅나무 가지에 수평으로 걸려 있는 간판을 통해 공공 도로를 지나가는 사람들에게 그 위치를 알렸다. 여행자들은(이 시기에는 관광객이라는 말은 따로 없었기에 전부 여행자라고 불렀다) 가끔 이곳을 지나가면서 나무에 걸린 간판에 시선이 미치면, 예술가들은 간판 그리는 것을 좋아하지만 실제로 이렇게 완벽하게 만들어진 예를 본 적이 없다고 말하곤 했다. 가브리엘 오크가 웨더베리로 가는 첫 여행에서 걸어가다 마주친 마차도 이 나무 근처에 서 있었지만, 어둠으로 인해 간판과 여관은 보이지 않았다.

여관은 오래전에 지어졌다. 실제로 단골들의 마음속에는 변치 않는 공식 같은 것이 존재했다. 예를 들어

맥주를 더 마시려면 잔으로 탁자를 두드려라.
담배가 더 필요하면 소리를 질러라.
여자 종업원을 부르려면 "아가씨!"라고 말해라.
여주인을 부르려면 "늙은이!"라고 해라. 등등.

친근한 간판이 시야에 들어오자 조지프는 안심했고, 몇 시간 전부터 생각하던 계획을 실행하기 위해 즉시 간판 밑에 말을 세웠다. 그에게서 간절한 영혼이 상당히 스며 나오는 것 같았다. 그는 말머리를 녹색 둑 쪽으로 돌려놓고 에일 한 잔을 마시기 위해 여관에 들어갔다.

여관 식당은 바닥이 통로보다 한 계단 아래에 있었고, 그 통로는 바깥 도로보다 한 계단 아래에 있었다. 그곳에서 그는 잰 코건과 마크 클라크의 둥근 구릿빛 얼굴을 보자 무척 기뻤다. 이웃 중에서 가장 친근한 목소리를 가진 그 둘은 지금 다리가 세 개인 원형 탁자에 마주 앉아 있었는데, 그 탁자에는 잔이나 병이 우연히 팔꿈치 같은 것에 밀려 바닥에 떨어지는 것을 방

지해 주는 철제 테두리가 둘러져 있었다. 그들의 모습은 지구를 사이에 두고 마주 본 채로 지는 태양과 빛나는 보름달을 닮아 있었다.

"아니 푸어그래스 아닌가!" 마크가 말했다.

"얼굴을 보아하니 배고픈가 보군, 조지프."

"지난 6킬로미터 동안 아주 창백한 동행자가 있었어요." 조지프가 몸을 떨면서 체념하는 어조로 말했다. "진실을 말하려면 내 이야기부터 해야겠지요. 장담하건대, 오늘 아침 식사 이후로 음식과 음료의 그림자조차 보지 못했어요. 아침 식사는 들판의 이슬보다 못했고요."

"그럼 한잔하세 조지프. 스스로를 저지하지 말게!" 코건이 그에게 4분의 3 정도 채운 잔을 건네며 말했다.

조지프는 적당히 오랫동안 술을 마셨고, 병을 기울이면서 더 오래 이야기했다. "정말 괜찮은 술이군요. 정말 좋은 술이야. 굳이 말하자면 오늘 한 일보다 쾌활하군요."

"그래. 술은 즐거운 기쁨이지." 코건은 너무나 익숙하고 뻔한 말을 반복하여 혀 위로 그 말이 지나가는 걸 눈치채지 못하며 말했다. 그는 잔을 들어 주변 분위기 때문에 행복한 기분이 없어질까 봐 눈을 감고 고개를 점점 뒤로 젖혔다.

"이제 다시 가봐야겠어요." 푸어그래스가 말했다. "여러분과 한 모금 더 하고 싶지 않아서가 아니에요. 여기 계속 앉아 있다간 교구에서 제 신뢰도가 떨어질 거예요."

"오늘 어딜 가야 하는데, 조지프?"

"웨더베리로 돌아가야 해요. 밖에 있는 마차에 가엾고 어린 패니 로빈이 타고 있는데, 4시 45분까지 교회 묘지 정문 앞에 도착해야 해요."

"그래. 나도 들었어. 결국 패니도 그렇게 교구에 묻히는구먼. 조종(弔鐘)을 울릴 1실링도, 무덤을 파는 데 들어갈 반 크라운 값도 낼 사람이 없으니까."

"교구에서 반 크라운 정도는 주겠지만 종을 위한 1실링은 주지 않겠죠. 종은 너무 사치스럽고, 무덤 없이는 장례식이 진행될 수 없으니까요. 하지만 우리 마님이 비용을 전부 치를 것 같습니다."

"내가 본 하녀 중에 제일 예뻤는데! 근데 뭐가 그리 급한가, 조지프? 그 불쌍한 여자는 죽었고 그 여자를 다시 살려 낼 수도 없는데. 그냥 여기서 편안히 앉아 우리와 함께 한잔 더 하는 게 좋겠어."

"아주 조금 더 마시는 건 상관없지만 바라시는 대로 많이 마실 수는 없어요. 시간이 얼마 안 남았어요."

"당연히 한잔 더 해야지. 남자는 술을 마셔야 더 남자다워지는 법이야. 몸이 따뜻해지고 매우 즐거워질 뿐만 아니라 아무런 문제 없이 일을 처리할 수 있고, 모든 일이 막대기 하나를 부러 뜨리듯이 쉽게 해결된다 이 말이야. 술을 너무 많이 마시는 건 좋지 않지만, 결국 술을 제대로 즐길 줄 아는 사람들은 얼마 없단 말이지. 우리는 그런 방면에 재주가 있으니깐 최대한 이용해야 해."

"맞는 말이에요." 마크 클라크가 말했다.

"이건 하느님께서 우리한테 자비롭게 베푸신 재능이니, 우린 그 재능을 소홀히 하면 안 되죠. 하지만 목사들과 서기들, 선생님들과 진지한 티파티를 하는 사람들 때문에 즐거운 옛 삶의 방식은 개가 물어 가 버렸지. 다 끝나버렸다고!"

"음, 이제 정말로 가봐야겠어요." 조지프가 말했다.

"자자, 조지프, 말도 안 되는 소리 하지 마! 그 가엾은 여자는 이미 죽었잖아? 그런데 뭘 그리 서두르는 거야?"

"신의 섭리가 제가 하는 일엔 깃들지 않기를." 조지프가 다시 앉으며 말했다. "최근 들어 신앙심이 약해져서 곤란해요. 이번 달엔 벌써 한 번이나 술을 마셨고, 일요일에는 교회에 가지 않았고, 어제 한두 마디 욕도 했으니까요. 그러니 제 안전을 위해서 더는 하지 말아야지요. 내일을 기약하고 낭비하지는 말자 이겁니다."

"조지프, 난 네가 국교회를 마음에 들어 하지 않는다고 알고 있어."

"아뇨, 아뇨, 아닙니다! 그 정도까지 가지는 않았어요."

"난 말이야." 코건이 말했다. "난 독실한 영국 국교회 신자야."

"그래요. 저도 마찬가지예요." 마크 클라크가 말했다.

"나 자신에 대해서는 많이 말하지 않겠어. 그러고 싶지 않으니까." 코건은 교리의 특징에 대한 원칙을 이야기하고 싶은 듯 말을 이었다. "그러나 난 단 한 번도 교리를 바꾸어 본 적이 없어. 내가 태어날 때부터 가지고 있던 옛 신앙에 회반죽처럼 달라붙어 있다고. 그래, 국교회에 관해 이런 말이 있지. 사람은 국교회 신자도 될 수 있고 오래되고 쾌활한 여관에 머무를 수도 있다고. 교리에 대해 결코 신경 쓰거나 걱정할 필요가 없단 말이야. 하지만 다른 종교를 믿게 되면 바람이 불든 어떤 날씨든 예배실에 가서 촌극에 광란해야 돼. 거기 신자들이 나름대로 현명하지 않다는 이야기가 아니야. 그들도 그들의 머리로 자신의 가족들과 신문에 실린 난파선을 위해 아름다운 기도를 올릴 수 있거든."

"그럴 수 있지. 할 수 있고말고요." 마크가 동의하듯 말했다. "하지만 우리 국교회 신자들은 모든 것을 미리 인쇄해 놔야 해요. 그렇지 않으면 젠장, 우리는 주님같이 위대한 인도자에게 무슨 말을 해야 할지 태어나지 않은 아기들보다도 모를 거예요." 조지프가 생각에 잠겨서 "비국교회 신자들은 우리보다 하늘에 계신 분과 더 친하겠죠."라고 말했다.

"맞아." 코건이 맞장구쳤다. "누군가 천국에 간다면 그렇게 되리라는 것을 우리도 잘 알고 있지. 천국에 가기 위해 열심히 살아왔으니 천국에 갈 만해. 난 우리가 교회에 붙어 있다고 해서 그들과 같은 기회를 가진다고 생각하는 어리석은 사람은 아니야. 왜냐면 우린 그렇지 않다는 것을 알고 있기 때문이지. 하지만 난 천국에 가기 위해 자신의 오래된 교리를 바꾸는 사람은 정말 싫어. 차라리 몇 파운드를 더 벌기 위해 공범자에게 불리한 증언을 하고 말지. 내가 심어 놓은 모든 감자가 얼어 버렸을 때 우리 교구의 서들리 목사는 비록 자신이 쓸 일도 없고, 살 돈도 없었지만 내게 씨감자 한 자루를 준 사람이야. 만약 그가 아니었다면, 난 밭에 심을 감자가 하나도 없었을 거야. 그 이후로 내가 종교를 바꿨냐고? 아니, 난 내 방법을 고수할 거야. 그리고 우리가 잘못되었다면 그렇게 내버려 두라지. 난 타락한 사람들과 같이 떨어질 거야."

"전적으로 옳은 말이에요, 매우 옳은 말." 조지프가 말했다. "하지만 여러분, 전 반드시 가야 해요. 제 인생을 걸고 반드시. 서들리 목사가 교회 입구에서 기다리고 있어요. 밖에 있는 마차에는 여자가 실려 있고요."

"조지프 푸어그래스, 그렇게 너무 비참하게 굴지 마! 서들리 목사는 신경 쓰지 않을 거야. 그는 너그러운 사람이야. 그는 내가 종교적으로 옳지 못한 말을 하는 걸 몇 년 동안 본 사람이야. 난 길고 그늘진 인생에서 많은 것들을 소모했지만, 그분은 특정한 일에 대한 희생에 우는소리를 하는 사람은 결코 아니었어. 그러니 앉아."

조지프 푸어그래스는 이곳에 오래 머물수록 오후에 그에게 주어진 일로 인한 괴로운 마음이 줄어들었다. 저녁의 그늘이 꽤 짙어질 때까지 수없이 많은 일 분이 지나갔고, 세 사람의 눈은 어둠 속에서 반짝거리는 점이 되었다. 코건의 시계가 그의 주머니에서 평소처럼 작고 조용한 소리로 6시를 알렸다.

그 순간 입구에서 급한 발소리가 들렸다. 문이 열리면서 그 소리의 주인이 가브리엘 오크와 손에 양초를 든 여관 종업원이었음이 밝혀졌다. 그는 앉아 있는 긴 얼굴 하나와 둥근 얼굴 둘을 노려보았는데, 마치 바이올린과 두 개의 프라이팬처럼 보였다. 조지프는 눈을 깜빡이며 뒤로 조금 움츠러들었다.

"정말 창피한 일이군요. 이건 불명예스러운 일이에요, 조지프. 수치라고!" 가브리엘이 분개하여 말했다. "코건, 당신은 스스로를 남자라고 부르면서 이 정도밖에 안 됩니까?" 코건은 두 눈을 번갈아 가며 제멋대로 떴다 감았다 하면서 오크를 계속해서 올려다보았다. 그 두 눈은 마치 얼굴의 일부가 아니라 뚜렷한 개성을 가진 별개의 존재 같았다.

"너무 심한 말은 하지 말게, 목자 양반!" 마크 클라크는 비난하는 눈길로 촛불을 바라보았다. 그의 눈에는 촛불이 뭔가 특별한 특징을 가지고 있는 것처럼 보였다.

"죽은 여인을 해칠 사람은 아무도 없어." 코건이 기계처럼 분명하게 말했다. "그녀를 위해 할 수 있는 일은 모두 끝났어. 그녀는 이제 우리 소관 밖이야. 그런데 어째서 조지프가 볼 수도 느낄 수도 없고, 살아 있지도 않아서 뭘 해줘야 할지도 모르는 점토 덩어리를 위해 매우 서둘러야 한단 말인가? 만약 그녀가 살아 있었다면 내가 제일 처음으로 도와주었을 거야. 만약 그녀가 지금 음식과 음료를 원했다면 그 값을 돈으로 치렀겠지. 하지만 그녀는 죽었고, 우리가 어떤 속도로 그녀를 운반하든 살아 돌아오지 못할 거야. 그녀의 삶은 이미 우리를 지나갔어. 그녀에게 사용되는 시간은 낭비라고. 왜 소용없는 일에 서둘러야 하나? 술이나 들게, 목자 양반. 그리고 친구가 되자고. 내일이면 우리도 그녀처럼 될지 몰라."

"그럴지도 모르지." 마크 클라크가 술을 한잔 마시면서 자신의 생각을 말할 기회를 놓치지 않기 위해 강조하면서 언급했다. 한편 잰은 내일에 관한 추가적인 생각을 노래로 불렀다.

내일, 내일
내 삶이 평화롭고 풍요로울 때
병들고 슬프지 않은 마음으로
내 친구들과 오늘 할 수 있는 것들을 나눌 거야.
그리고 그들에게 내일의 식사를 준비하라고 해야지.
내일, 내⋯⋯

"조용히 하세요, 잰!" 오크가 말했다. 그리고는 푸어그래스 쪽으로 몸을 돌렸다. "당신에게 한마디 하자면, 조지프. 끔찍하게 거룩한 방법으로 악한 일을 했어요. 아주 취할 대로 취하셨군요."

"아뇨, 오크. 아니에요! 이유를 들어 보세요. 지금 제 문제는 복시라고 불리는 것에 고통받고 있다는 거예요. 그래서 당신 눈에 제가 두 명처럼 보이는 거예요. 내 말은, 내 눈에 당신이 두 명처럼 보인다고요."

"복시 증상은 매우 좋지 않은 일이지." 마크 클라크가 말했다.

"여관에서 시간을 조금 보낼 때면 항상 이 현상이 나타나요." 조지프 푸어그래스가 온순하게 말했다. "정말로요. 마치 노아 시절에 방주로 들어가는 어떤 성자처럼 모든 게 두 개로 보여요.

그…… 그래." 그는 버려지는 자신의 모습을 상상하더니, 그 상상에 큰 영향을 받아 눈물을 흘리며 덧붙였다. "난 영국에서 살기엔 너무 착한 사람이야. 희생을 한 다른 사람들처럼 창세기에 살았어야 했어. 그…… 랬다면 이런 식으로 주…… 주, 주정뱅이라고 불리진 않았을 거라고!"

"난 당신이 남자답게 행동했으면 좋겠어요. 거기 앉아서 징징대지 말고!"

"남자답게라고?…… 아, 그래! 내가 주정뱅이라는 이름을 겸허하게 받아들이게 해줘. 내가 무릎 꿇고 뉘우치는 사람이 되게 해줘. 그렇게 해 달라고! 난 잠자리에서 일어나는 순간부터 잠드는 순간까지 무슨 일을 하든 '하느님, 제발'이라고 말한다고. 그리고 그 거룩한 행동만큼의 치욕은 받을 마음이 있어. 하, 그렇다고!…… 하지만 남자답지 않다고? 내가 언제 그럴 권리가 있는지 남자답게 물어보지도 않고 내 문제에 대해 조그만 자존심을 부린 적이 있었나? 이 질문을 대담하게 묻는 건가?"

"그런 적이 없었지, 조지프 푸어그래스." 잰이 인정했다.

"난 그런 취급을 받고 그냥 넘어간 일이 없어! 그런데 목자 양반은 내 면전에 대고 남자답지 않다고 하다니! 뭐, 그냥 지나가도록 하지. 죽으면 그만인걸."

가브리엘은 세 사람 중 어느 누구도 남은 여정 동안 마차를 몰 상태가 아니라는 것을 깨달았기에 아무 말도 하지 않고 그들이 보는 데서 문을 닫고 나와 안개와 어둠 때문에 희미하게 보이는 마차를 향해 걸어갔다. 그는 잔뜩 뜯어 먹힌 넓은 풀밭에서 말머리를 끌어당긴 뒤 관 위에 있는 가지들을 정돈하고 분위기가 좋지 못한 밤을 헤치며 마차를 몰았다.

마을에는 이곳으로 옮겨 와 매장할 시신이, 11연대를 따라 캐스터브리지를 떠나 멜체스터로 갔던 불행한 패니 로빈이라는 소문이 점차 돌고 있었다. 하지만 볼드우드의 과묵함과 오크의 관대함 덕분에 그녀가 따라갔던 애인이 트로이였다는 사실은 밝혀지지 않았다. 가브리엘은 패니를 매장하고 최소 며칠 동안은 사건의 모든 진실이 알려지지 않기를 바랐다. 며칠이 지나 시간과 공간의 장벽으로 인해 사건이 어느 정도 잊힌다면 현재 밧세바를 괴롭히는 폭로와 그녀의 심기를 건드리는 말들은 없어질 터였다.

가브리엘이 교회로 가는 길에 있는 패니의 집에 도착했을 때는 꽤 어두워진 상태였다. 한 남자가 문에서 나와 바람에 날리는 밀가루 같은 안갯속에서 말했다.

"시체를 몰고 온 사람이 푸어그래스 입니까?"

가브리엘은 그 목소리의 주인이 목사라는 것을 알아차렸다.

"시신이 여기 있습니다, 목사님." 가브리엘이 말했다. "방금 트로이 부인에게 시신 전달이 지연되는 이유를 묻고 왔습니다. 제대로 된 장례식을 치르기에는 시간이 너무 늦었네요. 사망신고서는 가지고 오셨습니까?"

"아뇨." 가브리엘이 말했다. "푸어그래스가 가지고 있을 것 같군요. 그는 벅스 헤드에 있습니다. 그에게 달라고 하는 것을 잊어버렸습니다."

"그럼 그건 됐습니다. 장례식을 내일 아침까지 미루도록 하지요. 시신은 교회 안으로 옮겨 놓으셔도 되고, 여기 농장에 두었다가 내일 아침 상여꾼들에게 부탁해서 교회로 옮기셔도 됩니다. 그들은 여기서 한 시간 넘게 기다리다가, 지금은 다들 집으로 돌아갔어요."

가브리엘은 패니가 밧세바의 숙부가 살아 있던 여러 해 동안 이 농장의 거주자였다 해도 그녀의 시신을 농장에 두자는 말을 거부할 만한 여러 가지 이유가 있었다. 장례 지연으로 인해 발생할 수 있는 몇 가지 불행한 우발 상황이 그의 눈앞을 스쳤다. 하지만 그의 뜻이 곧 법은 아니었기에 이 문제에 대해 자신의 여주인이 어떻게 생각하는지 묻기 위해 집으로 들어갔다. 그는 그녀가 심상치 않은 기분임을 눈치챘다. 그를 올려다보는 그녀의 눈은 앞서 생각하던 것들 때문에 의혹에 가득 차 있었고 당혹스러워하고 있었다. 트로이는 아직 돌아오지 않았다. 밧세바는 처음엔 시신을 교회로 옮기자는 그의 제안에 무관심한 태도로 동의했다. 그러나 가브리엘을 따라 대문으로 향하다 곧바로 패니의 일에 대해 매우 세심히 염려하더니 집 안으로 옮기기를 바랐다. 오크는 마차 안에서 꽃과 상록수 가지들에 덮인 채 누워 있는 그대로 아침까지 마차 보관소에 두자고 그녀를 설득했지만 아무 소용이 없었다. "가엾은 그녀를 밤새 마차 보관소에 두는 것은 너무 무정하고 기독교적이지 못해요." 그녀가 말했다.

"그렇게 하지요." 목사도 동의했다. "그럼 내일 아침 일찍 장례식이 진행되도록 준비하겠습니다. 어쩌면 우리가 죽은 사람을 매우 사려 깊게 대할 수 없다고 생각하는 트로이 부인이 옳을지도 모르지요. 우린 그녀가 비록 집을 떠나 통탄할 실수를 저질렀다 하여도 여전히 우리의 자매임을 반드시 잊어서는 안 됩니다. 또한 하느님의 언약되지 않은 자비가 그녀에게까지 주어졌고, 그녀가 그리스도의 많은 신자들 중 한 명이라는 것을 믿어야 합니다."

목사의 말은 슬프지만 평온한 어조로 허공에 퍼져 나갔고, 가브리엘의 눈에서는 정직한 눈물이 흘렀다. 밧세바는 태연한 듯 보였다. 곧 서들리 목사가 떠나고 가브리엘은 등을 켰다. 그는 자신을 도와줄 사람 세 명을 데리고 왔다. 그들은 집을 나갔다 무의식으로 돌아온 그녀를 실내로 들여와 밧세바의 지시대로 홀 옆 작은 응접실 중앙에 있는 두 개의 의자 위에 올려놓았다.

가브리엘 오크를 제외한 모든 사람들이 그 방을 떠났다. 그는 여전히 우유부단하게 시신 옆에서 서성거렸다. 그는 트로이 부인이 일으키고 있는 지독히도 모순적인 상황과 그것에 맞대응할 수 없는 자신의 무력함에 깊게 걱정하였다. 그가 하루 종일 조심스럽게 행동했음에도 불구하고 매장과 관련해 발생할 수 있는 최악의 상황이 지금 벌어지고 만 것이다. 오크는 오늘의 사건에서 비롯될 끔찍한 결과를 상상했는데, 그 결과는 많은 세월이 흐르면 무관심한 일이 될 수도 있었고, 완전히 제거할 수 없는 그림자가 되어 그녀의 삶에 드리울 수도 있었다.

어쨌든 지금 당장 밧세바를 구하기 위한 마지막 시도로 그는 돌연 관 뚜껑 위에 분필로 쓰인 글귀를 다시 보았다. 휘갈겨진 글은 매우 간단했다. '패니 로빈과 그 아이'. 가브리엘은 손수건을 꺼내 '패니 로빈'이라는 글자만 남기고 나머지 두 단어를 조심스럽게 문질러 지워 버렸다. 그러고 나서 방을 나와 정문을 통해 조용히 밖으로 나갔다.

43

패니의 복수

"제가 더 필요하신가요, 마님?" 같은 날 저녁 늦은 시간, 리디가 침실용 촛불을 든 채 큰 응접실 문 옆에 서서 칙칙한 불 옆에 혼자 앉아 있는 밧세바에게 물었다. 올해 들어 처음으로 켠 불이었다.

"오늘 밤은 이제 됐어, 리디."

"마님이 괜찮으시다면 제가 앉아서 주인님을 기다릴게요. 제 방에서 촛불을 켜 놓고 앉아 있으면 패니가 조금도 무섭지 않을 거예요. 그 애는 어린애처럼 너무도 겁이 많았기 때문에 유령이 되어 아무리 노력해봤자 누구에게도 나타날 수 없을 거예요, 확신해요."

"어머나, 그럴 필요 없어! 가서 자. 내가 12시까지 기다릴게. 만약 그때까지 오지 않으면 나도 포기하고 잠자리에 들 거니까."

"지금 10시 30분이에요."

"아! 그래?"

"위층에서 기다리시는 게 어때요, 마님?"

"위층?" 밧세바가 만연히 말했다. "그럴만한 가치가 없어. 여기 불이 피워져 있잖니, 리디." 그녀는 갑자기 초조해하며 충동적으로 작게 말했다. "패니에 대해 이상한 말 들은 적 있니?" 말이 끝나자마자 그녀의 얼굴에 이루 말할 수 없는 후회가 스쳐 지나가더니, 울음을 터뜨렸다.

"아뇨, 한마디도요!" 리디가 놀란 표정으로 울고 있는 밧세바를 바라보면서 말했다. "무엇이 그토록 마님을 슬프게 만드나요, 무언가가 마님을 상처 입혔나요?" 그녀는 동정심이 가득한 얼굴을 한 채 밧세바 곁으로 왔다.

"아냐, 리디. 옆에 더 있지 않아도 돼. 요즘 왜 이렇게 눈물이 흐르는지 모르겠어. 단 한 번도 운 적이 없었는데. 잘 자."

리디는 응접실을 나와 문을 닫았다.

밧세바는 지금 외롭고 비참했다. 사실 결혼 전보다 더 외롭지는 않았지만, 과거의 외로움과 현재의 외로움을 비교해 본다면 마치 동굴 속에 있는 고독과 산속에 있는 고독을 비교하는 것 같았다. 지난 하루 이틀 사이 남편의 과거에 대한 불안한 생각들이 들었다. 그날 저녁 패니의 임시 안식처에 대한 그녀의 변덕스러운 감정은 밧세바의 가슴속이 이상하게 복잡해져 버린 충동의 결과였다. 어쩌면 그것은 그녀의 편견에 대한 단호한 저항으로, 무자비한 본능의 가장 아래쪽에 있는 공포감이라고 묘사하는 것이 정확할 것이다. 이러한 감정이 그 죽은 여인에 대한 동정을 억눌렀다. 왜냐하면 그녀는 살아 있는 동안 밧세바보다 앞서 밧세바가 아직은 사랑하는 그 남자의 관심을 받았기 때문이다. 비록 밧세바의 사랑은 깊은 오해로 인해 지긋지긋해졌지만.

5분에서 10분 뒤에 또다시 문을 두드리는 소리가 났다. 리디는 다시 나타나 방 안으로 살짝 들어와서 망설이더니, 이윽고 말하기 시작했다. "메리앤이 방금 아주 이상한 말을 들었다고 하는데 전 사실이 아니란 걸 알아요. 하루 이틀 안에 그 진위를 알게 될 거예요."

"무슨 이야기인데?"

"마님이나 저희랑은 관련 없어요. 패니에 관련된 이야기예요. 마님도 들으신 이야기요."

"아무것도 듣지 못했는데."

"곧 있으면 웨더베리에 사악한 소문이 떠돌 거라는 말이에요. 그건……." 리디는 여주인에게 다가가 패니가 누워 있는 방 쪽을 바라보며 귓속말을 했다.

밧세바는 머리부터 발끝까지 부들부들 떨었다.

"말도 안 돼!" 밧세바가 흥분하여 말했다. "관 뚜껑에는 한 사람의 이름만 적혀 있었어."

"저도 봤어요. 다른 사람들도 믿지 않아요. 만약 그 이야기가 사실이라면 분명히 더 많은 소문이 떠돌았을 거예요. 그렇게 생각하지 않으세요, 부인?"

"그럴 수도, 아닐 수도 있지." 밧세바는 리디가 자신의 얼굴을 보지 못하게 불 쪽으로 고개를 돌렸다. 밧세바가 더 이상 말하지 않으리란 것을 알아챈 리디는 슬그머니 밖으로 나와 문을 부드럽게 닫고 잠자리에 들었다.

그날, 불을 계속 들여다보던 밧세바의 얼굴은 그녀를 조금도 사랑하지 않는 사람이라도 걱정하게 할 만했다. 비록 밧세바와 패니가 에스더와 와스디처럼 대조된다 할지라도 패니의 슬픈 운명은 밧세바의 영예가 아니었다. 리디가 두 번째로 방에 들어왔을 때 밧세바의 아름다운 눈은 무기력하고 지쳐 있었다. 그녀가 이야기를 마치고 나갔을 때 그 눈은 몹시 비참해 보였다.

마을 여자들에게는 약간의 소란이었을 패니와 그녀의 아이 (만약 그녀가 아이를 가지고 있었다면)가 죽었다는 소식은, 구식 신념에 근간을 둔 단순한 시골 처녀 같은 성격의 밧세바에게는 큰 불안감을 안겨 주었다. 밧세바는 오크와 볼드우드가 한동안은 그녀에게 절대 알려 주지 않을, 자신에게 일어난 일과 막연히 의심스러운 패니의 죽음이라는 비극 사이의 관련성을 추측할 근거가 있었다. 지난 토요일 밤 이 외로운 여자와 마주쳤던 일을 목격한 사람도, 그에 대해 말하는 사람도 없었다. 오크는 패니에게 무슨 일이 일어났는지 자세한 내용을 가능한 한 오랫동안 발설하지 않겠다는 최선의 의도를 가졌을지도 모른다. 그러나 그는 밧세바가 그 문제를 지각하고 있다는 것을 알았다 하더라도 지금 그녀가 겪고 있는 불안감을 낮추기 위해 할 수 있는 일은 아무것도 없었다. 그 불안감을 없애 줄 확실한 사실은 결국 지금 의심하고 있는 최악의 일이었기 때문이다.

그녀는 갑자기 자신보다 더 강한 사람에게 말하고 싶은 갈망을 느꼈다. 그렇게 함으로써 자신의 위치를 위엄으로 지탱할 힘과, 표현하지 않은 마음속의 의심을 깨뜨릴 힘을 얻고 싶었다. 그녀는 어디서 그런 사람을 찾을 수 있을까? 집 안에는 아무도 없었다. 지금까지 집 안에서 가장 냉정한 사람은 바로 자신이었다. 그녀는 몇 시간 동안 인내와 판단을 유보하는 방법을 배우고 싶었으나 그것을 가르쳐 줄 사람이 아무도 없었다. 어쩌면 가브리엘 오크에게 갈 수도 있다! 하지만 그럴 수 없었다. 오크는 정말 대단한 인내심을 가진 것 같았다. 볼드우드는 가브리엘보다 훨씬 깊고, 고상하고 강해 보임에도 오크가 모든 표정으로 숙련되게 보여 준 단순한 교훈, 즉 그를 둘러싼 수많은 관심사들 중에서 그의 개인적인 행복에 영향을 주는 일들도 그의 눈에는 몰입해야 할 중요한 일로 보이지 않는다는 사실을 아직 그녀 이상으로 배우지 못했다. 오크는 자신의 관점에 특별한 비중을 두지 않고 상황 전체를 사려 깊게 관망했다. 그것이 그녀가 배우고 싶은 태도였다. 그러나 오크는 지금의 그녀처럼 가슴속 가장 깊숙이 남은 불확실한 문제에 대해 괴로워하지 않았다. 오크는 그녀가 궁금해하는 패니에 관한 모든 사실을 알고 있었다. 그녀는 이 점을 확신했다. 만약 그녀가 지금 당장 그에게 가서 "이 이야기의 진실은 무엇인가요?"라고 물어보면 그는 그녀에게 정직하게 말해 줄 것이다. 그건 말로 표현할 수 없는 위안이 될 것이다. 그 이상의 말은 필요 없다. 그는 그녀를 너무 잘 알기 때문에 어떤 기이한 행동에도 놀라지 않을 것이다.

밧세바는 외투를 두르고 문을 열었다. 모든 풀잎과 나뭇가지들이 고요했다. 아직 안개가 자욱하고 축축했지만 오후보단 옅었으며, 큰 가지들 아래의 낙엽 표면을 때리는 물방울 소리는 마치 음악처럼 규칙적이었다. 집 안에 있는 것보다 밖에 있는 것이 나을 것 같았기에 밧세바는 문을 닫고 천천히 좁은 길을 걸어 가브리엘이 살고 있는 오두막 맞은편에 이르렀다. 그는 방이 좁은 코건의 집에서 나와 이곳에서 혼자 살고 있었다. 빛이 창문 한 곳에서 새어 나오고 있었다. 아래층이었다. 겉창은 열려 있었고 어떤 블라인드나 커튼도 쳐지지 않았다. 도둑질이나 자신을 지켜보는 일은 이 집 주인에게 그다지 위협이 되지 않을 것이다. 그곳에 앉아 있는 것은 당연히 가브리엘이었다. 그는 책을 읽고 있었다. 그녀가 서 있는 도로에서는 분명히 그가 보였다. 그는 조용히 앉아 있었고, 손에는 곱슬곱슬한 털이 났으며 아주 가끔 초의 심지를 끊는 모습이 보였다. 한참 있다 시계를 본 그는 밤이 깊어진 것에 놀란 듯 책을 덮고 일어났다. 그는 곧 잠자리에 들 것이다. 그녀는 알았다. 만약 문을 두드리려면 지금 즉시 해야 한다는 사실을.

아아, 결심하기 어려웠다. 밧세바는 문을 두드리지 못할 것 같았다. 이제 와서 그녀의 불행을 그에게 내비칠 수 없었고, 패니의 죽음에 관한 이야기는 더욱이 물어볼 수 없었다. 그녀는 오로지 혼자서 의심하고 추측하고 짜증 내며 견뎌야 한다.

그녀는 마치 집 없는 방랑자처럼 둑 옆을 서성거렸다. 작은 주거지에선 퍼져 나오지만 슬프게도 자신의 집에는 결여된 분위기에 위로받고 매료되었다. 가브리엘이 위층 방에 나타나 촛불을 창턱에 올려놓고는 무릎을 꿇고 기도했다. 같은 시각 그녀의 반항적이고 불안한 상태와는 너무 대조적인 장면이라 그녀는 더 이상 그 장면을 참고 바라보기 힘들었다. 그녀는 이런 식으로 문제를 해결할 수 없었다. 처음 시작했을 때처럼 마음을 산란케 하는 방법으로 이 일을 끝까지 해결해야 했다. 밧세바는 벅찬 가슴을 안고 길을 따라 올라가 자신의 집으로 들어갔다.

오크의 모습에서 느낀 첫 번째 감정은 그녀를 더 흥분하게 하였다. 그녀는 홀에서 잠시 멈춰서 패니가 누워 있는 방의 문을 바라보았다. 그녀는 손가락을 깍지 끼고 고개를 뒤로 젖히고는 뜨거워진 손을 이마에 올린 채 이성을 잃고 흐느끼며 말했다. "제발 내게 너의 비밀을 알려 줘 패니! 아, 정말로, 제발 관 안에 두 명이 있다는 것이 사실이 아니길! 너를 잠깐 들여다볼 수 있다면, 난 모든 것을 알 수 있을 텐데!"

그렇게 몇 분이 흘렀고, 그녀는 천천히 덧붙였다. "들여다봐야겠어."

밧세바는 자신의 인생에서 기억에 남을 이 저녁의 중얼거림과 결단력 있는 행동을 하게 만든 기분을, 시간이 지나도 결코 이해할 수 없을 것 같다. 그녀는 스크루드라이버를 꺼내기 위해 나무로 된 벽장으로 갔다. 얼마간의 짧은 시간이 지난 후 그녀는 자신이 작은 방 안에 들어와 있음을 깨달았다. 눈에는 눈물이 조금 고였고, 머리는 고통으로 몸부림쳤다. 그녀는 관 안에 누워 있는 여성의 마지막을 추측하는 데 완전히 사로잡혀 관 옆에 서 있었다. 밧세바는 관을 응시하면서 약간 쉰 목소리로 혼잣말을 했다.

"최악의 경우라도 아는 것이 최선이야. 이젠 알아야겠어!"

그녀는 이 상황이 일련의 터무니없는 망상에서 비롯된 행동이라는 것을 인식하고 있었다. 이 망상을 확인할 방법이 복도에서 갑자기 떠올랐다. 그녀는 위층에 올라가서 하녀들의 묵직한 숨소리를 확인하고, 그들이 자고 있다는 것을 확신한 후에 다시 조용히 내려와서 어린 패니가 누워 있는 방문 손잡이를 돌렸다. 밤에 혼자서 이런 행동을 의도적으로 하는 것은 두려웠다. 이 행동이 끝나고 패니 인생의 마지막 이야기를 알게 됨으로써 남편의 행동에 대한 결정적인 증거를 아는 것은 더욱 두려웠다. 밧세바의 머리는 가슴 위로 떨어졌고, 긴장과 호기심, 관심으로 인하여 참고 있던 숨이 조용한 통곡이 되어 흘러나왔다.

"아…… 아……!" 그녀의 신음은 조용한 방에 울려 더 오랫동안 들려왔다. 그녀의 눈물은 관 속의 의식 없는 두 사람 옆으로 빠르게 떨어졌다. 복잡한 원인과 형언할 수 없는 본성에서 나온 눈물로, 순전히 슬픔이라는 말로만 표현할 수 있는 눈물이었다. 패니의 시신이 마차를 통해 자연스럽고 지나치게 야단스럽지 않지만 효과적인 방법으로 이곳에 오기로 결정되었을 때, 그들의 꺼지지 않는 불은 틀림없이 패니라는 재 속에서 계속되고 있었을 것이다. 단 하나의 위업, 죽음으로서 불합리한 상황을 바꾼 것이 패니가 성취해 낸 위업이었다. 그 운명을 조우한 오늘 밤,

밧세바의 어렴풋한 상상 속에 있던 패니는 실패를 성공으로, 굴욕을 승리로, 불행을 우세로 바꾸었다. 그 운명은 밧세바를 조롱하는 찬란한 빛을 뿜었고, 그녀와 관련된 모든 것에 비꼬는 미소를 짓는 것 같았다.

패니의 얼굴은 그녀의 노란 머리카락에 둘러싸여 있었다. 트로이가 소유하고 있던 구불구불한 머리카락의 주인이 누군가에 대한 의문은 완전히 없어졌다. 밧세바의 열띤 상상 속에선 그 순진하고 하얀 얼굴이 '불에는 불, 상처에는 상처, 싸움에는 싸움으로'라는 무자비하고 엄격한 모세의 율법에 따라 자신이 받은 고통을 밧세바에게 앙갚음하며 어렴풋한 승리의 미소를 짓고 있었다. 밧세바는 죽음이라는 수단을 통해 자신의 위치에서 벗어나는 방법에 대해 생각했는데, 그녀에게 죽음은 부자연스럽고 끔찍한 방법이었으며 그것은 한계가 있었다. 반면에 여생에 있을 수치스러움은 한계가 없을 정도로 무한할 것이다. 그러나 자신의 죽음에 의한 이 절멸 계획은 연적의 경우처럼 미화될 이유도 없을뿐더러 단순히 그 방법을 따라 하는 것뿐이었다. 그녀가 보통 흥분했을 때 나오는 버릇대로 두 손을 자기 앞에 꼭 붙들고 방을 빠르게 왔다 갔다 하며 생각에 잠긴 채 자신의 감정을 불완전한 문장으로 말하고 있었다.

"아, 난 그녀가 싫어, 하지만 진심으로 그녀가 싫다는 건 아니야, 이건 사악하고 통탄할 일이야. 하지만 그럼에도 그녀가 조금 싫어! 그래, 내 몸은 내 영혼이 원하든 원하지 않든 그녀를 미워한다고 주장하고 있어! 그녀가 살아 있었다면 정정당당하게 화를 내고 잔혹하게 굴었을 거야. 하지만 죽은 여인에게 앙심을 품어 봤자 도로 내게 돌아올 거야. 아 하느님, 자비를 베푸소서! 전 이 모든 일이 비참합니다!"

밧세바는 지금 이 순간 자신의 심리 상태가 너무나 두려워서 주위를 두리번거리며 자신에게서 도망칠 피난처 비슷한 곳을 찾았다. 그날 밤 무릎을 꿇은 오크의 환영이 그녀에게 떠올랐고, 그녀는 여성을 고무시키는 모방 본능으로 무릎을 꿇고 가능하면 기도하기로 결심했다. 가브리엘은 기도를 했고, 그녀도 그럴 것이다.

그녀는 관 옆에 무릎을 꿇고 두 손으로 얼굴을 감쌌다. 한동안 방 안은 무덤처럼 조용했다. 순전히 어떤 무의식적인 이유인지 아니면 다른 이유에서인지 밧세바가 일어났을 때는 마음이 진정되어있었고, 조금 전까지 그녀를 사로잡았던 적대 본능은 후회로 변했다. 속죄하고 싶은 마음에 그녀는 창가에 있는 꽃병에서 꽃을 꺼내 죽은 소녀의 머리 주위에 깔기 시작했다. 밧세바는 죽은 사람에게 꽃을 바치는 것 말고는 친절한 마음을 보여줄 방법을 몰랐다. 그녀는 자신이 얼마나 오랫동안 그러고 있었는지 알지 못했다. 그녀는 자신의 시간, 인생, 자신이 어디에 있는지, 자신이 무엇을 하고 있었는지를 잊었다.

마차 보관소의 문이 쾅 하고 닫히는 소리가 그녀를 다시 정신 차리게 했다. 잠시 후 문이 열렸다 닫히더니 복도를 가로지르는 발소리가 들렸다. 그녀의 남편이 방 입구에 나타났고 그녀를 쳐다보았다.

그는 방 안을 천천히 둘러보더니 마치 사악한 주문이 만든 환상이라도 본 듯이 몹시 놀란 채 그 광경을 응시했다. 시신처럼 창백해진 밧세바도 그와 같은 사나운 태도로 그를 돌아보았다.

이 순간 본능적으로 도출할 수 있는 적절한 추측의 결과가 많지 않았기에 문손잡이를 잡고 서 있던 트로이는 자신이 보고 있는 광경과 패니를 연관시킬 생각조차 하지 못했다. 처음으로 든 혼란스러운 생각 중 하나는 누군가 이 집 안에서 죽었나 하는 것이었다.

"뭐야?" 트로이가 멍하니 물었다.

"나갈 거야! 떠날 거라고!" 밧세바는 남편에게라기보다는 자기 자신에게 말했다.

"도대체 무슨 일이오? 누가 죽었소?" 트로이가 말했다.

"말할 수 없어요, 절 놔주세요. 바람을 쐬어야겠어요."

"아니, 잠깐 있어 봐요!" 트로이가 그녀의 손을 잡았다. 그러자 그녀의 결단력이 사그라들었고, 수동적인 상태가 되었다. 그는 여전히 그녀의 손을 잡은 채로 방에 들어왔고, 손을 잡은 채 관 옆으로 다가갔다.

촛불이 두 사람 가까이에 놓인 책상 위에 있었고, 불빛은 비스듬히 기울어져 어머니와 아기의 차가운 모습을 뚜렷이 부각했다. 트로이는 관 속을 들여다보더니 아내의 손을 놓았다.

관 안의 모든 정보가 그에게 끔찍한 빛처럼 다가왔고, 그는 그대로 조용히 서 있었다. 어떠한 미동도 없었기 때문에 그에게 어떤 동기도 남아 있지 않은 것 같았다. 사방에서 감정이 서로 충돌하더니 중립 상태가 되었고, 더 이상의 감정 충돌은 없었다.

"아는 여자인가요?" 밧세바는 마치 작은 감방에 있는 듯 속삭였다.

"알아." 트로이가 말했다.

"혹시 저 사람이?"

"그래."

그는 처음에는 완벽하게 똑바른 자세로 서 있었다. 그런데 지금은 매우 어두운 밤에 시간이 지나야 빛이 보이듯, 거의 굳어져 움직이지 못하다가 조금 움직이기 시작하는 것 같았다. 그는 점점 앞으로 가라앉고 있었다. 그의 얼굴선은 부드러워졌고, 당혹감은 무한한 슬픔으로 바뀌었다. 밧세바는 옆에서 여전히 입을 벌린 채 초점을 잃은 눈으로 그를 지켜보았다. 강렬한 감정을 수용하는 능력은 일반적으로 강한 본성에 비례한다. 아마도 패니의 일은 그녀의 체력에 비하여 큰 고통이었고, 한 번도 겪어 본 적이 없는 것이었다.

트로이는 회한과 존경이 섞인 설명하기 힘든 표정으로 무릎을 꿇고 패니 로빈에게 몸을 숙인 채 마치 자고 있는 아기를 깨우지 않기 위해 조용히 입을 맞추듯 키스했다. 그 광경과 소리를 견딜 수 없던 밧세바는 그에게 달려들었다. 자신의 감정이 무엇인지 알고 난 이후 그녀의 몸 안에 퍼져 있던 강렬한 감정들이 이제 하나의 움직임 속에 모여드는 것 같았다. 조금 전 다른 여성에 의해 실추당한 명예와 굴욕을 위해 기도했을 때, 그녀의 혐오스러운 기분은 전체적으로 폭력적이었다. 그러한 모든 감정은 남편에 대한 아내의 단순하지만 강한 애정으로 잊혔다. 그녀는 자신의 완벽함에 한숨을 쉬면서 후회했던 결혼생활이 단절되는 것을 막기 위해 큰 소리로 울부짖었다. 그녀는 트로이의 목에 두 팔을 감고는 가슴속 깊고도 깊은 곳에서부터 외쳤다.

"하지 말아요. 그들에게 키스하지 말아요! 아, 프랭크 난 견딜수 없어요. 참을 수 없다고! 난 그녀보다 당신을 더 사랑해요. 내게도 키스해 줘요, 프랭크. 키스해 줘요! 내게도 반드시 키스해 줘야 할 거야!"

밧세바 정도의 역량과 독립심을 가진 여성이 어린아이처럼 고통스러워하며 순진하게 호소하는 것은 매우 비정상적이고 깜짝 놀랄만한 일이었기에, 트로이는 자신의 목에 단단히 걸쳐진 그녀의 팔을 풀고는 당황하여 그녀를 바라보았다. 모든 여자들이 패니와 자신의 옆에 있는 여성처럼 겉모습은 달라도 마음은 다 똑같다는 사실을 이렇게 갑자기 알게 되자 트로이는 자신의 자랑스러운 아내 밧세바가 맞는지 믿을 수 없는 듯 보였다. 패니의 영혼이 그녀의 몸에 그런 힘을 준 것 같았다. 그러나 이 감정은 오래 지속되지 못했다. 순간적인 놀라움이 지나가자 그의 표정은 침묵하는 거만함으로 변했다.

"난 당신에게 키스하지 않을 거야!"그는 그녀를 밀쳐 내며 말했다.

아내는 그 이상 움직이지 않았다. 그러나 어쩌면 비참한 상황에서 말하는 것은 용서받지 못할 잘못이라도, 그녀의 경쟁자가

시신이기 때문에 올바르고 신중한 행동보다 오히려 더 잘 이해
될 수 있었다. 그녀는 자제라는 격렬한 노력을 통해 배반당했던
모든 감정들이 원래대로 돌아왔다는 것을 보여 주었다.

"못할 이유는 뭐라고 말씀하실 거죠?" 그녀가 물었다. 그녀의
쏩쓸한 목소리는 이상할 정도로 낮아서 완전히 다른 여자 같았
다.

"내가 지금까지 못되고 사악한 남자였다고 말해야 할 것 같
군." 그가 답했다.

"그리고 이 여자는 당신의 피해자였고요. 나 역시 이 여자보
다 나을 게 없고."

"아! 날 모욕하지 마시오, 부인. 이 여성은 지금 죽은 채로도
당신의 과거나 현재, 그리고 앞으로 당신이 될 수 있는 그 어떤
모습보다 내겐 더 중요해. 만약 사탄이 당신의 얼굴과 그 저주
스러운 교태로 나를 유혹하지 않았다면 나는 그녀와 결혼했을
거요. 당신이 내 앞을 가로막기 전까지 난 다른 생각을 해본 적
이 없소. 하느님께 맹세할 수 있소. 하지만 너무 늦어 버렸지!
그 대가로 난 고통 속에 살아야 마땅해!" 그는 패니 쪽으로 몸을
돌렸다. "당신은 신경 쓰지 마시오." 그가 말했다. "천국이 알고
있듯이 당신은 나의 유일한 아내요."

이 말에 밧세바의 입에서 깊이를 알 수 없는 절망과 분노가
담긴 길고 낮은 울부짖음이 터져 나왔다. 그 오래된 집 안에서
한 번도 들린 적 없는 괴로운 소리였다. 그것은 트로이와 그녀
가 결혼한 결과였다.

"그녀가…… 아내…… 난…… 뭐죠?" 그녀는 같은 말을 반복하며 애처롭게 흐느꼈다. 그녀에게서 좀처럼 볼 수 없었던 자포자기한 모습은 상황을 더 비참하게 만들 뿐이었다.

"당신은 내게 아무것도 아니오, 아무것도." 트로이가 매정하게 말했다. "목사님 앞에서 식을 올렸다고 해서 결혼은 아니오. 난 도덕적으로 당신의 남편이 아닌 거요." 그에게서 도망치고픈, 이 장소에서 달아나 숨어 버리고 싶은, 어떤 대가를 치르더라도 그가 하는 말에서 벗어나고 싶은, 죽음조차 멈출 수 없는 격렬한 충동이 밧세바를 압도했다. 그녀는 한순간도 지체하지 않고 문쪽으로 몸을 돌려 밖으로 뛰쳐나갔다.

44
나무 아래에서 - 반응

밧세바는 방향도, 자신이 도망치고 있다는 사실도 신경 쓰지 않은 채 어두운 길을 따라 걸었다. 그녀가 자신의 위치를 처음으로 확실히 알아차린 것은 큰 참나무와 너도밤나무들 사이의 덤불 속으로 이어지는 하나의 문 앞에 도달했을 때였다. 주위를 둘러보다 그녀는 언젠가 대낮에 보았던 지나갈 수 없는 덤불 같던 것이 실제로는 빠르게 시들어 가는 고사리 덤불이라는 사실을 깨달았다. 떨고 있던 그녀는 이 덤불 사이로 들어가서 숨는 것보다 더 좋은 생각을 떠올릴 수 없었다. 안으로 들어가자 축축한 안개를 피해 비스듬히 기댈 만한 나무줄기 하나가 있었다. 그녀는 고사리 잎과 줄기들이 뒤엉킨 푹신한 바닥에 주저앉았다. 그러고는 불어오는 바람을 막기 위해 묵묵히 나뭇잎들을 한 아름 끌어모은 뒤 눈을 감았다.

그날 밤 밧세바는 자신이 잠을 잤는지 안 잤는지 정확히 알지 못했다. 머리 위와 주위 나무 사이에서 일어나고 있는 흥미로운 일을 의식한 것은 시간이 한참 지나 몸이 상쾌해지고 머리가 진정된 후였다.

처음에는 목이 쉰 듯한 목소리가 들려왔다.

지금 막 잠에서 깬 참새 소리였다

다른 곳에서도 소리가 들려왔다. '치-위-위-위!'

되샛과 새들 중 한 마리였다.

'팅크-팅크-팅크-팅크-팅크!' 울타리에서 세 번째 울음이 들렸다.

울새였다.

머리 위에서 들리는 '탁-탁-탁!' 소리는 다람쥐였다.

마지막으로 길가에서 들리는 소리 '내 라-타-타와 럼-텀-텀'.

쟁기를 단 동물들을 유도하는 소년이었다. 그는 맞은편에서 나타났는데, 밧세바는 그의 목소리로 보아 자신의 농장에서 일하는 소년들 중 하나라고 생각했다. 그의 뒤편으로는 무겁고 느릿느릿한 발걸음 소리가 들렸다. 밧세바는 동틀 녘의 희미한 빛 속에서 고사리 덤불 사이로 그들을 보았고, 곧 자신의 말들을 알아보았다. 말들은 물을 마시려고 길 맞은편에 있는 연못에 멈춰 섰다. 그녀는 말들이 커다란 소리와 함께 연못 안으로 들어가 물을 마신 뒤 고개를 들었다가 다시 물을 마시는 것을 지켜보았다. 그들의 입술에선 물이 은색 실처럼 질질 흘렀다. 다시 한번 커다란 소리가 들렸고, 말들은 연못에서 나와 다시 농장을 향해 돌아섰다.

그녀는 주위를 더 멀리 둘러보았다. 날이 밝아 오고 있었고, 아침의 찬 공기와 그 색채는 그녀가 지난밤에 보인 흥분된 행동이나 결심과는 무시무시한 대조를 이루었다. 그녀는 자신의 무릎과 머리에 빨갛고 노란 나뭇잎들이 쌓여 있는 것을 알아차렸다. 잠시 잠든 동안 나무에서 떨어져 그녀 위에 조용히 떨어진 것이었다. 밧세바는 그 나뭇잎들을 털어 내기 위해 옷을 흔들었는데, 그때 바람이 일더니 그녀 주위에 있던 것과 같은 종류의 수많은 나뭇잎들이 마치 '마법사에게서 도망치는 유령'처럼 흩날렸다.

동쪽으로 트인 곳의 아직 솟아오르지 않은 태양 빛이 그녀의 눈길을 끌었다. 그녀의 발 아래쪽에서부터 노란색으로 아름답게 물들어 가는 깃털 같은 팔을 지닌 고사리들 사이의 땅은 구덩이를 향해 경사져 있었다. 그 땅은 균류로 이루어진 습지였다. 아침 안개가 그 위에 자욱했다. 그 안개는 태양 빛으로 가득 차 웅장한 은빛 베일 같았지만 반쯤은 불투명했다. 그 뒤편의 울타리는 안개의 흐린 빛으로 인해 어느 정도 가려졌다. 그 우울한 경사면의 위쪽에는 흔히 볼 수 있는 골풀이 자라고 있었고, 여기저기에 다양한 종류의 창포꽃들이 피었는데, 그 꽃은 떠오르는 햇빛 속에서 낫처럼 번쩍거렸다. 그러나 습지는 전반적으로 악의에 차 있었다. 촉촉하고 악의가 가득한 것 같은 땅은 땅속과 그 속에 있는 물의 사악한 물질의 정수를 내뿜는 것 같았다. 버섯 같은 균류는 썩은 낙엽과 나무 그루터기에서 온갖 형태로 자라고 있었다. 그녀의 생기 없는 눈에 어떤 것들은 끈적거리는 갓을, 다른 것들은 걸쭉한 물이 흐르는 주름을 보여 주었다. 동맥의 피처럼 커다랗고 빨간 반점이 찍힌 것들도 있었고 사프란 같이 노란색을 띤 것도 있었으며 마카로니처럼 크고 여윈 줄기를 지닌 것들도 있었다. 몇몇은 가죽처럼 진한 갈색이었다. 그 구덩이는 바로 인접해 있는 안락하고 건강해 보이는 땅과 달리 크고 작은 역병 양성소 같았다. 밧세바는 이렇게 음울한 곳 가까이에서 밤을 보냈다는 생각에 몸을 떨면서 일어났다.

이제 길에서는 다른 발자국 소리도 들렸다. 밧세바는 여전히 긴장감으로 가득 차 있었다. 그녀는 자신이 보이지 않도록 웅크렸는데, 한 보행자가 시야에 들어왔다. 그는 저녁밥이 담긴 가방을 어깨에 걸치고 손에는 책을 들고 있는 남학생이었다. 그는 문 옆에서 잠시 걸음을 멈추더니 고개를 들지 않고 그녀의 귀에 들릴 만큼 제법 큰 소리로 계속 중얼거렸다. "오 주여 오 주여 오 주여 오 주여 오 주여, 내가 책에서 배운. 우리에게 주소서 우리에게 주소서 우리에게 주소서 우리에게 주소서 우리에게 주소서 내가 알고 있는. 은총을 은총을 은총을 은총을 내가 알고 있는." 다른 말들도 같은 방법으로 이어졌다. 보아하니 그 소년은 좀 부족한 듯했다. 그가 들고 있는 책은 예배용 시편이었고, 그것이 바로 그가 기도를 배우는 방법이었다. 그는 최악의 문제를 가지고 있음에도, 항상 생각의 연결이 끊어져서 사소한 것에만 주의를 기울여 얕은 생각만 하는 것처럼 보였다. 밧세바는 그 소년이 지나갈 때까지 그 모습을 어렴풋이 재밌어하고 있었다.

이 무렵 무감각하던 상태는 열망으로 바뀌었고 열망은 배고 픔과 갈증으로 이어졌다. 안개에 반쯤 가려진 한 형체가 습지 맞은편 오르막길 위에 나타났고, 밧세바 쪽으로 다가왔다. 여자 의 형체였다. 그녀는 사방을 유심히 살피듯 얼굴을 비스듬히 기 울인 채 걷고 있었다. 그녀가 왼쪽으로 조금 더 돌아 자신과 가 까워지자, 밧세바는 해가 솟은 하늘을 배경으로 그녀의 옆모습 을 보았다. 이마에서 턱까지 단 한 군데도 각지지 않고 뚜렷한 선이 없는 친근한 리디 스몰베리의 얼굴이었다.

밧세바는 완전히 버림받지 않았다는 사실에 감사해하며 가슴 이 두근거리는 채로 벌떡 일어났다. "아, 리디!" 그녀가 말했다. 아니, 말하려고 했다. 하지만 그 말은 입술에서만 맴돌 뿐 아무 소리도 나지 않았다. 밤새도록 안개에 가득 찬 공기에 노출되었 던 탓에 목소리가 나오지 않았다.

"아, 마님! 마님을 찾아서 다행이에요." 리디가 밧세바를 보자 마자 말했다.

"이쪽으로 넘어올 수 없어." 밧세바가 속삭이듯 말했다. 그녀 는 리디의 귀에 들릴 만큼 큰 소리를 내기 위해 노력했지만 헛 수고였다. 리디는 그런 사실을 모른 채 "제 생각엔 건너갈 수 있 을 것 같아요."라고 말하며 습지로 내려왔다.

밧세바는 아침 햇살 속에서 습지를 가로질러 자신에게 다가 오는 그 순간의 리디를 결코 잊을 수 없었다. 하녀가 발을 디딜 때마다 그녀의 발 옆에선 눅눅한 지하의 숨결이 무지갯빛 방울 형태로 올라왔으며, 그 방울들은 쉿, 쉿 소리를 내면서 퍼져 나가 위쪽의 수증기가 가득한 허공에 합류하였다. 리디는 밧세바의 예상과 달리 습지에 가라앉지 않았다.

그녀는 건너편에 무사히 도착해 아름답지만 창백하고 지친 젊은 여주인의 얼굴을 올려다보았다.

"가엾어라!" 리디가 눈물을 글썽이며 말했다. "조금만 힘내세요, 부인. 어쩌다……."

"지금은 속삭이는 소리보다 더 큰 소리를 낼 수 없어. 목이 잠겨 버렸어." 밧세바가 급히 말했다. "내 생각엔 저 구덩이에서 나오는 축축한 공기 때문인 것 같아. 리디, 내게 많은 걸 물어보지 마. 누가 널 보낸 거야?"

"아무도요. 마님이 집에 없다는 것을 알고 무언가 무서운 일이 일어났다고 생각했어요. 어제 늦은 시간에 그분의 목소리를 들은 것 같아서요. 그래서 뭔가 잘못되었다는 것을 알았죠……."

"그이는 집에 있니?"

"아뇨, 제가 나오기 직전에 나가셨어요."

"패니는 옮겼니?"

"아직이요. 그 애는 곧……. 9시에 옮길 거예요."

"그럼 지금은 집에 돌아가지 말자. 숲속을 산책하는 건 어때?"

리디는 이 사건을 어느 하나 정확히 알지 못한 채 찬성했고, 그들은 나무들 사이로 더 멀리 걸어갔다.

"하지만 부인, 집으로 돌아가셔서 뭐라도 드시는 게 좋겠어요. 이러다 오한으로 돌아가시겠어요."

"아직은 집으로 돌아가지 않을 거야. 어쩌면 영원히."

"제가 먹을 거랑 그 작은 숄 외에 걸칠 거라도 가져올까요?"

"가능하다면 그러렴, 리디."

리디가 사라지더니 20분 후에 외투와 모자, 빵 몇 조각과 버터, 찻잔, 차를 담은 작은 자기 주전자를 가지고 돌아왔다.

"패니는 갔니?" 밧세바가 물었다.

"아뇨." 리디가 차를 따르며 말했다. 밧세바는 외투를 걸친 뒤 리디가 가져온 것들을 조금씩 먹고 마셨다. 그러자 그녀의 목소리는 조금 맑아졌고, 안색도 약간 좋아졌다. "이제 다시 걸어 다니자." 밧세바가 말했다.

그들은 거의 2시간 동안 숲속을 돌아다녔다. 밧세바는 마음속으로 오로지 단 한 가지 주제만을 생각하고 있었기에 리디의 별로 중요치 않은 말에는 단음절로만 대답했다. 그러다 그녀가 문득 물었다. "이쯤이면 패니를 옮겼을까?"

"제가 가서 확인해 볼게요." 그녀는 사람들이 시신을 옮기고 있다는 소식과 함께 밧세바를 찾고 있다는 정보를 가지고 왔으며, 마님은 몸 상태가 좋지 못하여 만날 수 없다고 답변했다고 말했다.

"그럼 그들은 내가 침실에 있다고 생각하겠구나?"

"네." 리디는 대답한 후 조심스럽게 덧붙였다. "제가 마님을 처음 발견했을 때 어쩌면 영원히 집으로 돌아가시지 않겠다고 하셨는데, 진심은 아니시죠, 마님?"

"아니, 마음을 바꿨어. 남편한테서 도망치는 건 자존심 없는 여자들뿐이야. 남편의 나쁜 대우로 인해 집에서 죽은 채로 발견되는 것보다 더 나쁜 게 하나 있다면 그건 다른 사람의 집으로 도망쳤다가 발견되는 거야. 오늘 아침 내내 이 일에 대해 생각해 보았고, 내 갈 길을 정했어. 도망 나온 아내는 모두에게 짐이고, 자신에게도 짐이며 조롱거리일 뿐이야. 물론 집에 남으면 모욕이나 구타, 굶주림 같은 사소한 일들이 일어날 수 있겠지. 하지만 도망은 이 모든 것들보다 더 비참해. 리디, 네가 만약 결혼한다면(하느님은 네가 결혼하는 것을 금지할 거야!) 두려운 상황에 처한 너 자신을 발견하게 될 거야. 하지만 이걸 명심해. 그런 걸로 위축되지 마. 그 두려움에 떨지 말고, 완전히 압도해 버려. 그게 내가 하려는 일이야."

"아, 마님, 그런 말 마세요." 리디가 밧세바의 손을 잡으며 말했다. "하지만 전 마님이 분별력 있는 분이니, 도망치지 않으실 거라고 생각했어요. 마님과 그분 사이에 무슨 끔찍한 일이 일어났는지 물어봐도 될까요?"

"물어도 되지만, 말해 주지 않을 거야."

약 10분 뒤 두 사람은 길을 빙 돌아 뒷문으로 집에 돌아왔다. 밧세바는 뒷문 계단을 통해 사용하지 않는 다락방으로 올라갔고, 리디는 그 뒤를 따랐다.

"리디." 밧세바가 말했다. 그녀에게 젊음과 희망이 다시 돌아오기 시작했고, 마음 또한 한결 가벼워졌다. "지금 넌 내 개인적인 일을 상담해 줄 절친이 돼야 해. 누군간 반드시 그래야 하거든. 그래서 너로 정했어. 난 한동안 여기 머물 거야. 불을 지피고 카펫을 깔아 줘. 내가 이 장소를 편안하게 만드는 걸 도와줘.

그 후에 메리앤이랑 함께 작은방에 있는 조그만 침대 틀이랑 그 틀에 맞는 이부자리, 탁자와 다른 물건들도 가져와 주면 좋겠어……. 이 견디기 힘든 시간을 보내기 위해 무엇을 하는 게 좋을까?"

"손수건 단을 만들어 보는 건 어때요?" 리디가 말했다.

"아니, 그건 싫어! 난 바느질이 싫어. 항상 그랬어."

"뜨개질은요?"

"그것도."

"자수를 끝내시는 건 어떤가요. 카네이션이랑 공작만 새겨 넣으면 되잖아요. 그러면 유리 액자에 담아 마님의 숙모님 작품 옆에 걸어 둘 수 있어요."

"자수는 시대에 뒤떨어졌어. 끔찍하게 촌스러워. 됐어, 리디. 그냥 책이나 읽을게. 책 좀 가져와 줘, 새로운 책들 말고. 지금은 새로운 책을 읽고 싶은 마음이 없어."

"그럼 마님 숙부님의 헌책들을 가져올까요?"

"그래. 우리가 상자에 담아 놓은 것 중에서 몇 권만 가져다 줘." 그렇게 말하는 밧세바의 얼굴에 희미하게나마 즐거운 기운이 스쳤다. "보몬트와 플레처의 『처녀의 비극』과 『애도하는 신부』 그리고…… 『밤의 생각』이랑 『인간의 헛된 소망』도."

"그럼 아내 데스데모나를 살해한 흑인 남자 이야기를 담은 책은요? 지금 마님에게 딱 어울릴 만한 멋지고 우울한 책인데요."

"리디, 나한테 말하지도 않고 내 책들을 보았구나. 그러지 말라고 했잖니! 그 책이 나한테 어울릴지 어떻게 아니? 나한텐 전혀 어울리지 않아."

"하지만 다른 것들이 어울릴……."

"아니 어울리지 않아. 그리고 난 그 우울한 책은 읽지 않을 거야. 내가 왜 우울한 책을 읽어야 하지? 가서『마을에서의 사랑』과『방앗간의 처녀』,『언어학 박사』좀 가져와. 시사지「스펙테이터」도 몇 권 가져오고."

밧세바와 리디는 일종의 방책으로 그날 내내 다락방에 머물렀는데, 트로이가 근처에 다가오거나 문제를 일으키지 않았기 때문에 불필요한 일이 되었다. 밧세바는 해 질 무렵까지 창가에 앉아 가끔 책을 읽으려 시도해 보았고, 그렇지 않을 때면 별 목적 없이 바깥의 모든 움직임을 주시했으며, 별 관심 없이 모든 소리를 듣고 있었다.

그날 저녁 지는 태양은 거의 핏빛에 가까운 색이었고, 동쪽의 구름이 그 빛을 받고 있었다. 이 어두운 배경의 반대편인 서쪽에는 이 집의 창문에서 유일하게 보이는 건물인 교회 탑이 뚜렷하게 빛나고 있었으며, 그 꼭대기에 있는 풍향계도 마찬가지였다. 6시가 되자 마을의 젊은이들은 늘 그렇듯 이 근처에 모여 감옥의 포로 구하기 놀이를 했다. 그 장소는 매우 오래전부터 그 놀이에 사용되었는데, 이미 그려져 있는 선들은 편리하게도 교회 마당의 경계 쪽으로 향하여 감옥으로 사용되었다. 땅은 사람들이 이 놀이를 하며 하도 밟아 단단해졌고, 포장도로처럼 풀 한 포기 없었다. 밧세바는 젊은 소년들의 갈색과 검은색 머리가 좌우로 뛰어다니는 것을 보았고, 햇빛에 반짝이는 그들의 흰 셔츠 소매도 보았다. 가끔 들려오는 고함과 따뜻한 웃음소리는 고요한 저녁의 분위기를 다채롭게 했다. 놀이는 15분 정도 이어지다가 갑자기 끝났고, 소년들은 담장을 뛰어넘어 너도밤나무들 뒤편에 있는 주목나무들 쪽으로 달려갔다. 이 순간 주목나무 잎들은 황금빛으로 물들어 갔고, 가지들은 검은 선을 드러냈다.

"저 애들이 어째서 저렇게 갑작스럽게 놀이를 끝냈을까?" 리디가 방 안으로 들어오자 밧세바가 궁금해했다.

"제 생각엔 좀 전에 캐스터브리지에서 온 두 남자가 웅장하게 조각된 비석을 세우기 시작해서 그런 것 같아요." 리디가 말했다. "젊은이들이 그 비석이 누구의 것인지 구경하러 갔거든요."

"누구의 것인지 알아?" 밧세바가 물었다.

"저도 모르겠어요." 리디가 대답했다.

45

트로이의 애정

전날 밤 아내가 집을 떠났을 때 트로이가 처음으로 한 행동은 시신이 누워 있는 관을 덮어 자신의 시야에서 치우는 것이었다. 그는 이 작업을 끝내고 계단을 올라 위층으로 간 뒤, 옷을 입은 채 침대에 누워 비참한 심정으로 아침이 오기를 기다렸다.

운명은 지난 24시간 동안 그를 가혹하게 다루었다. 그의 하루는 그가 계획한 의도와는 매우 다르게 흘러갔다. 새로운 행동을 하기 위해선 항상 극복해야 할 타성 같은 것이 있다. 그것은 우리 자신에게 있다기보다, 마치 참신한 개선을 허용하지 않기 위해 서로 연결된 제한적인 사건 속에 있는 듯 보인다.

밧세바에게 20파운드를 받은 그는 자신이 가지고 있던 모든 돈을 모았다. 7파운드 10실링이었다. 그날 아침 그는 전 재산인 27파운드 10실링을 들고 패니 로빈과 한 약속을 지키기 위해 성급하게 집을 나와 마차를 몰았다.

캐스터브리지에 도착한 그는 말과 마차를 여관에 묶어 두고, 10시 5분 전 마을 끝 쪽에 있는 다리로 가서 난간 위에 걸터앉았다. 시계들이 10시를 알렸으나 패니는 나타나지 않았다. 사실 그 시각 그녀는 구빈원에서 두 명의 관리인에 의해 수의가 입혀지고 있었다. 이 온화한 여성을 처음이자 마지막으로 명예롭게 대해 준 사람은 이 지친 두 여성이었다. 15분이 지났고, 30분이 지났다. 앉아서 기다리던 트로이에게 돌연 한 가지 기억이 떠올랐다. 리디가 그와의 중요한 약속을 깨뜨린 것이 이번이 두 번째라는 것. 화가 난 그는 이번이 마지막이라고 맹세하였다. 11시가 되었다. 그는 그 시간까지 남아 있었다. 그는 돌다리에 낀 모든 이끼를 구분할 수 있을 정도로 쳐다보았고, 다리 밑으로 흐르는 잔물결 소리가 그를 우울하게 만들 때까지 그 소리를 듣고 있었다. 그는 난간에서 벌떡 일어나 마차를 찾기 위해 여관으로 향하였다. 과거를 무관심하게 여기기로 한 태도에서 오는 쓰라린 감정과 미래에 대한 무모함 속에 그는 버드머스 경마장으로 말을 몰았다.

그는 2시에 경마장에 도착했고, 9시까지 경마장과 마을에 머물렀다. 밧세바의 비난 때문인지, 패니가 마치 토요일 저녁 침울한 어둠 속에서 나타났을 때처럼 그의 마음에 떠올랐다. 그는 판돈을 걸지 않겠다고 맹세했고, 자신의 맹세를 지켰다. 밤 9시가 되어 마을을 떠날 때는 갖고 있던 현금 중 겨우 몇 실링 정도 사용했을 뿐이었다.

그는 천천히 집을 향해 걸어갔다. 그제야 처음으로 패니가 정말 아파서 약속을 지키지 못한 건 아닐까 하는 생각이 들었다. 이번만큼은 그녀가 실수할 리가 없었다. 그는 캐스터브리지에 머물며 수소문해 보지 않은 것을 후회했다. 집에 도착한 그는 조용히 말의 마구를 풀고, 앞서 우리가 목격한 끔찍하고 충격적인 장면이 기다리는 집 안으로 들어갔다.

사물을 식별할 수 있을 정도로 날이 밝자마자 트로이는 침대에서 일어났다. 밧세바의 행방에는 조금도 관심이 없었으며 그녀의 존재조차 잊어버린 채 아래층으로 조용히 내려와 뒷문을 통해 집을 나갔다. 그의 걸음은 교회 묘지를 향했다. 그는 묘지에 들어서서 새로 파 놓은 무덤 자리를 찾을 때까지 돌아다녔다. 전날 패니를 위해 판 구멍이었다. 이 장소를 기억해 두고, 그는 서둘러 캐스터브리지로 향하였다. 길을 가던 도중 그는 살아 있는 패니를 마지막으로 본 언덕에서 잠시 걸음을 멈추고 생각에 잠겼다.

마을에 도착한 그는 옆길로 내려가 '레스터: 비석과 대리석 석공'이라고 적힌 판자가 붙은 한 쌍의 문으로 들어갔다. 안에는 아직 죽지 않은 사람들을 위한 기명식 기념비와 온갖 크기와 모양의 돌들이 있었다.

트로이는 지금 자신의 모습과 말투, 행동이 평상시와 너무나 달라서 스스로 자각할 정도였다. 이런 식으로 비석을 구입하는 건 너무 낯설었다. 그는 지금 무언가를 고려하거나 계산할 수도, 돈을 절약할 수도 없었다. 그는 무언가를 원했고, 보육원에 있는 아이처럼 그것을 찾기 시작했다. "좋은 비석이 필요합니다." 그가 마당 안 작은 사무실에 서 있는 사람에게 말했다. "27파운드로 구할 수 있는 비석 중 가장 좋은 것으로요."

27파운드는 그의 전 재산이었다.

"모든 비용을 전부 다 합산해서요?"

"네. 이름을 새기고 웨더베리로 옮겨서 세우는 것까지 모두 다요. 지금 당장이요."

"이번 주에는 그렇게 특별한 비석을 만들 수 없는데요."

"지금 당장 필요해요."

"재고품이라도 괜찮다면 오늘 당장 가능합니다."

"좋습니다." 트로이가 초조하게 말했다. "뭐가 있는지 한번 봅시다."

"제가 가지고 있는 재고품 중 가장 좋은 것은 이겁니다." 석공이 창고로 들어가며 말했다. "전형적인 원형 양각 방법으로 아름다운 덩굴무늬를 새겨 넣은 대리석 묘비입니다. 이건 같은 무늬가 새겨진 발치 돌이고, 이건 무덤을 덮어 줄 개석입니다. 이 전부를 광택 내는 것만으로도 11파운드가 듭니다. 이 개석은 최상품으로 비나 서리에도 백 년은 끄떡없이 견딜 수 있다고 보장합니다."

"그래서 얼마요?"

"음, 말씀하신 액수 정도면 이름을 새기고 웨더베리로 옮겨 세울 수 있을 겁니다."

"오늘까지 완성해 주세요. 지금 계산하겠습니다." 석공은 알았다고 말하면서도 상복을 전혀 입지 않은 방문객을 의아하게 생

467

각했다. 트로이는 묘비에 새길 말을 적은 뒤, 계산을 하고 가 버렸다. 그는 오후에 다시 돌아와 글자가 거의 다 새겨진 것을 확인했다. 그는 비석이 포장될 때까지 마당에서 기다리다가 수레에 실려 웨더베리로 향하려는 것을 보고선, 수레를 몰고 가는 두 사람에게 다가가 묘비에 적힌 사람이 묻힐 위치를 교회지기에게 물어보라고 말하였다.

트로이가 캐스터브리지를 떠날 때는 꽤 어두웠다. 그는 다소 무거운 바구니를 팔에 걸고 있었는데, 침울하게 길을 걸어 다니다 가끔 바구니를 내려놓고 다리나 관문 같은 곳에서 쉬곤 했다. 그가 여정의 중간쯤에 도착했을 때 비석을 운반하고 어둠 속으로 돌아가는 사람들과 마차를 보았다. 그는 단지 일이 끝났는지를 물었고, 그렇다는 말을 듣자 다시 걸음을 옮기기 시작했다.

트로이는 10시쯤 웨더베리 교회 묘지에 도착했고, 들어서자마자 아침 일찍 확인해 둔 빈 무덤 자리가 있는 구석으로 갔다. 무덤 자리는 행인들의 시야에서 아주 멀리 떨어진 탑 구석 쪽에 있었다. 그곳은 최근까지 돌무더기와 오리나무 덤불이 쌓여 버려졌지만, 무덤이 급격히 늘어나 지금은 무덤 자리로 사용할 수 있을 만큼 깨끗이 정리된 상태였다.

이곳엔 좀 전에 만난 남자들이 말했듯이 눈처럼 하얗고 아름다운 무덤이 어둠 속에 있었다. 무덤은 묘비와 발치 돌 그리고 이 모든 것을 아우르는 최고급 대리석으로 만든 석대로 구성되었다. 묘비와 발치 돌 중간에 있는 석대에는 꽃을 심기에 적합한 틀이 짜여 있었다.

트로이는 들고 온 바구니를 묘비 옆에 내려놓고 잠시 어디론가 사라졌다. 잠시 후 그는 삽과 등을 가지고 돌아왔다. 그는 잠시 등을 대리석에 비추어 묘비명을 읽었다. 그러고 나선 주목나무의 가장 낮은 가지에 등을 걸고, 바구니에서 여러 가지 품종의 꽃 뿌리를 꺼냈다. 초봄에 꽃을 피울 갈란투스, 히아신스, 크로커스 구근, 제비꽃과 데이지 다발. 여름에 꽃을 피울 카네이션, 패랭이꽃, 피코티, 은방울꽃, 물망초, 서머즈 페어웰, 콜키쿰 외에도 다양한 꽃이 있었다.

트로이는 이것들을 풀밭에 깔아 놓은 뒤 무표정한 얼굴로 심기 시작했다. 갈란투스는 석대의 테두리에 심었고 남은 것들은 테두리 근처에 심었다. 그 후 크로커스와 히아신스를 연달아 심었다. 여름에 피는 꽃들은 그녀의 머리와 다리 쪽에, 은방울꽃과 물망초는 그녀의 심장 위에, 남은 꽃들은 그 사이사이에 심었다.

바닥에 엎드려 있던 트로이는 어제의 무관심한 태도가 후회되어 이 헛된 낭만적인 행동에 어떤 모순적인 요소가 있다는 것을 인식하지 못했다. 그의 이러한 특이한 성격은 융통성 없는 영국인과 감상적인 감정을 맹목적으로 따르는 프랑스인에게서 비롯된 것이었다.

구름이 잔뜩 끼고 후텁지근하며 매우 어두운 밤이었다. 트로이의 등은 이상한 빛의 힘으로 오래된 주목나무 두 그루 사이로 퍼져 나가 하늘에 있는 어두운 구름까지 이르는 듯 보였다. 그는 손등에 큰 빗방울이 떨어지는 것을 느꼈다. 곧이어 또 한 방울이 등에 있는 구멍으로 들어갔고, 양초의 불이 쉬익 소리를 내며 꺼졌다. 지쳐 있던 트로이는 자정이 얼마 남지 않았으며 비도 점점 많이 오기 시작하자, 마무리는 날이 밝을 때까지 미루기로 결심했다. 그는 어둠 속에서 벽을 더듬어 가며 무덤 위를 지나갔고, 교회의 북쪽에 도달했다는 것을 깨달았다. 그는 현관으로 들어가 안에 있는 벤치에 기대어 잠이 들었다.

46
가고일 홈통: 그 목적

웨더베리 교회의 탑은 14세기에 지어졌으며, 정사각형 건축물로 꼭대기에 있는 네 개의 난간에는 돌로 만들어진 가고일 모양의 홈통이 두 개씩 달려 있다. 이 여덟 개의 돌출부 조각 중 오직 두 개만이 원래의 목적을 수행하고 있었다. 그 목적은 납으로 된 지붕의 물을 빼내는 것이었다. 각 면의 가고일 주둥이 하나씩은 필요 없다고 판단되어 예전 교회 관리인이 막아 버렸고, 나머지 두 개는 부서져 막혔다. 그러나 남은 두 개가 모든 물을 빼낼 수 있을 만큼 충분히 입을 벌리고 있었기에 탑의 안전에는 큰 영향을 미치지 못했다.

특정 시대의 예술 양식이 지속 가능한지 알 수 있는 진정한 척도는 당대 그로테스크 예술의 완성도 만한 것이 없다는 논쟁이 가끔 존재한다. 그러나 고딕 예술의 경우 그 명제에 대한 논쟁이 없다. 웨더베리 탑은 교구에서 대성당과 다르게 장식용 난간을 사용한 초기 건축물의 한 예다. 난간과 필연적인 상관관계인 가고일 홈통은 예외적으로 눈에 띄었다. 이 홈통은 인간이 만들 수 있는 가장 대담한 조각품이자 인간의 뇌가 생각할 수 있는 가장 독창적인 작품이었다. 말하자면 영국 양식이라기보다 당시 유럽 대륙의 그로테스크한 양식이 왜곡 속에서 균형을 이루고 있었다. 여덟 개의 가고일 홈통은 서로 생김새가 달랐다. 이 홈통을 바라보는 사람은 남쪽에 있는 홈통을 보기 전까지는 북쪽에 있는 홈통이 이 세상 그 어떤 것보다 흉측하다고 확신할 것이다. 남쪽에 있는 두 개의 홈통 중 남동쪽 모퉁이에 있는 홈통에 관한 이야기다. 용이라고 부르기엔 너무 사람처럼 생겼고, 사람이라고 부르기엔 너무 임프*처럼 생겼으며, 악마를 닮았다고 하기에는 너무 동물 같았으며, 그리핀 같다고 하기에는 새를 별로 닮지 않았다. 이 끔찍한 홈통은 마치 주름진 가죽으로 덮인 것 같았다. 귀는 짧고 곧고, 눈알이 구멍에서 튀어나왔으며 손가락들과 손은 입 양쪽을 움켜쥐고 있었는데, 마치 물의 통로를 활짝 열어 주기 위함인 듯 보였다. 아랫니들은 상당 부분 유실되었지만 윗니들은 여전히 남아 있었다. 이리하여 이 괴물은 지난 400년 동안 두 발을 지지대 삼아 벽에서 몇 센티미터 정도 튀어나온 채로 건조한 날씨에는 아무 소리 없이, 비 오는 날씨에는 콸콸 소리와 코 고는 소리를 내며 주위 풍경을 비웃고 있

---

* 영국의 숲에 사는 요정의 일종. 크기는 어린아이 정도이며, 전신이 검고 눈은 붉다. 귀는 뾰족하고, 꼬리는 끝이 갈고리 모양이다.

었다.

트로이는 현관에서 잠을 자는 중이었고, 밖에는 비가 더 많이 내렸다. 현재 가고일은 물을 뱉어 내고 있었다. 머지않아 가고일의 주둥이와 땅 사이, 20미터 공간에 물줄기가 흐르기 시작했는데, 그 줄기는 마치 가속하고 있는 오리 사냥용 총알처럼 땅을 강타했다. 물줄기는 점점 두꺼워졌고 세기도 강해져, 탑에서 점점 더 먼 곳으로 물을 뿜어냈다. 비가 끊임없이 꾸준하게 내리자 더 많은 양의 물줄기가 땅으로 쏟아져 내렸다.

이 시점에서 땅으로 떨어지고 있는 물줄기를 따라가 보자. 포물선을 그리고 있는 물줄기의 끝은 돌무더기 위를 지나 대리석의 경계를 넘어 패니 로빈의 무덤 한가운데로 떨어졌다.

바로 얼마 전까지만 해도 이 주변에 흩어져 있는 돌들이 물줄기의 힘을 받아 냈고, 그 돌들은 바로 밑에 있는 땅을 지키는 방패 역할을 했다. 돌들은 여름 동안 땅에서 치워졌고, 이제 떨어지는 물줄기에 저항할 수 있는 것은 맨땅밖에 남지 않았다. 몇 년 동안 물줄기가 오늘 밤처럼 탑에서 그렇게 멀리까지 뿜어 나온 적이 없었기에, 이런 우발적인 일은 간과되었다. 이 구석진 곳에는 2~3년 동안 사람이 묻히지 않았고, 묻힌다 하더라도 극빈자나 밀렵꾼, 또는 범죄자밖에 없었다.

가고일 주둥이에서 끊임없이 마구 쏟아지는 물줄기는 무덤에 복수라도 하듯 직접적으로 떨어졌다. 석대 위에 있는 틀 속의 풍부한 황갈색 흙은 뒤섞이며, 초콜릿처럼 끓어올랐다. 물이 흙의 깊숙한 곳까지 스며들며 고이기 시작했고, 웅덩이의 끓음 소리는 폭우로 인하여 생기는 여러 가지 소리 가운데 주된 소리가 되어 밤새 퍼져 나갔다. 패니의 후회하고 있는 애인이 그토록 정성스럽게 심은 꽃들은 온몸을 비틀며 흙을 벗어나고 있었다. 제비꽃은 천천히 위아래가 뒤집혀 진흙 덩어리가 되어 버렸다. 곧이어 갈란투스와 다른 구근들이 가마솥 안에서 끓고 있는 재료 덩어리들처럼 춤추기 시작했다. 심긴 모든 꽃들은 뿌리가 뽑혀 수면 위로 올라와 떠다녔다.

트로이는 대낮이 될 때까지 편안한 잠에서 깨지 않았다. 이틀 동안 잠을 자지 못했기에 어깨는 뻣뻣했으며 다리가 아팠고 머리는 무거웠다. 그는 자신이 해야 할 일을 기억하고 일어나선 몸을 부르르 떨며 삽을 들고 다시 밖으로 나갔다.

비는 완전히 그쳤고, 빗방울로 인해 윤기 있는 녹색, 갈색, 노란색 나뭇잎들은 햇빛에 반짝이고 있었는데, 마치 라위스달과 호베마가 그린 풍경화에서나 볼 수 있는 선명함이었다. 가장 밝은색들이 물에 비쳐 만들어 낸 무한한 아름다움이 사방에 가득했다. 폭우로 인해 공기가 매우 투명해져 중경(中景)에 놓인 가을의 색조가 가까이 있는 것처럼 선명하게 보였고, 탑의 모퉁이에 가려진 외딴 들판들도 탑 그 자체와 같은 위치에 있는 것처럼 보였다.

그는 탑 뒤로 이어진 자갈길로 들어섰다. 그 길은 어젯밤과 다르게 돌이 아닌 엷은 진흙으로 덮여 갈색으로 변해 있었다. 그는 길의 어느 한 곳에서 힘줄처럼 묶여 있는 식물 뿌리 한 다발이 희고 깨끗하게 드러난 것을 보았다. 그는 그것을 집어 들었다. 분명 그가 심은 앵초 중 하나는 아닐 것이다. 그는 앞으로 나아가면서 구근을 보았다. 그리고 또, 또 하나를. 의심할 여지 없이 그것들은 크로커스였다. 당혹감에 경악하던 트로이는 모퉁이를 돌아 물줄기가 만들어 놓은 난장판을 바라보았다.

무덤 위에 있던 웅덩이가 땅속으로 스며들어 그 자리는 움푹 패였다. 흙은 그가 앞서 본 갈색 진흙이 되어 풀과 길 위를 덮었고, 대리석으로 된 무덤에는 그것과 같은 얼룩이 묻어 있었다. 거의 모든 꽃들이 물줄기에 의해 흘러내려 가 뿌리를 허공으로 치켜든 채 누워 있었다.

트로이는 이마를 심하게 찌푸렸다. 그는 입을 꽉 다물었고, 굳게 닫힌 입술은 몹시 고통받는 사람처럼 움직였다. 이 특이한 사고는 그의 내면에 있는 기묘한 감정들과 결합하여 가장 날카로운 고통을 느끼게 했다. 트로이의 얼굴은 표현력이 매우 뛰어났는데, 지금 그를 목격한 사람은 그가 웃고 노래하고, 여자의 귀에 시시한 사랑 이야기를 속삭였던 사람이라고 믿기 어려웠을 것이다. 그는 제일 처음 비참한 운명을 저주하고 싶은 충동을 느꼈지만, 그런 최소한의 반항조차 행동력이 필요했다. 그 행동력의 부재는 필연적으로 그를 고통스럽게 하는 병적인 불행에 대한 전례였다. 지금의 광경은 전날의 다른 어두운 광경과 중첩되면서 전체적인 상황의 절정에 이르렀고, 그것은 그가 견뎌 낼 수 있는 이상이었다. 천성이 낙관적인 트로이는 단순히 생각을 접어 두는 것만으로 슬픔을 피할 수 있는 능력을 지녔다. 그는 시간이 흘러 슬픔이 옛것이 되고 누그러질 때까지 특정한 불안에 대한 생각을 미룰 수 있었다. 패니의 무덤에 꽃을 심은 것은 어쩌면 근본적인 슬픔에서 도피하려는 의도였을지도 모른다. 그러나 이젠 그의 의도가 알려져 방해받은 듯 보였다.

꽃들이 사라진 이 무덤 옆에 서 있는 트로이는 태어나서 처음으로 자신이 다른 남자이길 바랐다. 동물적 기질이 강한 사람에게 자신의 삶이 스스로의 것이라는 사실은, 다른 모든 면에서 자신과 비슷한 인생을 가진 다른 사람들에 비해 본인의 인생이 더 희망적이라고 여기기 어렵다는 것을 뜻한다. 트로이는 일시적인 방식으로 다른 사람의 상황을 부러워할 수 없다고 수백 번도 더 느꼈다. 그러려면 또 다른 개성이 필요했는데, 지금 그가 바라는 것은 다른 개성이 아닌 자기 자신만의 개성이었기 때문이다. 그는 자신의 출생에 대한 특이함, 자신의 기복 많은 삶, 그와 관련된 운석 같은 불확실성을 신경 쓴 적이 없었다. 왜냐하면 이러한 것들은 그의 역사 속 주인공에게 속해 있는 이야기였는데, 그 주인공이 없다면 자신을 위한 역사가 전혀 없기 때문이다. 그리고 적절한 순간에 저절로 바로 잡혀 잘 끝나야 자신도 잘할 수 있을 것 같았다. 바로 오늘 아침 그 환상은 완전히 사라졌고 트로이는 갑자기 그런 스스로가 너무나 싫었다. 그 갑작스러움은 어쩌면 실제보다 더 분명했다. 해저에서 이제 막 자라기 시작한 산호초는 마치 태어나기 전처럼 해저라고 불릴 수 없었고, 단지 마무리 손질이었을 뿐인 행동에 의해 성취된 것처럼 보여도, 오랜 시간에 걸쳐 만들어진 것이다.

트로이는 선 채로 사색에 잠겼다. 그는 불행한 남자였다. 이

제 어디로 가야 한단 말인가? '저주받은 자를 계속 저주받은 상태로 내버려 두어라'라는 말은 새로 태어난 그의 남을 걱정하는 마음이 만들어 낸 노력을 파괴한 매정한 저주였다. 한 방향으로만 움직이는 데 전력을 다한 사람은 방향을 바꿀 기력이 별로 남아 있지 않다. 트로이는 어제부터 조금씩 자신의 방향을 바꾸려고 했지만 매우 사소한 장애물이 그를 낙심하게 만들었다. 이렇게 방향을 바꾸는 것은 신의 위대한 섭리가 그를 격려했더라도 매우 어려웠을 것이다. 게다가 신의 섭리가 그를 새로운 길로 인도하도록 도와준다거나 또는 그가 택할 수 있는 어떤 소망을 보여 주기는커녕, 이런 식으로 그의 두근거리고 중대한 첫 번째 시도를 조롱했다는 사실은 그의 본성이 견뎌 낼 수 있는 것 이상의 시련이었다.

그는 천천히 무덤에서 물러났다. 석대 위의 구덩이를 메우거나 꽃을 교체하려 하지 않았고, 그 무엇도 시도하지 않았다. 그는 그저 삽을 던졌다. 그는 지금 하고 있던 일을 포기할 것이고 앞으로도 하지 않을 것이다. 마을 사람들은 아무도 깨지 않았다. 그렇기에 그는 교회 묘지를 눈에 띄지 않게 조용히 빠져나와 뒤쪽에 있는 밭 몇 개를 지나 큰길로 나아갔다. 얼마 지나지 않아 그는 마을에서 떠나 버렸다.

한편, 밧세바는 자진하여 포로 신세가 되어 다락방에 머물고 있었다. 문은 리디가 들어올 때와 나갈 때를 제외하곤 항상 잠겨 있었으며, 인접한 작은방에는 리디를 위한 침대가 마련되었다. 교회 묘지에 있는 트로이의 등불은 10시쯤 한 하녀의 눈에 띄었는데, 그 하녀는 저녁을 먹다가 우연히 창문을 통해 등불을 보았다. 하녀는 밧세바에게 그 사실을 알렸다. 그들은 리디가 잠을 자러 가기 전까지 그 현상을 흥미롭게 바라보았다.

그날 밤 밧세바는 깊게 잠들 수 없었다. 리디가 옆방에서 조용히 숨을 쉬며 잠을 자고 있을 때 그녀의 여주인은 여전히 창문을 통해 나무들 사이로 퍼져 나가는 희미한 불빛을 바라보고 있었다. 그 불빛은 지속적으로 빛나지는 않았는데, 마치 회전하고 있는 등대의 불빛 같았다. 그녀는 누군가 그 불빛 앞을 왔다 갔다 하고 있다는 것을 알아차리지 못했다. 밧세바는 비가 내리기 시작할 때까지 창가에 앉아 있었고, 빛이 사라지자 창가에서 물러나 안절부절못하며 침대에 누워 지친 마음으로 간밤의 충격적인 장면을 다시 떠올려 보았다. 새벽의 첫 희미한 빛이 떠오르기도 전에 그녀는 다시 일어나 신선한 아침 공기를 쐬기 위해 창문을 열었다. 창문은 어젯밤의 비가 남긴 떨리는 눈물로 젖어 있었고, 물방울들은 서서히 밝아지는 하늘에 낮게 떠 있는 구름에서 내려오는 희미한 앵초색 빛을 받고 있었다. 나무에서 떨어진 나뭇잎 위로 물방울 떨어지는 소리가 끊임없이 들려왔다. 그녀는 교회 방향에서 나는 또 다른 소리를 들었다. 다른 소리들처럼 간간이 들려오는 것이 아니라, 특이했다. 졸졸 흐르는 물이 웅덩이로 흘러 들어가는 소리였다.

8시가 되자 리디가 문을 두들겼다. 밧세바는 잠긴 문을 열었다.

"지난밤에 비가 정말 많이 왔어요, 마님." 리디가 아침밥을 어떻게 할 것인지 묻고는 말했다.

"그래, 정말 많이 왔지."

"교회 묘지에서 들려오는 이상한 소리를 들으셨나요?"

"이상한 소리가 하나 들리긴 했어. 틀림없이 탑의 홈통에서 물이 뿜어져 나오는 소리일 거야."

"목자가 한 말이 바로 그거였어요, 마님. 그래서 지금 살펴보러 갔어요."

"오! 가브리엘이 오늘 아침에 여기 왔었구나!"

"그냥 지나가다 들렀대요, 늘 하던 대로. 전 최근에 그의 버릇이 사라진 줄 알았는데. 탑 홈통에서 나오는 물줄기는 주로 돌 위로 떨어지곤 했는데, 저희는 솥의 끓는 소리가 나는 이유가 무엇인지 궁금해하고 있었어요."

책을 읽을 수도, 생각할 수도, 일할 수도 없었던 밧세바는 리디에게 여기 남아 같이 아침 식사를 하자고 하였다. 더 어린애 같은 여자의 혀가 근래에 일어난 일을 여전히 이야기하고 있었다. "교회로 건너가 보실 건가요, 마님?" 그녀가 물었다.

"아니, 그럴 생각은 없어." 밧세바가 말했다.

"전 마님이 그곳에 가서 패니를 어디에 묻었는지 보고 싶어할 거라고 생각했어요. 여기 창문에서는 나무들이 가리고 있어서 보이지 않거든요."

밧세바는 남편을 만날까 봐 불안한 마음뿐이었다. "트로이 씨가 간밤에 들어왔니?" 그녀가 물었다.

"아뇨, 마님. 제 생각엔 버드머스에 가신 것 같아요."

버드머스! 그 단어는 그와 그의 나쁜 행동을 떠올리게 했다. 이제 그들 부부 사이에는 약 25킬로미터의 간격이 존재했다. 그녀는 남편의 행방을 리디에게 물어보는 것이 싫었다. 그래서 지금까지 끈기 있게 물어보지 않았다. 그러나 이제 부부 사이에 끔찍한 다툼이 있었다는 사실을 집 안의 모든 사람들이 알게 되었고, 그것을 숨기려는 것은 헛된 시도였다. 밧세바는 이제 다른 사람들의 의견에 감사하는 마음을 갖지 않는 단계에 이르렀다.

"그이가 어째서 그곳에 갔다고 생각해?" 그녀가 물었다.

"레이밴 톨이 오늘 아침 식전에 버드머스로 가는 길에서 그분을 보았데요." 밧세바는 더 성숙한 세월의 철학으로 대체하는 일 없이 젊음의 활력을 억누르기만 했던 지난 24시간 동안의 변덕스러운 중압감에서 잠시 해방되자, 밖으로 나가 산책을 하기로 결심했다. 그래서 아침 식사를 끝내고 보닛을 쓰고 교회 방향으로 걷기 시작했다. 9시였고, 일꾼들은 첫 끼니를 마치고 다시 일을 하러 갔기 때문에 길에서 많은 사람들을 마주칠 것 같진 않았다. 패니가 길에서 보이지 않고 교구에서 '교회의 뒤편' 이라고 불리는 묘지의 타락한 구역에 묻힌 것을 알고 있었기 때문에, 교회 묘지에 들어가서 그녀의 위치를 보고 싶은 충동을 억제할 수 없었지만, 동시에 알 수 없는 감정 때문에 그녀의 무덤을 보는 것이 두려웠다. 그녀는 자신의 연적과 나무 사이로 보였던 빛 사이에 어떤 연관성이 있다는 느낌을 떨쳐 버릴 수 없었다.

밧세바는 부벽을 돌아 트로이가 두 시간 전에 목격하고 내버려 둔 구덩이와 무덤을 보았다. 묘비는 물이 튀어 얼룩져 있었다. 반대쪽에는 가브리엘이 서 있었다. 그의 시선도 무덤에 고정되어 있었다. 밧세바가 소리 없이 도착했기 때문에 그는 아직 눈치채지 못했다. 밧세바는 그 웅장하고 훼손된 묘비가 세워진 무덤이 패니의 무덤이라는 것을 단번에 알아차리지 못했고, 보편적인 방법으로 흙을 쌓아 올려 소박하게 만든 무덤을 찾기 위해 양옆과 주위를 둘러보았다. 그러다 그녀는 오크의 시선을 따라갔고, 다음과 같이 시작하는 묘비명을 읽었다.

사랑하는 패니 로빈을 기억하며
프란시스 트로이가 세움

오크는 그녀를 보았다. 이 무덤을 세운 사람의 이름은 자신에게도 상당히 경악할 만한 일이었기에, 그는 호기심 어린 시선으로 그녀를 바라보며 이 무덤을 세운 누군가에 대한 정보를 어떻게 받아들일지 알아내려 했다. 그러나 이 발견은 지금 그녀에게는 큰 영향을 끼치지 못했다. 감정의 격동은 이제 그녀에게 아주 흔한 일이 되어 버린 듯 보였다. 그녀는 그에게 아침 인사를 건네곤 옆에 있던 삽으로 구덩이를 메워 줄 것을 부탁하였다. 오크가 밧세바에게 부탁받은 것을 실행하는 동안 그녀는 꽃을 수집했고, 여인의 원예 솜씨를 확연히 드러내며 뿌리와 이파리들에 동정의 마음을 담아 심기 시작했다. 꽃들은 그 손길을 이해하고 번성하는 것 같았다. 그녀는 교구 위원들에게 말하여 자

481

신들의 위에서 아래쪽으로 주둥아리를 벌리고 있는 가고일 홈통 주둥이의 납 배관 방향을 돌려 달라고 오크에게 부탁했다. 그렇게 함으로써 물줄기가 옆으로 흘러, 같은 사고가 반복되는 것을 방지할 수 있을 것이다. 마침내 본성이 편협하여 사랑이 아닌 괴로움에 시달린 한 여인의 지나친 관대함으로, 그녀는 마치 다른 말보다 오히려 이 묘비명이 마음에 든다는 듯이 무덤의 진흙 얼룩을 닦고 다시 집으로 돌아갔다.

47

해변의 모험

트로이는 남쪽을 향해 방황했다. 농부라는 지루하고 따분한 삶에서 오는 혐오감, 교회 묘지에 누워 있는 그녀의 우울한 이미지, 그리고 아내가 이루고 있는 집단에 대한 일반적인 혐오로 구성된 복잡한 감정은 웨더베리를 제외한 지구상 어딘가에 있는 휴식처를 찾도록 만들었다. 패니의 슬픈 결말은 그에게 강렬하게 다가왔고 잊을 수 없을 것 같았다. 그렇기에 밧세바의 집에서 생활하는 건 견딜 수 없었다. 오후 3시에 그는 길이 1.5킬로미터 이상의 비탈길 기슭에 있는 자신을 발견했다. 해안과 평행을 이룬 다양한 언덕으로 구성된 능선이 개간된 시골 내륙 유역과 해안의 거친 풍경 사이에서 단조로운 장벽을 이루고 있었다. 언덕에는 거의 일직선에 가까운 완벽하게 하얀 길이 펼쳐졌는데, 길은 약 3킬로미터 떨어진 정상에 있는 하늘과 만날 때까지 점차 가늘게 좁아졌다. 매우 밝은 오늘 오후 이 좁고 지루한 길에는 생명의 흔적이라곤 찾아볼 수 없었다. 트로이는 하루 전과 일 년 전에 경험했던 그 어느 경험보다 더 무기력하고 우울하게 그 길을 천천히 걸어갔다. 공기는 따뜻하고 후텁지근했으며, 언덕 꼭대기는 그가 다가갈수록 멀어지는 듯 보였다.

마침내 그는 정상에 도달했고, 마치 발보아가 태평양을 처음 발견했을 때처럼 광활하고 새로운 광경을 보았다. 희미한 선으로만 보이는 넓은 강철 같은 바다는 눈앞에 펼쳐진 광경에 새겨진 것 같았는데 전반적인 평평함을 해치지 않을 정도로 일렁였다. 바다는 그의 앞쪽과 오른쪽으로 둥글게 펼쳐졌으며 마을과 버드머스 항구 근처는 햇빛이 매우 강렬하게 비추어 모든 색이 사라지고 선명하게 번쩍거리는 윤기가 그 자리를 대신했다. 해안을 따라 일어나는 유백색의 거품을 제외하곤 하늘과 땅, 바다 어디에서도 움직임이라곤 찾아볼 수 없었다. 그 거품들은 인접해 있는 돌들을 마치 혀처럼 핥고 있었다.

그는 언덕을 내려와 절벽으로 둘러싸인 작은 바다에 이르렀다. 트로이는 마음이 상쾌해졌다. 그는 더 멀리 가기 전에 이곳에서 휴식을 취하고 몸을 씻어야겠다고 생각해 옷을 벗고 물속으로 뛰어들었다. 이곳은 연못처럼 잔잔하여 수영을 하기에는 지루했다. 트로이는 파도가 치는 곳으로 향하기 위해 이 축소된 지중해에 헤라클레스의 기둥처럼 보이는 두 개의 돌출된 바위 사이를 헤엄쳤다. 불행히도 그 바깥쪽에는 그가 알지 못하는 해류가 존재했는데, 짐을 실은 배에게는 별로 중요하지 않지만 이 해류의 존재를 알지 못하는 사람에겐 빨려 들어갈 수 있을 정도로 난처한 해류였다. 트로이는 왼쪽으로 휩쓸리다가 바다의 바깥쪽으로 떠내려갔다.

그는 그제야 이곳과 이곳의 악명 높은 특성을 기억해 냈다. 이곳에서 수영을 한 많은 사람들이 익사하지 않길 바랐지만, 마치 곤잘로처럼 그 바람은 이루어지지 않았으며, 트로이는 자신이 여기서 죽은 사람들의 머릿수에 추가될 수도 있다고 생각하기 시작했다. 현재 그의 시야에는 배도, 그 어떤 것도 보이지 않았지만 저 멀리 바다 위에 있는 버드머스가 그의 노력을 조용히 지켜보고 있었다. 마을 옆에 있는 항구에선 밧줄과 원재들이 희미한 그물처럼 보였다. 원래 있던 뭍으로 다시 돌아가려는 시도 끝에 지칠 대로 지친 그는 평상시보다 몇 인치 깊게 잠수하여 수영했으며, 오로지 코로만 숨을 쉬었고, 몇 번이고 몸을 뒤집어가며 수영했으며, 특정한 형태가 아닌 자유로운 방식으로 헤엄치며 앞으로 나아갔다. 그러다 트로이는 최후의 수단으로, 몸을 약간 기울인 채 입영하기로 하였다. 해류가 일반적으로 흘러가는 방향을 따라 약간의 추진력을 받아 어느 지점이든 해안가에 도착하려고 노력한 것이다. 이 행동은 필연적으로 느리고 상륙 장소를 정할 수 없었다. 그는 이 행동이 그렇게 어렵지 않다는 것을 알게 되었다. 그를 지나쳐 가는 해안가 사물들의 행렬은 슬플 정도로 느렸다. 수평선의 양지바른 부분으로 인해 뚜렷하게 보이는 곳은 아직도 오른쪽으로 많이 떨어져 있었지만, 그는 눈에 보일 정도로 곶의 가장자리 쪽으로 향하고 있었다. 트로이의 시선이 오로지 곶에만 집중되어 있을 때, 그를 유일하게 구원해 줄 알 수 없는 물체가 해안의 가장자리에서 움직였고, 곧바로 선원들을 태운 배가 나타났다. 그 배는 주로 해안에 있는 사람들을 큰 배로 옮겨 주는 역할을 했다. 뱃머리는 바다를 향하고 있었다.

트로이의 모든 활력이 돌발적으로 돌아와 그의 투쟁을 조금 더 연장시켰다. 그는 오른팔로 헤엄치면서 왼손을 들어 그들에게 자신의 존재를 알리기 위해 물을 첨벙거렸고, 힘껏 소리를 질렀다. 지고 있는 태양의 위치에서 보면 그가 만들어 내는 하얀 형태는 배의 동쪽에 있는 짙은 색의 바다 위로 뚜렷이 보였다. 선원들이 그를 즉시 발견하였다. 그들은 노를 거꾸로 저어 트로이를 향해 다가가 멈추었다. 트로이가 처음 고함친 지 5~6분 만에 선원 두 명에 의해 선미 위로 끌려 올라왔다.

그들은 모래를 위해 해안에 온 쌍돛대 범선의 선원들이었다. 그들은 급속히 차가워지고 있는 공기를 막아 줄 작은 옷을 트로이에게 빌려주었고, 내일 아침 해안에 데려다주기로 했다. 그 후 날이 늦어지고 있었기에 더 이상의 지체 없이 그들의 선박이 머물고 있는 곳으로 배를 몰았다. 밤은 앞쪽의 넓은 바다 위에 천천히 내려앉았다. 그들과 그다지 멀지 않은 곳에 있는 둥근 해안선이 수평선에서 기다란 리본 모양 그림자를 형성하더니 점으로 된 노란색 불빛들이 하나둘 생겨 나며 버드머스라는 것을 알리기 시작했다. 가로등이 순서대로 켜졌다. 바다에는 유일하게 그들이 노를 젓는 소리만 들렸다. 선원들이 짙어지는 어둠 속에서 열심히 노를 젓는 동안 가로등 불빛은 점차 커져 각각의 불빛은 바닷속에 불 검을 꼽은 것처럼 보였다. 그때 다른 희미한 형체들 속에서 그들이 속한 선박의 형체가 나타났다.

48

의문이 생기다 - 지속되는 의심

밧세바는 남편의 부재가 몇 시간에서 며칠로 길어지자 놀라면서도 약간의 안도감을 느꼈다. 그러나 어느 쪽도 보통 무관심이라고 정의되는 수준을 한시라도 넘어선 적은 없었다. 그녀는 그의 아내였다. 위치는 너무나 확실했고, 개연성도 합당했기에 만일의 사태 같은 건 추측할 수 없었다. 자신의 화려한 여성스러운 모습에는 더 이상 관심을 두지 않았기에, 그녀는 한 명의 불행한 사람으로, 자신에게 다가올지도 모르는 운명을 외부인 같은 무관심한 감정으로 대했다. 밧세바는 자신과 자신의 미래를, 어떠한 현실도 어둠을 이겨 낼 수 없는 풍경으로 그렸기 때문이다. 원래 가지고 있던 젊음에 대한 격렬했던 자부심은 시들어 버렸다. 그와 동시에 다가올 미래에 대한 불안감도 감소해 버렸는데, 불안이란 더 좋을 수도 더 나쁠 수도 있는 대안을 인정하는 것이었고, 밧세바는 어떤 주목할 만한 규모의 대안을 찾는 것을 그만두기로 마음먹었기 때문이다. 빠르던, 늦던, 하지만 매우 늦지는 않게 그녀의 남편은 집으로 다시 올 것이다. 그것은 그들이 어퍼 농장에 대한 소유권을 가지고 있을 날이 얼마 남지 않았다는 뜻이었다. 토지 관련 대리인은 처음부터 그녀의 성과 젊음, 아름다움을 이유로 제임스 에버딘의 후계자가 밧세바라는 것에 불신을 품었다. 하지만 특별한 내용이 담긴 숙부의 유언과 그가 죽기 전 자주 밧세바가 이런 일에 현명하다고 했던 증언, 그리고 모든 결론이 나기도 전에 그녀의 손에 갑작스럽게 떨어진 수많은 양과 소 떼를 기운차게 다스린 점에서 그녀는 자신의 능력에 신뢰를 얻었고 더 이상의 반대 의견은 나오지 않았다. 그녀는 최근 자신의 결혼이 자신의 위치에 어떤 법적 효과를 미칠지에 대해 큰 의문을 가졌다. 하지만 이름을 바꾸는 것에 관련한 것은 아직 어떤 주의도 기울이지 않았다. 그래도 이것만큼은 확실했다. 다가오는 1월 임대료일에 자신과 남편의 무능함이 대리인에게 알려질 경우 그들을 별로 배려해 주지 않을 것이고, 대가도 많이 받을 수 없을 것이다. 농장에서 나오면 일단 빈곤해질 것은 당연했다.

이러한 이유로 밧세바는 자신의 목적이 부서졌다는 인식 속에서 살았다. 그녀는 일을 진행하기 위한 좋은 요소 없이는 희망을 품을 수 없는 여자였다. 그렇기에 애정을 더 많이 받았지만, 위의 이유 때문에 희망이 시계처럼 지속되면 그 시계를 작동시키는 요소가 최소한의 음식과 주거지여도 괜찮은 덜 진보적이고 활기찬 여성들과는 달랐다. 자신의 실수가 치명적이었다는 것을 분명히 인지한 그녀는 자신의 위치를 받아들였고, 냉정히 자신의 끝을 기다렸다.

트로이가 떠난 후 처음 맞는 토요일에 그녀는 혼자 캐스터브리지에 갔다. 결혼 이후 한 번도 하지 않았던 나들이였다. 그 토요일, 밧세바는 여느 때처럼 곡물 거래소 앞에 모여든 시골 상인들 사이를 천천히 걸어갔다. 그녀는 평상시처럼 신분 상승을 포기함으로써 건강한 삶을 대가로 받았다고 생각하는 중산층 시민들의 시선을 받고 있었다. 그때 한 남자가 그녀를 따라오다 그녀의 왼쪽에서 다른 사람에게 말을 건넸다. 밧세바의 귀는 야생동물처럼 예민했고, 비록 등을 돌린 상태였어도 그 사람의 말을 똑똑히 들을 수 있었다.

"트로이 부인을 찾고 있습니다. 저기 저분인가요?"

"네. 저 젊은 부인이 맞습니다." 상대방이 대답했다.

"그녀에게 전할 곤란한 소식이 있습니다. 남편이 익사했어요."

마치 예언의 정신이라도 생긴 듯 밧세바는 숨을 헐떡이며 말했다. "아냐, 그럴 리 없어. 사실이 아닐 거야!" 그러고 난 뒤에는 아무 말도 하지 않았다. 최근 그녀 위로 모여든 자제심이라는 얼음이 깨졌고, 다시 물살이 터져 나와 그녀를 압도했다. 눈앞이 어두워지면서 밧세바는 쓰러졌다.

하지만 땅에 쓰러진 것은 아니었다. 사람들 사이를 지나가는 그녀를 곡물 거래소 현관 아래에서 관찰하고 있던 우울한 남자가, 그녀가 탄성을 지르는 순간에 재빨리 옆으로 다가와 주저앉는 그녀를 두 팔로 안았다.

"무슨 일입니까?" 볼드우드가 그녀를 부축하면서 그 중대한 소식을 가져온 사람을 올려다보았다.

"이 여성분의 남편이 이번 주 룰윈드 만에서 수영을 하다가 익사했습니다. 연안 경비대원이 그의 옷을 발견해서 어제 버드머스로 가져왔어요."

그 말을 들은 볼드우드의 눈에 이상한 빛이 번뜩였고, 그의 얼굴은 말로 표현할 수 없는 억눌린 흥분으로 달아올랐다. 모든 사람의 시선이 그와 의식이 없는 밧세바에게 집중되었다. 볼드우드는 그녀를 들어 올린 뒤, 어린 시절 폭풍우로 인해 다친 새의 주름진 깃털을 정리해 주듯 그녀의 옷을 가다듬고는 보도를 따라 킹스 암즈 여관으로 데려갔다. 그는 그녀를 안은 채 아치 길을 지나 개인실로 들어갔다. 그가 마지못해 자신의 귀중한 짐을 소파에 내려놓을 때쯤 밧세바는 눈을 떴다. 그녀는 방금 있었던 일을 모두 떠올리면서 "집에 가고 싶어요!"라고 중얼거렸다.

볼드우드는 방을 나왔다. 그는 정신을 차리기 위해 잠시 복도에 서 있었다. 그 순간은 의식이 감당하기엔 너무나 큰 사건이었고, 다시 움켜잡고 보니 빠져나가 버렸다. 그녀가 그의 품에 안겨 있던 천국 같고 황금 같은 순간이. 그녀가 이 사실을 모른다는 것이 무슨 상관이 있을까? 그녀는 그의 가슴 가까이에 있었고, 그는 그녀의 가까이에 있었다. 그는 밧세바를 위해 여자 한 명을 보내 놓고 그 일과 관련된 모든 사실을 확인하기 위해 움직이기 시작했다. 정보들은 그가 이미 들은 것뿐이었다. 그는 그녀의 말을 마차에 채우도록 지시하고 모든 준비가 끝나자 그녀에게 이 소식을 알리기 위해 돌아갔다. 다시 돌아온 그는 비록 그녀가 아직 창백하고 몸이 좋지 않았지만, 그사이 버드머스에서 소식을 가져온 남자를 데려와 모든 것을 알아냈다는 사실을 확인했다.

그녀는 시내로 마차를 몰고 왔을 때처럼 집으로 마차를 몰 수 있는 상태가 아니었기 볼드우드는 갖가지 사려 깊은 태도와 감정을 담아 그녀에게 마부를 구해 주거나 그녀의 마차보다 훨씬 편한 자신의 사륜마차로 태워다 주겠다고 제안했다. 밧세바는 이러한 제안들을 예의 바르게 거절했고, 볼드우드는 즉시 떠났다. 약 30분 후 그녀는 애써 기운을 차리고 평상시처럼 자리에 앉아 고삐를 잡았다. 마치 아무 일도 일어나지 않은 듯한 모습이었다. 그녀는 구불구불한 뒷길을 통해 마을을 나와 도로와 주변 광경을 의식하지 않은 채 천천히 마차를 몰았다. 밧세바는 저녁의 첫 어둠이 드리워질 때쯤 집에 도착했다. 그녀는 조용히 마차에서 내려 소년에게 말을 맡긴 채 곧바로 위층으로 올라갔다. 리디는 층계참에서 밧세바를 만났다. 그 소식은 밧세바가 도착하기 30분 전쯤 웨더베리에 전해졌고, 리디는 호기심 어린 눈으로 주인의 얼굴을 살펴보았다. 밧세바는 할 말이 없었다.

그녀는 침실로 들어가 창가에 앉아 어둠이 자신의 몸을 희미하게 보일 정도로 감쌀 때까지 생각하고 또 생각했다. 그때 누군가 노크를 하더니 문을 열었다.

"무슨 일이니, 리디?" 그녀가 물었다.

"반드시 입으셔야 할 옷이 있다고 생각했거든요." 리디가 주저하며 말했다.

"그게 무슨 소리야?"

"상복이요."

"그럴 순 없어." 밧세바가 급히 대답했다.

"하지만 그 가엾은 분을 위해 뭐라도 해야……."

"지금 당장은 아니야. 그런 건 필요치 않아."

"왜요, 마님?"

"왜냐면 그 사람은 여전히 살아 있기 때문이지."

"그걸 어떻게 아세요?" 리디가 놀란 듯 말했다.

"나도 모르겠어. 하지만 다른 소식이 있지 않을까? 아니면 내가 더 들어야 할 내용이라든지. 그들이 그를 찾지 않았을까, 리디? 그것도 아니라면, 난 어째서인지는 모르겠지만 그가 이런 식으로 죽을 것 같지는 않아. 난 그가 아직 살아 있다고 완벽하게 확신할 수 있어!"

밧세바는 자신의 의견을 확고히 유지했다. 월요일에 두 가지 정황이 맞아떨어져 마음이 흔들리기 전까지. 첫 번째는 지역 신문의 짧은 기사였는데, 트로이의 익사에 대한 가공할 만한 추정 근거를 실었을 뿐만 아니라 자신이 목격자라고 주장하는 바커라는 젊은 의사가 편집장에게 보낸 편지까지 소개했다. 편지에는 해가 지고 있을 무렵 자신이 작은 만의 외진 절벽 위를 지나가고 있었는데, 수영하던 사람이 작은 만의 바깥쪽에서 해류에 휩쓸려 가는 것을 보고 순간적으로 비이상적인 힘을 가지고 있지 않다면 살아날 가망이 없다고 추측했다고 쓰여 있었다. 그는 해안의 돌출부 뒤쪽으로 떠내려갔고 베이커는 해변을 따라 같은 방향으로 그를 쫓아갔다. 그러나 그가 그 너머에 있는 바다를 볼 수 있을 만큼 높은 고도에 도달했을 때쯤에는 땅거미가 내려앉았고, 더 이상 아무것도 보이지 않았다고 했다.

두 번째 정황은 집에 도착한 트로이의 옷이었다. 옷이 도착했을 때 그녀는 그 옷을 검사하고 확인할 필요가 있었다. 그러나 그 작업은 사실상 오래전에 그의 주머니에 있는 편지를 검사한 사람들이 끝냈다. 그녀가 동요하고 있는 와중에도 트로이가 옷을 다시 입을 생각을 하면서 옷을 벗었다는 사실은 너무나 명백했기에, 그녀는 그가 옷을 다시 입지 못한 이유가 죽음 말고는 없다는 사실을 받아들이기 힘들었다.

그렇기에 밧세바는 다른 사람들이 그들만의 의견을 확신하고 있다고 혼잣말을 했다. 자신은 어째서 자신의 의견을 확신할 수 없는지 의아했다. 그때 한 가지 이상한 생각이 떠올랐고, 그녀는 얼굴을 붉혔다. 트로이가 패니를 따라 다른 세상으로 가버렸다고 가정해 보았다. 그가 의도적으로 자신의 죽음을 사고처럼 보이게 하려고 일부러 꾸민 걸까? 그럼에도 불구하고 겉으로 보이는 것이 실제와 어떻게 다를 수 있을지에 대한 생각은 죽어 버린 패니에 대한 질투와 그날 밤 그가 보여 준 회한으로 인해 생생해졌고, 실제로 일어났을 법한 일보다 덜 비극적이지만 자신에겐 더 비참한 일이라고 생각했다.

그날 밤 늦은 시각, 많이 진정한 채로 혼자 불을 작게 피운 난

롯가에 앉아 있던 밧세바는 트로이의 나머지 소지품과 함께 돌아온 그의 시계를 꺼내 들었다. 그녀는 일주일 전에 그가 자신의 앞에서 시계를 열었듯이 시계를 열었다. 그 안에는 이 커다란 사건을 일어나게 만든 옅은 머리카락 묶음이 들어 있었다.

"그는 그녀의 것이었고 그녀는 그의 것이었어. 둘은 함께 사라져야만 해." 그녀가 말했다. "난 그들 누구에게도 아무 존재가 아니었는데, 어째서 내가 그녀의 머리카락을 간직해야 하지?" 그녀는 머리카락을 손에 들고 불 위로 손을 옮겼다. "아니, 태우지 않을 거야. 그녀를 추모하기 위해 간직하겠어. 가엾은 사람!" 그녀가 손을 뒤로 빼며 그렇게 덧붙였다.

49

오크의 진보 - 큰 희망

늦가을과 겨울이 빠르게 다가와 낙엽들이 숲속의 작은 빈터와 이끼들 위해 두껍게 쌓였다. 밧세바는 긴장감은 없지만 불안한 감정을 안고 살다가 지금은 완벽히 평화롭지는 않지만 평온한 감정이 되었다. 트로이가 살아 있다고 생각했을 때에는 그의 죽음을 침착하게 생각할 수 있었지만, 이제 그를 잃었을 수도 있다는 생각이 들자 그가 여전히 그녀의 것이 아니라는 사실에 후회가 들었다.

그녀는 농장을 계속 운영하여 돈을 벌었지만 농장을 신경 써서 관리하지는 않았고, 옛날에도 그랬듯이 곡물 장사를 통해 돈을 늘려 나갔다. 옛날이라고 해도 그렇게 오래된 일은 아니지만 그녀의 현재와는 한없이 동떨어진 것 같았다. 그녀는 마치 죽었지만 아직 사고 능력이 남아 있는 사람처럼 깊은 심연 너머로 과거를 되돌아보았고, 이 방법을 통하여 시인의 이야기에 나오는 좋은 가문이었지만 몰락한 사람들처럼 자리에 앉아 축복받은 삶이 어땠는지 곰곰이 생각했다.

그녀의 일반적인 무관심 속에서 나온 탁월한 결과 중 하나는 오랫동안 미뤄왔던 일로, 오크를 토지 관리인으로 임명한 것이었다. 하지만 그는 그 일을 사실상 이미 오랫동안 해왔기에 달라진 것은 상당한 임금 상승 말고는 외부 세계를 향한 명목상의 변화에 지나지 않았다.

볼드우드는 은둔 생활을 하며 소극적인 삶을 살고 있었다. 그의 밭에서 올해 수확된 밀과 보리는 비로 인해 많은 피해를 입었다. 곡식들은 싹이 나서 복잡하게 얽혀 있었고, 결국 상당한 양이 돼지 먹이로 쓰였다. 이러한 파멸과 낭비를 가져온 그의 이상한 방치는 주변 사람들의 입방아에 오르내리는 이야깃거리가 되었다. 볼드우드의 일꾼들은 이 일이 건망증과는 아무런 상관이 없다고 했다. 왜냐하면 그는 일꾼들에게 지속적으로 자신의 곡식이 위험하다는 것을 상기시켜 주었던 사람이었기 때문이다. 볼드우드는 썩은 곡물들을 싫어하는 돼지들의 모습에 정신을 차린 듯 보였고, 그날 저녁 사람을 한 명 보내 오크를 불렀다. 최근 밧세바가 그를 승진시킨 일 때문인지는 몰라도 볼드우드는 가브리엘에게 밧세바의 농장과 함께 로어 농장도 관리해 달라고 제안하였다. 스스로가 그런 도움이 필요하다고 느낀 데다가, 오크보다 더 믿을 수 있는 사람을 찾는 것이 거의 불가능했기 때문이다. 가브리엘의 불운은 확실히 빠르게 사라지고 있었다.

오크는 의무적으로 밧세바에게 이 일을 상의해야 했고, 이 제안을 들은 밧세바는 처음에는 힘없이 반대하였다. 그녀는 한 사람이 동시에 두 개의 농장을 관리하는 건 너무 벅차다고 생각했다. 볼드우드는 사업적인 이유보다는 사적인 이유가 분명했기에 오크에게 전용 말을 한 마리 주겠다고 제안하였는데, 두 농장은 나란히 있었기 때문에 그 계획에는 전혀 어려움이 없어 보였다. 볼드우드는 이 협상이 진행되는 동안 밧세바와 직접 이야기하지 않았고, 중개자인 오크에게만 말을 전하였다. 마침내 모든 협상이 조화롭게 마무리되었고, 이제 사람들은 오크가 튼튼한 콥종 말을 타고 마치 약 2천 에이커 정도 되는 땅에 있는 모든 곡물들이 자신의 소유인 양 쾌활하고 빠른 속도로 돌아다니며 관리하는 모습을 볼 수 있었다. 곡물들의 실제 주인인 밧세바와 볼드우드는 각자의 집에 앉아 우울하고 슬픈 은둔 생활을 했다.

이 일로 인하여 다음 해 봄 동안 교구에서는 가브리엘 오크가 자신의 입지를 빠르게 넓혀 가고 있다는 이야기가 나돌았다. "당신이 어떻게 생각하든." 수잔 톨이 말했다. "가브리엘 오크는 꽤 멋있어졌어. 그는 이제 일주일에 두세 번 징 같은 건 달리지 않은 반짝거리는 부츠를 신고 일요일에는 높다란 모자를 쓰지. 그리고 작업복은 거의 입지도 않아. 난 밴텀 수탉처럼 자만하듯이 꼿꼿이 걸어 다니는 사람들을 보면 놀라움에 잠자코 서서 아무 말도 안 해!"

결국 가브리엘이 밧세바에게는 농장의 이익과 상관없이 고정된 임금을 받지만 볼드우드에게는 수익금의 일부를 받는다는 것이 알려졌다. 틀림없이 얼마 안 되는 양이었지만 단순한 임금보다는 더 가치 있었으며 임금과는 달리 더 늘어날 가능성도 있었다. 어떤 이들을 오크를 '구두쇠'라고 여기기 시작했는데, 그의 상황이 매우 향상되었음에도 불구하고 더 좋은 방식으로 살지 않으며, 여전히 같은 오두막에 머물렀기 때문이다. 감자도 스스로 깎았으며 양말을 꿰매서 신었고, 때로는 자신의 손으로 침대를 만들기도 했다. 그러나 오크는 사람들이 화를 낼 정도로 대중의 의견엔 무관심했고 단순히 오래되었다는 이유로 옛 버릇과 관습을 완고하게 이어가는 사람이었기 때문에 그의 동기는 의심할 여지가 없었다.

최근 볼드우드에게는 큰 희망이 싹텄다. 밧세바에 대한 터무니없는 헌신은 시간이나 상황, 선함이나 악함으로는 약해지거나 없어질 수 없는 애정 어린 광기로만 묘사할 수 있었다. 이 격렬한 희망은 트로이가 익사했다는 섣부른 추측이 들려오자 마치 겨자씨처럼 다시 자라났다. 그는 이 감정을 무섭게 키워 나갔으며 실제 사실들이 그 꿈의 무모함을 드러내지 않도록 진지하게 생각하는 것을 피했다. 밧세바는 마침내 상복을 입어야 한다는 사람들의 제안을 받아들였고, 볼드우드는 상복을 입은 채교회로 들어오는 밧세바의 모습을 보면서 기다림에 대한 보상이 어쩌면 매우 멀지만 확실히 가까워지고 있다는 신념에 대한확고함을 매주 쌓아 올렸다. 얼마나 오래 기다려야 할지는 아직깊이 생각해 보지 않았다. 그가 인정하려고 애썼던 것은 밧세바가 겪은 가혹한 교훈으로 인해 이전보다 더 많이 타인의 감정을 신경 쓰게 되었다는 점이었고, 언제가 되었든 미래에 그녀가 누군가와 결혼한다면 그 누군가는 자신이 될 거라고 믿었다. 그녀에게는 좋은 감정의 기틀이 있었다. 밧세바가 무심코 그에게 주었던 상처에 대한 자책은 그녀가 사랑의 열병과 실망을 겪기 전보다 훨씬 더 크게 작용하고 있을지도 모른다. 그녀의 선한 본성이라는 통로를 통해 그녀에게 접근하는 것이 가능할 수도 있었다. 그는 열정적인 욕망을 숨겼고, 언젠가 실행될 자신의 계획을 위해 둘 사이의 우호적인 사업 계약을 맺자고 제안할 수도 있었다. 이것이 볼드우드가 바라던 것이었다.

중년의 눈에는 밧세바의 매력이 이제 막 더해지고 있는지도 모른다. 그녀의 충만한 기백은 꺾여 버렸다. 원래부터 존재했던 기쁨이라는 환영은 일상을 살아가는 개개인에게는 매우 밝지 않다는 것을 보여 주었고, 이 과정에서 그녀는 첫 번째 국면을 많이 상실하는 일 없이 두 번째 시적 국면에 들어설 수 있었다.

두 달 동안 밧세바는 노콤에 있는 숙모에게 방문하고 돌아왔기에 그녀를 열정적으로 갈망하는 농장주에게는 그녀의 안부를 직접 물을 수 있는 핑계가 생겼다. 그녀가 과부가 된 지 약 9개월이나 지났기에 자신에 대한 그녀의 마음을 알아보려고 했다. 이 행동은 건초를 만드는 시기에 행해졌는데, 볼드우드는 들판에서 일을 도와주고 있는 리디에게 접근하기로 했다.

"밖에서 보니 반갑구나, 리디아." 그가 유쾌하게 말했다.

그녀는 억지로 웃으면서 마음속으론 어떠한 이유로 그가 자신에게 이렇게 진솔하게 말을 거는지 의아해했다.

"트로이 부인이 오랫동안 자리를 비웠었는데, 잘 지내셨으면 좋겠구나." 그는 냉정한 이웃은 그녀에 대해 거의 말할 수 없다는 태도로 말을 이었다.

"마님은 잘 지내세요, 나리."

"유쾌하게 지내고 있겠지?"

"네, 유쾌하게요."

"지금 불쾌하게라고 했나?"

"아뇨. 그저 잘 지내신다고 했어요."

"네게 모든 것을 다 말해 주시니?"

"아뇨."

"그럼, 일부분만?"

"네."

"트로이 부인이 널 많이 신뢰하시나 보구나. 어쩌면 매우 현명한 일일지도."

"맞아요, 나리. 전 마님에게 일어난 모든 힘든 순간들을 함께 했고, 트로이 씨가 떠나고 난 뒤에도 모든 일을 같이했어요. 만약 마님이 다시 결혼하신다고 해도 전 마님 곁에 머무를 것 같아요."

"네게 그렇게 약속하셨구나. 꽤 당연해 보이는군." 이 전략적인 사랑꾼은 사랑하는 사람이 재혼을 생각하고 있다는 자신의 추측이 리디의 말로 인해 보증되자 온몸이 두근거렸다.

"아뇨, 정확히 약속하시진 않았어요. 단지 저 혼자만의 판단이에요."

"그래, 그래, 나도 이해한단다. 그녀가 재혼에 관한 가능성을 네게 내비칠 때 네가 결론…….."

"마님은 결코 재혼에 관해 언급하신 적이 없어요, 나리." 리디는 볼드우드가 얼마나 어리석게 굴고 있는지 생각하며 말했다.

"그렇겠지." 다시 희망이 꺾인 그가 급하게 대답했다. "그렇게 갈퀴를 멀리까지 뻗을 필요 없어, 리디아. 짧고 빠르게 하는 게 가장 좋은 방법이지. 음, 어쩌면, 다시금 혼자서 이 농장을 다스리는 주인이 되었으니, 이 자유를 포기하지 않기로 결심한 것은 현명한 일일지도 모르지."

"마님이 한 번은 이런 말씀을 하셨어요, 비록 심각하게 말씀하신 건 아니지만. 트로이 씨가 돌아와서 자신의 아내라고 주장할 위험성이 있으니 작년을 포함해서 7년이 지나면 다시 결혼을 할지도 모른다고요."

"아, 그러면 지금부터 6년이 남았구나. 그녀의 말에 의하면. 변호사가 어떤 의견으로 반대하든 간에 그녀가 합리적이라고 생각한다면 지금이라도 재혼할 수 있어."

"나리가 이런 것들에 관하여 직접 물어보신 건가요?" 리디가 순진하게 물었다.

"내가 물어본 건 아니야." 볼드우드가 얼굴을 붉히며 말했다. "리디, 여기서 1분이라도 더 남아 있지 않아도 돼. 오크 씨도 그렇게 말했어. 나도 이제 그만 갈 거거든. 잘 있으렴."

그는 스스로에게 화가 난 채로 돌아갔고, 그의 인생에 있어 처음으로 음흉한 사람이라고 불릴 수 있을 만한 일을 저지른 것이 부끄러웠다. 가엾은 볼드우드는 이렇게 직접적으로 부딪히는 방법 외에 뾰족한 수가 없었고, 스스로를 바보처럼 보이게, 더 나쁘게는 천박한 사람처럼 비춰질 수 있다는 생각에 마음이 불안했다. 하지만 결국 그는 그 보상으로써 우연히 한 가지 사실을 알게 되었다. 매우 신선하고 흥미로운 그 사실은 슬픈 면도 없지 않았으나 적절하고 현실적이었다. 지금부터 6년 정도가 지나면 밧세바가 확실히 그와 결혼할지도 모른다는 것이었다. 그녀가 결혼에 관해 리디에게 한 말은 깊이 생각하고 뱉은 말이 아니라는 걸 인정한다고 할지라도 그 말은 최소한 그 문제에 대한 그녀의 신념을 드러내고 있었기 때문에, 분명히 희망이 있었다.

이 기쁜 생각은 그의 마음속에 계속 자리했다. 6년이란 시간은 길었지만 아예 희망이 없는 것에 비하면 얼마나 짧은 시간인가. 그가 오랫동안 품어 왔던 생각은 어쩔 수 없이 참아야 했다! 야곱은 라헬을 아내로 맞이하기 위해 7년씩 두 번이나 머슴으로 일했다. 그녀 같은 여성을 얻는데 6년이란 시간이 대수란 말인가? 그는 그녀를 당장 얻는 것보단 기다리는 게 더 좋은 일이라고 생각하려고 노력했다. 볼드우드는 자신의 사랑이 매우 깊고 강하며 영원하다고 느꼈기 때문에 그녀가 아직 이 사랑의 정도를 완전히 알지 못한다고 생각했다. 그리고 지체되는 시간에 대한 인내심은 이것을 기분 좋게 증명해 줄 기회라고 생각했다. 그는 자신의 인생에 있어 6년이라는 시간을 마치 몇 분인 듯 없애 버릴 것이다. 이 세상에서 자신의 시간은 그녀를 사랑하는 마음에 비해 중요한 것이 아니었기 때문에 소중히 여기지 않았다. 그는 형태가 없는 6년이라는 시간 동안 천상의 구애를 함으로써 자신이 최종적인 목표 이외에는 아무것도 신경 쓰지 않았다는 것을 그녀에게 보여 줄 작정이다.

그러는 동안 초여름이 지나 늦여름이 되었고 그린힐 정기 시장이 열리는 주간이 되었다. 웨더베리 주민들이 자주 찾는 정기 시장이었다.

50

양 시장 - 아내의 손을 잡은 트로이

그린힐은 남부 웨섹스의 니즈니 노브고로드에 위치해 있다. 정기 시장 중 가장 바쁘고, 가장 즐겁고, 가장 시끄러운 날은 양 시장이 서는 날이다. 매년 열리는 이 행사는 이곳저곳 부서진 거대한 성벽과 참호가 타원형 형태로 언덕 꼭대기를 둘러싸고 있는, 잘 보존된 토루(土壘)에서 열렸다. 마주 보고 있는 두 개의 큰 출입구로는 구불구불한 길이 이어졌고, 둑으로 둘러싸인 10~15에이커 정도의 평평한 녹색 공간이 장터였다. 건물 몇 개가 이 근방에 점점이 흩어져 있었지만, 대부분의 방문객들은 이곳에 머무는 동안 휴식을 취하고 양들에게 먹이를 주기 위해 설치된 천막을 이용했다.

먼 곳에서 양 떼를 몰고 오는 목자들은 장이 서기 이삼일 전, 심지어는 일주일 전에 집에서 출발하여 매일 15~20킬로미터 정도를 이동하며 밤에는 길 주변에 있는 예약한 들판에서 아침까지 양들에게 먹이를 주고 쉬도록 하였다. 목자들은 양 떼 가장 뒤편에서 이동한다. 어깨에는 한 주 동안 사용될 도구들이 든 꾸러미를 메고, 손에는 여행하는 동안 지팡이로 사용할 목자용 막대기를 들고 있다. 이동하다 보면 지친 양들도 몇몇 있고 다리를 저는 양도 생기며 가끔 길에서 새끼를 낳는 양도 있다. 이러한 우발적인 상황에 대처하기 위해 멀리서 오는 양 떼에는 조랑말이 이끄는 마차가 동행하는 일이 자주 있었다. 허약한 양들은 나머지 여정 동안 이 마차에 실린 채로 이동했다.

그러나 웨더베리 농장은 장터에서 그다지 멀지 않았기에 이러한 준비는 필요 없었다. 그러나 밧세바와 볼드우드 농장의 것을 합친 대규모 양 떼는 귀중한 녀석들이었기 때문에 더 많은 주의가 요구되었다. 이 때문에 볼드우드의 목자와 카인 볼 외에 추가로 가브리엘이 동행했다. 물론 그의 늙은 개 조지도 그들을 따랐다. 그들은 쇠퇴한 옛 마을인 킹스비어와 고원을 지났다.

오늘 아침 가을 해가 그린힐에 비스듬히 걸려 이슬 내린 정상의 평지를 밝혔을 때, 사방으로 펼쳐진 넓은 조망을 가로지르는 울타리들 사이로 흐릿한 먼지구름이 보였다. 이 먼지구름은 점차 언덕 밑으로 모여들었고, 곧 정상에 이르는 구불구불한 길을 올라오는 양 떼들이 하나씩 보이기 시작했다. 비록 느린 행렬이었지만, 엄청난 수의 양들이 길을 따라 입구에 도착했다. 뿔이 있는 양들과 뿔이 없는 양들, 농장의 관습과 칠하는 사람의 공상에 의해 색이 입혀진 푸른 양 떼와 붉은 양 떼, 담황색 양 떼와 갈색 양 떼, 심지어 녹색과 옅은 연어색 양 떼들이 있었다.

매우 활기 넘치는 상황 속에서 사람들은 소리를 지르고, 개들은 짖어 댔다. 매우 긴 여행이라는 이례적인 경험을 한 양들은 여전히 애처롭게 울었지만 이러한 공포에는 무관심해졌다. 키가 큰 목자들은 마치 헌신적인 추종자들이 엎드려 있는 무리 사이에 서 있는 거대한 우상처럼 양 떼 중앙 이곳저곳에 서 있었다.

장에 모인 엄청난 수의 양들은 사우스 다운종과 뿔이 난 올드 웨섹스종이 대부분이었는데, 밧세바와 볼드우드의 양들은 주로 후자에 속했다. 이 양들은 9시쯤 줄을 지어 섰는데, 이들의 구불구불한 뿔은 손질되어 기하학적으로 완벽한 나선을 그리며 우아하게 양쪽에 자리 잡았다. 각 뿔 밑에는 분홍색과 흰색의 작은 귀가 있었다. 다른 종도 앞서거니 뒤서거니 하면서 들어왔다. 그들은 털이 전부 표범처럼 생겼는데, 점이 없다는 것이 표범과의 유일한 차이였다. 옥스포드셔 품종도 몇 마리 있었는데, 그들의 털은 어린아이의 금발처럼 곱슬곱슬해지기 시작했다. 유약한 레스터종은 옥스포드셔종보다 더 금빛이었지만, 코츠월드종에 비하면 덜 곱슬곱슬했다. 그러나 이 중 가장 아름다운 털을 가진 품종은 올해 우연히 이곳에 도착한 소규모의 엑스무어종이었다. 얼룩덜룩한 얼굴과 다리, 검고 묵직한 뿔, 거무스름한 이마 주위에 매달린 긴 털은 이 근방에 있는 양 떼의 단조로움을 꽤 상쇄시켰다. 울고 헐떡거리며 지쳐 버린 수천 마리의 양 떼는 한낮이 되기 전에 우리 안으로 들어갔고, 각 양 떼에 속한 개는 양이 머무는 우리 구석에 묶여 있었다. 보행자를 위한 길은 우리와 교차했는데, 곧 그 길은 먼 곳과 가까운 곳에서 온 구매자와 판매자로 붐볐다.

날이 정오로 향하면서 언덕 한편에서는 완전히 다른 광경이 시선을 강탈했다. 유별나게 새롭고 커다란 원형 천막이 세워졌다. 시간이 지나면서 양 떼의 주인은 바뀌기 시작했고, 목자의 책무는 가벼워져 갔다. 목자들은 그 천막으로 관심을 돌리며 성가신 매듭을 빨리 묶는 일에 집중하고 있는 듯한 작업자에게 무슨 일이 진행되는지를 물었다.

"로얄 곡마단에서 〈터핀의 요크셔까지의 여정〉과 〈블랙 베스의 죽음〉*을 준비 중이오." 그는 시선을 돌리거나 매듭 묶는 일을 멈추지 않고 즉시 대답했다.

천막이 완성되자마자 악대가 매우 자극적인 노래를 연주하며 공식적으로 개막을 알렸다. 블랙 베스는 사람들이 들어오는 입구, 눈에 잘 띄는 곳에 서 있었는데 마치 살아 있는 증거라도 되는 듯 보였다. 만약 증거가 필요했다면 말이다. 많은 사람들이 이 진심 어린 광고에 마음이 끌린 듯 몰려들기 시작했다. 앞줄에는 잰 코건과 조지프 푸어그래스가 보였다. 그들은 오늘 이곳에서 휴일을 보내기로 했다.

"이 사람이 날 미는 난폭한 사람이야!" 사람들이 매우 분주하게 움직이고 있을 때, 잰 코건의 앞에 있던 여자가 그를 향해 어

---

* 리차드 터핀(1705-1739)은 말을 훔치고 밀렵을 일삼던 영국의 강도로, 애마 블랙 베스를 타고 런던에서 요크셔까지 320킬로미터를 하룻밤 사이에 이동했다는 꾸며진 이야기로 유명하다.

깨너머로 소리 질렀다.

"뒤에 있는 사람들이 날 미는데 내가 어떻게 앞사람을 밀지 않을 수 있단 말이야?" 코건이 몸을 돌리지 않은 채 최대한 고개를 앞쪽으로 돌리며 비난했다. 그는 몸이 마치 바이스에 고정된 것 같아 움직일 수 없었다.

잠시 정적이 흘렀다. 곧 북과 트럼펫이 소리를 뿜어냈다. 그 소리에 관중들이 환희에 빠져 다시 요동치자 코건과 푸어그래스는 뒤에 있는 사람들에게 떠밀려 앞에 있는 여인을 밀었다.

"오, 저 여린 여성이 난폭한 놈한테 속수무책으로 당할 수밖에 없다니!" 바람에 흔들리는 갈대처럼 휩쓸리던 여성 중 한 명이 다시 소리쳤다.

"자." 코건이 자신의 어깨뼈 근처에 잔뜩 몰려 있는 군중을 향해 진지한 목소리로 호소했다. "저 여성의 말만큼 불합리한 말을 들어 본 적이 있소? 내가 이 군중 속에서 나갈 수만 있다면 저 망할 여자들이 나 대신 쇼를 보겠군요!"

"화내지 말아요, 잰!" 조지프 푸어그래스가 나직한 목소리로 간청했다. "저 사람들이 부하를 써서 우리를 죽일지도 몰라요. 저 눈빛들을 보아하니 매우 나쁜 여성들 같아요."

잰은 친구를 위해 자신의 마음을 진정시키는 것에 이의가 없다는 듯 입을 다물었다. 그들은 천천히 사다리 발치에 도착했다. 꼭두각시 인형처럼 납작해진 푸어그래스가 30분 전부터 입장료를 내기 위해 들고 있던 6실링에서는 너무 꽉 쥐고 있어서인지 매우 지독한 악취가 났다. 스팽글로 장식된 옷과 유리 다이아몬

509

드가 박힌 놋쇠 반지를 낀 채로 얼굴과 어깨에 분칠을 한 여성이 그 돈을 받았는데, 마치 어떤 마술로 인하여 자신의 손가락이 불타는 건 아닐까 하는 마음에 급히 돈을 놓아 버렸다. 그렇게 사람들이 모두 들어갔다. 바깥에 있는 사람들 눈에는 천막이 마치 여기저기 튀어나와 있는 감자 자루처럼 보였는데, 안에 몰려든 사람들의 머리와 등, 팔꿈치 같은 다양한 신체 부위였다.

큰 천막 뒤편에는 두 개의 작은 분장용 천막이 있었다. 이 중 하나는 남자 배우들을 위한 천막이었는데, 그 천막은 또다시 천으로 절반을 나눠 놓았다. 이 두 곳 중 한쪽엔 풀밭에 앉아 목이 긴 군화를 잡아당겨 신고 있는 한 젊은 남성이 앉아 있었다. 우리는 이 남자가 트로이 하사임을 즉시 알아챌 수 있다.

트로이의 이런 모습에 대해선 간단한 설명이 필요하다. 그가 버드머스에서 타고 있던 선박은 일손이 다소 부족하긴 하지만 항해를 시작하려던 참이었다. 트로이는 이러한 분위기를 읽고 그들과 합류하기로 했다. 그는 항해가 시작되기 전 룰윈드 만으로 배 한 척을 급파하였는데, 예상대로 자신의 옷은 없었다. 결국 그는 그렇게 미국으로 향하였고, 그곳에서 체육이나 검을 다루는 법, 펜싱, 권투 같은 것을 가르치며 불안정한 삶을 살았다. 그는 불과 몇 달 만에 이런 생활이 혐오스러워졌다. 그의 본성에는 어떤 세련된 동물적인 면이 있었다. 궁핍을 쉽게 면할 수 있다면 이 이상하지만 즐거운 생활이 상관없었지만, 돈이 부족해지면서 상황이 악화되었다. 그는 이곳에서 집을 구매하여 편안하게 사는 삶도 생각해 보았지만 영국과 웨더베리 농장으로 돌아가는 것을 택했다. 밧세바가 자신이 죽었다고 생각할지에 대한 의문이 자주 떠올랐다. 그는 마침내 영국으로 돌아왔다. 그러나 웨더베리에 가까워질수록 그곳에 대한 매력이 점차 사라졌고, 자신의 원래 생활로 돌아가겠다는 목적도 변경했다. 리버풀에 도착했을 때 만약 자신이 집으로 돌아간다면 사람들이 불편해할 수 있겠다는 우울한 생각을 한 것이다. 이 당시 트로이가 가지고 있던 감정은 종종 간헐적으로 생기는 것들이었는데, 그 감정은 가끔 강하고 건전한 감정만큼 많은 불편함을 야기하였다. 밧세바는 우롱당할 여자도, 고통을 조용히 참을 여자도 아니었다. 그가 처음 집으로 돌아가면 그녀에게 음식과 잠자리를 신세 지게 될 텐데, 그가 이렇게 기백 있는 여자와의 생활을 어떻게 견딘단 말인가? 게다가 그녀가 농장 관리에 실패할 확률도 있었다. 물론 아직도 실패하지 않았다면 말이다. 그렇게 된다면 그는 그녀를 법적으로 책임져야 했다. 그녀와 함께하는 궁핍한 미래는 어떨까, 패니의 망령이 그들 사이에 지속적으로 존재하는 한 그는 비참할 것이고 그녀의 말에는 분노가 들어 있을 것이다! 그렇게 혐오와 후회, 수치심이 뒤섞여 그는 집으로 돌아가는 것을 하루하루 미루었고, 만약 자신이 거처를 찾기만 한다면 집으로 돌아가지 않기로 결심하였다.

이 무렵, 그린힐 정기 시장이 열린 9월이 되기 전 7월에 그는 북쪽에 있는 변두리 도시에서 순회공연을 하던 곡마단에 참가하였다. 트로이는 지배인에게 거친 말을 잘 다루는 조련사로 자신을 소개하였다. 전속력으로 달리는 말 등 위에서 공중에 떠

511

있는 사과를 권총으로 맞추기도 하였고, 다른 묘기도 보여 주었다. 그는 용기병이었던 이점을 이용해 곡마단에 들어갔고, 그를 주연으로 염두에 두고 터핀을 주제로 한 연극이 준비되었다. 트로이는 아무런 의심 없이 자신을 대접해 주는 이 고마운 상황이 마냥 행복하진 않았지만, 이 일로 인하여 몇 주 동안 생각할 시간을 벌었다고 여겼다. 이리하여 트로이는 미래에 대한 아무런 계획 없이 오늘 이곳에 단원들과 나타난 것이다.

따뜻한 가을 해가 기울어 가고 있었다. 이때 천막 앞에서 다음과 같은 사건이 일어났다. 이날 임시로 고용한 푸어그래스와 함께 정기 시장에 온 밧세바는 다른 사람들처럼 세계의 여러 곳을 다녀 보았으며 사나운 말을 잘 타는 기수 프란시스가 터핀 역할을 한다는 소식을 읽었다. 그녀는 아직 그다지 나이 들지도 않았고, 근심 걱정으로 인하여 지치지도 않았기에 공연에 어느 정도의 호기심이 있었다. 그 특별한 공연은 이 정기 시장에서 단연코 가장 크고 웅장했기 때문에 다른 소규모 공연단도 암탉 주위의 병아리처럼 그늘 아래 모여 있었다. 군중이 지나갔다. 볼드우드는 말을 걸 기회를 찾기 위해 하루 종일 그녀를 관찰하다 밧세바가 혼자 있게 되자 그녀에게 다가갔다.

"오늘 양 거래가 잘 진행되었기를 바랍니다, 트로이 부인." 그가 긴장한 말투로 말했다.

"아, 네. 감사합니다." 밧세바가 뺨 중앙을 붉게 물들이며 말했다. "이곳에 도착하자마자 양을 다 팔 수 있을 정도로 운이 좋았어요. 그래서 우리를 만들 필요도 없었죠."

"그럼 정말 한가하시겠군요?"

"네, 두 시간 안에 딜러 한 명을 더 만나야 하지만요. 그 일만 아니면 이미 집으로 돌아가고 있었겠죠. 전 이 커다란 천막이랑 안내문을 보고 있었어요. 〈터핀의 요크셔까지의 여정〉이라는 연극을 본 적 있으신가요? 터핀은 실존 인물이죠, 그렇지요?"

"아, 네. 맞습니다. 전부 다요. 제가 기억하기로는 잰 코건의 친척 중 한 명이 터핀의 친구였던 톰 킹을 아주 잘 안다고 했던 것 같네요."

"코건은 자기 친척들과 관련해 이상한 이야기를 하는 경향이 있다는 것을 잊지 마세요. 그 이야기들이 전부 사실이라면 좋겠지만요."

"맞습니다. 코건은 그런 사람이지요. 하지만 터핀은 실존 인물입니다. 그와 관련한 공연을 아직 한 번도 보신 적이 없으신가 보군요?"

"한 번도요. 어렸을 때 이런 곳에 가는 것이 허락되지 않았으니까요. 들어 보세요! 이 쿵쾅거리는 소리는 뭐죠? 어쩜 저렇게 소리를 지를 수 있는지!"

"이제 막 '블랙 베스'가 시작되었나 보군요. 공연이 보고 싶으신 것 같은데, 제 말이 맞나요, 트로이 부인? 혹시 아니라면 제 실수를 용서하세요. 하지만 만약 그러시다면 제가 기꺼이 자리를 마련해 드리지요." 그녀가 망설이고 있다는 것을 알아차린 볼드우드는 이렇게 덧붙였다. "전 공연을 보기 위해 남아 있지는 않을 겁니다. 전에 본 적이 있거든요."

밧세바는 이제 공연에 조금 관심을 갖게 되었다. 원래 관심이 있긴 했지만, 혼자 들어가게 될까 봐 계단에 발을 올려놓지 않았을 뿐이었다. 그녀는 오크가 나타나길 바라고 있었는데, 이런 경우 그가 주는 도움은 항상 당연하게 받아들일 수 있기 때문이었다. 그러나 오크는 그 어디에도 보이지 않았다. 그래서 그녀는 "그럼 자리가 있는지 먼저 확인해 보세요. 전 1~2분 정도 뒤에 들어갈게요."

이 대화가 끝나고 얼마 지나지 않아 밧세바와 볼드우드가 천막에 나타났다. 볼드우드는 그녀를 '예약석'으로 안내하고는 다시 나갔다. 이 자리는 천막에서도 눈에 잘 띄는 위치였는데, 붉은 천으로 덮인 높은 의자가 놓여 있었고, 바닥에는 카펫 조각이 깔려 있었다. 밧세바는 천막 안에 있는 관객들 중 유일하게 자신만이 예약석에 있는 것을 즉시 알아차리곤 당황하였다. 다른 사람들은 무대 주변에 서 있었는데, 그 위치는 예약석의 반값이었지만 두 배는 더 잘 보였다. 따라서 무대 한가운데에서 사전 공연을 하고 있는 조랑말과 광대를 바라보는 눈들만큼 많은 눈이 붉은 배경을 등지고 좋은 자리에 홀로 앉아 있는 그녀를 바라보았다. 터핀은 아직 무대에 등장하지 않았다. 이미 이곳에 도착했기 때문에 밧세바는 최대한 즐기며 남아 있을 수밖에 없었다. 그녀는 양옆의 빈자리에 치맛자락을 약간 위엄 있게 편친 뒤 여왕처럼 자리에 앉았다. 그 모습은 천막에 새롭고 여성스러운 면모를 부여했다. 몇 분 뒤 그녀는 자신의 바로 아래에서 있는 사람들 사이에서 코건의 두껍고 붉은 목을 보았다. 조지프는 조금 더 떨어진 곳에 성자 같은 모습으로 서 있었다.

실내에는 특이한 그림자가 드리워졌다. 화창한 가을 오후 직전의 어두운 천막을 밝히는 반쯤 불투명한 이상한 빛은 렘브란트의 작품이 주는 느낌처럼 더 강렬해졌다. 천막의 구멍과 이음새를 통해 들어오던 노란 햇빛 가닥은 금가루처럼 뿜어져 나와 어둑한 파란색으로 뒤덮인 허공을 가로질러 반대편에 있는 천을 밝혔는데, 마치 그곳에 작은 등이 달린 것 같았다.

무대에 오르기 전, 분장용 천막에서 구멍을 통해 내부를 정찰하던 트로이는 아무것도 모르는 아내가 마상 시합을 참관하러 온 여왕처럼 높은 의자에 앉아 있는 것을 보았다. 그는 완전한 혼란에 휩싸여 뒤돌아섰다. 분장이 효과적으로 본모습을 가려 주었지만, 그녀가 목소리를 들으면 단번에 알아차릴 것 같았다. 그는 이날 웨더베리 사람이나 다른 누군가가 나타나 자신을 알아볼 가능성에 대해 여러 번 생각해 보았으나, 이러한 위험을 대수롭지 않게 여겼다. '날 알아볼 테면 알아보라지.' 그는 속으로 이렇게 생각했다. 그런데 여기에 밧세바가 올 줄이야. 현실은 그의 예상보다 훨씬 혹독했고, 그는 스스로 이에 대해 충분히 고려하지 않았음을 느꼈다. 그녀는 너무 매력적이고 아름다워서 그가 웨더베리 사람들에게 가졌던 냉담한 태도까지 바꾸었다. 그는 그녀가 눈 깜짝할 사이에 자신에게 이러한 위력을 발휘하리라고는 예상하지 못했다. 아무것도 신경 쓰지 않고 연기를 계속할 것인가? 그는 그럴 수 없었다. 알려지지 않은 채로 남고 싶다는 신중한 소망을 넘어, 자신을 이미 경멸하고 있는 매력적인 어린 아내가 오랜만에 본 남편의 모습이 이렇게 초라하면 더 경멸하게 될지도 모른다고 생각하자, 갑자기 그의 마음속에 수치심이 생겨났다. 이러한 생각에 그의 얼굴이 붉어졌고, 웨더베리를 향한 반감이 자신을 이런 식으로 시골에서 빈둥거리게 했다는 사실에 화가 났다. 그러나 트로이는 어쩔 수 없는 상황이 닥쳤을 때 더 현명해지는 사람이었다. 그는 자신의 조그만 분장실과 지배인이자 극단주의 분장실을 분리하던 천을 옆으로 급히 밀었다. 그의 상반신은 톰 킹이었고, 하반신은 지배인이었다.

"심각한 문제가 생겼소!" 트로이가 말했다.

"무슨 일이오?"

"전혀 보고 싶지 않은 불한당 채권자가 천막 안에 들어와 있는데, 내가 입을 열면 날 알아차리고선 악마처럼 확실하게 낚아채 갈 거요. 어떻게 하면 좋겠소?"

"지금 당장 무대로 올라가야 할 타이밍 같은데."

"그럴 순 없소."

"하지만 연극은 반드시 진행해야 해요."

"터핀 역을 맡은 사람이 독감에 걸려서 말을 할 수 없다고 말하세요. 말하지 않아도 평상시와 똑같이 연기할 수 있다고."

극단주는 고개를 흔들었다.

"어쨌든, 연기를 하건 안 하건, 난 말하지 않을 거요." 트로이가 단호하게 말했다.

"좋아요, 어디 한번 봅시다. 어떻게 해야 할지 얘기해 주겠소."

극단주가 말했다. 그는 아마 이럴 때 주연배우의 기분을 상하게
하는 게 좋지 못한 일이라고 생각한 것 같았다.

"관객들에겐 당신의 침묵과 관련하여 아무 말도 하지 않겠소.
무대에 올라가서 연기만 하고 아무 말도 하지 마시오. 눈짓을
적절히 이용하여 연극을 진행하고, 영웅적인 모습을 보여야 할
땐 고개를 끄덕여요. 무슨 말인지 알겠죠. 그렇게 하면 관중들은
결코 대사가 누락되었다는 것을 알아채지 못할 거요."

터핀은 대사가 많거나 길지 않았기 때문에, 이것은 충분히 실
현 가능해 보였다. 이 연극의 매력은 전적으로 액션에서 나왔
다. 계획대로 연극은 진행되었고, 정해진 시간에 블랙 베스가 구
경꾼들의 환호를 받으며 풀로 덮인 무대 한가운데로 뛰어들었
다. 한밤중에 베스와 터핀이 요금소에서 경찰들에게 쫓기는데,
잠이 덜 깬 문지기가 술이 달린 취침용 모자를 쓴 채로 말을 탄
사람은 아무도 지나가지 못하게 하는 장면이었다. 그 장면을 본
코건이 우렁찬 목소리로 "잘한다!"라고 소리쳤는데, 그 소리는
양들의 울음소리를 뚫고 모든 장터에 울려 퍼졌다. 푸어그래스
는 극적인 대조가 주는 멋진 장면에 기쁜 듯이 미소를 지었다.
모두의 영웅 터핀은 멋지게 게이트를 뛰어넘지만, 그의 적은 말
을 멈추고 게이트가 열리기를 기다리는 장면이었다. 톰 킹이 죽
는 장면에서 그는 코건의 손을 잡고 눈물을 글썽이면서 속삭였
다. "물론 진짜로 총에 맞은 건 아니에요, 잰. 그렇게 보일 뿐이
라고요!" 마지막 슬픈 장면이 시작되었다. 용감하고 충실한 베
스의 시체가 구경꾼 중에서 뽑힌 12명의 지원자에 의해 문짝에

실려 밖으로 운반될 때 푸어그래스는 손을 모은 채 잰이 호응해 주기를 바라며 소리 질렀다. "나중에 워런의 맥아 제조소에서 사람들에게 전해 줄 만한 이야기예요. 우리 아이들에게도 물려주고요." 조지프는 그 뒤로 여러 해 동안 웨더베리에서 베스를 실은 널빤지를 어깨에 메고 나가면서 베스의 발굽을 만져 봤다고 말하고 다녔다. 만약 몇몇 사상가들이 주장하는 것처럼 불멸이 다른 사람들의 기억 속에 소중히 간직됨으로써 이루어지는 것이라면 블랙 베스는 그날 불멸의 존재가 되었다. 이미 다른 사람에 의해 불멸이 된 것이 아니라면 말이다.

한편 트로이는 자신을 더욱 효과적으로 숨기기 위해 자신의 기존 분장에 몇 가지를 더했는데 그럼에도 불구하고 처음 무대에 들어갔을 때에는 희미한 불안감을 느꼈다. 철사로 신중하게 만들어 낸 얼굴의 '주름'은 그를 밧세바와 그녀의 일꾼들로부터 안전하게 지켜 주었다. 그럼에도 트로이는 공연이 끝나고 나서야 안심할 수 있었다. 저녁에 두 번째 공연이 있었고 천막 안에는 불이 켜졌다. 트로이는 때때로 과감하게 몇 마디씩 대사를 읊어 가며 아주 조용하게 저녁 공연을 끝마쳤다. 공연이 끝날 때쯤 첫 번째 줄의 관객과 인접한 원형 무대 끝자락에 서 있을 때, 그는 별로 멀지 않은 거리에서 한 남자가 자신의 옆모습을 뚫어지게 쳐다보고 있음을 알아차렸다. 트로이는 그 남자가 여전히 웨더베리 외곽에 살고 있는 아내의 천적이자 못된 관리인이었던 페니웨이즈라는 것을 알아차리고는 황급히 자세를 바꾸었다.

처음에 트로이는 모르는 척하면서 이 상황을 따르기로 했다. 그가 자신을 알아봤을 가능성은 매우 높았지만 의심의 여지는 있었다. 그러나 아내가 현 직업을 알게 되면 자신을 더 비참하게 바라볼 것이라는 생각 때문에 집으로 돌아가기도 전에 웨더베리에 자신이 근접해 있다는 소식이 퍼져 나가는 것에 커다란 반발심이 들었다. 게다가 아예 돌아가지 않겠다는 결심을 하더라도, 그가 살아서 인접한 동네에서 생활하고 있다는 소식은 매우 이상할 것이다. 또한 결심을 내리기 전에 아내의 현재 상황에 관한 정보를 얻고 싶었다.

이 딜레마 속에 트로이는 상황을 살펴보기 위해 즉시 밖으로 나갔다. 페니웨이즈를 찾아 가능하면 그와 친구가 되는 것이 가장 현명한 행동이라는 생각이 들었다. 그는 곡마단에서 빌린 두꺼운 턱수염을 달고 정기 시장을 어슬렁거렸다. 현재 이곳은 거의 어두웠고, 품위 있는 사람들은 집으로 돌아가기 위해 수레와 마차를 준비하고 있었다.

정기 시장에서 가장 크게 먹을거리를 팔고 있는 점포는 이웃 마을의 여관 주인이 마련한 자리였다. 이곳은 필요한 음식과 휴식을 얻기에 나무랄 데가 없었다. 주인인 음식 접시는(지방 신문에서 붙여 준 재미있는 별명이었다) 주변 마을에 음식을 공급하는 사람으로 명성이 높았다. 천막은 일등석과 이등석으로 나뉘었고, 일등석의 끝에는 특정 계층을 위한 고급스러운 전용 자리가 있었는데, 중간에 위치한 간이 주방으로 일등석과 그 자리를 구분해 놓았다. 이 간이 주방 뒤쪽에는 주인이 흰 앞치마와 셔츠

차림으로 매우 분주히 서 있었는데, 마치 이 천막 말고는 평생 다른 곳에서 살아 본 적 없는 듯한 모습이었다. 안쪽으로는 의자와 탁자들이 놓였고 촛불이 켜져 있었는데, 그곳은 항아리와 도금된 찻잔과 커피 주전자, 도자기 찻잔, 자두 케이크로 인해 아늑하고 호사스러운 분위기였다.

트로이는 천막 입구에 서 있었다. 그곳에는 집시 여인 한 명이 장작을 땐 작은 불 위에서 팬케이크를 구워 한 조각당 1페니에 파는 중이었다. 그는 안에 있는 사람들의 머리를 훑어보았다. 페니웨이즈의 모습은 전혀 볼 수 없었지만, 예약된 자리로 통하는 공간에 밧세바가 보였다. 트로이는 바로 그 자리에서 물러난 다음, 천막을 돌아 어둠 속으로 들어가 귀를 기울였다. 천막 안에 있는 밧세바의 목소리가 즉시 들려왔다. 그녀는 한 남자와 대화를 나누고 있었다. 트로이의 얼굴이 흥분으로 뒤덮였다. 그녀는 당연히 정기 시장에서 바람을 피울 정도로 정조 없는 여자가 아니었다! 그렇기에 그는, 그녀가 자신의 죽음을 기정사실로 생각하는지가 궁금했다. 이 문제를 알아보기 위해 트로이는 주머니에서 펜나이프를 꺼내 천을 십자 모양으로 부드럽게 자른 뒤, 잘린 곳의 모서리를 접어 과자 크기만 한 구멍을 만들었다. 그는 구멍에 얼굴을 바짝 댔다가 놀란 듯 다시 뗐다. 그의 눈이 밧세바의 머리에서 불과 5센티미터 거리에 있었기 때문이었다. 편리하다고 하기엔 너무 가까운 거리였다. 그는 그녀의 의자 옆쪽 그늘진 장소로 가서 좀 더 낮은 곳에 구멍을 뚫었다. 이 장소라면 그녀를 수평으로 바라보면서도 안전하고 쉽게 관찰할 수 있었다.

　트로이의 눈에 모든 장면이 들어왔다. 그녀는 천막에 기대어 손에 들고 있던 차를 조금씩 마시고 있었다. 남자 목소리는 볼드우드였는데, 그녀가 마시고 있는 차를 방금 가져다준 것이 분명했다. 편안한 감정에 빠진 밧세바는 매우 느긋하게 천막에 기대었고, 그 바람에 천막이 그녀의 어깨 모양 그대로 눌려서 사실상 트로이의 품 안에 있는 것이나 마찬가지였다. 그는 구멍을 통해 자신의 온기가 그녀에게 전해지지 않도록 가슴을 조심스레 뒤로 뺐다.

　트로이는 그날 아침 자신의 마음을 휘저어 놓은 예상치 못한 감정이 다시금 자신을 혼란스럽게 하는 것을 느꼈다. 그녀는 여전히 아름다웠으며 자신의 여자였다. 몇 분이 지나고 나서야 그는 안으로 들어가 남편이 왔다고 말하고 싶은 갑작스러운 바람을 억누를 수 있었다. 그는 자신을 사랑하는 동안에도 항상 자신을 업신여겼던 저 거만한 여자가, 자신이 순회공연을 다니는 사람이 되었다는 걸 알게 되면 얼마나 자신을 싫어할지 생각했다. 자신의 존재를 그녀에게 알리려면, 어떤 대가를 치르더라도 지금까지 있었던 모든 일들을 그녀와 웨더베리 사람들에겐 영원히 비밀로 해야 했다. 그렇지 않으면 그의 이름은 교구 내에서 웃음거리로 전락하고, 죽기 전까지 '터핀'이라는 별명으로 불릴 것이다. 트로이가 그녀에게 다가가기 위해선 지난 몇 달간의 자신의 행적을 완전히 지워야 했다.

　"떠나시기 전에 한 잔 더 가져다드릴까요, 부인?" 볼드우드가 말했다.

"고마워요." 밧세바가 답했다. "하지만 전 바로 가봐야 해요. 절 이렇게 늦은 시간까지 여기서 기다리게 하다니 매우 태만한 남자군요. 그 사람만 아니었다면 두 시간 전에 집으로 향했을 텐데. 이곳에 들어오게 될지 몰랐어요. 하지만 한 잔의 차만큼 원기를 돋우는 것도 없지요. 물론 볼드우드씨가 도와주지 않았다면 결코 차를 마시지 않을 테지만요." 트로이는 촛불로 환해진 그녀의 볼을 자세히 살펴보았다. 볼에 일렁이는 그림자 하나하나, 그리고 흰 달팽이 껍데기처럼 꾸불꾸불한 그녀의 작은 귀가 보였다. 그녀는 지갑을 꺼내 들고 볼드우드에게 찻값은 자신이 지불하겠다고 우겼는데, 그때 페니웨이즈가 천막 안으로 들어왔다. 트로이는 가슴이 떨렸다. 이곳에서 체면을 지키려던 그의 계획은 즉시 위험에 빠지고 말았다. 그는 구멍에서 막 눈을 떼고 페니웨이즈를 따라가서 예전 관리인이 자신을 알아봤는지 알아내려고 했다. 그 순간 그는 그들의 대화에 발목이 잡혔고, 너무 늦었음을 깨달았다.

"실례합니다, 마님." 페니웨이즈가 말했다. "마님에게만 말해야 할 사적인 정보가 있는데요."

"지금은 들을 수 없어요." 그녀가 차갑게 말했다. 밧세바가 이 남자를 견딜 수 없어 하는 것이 분명했다. 사실 그는 여러 이야기들을 듣고 그녀를 계속 찾아왔는데, 사람들을 비방하는 대가로 환심을 사려는 듯 보였다.

"그럼 적어 드리지요." 페이웨이즈가 대담하게 말했다. 그는 탁자 위로 허리를 굽히고 구겨진 수첩에서 종이 하나를 찢어 둥글둥글한 필체로 글을 썼다.

'마님의 남편이 이곳에 와 있습니다. 제가 그를 봤어요. 이제 누가 바보죠?'

그는 이 종이를 작게 접어 그녀에게 내밀었다. 밧세바는 그 편지를 읽으려 하지 않았다. 그것을 받기 위해 손을 내밀지 않았다. 그러자 페니웨이즈는 그녀를 비웃으며 종이를 그녀의 무릎에 던지고선 발길을 돌려 나갔다.

트로이는 전 관리인이 종이에 뭐라고 썼는지 알 수 없었지만, 페니웨이즈의 말과 행동으로 볼 때 자신에 관한 것임을 조금도 의심하지 않았다. 자신의 신변이 노출되었는지를 알아볼 방법이 하나도 생각나지 않았다. "빌어먹을 내 운!" 그는 나직이 말하고선, 마치 치명적인 바람처럼 어둠 속에서 욕설을 덧붙였다. 한편 볼드우드는 그녀의 무릎에서 쪽지를 집어 들면서 말했다.

"이것을 읽어 보시겠습니까, 트로이 부인? 그것이 아니라면 제가 파기해 버리지요."

"글쎄요." 밧세바가 무심히 말했다. "쪽지를 읽지 않는 것은 아마도 부당한 일일지도 몰라요. 어떤 내용인지는 어느 정도 추측이 되네요. 다시 고용해 달라는 내용이거나 제 일꾼들과 관련된 추문이겠지요. 그는 항상 그런 짓을 했으니까요."

밧세바는 오른손에 쪽지를 들었다. 볼드우드는 그녀에게 잘린 빵과 버터가 담긴 접시를 건네주었고, 그녀는 빵 한 조각을 집기 위해 지갑을 쥐고 있던 왼손에 쪽지를 옮겨 들고는 천막 근처에 내려놓았다. 트로이를 구원해 줄 상황이 왔고, 그는 충동적으로 이 일을 처리해야겠다고 느꼈다. 그는 다시 한번 그녀의 고운 손을 쳐다보았다. 분홍빛 손가락 끝과 산호 조각으로 이루어진 팔찌를 찬 팔목의 푸른 혈관들이 보였다. 이 모든 것이 얼마나 낯익은가! 그가 한 손을 능숙하고 빠른 동작으로 소리 없이 천막 밑으로 밀어 넣었다. 천막의 밑부분은 단단히 고정되어 있지 않았다. 그는 구멍에서 눈을 떼지 않은 채 천막을 살짝 들어 올려 그녀의 손가락에서 쪽지를 낚아챈 뒤 다시 천막을 내려놓았다. 그 후 깜짝 놀라서 비명을 지르는 그녀의 소리에 미소를 지으며 어두운 둑과 배수로 쪽으로 달아났다. 트로이는 성벽 바깥쪽을 미끄러져 내려간 다음 참호 아래를 돈 뒤 서둘러 100미터 밖까지 달려갔다. 그러고는 다시 성벽을 올라가 천막 입구를 향해 느린 걸음으로 대담하게 걸어갔다. 그의 목적은 이제 페니웨이즈에게 가는 것이었고, 자신이 원할 때까지 그 정보가 퍼지지 않도록 막는 것뿐이었다.

천막 입구에 도착한 트로이는 그곳에 모여 있는 군중 사이에 서서 초조하게 페니웨이즈를 찾았는데, 그를 어서 찾아내 자신을 드러내고 싶지 않음이 명백해 보였다. 한두 남자가 젊은 그녀 옆에 있는 천막을 든 뒤 뭔가를 훔치려 했던 대담한 시도에 관한 이야기를 하고 있었다. 트로이가 그녀의 지갑은 남겨 둔 채 쪽지만 들고 갔기에 이 악당들은 그녀가 손에 들고 있던 종이 쪼가리가 지폐라고 착각한 듯 보였다. 그러나 그것이 돈이 아니라 아무 가치 없는 쪽지라는 것이 밝혀지자, 사람들은 그들이 느낀 원통함과 실망이 좋은 농담거리가 될 거라고 말했다. 그러나 문 옆에서 막 연주를 시작한 바이올린 연주자도, 음침한 얼굴로 손에 지팡이를 든 채 음악에 맞춰 '맬리 소령의 얼레'를 추고 있는 네 명의 등이 굽은 노인들도 하던 일을 멈추지 않은 것으로 보아, 이 사건은 별로 알려지지 않은 듯 보였다. 이 노인들 뒤에 페니웨이즈가 서 있었다. 트로이는 미끄러지듯 그에게 다가가 손짓을 한 뒤 몇 마디를 속삭였다. 그 후 두 사람은 서로 동의하는 눈초리로 함께 어둠 속으로 사라졌다.

51
말을 탄 동행과 이야기하는 밧세바

웨더베리로 돌아가는 밧세바를 위해 마차를 준비하고, 집으로 데려다주는 일은 푸어그래스를 대신하여 오크가 하게 되었다. 늦은 오후가 돼서야 조지프가 복시로 인해 고통받고 있다는 것을 알게 되었기 때문이었다. 그렇기에 조지프는 마부로서 또 부인의 보호자로서 적당하지 않았다. 그러나 오크는 너무 바빴고, 아직 팔리지 않은 볼드우드의 양 떼에 대한 근심으로 가득 차 있었기에, 밧세바는 오크나 다른 사람에게 말하지 않은 채 캐스터브리지 시장에서 여러 번 그랬던 것처럼 스스로 마차를 몰아 집으로 돌아가기로 했다. 그녀는 자신의 여정에 곤란한 일이 일어나지 않게 해 달라고 수호천사에게 빌었다. 그러나 그녀는 우연히(적어도 그녀의 관점에선 우연이었다) 음식을 파는 천막에서 농장주 볼드우드를 만났고, 그녀에게 호의를 베풀어 말을 탄 채 옆에서 동행하겠다는 그의 제안을 거절하는 것이 불가능하다는 것을 깨달았다. 그녀가 모르는 사이에 해가 지고 있었지만, 볼드우드는 30분이면 달이 뜰 것이기 때문에 불안해할 이유가 없다고 장담했다.

천막에서 사건이 일어난 직후 그녀는 돌아가기 위해 자리에서 일어났다. 매우 불안했기에 그녀의 옛 연인이 자신을 지켜주고 있다는 것은 매우 감사했지만, 가브리엘의 부재가 매우 아쉬웠다. 그는 그녀의 관리인이자 피고용인이었기 때문에 볼드우드보다 더 편하고 즐거웠을 것이다. 그러나 어쩔 수 없었다. 볼드우드에게는 이미 가혹하게 대한 적이 있었기 때문에, 그녀는 어떤 방법을 써서라도 볼드우드를 가혹하게 대하지 않을 것이다. 달이 떠올랐고 마차가 준비되자 그녀는 언덕 아래로 마차를 몰며 천천히 내려갔다. 달과 언덕은 넘치는 빛으로 인해 같은 위치에 있는 듯 보였기에 어둠은 거의 찾아볼 수 없었다. 그 외의 세상은 넓고 오목한 모양의 그늘로 존재했다. 볼드우드는 말에 올라탄 뒤 그녀의 뒤를 바싹 따라붙었다. 그렇게 그들은 저지대로 내려갔다. 언덕 위에 남겨진 사람들의 목소리는 하늘에서 들려오는 것 같았고, 빛은 천국에서 내려오는 듯했다. 그들은 곧 언덕 근처를 흥겹게 떠도는 사람들을 지나 킹스비어를 통과한 뒤, 주요 도로로 들어섰다.

밧세바는 예리한 본능으로 자신을 향한 볼드우드의 확고한 헌신이 여전히 조금도 줄어들지 않았다는 것을 인식했고, 마음 깊이 동정했다. 그 모습은 오늘 밤 그녀를 매우 우울하게 했고, 자신의 어리석음을 상기시켜 주었다. 그녀는 몇 달 전에도 바랐던 것처럼 자신의 잘못을 보상할 방법을 원했다. 따라서 그토록 집요한 사랑을 하여 상처 입고 영원한 어둠 속에 빠진 남자에 대한 그녀의 연민은 다정함처럼 보이는 부적절한 동정심이 드러나게 하였고, 그 다정함은 가엾은 볼드우드가 마음속에 품은 야곱의 7년 봉사라는 달콤한 꿈에 새로운 활력을 불어넣었다.

그는 곧 뒤에서 앞으로 이동해야 할 구실을 찾았고, 그녀 옆으로 말을 몰았다. 그들은 달빛 아래에서 정기 시장과 농사일, 둘을 돕는 오크의 유용성, 그리고 다른 잡다한 문제들에 관해 마차 바퀴 너머로 막연히 이야기하면서 3~5킬로미터를 이동했다. 그때 볼드우드가 갑자기 직접적으로 물었다.

"트로이 부인, 언젠가 다시 결혼하실 건가요?"

이 단도직입적인 질문은 당연히 그녀를 당황하게 했다. 1~2분이 지나서야 그녀가 대답했다. "전 그 일에 관해 진지하게 생각해 본 적이 없어요."

"그 점은 충분히 이해합니다. 하지만 부인의 남편이 죽은 지 1년이 다 되어 가는데⋯⋯."

"그의 죽음이 완벽히 증명된 적이 없다는 것을 잊으신 듯하군요. 그렇기 때문에 전 아직 과부가 아닐 수도 있어요." 그녀는 주제를 바꿀 지푸라기를 잡으며 말했다.

"완벽히 증명된 것은 아닐 수도 있지만, 정황상 증명된 것이라 생각합니다. 그가 익사하는 장면을 목격한 사람도 있고요. 합리적인 사람이라면 그의 죽음을 조금도 의심하지 않을 겁니다. 제 생각엔 부인도 그럴 것 같고요."

"지금은 그런 생각을 하지 않아요. 만약 가지고 있었다면 다르게 행동했겠죠." 그녀가 부드럽게 말했다. "처음엔 분명히 그가 죽지 않았다는 뭐라 말할 수 없는 이상한 기분이 들었지만, 그 후로는 여러 가지 방법으로 그 기분을 설명할 수 있었어요. 그를 다시 볼 수 없을 거라는 사실엔 완벽히 동의하지만, 다른 사람과의 재혼은 결코 생각하지 않았어요. 그런 생각을 한다는 것은 매우 경멸스러운 일이에요."

두 사람은 한동안 말이 없었다. 주요 도로를 지나 인적이 드문 도로에 들어서자 볼드우드의 안장과 밧세바의 마차가 삐걱거리는 소리만이 들려왔다. 볼드우드가 침묵을 깼다.

"부인이 기절하여 제가 부인을 안고 캐스터브리지에 있는 킹스 암즈에 데리고 갔던 것을 기억하십니까? 쥐구멍에도 볕들 날이 있다고들 하지요. 제겐 그때가 그날이었습니다."

"네. 다 기억하고 있어요." 그녀가 급히 대답했다. "전 당신이 저를 거절했더라도, 그날 일을 절대 후회하지 않을 겁니다."

"저 역시 매우 죄송하다고 생각해요." 그녀는 그렇게 말하며 스스로를 추슬렀다. "그러니까 제 말은, 아시겠지만 제가 죄송한 건 제가 선생님을……."

"전 언제나 당신과 함께했던 지난 시간들을 생각하면서 이렇게 음울한 기쁨을 누리고 있어요. 그가 당신에게 의미 있는 사람이기 전에, 내가 당신에게 의미 있는 사람이었고 당신이 거의 내 사람이었다는 사실을요. 물론 이런 건 아무 의미 없지요. 당신은 결코 날 좋아한 적이 없으니."

"좋아했어요. 존경도 했고요."

"지금도 그런가요?"

"네."

"어느 쪽이요?"

"어느 쪽이라뇨?"

"절 좋아하는 겁니까, 존경하는 겁니까?"

"모르겠어요. 적어도 말해 줄 수 없어요. 여성은 남성들이 자신의 감정을 표현하기 위해 주로 사용하는 단어들로는 자신의 감정을 규정하기 어려워요. 선생님을 대했던 제 태도는 경솔하고 변명의 여지가 없으며, 사악했어요! 저는 이 일을 영원히 후회할 거예요. 만약 보상할 수 있는 방법이 있었다면 전 어떤 일이든 기꺼이 했을 거예요. 이 실수를 바로잡는 일만큼 오래도록 바랐던 일은 아무것도 없었어요. 하지만 그건 불가능했죠."

"너무 자책하지 마세요. 부인이 스스로 생각하는 것만큼 그렇게 잘못하지는 않았으니까요. 밧세바, 당신이 사실 과부라는 것을 완벽하게 증명해 줄 증거가 있다고 가정해 봅시다. 그렇게 된다면 저와 결혼함으로써 예전 잘못을 바로잡을 의향이 있습니까?"

"말할 수 없어요. 적어도 지금은 그럴 수 없어요."

"하지만 장차 언젠간 그렇게 할 수 있잖아요?"

"네. 언젠간 그럴 수 있겠죠."

"그럼, 이 이상의 증거가 나오지 않는다 하더라도 약 6년 후에 다시 결혼할 수 있다는 것을 알고 계십니까? 어느 누구의 반대나 비난 없이?"

"네." 밧세바가 재빨리 대답했다. "다 알고 있어요. 하지만 그런 말은 하지 마세요. 6~7년 뒤에 우리가 어디서 무엇을 하고 있을지 모르잖아요?"

"그 시간들은 금방 지나갈 겁니다. 그리고 그때가 되어 지금을 되돌아본다면 놀라울 정도로 매우 짧은 시간일 겁니다. 지금 우리가 미래를 보는 것에 비하면 말이죠."

"네, 저도 경험해 봐서 알아요."

"그러니 한 번만 더 제 말을 들어 보세요." 볼드우드가 간청했다. "제가 그 시간까지 기다린다면, 저와 결혼해 주시겠습니까? 부인은 제게 보상해야 할 것이 있다고 인정하셨어요. 그 보상의 방식을 결혼이라고 생각하세요."

"하지만 볼드우드 씨, 6년 뒤에는……."

"다른 사람의 아내가 되고 싶으신 겁니까?"

"아뇨! 제 말은, 지금 이 문제를 이야기하고 싶지 않다는 뜻이에요. 적절한 시기도 아니고, 제가 그 일을 생각해서도 안 돼요. 이제 그만 해요. 제가 말한 대로 남편이 살아 있을지도 모르잖아요."

"물론, 부인이 원한다면 그렇게 할게요. 하지만 시기의 적절성은 이유와 아무런 관계가 없습니다. 전 중년 남성이고, 부인의 여생을 지켜 줄 마음이 있습니다. 적어도 부인은 열정도 남들에게 비난받을 만한 급함도 없겠지요. 어쩌면 제게는 있을지도 모르지만. 하지만 부인의 연민과 앞서 말한 보상하고 싶은 소망으로 먼 미래를 저와 약속하신다면, 그 약속이 좀 늦었다 하더라도 모든 일을 바로잡고 나를 행복하게 해줄 수 있는 약속이라면, 한 여자로서 부인에게는 아무런 잘못이 없다고 생각할 겁니다. 애초에 당신 옆에 있던 사람은 저잖아요? 부인은 내 사람이 될 뻔한 적이 있잖아요? 물론 부인도 이렇게 말할 수 있지만, 상황이 허락된다면 제게 다시 돌아오실 건가요? 자, 말해 보세요! 아, 밧세바, 약속해 주시오. 그저 작은 약속을. 만약 당신이 다시 결혼하게 된다면 그 사람은 내가 되리라는 것을!" 몹시 흥분한 말투에 밧세바는 이 순간 측은히 여기는 마음에도 불구하고 무서워졌다. 단순한 육체적 공포였는데, 강자에 대한 약자의 두려움이었다. 감정적인 혐오감이나 내면적인 반감은 없었다. 그녀는 얄베리에서 그가 보여 준 감정의 폭발을 아직도 생생하게 기억하고 있었기 때문에, 어느 정도 괴로운 목소리로 말하면서 되풀이되는 분노에 움츠러들었다.

"저는 선생님이 저를 아내로 원하시는 한 무슨 일이 있어도 다른 남자와는 결코 결혼하지 않을 거예요. 그리고 더 말하자면, 선생님은 절 놀라게 했어요."

"그냥 간단하게 해둡시다. 6년 후에 내 아내가 되어 주겠소? 예기치 못한 일들은 지금 이야기하지 맙시다. 그런 일들은 당연히 무시해 버려야지요. 이번엔 부인이 약속을 지킬 것을 알고 있습니다."

"그렇기에 약속하기 망설여지는군요."

"하지만 약속해 주시오! 과거를 기억하고 온정을 베푸시오."

그녀는 한숨을 내쉬었다. 그러고 나서 슬픔에 잠긴 채 말했다. "아아, 어떻게 해야 하지요? 전 선생님을 사랑하지 않고 여자가 남편을 사랑해야 하는 만큼 선생님을 사랑하지 못할까 봐 매우 두려워요. 선생님이 이 사실을 아신다면, 그리고 만약 남편이 돌아오지 않을 시 6년 뒤에 선생님과 결혼한다는 단순한 약속이 선생님에게 행복을 드릴 수 있다면, 제겐 큰 영광입니다. 그리고 만약 선생님이 과거만큼 자신을 중요하게 여기지 않고 사랑이 거의 남아 있지 않은 여자의 그런 우정 행위를 소중히 여기신다면, 저는…… 전……."

"약속해 주시오!"

"고려해 볼게요, 지금 당장 약속해 드릴 수 없지만."

"곧 하겠다는 게, 절대로 안 하겠다는 것을 의미하는 것인가요?"

"아뇨, 그렇지 않아요! 정말로 곧을 의미해요. 크리스마스까지로 해요."

"크리스마스!" 그는 아무 말도 하지 않다가 이렇게 덧붙였다. "그럼, 그때까지 이 일에 대해서는 더 이상 아무 말도 하지 않을게요."

밧세바는 기분이 매우 이상했다. 이러한 마음 상태는 영혼은 완전히 육체의 노예이며, 실체 없는 정신은 피와 살이라는 실체가 있는 존재에 의존한다는 것을 보여 주었다. 자신의 의지보다 더 강한 힘에 의해 매우 멀고도 막연한 일을 약속하게 되었을 뿐만 아니라 약속을 할 수밖에 없다고 강요당하는 느낌을 받았다고 해도 과언이 아니었다. 이 대화를 나누었던 밤과 크리스마스 사이의 날들이 눈에 띄게 줄어들기 시작하자 그녀의 불안과 당혹감이 커져 갔다.

어느 날 그녀는 우연히 자신의 문제에 대해 가브리엘과 묘하게 은밀한 대화를 나누게 되었다. 그것은 그녀에게 약간의 안도감을 주었지만 따분하고 유쾌하지 않은 안도감이었다. 두 사람은 회계 감사를 하고 있었는데, 일을 하던 도중에 무슨 이유인지 오크가 볼드우드에 관해 이야기하였다. "그분은 결코 마님을 잊지 않을 겁니다."

그러자 자신도 모르는 사이에 다시 걱정이 되기 시작했다. 그녀는 어떻게 또다시 곤란한 상황에 빠지게 되었는지, 볼드우드가 그녀에게 무엇을 요구하였는지, 그가 어떤 식으로 그녀의 동의를 기대하고 있었는지에 대해 오크에게 말했다. "내가 그의 요구에 동의하게 된 가장 슬픈 이유는," 그녀가 애석하게 말했다. "그리고 좋든 나쁘든 내가 그의 요구에 동의하게 된 진짜 이유는, 아직 누구한테도 말하진 않았지만, 내가 약속하지 않으면 그 사람이 미쳐 버릴 것 같았기 때문이에요."

"정말로 그렇게 생각하십니까?"

"그렇다고 생각해요." 그녀가 무모할 정도로 솔직하게 말했다. "내가 자만심과 전혀 다른 감정으로 말했다는 것은 하늘만 알 거예요. 그렇기에 비통하고 괴로워요. 그의 미래가 제 손에 달려 있다고 생각해요. 그분의 생애는 제가 그분을 어떻게 대하는지에 달렸어요. 아, 가브리엘 내가 지고 있는 책임만 생각하면 몸이 떨려요. 정말 끔찍한 일이에요!"

"음, 몇 년 전에도 말씀드렸듯이 좀 과한 것 같군요." 오크가 말했다. "마님을 바라지 않는 그분의 인생은 공허하다고 생각하시는 것이요. 상상할 순 없지만, 마님이 생각하시는 것만큼 그렇게 끔찍한 일이 일어나지 않았으면 좋겠습니다. 아시겠지만 그분의 타고난 심성은 언제나 어둡고 이상했어요. 그래도 상황이 제법 우울하고 기묘하니 조건부로 약속을 하시는 건 어떨까요? 저라면 그렇게 했을 겁니다."

"하지만 그게 옳은 일일까요? 전 과거 몇 가지 경솔한 행동으로 다른 사람들에게 주목받는 여자는 매우 하찮은 신용을 유지하기 위해서도 매우 신중히 행동해야 한다는 것을 배웠어요. 그래서 이번 일을 아주 신중하게 하고 싶어요! 그리고 트로이 씨가 돌아오지 않는다고 하더라도 6년이면 우리 모두 죽을 수도 있어요. 그가 돌아오는 것이 완전히 불가능한 것도 아니고요! 이러한 생각들은 이 계획을 불합리하게 만들어요. 정말 말도 안 되요, 가브리엘. 볼드우드 씨가 어떻게 그런 생각을 하게 되었는지 전 생각조차 할 수 없어요. 하지만 그게 잘못된 일일까요? 당신은 나보다 오래 살았으니 아시겠죠."

"마님보다 여덟 살 더 많습니다."

"그래요, 여덟 살. 어쨌든 잘못된 일일까요?"

"아마 남녀가 하는 흔한 약속은 아니겠지요. 하지만 잘못된 일처럼 보이진 않습니다." 오크가 천천히 말했다. "사실 어떤 조건에서든 마님이 그분과 결혼을 해야 하는지 의문이 생긴다면,

그 이유는 마님이 그분을 사랑하지 않기 때문이에요. 제가 생각하기엔 말이죠."

"그래요. 당신은 사랑이 부족하다고 생각할지도 모르죠." 그녀가 얼마 지나지 않아 말했다. "제게 사랑은 그분이 되었든 누가되었든 완전히 옛날 일이고, 유감스러운 일이며 진부한 것이고, 비참한 일이에요."

"글쎄요, 저로서는 사랑이 부족하다는 점이 그분과의 약속에서 위험성을 제거하는 유일한 방법인 것 같습니다. 무분별한 열기로 남편분이 사라지신 것을 이겨 내려는 것은 잘못된 일입니다. 하지만 한 남자에게 은혜를 베푸는 냉정한 약속은 어째서인지 다르게 보입니다. 마님, 진짜 죄는 마님이 진심으로 사랑하지도 않는 남자와 결혼하는 것에 있다고 생각합니다."

"난 내가 저지른 죄의 대가를 치러야 해요." 그녀가 단호히 말했다. "가브리엘, 당신도 알겠지만 순전히 유희를 위해 그분의 마음에 심한 상처를 주었다는…… 양심의 가책으로부터 벗어날 수 없어요. 내가 만약 그분에게 장난을 치지 않았다면 그분은 나와 결혼하고 싶어 하지 않았겠죠. 아, 내가 입힌 상처에 대한 보상을 돈으로 할 수 있다면, 그렇게 함으로써 내 영혼에 있는 죄를 지워 버릴 수만 있다면! 단 한 가지 방법으로만 갚을 수 있는 빚이 있어요. 그리고 그 빚을 갚을 방법이 정말로 내 능력에 달려 있다면, 제 미래는 조금도 고려하지 않고 그렇게 해야 한다고 생각해요. 한량이 자신의 유산을 도박으로 잃었을 때, 그 빚이 부당하게 생겼더라도 책임이 줄어들지는 않아요. 전 근래

한량처럼 행동하였고, 제 자신의 양심의 가책과 법률적으로 남편이 실종되었다는 사실을 고려했을 때 7년이 지날 때까지 어떤 남자와도 결혼할 수 없다면…… 내가 당신에게 물어보고 싶은 단 한 가지 요점은 이거예요. 이러한 생각을 하는 것이 일종의 속죄의 일부라고 해도, 이런 생각을 품어도 되는 걸까요? 나는 이런 상황 속에서 결혼하는 것이 싫고, 결혼함으로써 제가 속하게 될 여성들의 계층이 싫어요!"

"제가 보기엔 그 모든 것들은 다른 사람들과 마찬가지로 마님의 남편이 죽었다는 사실을 어디까지 믿고 계신지에 달린 것 같습니다."

"그래요, 난 그이의 죽음을 오랫동안 의심하지 않았어요. 그이가 살아 있었다면 무슨 수를 써서라도 지금 보다 훨씬 이전에 돌아왔을 거라는 것을 알고 있으니까요."

"그렇다면 종교적 관점으로 보았을 때 1년이 지나면 다른 과부들처럼 재혼을 생각하셔도 됩니다. 하지만 볼드우드 씨를 어떻게 대할지는 서들리 목사의 조언을 구하는 게 어떨까요?"

"안 돼요. 전 특별한 조언 외에 일반적인 생각에 대한 편견 없는 의견을 원할 땐, 결코 그 문제를 전문적으로 다루는 사람에게는 조언을 듣지 않아요. 그래서 나는 법에 대해서는 목사의 의견을, 병에 대해서는 변호사의 의견을, 사업에 대해서는 의사의 의견을 들어요. 일꾼들에 대해서는 도덕적인 의견, 즉 당신의 의견을 듣고요."

"그럼 사랑에 관해서는……."

"나 자신의 의견이요."

"이 대화에 문제가 있는 것 같군요." 오크가 진지한 미소를 지으며 말했다. 그녀는 바로 대꾸하지 않다가 "안녕히 가세요, 오크 씨."라고 말하고는 자리를 떠났다.

그녀는 솔직하게 이야기했고, 가브리엘에게 자신이 얻은 대답보다 더 만족스러운 대답을 묻지도 기대하지도 않았다. 그럼에도 불구하고 이 순간 그녀의 복잡한 마음의 중심부에는 약간의 실망감이 존재했는데, 그 이유는 스스로도 이해할 수 없었다. 오크는 자기 자신이 그녀와 결혼하기 위해 그녀가 자유로워지는 것을 바란 적이 단 한 번도 없었다. 결코 '그 사람처럼 저도 당신을 기다릴 수 있습니다'라고 말하지 않은 것이다. 이것은 마치 벌레에 쏘인 상처 같았다. 그러나 이러한 가설을 귀담아듣지도 않았을 것이다. 아아, 미래에 대한 이런 생각은 부적절하고, 가브리엘은 너무 가난하여 자신의 감정을 그녀에게 말할 수 없다고 항상 말하지 않았는가? 그래도 그는 자신의 옛사랑에 대해 넌지시 언급하거나 즉흥적인 장난이라도 그런 말을 해도 되냐고 물어볼 수 있지 않았을까? 그 정도에서 그쳤더라면 기쁘고 달콤했을 것이다. 그러면 그녀는 때때로 여성의 '아니오'가 얼마나 친절하고 자상한지를 보여 주었을 것이다. 그러나 그의 냉정한 충고, 즉 그녀가 바랐던 바로 그 충고 때문에 오후 내내 우리의 여주인공은 마음이 산란했다.

52
하나로 합쳐지는 길

1

크리스마스이브가 되었다. 웨더베리에서는 볼드우드가 이날 저녁에 열기로 한 파티가 큰 화제였다. 교구 내에서 크리스마스 파티가 드물지는 않았지만 주최자가 볼드우드였기에 이야깃거리가 되었다. 그 발표는 매우 이상하고 모순되게 들렸는데, 마치 성당 통로에서 크로케가 열린다는 내용이나 매우 존경받는 판사가 연극 무대에 등장한다는 소식을 듣는 것 같았다. 그러나 파티가 매우 유쾌할 거라는 사실에는 의심의 여지가 없었다. 그날 숲에서 가져온 커다란 겨우살이 가지가 미혼남의 현관에 걸렸고, 뒤를 이어 호랑가시나무와 담쟁이덩굴이 걸렸다. 그날 아침 6시부터 정오까지 부엌에서는 커다란 불이 소리를 내며 활활 타올랐고, 그 위에 올려진 주전자와 냄비, 삼발이 가마솥은 마치 사드락과 메삭, 아벳느고처럼 보였다. 또한 고기를 굽고 육즙을 끼얹는 작업이 적당하게 피워진 불 앞에서 계속되었다.

시간이 늦어지면서 계단이 있는 크고 긴 홀에 불이 켜지기 시작했고, 홀에 있는 모든 짐은 춤을 위해 치워졌다. 저녁에 태우기 위해 준비된 통나무는 갈라진 틈이 없었는데, 크기가 매우 커서 홀로 굴려올 수도 가져올 수도 없었다. 따라서 파티 시간이 가까워질 때쯤 두 사람이 쇠사슬과 지렛대를 이용하여 그것을 끌고 들어왔다. 이렇게 모두 준비되었음에도 불구하고 집 안에서는 영 흥이 나지 않았다. 이 집의 주인은 전에 이런 일을 벌인 적이 없었고, 이제는 급작스럽게 일이 진행되고 있었다. 의도된 유쾌한 분위기는 엄숙하고 장엄해 보였으며 파티를 위해 고용된 사람들은 모든 일을 냉담하게 진행했다. 그림자 하나가 이 방 저 방을 옮겨 다니면서 현재 진행 중인 일들은 이 집과 그 안에 살고 있는 독신남에게는 부자연스럽고, 별로 좋지 않다고 말하는 것 같았다.

2

그 시간 밧세바는 자신의 방에서 그날 밤 행사를 위해 옷을 입고 있었다. 그녀가 양초를 가져오라고 하자, 리디가 들어와 밧세바의 화장대 거울 양쪽에 양초를 하나씩 놓았다.

"가지 마, 리디." 밧세바가 소심하게 말했다. "이유는 모르겠지만 난 지금 어리석게도 불안해. 춤을 추러 가야 할 의무가 없었더라면 좋았을 텐데, 이제는 피할 길이 없어. 가을에 어떤 일 때문에 크리스마스에 그를 만나기로 약속한 이후로 볼드우드 씨와 이야기를 나누어 본 적이 없어. 게다가 이런 일이 있으리라

540

고는 전혀 생각지 못했어."

"하지만 전 이제 가봐야 해요." 밧세바와 동행하기로 한 리디가 말했다. 볼드우드가 무분별하게 모든 사람들을 초대했기 때문이었다.

"그래, 나도 옷을 갈아입을 거야." 밧세바가 말했다. "하지만 이 파티가 열리는 이유가 나 때문이라는 사실이 날 불행하게 해! 다른 사람에겐 말하지 마, 리디."

"마님 때문에 파티가 열린다고요?"

"그래. 그렇단다…… 내가 아니었더라면 이 파티는 결코 열리지 않았을 거야. 이 이상은 설명할 수 없어. 설명할 필요도 없고. 웨더베리에 오지 않았으면 좋았을 텐데."

"지금보다 더 나쁜 상황을 바라시는 건 좋지 않아요."

"아냐, 리디. 내가 이곳에 살기 시작한 뒤로 문제가 없었던 적은 단 한 번도 없어. 그리고 이 파티는 또 다른 문제를 가져오겠지. 자, 이제 내 검은 실크 드레스를 가져와. 그 옷이 내게 어울리는지 봐줘."

"설마 그 옷을 입으실 건가요, 부인? 14개월이나 과부로 지내셨잖아요. 이런 날은 좀 밝은 옷을 입어야 해요."

"밝은 옷이 필수였니? 아니잖아. 난 평상시 모습대로 파티장에 갈 거야. 내가 조금 밝은 옷을 입으면 사람들이 나에 대해 이야기할 거야. 게다가 계속 엄숙한 표정을 짓고 있어도 파티를 즐기는 것처럼 보일 거야. 이 파티는 내게 조금도 어울리지 않아. 어쨌든 신경 쓰지 말고 남아서 옷 입는 것 좀 도와줘."

3

    같은 시간, 볼드우드도 옷을 갈아입고 있었다. 캐스터브리지에서 온 재단사가 막 집으로 가져온 새 외투 입는 일을 도와주었다. 볼드우드는 옷을 입는 데 있어 까다롭거나 변덕스럽지 않았기에 일반적으로 그를 만족시키는 일이 어려웠던 적은 없었다. 재단사는 그의 주위를 계속 돌며 허리 부분의 옷매무새를 다듬었고, 소매를 잡아당기면서 옷깃을 눌러 폈다. 볼드우드는 태어나서 처음으로 이런 일들이 지루하지 않았다. 한때 볼드우드는 이러한 세세한 것들을 유치하게 느껴 고함을 질렀지만, 이제는 남미에서 일어나는 지진만큼 옷의 주름을 중요하게 여기는 재단사가 무슨 짓을 하든 냉철하거나 성급하게 힐책하지 않았다. 볼드우드는 마침내 어느 정도 만족하였고, 값을 지불하였다. 재단사가 문밖으로 나가자마자 오크가 오늘 일이 어떻게 진행되었는지 보고하러 들어왔다.

    "아, 오크." 볼드우드가 말했다. "오늘 밤 당연히 이곳에서 보게 될 줄 알았지. 즐거운 시간 보내게. 비용도 아끼지 않고 번거로운 일도 마다하지 않기로 결심했으니까."

    "일찍은 아니겠지만 파티에 참석하도록 노력해 보겠습니다." 가브리엘이 조용히 말했다. "나리가 예전과 달라지신 걸 보니 정말 기쁩니다."

    "그래. 그렇다고 인정해야겠지. 오늘 밤은 기분이 좋아. 매우 유쾌해. 아니 그 이상이야. 너무나 즐거워서 이 시간이 지나가 버리고 있다는 사실에 다시 슬퍼지려고 해. 때때로, 내가 지나치게 희망차고 행복할 때 멀리서 문제가 어렴풋이 보이거든. 그래서 나는 종종 내 안의 우울함을 만족스럽게 바라보면서 행복한 기분을 두려워해. 하지만 이런 생각은 터무니없을지도 몰라. 나는 그렇다고 생각해. 어쩌면 드디어 내게도 좋은 날이 시작될지 모르겠군.”

“그날이 오래 지속되고 나쁘지 않은 날이길 바랍니다.”

“고맙네. 어쩌면 나의 명랑함은 가느다란 희망에 달려 있는지도 몰라. 하지만 난 내 희망을 믿네. 이건 희망이 아니야, 믿음이야. 이번엔 내가 주인공이라고 생각하네. 오크, 손이 좀 떨리는 것 같아, 아니면 다른 무언가든지. 이 네커치프를 제대로 묶지 못하겠어. 날 위해 이것 좀 묶어 주게. 사실은 요즘 몸이 좋지 않아.”

“유감입니다, 나리.”

“아, 별거 아니야. 자네가 가능한 한 가장 예쁘게 묶어 주게. 요즘 유행하는 방식이라도 있나?”

“잘 모르겠습니다, 나리.” 오크가 말했다. 그의 목소리는 슬픔에 잠겨 있었다.

볼드우드가 가브리엘에게 다가섰다. 오크가 네커치프를 묶는 동안 그는 열띤 목소리로 말했다.

“가브리엘, 여자는 자신이 한 약속을 지키는가?”

“그 약속이 본인에게 불편하지 않으면 그렇겠지요.”

“암시가 담긴 약속이라도?”

“마님이 암시하는 것에 대해선 말하지 않을 겁니다.” 오크가 약간 쓸쓸하게 말했다. "말이란 체만큼 구멍이 많은 법이니까요."

"오크, 그런 식으로 말하지 말게. 요즘 들어 꽤 냉소적이군. 왜 그러지? 우리 위치가 바뀐 것 같구먼. 내가 젊고 희망적인 사람이 되고 자네가 늙고 회의적인 사람이 된 것 같아. 어쨌든 여자는 결혼하겠다는 약속이 아니라 언젠가 결혼하겠다는 약속을 지킬까? 자네가 나보다 여자들에 대해 잘 아니 말해 주게."

"제 지식을 너무 신뢰하시는군요. 하지만 잘못된 것을 바로잡기 위해 진심으로 한 약속이라면 지키겠지요."

"오래된 약속은 아니야, 하지만 내 생각엔 곧…… 그래, 곧 그렇게 될 거야." 그가 충동적으로 속삭였다. "나는 이 주제로 그녀를 압박했어. 그랬더니 그녀는 날 친절하게 대해 주려 했고, 날 먼 미래의 남편으로 생각하기 시작했어. 이 정도면 내겐 충분해. 어떻게 이 이상 기대하겠어? 그 사람은 남편이 사라진 뒤로 7년이 지나기 전까지 재혼해서는 안 된다고 생각해. 아직 남편의 시신이 발견되지 않았기 때문이지. 물론 그녀 스스로 그렇게 생각하고 있는 거지만. 그녀에게 이런 영향을 끼친 건 단지 법적인 이유일 수도 있고, 종교적인 이유일 수도 있지만, 이것에 관해 이야기하기를 꺼리고 있어. 그럼에도 불구하고 그녀는 은연중에 약속했어. 오늘 밤 약혼을 인정하기로 말일세."

"7년이라니." 오크가 중얼거렸다.

"아니, 아니, 그런 게 아닐세!" 그가 성급하게 말했다. "5년 9개월 하고 며칠이지. 남편이 사라진 지 거의 15개월이 지났으니.

5년이 조금 넘는 약혼 기간보다 멋진 일이 있을까?"

"미래를 생각하면 긴 듯합니다. 그런 약속에 너무 의존하지 마십시오, 나리. 한 번 속았던 걸 기억하세요. 의도가 좋을지 모르나, 그녀는 아직 어립니다."

"속았다고? 결코 그런 적 없어!" 볼드우드가 격렬하게 말했다. "그녀는 애초에 내게 약속한 적이 없었어. 따라서 약속을 어긴 것이 아니야! 만약 그녀가 약속했더라면, 나와 결혼했을 걸세. 밧세바는 약속을 지키는 여자야."

4

트로이는 캐스터브리지의 화이트하트 선술집의 한구석에 앉아 담배를 피우며 잔에서 김이 모락모락 나는 혼합주를 마시고 있었다. 문 두드리는 소리가 들리더니 페니웨이즈가 들어왔다.

"그래, 그 남자를 만났소?" 트로이가 물었다.

"볼드우드 말이오?"

"아니, 롱 변호사."

"그 사람은 집에 없더군. 거기를 먼저 찾아갔었는데."

"성가신 사람이군."

"그런 편이지."

"한 남자가 익사한 것처럼 보이지만 실제론 그렇지 않다고 해서 어떤 책임을 져야 한다는 것이 이해되지 않소. 나라면 그 어떤 변호사에게도 이런 질문은 하지 않을 것이오."

"하지만 실제론 그렇지 않네. 만약 한 남자가 이름과 다른 것들을 바꾸고 세상과 아내를 속이려고 한다면 그건 사기꾼이지. 법의 눈에는 말할 필요도 없이 범죄자이자 악당이고. 그리고 이 또한 처벌받을 수 있는 상황이네."

"하하! 말 잘했군, 페니웨이즈." 트로이는 웃으면서도 약간 걱정스러운 듯 말했다. "내가 알고 싶은 건 이거요. 볼드우드와 그녀 사이에 정말로 무언가 있다고 생각하오? 솔직히 믿기 힘든 이야기였는데. 그녀가 날 얼마나 싫어하는지, 그녀가 그를 부추겼는지 알아냈소?"

"그건 알아내지 못했네. 볼드우드는 감정이 꽤 담겨 있는 것 같은데 그 여자는 어떤지 모르겠어. 어제까지만 해도 그 일에 대해서는 한마디도 듣지 못했고, 내가 그때 들은 것은 오늘 밤 볼드우드의 집에서 열리는 파티에 그녀가 간다는 것뿐이야. 사람들 말에 의하면 그녀가 그 집에 처음 가는 거라고 하더군. 그리고 그린힐 정기 시장에서 만난 뒤로 그에게 말을 걸지 않았고. 그렇지만 사람들이 얼마나 알겠나? 단지 그녀가 그를 좋아하지 않는다는 것과 꽤 쌀쌀맞고 경솔하게 대한다는 것을 알 뿐이지."

"그건 확신하지 못하겠군……. 그녀는 예쁘잖아. 그렇지 않소, 페니웨이즈? 살면서 그 사람처럼 예쁘거나 더 멋진 사람을 본 적이 없다는 것을 인정하시오. 내 명예를 걸고 말하지만, 그 날 그 여자를 다시 봤을 때 내가 어째서 이렇게 오랜 시간 동안 그녀를 혼자 내버려 두었는지 의문이 들었소. 그러다 그 성가신 곡마단에 방해를 받았지. 마침내 그곳에서 풀려났다는 것에 대해 하늘에 감사하오." 그는 한동안 담배를 피우다 말했다. "어제 당신이 그녀 옆을 지나갈 때 어때 보였소?"

"당신이 예상한 대로 내겐 전혀 관심을 쓰지 않았네. 내가 보기엔 꽤 건강해 보였지. 그녀는 거만한 눈길로 내 초라한 몸을 흘끗 보더니, 내가 마치 잎이 없는 나무 한 그루에 지나지 않는다는 듯이 내 뒤쪽으로 시선을 돌리더군. 그녀는 암말에서 내리더니 올해 마지막으로 만들어질 사과주를 위해 즙을 짜는 광경을 쳐다보았지. 그녀는 말을 타고 그곳에 도착해서 그런지 얼굴은 상기되었고 호흡이 거칠었으며 가슴도 부풀어 올랐다가 꺼지기를 반복하더군. 내 눈에 그 모습이 분명하게 보였네. 그리고 주위에 몰려 있던 사람들이 부산을 떨면서 '조심하세요, 마님. 옷이 더러워질지도 몰라요'라고 그녀에게 말하니, '내 걱정은 하지 마세요'라고 하더군. 그러자 가브리엘이 갓 짜낸 사과즙을 조금 가져왔는데 그냥 마시지 않고 굳이 빨대를 쓰더라고. '리디'라고 말하더니 '몇 갤런만 집으로 가지고 와. 사과주를 만들 테니까'라고도 했지. 하사 양반, 난 그 여자한테 연료 창고에 있는 석탄 부스러기만도 못한 신세라고!"

"당장 그녀를 찾으러 가야겠군. 아 그래, 이제 가봐야 하오. 오크가 여전히 현장 감독이오?"

"내가 알기론 그렇소. 로어 농장도 마찬가지고. 그가 모두 관리하지."

"아무리 그라도 그녀를 관리하긴 힘들겠군, 뭐 어떤 남자라도 힘들겠지만!"

"그건 아닌 것 같소. 그 여자는 지금 오크 없이는 아무것도 할 수 없고, 그걸 아는 그는 꽤 자립적으로 행동하고 있소. 게다가 그 여자의 마음 한구석에는 부드러운 부분이 있어. 난 그 악마 같은 여자의 부드러운 마음에 들어 본 적이 없지만!"

"아아, 베일리. 그녀는 당신보다 위에 있는 사람이고 그걸 인정해야지. 매우 높은 계층의 여자이자 섬세한 사람이라고. 하지만 날 믿으시오 그럼 그 거만하고 당돌하며 헤라 같은 내 아내(당신도 알다시피 헤라는 여신이오)나 그 어떤 사람이라도 당신을 건드리지 못할 테니. 하지만 이 모든 것을 확인해 봐야겠군. 이러니저러니 해도 상황이 내게 유리하게 흘러가는군."

5

"나 어때, 리디?" 밧세바가 거울 앞을 떠나기 전 마지막으로 자신의 옷을 가다듬으면서 말했다.

"이렇게 멋진 모습은 처음 봤어요. 일 년 반 전에 마님이 몹시 흥분한 상태로 들어오셔서 마님과 트로이 씨에 대해 이야기하고 있는 저희를 나무랐던 그 밤 이후로 처음이네요."

"모두들 내가 볼드우드 씨를 유혹하기 위해 이렇게 옷을 입었다고 생각하겠지." 그녀가 중얼거렸다. "적어도 그렇게 말할 거야. 내 머리를 좀 평범하게 내려 빗을 순 없을까? 거기 가는 게 두려워. 하지만 그곳에 가지 않아 그를 상처 주는 것도 두려워."

"어쨌든 마님, 부대 자루 같은 걸 걸치지 않는 이상 이보다 더 검소하게는 차려입으실 수는 없을 거예요. 마님이 지금 흥분하셔서 더 눈에 띄어 보이는 거예요."

"내게 무슨 문제가 있는 건지 모르겠는데, 어떨 땐 비참하게 느껴지고, 어떨 땐 낙관적으로 변해. 지난 1년 동안 그랬던 것처럼 그냥 혼자 있으면 좋을 텐데. 희망도 두려움도 기쁨도 슬픔도 없이 말이야."

"볼드우드 씨가 마님에게 같이 도망치자고 했다고 가정해 봐요. 단지 가정만. 부인은 어떻게 하실 건가요?"

밧세바가 진지하게 말했다. "리디, 그런 일은 일어나지 않을 거야. 그 문제에 관한 농담은 아무것도 듣지 않겠어. 알겠어?"

"죄송합니다, 마님. 하지만 우리 여자들은 정말 기묘한 존재들이니 그냥 말해 봤어요. 다시는 그런 말을 하지 않을게요."

"나는 앞으로 많은 해 동안 결혼하지 않을 거야. 한다고 해도 너나 다른 사람들이 생각하는 것과는 아주아주 다른 이유 때문일 거야! 내 망토나 가져오렴. 이제 갈 시간이 되었으니."

6

"오크." 볼드우드가 말했다. "가기 전에 최근 내가 무슨 생각을 했는지 들어 보게. 우리 농장 수입 중 자네와 나누고 있는 수입에 관한 이야기네. 내가 농장 일에 거의 관여를 안 하고 자네가 농장에 얼마나 많은 시간과 생각을 쏟아붓고 있는가를 고려해 볼 때 자네의 몫이 너무 적어. 세상이 나의 뜻대로 흘러가고 있으니 동업자로서 자네가 받는 몫을 늘려 주는 것으로 나의 마음을 표현하고 싶었지. 지금은 이런 얘기를 할 시간이 별로 없으니, 나중에 계약서를 써주겠네. 그게 나한테 편할 것 같으니. 그러고 나서 나중에 한가할 때 계약서에 관해 논의해 보자고. 난 농장을 관리하는 것에서 완전히 은퇴하고 싶고, 자네가 모든 일을 어깨에 짊어질 수 있을 때까지는 그냥 출자만 하고 경영에는 관여하지 않는 동업자가 되겠네. 그리고 만약 내가 그녀와 결혼하게 된다면, 그렇게 되길 바라지만, 내가 하고 싶은 건……."

"그런 말씀 마십시오, 나리." 오크가 급히 말했다. "세상일은 알 수 없으니까요. 매우 많은 역경이 닥칠 수도 있습니다. 사람들이 말하는 것처럼 작은 실수들이 일어날 수도 있고요. 이번만은 용서해 주시리라 믿고 조언 하나 하겠습니다. 너무 장담하지 마세요."

"알고 있네, 나도 잘 알아. 하지만 자네 몫을 늘리는 이유는 내가 자네에 관한 일을 알고 있기 때문이야. 자네의 비밀을 조금 알게 되었네. 그녀를 향한 자네의 관심이 고용주에 대한 관리인의 마음 이상이라는 걸 말이야. 하지만 자네는 남자답게 행동하였고, 난 일종의 승리한 경쟁자로서, 물론 자네의 선량함 때문에 승리했지만, 자네가 얼마나 고통스러울지 알기 때문에 내 우정의 증표를 확실히 보여 주고 싶을 뿐이네."

"그러실 필요 없습니다. 감사합니다." 오크가 다급하게 말했다. "그런 일에 익숙해져야겠지요. 다른 남자들도 그랬으니, 저도 그럴 겁니다."

오크는 말을 마친 후 자리를 떠났다. 그는 볼드우드 때문에 마음이 불안했다. 볼드우드의 지속적인 열정이 그를 예전과는 다른 사람으로 만들었음을 다시 한번 목격했기 때문이다.

사람들을 맞이하기 위한 옷과 모든 준비가 끝나고, 볼드우드는 한동안 자신의 방에 혼자 앉아 있었다. 자신의 겉모습에 대한 불안감이 사라지고 깊은 진지함이 생겨나는 것 같은 기분이 들었다. 그는 창문 바깥으로 하늘 아래 나무들의 희미한 윤곽과 황혼이 더 어둡게 짙어지는 광경을 바라보았다.

그 후 그는 잠긴 옷장으로 가서 마찬가지로 잠겨 있던 서랍을 열어 알약 상자만 한 작고 둥근 상자를 꺼내 주머니에 넣으려고 했다. 그러다 잠시 멈춰 뚜껑을 열고 안쪽을 들여다보았다. 안에는 작은 다이아몬드가 전체적으로 박혀 있는 여성용 반지가 들어 있었는데, 외관으로 보아 최근에 구매한 것이 분명했다. 그의 마음은 보석의 미래라고 추정되는 실마리를 따라가고 있을 뿐, 반지 자체에는 별로 관심이 없다는 사실이 그의 태도와 표정에 드러났다. 볼드우드의 시선은 그 반짝거리는 모습에 오랫동안 머물렀다.

집 앞에서 마차 바퀴 소리가 들려왔다. 볼드우드는 상자 뚜껑을 닫고 조심스럽게 주머니에 집어넣은 뒤 사람들을 맞이하기 위해 밖으로 나갔다. 집안일을 돌보는 늙은 사내도 동시에 계단 밑에 나타났다.

"사람들이 오고 있습니다, 나리. 매우 많은 사람들이요. 걷거나 마차를 타고 오고 있습니다!"

"내려가 보려던 참이었네. 방금 들린 마차 소리…… 트로이 부인의 것인가?"

"아뇨, 나리. 부인은 아직 오지 않았습니다."

소극적이고 침울한 표정이 다시 볼드우드의 얼굴에 스쳤지만, 이 표정은 밧세바의 이름을 말할 때 드러나는 감정을 감춰 주지는 못했다. 계단을 내려가면서 손가락으로 허벅지를 두드리는 동작을 통해 그의 불안함이 드러났다.

7

"내 변장이 어떻소?" 트로이가 페니웨이즈에게 물었다. "이제 틀림없이 아무도 날 알아보지 못하겠지."

그는 아주 오래돼 보이는 진한 회색 오버코트의 단추를 채웠다. 그 위로는 망토를 걸치고 깃을 높게 세웠다. 깃은 마치 무언가를 고정해 주는 띠처럼 꼿꼿하고 뻣뻣했으며, 귀까지 끌어 내려 쓴 여행용 모자의 가장자리에 닿을 정도였다.

페니웨이즈는 양초를 끄고는 고개를 들어 신중하게 트로이를 살펴보았다. "결국 가기로 마음먹은 거요?" 그가 말했다.

"마음먹었냐고? 당연히 그렇소."

"그냥 편지를 쓰는 것이 어떻소? 지금 매우 이상한 궁지에 빠져들려 하고 있소, 하사 양반. 만약 원래 생활로 돌아간다면 지금까지 있었던 모든 일들이 밝혀질 것이고, 좋은 소리는 전혀 듣지 못할 거요. 만약 내가 당신이라면 그냥 지금 이 상태로 살아가겠소. 프랜시스라는 이름의 독신남으로. 아내도 좋지. 하지만 훌륭한 아내가 있는 것보다 더 좋은 건 아내가 아예 없는 것이오. 이게 내가 하고 싶은 말이오. 난 여기저기서 머리가 꽤 잘 돌아가는 사람이라고 불리고 있소."

"말도 안 되는 소리!" 트로이가 화를 내며 말했다. "저기 많은 돈과 집, 농장, 말, 편안함을 가진 여자가 있는데, 난 여기서 겨우 입에 풀칠이나 하며 살고 있소. 가난한 모험가란 말이오. 게다가 지금 말해 봐야 소용없소. 너무 늦었고. 차라리 그편이 더 좋소. 나는 오늘 아주 늦은 오후가 돼서야 사람들의 눈에 띄고 알려졌소. 당신이 법에 관련된 이야기와 별거에 관한 쓰레기 같은 이야기만 하지 않았으면, 난 양 시장이 열린 다음 날 그녀에게 돌아갔을 거요. 이제 더 이상 미루지 않을 거요. 도대체 무슨 생각으로 도망쳤는지, 도무지 모르겠군! 분명 허풍 같은 감정 때문이었겠지. 하지만 도대체 세상의 어떤 남자가 자기 아내가 남편의 이름을 지워버리기 위해 서두르고 있다는 사실을 알 수 있겠냐는 말이야!"

"나도 미리 알았어야 했는데. 어떤 일이든 할 정도로 나쁜 여자군."

"페니 웨이즈, 지금 누구랑 이야기하고 있는지 생각 좀 하지 그래."

"어쨌든, 하사 양반, 내가 하려던 말은 이거요. 내가 만약 당신이라면 원래 살던 외국으로 다시 돌아갈 거요. 지금이라도 늦지 않았소. 나라면 그녀와 함께 살기 위해 소란을 일으키고 나쁜 평판을 얻지는 않을 것이오. 당신은 다른 생각을 하고 있겠지만, 당신도 알다시피 그동안 연기를 하며 살아왔다는 것이 밝혀질 것이오. 만약 지금 간다면 큰 소동이 벌어질 거라고. 그것도 볼드우드가 크리스마스 파티를 하고 있는 와중에 돌아가다니!"

"흠, 그렇군. 만약 그 여자가 거기 있다면 난 환영받는 손님은 못 되겠군." 하사가 살짝 웃으며 말했다. "마치 '용감한 알론조' 같겠군. 내가 들어가면 손님들은 침묵과 두려움 속에 앉아만 있겠지. 웃음과 기쁨은 모두 사라지고 불빛조차 파랗게 변할 거야. 벌레들은…… 윽, 끔찍해! 페니웨이즈, 브랜디 좀 가져다 달라고 하시오. 방금 끔찍한 전율을 느꼈소! 음, 그리고 뭐가 필요하지? 지팡이, 반드시 지팡이를 가지고 가야 해." 페니웨이즈는 이제서야 자신이 뭔가 곤란한 상황에 처했다는 것을 느꼈는데, 만약 밧세바와 트로이가 재결합할 경우 트로이의 후원을 받으려면 밧세바의 호감을 살 필요가 있었기 때문이다. "난 가끔 그녀가 여전히 당신을 좋아하고 있다고 생각하오. 근본은 좋은 사람이오." 그가 나중을 위해 좋은 말을 하였다. "하지만 겉모습만 보고는 확실히 알 수 없지. 하사 양반이 원할 때 가시오, 난 시키는 대로 하겠소."

"어디, 몇 시가 됐는지 확인 좀 합시다." 트로이가 선 채로 단숨에 술잔을 비우며 말했다. "6시 30분이군. 서두르지 않아도 되겠어. 9시 전에만 도착하면 되니깐."

53

사람들이 모이다 - 만나다

어두운 밤, 볼드우드의 집 앞에 한 무리의 남자들이 문을 향해 서 있었다. 그 문은 손님이나 하인들이 드나들어 가끔 열렸다 닫혔는데, 그럴 때마다 한줄기 황금색 불빛이 땅바닥 위에 줄무늬를 새기다가 이내 사라졌다. 문이 닫히고 나면, 외부는 상록수들 가운데 반딧불이같이 희미하게 빛나는 가로등 불 외에는 아무것도 남지 않았다.

"한 아이가 오늘 오후 캐스터브리지에서 그 사람을 봤대." 그들 중 한 사람이 속삭이듯 말했다. "난 그 이야기를 믿어. 너희들도 알다시피 그 사람의 시체가 발견되지 않았잖아."

"정말 이상한 이야기야." 옆 사람이 말했다. "그 여자가 이 일에 대해 아무것도 모르도록 하는 게 좋아."

"한마디도 말아야지."

"어쩌면 그가 일부러 그녀에게 알리지 않으려는 게 아닐까."

다른 남자가 말했다.

"만약 그가 살아서 이 근방에 있다면, 정말 악질이군." 처음 이 야기를 시작했던 사람이 말했다.

"어린 여자가 안됐어. 그게 사실이라면 난 그녀를 연민할 거야. 그 남자가 여자 인생을 망칠 거야."

"아니, 그 사람은 조용히 제자리로 돌아올 거야." 한 사람이 이 사건을 좀 더 희망적으로 생각하려고 마음먹은 듯 말했다.

"그런 남자랑 엮이다니, 정말 바보 같은 여자군! 고집 세고 자립심이 강해서 그래. 그녀를 연민하기보다는 자업자득이라고 하는 게 옳아."

"아니, 난 그 의견에 동의할 수 없어. 그녀는 그저 어릴 뿐이야. 그녀가 남자가 어떤 생물인지 어찌 알겠어? 만약 이것이 사실이라면 너무 가혹한 벌이고, 그녀가 마땅히 받아야 할 벌 이상이야……. 이봐, 거기 누구야?" 말을 하던 사람이 가까이 다가오는 발소리를 듣고는 말했다.

"윌리엄 스몰베리." 그늘에서 어렴풋한 형체가 다가와 합류했다. "오늘 밤은 무슨 울타리 속처럼 어둡구먼, 그렇지 않나? 저 아래 강바닥 위에 걸쳐 놓은 널빤지를 거의 지나칠 뻔했어. 살면서 단 한 번도 그런 적이 없는데 말이야. 볼드우드 씨의 일꾼들인가?" 그는 그들의 얼굴을 뚫어지게 쳐다보았다.

"맞아, 우리 모두. 몇 분 전에 여기서 만났어."

"아, 이제야 알겠군. 이 목소리는 샘, 샘웨이잖아. 아는 목소리라고 생각했는데. 안으로 들어갈까?"

"좋지. 그런데 말이야, 윌리엄." 샘웨이가 속삭였다.

"그 이상한 이야기 들었나?"

"뭐, 트로이 하사가 목격되었다는 거? 그걸 말하는 거야?" 스몰베리가 목소리를 낮추며 말했다.

"그래, 캐스터브리지에서."

"그래, 들었어. 레이밴 톨이 귀띔해 주더군. 하지만 지금은 믿지 않아. 봐, 저기 레이밴 톨이 오는 것 같군." 발걸음이 가까워졌다.

"레이밴?"

"예, 접니다." 톨이 말했다.

"그 이야기에 관해 좀 더 들은 거 있어?"

"아뇨." 톨이 사람들 사이로 들어오면서 말했다. "제 생각에는 조용히 하고 있는 게 좋을 것 같아요. 만약 그 얘기가 사실이 아니라면 마님을 당황하게 할 뿐이고, 이 말이 도는 것은 마님에게 좋지 못해요. 그리고 만약 맞다고 해도 마님이 문제를 예방하는 데에 도움이 되지 않을 거예요. 신이시여 제발 그 이야기가 거짓이길. 헤네리 프레이와 몇몇 사람들은 마님을 욕하지만, 저한테는 매우 잘해 주셨거든요. 마님이 흥분을 잘하고 성질이 급하긴 하지만, 아무리 진실이 자신에게 해가 된다고 하더라도 결코 거짓말은 하지 않을 용감한 분이에요. 게다가 제겐 마님에게 나쁜 일이 일어나길 바랄 이유도 없고요"

"그녀는 여자들이 하는 작은 거짓말 같은 건 결코 하지 않지. 그건 사실이야. 말을 많이 하지 않아도 알 수 있지. 뭔가 해로운 말을 생각하면 네 면전에 대고 말하지, 뒤로 숨기는 법이 없어."

대화가 끝나자 그들은 침묵한 채로 서 있었다. 그들은 자신들만의 생각을 정리하느라고 바빴다. 그 사이 안에서 유쾌한 소리가 떠들썩하게 들려왔다. 그때 다시 현관문이 열렸고, 문 사이로 쏟아져 나오는 직사각형의 빛 속에 볼드우드의 익숙한 모습이 보였다. 그는 문을 닫더니 천천히 길을 걸어갔다.

"주인 나리군." 볼드우드가 그들에게 가까워지자 사람들 중 하나가 속삭였다. "조용히 서 있는 게 좋겠어. 곧 다시 돌아가시겠지. 우리가 여기서 어슬렁거리는 것을 아시면 부적절하다고 생각하실 거야." 볼드우드는 그들을 보지 못하고 지나갔다. 그들은 풀밭의 덤불 밑에 있었다. 그는 걸음을 멈추더니 울타리 입구에 몸을 기댄 채 길게 숨을 내쉬었다. 사람들은 그의 입에서 흘러나오는 나지막한 말을 들었다.

"하느님, 그녀가 제게 오도록 해주세요. 그렇지 않으면 오늘 밤은 제게 고통일 뿐입니다! 아, 내 사랑, 내 사랑. 왜 이렇게 나를 긴장하게 만드는 거요?"

그는 혼잣말을 했다. 그러나 사람들에겐 그 말이 똑똑히 들렸다. 그 후 볼드우드가 침묵을 유지하자 실내에서 나오는 소음이 다시 들리기 시작했다. 몇 분이 지나자 마차가 언덕을 내려오는 소리가 들렸다. 그 소리는 점점 가까워지더니 입구 앞에서 잦아들었다. 볼드우드는 황급히 돌아가 문을 열었고, 길을 따라 올라오는 밧세바에게 불빛이 비쳤다.

볼드우드는 자신의 감정을 억누르고 그저 인사만 건넸다. 사람들은 그녀의 가벼운 웃음소리와 사과의 말을 들을 수 있었다. 볼드우드가 밧세바를 집 안으로 데리고 들어갔고 문은 다시 닫혔다.

"맙소사, 저분이 저럴 줄 몰랐어!" 한 남자가 말했다.

"저런 공상은 이미 오래전에 포기하신 줄 알았는데."

"그렇게 생각했다면 주인님에 대해 잘 모르나 보군." 샘웨이가 말했다.

"방금 하신 혼잣말을 우리가 들었다는 것을 모르게 해야 돼." 세 번째 사람이 말했다.

"이 사실을 즉시 말씀드려야 할 것 같은데." 처음 입을 열었던 사람이 불안해하며 말을 이어 나갔다. "우리가 생각하는 것보다 더 심각한 일이 벌어질지도 몰라. 불쌍한 볼드우드 나리. 많이 힘들 텐데. 트로이가 저 안으로 들어간다면……. 아이고, 하느님 이런 생각을 하는 절 용서하소서! 악당 놈이 불쌍한 아내에게 이딴 짓을 하는군. 그가 여기로 온 이후 웨더베리가 나아진 건 아무것도 없는데. 난 이제 들어갈 마음이 사라졌어. 다 같이 잠깐 워런네나 가 있을까?"

샘웨이와 톨, 스몰베리는 워런의 맥아 제조소에 가기 위해 정문 밖으로 나갔고, 나머지 사람들은 집 안으로 들어갔다. 세 사람은 길을 놔두고 과수원을 통해 맥아 제조소로 갔다. 유리창은 평소와 다름없이 환하게 빛나고 있었다. 스몰베리는 나머지 두 명보다 조금 앞서 걷고 있었는데, 걸음을 멈추더니 갑자기 뒤를 돌아서며 말했다. "쉿! 저것 봐."

창문에서 나오는 빛은 평소처럼 담쟁이덩굴로 뒤덮인 벽이 아니라 유리창 가까이 있는 뭔가 다른 물체를 비추었다. 그것은 사람의 얼굴이었다.

"더 가까이 가보지." 샘웨이가 속삭이자 그들은 살금살금 다가갔다. 이제는 그 소문을 더 이상 믿지 않을 수 없었다. 트로이가 유리창 가까이에서 안을 들여다보고 있었던 것이다. 그러면서 맥아 제조소 안에서 오크와 오랜 주인이 나누는 대화에 집중하는 듯 보였다.

"사람들이 전부 그녀에 대해 떠들고 다니는군, 그렇지 않나?" 오랜 주인이 말했다. "겉으론 크리스마스를 축하하기 위해 파티를 개최한 척하고 있지만."

"그건 말할 수 없군요." 오크가 대답했다.

"내 말이 맞다니까. 볼드우드가 그녀를 이렇게 갈망하면서 인생을 어리석게 살고 있는 이유를 모르겠군. 그 여자는 조금도 관심이 없는데."

트로이를 알아본 남자들은 과수원을 통해 다시 돌아갔다. 오늘 밤은 밧세바에 관한 이야기로 가득 차 있었다. 모든 곳에서 나오는 모든 말이 전부 그녀에 관한 이야기였다. 소리가 전혀 들리지 않는 곳에 도착하자 그들은 본능적으로 멈춰 섰다.

"꽤 충격적이었어요…… 그의 얼굴 말이에요." 톨이 숨을 몰아쉬며 말했다.

"나도 마찬가지야." 샘웨이가 말했다. "뭘 해야 하지?"

"우리가 할 일은 없는 것 같아." 스몰베리가 미심쩍은 듯이 중얼거렸다.

"그렇지 않아! 이건 모두의 일이야." 샘웨이가 말했다. "우리 주인님이 잘못된 길로 들어서고 있잖아, 그녀는 이 일에 대해 아무것도 모르고. 즉시 가서 알려야 해. 레이밴, 자네가 마님을 가장 잘 아니깐 가서 할 말이 있다고 하는 게 좋겠어."

"전 그런 일에 어울리지 않는데." 레이밴이 걱정스러운 듯 말했다. "만약 누군가 해야 한다면 윌리엄이 어울린다고 생각해요. 가장 나이가 많잖아요."

"난 이 일과 아무 관련이 없어." 스몰베리가 말했다. "매우 까다로운 일이라고. 몇 분 안에 그자는 그녀에게 찾아갈걸. 두고 봐."

"우린 그가 어떻게 행동할지 모르잖아. 어서, 레이밴."

"알았어요. 반드시 해야 하는 일이라면 그래야죠, 뭐." 톨이 마지못해 대답했다. "무슨 말을 해야 하죠?"

"그냥 주인님에게 할 말이 있다고 해."

"그건 못해요. 볼드우드 씨에게 말할 순 없어요. 누군가에게 이야기해야 한다면 마님에게 할 거예요."

"알았어." 샘웨이가 말했다.

레이밴이 문을 향해 갔다. 그가 문을 열자 웅성거리는 소리가 파도 소리처럼 밀려왔다. 사람들은 홀에 모여 있었고, 그가 다시 문을 닫자 웅성거리는 소리가 줄어들었다. 남은 두 사람은 하염없이 기다리며 하늘을 향해 천천히 흔들리면서 가끔 가벼운 바람에 몸을 떠는 어두운 나무 꼭대기를 바라보았다. 마치 이런

광경에 관심이 있는 듯 보였지만 실제로는 그렇지 않았다. 그중
한 사람은 여기저기 왔다 갔다 하기 시작했는데, 이렇게 돌아다
니는 것이 의미 없는 일이라고 생각했는지 다시 원래 있던 곳으
로 돌아와 멈춰 섰다.

"이쯤이면 레이밴이 틀림없이 마님을 만났겠지." 스몰베리가
침묵을 깨며 말했다.

"어쩌면 그분이 레이밴을 안 만나 줄 수도 있어."

문이 열렸다. 톨이 그들과 다시 합류하였다.

"어떻게 됐어?" 두 명이 동시에 물었다.

"막상 들어가 보니 마님에게 말하고 싶지 않았어요." 레이밴
이 더듬거리며 말했다. "모두 파티 분위기를 흥겹게 하기 위해
노력하고 있더라고요. 원하는 것은 무엇이든 할 수 있도록 준비
되어 있었지만 어째서인지 파티가 별로 흥이 나지 않았어요. 그
런데 거기서 제가 분위기를 망치다니, 제 인생이 걸려 있더라도
그런 짓은 할 수 없어요!"

"다 같이 들어가는 게 좋겠군." 샘웨이가 침울하게 말했다. "어
쩌면 내가 주인님에게 말할 기회가 있을지도 모르니까."

그리하여 남자들은 홀 안으로 들어갔다. 그 홀은 크기 때문에
파티 장소로 정해졌다. 젊은 남녀들은 마침내 춤을 추기 시작했
다. 자신은 가냘픈 젊은 여자에 지나지 않고, 위엄의 무게가 무
겁게 짓누르고 있었기 때문에 밧세바는 어떻게 행동해야 할지
몰라 당황해하고 있었다. 때때로 그녀는 어떠한 일이 있어도 이
곳에 오지 말았어야 한다고 생각했다. 하지만 그러한 행동이 얼

마나 냉정하고 불친절한가를 떠올린 그녀는 마침내 한 시간만 있다가 남의 눈에 띄지 않게 떠나기로 결심하였다. 애초에 그녀는 파티가 진행되는 동안에 춤을 추거나 노래를 부르는 등 어떠한 다른 행동도 하지 않겠다고 마음먹고 왔다.

잡담을 나누고 구경을 하는 사이 마음먹었던 시간이 지났고, 밧세바는 리디에게 천천히 있다가 오라고 말한 뒤, 작은 응접실로 가서 떠날 준비를 하였다. 작은 응접실은 홀처럼 호랑가시나무와 담쟁이덩굴로 장식되었으며, 불이 켜져 있었다.

아무도 방에 없었다. 그녀가 이곳에서 혼자 시간을 보낸 지 얼마 안 돼서 이 집의 주인이 들어왔다.

"트로인 부인, 설마 가시는 거 아니죠?" 그가 말했다. "파티가 시작한 지 얼마 되지도 않았는데!"

"괜찮으시다면 이제 돌아가고 싶어요." 그녀는 자신의 약속을 기억하고 있었고, 그가 무슨 말을 하려는지 알았기 때문에 안절부절못했다. "그런데 시간이 늦지 않았으니." 그녀가 말을 덧붙였다. "집에 걸어가려고요. 리디랑 사람들은 자신들이 원할 때 돌아오도록 내버려 두고요."

"당신과 대화할 기회를 보고 있었어요." 볼드우드가 말했다. "아마 제가 하고 싶은 말이 뭔지 아시겠지요?"

밧세바는 말없이 바닥을 내려다보았다.

"이제 답해 주지요." 그가 간절히 부탁했다.

"뭘요?" 그녀가 나직이 말했다.

"그건 대답을 회피하는 겁니다! 약속 말입니다. 전 부인에게 강요하고 싶지도 않고, 누구에게도 알리고 싶지 않아요. 하지만 답해 주세요! 열정과 상관없는 두 사람 사이의 사업적인 약속에 지나지 않으니까요." 볼드우드는 스스로도 이런 모습이 얼마나 거짓된 것인지 알고 있었다. 하지만 그것이 그녀가 자신의 접근을 허락하는 유일한 방법이었다.

"5년 하고도 9개월이 지나면 저와 결혼하기로 한 약속 말입니다. 부인은 제게 답해야 할 의무가 있어요!"

"저도 그렇다고 생각해요." 밧세바가 말했다. "선생님이 원하신다면요. 하지만 전 변했어요. 불행한 여자고 전……."

"당신은 여전히 아름다운 여자예요." 볼드우드가 말했다. 그의 말에는 정직함과 순수함이 들어 있었는데, 그녀를 진정시키고, 원하는 것은 얻기 위한 직설적인 아첨이라는 느낌은 조금도 없었다.

그러나 그 말은 별로 효과가 없었다. 그녀가 그 자체로 자신의 뜻을 드러내는 냉정한 중얼거림으로 이렇게 말했기 때문이다. "전 이 문제에 대해 아무런 감정도 없어요. 그리고 이런 어려운 상황에서 어떻게 행동하는 것이 옳은지 전혀 알지 못해요. 나에게 조언해 줄 사람도 없고요. 하지만 반드시 약속해야 한다면 할게요. 제가 반드시 과부가 된다는 조건하에 빚을 갚을게요."

"지금으로부터 5~6년 안에 나와 결혼해 주겠소?"

"절 너무 압박하지 마세요. 다른 사람과는 결혼하지 않을게요."

"그래도 확실한 날짜를 정해 주세요. 아니면 약속에 아무 의미도 없는 것 아니겠소?"

"아, 잘 모르겠어요. 제발 저를 보내 주세요!" 그녀의 가슴이 부풀어 올랐다. "어떻게 해야 할지 두려워요! 전 선생님을 공평하게 대하고 싶어요. 그렇게 하는 것은 잘못된 행동 같지만, 어쩌면 계명을 어기는 일일지도 모르죠. 그의 죽음은 상당히 의심스러운 점이 많고, 끔찍한 일이에요. 제 변호사에게 물어보게 해 주세요, 볼드우드 씨. 제가 무엇을 해야 하고 하지 말아야 할지를!"

"사랑하는 밧세바, 내게 그 말을 해주시오. 그럼 이 주제는 해결될 겁니다. 사랑스러운 6년간의 교제 이후 결혼…… 아, 밧세바, 내게 말해 주시오!" 그는 더 이상 단순한 우정의 형태를 유지할 수 없는 허스키한 목소리로 애원했다. "당신이 직접 나에게 약속해 주시오. 난 그럴 자격이 충분하고, 이 세상 그 누구보다 당신을 사랑해 왔소! 그리고 내가 만약 그대에게 성급히 말했고, 그대를 향해 불온한 태도를 보였다면, 당신을 괴롭히려고 한 행동이 아니었음을 믿어 주시오. 난 고통 속에 있소, 밧세바. 내가 무슨 말을 하는지도 몰랐고, 당신이 내가 겪은 고통을 알게 된다면 이 고통을 개에게도 겪지 않게 할 겁니다. 당신이 이 고통을 알기만 한다면! 난 당신을 향한 나의 감정을 당신이 알까 봐 움츠러들기도 했고, 이 모든 것을 당신이 알지 못할까 봐 괴로울 때도 있었어요. 자비를 베풀어 주시오. 부인을 위해 내 인생을 포기하고 있으니, 부인도 내게 조금만 양보해 주시오!"

불빛 속에서 떨리는 그녀의 옷자락은 그녀가 얼마나 동요하고 있는지를 보여 주었고, 마침내 그녀는 울음을 터뜨렸다. "제가 5~6년 안에 결혼하겠다고 말하면, 더 이상 저를 압박하지 않으실 건가요?" 밧세바는 울면서 말했다.

"그래요. 그렇게 되면 시간에 맡길게요."

그녀는 잠시 기다렸다. "좋아요. 만약 우리가 둘 다 살아 있다면, 오늘부터 6년 후에 당신과 결혼할게요." 그녀가 엄숙하게 말했다.

"그럼 이것을 징표로 받으세요." 볼드우드는 그녀에게 다가와 양손으로 그녀의 한 손을 움켜쥐고 자신의 가슴까지 들어 올렸다.

"이게 뭐죠? 오, 전 반지를 낄 수 없어요!" 밧세바는 그가 들고 있는 것을 보더니 소리쳤다. "게다가 이 반지가 약혼반지임을 다른 사람들이 절대 알지 못하게 할 거예요! 어쩌면 이건 너무 부적절한 일 아닐까요? 게다가 우리가 일반적인 의미의 약혼을 한 것도 아니잖아요? 고집부리지 마세요, 볼드우드 씨!" 단번에 그의 손을 뿌리치지 못한 그녀는 한 발로 바닥을 힘껏 굴렀고, 눈에는 다시 눈물이 고였다.

"이건 그저 단순한 약속을 의미할 뿐입니다. 아무런 감정도 들어 있지 않아요. 이 약속의 실질적인 증거일 뿐입니다." 그는 좀 더 조용하게 말했지만, 여전히 그녀의 손을 꼭 움켜쥐고 있었다. "자, 어서요!" 볼드우드가 그녀의 손가락에 반지를 끼웠다.

"낄 수 없어요." 그녀는 가슴이 찢어질 듯 눈물을 흘리며 말했다. "선생님은 절 섬뜩하게 하고 있어요. 정말 터무니없는 계획이에요! 제발 집에 가게 해주세요!"

"오늘 밤만, 오직 오늘 밤만 껴주면 안 되겠소. 날 기쁘게 하기 위해!"

밧세바는 의자에 앉아 손수건에 얼굴을 파묻었지만 볼드우드는 아직도 그녀의 손을 놓지 않고 있었다. 마침내 그녀는 절망적으로 소곤거렸다.

"알았어요. 그렇게 간절히 바라신다면 오늘 밤만 끼고 있을게요. 이제 제 손을 놔주세요. 정말로 오늘 밤 동안 반지를 끼고 있을게요."

"이건 앞으로 있을 6년간의 즐거운 비밀 연애의 시작이겠지요? 끝에는 결혼하게 되는?"

"그렇게 될 거예요. 선생님이 그렇게 하실 테니까요!" 그녀는 지쳤는지 아무런 저항 없이 말했다.

볼드우드는 그녀의 손을 꼭 쥐었다가 그녀의 무릎 위에 내려놓았다. "이제 행복합니다." 그가 말했다. "신의 축복이 있기를!"

그는 방을 나갔고, 밧세바의 마음이 충분히 가라앉았다고 생각될 즈음 하녀 한 사람을 그녀에게 보냈다. 밧세바는 자신이 울었던 흔적을 최대한 숨겼고, 하녀를 따라갔다. 잠시 후 그녀는 모자와 망토를 쓴 채 계단을 내려왔다. 갈 준비가 끝났다. 문으로 가기 위해서는 홀을 지나가야 했는데, 그녀는 문을 향하기 전에 한쪽 구석으로 향하는 계단의 발치에서 잠시 멈춰 선 뒤 마지막으로 사람들을 살펴보았다.

현재 진행되고 있는 음악이나 춤은 없었다. 일꾼들을 위해 특별히 마련된 아래쪽 끝자리에서는 한 무리가 어두운 표정으로 목소리를 낮춘 채 대화를 나누고 있었다. 볼드우드는 벽난로 옆에 서 있었다. 그는 그녀와의 약속에 사로잡혀 아무것도 눈에 들어오지 않았으나 그 역시 사람들의 이상한 태도와 곁눈질을 알아차린 것 같았다.

"여러분, 뭘 그렇게 의심하고 있는 건가요?" 그가 말했다. 그들 중 한 사람이 돌아서서 불안한 듯 말했다. "레이밴이 들은 것에 관한 겁니다, 나리. 그게 전부입니다."

"소식? 누가 결혼을 했다거나 약혼을 했나? 아니면 누가 새로 태어났거나 죽기라도?" 농장주가 기분 좋게 물었다. "우리에게 말해 보게, 톨. 사람들이 자네의 표정과 행동 때문에 무언가 비참한 일이 일어났다고 생각하겠어."

"아닙니다, 나리. 아무도 죽지 않았습니다." 톨이 말했다.

"누군가 그랬으면 좋겠군." 샘웨이가 조용히 말했다.

"뭐라고 했나, 샘웨이?" 볼드우드가 다소 날카롭게 물었다. "할 말이 있으면 큰 소리로 말하고, 없으면 다시 춤이나 추지."

"트로이 부인이 아래층으로 내려왔어." 샘웨이가 톨에게 말했다. "말하고 싶다면 지금이 좋겠어."

"저 사람들이 무슨 말을 하는 건지 아십니까?" 농장주가 건너편에 있는 밧세바에게 물었다.

"전혀 모르겠어요." 밧세바가 답했다.

그때 문을 두드리는 소리가 들렸다. 한 사람이 즉시 문을 열고 밖으로 나갔다.

"트로이 부인을 찾습니다." 그가 돌아오며 말했다.

"갈 준비가 끝났어요." 밧세바가 말했다. "하지만 사람을 보내라고 한 적은 없는데."

"모르는 사람입니다, 부인." 문 옆에 선 사람이 말했다.

"모르는 사람이요?" 그녀가 말했다.

"그 사람한테 들어오라고 하게." 볼드우드가 말했다. 볼드우드의 말이 전해지자 트로이가 앞서 본 것처럼 눈 바로 위까지 온통 감싼 채 문가에 나타났다.

섬뜩한 침묵이 흘렀고, 모든 사람은 새로 들어온 사람에게 눈길을 돌렸다. 그가 이웃 마을에 있었다는 것을 방금 알게 된 사람들은 그를 즉시 알아보았다. 이 소식을 알지 못했던 사람들은 당황했다. 아무도 밧세바를 주목하지 않았다. 이마를 잔뜩 찡그린 채 그녀는 계단에 기대고 있었다. 얼굴은 전체적으로 창백했고 입술은 벌어졌으며 두 눈은 낯선 손님을 뚫어지게 쳐다보았다.

볼드우드는 그가 트로이라는 것을 알아보지 못한 사람들 중한 명이었다. "자자, 안으로 들어오시오!" 그가 기운 넘치게 들어오라는 말을 반복했다. "낯선 양반, 들어와서 함께 술잔을 비웁시다!"

트로이는 홀 한가운데로 걸어와 모자를 벗고 외투 깃을 내리고는 볼드우드를 쳐다보았다. 이때까지도 볼드우드는 자신의 행복에 끼어들어 기쁨을 낚아채 간 자를 알아보지 못하였다. 이

자는 같은 행동을 또다시 반복하기 위해 돌아왔던 것이다. 트로이는 감정 없이 웃기 시작했다. 그제서야 볼드우드도 그를 알아보았다.

트로이가 밧세바 쪽으로 몸을 돌렸다. 이 순간 그 가엾은 여자의 비참함은 상상할 수도, 말로 표현할 수도 없었다. 그녀는 가장 아래쪽 계단 위로 쓰러져 앉았다. 입술은 파랗게 말라 있었고, 검은 눈동자는 마치 이 모든 것이 끔찍한 환상인지 궁금해하는 것처럼 그에게 고정되었다.

트로이가 입을 열었다. "밧세바, 당신을 위해 돌아왔소!"

그녀는 아무런 대답도 하지 않았다.

"나와 같이 집으로 갑시다. 어서요!"

밧세바는 발을 조금 움직였으나 일어서지 않았다. 트로이가 그녀 쪽으로 다가갔다.

"갑시다, 여보. 내 말 들려요?" 그가 독단적으로 말했다.

벽난로에서 이상한 목소리가 들려왔다. 마치 지하 감옥에서 들려오는 것처럼 멀리서 들리는 꽉 막힌 소리였다. 모여 있는 사람 중 어느 누구도 그 가느다란 목소리가 볼드우드의 것인지 알아차리지 못했다. 갑작스러운 절망으로 인해 그는 변모했다.

"밧세바, 남편과 함께 가시오!" 볼드우드의 말에도 불구하고 그녀는 움직이지 않았다. 사실 밧세바는 기절하지 않았을 뿐 움직일 힘이 전혀 없었다. 그녀의 정신은 흑암시 현상을 일으켰다. 그녀의 마음은 잠시 동안 빛을 완전히 잃었고, 동시에 아무것도 보이지 않았다.

트로이는 그녀를 자기 쪽으로 끌어당기려고 손을 뻗었고, 그녀는 재빨리 뒤로 물러났다. 자신을 무서워하는 모습에 트로이는 짜증이 났다. 그는 그녀의 팔을 잡고 거칠게 잡아당겼다. 팔을 너무 세게 움켜쥐어서인지 아니면 그가 그녀를 만져서인지는 결코 알 수 없었지만, 그가 그녀를 강제로 잡는 순간 그녀는 몸부림치며 빠르고 낮은 비명을 질렀다.

그 비명은 고작 몇 초 동안만 들렸는데, 뒤이어 갑자기 사람들의 귀를 먹먹하게 하고 정신마저 멍하게 만드는 소리가 들려왔기 때문이다. 참나무 칸막이가 충격과 함께 흔들렸고, 그 주위로 잿빛 연기가 가득했다.

사람들은 당황하며 볼드우드에게 시선을 돌렸다. 벽난로 앞에 서 있던 그의 등 뒤에는 농가에서 흔히 볼 수 있는 두 자루의 총을 걸어 두는 총 보관대가 있었다. 밧세바가 남편의 손아귀에 잡혀 비명을 지르는 사이 절망으로 이를 꽉 물고 있던 볼드우드의 표정이 변했다. 혈관이 부풀어 오르고, 눈에는 광기의 빛이 번졌다. 그는 재빨리 몸을 돌려 총 한 자루를 집어 들어 장전한 뒤, 즉시 트로이를 향해 발사했다.

트로이가 쓰러졌다. 두 사람 사이의 거리가 너무 짧아서 발사된 산탄은 조금도 퍼지지 않고, 마치 총알처럼 그의 몸을 관통했다. 그의 목구멍에서 긴 숨소리가 들렸다. 그의 몸이 줄어들었다 커지더니 근육이 이완되었고, 이내 잠잠해졌다.

연기 너머로 볼드우드가 총을 다시 조작하는 모습이 보였다. 그가 들고 있던 총은 더블 배럴 샷건이었는데, 이 짧은 시간 동안 어떻게 했는지 손수건을 방아쇠에 묶고 다른 한쪽 끝을 발로 밟은 채 총을 자기 자신에게 돌리고 있었다. 그의 일꾼 샘웨이가 이 장면을 제일 처음으로 목격하였고, 모든 사람이 두려워하는 와중에 그는 자신의 주인에게 쏜살같이 달려갔다. 볼드우드는 이미 손수건을 당긴 상태였고, 두 번째로 산탄이 발사되었으나 때맞춰 몸을 부딪친 샘웨이에 의하여 그 산탄은 천장을 가로지른 기둥에 박혔다.

"이런다고 달라질 건 없어!" 볼드우드가 숨을 헐떡였다. "내가 죽을 수 있는 방법은 또 있어."

그는 샘웨이를 밀쳐낸 뒤 밧세바에게 가서 그녀의 손에 입을 맞추었다. 그러더니 모자를 쓰고 문을 열어 어둠 속으로 사라졌는데, 아무도 그를 막을 생각을 하지 못했다.

54

사건 이후

볼드우드는 주요 도로를 지나 캐스터브리지로 방향을 틀었다. 거기서 한결같은 걸음걸이로 얄베리 언덕을 지나 풀들이 모두 죽어 있는 평평한 지대를 따라 멜스톡 언덕을 올라갔다. 11시와 12시 사이에 그는 무어를 건너 마을로 들어갔다. 거리에는 사람이 거의 없었고, 흔들리는 등불만이 회색빛 가게 덧문들과 그의 발걸음 소리가 울려 퍼지는 하얀 길을 비추었다. 그는 오른쪽으로 돌아 돌로 만들어진 아치형 입구 앞에 멈춰 섰다. 입구는 철제문으로 닫혀 있었다. 이곳은 감옥의 입구였다. 문 위에는 등불이 있었기에 이 비참한 여행자는 초인종을 찾을 수 있었다.

마침내 작은 쪽문이 열리면서 문지기 한 명이 나타났다. 볼드우드가 앞으로 나서서 나지막한 어조로 뭐라고 말하자 잠시 후 다른 사람이 나타났다. 볼드우드가 들어서자 문이 닫혔고, 그는 더 이상 이 세상을 걷지 못하였다.

이보다 훨씬 전, 웨더베리는 온통 소란에 휩싸였는데, 볼드우드가 개최했던 시끌벅적한 파티를 종식한 난폭한 행위가 모든 사람에게 알려졌다. 집 밖에 있던 사람들 중 이 참사를 제일 처음 전해 들은 사람은 오크였다. 볼드우드가 밖으로 나간 뒤, 약 5분 후에 오크가 홀에 도착했다. 그곳의 광경은 끔찍했다. 모든 여자 손님들은 폭풍우 속의 양 떼처럼 겁에 질려 벽에 기대어 있었고, 남자들은 어찌할 바를 몰라 당황해했다. 밧세바의 상태로 말하자면, 그녀는 변해 있었다. 그녀는 트로이의 시체 옆에 앉아 스스로 그의 머리를 들어 올려 자신의 무릎 위에 올려놓았다. 비록 피 한 방울조차 흐르지 않았지만 그녀는 한 손으로 상처 난 그의 가슴을 압박했으며, 다른 손으론 그의 손을 잡고 있었다. 집 안이 시끄러워지자 그녀는 제정신으로 돌아왔다. 현장을 뒤덮은 일시적인 혼수상태가 사라지자 현재 필요한 일들이 행해졌다. 철학으로 삼은 평범해 보이는 인내가 행동으로 드러나는 일은 드물다. 밧세바는 주변 사람들을 놀라게 했다. 그녀의 지금 행동은 자신의 철학과 맞아떨어졌기 때문이다. 그녀는 자신이 겪어 보지 않은 일은 할 수 없다고 생각하는 사람이 아니었다. 그녀는 위대한 자의 어머니들이 가지고 있는 요소로 만들어진 사람이었다. 그녀는 나이가 많은 세대에게는 없어서는 안 될 존재였고, 티파티에서는 미움을 받았으며, 상점에서는 두려움의 대상이었고, 위기 중에는 사랑받는 존재였다. 아내의 무릎을 베고 누워 있는 트로이는 이제 이 넓은 집의 유일한 구경거리였다.

"가브리엘." 그가 들어오자 그녀는 무의식적으로 그를 불렀는데, 그녀의 얼굴에는 잘 알려진 윤곽만이 남아 그녀가 밧세바라는 것을 말해 주었다. 나머지 요소들은 전부 희미해진 것 같았다. "지금 즉시 말을 타고 캐스터브리지에 가서 외과 의사를 데려오세요. 쓸모없는 일인 것 같지만 가세요. 볼드우드 씨가 제 남편을 쐈어요."

그녀는 이 사실을 조용하고 간소하게 묘사하였는데, 비극적인 발언보다 더 큰 설득력이 있었다. 또한 각자의 마음속에 존재하는 일그러진 모습들을 제대로 만들어 주는 효과를 발휘했다. 본 사건 외에 다른 것은 파악하지 못한 채 오크는 서둘러 집을 나와 말에 안장을 채우고 달리기 시작했다. 그는 1.5킬로미터 이상을 달린 뒤에야 비로소 이런 일은 다른 사람을 시키고 자신은 집에 남아 있는 것이 나을 뻔했다는 생각이 들었다. 볼드우드는 어떻게 되었을까? 그는 보살핌을 받아야 할 텐데. 그가 화가 나서⋯⋯ 시비가 붙은 건가? 그렇다면 트로이는 어떻게 그곳에 갔을까? 어디서 온 것일까? 많은 사람들이 그가 해저에 가라앉았다고 생각했는데, 어떻게 이렇게 놀랍게 복귀하여 영향을 끼친 것일까? 오크는 볼드우드의 집에 들어가기 직전에 트로이가 돌아왔다는 소문을 들었기 때문에 그의 등장을 어느 정도 준비하고는 있었다. 그러나 오크가 정보를 확인하기도 전에, 이 치명적인 사건이 발생했다. 어쨌든 또 다른 사람을 보내기는 너무 늦었기에 그는 스스로에게 이런저런 질문을 하며 흥분한 채 말을 계속 몰았다. 이 시각 캐스터브리지에서 약 5킬로미터 정도 떨어진 곳에서는 각진 얼굴의 보행자가 어두운 울타리 밑에서 그와 같은 방향으로 향하고 있었다.

이동 거리와 늦은 시간, 밤의 어두움과 관련된 다른 장애물로 인해 외과 의사 알드리치는 늦게 도착할 수밖에 없었다. 그는 총격이 벌어진 지 3시간이 지나서야 집 안에 들어섰다. 오크는 관청에 사건을 알리느라 캐스터브리지에 더 머물렀다. 그때 그는 볼드우드 또한 이곳에 나타나 자수했다는 소식을 들었다.

그사이 볼드우드의 집 안 홀에 급히 들어온 의사는 매우 어두운 홀에 사람이 한 명도 없다는 것을 알게 되었다. 그는 집 뒤편으로 향하였고, 부엌에서 만난 노인에게 질문하였다.

"그녀가 자신의 집으로 그를 데려갔습니다, 선생님."

"누가요?" 의사가 물었다.

"트로이 부인이요. 그는 확실히 죽었습니다."

이것은 놀라운 정보였다. "그녀에겐 그럴 권리가 없어요." 의사가 말했다. "사인을 밝히기 위한 조사를 해야 하고, 그 이후 어떻게 해야 할지를 알기 위해 기다렸어야 했는데."

"맞습니다, 선생님. 누군가 그녀에게 죽음이 법적으로 확인될 때까지 기다리는 게 좋다고 말해 주었어요. 그러나 그녀는 법은 자신에게 아무것도 아니라고 했고, 영국의 모든 사람들이 사랑하는 남편의 시체를 구경하도록 방치하지 않을 거라고 말했어요."

알드리치는 즉시 언덕 위로 말을 몰아 밧세바의 집으로 향했다. 그가 가장 처음으로 마주친 사람은 가엾은 리디였는데, 그녀는 지난 몇 시간 동안 몸이 움츠러들어 더 작아진 것 같았다.

"무슨 일이 있었죠?" 그가 말했다.

"모르겠어요." 리디가 숨을 몰아쉬며 말했다. "모두 마님 혼자서 하신 일이에요."

"지금 어디 계신가요?"

"그와 함께 위층에요. 그분을 집으로 운반해 와 위층으로 옮기고 나서 마님은 사람들의 도움이 더 이상 필요 없다고 하셨어요. 그러고 나서 저를 불러 욕조에 물을 채우라고 하시더니 제가 너무 아파 보인다며 가서 누워 있는 편이 좋겠다고 하셨어요. 그런 다음 그분과 함께 방에 남아 문을 걸어 잠근 채 아무도 들여보내지 않았어요. 하지만 전 마님이 절 부를지 몰라 옆방에서 기다리기로 했어요. 마님이 방 안에서 한 시간 넘게 움직이는 소리를 들었는데, 딱 한 번 밖으로 나오셨어요. 방에 있는 양초가 다 타들어 가서 새로운 양초를 가지러 나오신 거였어요. 마님은 저희에게 선생님이나 서들리 목사님이 오시면 알리라고 말씀하셨어요."

그때 오크가 목사와 함께 도착하였고, 그들은 리디 스몰 베리를 앞장세워 다 같이 위층으로 올라갔다. 그들이 층계참에 도착했을 때는 마치 묘지에 있는 것처럼 모든 것이 조용했다. 리디가 노크하자 밧세바의 드레스가 방 건너편에서 바스락거리는 소리가 들렸다. 문고리가 돌아가더니, 그녀가 문을 열었다. 밧세바의 표정은 침착하고 거의 굳어 있어 마치 멜포메네의 반신상에 약간의 생기만 불어넣은 듯했다.

"아, 알드리치 씨, 드디어 오셨군요." 그녀는 겨우 입을 열어 중얼거리고는 문을 뒤로 밀었다. "아, 서들리 목사님도요. 모든 게 끝났어요. 이제는 누구라도 그이를 봐도 상관없어요." 그녀는 이렇게 말한 뒤 그들을 지나쳐 다른 방으로 들어갔다.

그들은 그녀가 사라진 죽음의 방을 들여다보았다. 서랍 위의 양초 불빛을 통해 하얗게 싸인 채 침실의 안쪽 끝에 놓여 있는 키가 크고 곧은 형체가 보였다. 의사가 들어갔고, 몇 분 후 그는 오크와 목사가 여전히 기다리고 있는 층계참으로 돌아왔다.

"그녀가 말한 대로 정말 모든 게 끝나 있군요." 알드리치가 가라앉은 목소리로 말했다. "시신에 수의를 입혀 제대로 잘 눕혀 놓았습니다. 맙소사, 이 여성은 정말! 정말이지 신경이 단단한 여자로군!"

"그저 아내의 마음일 뿐이에요." 세 사람의 귀에 이런 속삭임이 들려왔다. 고개를 돌리자 그들 가운데 밧세바가 서 있었다. 그 순간 그녀의 불굴의 정신은 자연스럽게 생겨난 것이 아니라 의지에 의한 것이었음을 증명이라도 하듯, 그녀는 조용히 주저앉아 형체가 없는 천 무더기가 되었다. 초인적인 긴장감이 더 이상 필요하지 않다는 단순한 인식은 그녀의 힘에 마침표를 찍었다.

그들은 그녀를 좀 멀리 떨어진 방으로 데려갔다. 트로이에게 쓸모가 없어진 의사의 방문은 한동안 심각해 보일 정도로 혼수상태에 빠진 밧세바에게는 더할 나위 없이 매우 귀중한 일이 되었다. 고통받는 여인을 침대에 눕혔고, 현재 그녀의 상태에 특

별히 걱정할 만한 것은 아무것도 없다는 사실을 의사에게 전해
들은 오크는 집을 나왔다. 리디는 밧세바의 방에서 그녀를 계속
지켜보았다. 그곳에서 리디는 이 비참하고 느리게 흘러가는 밤
동안 자신의 주인이 신음하는 소리를 들었다.

"아아, 이건 내 잘못이야……. 내가 어떻게 살 수 있겠어! 아,
하느님, 전 어떻게 살아야 하나요!"

55

이듬해 3월 - 밧세바 볼드우드

우리는 빠르게 햇빛, 서리, 이슬 없이 산들바람이 부는 3월의 어느 날로 넘어왔다. 웨더베리와 캐스터브리지의 중간쯤에 있는 얄베리 언덕 꼭대기를 지나가는 유료도로에 수많은 사람들이 모여 있었다. 그들의 수많은 시선은 계속해서 저 멀리 북쪽을 내다보았다. 대부분의 사람들은 한가했고, 트럼펫 연주자도 두 명 있었다. 주 장관에게 소속된 일꾼 몇 명이 판사를 호위하기 위해 나왔고, 사람들에게 둘러싸인 마차에는 주 장관이 타고 있었다. 한가한 대부분의 사람은 길을 내기 위해 깎아 낸 곳에 서 있었는데 그들 중에는 웨더베리에서 온 남자들과 소년들도 있었다. 푸어그래스와, 코건, 그리고 카인 볼이었다.

30분이 지나자 사람들이 예상한 지점에서 희미한 먼지가 일었고, 얼마 지나지 않아 웨스턴 서킷에서 두 명의 판사 중 한 명을 태운 출장용 마차가 언덕 위로 올라와 정상에 멈췄다. 판사는 트럼펫 연주자들이 볼을 부풀리며 트럼펫을 화려하게 부는 동안 마차를 바꾸어 탔고, 그 마차는 마을을 향해 갔다. 판사가 탄 마차 뒤에는 다른 마차들과 판사를 호위하기 위해 나온 일꾼들이 행렬을 이루었다. 웨더베리에서 온 이들을 제외한 구경꾼들도 그 뒤를 따랐는데, 웨더베리에서 온 사람들은 판사가 떠나는 것을 보자마자 다시 집으로, 그리고 일터로 향했다.

"조지프, 자네가 마차에 바짝 다가가는 것을 보았어." 코건이 걸어가며 말했다. "혹시 판사님 얼굴을 보았나?"

"네." 푸어그래스가 말했다. "판사님의 영혼이라도 읽을 기세로 뚫어져라 쳐다보았어요. 그의 눈에는 자비가 담겨 있었어요. 이 엄숙한 시기에 우리 모두에게 요구되는 정확한 진실을 눈으로 말하는 것 같았어요."

"일이 잘 풀렸으면 좋겠군." 코건이 말했다. "어떻게 되든 나쁜 일일 테지만 말이야. 어쨌든, 난 재판엔 가지 않을 거야. 그리고 자네들에게도 충고하건대 가지 말게. 무슨 구경거리인 양 그분을 본다면 그 무엇보다도 그분의 마음이 불안해질 거야."

"제가 오늘 아침에 이렇게 말했어요." 조지프가 말했다. "제 방식대로 '정당성이 그의 저울을 좌지우지할 거예요'라고요. 그랬더니 한 사람이 '만약 그의 부족함이 발견되지 않으면 그렇게 되겠지'라고 했지요. 한 방관자가 '자, 한번 들어 봅시다! 이런 말을 할 줄 아는 사람의 말은 들어 봐야 해요'라고도 했어요. 하지만 전 그 말들을 마음에 두지 않았어요. 제 몇 마디 말은 그저 몇 마디 말일뿐이고, 그 이상의 의미는 없어요. 그런데 어떤 사

람들의 말은 마치 선천적으로 이런 일을 위해 형성된 것처럼 널
리 퍼지더군요."

"그렇겠지, 조지프. 자자, 내가 말한 것처럼 집에서들 기다리
자고."

그들은 그의 말을 따랐다. 모두들 다음 날 들려올 소식을 초
조하게 기다렸다. 그러나 그날 오후에 밝혀진 한 가지 사실로
인하여 그들의 긴장감은 볼드우드의 행동과 상황에 대한 것으
로 바뀌었다. 그 사실은 앞서 있었던 그 어떤 세부 사항보다 더
많은 것을 알려 주었다.

그가 그린힐 정기 시장날부터 그 운명적인 크리스마스이브에
이르기까지 평상시와 다른 감정과 흥분감으로 생활하고 있었다
는 것은 그와 가까웠던 사람들은 다 알고 있었다. 그러나 각기
다른 상황에서 순간적으로 몇 번 의심한 밧세바와 오크 말고는
그 누구도 그에게 정신착란 상태가 나타났다는 상상을 하지 못
했다. 자물쇠가 채워진 벽 안에서 기이한 수집품들이 발견되었
다. 갖가지 비싼 소재로 만든 여성용 의복들이었는데, 실크와 새
틴, 포플린과 벨벳으로 만들어진 것들이었으며, 밧세바가 좋아
할 만한 색이었다. 흰담비와 흑담비의 가죽으로 만든 토시도 각
각 하나씩 있었다. 무엇보다 네 개의 묵직한 금팔찌와 몇 개의
로켓(locket)과 반지들이 담긴 보석함이 있었는데 모든 것이 잘
만들어진 고급품이었다. 이 물건들은 배스나 다른 마을에서 가
끔 구매하여 몰래 집으로 가져온 것들이었다. 모두 포장지에 정
성스럽게 싸여 있었는데, '밧세바 볼드우드'라는 이름과 6년 후

의 날짜가 적힌 라벨이 각각 붙어 있었다.

오크가 캐스터브리지에서 형량 소식을 가지고 워런의 맥아 제조소에 들어섰을 때, 걱정과 사랑으로 미쳐 버린 볼드우드의 다소 애처로운 이 증거들을 두고 사람들이 수군대고 있었다. 그는 오후에 돌아왔고, 가마의 불빛에 비친 그의 얼굴은 결과를 충분히 말해 주었다. 볼드우드는 모든 사람들이 예상했던 대로 죄를 시인했고, 사형을 선고받았다.

볼드우드가 최근 행한 행위에 대해 도덕적으로 책임지지 않아도 된다는 의견은 이제 사람들 사이에서 보편적으로 받아들여졌다. 재판 전에 도출된 사실들은 강력히 같은 방향을 가리키고 있었으나, 볼드우드의 심리 상태를 조사하라는 명령을 이끌어 낼만큼 충분하진 않았다. 정신 이상에 대한 추정이 제기된 지금, 정신병이라고 설명할 수밖에 없어 보였던 부수적인 상황들이 얼마나 많았는지를 회상해 보니 놀라웠다. 그중 하나는 지난여름 그가 곡물 더미를 방치한 전례 없는 사건이었다.

내무 장관에게 청원서가 제출되었고, 형량에 대한 재심 요청을 정당화하려는 움직임이 일어났다. 캐스터브리지 주민들은 이런 사건에서 흔히 그랬던 것처럼 아주 많이 서명하지는 않았는데, 볼드우드가 거래하면서 많은 친구들을 사귄 적이 없었기 때문이었다. 상점 주인들은 생산자와 직접 거래함으로써 주(州)가 존재한다는 중요한 첫 번째 원칙을 대담히 고려하지 않은 사람, 즉 신은 자치주에 고객들을 공급하기 위해 지방을 만들었다는 사실을 중요시 여기지 않은 사람은 기본적인 계율에 관한 개

넘을 혼동하는 것이 매우 당연하다고 생각했다. 청원을 지지한 사람들은 아마도 나중에 발견된 사실들을 너무 감정적으로 고려했던 몇몇 자비로운 사람들이었다. 이 움직임의 결실은 도덕적인 관점에서 고의적인 살인이라는 사실을 제거하고, 무죄의 증거가 채택되어 살인의 이유가 순전히 광기의 결과로 간주되도록 하였다.

웨더베리는 깊은 관심을 가지고 청원의 결과를 기다렸다. 사형집행은 선고일로부터 2주 후쯤인 토요일 아침 8시로 확정됐으며, 금요일 오후까지 청원에 대한 답변은 없었다. 이때 가브리엘은 볼드우드와의 작별을 고하고 캐스터브리지 감옥에서 나와 마을을 피하기 위해 뒷골목으로 이동하는 중이었다. 마지막 집을 지날 때 망치질 소리가 들려왔다. 그는 자신의 굽은 머리를 들어 잠시 뒤를 돌아보았다. 굴뚝 너머로 오후의 태양 빛 속에서 밝게 빛나는 감옥의 입구 윗부분을 보았다. 그곳에서는 몇 사람이 움직이고 있었다. 그들은 난간 안쪽에 수직으로 된 기둥을 세우고 있는 목수들이었다. 그는 재빨리 눈길을 돌리고 걸음을 재촉하였다.

오크가 집에 도착했을 때는 주변이 어두웠으나, 마을 사람 절반이 그를 만나기 위해 나와 있었다.

"아무런 소식도 없어요." 가브리엘이 지친 목소리로 말했다. "그리고 가망이 없는 것 같아요. 전 그분과 두 시간 넘게 같이 있었어요."

"그분이 살인을 저질렀을 때 정말로 제정신이 아니었다고 생각하나?"스몰베리가 말했다.

"그렇게 생각했다고 솔직하겐 말하지 못하겠군요."오크가 대답했다.

"어쨌든, 이 문제는 다른 때에 이야기하죠. 오늘 오후에 마님에게는 무슨 변화가 있었나요?"

"전혀 없었어."

"아래층에 계시나요?"

"아니. 예전처럼 잘 견디려고 하시지. 하지만 이제 크리스마스 때보단 조금 나아지셨어. 마님이 자네가 돌아왔는지, 무슨 소식이 있는지를 계속 물어보셔서 대답하느라 지쳤네. 내가 가서 마님에게 자네가 왔다고 말할까?"

"아뇨."오크가 말했다."아직 기회가 남았어요. 하지만 그분을 본 뒤에는 그곳에 더 오래 머물 수가 없더군요. 그러니 레이밴…… 레이밴 여기 있죠?"

"네."톨이 말했다.

"내 생각엔 오늘 밤 마지막으로 시내에 가보는 게 어떨까 해요. 여기서 9시쯤 떠나 그곳에서 조금 기다리다가 12시쯤 집에 도착하면 될 것 같아요. 오늘 밤 11시까지 아무런 소식이 없다면 전혀 가망이 없다고 하더군요."

"그분의 목숨만은 살려 주길 간절히 바라요."리디가 말했다. "그렇지 않으면 마님은 정신이 나갈지도 몰라요. 가엾게도. 마님의 괴로움은 끔찍했어요. 다들 동정할 수밖에 없을 거예요."

"마님이 많이 변하셨나?"코건이 말했다."크리스마스 이후로 가엾은 마님을 보지 못했다면, 전혀 알아보실 수 없을 거예요."
리디가 말했다. "마님의 눈은 너무 비참해서 같은 여자로 보이지 않아요. 불과 2년 전만 해도 활기찬 처녀였는데, 지금은 상태가 어떠신지!"

레이밴은 부탁을 받은 대로 출발하였다. 그날 밤 11시에 마을 사람들 몇 명이 캐스터브리지로 가는 길을 따라 걸으며, 그가 도착하기를 기다렸다. 그들 중에는 오크도 있었고 대부분은 밧세바의 일꾼들이었다. 비록 가브리엘의 양심은 볼드우드가 죽어야 한다고 느꼈지만, 그가 구원받을지도 모른다는 생각이 컸다. 볼드우드에게는 오크가 사랑하는 어떤 자질이 있었기 때문이다. 마침내, 그들이 모두 지쳤을 때 멀리서 말발굽 소리가 들렸다.

처음엔 마치 잔디를 밟은 듯 죽은 듯이
그러다 마을 길에서 들리는 달가닥하는 소리처럼
그의 앞선 걸음걸이와는 다른 걸음걸이로
　　　　　　　-월터 스콧의 서사시 「마미온」 중

"이제 곧 알게 될 거야, 어떻게든." 코건의 말에 그들은 서 있던 둑에서 내려왔고, 기수는 그들 가운데로 잽싸게 뛰어들었다.

"레이밴, 당신인가요?" 가브리엘이 말했다.

"네. 소식이 나왔어요. 그분은 죽지 않을 겁니다. 여왕 폐하의 재량에 따른 의견이랍니다."

"만세!" 코건이 가슴을 부풀리며 말했다. "하느님은 아직 악마
보다 위에 계신다!"

56

외로운 미인 · 결국엔

밧세바는 봄과 함께 다시 살아났다. 모든 문제에 대한 불확실함이 사라지자, 그녀가 앓아 왔던 미열에 뒤이은 탈진 현상이 눈에 띄게 줄었다.

그러나 그녀는 이제 대부분의 시간을 혼자서 보냈으며, 집에 머물거나 가장 먼 곳에 있는 정원에 갈 뿐이었다. 모든 사람을 피했고(심지어 리디까지 피했다) 속마음을 털어놓지도 않았으며, 동정심을 요구하지도 않았다. 여름이 다가오면서 그녀는 밖에서 더 많은 시간을 보냈고, 비록 예전처럼 말을 타고 나가거나 개인적으로 관리하지는 않았지만, 순전히 필요에 의해 농사일을 검사하기 시작했다. 8월의 어느 금요일 저녁, 그녀는 길을 따라 조금 걷다가 촌락에 들어섰는데, 지난 크리스마스 때의 우울한 사건 이후 처음이었다. 그녀의 볼에는 아직 옛날의 혈색이 조금도 돌아오지 않았고, 그 완벽한 창백함은 입고 있는 검은색 옷 때문에 더 두드러져 기묘해 보일 정도였다. 그녀는 마을의 끝, 교회 묘지의 맞은편에 있는 조그만 상점에 도착했을 때 교회 안에서 들려오는 노랫소리를 들었다. 성가대가 노래 연습을 하고 있었다. 그녀는 길을 건너 문을 열고 묘지 안으로 들어갔다. 교회 창문은 높이 달려 있어, 안에 모인 사람들의 시선으로부터 그녀를 효과적으로 가려 주었다. 밧세바는 트로이가 패니 로빈의 무덤에 꽃을 심던 묘지 구석으로 조용히 걸어간 뒤, 대리석 묘비 앞에 섰다.

묘비에 새겨진 글을 읽는 동안 떠오른 만족감이 그녀의 얼굴에 활기를 불어넣었다. 트로이가 직접 쓴 글이 먼저 보였다.

18xx년 10월 9일
20세의 나이로 사망한
사랑하는 패니 로빈을 기억하며
프란시스 트로이가 세움.

이 비명 아래 새로운 글씨가 새겨져 있었다.

18xx년 12월 24일
26세의 나이로 사망한
앞서 언급된 프란시스 트로이가
패니 로빈과 함께 잠들다.

그녀가 묘지 앞에 서서 비명을 읽으며 생각하는 동안 교회에서는 오르간이 다시 연주되었다. 그녀는 아까와 같은 발걸음으로 현관으로 가서 귀를 기울였다. 문은 닫혀 있었고, 성가대는 새로운 찬송가를 배우고 있었다. 밧세바는 최근 자신에게는 완전히 죽어 버렸다고 생각한 감정에 마음이 흔들렸다. 생각이나 이해 없이 노래를 부르는 어린아이들의 작고 가느다란 목소리는 그 가사를 그녀의 귀에 또렷하게 실어다 주었다.

친절한 빛이시어
저를 감싸고 있는 이 어둠 속에서
저를 인도해 주소서 저를 인도해 주소서.

밧세바의 감정은 다른 많은 여자들이 그렇듯 항상 일시적인 생각에 어느 정도 좌우되었다. 그녀의 목구멍으로 무언가 큰 것이 치밀어 올랐고, 이윽고 그녀의 눈까지 치솟아 올랐다. 그녀는 금방이라도 터질 듯한 이 눈물이 흐른다면 내버려 두기로 마음먹었다. 눈물이 수없이 흐르기 시작했고, 그중 한 방울이 그녀 옆 돌의자 위에 떨어졌다. 알 수 없는 이유로 울음이 터지자, 그녀가 너무나 잘 알고 있는 감정들이 빽빽하게 몰려드는 것을 막을 수 없었다. 그녀는 노래를 부르고 있는 아이들처럼 그 가사의 의미를 신경 쓰지 않게 된다면 세상의 그 어떤 것이라도 내어 줄 수 있었을 것이다. 아이들은 이런 표현의 필요성을 느끼기에는 너무 천진난만했다. 그녀가 짧게 경험한 모든 열정적인 순간들은 감정이 더해져 되살아나는 듯 보였고, 감정이 없었던 순간들에도 감정이 섞여 들어가는 듯했다. 그러나 슬픔은 과거의 징벌이라기보다는 오히려 사치로 그녀에게 다가왔다.

밧세바는 손에 얼굴을 파묻고 있었기 때문에 현관으로 조용히 들어오는 한 형체를 눈치채지 못했다. 그 형체는 그녀를 보자 처음에는 물러설 것처럼 움직였다가 잠시 멈추고 그녀를 바라보았다. 밧세바는 한동안 고개를 들지 않았다. 잠시 후 그녀는 젖은 얼굴로 주위를 둘러보았고, 눈물이 가득한 눈에 흐릿한 형체가 보였다. "오크 씨." 그녀가 당황해서 소리쳤다. "언제부터 여기 있었어요?"

"몇 분 되었습니다, 마님." 오크가 정중하게 말했다.

"안으로 들어갈 건가요?" 밧세바가 말했다. 그때 교회 안에서 그녀가 다음에 할 말을 대신해 주는 듯한 소리가 들렸다.

나는 두려움에도 불구하고 화려한 날들을 좋아했지.
자존심이 내 의지를 지배했었지, 지난날들은 기억하지 말자.

"그러려고 했습니다." 가브리엘이 말했다. "전 베이스를 담당하고 있습니다. 여러 달 동안 베이스를 맡아 노래를 불렀지요."

"그랬군요. 전혀 몰랐어요. 그럼 보내 드려야겠군요."

내가 오랫동안 사랑해 왔고, 한동안 잊기도 했던 그 날들을.

아이들이 노래를 부르고 있었다. "저 때문에 가려고 하지 마세요, 마님. 오늘 밤은 들어가지 않아도 됩니다."

"아니에요, 당신 때문에 가려는 것이 아니에요." 그들은 다소 어색한 기분으로 서 있었다. 밧세바는 눈물에 온통 젖고 달아오른 자신의 얼굴을 그가 알아차리지 못하게 닦으려고 했다. 마침내 오크가 말했다. "제가 마님을 본 지가…… 아니, 대화를 나눈 지가…… 매우 오래되었군요, 그렇죠?" 그러나 그는 괴로운 기억을 되살리고 싶지 않았기에 스스로 말을 돌렸다.

"교회에 들어가시려고요?"

"아뇨." 그녀가 말했다. "개인적으로 묘비를 보려고 왔어요. 그들이 내가 원하는 대로 비명을 새겼는지 확인하기 위해서요. 오크 씨, 원하신다면 개의치 말고 말해 보세요. 지금 이 순간 우리 두 사람의 마음속에 있는 문제에 관해서요."

"그런데 비명이 원하신 대로 새겨졌나요?" 오크가 물었다.

"네. 아직 못 보셨다면, 가서 확인해 보세요." 그렇게 그들은 함께 가서 비명을 읽었다. "8개월 전!" 가브리엘이 날짜를 보고 중얼거렸다. "제겐 어제같이 느껴지는데."

"제게는 몇 년 전 일 같아요, 아주 오래전이요. 그리고 전 그 사이에 죽었고요. 이제 집에 가야겠어요, 오크 씨."

오크는 그녀를 뒤따라 걸었다. "가능한 한 빨리 마님에게 전달하고 싶은 사소한 문제가 있는데요." 그는 주저하며 말했다. "그저 일에 관련된 이야기입니다. 허락해 주신다면 지금 말하는 게 좋을 것 같습니다."

"네. 상관없어요."

"어쩌면 곧 농장 관리 일을 그만둘지도 모르겠습니다, 트로이 부인. 사실은 영국을 떠날까 생각하고 있습니다. 아직은 아니지만…… 내년 봄에요."

"영국을 떠난다고요!" 그녀는 놀라움과 진정한 실망감으로 말했다. "왜죠, 가브리엘? 무엇 때문에 그러려고 하는 거죠?"

"글쎄요, 이것이 최선의 방법이라고 생각했습니다." 오크가 더듬거리며 말했다. "제가 가보고 싶은 곳은 캘리포니아입니다."

"하지만 불쌍한 볼드우드 씨의 농장을 당신이 인수하게 될 것이라고 여기저기에 소문이 났는데."

"그 제안은 거부했습니다. 정말로요. 하지만 아직 아무것도 정해지지 않았습니다. 그리고 제가 포기할 이유도 있고요. 관리인으로 계약한 기간까지는 남아 있을 거지만, 그 이상은 하지 않을 겁니다."

"당신이 없으면 전 어떡하죠? 아, 가브리엘, 전 당신이 떠나면 안 된다고 생각해요. 기쁠 때나 슬플 때나, 우린 오랜 시간을 마치 친구처럼 보냈어요. 이렇게 행동하는 건 매우 불친절해 보이는군요. 전 당신이 농장주가 되어 다른 농장을 임대해도 우리 농장을 도와줄 거라고 생각했어요. 그런데 이제 떠난다니!"

"기꺼이 그랬을 겁니다."

"게다가 당신이 떠나 버리면 전 그 어느 때보다 무력해질 거예요!"

"그래요, 그건 불행한 일이지요." 가브리엘이 괴로운 어조로 말했다. "그리고 제가 떠나야겠다고 느낀 이유가 바로 그 무력감 때문입니다. 안녕히 가세요, 마님." 그는 분명히 이 자리를 벗어나고 싶다는 불안감에 말을 맺었고, 그녀가 어떤 방법으로도 따라올 수 없는 길을 따라 즉시 묘지를 떠났다.

밧세바는 집으로 돌아갔다. 그녀의 마음은 새로운 문제에 사로잡혔다. 그 문제는 치명적이라기보다는 오히려 까다로웠는데, 만성적인 우울함에서 그녀를 끌어내 보려는 좋은 의도로 계획된 것이었다. 그녀는 자신을 피해 떠나려는 오크에 대해 많은 생각을 했다. 밧세바는 최근 그와 있었던 일들을 떠올려 보았다. 그 일들은 하나씩 따로따로 보면 사소했지만, 모두 합쳐 보니 그녀의 주변 사람들에게는 불편한 일이었다. 마지막까지 남아 있던 오랜 친구가 자신을 저버리고 도망가려고 한다는 사실은 마침내 그녀에게 커다란 고통을 안겨 주었다. 세상 모두가 그녀의 의견에 반대했을 때 그녀를 믿고 그녀의 편에서 다투던 그는 마침내 다른 사람들처럼 지치고 무관심해져 전장에 그녀를 홀로 남겨 두고 떠나기로 한 것이다.

3주가 지났고, 그가 그녀에게 관심이 없다는 증거들이 나타났다. 그녀는 오크가 농장 장부를 보관하는 작은 응접실이나 사무실에서 자신을 기다리던 행동도, 은둔 기간 동안 그가 해온 메모를 남기던 행동도 하지 않았으며, 그녀가 그곳에 있을 것 같을 때에는 결코 오지 않고, 그녀가 그 장소에 있을 확률이 가장 낮은 이상한 시간에만 찾아온다는 것을 눈치챘다. 필요한 일이 있을 때면 그는 메시지나 인사글, 서명도 없는 쪽지를 보내, 그녀도 같은 방식으로 답장할 수밖에 없었다. 가엾은 밧세바는 이제 가장 아픈 고통에 시달리기 시작했다. 자신이 경멸받고 있다는 느낌이었다.

가을은 이런 우울한 추측 속에 침울하게 흘러갔고, 크리스마스가 다가왔다. 법적으로 과부가 된 지 1년이 되었고, 혼자서 살기 시작한 지 2년하고도 3개월이 되었다. 그녀의 마음을 살펴보면 참으로 이상한 점이 있었다. 볼드우드의 홀에서 일어난 사건이 생각나는 계절이 다가왔지만 그녀를 고통스럽게 하지는 않았다. 그러나 알 수 없는 이유로 사람들이 자신을 버렸으며, 그 선두에 오크가 있다는 사실이 그녀를 괴롭혔다. 그날 교회를 나온 그녀는 좌석 위로 흘러나오는 소리들 중 무관심한 태도로 들었던 베이스 부분을 맡은 오크가 예전처럼 자신의 뒤를 따라 길을 걸어오고 있기를 바라며 주위를 둘러보았다. 그곳에는 여느 때처럼 그가 그녀의 뒤편 길을 내려오고 있었다. 그러나 그는 밧세바가 돌아서는 것을 보고는 시선을 다른 곳으로 돌렸으며, 문을 나오자마자 갈림길이라는 가장 노골적인 구실이 생기자 사라졌다.

다음 날 아침이 되자 그녀가 오랫동안 예상하고 있던 매우 큰 충격이 다가왔다. 그가 다음 성모 영보 대축일까지 그녀와의 계약을 갱신하지 않겠다는 공식적인 편지를 보낸 것이다. 밧세바는 편지를 받고 자리에 앉아 그 어느 때보다 매우 격렬히 울었다. 그녀는 자신만의 것이라고 여기던 가브리엘의 가망 없는 사랑이 다른 사람이 아닌 가브리엘 본인에 의해 이런 식으로 끝나

버렸다는 사실에 화가 났고 상처받았다. 그녀는 다시 자신의 힘에 의존하여 모든 것을 해야 한다는 생각에 당황했다. 다시 시장에 가서 교역을 하며 물건을 팔 만큼의 충분한 힘은 결코 얻을 수 없을 것 같았다. 트로이의 죽음 이후 오크는 그녀를 위해 모든 장과 정기 시장에 참가하여 그녀의 생산품들을 거래하였고, 동시에 자신의 것들도 거래하였다. 그녀는 이제 무엇을 해야 할까? 그녀의 삶은 황폐해지고 있었다.

그날 저녁 밧세바는 너무나 외로워서 연민과 동정을 절대적으로 갈망하였다. 자신이 소유했던, 진정한 우정이 끝났다는 비참함에 그녀는 모자를 쓰고 망토를 두른 뒤 해가 지자마자 오크의 집으로 향하였다. 며칠 되지 않은 초승달의 옅은 연노란색 빛이 길을 안내했다.

활활 타오르는 난로 불빛이 창문에 비쳤지만 방 안에는 아무도 보이지 않았다. 그녀는 초조하게 문을 두드리다가, 비록 그가 그녀의 관리인이고, 부도덕한 상황이 아니라 일 때문에 찾아왔다고 해도, 독신 여성이 독신 남성을 만나러 온 것이 옳은 일인지 의심했다. 가브리엘이 문을 열자 달빛이 그의 이마 위로 비쳤다.

"오크 씨." 밧세바가 희미하게 말했다.

"네, 제가 오크입니다." 가브리엘이 말했다. "누가 이런 곳까지…… 오, 이렇게 바보 같을 수가, 마님을 몰라보다니요!"

"내가 당신에게 마님이라고 불릴 날도 얼마 남지 않았군요. 그렇죠, 가브리엘?" 그녀가 애처로운 어조로 말했다.

"음, 그렇죠. 어쨌든 들어오세요, 마님. 곧 불을 켜겠습니다."
오크가 약간 어색해하며 대답했다.

"아뇨, 그럴 필요 없어요."

"여자 손님이 찾아오는 일이 좀처럼 드물다 보니 제가 제대로 대접할 수 있을지 걱정이군요. 일단 앉으시겠어요? 이 의자에 앉으셔도 되고 저쪽에도 의자가 하나 있습니다. 의자들이 전부 나무라 딱딱해서 죄송합니다. 하지만 새로운 의자를 살까 생각 중이었어요." 오크가 그녀를 위해 의자를 두세 개 놓으며 말했다.

"제겐 모두 편한걸요." 그렇게 그녀가 자리에 앉자 그도 앉았고, 난로의 불빛은 그들의 얼굴과, 그의 오래된 가구에서 춤을 추고 있었는데,

> 모든 것이 광택이 난다.
> 오래된 가구들과 함께.
> ─윌리엄 반스, 「오크 힐」

그 가구들은 오크의 집을 이루고 있는 가재들이었고, 춤추고 있는 불빛을 반사했다. 두 사람은 서로 잘 아는 사이였지만 새로운 장소에서 새로운 방식으로 만난 단순한 상황이 그들을 어색하고 부자연스럽게 만드는 것은 참으로 특이한 일이었다. 밭이나 그녀의 집에서는 단 한 번도 이런 어색함이 존재하지 않았다. 그러나 이제 오크가 환대하는 사람이었다는 사실이 과거가

되었으므로, 두 사람은 서로 낯선 사람이었던 시절로 되돌아간 것 같았다. "제가 찾아왔다는 것이 이상하게 느껴질지도 모르지만……."

"아뇨, 전혀 그렇지 않습니다."

"하지만 가브리엘, 나는…… 내가 당신을 모욕했고, 그렇기에 당신이 절 떠나간다는 생각에 마음이 불안했어요. 이런 생각이 절 매우 슬프게 하여 이곳에 오지 않을 수 없었어요."

"날 모욕했다! 마치 마님이 그렇게 할 수 있다는 듯이 말하는 군요. 밧세바!"

"그러지 않았나요?" 그녀가 기뻐하며 말했다. "그럼 무엇 때문에 떠나는 건가요?"

"전 이민을 가지 않을 겁니다. 제가 마님에게 이민에 관한 것을 이야기했을 때라든가 이민에 관해 생각하고 있었을 때, 전 마님이 제가 떠나지 않기를 바란다는 것을 몰랐어요." 그가 간단히 말했다. "리틀 웨더베리 농장을 인수하기로 했고, 성모 영보 대축일에 제 소유가 될 겁니다. 아시겠지만 전 한동안 그 농장의 지분을 공동 소유하고 있었습니다. 그렇다고 해도 예전처럼 당신 농장을 돌보는 일에는 문제가 없을 겁니다. 우리 두 사람에 대해 뭐라고 이야기만 나오지 않는다면요."

"뭐라고요?" 밧세바가 놀라며 말했다. "당신과 나에 관한 말들이라고요? 뭐라고 하던가요?"

"그건 말씀드릴 수 없습니다."

"말하는 것이 더 현명한 행동일 것 같은데요. 당신은 내게 여러 번 멘토 역할을 해주었는데 지금은 왜 그걸 두렵게 여기는지 모르겠군요."

"이번에는 마님과는 상관없습니다. 앞뒤만 간략하게 말하자면, 제가 이곳에서 분위기를 살피며 가련한 볼드우드 씨의 농장을 손에 얻기 위해 기다리고 있었다는 내용입니다. 마님을 얻기 위해서요."

"날 얻는다고요! 그게 무슨 뜻인가요?"

"말 그대로 마님과 결혼한다는 뜻입니다. 마님이 제게 말해달라고 부탁하신 겁니다. 저를 탓하지는 마십시오."

밧세바는 그녀에게 대포가 발사된 것처럼 놀란 표정은 아니었는데, 오크가 예상하던 일이었다.

"나와 결혼한다고요! 그런 뜻인지 몰랐어요." 그녀가 조용히 말했다. "그런 일은 단연코 터무니없는 일이고, 그런 생각을 하기에는 너무 일러요!"

"네. 물론 너무나 터무니없는 이야기입니다. 전 그런 일은 바라지 않습니다. 이쯤이면 충분히 명백하다고 생각했습니다. 물론 제가 최종적으로 결혼하고 싶은 상대는 이 세상에 마님밖에 없습니다. 매우 터무니없는 일이지요, 마님이 말씀하신 것처럼요."

"너, 너, 너무 이르다고 말했어요."

"마님의 말을 바로잡아서 죄송하지만, 마님은 '너무 터무니없다'라고 했고, 저도 마찬가지입니다."

"죄송하지만!" 그녀가 눈물을 글썽이며 대답했다. "제가 하려던 말은 '너무 이르다'였어요. 하지만 이건 조금도 중요하지 않 겠죠. 하지만 전 단지 '너무 빠르다'는 의미였어요. 정말로, 그렇게 말하지 않았어요, 오크 씨. 내 말을 믿어 줘요!"

가브리엘은 그녀의 얼굴을 한참 바라봤지만, 난로의 불빛이 희미해져 많은 부분을 볼 순 없었다. "밧세바." 그는 놀라움에 부드럽게 말하며 그녀에게 다가갔다. "단 한 가지만 알 수 있다면, 내가 사랑하는 당신과 결혼할 수 있도록 날 허락해 줄 것인지를 말이에요. 내가 오직 이 사실 단 하나만을 알 수 있다면!"

"하지만 당신은 결코 알 수 없을 거예요." 그녀가 중얼거렸다.

"왜죠?"

"단 한 번도 물어보지 않았잖아요."

"아…… 아!" 가브리엘은 즐거운 듯 나직이 웃으면서 말했다. "사랑하는 그대여……."

"오늘 아침 내게 그런 가혹한 편지를 보내지 말았어야 했어요!" 그녀가 말을 가로막았다. "그 편지는 당신이 나를 조금도 개의치 않고, 다른 모든 사람들처럼 버릴 준비가 되어 있다는 것을 보여 주었어요! 내가 당신의 첫 연인이었다는 점, 당신이 나의 첫 연인이었다는 점을 생각하면 정말 잔인했어요. 평생 잊지 않을 거예요!"

"밧세바, 지금까지 당신을 그렇게 대한 사람이 있었나요?" 그가 웃으며 말했다. "그건 순전히 매력적이고 젊은 여성인 당신의 사업을 운영하는 미혼 남자로서 힘든 역할을 한 것이라는 걸 당신도 알 겁니다. 좀 더 구체적으로 말하자면, 제가 당신에 대해 어떤 감정을 가지고 있다는 것을 사람들이 안다는 것입니다. 그렇기에 전 우리가 동시에 언급되었다는 점에서 제가 당신의 명성에 해를 끼칠지도 모른다고 생각했어요. 내가 그것 때문에 겪은 고통과 조바심을 아무도 모를 거예요."

"그게 전부인가요?"

"전부예요."

"아, 이곳에 와서 얼마나 기쁜지!" 그녀는 자리에서 일어나며 감사하다는 듯 소리쳤다.

"당신이 나를 다시는 보고 싶어 하지 않는다고 생각하고 나서 부터 당신을 훨씬 더 많이 생각했어요. 하지만 전 이제 가봐야 해요. 그렇지 않으면 또 사람들이 찾을 테니. 그런데 가브리엘." 그들이 함께 문을 향해 걸어갈 때 그녀가 살짝 웃으며 말했다. "내가 마치 당신에게 구애하러 온 것 같군요. 얼마나 웃긴 일인지!"

"꽤 맞는 말인데요." 오크가 말했다. "나의 아름다운 밧세바, 나는 당신의 변덕스러운 발걸음에 맞추어 매우 많은 길을, 매우 많은 시간 동안 뒤쫓아 왔어요. 그런데 나에게 이렇게 한번 찾아온 걸 못마땅해하다니."

그는 앞으로 다가올 농장의 임대 문제에 대해 자세하게 설명하면서 언덕까지 동행하였다. 그들은 서로의 감정에 대해 거의 말하지 않았다. 예쁜 말과 따뜻한 표현은 아마도 이처럼 시련을 겪어 낸 친구 사이엔 불필요할 것이다. 그들의 애정은 우연한 첫 만남 이후로 서로의 거친 면을 알았을 때 생겨났고, 딱딱하고 평범한 현실의 작은 틈에서 로맨스가 싹을 틔우기 전까지는 알 수 없었다. 이 우정은(동지애) 보통 비슷한 것을 좇을 때 나타나는데, 불행히도 남녀 간의 사랑에는 거의 나타나지 않는다. 왜냐하면 남녀는 일반적으로 노동에서가 아니라 단지 그들의 즐거움을 통해서 엮이기 때문이다. 그러나 행복한 환경이 이것의 진전을 허락할 때 이렇게 복합적인 감정은 죽음만큼 강한 유일한 사랑임을 증명한다. 많은 물도 이 사랑을 끄지 못하고 홍수라도 삼킬 수 없다.* 흔히 열정이라고 불리는 사랑은 수증기만큼 덧없는 것이다.

---

* 아가서 8장 7절

57
안개 낀 밤과 아침 - 결말

"가장 사적이면서, 은밀하고 소박한 결혼식은 가능해 보여요."

이 말은 앞서 있었던 사건이 있은 지 얼마 후인 어느 날 저녁, 밧세바가 오크에게 한 말이었다. 그는 그녀의 소원을 어떻게 해야 조용히 이뤄 줄 수 있을지 한 시간 내내 생각했다.

"허가증⋯⋯. 아 맞아, 허가증이 필요해." 그가 말했다. "아주 좋아. 그럼 먼저 허가증을 받아야겠군."

며칠 후, 어두운 밤 오크는 캐스터브리지에 있는 주교 대리실을 비밀스럽게 빠져나왔다. 집으로 돌아오는 길에 그는 앞서가는 묵직한 발걸음 소리를 들었다. 그 소리를 추월한 오크는 발소리의 주인이 코건이라는 것을 알아내었다. 그들은 교회 뒤편에 있는 작은 길이 나타날 때까지 같이 걸어갔다. 그 길을 따라가면 레이밴 톨의 오두막집이 나오는데, 그는 최근 교구 서기로 임명되었다. 그는 아직도 일요일에 찬송가에 나오는 어려운 단어를 읽을 때 아무도 따라 하지 않아서 자기 목소리만 들리는 것을 무서워했다.

"안녕히 가세요, 코건." 오크가 말했다. "전 이 방향으로 가요."

"오!" 코건이 놀라며 말했다. "오늘 밤엔 무슨 일이기에 이렇게 대담하게 행동하는 거야, 오크?" 코건은 가브리엘이 밧세바에 관한 일로 불행해하고 있을 때 언제나 강철처럼 단단하게 옆에 있어 준 사람이었기에, 이런 상황을 말해 주지 않는 것은 온당치 못한 것 같았다. "비밀로 해주실 수 있나요, 코건?" 가브리엘이 말했다.

"자네도 잘 알잖아."

"네, 잘 알죠. 자 그럼, 내일 아침 마님과 전 결혼할 거예요."

"하느님 맙소사! 나도 가끔 그 일에 대해 생각했어. 정말로. 하지만 아무도 모르게 해! 물론 내가 신경 쓸 일은 아니지만, 그녀를 기쁘게 해주길 바라네."

"고마워요, 코건. 하지만 전 이런 매우 비밀스러운 결혼을 하고 싶지 않았어요. 아주 쾌활한 결혼식을 거의 불가능하게 만든 그 사건만 아니었다면 우리 둘 중 어느 누구도 바라지 않았을 거예요. 밧세바는 모든 교구민들이 교회에 나와서 자신의 결혼식을 보는 일이 없었으면 좋겠다고 하더군요. 사실 지금 겁을 먹고 불안해하고 있어요. 그러니 그녀를 달래 주기 위해 이렇게 행동하는 거죠."

"그렇구먼. 꽤 옳은 생각인 것 같아. 그래서 지금 서기에게 가는 중인가 보군."

"네, 저랑 같이 가시죠."

"그렇게 하면 비밀로 하려던 노력이 전부 헛수고가 될 텐데." 코건이 걸어가며 말했다.

"레이밴 톨의 늙은 아내가 30분 안에 교구 전체에 소문을 낼 거야."

"그렇네요. 맹세하건대 그건 생각지 못했어요." 오크가 발걸음을 멈추며 말했다. "하지만 오늘 밤에 꼭 전해야 할 것 같아요. 그는 늦게까지 일하고 일찍 나가니까요."

"어떻게 그녀를 막을지 말해 주겠네." 코건이 말했다. "내가 문을 두드려서 레이밴에게 밖에서 보자고 하는 거지. 자네는 뒤쪽에 서 있고. 그러면 그가 나올 테니 그때 말하면 돼. 그렇게 하면 그녀는 절대 무슨 일인지 모를 거야. 내가 눈가림 차원에서 농장에 관한 일도 좀 말하도록 하지."

이 계획은 실현 가능해 보였다. 코건은 대담하게 다가가서 문을 두드렸다. 톨 부인이 문을 열었다.

"레이밴이랑 대화 좀 나누고 싶소."

"지금 집에 없어요. 11시는 넘어야 집에 올 거예요. 일을 그만둔 이후로 강제로 얄베리에 가게 됐거든요. 뭐 필요한 일이 있으면 저도 잘해 줄 수 있는데."

"절대 그럴 것 같지 않은데. 잠시만 기다려 보시오." 코건은 오크와 상의하기 위해 현관 모퉁이를 한 바퀴 돌았다.

"다른 남자는 누구죠?" 톨 부인이 말했다.

"그저 친구일 뿐이오." 코건이 답했다.

"마님이 내일 아침 10시에 교회 쪽문 근처에서 그를 만나고 싶어 한다고 말하세요." 오크가 속삭였다. "가장 좋은 옷을 입고 반드시 와야 한다고요."

"옷에 관련된 이야기는 그녀를 확실히 황당하게 만들 텐데!" 코건이 말했다.

"어쩔 수 없어요." 오크가 말했다. "가서 전하세요."

코건이 그의 말대로 했다. "날이 덥든 습하든, 바람이 불든 눈이 오든 꼭 나와야 합니다." 잰이 덧붙였다. "정말로 특이한 일이오. 사실은 마님이 다른 농장주와 오랜 기간 수익을 분배하는 일에 증인이 필요해서 부르는 거요. 이것에 관한 거요. 제가 부인을 매우 아끼지 않았더라면 이런 식으로 이야기하지 않았을 것이오."

코건은 그녀가 더 이상의 질문하기 전에 그 자리를 떠났다. 그 뒤 그들은 흥미로운 일이 전혀 없다는 듯이 목사 대리를 찾아갔다. 그런 다음에야 가브리엘은 집으로 돌아가 다음 날을 준비하였다.

"리디." 밧세바는 잠자리로 향하면서 말했다. "내일 아침 내가 일어나지 않으면 7시에 좀 깨워다오."

"하지만 마님은 항상 그 시간 전에 일어나시잖아요."

"그래. 하지만 중요한 일이 있거든. 때가 되면 말해 줄게. 확실히 하는 게 좋잖아."

그러나 밧세바는 4시에 눈을 떴고, 아무리 애를 써도 다시 잠들 수 없었다. 6시쯤, 간밤에 시계가 멈췄다고 확신한 그녀는 더 이상 기다릴 수 없었다. 그녀는 리디의 방문을 두드렸고, 약간의 수고를 하여 그녀를 깨웠다.

"깨워야 하는 쪽은 저 아니었나요?" 당황한 리디가 말했다. "그리고 아직 6시도 안 됐어요."

"정말로 6시야? 네가 6시가 안 넘었는지 어떻게 아니, 리디? 분명히 7시가 훨씬 넘었을 거야. 가능한 한 빨리 내 방으로 오렴. 내 머리를 잘 빗겨 주면 좋겠구나."

리디가 밧세바의 방에 도착해 보니 그녀의 주인은 이미 그녀를 기다리고 있었다. 리디는 밧세바가 유달리 서두르는 것을 이해할 수 없었다.

"도대체 무슨 일인가요, 마님?" 그녀가 말했다.

"글쎄, 말해 줄게." 초롱초롱한 눈에 짓궂은 미소를 띤 밧세바가 말했다. "농장주 오크가 오늘 나와 함께 만찬을 즐기기 위해 올 거야!"

"농장주 오크요? 다른 사람은 없고요? 오로지 단 두 분만요?"

"그래."

"하지만 그 행동이 안전한가요, 부인? 들려오는 소식이 있는데?" 그녀의 동반자가 의심스럽다는 듯이 물었다. "여성의 좋은 평판은 잃어버리기 쉬운……."

밧세바는 아무도 주변에 없었지만, 상기된 얼굴로 웃으며 리디의 귀에 속삭였다. 그러자 리디는 눈을 부릅뜨고 소리쳤다.

"맙소사, 이런 소식이! 심장을 쿵쾅쿵쾅 뛰게 만드는군요!"

"내 심장도 매우 격렬히 뛰었어." 밧세바가 말했다. "하지만 이젠 되돌릴 수 없어!" 눅눅하고 기분 나쁜 아침이었다. 그럼에도 불구하고 9시 40분이 되자 오크는 자신의 집을 나와서

언덕을 올라갔다.
성큼성큼 힘찬 발걸음으로
한 남자가 신부를 찾아 걷는다.

그러고선 밧세바의 집 문을 두드렸다. 10분 뒤 같은 문에서 커다란 우산 하나와 작은 우산 하나가 나와 교회로 이르는 길을 따라 안개 속에서 움직였다. 교회까지의 거리는 400미터가 채 되지 않았고, 분별 있는 두 사람은 마차를 몰아서 갈 필요가 없다고 생각했다. 우산 밑에 있는 사람이 오크와 밧세바라는 것을 알아차린 자는 분명 매우 가까이서 그들을 관찰한 사람일 것이다. 그들은 태어나서 처음으로 팔짱을 끼고 걸었으며, 오크는 무릎까지 닿는 외투를, 밧세바는 신발까지 내려오는 망토를 입고 있었다. 그녀는 너무나 소박하게 옷을 입었지만, 활기를 되찾은 모습이 보였다.

마치 장미 한 송이가 닫혀 다시 봉오리가 되려는 것처럼.

잠깐의 휴식이 그녀의 볼에 다시금 연분홍색의 혈색을 돌게 하였다. 가브리엘의 요청으로 그녀는 몇 년 전 노콤 언덕에서 했던 것처럼 머리를 손질했기 때문에 그의 눈에 그녀는 매력적

인 꿈속의 소녀처럼 보였는데, 그녀의 나이가 이제 스물세 살에서 스물네 살밖에 되지 않았다는 것을 고려하면, 그다지 놀랄 일도 아니었다. 교회에는 톨, 리디, 목사가 있었고, 결혼식은 눈 깜짝할 사이에 끝났다.

그날 저녁, 두 사람은 밧세바의 응접실에서 차를 마시고 있었는데, 농장주 오크가 그곳에서 같이 살기로 하였기 때문이다. 그에게는 아직 돈도 집도, 그럴듯한 가구도 없었다. 물론 곧 생길 것들이었지만. 그러나 밧세바에게는 모두 넘쳐나는 것들이었다. 밧세바가 차를 따르려고 할 때 대포를 발사하는 소리가 그들의 귀에 들려왔고, 이어서 엄청난 트럼펫 소리 같은 것이 집 앞에 울려 퍼졌다.

"이런!" 오크가 웃으며 말했다. "사람들 표정 때문에 무언가 꾸미고 있다는 걸 다 알겠군."

오크가 등불을 들고 현관으로 나가자 밧세바는 머리에 숄을 두르고 그의 뒤를 따랐다. 집 앞 자갈길에 모인 사람들의 얼굴 위로 불빛이 비쳤다. 그들은 현관으로 나온 신혼부부를 보자 큰 소리로 "만세!"라고 외쳤다. 그와 동시에 뒤편에 있던 대포가 발사되었고, 드럼과 탬버린, 클라리넷, 세르팡, 오보에, 테너 비올, 더블베이스에서 나온 끔찍한 음악이 뒤를 이었다. 이것들은 본래 웨더베리 악단에 유일하게 남아 있는 오래된 악기들로, 부서질 것처럼 낡았고, 좀이 먹었는데, 존 처칠 공작의 승리를 축하했던 사람들의 후손에 의해 연주되고 있었다. 연주자들이 앞으로 나와 집 앞까지 행진했다.

"마크 클라크와 장, 저 유쾌한 사람들이 이 모든 일을 꾸몄군." 오크가 말했다. "여러분, 어서 들어오세요. 저와 제 와이프와 함께 뭐든지 먹고 마십시다."

"오늘 밤은 말고." 클라크가 스스로를 강하게 제재하는 듯한 목소리로 말했다. "제안은 고맙지만, 나중에 좀 더 적절한 타이밍에 찾아오지. 하지만 이런 날을 아무런 축하 없이 그냥 보낼 수 없다고 생각했거든. 워런네로 마실거나 보내 줘. 우리의 이웃 오크와 그의 어여쁜 신부에게 장수와 행복이 있기를!"

"감사합니다. 모두들 고마워요." 가브리엘이 말했다. "소소하지만 워런의 맥아 제조소로 즉시 보내겠습니다. 오랜 친구들에게 축하를 받을지도 모른다는 생각이 들어서 아내에게 말하고 있었는데."

"이런." 코건이 동료들에게로 몸을 돌려 비판적인 어조로 말했다. "저 친구가 벌써 자연스럽게 '아내'라고 말하는 법을 배웠구먼, 결혼한 지 얼마 되지도 않았으면서, 그렇지 않나?"

"난 결혼한 지 20년이 지난 사람에게서조차 저렇게 자연스럽게 '아내'라고 말하는 것들 들어본 적이 없어." 제이컵 스몰베리가 말했다.

"좀 쌀쌀맞게 말했다면 더 자연스러웠을지도 모르지만, 지금은 기대할 수 없겠지."

"그거야 시간이 지나면 그렇게 되겠지." 잰이 눈동자를 빙글빙글 돌리며 말했다.

그러자 오크가 웃었고, 밧세바는 미소를 지었다(그녀는 지금도 결코 쉽게 웃지 않았다). 사람들은 곧 떠났다.

"그래요, 사람들마다 다르겠지요." 조지프 푸어그래스가 쾌활하게 숨을 내쉬며 말했다. "그가 그녀를 기쁘게 해주었으면 좋겠네요. 비록 전 오늘 제 두 번째 천성인 종교적 관점에서 호세아 선지자처럼 '에브라임이 우상과 연합하였으니 버려두라'라고 한 말을 한두 번 했지만요. 하지만 그건 그거고, 더 나쁘게 끝났을 수도 있었잖아요. 그래서 더 감사함을 느껴요."